FANPRO

Stefan Schweikert, Jahrgang 1965, lebt in Heidenheim auf der Schwäbischen Alb. Im ›Brotberuf‹ Elektroniker, von Berufung Musiker, Keyboarder und Komponist in verschiedenen Rockbands. Erster Besuch in Aventurien mit der *Nordlandtrilogie* auf dem PC. Danach wollte er wissen, wer Borbarad ist, und setzte die Reise mit diversen Regel-, Abenteuer- und Regionalbänden sowie fast allen Romanen fort.
Er schreibt seit 2001, veröffentlichte einige Kurzgeschichten, darunter Beiträge für die DSA-Anthologien *Aufruhr in Aventurien* und *Unter Aves Schwingen*. 2008 erschien mit *Über den Dächern Gareths* sein erster Roman.

Stefan Schweikert

Kamaluqs Schlund

Ein Roman in der Welt von

Das Schwarze Auge©

Originalausgabe

FanPro
Band 11047

Titelbild: Arndt Drechsler
Aventurienkarte: Ralph Hlawatsch

Lektorat: Ronald Hahn
Satz und Layout: Ralf Berszuck
Umschlaggestaltung: Ralf Berszuck
Druck und Bindung: CPI Moravia Books s. r. o., Tschechien

Printed in the Czech Republic 2010

ISBN: 978-3-89064-137-9

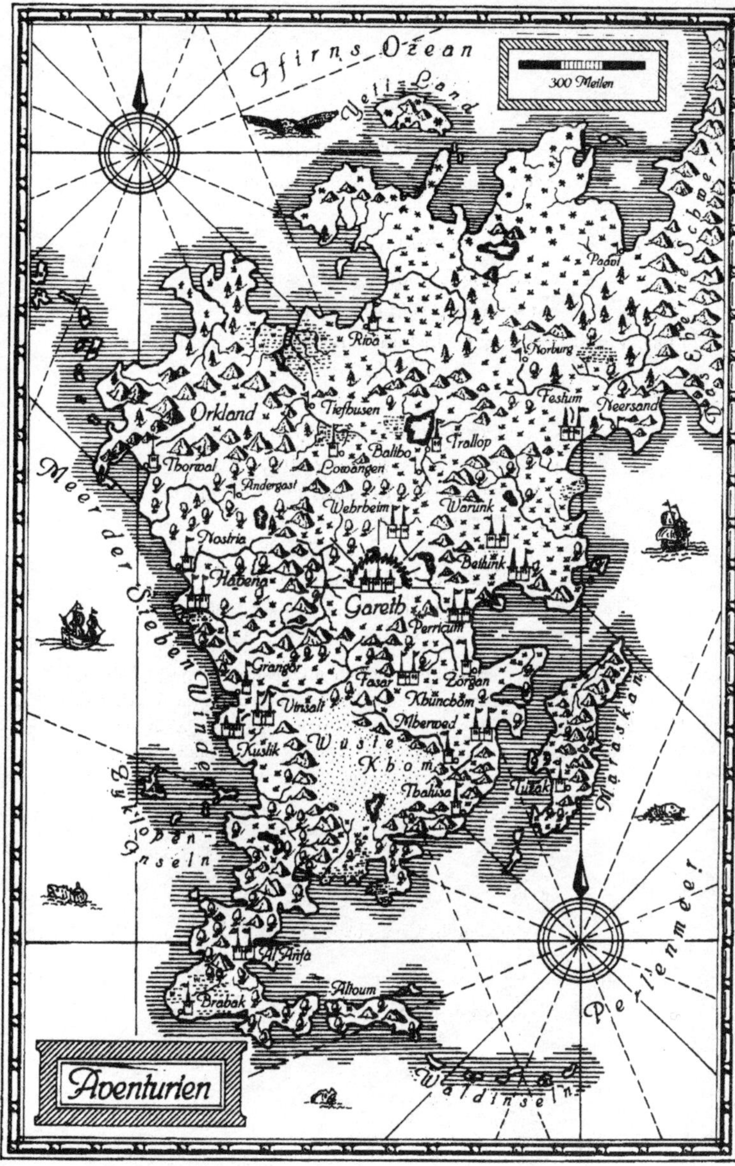
Ffirns Ozean
300 Meilen
Yeti-Land
Paavi
Riva
Norburg
Orkland
Tiefhusen
Festum
Neersand
Thorwal
Balibo
Trallop
Lowangen
Andergast
Wehrheim
Warunk
Nostria
Beilunk
Havena
Gareth
Perricum
Grangor
Fasar
Zorgan
Khunchom
Vinsalt
Mherwed
Kuslik
Wüste Khom
Thalusa
Tuzak
Maraskan
Meer der Sieben Winde
Zyklopen-Inseln
Al'Anfa
Altoum
Brabak
Perlenmeer
Waldinseln
Aventurien

Fernweh

»Hoch oben in den immergrünen Regenbergen, in einem Tal, umgeben von fünf mächtigen Gipfeln, träumt die alte Echsenstadt von vergangener Pracht. Jenseits des Tales und jenseits der Stadt führt der Weg in eine tiefe Schlucht, und jenseits der Schlucht, da ist Kamaluqs Schlund.«

Im fernen Süden Meridianas, in einem namenlosen Dorf am Meer der Sieben Winde, hörte ich erstmals von jenem Ort, der den stolzen Namen des Jaguargottes trägt. Seit diesem Tage folge ich den Spuren, lausche den Gerüchten, damit sie mich auf den Weg führen. Spärlich sind die Spuren, und die Gerüchte sind vermengt mit Sagen und Liedern.

»Dein Weg führt dich zurück in die Zeit, in der die Wälder noch jung waren und die Menschen noch Kinder. Doch hab acht! Kein Tabu der Waldmenschen liegt auf ihm, und doch wird er gemieden. Keine Mauer umgibt ihn, und doch ist er geschützt. Wenn es dir erlaubt ist, die Wächter zu passieren, so werden dir die Diener den Zutritt zu Kamaluqs Schlund verwehren. Wenn es dir erlaubt ist, Kamaluqs Schlund zu betreten, so werden die Herren dir verwehren, wieder zu gehen. Und wenn es dir erlaubt ist, Kamaluqs Schlund wieder zu verlassen, so werden die Götter dir verwehren, davon zu berichten.«

Und doch ist all das gelungen. Wie sonst konnte ich davon erfahren? Warum sollte ich den Ort nicht wiederfinden?

»Sein Geheimnis ist sein Schild. Sein Schild ist sein Geheimnis. Und ist sein Schild nicht zugleich dein Tod, so ist sein Geheimnis doch dein Schicksal.«

Ist es nicht die erhabene Aufgabe des Forschers, solche Geheimnisse dem Regenwald zu entreißen?

Fünf Berge, fünf Gipfel.

Wie soll ich sie in der endlosen Kette des Regengebirges ausmachen?

Sind auch die Geschichten um Kamaluqs Schlund mehr Poesie als Manifest, so hat sich dieser eine Satz schon bewahrheitet. Der Gedanke, Kamaluqs Schlund zu finden und davon zu berichten, lässt mich nicht mehr los. Sein Geheimnis ist mein Schicksal. Ist sein Schild auch mein Tod?

(Aus den Aufzeichnungen
des Junkers Wolfhart von Wilderklamm)

Elanora von Wilderklamm musste wieder einmal zu Hause bleiben. Schweigend sah sie der Kutsche nach, die auf dem Weg hinab ins Tal zwischen den Bäumen verschwand. Der Wind ließ eine Strähne roten Haares vor ihren Augen tanzen. Elanora schob sie zurück unter die Pelzkappe und fuhr sich mit dem Handrücken übers Gesicht. Es war sicher nur der Wind, der ihr Tränen in die Augen trieb. Sie zog den wollenen Umhang fest um die Schultern und wandte sich ihrem Zuhause zu. Einen Augenblick zögerte sie, denn sie hatte den Eindruck, dass Mutter sie in die Arme schließen wolle. Doch dann senkte die Junkerin von Wilderklamm den Blick.

Elanora ging ins Haus und in ihr Zimmer hinauf. Auf dem Weg zum Fenster zog sie die Kappe vom Kopf, löste die Fibel an ihrem Umhang und ließ ihn von den Schultern gleiten. Ihr Blick ging hinab ins Tal, wanderte über die abgeernteten Felder, die strohgedeckten Dächer der Bauernkaten und die staubige Straße entlang. Jene Straße, die den Junker von Wilderklamm und seine Söhne nun zuerst nach Nordosten, nach Angbar führte, von dort über die Reichsstraße nach Havena, und dann weit fort ins ferne Meridiana. Und das alles ... ohne sie!

Etwas strich um Elanoras Beine. Sie fuhr zusammen und schaute nach unten: Kiro, ihr rotgetigerter alter Kater, hatte sich hereingeschlichen und bettelte schnurrend um Aufmerksamkeit. Sie schob ihn unwirsch mit dem Fuß beiseite, worauf er sich beleidigt aufs Bett zurückzog. Seine Augen leuchteten aus dem Halbdunkel zu ihr herüber. Der Kater tat Elanora sofort leid, aber sie selbst konnte nun am allerwenigsten Mitleid ertragen, nicht einmal den stummen Trost des Tieres.

Schnell richtete sie den Blick wieder nach draußen. Und so blieb sie stehen, reglos und still, das Gesicht der Scheibe zugewandt, bis die Sonne hinter den Koschbergen versank und es klopfte.

Sie rief nicht »Herein«, sie straffte nur die Schultern und lauschte. Die Tür wurde geöffnet. Jemand kam ins Zimmer. Elanora erkannte die leichten Schritte des Hausmädchens Lana. Die Bedienstete entzündete den Kandelaber, hob Umhang und Mütze auf und verließ den Raum so wortlos, wie sie gekommen war.

Eine hochgewachsene Gestalt tauchte in der Fensterscheibe auf: Rotes Haar, im Nacken zu einem straffen Knoten gebunden, schimmerte im Schein der Kerzen. Das Licht verwischte die ewig mädchenhaften Sommersprossen und die feinen Falten um die grünen Augen, doch das Gesicht wirkte im Kontrast zu dem dunklen Hauskleid unnatürlich blass. Elanora erwiderte den Blick des Geistergesichts und neigte den Kopf in einer unausgesprochenen Frage: *Warum? Warum darf ich nicht mit?*

Wie erwartet gab ihr Spiegelbild keine Antwort. Stattdessen hörte sie die Stimme ihres Vaters: »*Dieses Mal werden wir nicht lange unterwegs sein, mein Kind*«, hatte er am Morgen gesagt. »*Spätestens, wenn im Tsa die Krokusse durch den Schnee schauen, sind wir zurück.*«

Aber darum ging es nicht.

Es spielte keine Rolle, wann er zurückkam.

Es ging nicht darum, dass er fort war.

Es ging darum, dass er ohne sie auf Reisen ging.

Sie wollte mit!

Ihre Lippen zitterten kaum merklich. Die Jahre vergeblichen Wartens hatten ihren Mund in einen strengen Federstrich verwandelt.

Ein Gespenst bin ich geworden, dachte sie. *Alt und blass – und so unwirklich wie dieses halb durchsichtige Spiegelbild.*

Elanora wusste, worüber die Bediensteten hinter ihrem Rücken tuschelten: *Das Fräulein von Wilderklamm! Es hat den dreißigsten Tsatag hinter sich und keinen abbekommen. Und sie wird wohl auch keinen mehr kriegen, der etwas taugt. Aber es ist ja auch kein Wunder. Statt sich herauszuputzen und sich einen Bräutigam zu suchen, versteckt sie ihre durchaus vorhandenen Reize unter einem Altjungfernkleid, verzieht das Gesicht zu einer Trauermine und träumt davon, wie die Brüder mit dem Vater auf Entdeckungsreise zu gehen.*

Elanora seufzte.

Das mit dem »keinen abgekriegt« stimmte nicht ganz; die letzte Liebelei lag zwar schon eine Weile zurück, aber wenn Rahja ihren Tribut forderte, wozu gab es die gelegentlichen Besuche in Angbar oder Gareth? Mit einem hatte das Gesinde jedoch recht: Seit sie alt genug war, um zu verstehen, warum der Vater immer wieder für einen halben Götterlauf oder länger aus ihrem Leben verschwand, war sie von dem Wunsch beseelt, ihn zu begleiten.

Ein Wunsch, der nicht in Erfüllung ging.

Es klopfte ein weiteres Mal an der Tür. Wieder trat jemand ins Zimmer.

Ein zaghaftes Räuspern.

Elanora drehte sich um und sah Lana, die zappelig in der Tür stand.

«Was ist?«, fragte sie barscher als beabsichtigt.

Das Dienstmädchen senkte den Kopf und flüsterte: »Entschuldigt, Herrin. Eure werte Mutter ... sie ... die Junkerin von Wilderklamm ...«

»Ich weiß, wer meine Mutter ist.«

Lana errötete und suchte nach Worten. »Euer Wohlgeboren. Die Herrin hat wieder Suppe gemacht«, stieß sie dann hervor und verzog den Mundwinkel.

Ich sollte sie für die Respektlosigkeit tadeln, dachte Elanora, ließ es aber bleiben. »Wo ist sie?«, fragte sie stattdessen.

»In der Gesindeküche«, antwortete Lana.

»Ich komme.« Elanora folgte dem Mädchen.

Elanora betrat energischen Schrittes die Küche und blieb abrupt stehen. Die Gesichter Nanes, der Köchin, und Growins, des alternden Gutsverwalters, zeigten offensichtliche Erleichterung. Sie grüßten höflich, blieben aber angesichts des in der Küche herrschenden Chaos steif an der Wand stehen. So wie es aussah, musste sich die Junkerin gleich nach der Abreise des Gatten und der Söhne hierherbegeben haben. Jetzt war die Herrin von Wilderklamm über einen Kessel gebeugt und brabbelte vor sich hin. Überall waren Essensreste verstreut, Gewürztiegel und Töpfe lagen umgekippt auf der Anrichte oder zerbrochen am Boden.

Vielleicht ist es ihre Art, das Alleinsein und die Sorgen um die Familie zu verarbeiten, überlegte Elanora. *Aber so lässt sie mich ganz allein zurück.*

Sie hätte sich gern länger dem Selbstmitleid hingegeben, aber das gehörte sich für eine Junkerstochter nicht. Zumindest nicht vor dem Gesinde. Also wies sie Nane und Growin mit einem Nicken an, die Küche zu verlassen, und wandte sich der Junkerin zu.

»Mutter«, sagte sie. «Was machst du da?«

Die Angesprochene zuckte zusammen, wischte die Hände an dem schmutzigen grünen Brokatkleid ab und rief: »Ela!

Schatz! Heute fliegen wir zu unseren Schwestern, der Trank ist bereit!«

»Ja, Mutter«, seufzte Elanora und versuchte, trotz der aufkommenden Verzweiflung ein wenig Würde zu bewahren. »Komm, ich bringe dich in dein Zimmer.«

»Aber Kind! Der Trank! Wir ...«

»Der Trank darf gern noch etwas kochen. Ich kümmere mich darum und bringe ihn, wenn er fertig ist. Komm jetzt. Bitte.«

Die Junkerin nickte. »Ich bin müde. Den ganzen Nachmittag habe ich gearbeitet.« Sie ließ sich von Elanora und Lana in ihr Zimmer führen.

Während Lana ihrer Herrin beim Waschen und Umziehen half und sie anschließend ins Bett brachte, holte Elanora den starken Beruhigungstrank, den sie von der Dorfhexe bekommen hatte.

»Hier, trink«, sagte Elanora und setzte den Kelch an Mutters Lippen.

Mutter schluckte gehorsam.

»Du kommst doch mit?«, fragte sie dann.

»Ich komme gleich«, antwortete Elanora.

Die Junkerin hatte die Augen geschlossen und lächelte.

»Flieg zu deinen Schwestern«, flüsterte Elanora. »In deinen Träumen.«

Dann verließ sie mit Lana das Zimmer.

»Herrin?«, fragte das Dienstmädchen. Es ging respektvoll einen Schritt hinter Elanora her.

»Ja, Lana?«

»Es wird immer schlimmer.« Das Mädchen hauchte es fast.

»Es wird immer schlimmer«, bestätigte Elanora.

»Aber sie ist doch keine ... Sie ist doch keine echte ...«

»Nein, Lana. Das weißt du doch. Sie ist keine Hexe«, sagte Elanora.

Die Dorfhexe war längst zu dem Schluss gekommen, dass die Junkerin von Wilderklamm der Göttin Satuaria in etwa so nahe stand wie ein durchschnittlicher Hügelzwerg. Und auch ein durchreisender Magier hatte bestätigt, dass der Mutter keinerlei arkanes Potenzial innewohnte. Auf eine Untersuchung durch einen Priester der Peraine oder des Praios wollte der Junker verzichten. Der eine hätte seine Frau der Obhut der Noioniten empfohlen, der andere – noch schlimmer – unter Umständen nach Zeichen von Besessenheit und götterlästerlicher Präsenz gesucht. Auf jeden Fall wäre der Schaden für den Ruf der Familie zu groß gewesen. So gewöhnten sich Familie und Gesinde im Laufe der Zeit daran – so gut es eben ging. Aber in einem hatte Lana recht: Es wurde immer schlimmer. Immer öfter geschah es, dass die Junkerin für Stunden, gar Tage, glaubte, eine Hexe, eine Tochter Satuarias zu sein.

»Nane wollte gerade das Abendessen vorbereiten«, sagte Lana. »Die Herrin muss da schon seit Stunden in der Küche gewesen sein, so wie es da aussieht – Verzeiht!«

»Schon gut. Ich weiß, dass es auch für euch nicht einfach ist. Aber ich weiß nicht, wie wir Mutter helfen können. Und jetzt sind Vater und Ardan und Darian auch wieder weg, und ich bin ganz all...« Elanora verstummte. Normalerweise vermied sie Vertraulichkeiten mit den Bediensteten. Aber sie sehnte sich nach jemandem, bei dem sie sich aussprechen konnte. Und Canteha begleitete den Junker bis nach Angbar, würde frühestens übermorgen zurück sein.

»Aber die Suppe ist sehr lecker«, plapperte das Mädchen, ermutigt von Elanoras Offenheit. Es stockte, als ihm klar wurde, was es gesagt hatte.

»Was? Du hast davon gekostet?« Empörung wallte in Elanora auf. Sie blieb stehen. Das Mädchen rannte sie fast um.

Lana senkte den Kopf.

»Sprich!«, rief Elanora.

»Ihr werdet doch niemanden entlassen, wenn ich es Euch erzähle?«, sagte Lana. »Es ist nämlich nicht böse oder respektlos gemeint.«

»Wenn du es mir sofort erzählst, kann es sein, dass ich niemanden vor die Tür setze.«

Lana schien einige Augenblicke zu brauchen, um den Sinn des Satzes zu verstehen, dann sagte sie: »Vor ein paar Götternamen, ich glaube, es war im vergangenen Rahja, da kam Nane in die Küche, als die Frau Junkerin gerade anfangen wollte, ihre Hexensuppe zu kochen. Nane konnte die Herrin doch nicht aus der Küche werfen! Und sie wollte sie auch nicht allein lassen, um Euch zu holen. Da ist sie einfach bei ihr geblieben und hat sich angesehen, was die Herrin macht, und geguckt, dass nichts Ungutes im Topf landet. Als die Herrin dann gegangen ist, wollte Nane alles fortkippen, aber dann kam ich dazu, und da hab ich ... hab ich gesagt – Man kann doch die guten Sachen nicht so einfach wegwerfen. Ich hab es dann gekostet. Es schmeckte sehr gut – und ... Die Frau Junkerin ist eine hervorragende Köchin. Und seitdem ... seitdem ...« Lanas Gesicht hatte eine tiefrote Farbe angenommen.

»Und seitdem?«, forderte Elanora.

Lana schwieg, eine Träne quoll aus ihrem Augenwinkel.

»Kann es sein -« Elanora holte Luft. »Kann es sein, dass – wenn ich jetzt nach unten gehe – das ganze Gesinde um den Suppentopf versammelt ist und sich zufeixt, dass es von der verrückten Junkerin bekocht wird? – Und dass das jetzt schon ein halbes Jahr so geht?«

Lana sank noch mehr in sich zusammen und nickte. »Aber die guten Sachen ...«, stieß sie unter Tränen hervor.

Elanora schnürte es die Kehle zu. Sie unterdrückte den Drang, das Mädchen zu schlagen. »Lass mich allein«, stieß sie hervor.

»Ja, Herrin«, flüsterte Lana. »Soll ich das Abendessen auf Euer Zimmer bringen?«

»Etwa die von meiner Mutter gekochte Suppe?«, schrie Elanora und hob die Hand.

»Aber Herrin!«, rief Lana und ging in die Knie.

»Geh mir aus den Augen!«

»Bitte! Ich bitte untertänigst um Vergebung, Euer Wohlgeboren. Weist mich nicht aus dem Haus. Wohin soll ich denn gehen?« Lana lag jetzt auf den Knien vor ihr.

Elanora merkte, dass sie noch immer die Hand erhoben hatte. Sie ließ sie sinken.

Der Wunsch, das Mädchen zu schlagen, war vergangen und machte unendlicher Müdigkeit Platz.

»Lass mich in Ruhe«, keuchte sie. »Lasst mich alle in Ruhe.« Sie wandte sich ab und ging davon. Jetzt hatte sie Mühe, den Rücken gerade und den Kopf erhoben zu halten. »Haltung bewahren«, murmelte sie sich ermutigend zu. Aber sie bebte am ganzen Leib. Sollte das dumme Gör – und mit ihm das ganze Gesinde – eine Nacht lang davor zittern, dass sie die ganze undankbare Bande in Schimpf und Schande vor die Tür setzte.

Dann blieb sie stehen. Ohne sich noch einmal umzudrehen rief sie: »Hier wird niemand entlassen!« Und sie ging weiter.

***

Am nächsten Morgen waren Lana und die anderen Bediensteten sehr still und scheu. Ihre Stimmung besserte sich aber zunehmend, als sie merkten, dass Elanora kein Wort über den vergangenen Abend verlor.

Was hätte sie auch sagen sollen?

Gleich nach dem Frühstück sah sie nach der Mutter. Die saß schon angezogen in ihrem Zimmer und begrüßte Elanora mit der gleichen höflichen Distanziertheit, die sie stets dann an den Tag legte, wenn sie »normal« war. Nichts wies darauf hin, dass sie sich an die Ereignisse des vergangenen Nachmittags und Abends erinnerte oder sich fragte, was sie in dieser Zeit gemacht hatte.

Aber auch das war normal.

Nach einem kurzen Gespräch, bei dem sie die Arbeiten und Erledigungen der nächsten Tage berieten, begab sich Elanora in Vaters Arbeitszimmer und blätterte in dessen umfangreichen Aufzeichnungen. Seit sie lesen konnte, schmökerte sie in seinen Reiseberichten. Wenn der Junker auf einer Queste war, verschwand sie ganze Nachmittage in seiner Welt und stellte sich vor, bei ihm zu sein. Sie betrat die undurchdringlichen, von unbekannten Gerüchen und Geräuschen erfüllten Dschungel Meridianas, erklomm Berge und überquerte Flüsse. Grün überwucherte Ruinen uralter Städte ragten vor ihr auf. Rätselhafte Katakomben und unergründliche Höhlen offenbarten ihre Geheimnisse im Schein des Fackellichts. Mutig stellte sie sich Kreaturen mit tödlichen Fängen und Stacheln. Sie lernte die Sprachen fremder Völker und erwarb sich ihren Respekt und ihre Bewunderung. Und dann kehrte sie zurück, beladen mit Schätzen und – was noch wichtiger war – erfüllt von Geschichten und Abenteuern, denen die Menschen in der Heimat atemlos lauschten.

»Aber bei den Wilderklamms hüten die Frauen das Haus, bis die Männer von Krieg und Abenteuer zurück sind. So ist es Tradition, so wird es immer bleiben«, murmelte Elanora und schob Vaters Aufzeichnungen beiseite. So sehr sie es auch versuchte, heute gelang es ihr nicht, in seine Welt zu fliehen.

Es war so ungerecht!

Warum konnte sie nicht jemand anderes sein? Irgendjemand, nur keine von Wilderklamm.

Sie stand auf, ging zum Fenster und starrte wieder hinaus.

Die stolze Burg Wilderklamm, ein bescheidenes, zweigeschossiges Herrenhaus, umgeben von Stallungen, Wirtschaftsgebäuden und einem morschen Palisadenzaun, lag auf einem Bergrücken am Rande der Koschberge. Zu Füßen des Berges trat ein ungestümer Bach aus der Klamm, die dem Tal und dem Adelsgeschlecht den Namen gab. Elanora wünschte sich manchmal, ihre Vorfahren hätten bei der Namensgebung ein wenig mehr Fantasie aufgebracht. Nach Osten hin weitete sich die Klamm zu einem engen, sanft abfallenden Tal, welches den Menschen – Bauern wie Junkersfamilie – ein gutes Auskommen sicherte. Ansonsten schien das Tal von der Welt da draußen vergessen. Der Greifenpass im Norden und Fürstenhort im Süden waren nicht fern, wenn man ein Adler war, aber Elanora trennte davon mehr als nur die schroffen Grate des Gebirges.

»Das Land von Junker Wilderklamm, es ist nicht breit, doch es ist lang«, sangen die Bauern manchmal in der Dorfschänke. Der Rest des Textes lobte weitere Breiten und Längen der Wilderklammer und ließ Elanora gelegentlich erröten. Manchmal kamen Abenteurer in die Schenke und brachten neue Lieder mit. Meist verschwanden sie nach einer durchzechten Nacht in der Klamm, um in das Gebirge vorzudringen. Die meisten kamen nach wenigen Tagen triefnass zurück und begaben sich erneut in die Dorfschenke, um ihre Kleider zu trocknen und ihre Kehle zu befeuchten. Anderen gelang es, höher in die Klamm zu steigen. Auch sie kamen meist triefnass zurück. Der Bauer, der sie aus dem Wilderbach fischte, begrub sie auf dem Boronanger an der Biegung des Flusses. Manche kehrten überhaupt nicht zurück. Ob sie oben geblieben waren, oder einen anderen Weg zurück gefunden hatten, erfuhr keiner im Tal. Und so erfuhr auch niemand, ob denn noch etwas zu holen war, hoch oben, in der längst verlassenen Zwergenbinge, der Elanora die wilderklammschen Traditionen und Erbfolgeregeln zu verdanken hatte.

Als die Binge noch bewohnt gewesen war, hatte reger Verkehr in der – von den Zwergen damals sicher ausgebauten – Klamm und im Tal darunter geherrscht. Die geschäftstüchtigen Ahnen des Junkers hatten den Eindruck gewonnen, dass die Angroschim lieber mit Männern über Warenpreise und Wegzölle verhandelten. Also gab die zukünftige Erbfolgeregel den Söhnen den Vorrang. Auch eine erstgeborene Tochter konnte keine Herrin auf Burg Wilderklamm werden. In der Not – sprich: mangels männlichen Nachwuchses – durfte auch mal der Gatte der Tochter den Titel übernehmen. Aber zuerst kamen die Söhne.

Nun war die Binge schon seit mehreren Menschengenerationen verlassen. Die Regel hatte keine Grundlage mehr, blieb jedoch um der Tradition willen erhalten. Wer hätte sie auch ändern sollen? Ein zweitgeborener Junker würde nie die Regel verändern, welche ihm selbst Land und Titel gebracht hatte. Und wer sich wunderte oder beklagte, bekam auch noch zu hören, dass eine Tradition, die sich über tausend Jahre im Garether Kaiserhaus bewährt hatte, für die Wilderklammer Junkerschaft nicht schlecht sein konnte.

Elanora störte es nicht, niemals Junkerin zu werden. Sie war seit Jahren die eigentliche Hausherrin. Die wilderklammsche Tradition erwartete zwar, dass die Töchter zeitig den Traviabund schlossen oder ein anderes Auskommen fanden – schließlich sollten sie nicht nutzlos am bescheidenen Familienvermögen nagen – aber dank der »besonderen Umstände« – der zunehmenden Verwirrtheit der Mutter – nahm es der Junker gern in Kauf, dass Elanora ganz untraditionell weiterhin unverheiratet auf dem Anwesen lebte – und sich *nebenbei* um alles kümmerte.

Etwas anderes tat Elanora weh und nagte Tag für Tag an ihrem Gemüt: Während sie das Haus hütete, begleiteten die Zwillinge – ihre Brüder Ardan und Darian, fünf Götterläufe jünger als sie – den Herrn Vater auf seinen Expeditionen, seit sie alt genug dazu waren.

***

Am folgenden Tag ging Elanora immer wieder nach draußen und beobachtete das Geschehen im Tal. Einmal zog ein Bauer mit einem Handkarren zu einem Feld, etwas später überquerten einige Rehe die Straße. Doch das war es nicht, worauf sie wartete.

Sie ging hinüber zu den Wirtschaftsgebäuden und öffnete die Tür zum Pferdestall. Die Tiere waren auf der Koppel, nur die kleine Familienkutsche stand abgedeckt in der hinteren Ecke des Stalls. Kurz beschlich Elanora ein seltsames Gefühl. Sollten der Vater und die Brüder noch hier ... Aber das war Unfug: Der Junker war ja mit der Mietkutsche aus Angbar unterwegs.

Am frühen Nachmittag – Elanora war gerade wieder in Vaters Aufzeichnungen versunken – glaubte sie, auf dem Hof Hufgeklapper zu hören.

Sie ging hinunter in die Halle.

»Lana!«, rief sie.

»Euer Wohlgeboren?« Das Mädchen, stellte Elanora bewundernd fest, erschien wie aus dem Nichts.

»Ist Canteha zurück?«

»Ja, Euer Wohlgeboren. Er ist drüben bei den Pferden«, antwortete Lana prompt.

Elanora schaute das Mädchen eindringlich an.

Es errötete.

Elanora hüllte sich in ihren Umhang, ging aus dem Haus und überquerte den Hof. Das Tor zum Pferdestall stand jetzt offen. Sie beschleunigte ihre Schritte. Kiro kam angerannt und sprang ihr zwischen die Füße, sodass sie stolperte. Sie ging in die Knie und streichelte ihn. Der Kater schnurrte und strich um ihre Waden.

Er hat mich seit Vaters Aufbruch nicht mehr besucht, dachte Elanora. *Oder genauer: Seit ich ihn an dem Abend getreten habe. Glaubt er, dass er mich genug gestraft hat oder merkt er, dass meine Stimmung sich bessert?*

Sie kraulte ihn noch mal zwischen den Ohren, stand dann auf und ging weiter.

Kiro folgte ihr.

Fiona, die braune Stute, stand gestriegelt in ihrer Box und kaute Heu. Zaumzeug und Sattel hingen an ihren Plätzen. Elanora strich dem Pferd über den Hals und schaute sich um. Ein schleifendes Geräusch kam von oben. Ein Haufen frischen Heus fiel aus der Luke im Heuboden. Elanora und Kiro mussten zur Seite springen, um nicht darunter begraben zu werden.

»Canteha!«, rief sie. »Bist du da oben?«

Sie hörte Schritte. Die Beine eines Mannes erschienen auf der Heubodenleiter. Gleich darauf stand Canteha vor ihr. Trotz der herbstlichen Kühle war sein Oberkörper unbedeckt.

Er verneigte sich. »Euer Wohlgeboren, verzeiht, dass ich nicht gleich kam, aber ich wollte zuerst das Pferd versorgen und mich um den Stall kümmern.«

Elanora nickte. »Es ist gut. Ich war nur etwas ungeduldig. Bitte, mach ruhig alles fertig. Ich habe Zeit.« *Ja*, dachte sie, *Zeit ist wohl das, was ich im Überfluss habe*.

Canteha zögerte.

»Nun mach schon!«, rief Elanora. »Es hat wirklich Zeit!« *Und ich schaue dir gern zu*, fügte sie in Gedanken hinzu und lachte. Sie war überrascht, aus ihrem eigenen Mund ein so unbeschwertes Mädchenlachen zu hören.

Canteha wandte sich wieder seiner Arbeit zu.

»Euer Vater und Eure Brüder sind gut in Angbar angekommen«, rief er und verteilte das Heu in den Pferdeboxen. »Sie sind sofort weitergereist. Ich schätze, sie sind inzwischen auf dem Greifenpass.«

»Das ist schön«, erwiderte Elanora knapp und genoss den Anblick des arbeitenden Mannes. Die Muskeln unter seiner kupferfarbenen Haut bewegten sich wie lebende Tiere. Elanora ertappte sich bei dem Wunsch, sie zu berühren.

Ob Lana und er ...? So, wie das Mädchen vorhin errötete ... Sie verspürte einen Hauch von Eifersucht.

Gleich darauf verdrängte sie das Gefühl. Es ging sie nichts an und außerdem war es albern: Sie und Canteha!

»Euer Wohlgeboren, ich bin soweit«, sagte Canteha endlich, stellte die Heugabel beiseite und kam zu ihr.

»Canteha«, sagte Elabora tadelnd, »wie oft soll ich es dir noch sagen! Früher hast du mich Ela genannt, oder Nori, oder ... und du ... Du darfst es auch noch heute.«

»Verzeiht, Herrin Elanora. Aber das wäre nicht angemessen. Ich bin nur der Stallbursche – und Ihr seid die Gutsherrin.«

»Ach Canteha! Ich bin nur die Tochter des Junkers, und du weißt genau, was das bei den Wilderklamms bedeutet. Du bist zumindest der Stall*meister*. Außerdem sind wir wie Geschwister aufgewachsen.«

»Aber inzwischen ist mir bewusst, wo mein Platz in der zwölfgöttlichen Ordnung ist.«

»Rede keinen Unsinn. Du bist kein Sklave mehr, sondern ein freier Mann!«

»Ich bin dem Herrn Junker auch dankbar für alles. Aber es ist doch nicht recht, Euch Spitznamen zu geben.« Er sah sie nachdenklich an, und fügte dann hinzu: »Aber sprecht, was führt Euch zu mir?«

»Hättest du nicht Lust, ein wenig mit mir spazieren zu gehen? Du könntest mir von früher erzählen. Vom Süden.«

»Herrin Elanora. Ich begleite Euch gerne, wenn Ihr es wünscht. Aber Ihr wisst, dass ich kaum Erinnerung an früher habe. Euer Vater hat mich auf dem Al'Anfaner Sklavenmarkt gekauft. Da war ich vielleicht fünf. Und davor habe ich auf einer Plantage gelebt. Verzeiht meine Wortwahl, aber ich habe so viel vom Dschungel gesehen wie Ihr.«

Elanora nickte. »Ich weiß, ich weiß. Aber versuch es doch einfach. Versteh mich doch!« Sie seufzte, wandte sich ab und ging forschen Schritts zum Burgtor hin.

»Ich verstehe schon«, hörte sie Canteha murmeln.

Sie blieb stehen und schaute zu ihm zurück.

Canteha zog sein Hemd an, schloss die Stalltür und folgte Elanora. Gemeinsam setzten sie den Weg fort.

»Canteha?«, begann Elanora.

»Ja Herrin ... Elanora?«

»Warum darf ich nicht mit? Und warum kann ich mich damit nicht abfinden?«

»Weil Ihr eine von Wilderklamm seid«, beantwortete Canteha beide Fragen.

Schweigend gingen sie weiter.

Südlich und westlich des Bergrückens, auf dem Burg Wilderklamm stand, lag eine schmale Senke, dahinter stieg das Gelände steil an. Auf einige hundert Schritt war der Hang spärlich bewaldet und bot massenhaft Plätze, um die Aussicht über die Burg und das Tal zu genießen. Die schroffe Klamm zu ihrer Linken und die schneebedeckten Berge dahinter lagen zu dieser Tageszeit schon im Schatten des Gebirges, aber das Tal selbst war nach Osten hin noch sonnendurchflutet. Der Wilderbach schillerte silbern, die Bergwälder leuchteten in ihren Herbstfarben.

Elanora hatte heute keinen Blick dafür. Ihre Gedanken waren bei Canteha und dem, was er gesagt hatte. Die dunkle Haut und der fremdländische Name täuschten. Canteha war so sehr Mittelreicher wie sie, und – abgesehen von einer Sache – noch mehr den wilderklammschen Traditionen verhaftet.

Als der Vater Canteha vor fast dreißig Jahren von einer Reise mitgebracht hatte, sprach der Junge kein Wort Garethi. Doch der Junker hatte ihn wie einen Adoptivsohn aufgezogen. Canteha wurde ein treuer Spielkamerad für Elanora und später auch für die Zwillinge. Ein richtiger Bruder.

Aber als er ins Mannesalter kam, veränderte er sich. Er zog sich immer mehr von Elanora und ihrer Familie zurück und suchte stattdessen Kontakt zu den Bediensteten und Dorfbewohnern.

Eines Tages trat er vor den Junker und bat ihn, in den Pferdestall ziehen zu dürfen, um sich fortan als Stallbursche zu verdingen.

Elanora hatte ihren stolzen Vater nie zuvor aber auch danach nie wieder so nahe an den Tränen gesehen. Er hatte Canteha gefragt, was *er* falsch gemacht hätte und was *er* ändern solle: Er sei doch fast ein Sohn für ihn.

Doch Canteha hatte mit allem Respekt und fester Stimme erwidert, der Junker von Wilderklamm habe selbstverständlich nichts falsch gemacht und alles sei gut so. Dass er wie ein von Wilderklamm erzogen worden sei, dafür sei er artig dankbar, denn so wisse er inzwischen, was sich gehöre und wo sein Platz sei. Er wäre eben *kein* von Wilderklamm und würde nimmer einer werden. So sei die zwölfgöttliche Ordnung!

So gut war Canteha erzogen worden. Ein Koscher und Wilderklammer durch und durch! Und er glaubte zu wissen, wohin er gehörte, ob es dem Ziehvater oder Elanora gefiel oder nicht.

So hauste Canteha seither im Stall. Er hatte als Stallbursche gearbeitet und war später zum Stallmeister befördert worden. Canteha war der einzige Bedienstete, dem der Junker nie Befehle erteilte, den er immer nur bat. Was für Canteha kein Unterschied war, er erfüllte die Bitten des Junkers wie einen Befehl. Bis auf eine: Als der Junker Canteha gefragt hatte, ob er ihn auf einer Expeditionen begleiten wolle, hatte er höflich, doch bestimmt, abgelehnt. Der Herr von Wilderklamm hatte dies mit einem traurigen Lächeln akzeptiert. Canteha war auf dem Anwesen geblieben.

Und noch etwas war geblieben: Das Zimmer, das Canteha bis zu seinem fünfzehnten Tsafest bewohnt hatte, war auf des Junkers Befehl unverändert geblieben: »Dort lebt mein verschollener Sohn, ob es ihm gefällt oder nicht.«

Trotzdem hatte Elanora das Gefühl, in Cantehas Gegenwart einen Hauch der ersehnten Ferne zu spüren. Oder war es nur die Erinnerung an eine Kindheit, in der die Zukunft noch voller Verlockungen und Abenteuer war?

Im Frühling kam der Junker mit seinen Söhnen zurück. Dann würde es ihr endlich gelingen, ihn zu überzeugen, dass er sie auf die nächste Reise mitnehmen musste.

***

Travien Kerlingson war mit sich völlig im Reinen. Der sanft abfallende Hang gewährte einen Blick über das Hochtal mit der Ruinenstadt, der einem gewöhnlichen Abenteurer den Atem stocken ließ. Doch Travien war nicht gewöhnlich. Wenn das alte Blaublut recht hatte, wartete jenseits der Steinhaufen etwas Besseres auf ihn. Der Anblick, der Traviens Glückseligkeit in geradezu alveranische Sphären hob, lag deutlich näher. Und er lag im wörtlichen Sinne: Seine Begleiter waren nach dem anstrengenden Aufstieg zu Boden gegangen. Und da waren sie immer noch. Sie schnauften und schwitzten, den Rücken ans Gepäck gelehnt, oder lagen im Dreck und schnappten nach Luft. Er hingegen stand aufrecht zwischen seinen Begleitern. Da wusste Travien, dass sich die Jahre aufopfernder und selbstvergessener Übung gelohnt hatten.

Ein leises Hüsteln riss ihn aus der Selbstbetrachtung.

Er drehte sich um.

Natürlich: Die *Krähe* verdarb das ganze Bild! Die Magierin stand, entspannt auf ihren Stab gestützt, einige Schritte hinter ihm. Keine Schweißperle zeigte sich auf ihrem faltigen Gesicht. Das lange, graue Haar war, wie immer, akkurat nach hinten gebunden, die schwarze, mit feinen roten Mustern durchwirkte Robe bauschte sich leicht im Wind. Und sie lächelte *auf ihn herab!*

Wie er dieses Weib verabscheute!

Aber wenn der Horasier, sein Auftraggeber, recht hatte, würde er sie noch brauchen.

Wen noch?, überlegte er und wandte sich wieder schöneren Anblicken zu.

Seit sie Nasha verlassen hatten, war der Expeditionstrupp auf zweiunddreißig Männer und Frauen angewachsen. Auf wie viele konnte er zählen, wenn es hart auf hart kam? Klar: Das mittelreichsche Blaublut und seine Söhne konnten Ärger machen, aber sie hatten ihren Zweck schon erfüllt. Und unter den Leuten, die sich in Nasha angeschlossen hatten, befanden sich einige, die mit ihrer Mischung aus Ehrenkodex und Aberglaube eher lästig als hilfreich waren. Aber die meisten standen Phex und Kor näher als Hesinde und Rondra. Alles in allem konnte er sich wohl auf gut zwanzig Leute verlassen. Das waren genug.

»Gehen wir weiter«, riss ihn die Magierin aus seinen Überlegungen. »Es wird bald dunkel.«

Du siehst nicht so aus, als hättest du Angst vor der Dunkelheit, wollte Travien zurückgeben. Immerhin war *er* hier der Anführer. Doch stattdessen hörte er sich sagen: »Habt ihr die hochgelehrte Magistra nicht gehört? Steht auf, ihr faules Pack! Es geht weiter.« Er spuckte aus. *Hochgelehrte Magistra! Alte Ackerkrähe würde besser passen.* Aber warum sollte er sich mit ihr streiten? Sie würde schon noch sehen, wer hier der Herr war. Das alte Blaublut, diesen Junker von Wilderklamm, hatte Travien recht schnell in die Schranken verwiesen. Spätestens seit Nasha wusste der Herr Wohlgeboren auch genau, wo sein Platz war. Aber an der Krähe biss sich Travien die Zähne aus.

»Kerlingson heißt du? Travien? Ich werde es mir merken. Und du, Bursche, nenn mich einfach hochgelehrte Magistra, das genügt fürs erste«, hatte die Magierin gesagt, als sie sich der Expedition im Auftrag des Horasiers angeschlossen hatte. Ihren richtigen Namen hatte sie niemandem genannt. So war sie zur Krähe geworden. Wegen ihres langen grauen Haars und ihrer flatternden schwarzen Robe. Und ganz besonders wegen ihrer dunkel schillernden Augen, die jeden taxierten wie die einer Krähe das Schlachtfeld des vorigen Tages: *Welch ein Festmahl*, sagten diese Augen. *Beginne ich mit der Nase oder labe ich mich zunächst an der Zunge? Der Tisch ist reichlich gedeckt.* Krähenfraß waren sie, das wusste Travien seit der ersten Begegnung mit der Magierin.

Natürlich wagte niemand, die Krähe in ihrer Gegenwart so zu nennen. Aber wie schnell sogar der Dümmste in Traviens Truppe das »hochgelehrte Magistra« über die Lippen brachte, war schon unheimlich. Das ganze Weib war unheimlich!

Seufzend nahmen die Männer und Frauen ihr Gepäck wieder auf. Der Junker kam zu Travien herüber, sein knallrotes Gesicht ließ befürchten, dass er gleich tot umfallen würde.

Noch ehe Travien etwas sagen konnte, wandte sich die Krähe an den alten Mann und fragte: »Und? Wo ist es, Bursche?«

Unter anderen Umständen hätte Travien es lustig gefunden, dass die Krähe auch den Alten *Bursche* nannte.

»Euer hochgelehrte Magistra«, setzte von Wilderklamm an, »ich würde es begrüßen, wenn Ihr mich *Euer Wohlgeboren* nennt. Seht: Ich biete Euch den gehörigen Respekt, da kann ich doch erwarten ...«

»Papperlapapp!«, unterbrach ihn die Krähe. »Wo ist dieses Loch?«

»Kamaluqs Schlund? Nun, wenn meine Recherchen exakt sind, müsste sich der so titulierte Ort – ich möchte noch einmal erwähnen, dass es mit Sicherheit kein aus der mohischen Mythologie und Sprache abgeleiteter Name ist, denn die Mohahas würden ihren Jaguargott niemals mit einem steinernen Schlund versehen. Ich schließe also daraus ...«

»Das Belehren überlass den Gelehrten«, fuhr die Krähe dazwischen. »Komm zur Sache, Kerl! Beantworte meine Frage!«

Manchmal konnte die Magistra fauchen wie eine Hafenhure, aber dieses Mal war Travien froh, dass sie den Redeschwall des Blaubluts unterbrach.

»Ja – sofort – verzeiht«, knickte von Wilderklamm ein. »Seht Ihr das Tal zwischen dem zweiten und dritten Berggipfel uns gegenüber? Es ist steiler und tiefer eingeschnitten als die anderen. Und könnt Ihr auch sehen, dass sich von der Stadt aus ein Weg in Serpentinen dort hinauf zieht? Einst muss es eine prächtige Straße gewesen sein, aber heute sieht man ...«

»Was habe ich gerade gesagt?«, ging die Magierin ein weiteres Mal dazwischen.

»Ich soll nicht belehren. Ich weiß. Nun, wenn Ihr den Kopf schräg legt, könnt Ihr auch erahnen, warum dieser Ort Kamaluqs Schlund genannt wird. Am Eingang der Schlucht seht Ihr eine Felsformation, die fast wie der Kopf einer Katze – oder eines Jaguars beziehungsweise Kamaluq – aussieht. Das Maul ist weit aufgerissen. Das Ganze ist natürlich verzerrt. Man braucht schon eine gewisse Fantasie, um es zu erkennen, aber – das ist Kamaluqs Schlund. Da bin ich sicher.«

Die Krähe nickte.

Travien konnte den Kopf drehen und wenden, er erkannte nichts. Da drüben war eine Schlucht. Wie hundert andere auch. Aber wenn die beiden Alten sicher waren, sollte es ihm recht sein.

»Also los!«, rief er, fröhlicher, als ihm zumute war. »Schauen wir uns den Katzenkopf doch mal näher an. Und dann schauen wir, was sich dahinter verbirgt.«

»Wir müssen natürlich noch die Diener um Erlaubnis fragen«, wandte das Blaublut ein. »Obwohl der Begriff Diener natürlich nur eine unzureichende Übersetzung aus dem Mohischen ist. Es ...« Junker Wilderklamm stockte. Dann fügte er eilig hinzu: »Ein Mohahastamm bewacht diesen Ort. Er wird uns sicher einen Blick auf Kamaluqs Schlund gewähren.«

»Es wird nicht bei einem Blick bleiben«, erwiderte die Krähe. »Und ich frage auch keinen Diener im Lendenschurz um Erlaubnis. Los jetzt!« Sie setzte sich an die Spitze des Zuges.

Travien folgte.

Obwohl er genaue Anweisungen von seinem Auftraggeber hatte, gefiel ihm die Sache immer weniger. Die Krähe hatte keine Ahnung von den Gegebenheiten des Dschungels. Und vom Umgang mit den Waldmenschen ganz zu schweigen! Ihre Arroganz und Unverschämtheit konnte ihnen allen zum Verhängnis werden. Vielleicht sollte Travien die Befehle des Horasiers einfach vergessen und das verfluchte Weib bei der nächsten Gelegenheit an die Blutfische verfüttern.

Travien lächelte bei dem Gedanken.

In diesem Augenblick drehte sich die Krähe zu ihm herum. Auch sie lächelte. Sie lächelte wie eine Lehrerin, die einen Schüler bei einem missglückten Streich erwischt hat.

Sie kann mir in den Kopf schauen, dachte Travien.

Das Lächeln der Krähe wurde noch breiter.

***

Der Schnee schmolz auf den sonnenbeschienenen Hängen. Krokusse und Schneeglöckchen brachen durch das schwindende Weiß. Gespannte Erwartung herrschte auf Burg Wilderklamm und im Dorf. Die bevorstehende Rückkehr des Junkers und seiner Söhne versetzte alle in Aufregung. Ein Fest stand bevor. Wie immer, wenn Wolfhart von Wilderklamm auf seinen Stammsitz zurückkehrte.

Aber keine Kutsche rollte auf den sprießenden Rasen vor dem Herrenhaus, kein Vater polterte durchs Portal, braungebrannt und mit wildem Bart. Der Tsa neigte sich schon dem Ende zu und niemand kam, nicht einmal eine Nachricht. Elanora begann sich Sorgen zu machen. Auch die Mutter und die Bediensteten wurden unruhig. Geflüstert wurde im Dorf: Hatte der Junker in der Fremde ein – wenn auch frühes, so doch wenig überraschendes – Ende gefunden?

Dann, eines Nachmittags Anfang Peraine, rollte eine fremde Kutsche auf den Hof. Ein kräftiger Mann in den Dreißigern stieg aus. Er war gepflegt, aber etwas stutzerhaft gekleidet. Elanora beobachtete vom Fenster aus, dass er zur Tür ging und klopfte. Sie wartete, bis Lana ihn eingelassen hatte, und ging dann in die Halle.

Der Fremde hatte den Hut abgenommen und präsentierte einen kahlen Scheitel, der von einem zum Pferdeschwanz gebundenen Haarkranz umrahmt war.

»Euer Wohlgeboren Elanora von Wilderklamm«, sagte er mit einer Verbeugung. »Danke, dass Ihr mich empfangt.«

Elanora nickte. »Wer seid Ihr?«

»Ihr erinnert Euch nicht? Wie schade. Ich dachte ...« Er verstummte.

Elanora glaubte, ihn zu erkennen: »Jakus? Jakus Halminger?«

»Nun, dann habe ich doch einen bleibenden Eindruck bei Euch hinterlassen, meine liebe Elanora.«

Elanora spürte die Zweideutigkeit, mit der Halminger auf gewisse Eindrücke anspielte. Die Junkerstochter hätte Jakus doch eher als Jugendsünde bezeichnet und die Erinnerung an ihn erfolgreich verdrängt.

»Nun, du scheinst es ja zu etwas gebracht zu haben, lieber Jakus«, sagte Elanora. »Aber sag an: Was führt dich zu mir?«

»Können wir das nicht in einer intimeren Umgebung bereden?«

Wieder diese Anspielungen!

Sie nickte. »Komm mit. Tee? Oder vielleicht Wein?«

»Tee wäre schön.«

»Lana! Mach Tee und bring ihn ins Schreibzimmer.«

Elanora setzte sich hinter Vaters Schreibtisch und hieß Halminger ebenfalls Platz nehmen.

Sie schwiegen, bis Lana den Tee serviert und sich wieder zurückgezogen hatte.

Elanora nippte an ihrer Tasse.

»Nun? Was verschafft mir die Ehre?«

Auch Halminger trank, setzte dann die Tasse langsam ab und lächelte. »Wie lange ist es her? Fünfzehn Jahre?«

»Siebzehn. Ich habe sie gezählt«, erwiderte Elanora.

»Ich dachte, du würdest dich freuen, mich wiederzusehen. Immerhin waren wir einst ein Paar.«

»Wirklich? Der Sohn des Dorfschmieds hat es geschafft, die Tochter des Junkers zu verführen. Ich war fast noch ein Kind.«

»Das warst du nicht; eindeutig nicht«, sagte Halminger lächelnd.

»Hm«, murmelte Elanora nur. Gerade zur Frau gereift, hatte sie den stattlichen Burschen aus dem Dorf angehimmelt. Und der bekam, was er wollte. Fast ein halbes Jahr trafen sie sich in Ställen und auf den Wiesen. Bis Vater dahinter kam.

»Und als diese Beziehung abrupt beendet wurde, warst du so enttäuscht, dass du das Weite gesucht hast«, sagte Elanora.

»Aus gutem Grund: Ich glaube nicht, dass es dir gefallen hätte, wenn ich mich gegen die Prügel gewehrt hätte, die mir dein Vater angedroht hat, wenn ich ihm noch einmal über den Weg laufen würde.«

Elanora kommentierte Halmingers verschrobenen Erklärungsversuch mit einem Hüsteln.

Er fuhr fort: »Wenn du mir ein Zeichen gegeben hättest, hätte ich zu dir gestanden. Ich hatte dich wirklich gern.«

»Wie du schon sagtest: Mein Vater hätte es nie akzeptiert. Und heute weiß ich auch, dass es besser so war.«

»Ja. Ich war nicht standesgemäß. Aber mir wäre es egal gewesen!«

Elanora lachte: »Dir? Natürlich. Dir konnte es egal sein. Du hattest ja nichts zu verlieren. Aber wie es scheint, hast du eine andere gefunden, deren Namen und Vermögen du heiraten konntest. Oder hast du die Kleider und die Kutsche geliehen? Oder gar gestohlen? Verzeih mir, aber ich kann mir nicht vorstellen, dass du es mit ehrlicher Arbeit geschafft hast.«

Halminger wurde blass, seine Züge starr. »Ehrliche Arbeit? – Fräulein von Wilderklamm«, sagte er förmlich. »Ich habe es tatsächlich durch harte Arbeit zu etwas gebracht. Was Ihr nie verstehen werdet.«

Elanora zog scharf die Luft ein. »Nun – Wenn es damit geklärt ist, so sagt mir endlich, was Euch hierherführt, *Herr* Halminger. Die alten Zeiten werden es wohl nicht sein.«

»Nun, ich dachte, ein Appell an die alte Liebe würde es vielleicht etwas leichter machen. Aber wie Ihr wollt ...« Er holte Luft und sprach dann weiter: »Wie ich hören musste, sind der Junker und seine Söhne überfällig. Muss man sich da Sorgen machen?«

»Ich weiß nicht, was Ihr gehört habt. Noch weniger weiß ich, was es Euch angehen sollte. Und überhaupt: Woher wollt Ihr wissen, wann mein Vater zurückzukommen gedachte?«

»Woher ich es weiß? Ich weiß es so gut wie Ihr.«

»Das ist doch keine Antwort! Ihr redet wirr, wie mir scheint.«

»Und mir scheint es, dass Euch Eure eigene Situation nicht bewusst ist. Schenkte der Junker von Wilderklamm seiner Tochter und Verwalterin dieses *stolzen* Anwesens so wenig Vertrauen?«

»Wovon sprecht Ihr?«

Halminger schüttelte den Kopf. Er wirkte ernsthaft überrascht. »Ist Euch nie etwas merkwürdig vorgekommen?« Er schaute sich in der Schreibstube um und wies mit einer ausladenden Geste auf die papierbeladenen Regale. »Habt Ihr Euch nie gefragt, wo all die Schätze und Artefakte sind, von denen Euer Vater berichtete? Ja! Ich kenne die Reiseberichte des Junkers. Er ist kein Unbekannter in Gelehrten- und Forscherkreisen. Wenn auch nicht auf die Art und Weise, wie Ihr es Euch vielleicht wünscht. Überhaupt nicht. Darf ich Euch aufklären?« Er lächelte schmallippig. »Der Herr Junker hat bei der Gemeinschaft der Freunde des Aves in Vinsalt vorgesprochen und ist fortgeschickt worden. Er war bei der Kaiserlich Derographischen Gesellschaft in Gareth. Nicht einmal die wollte seine Expeditionen unterstützen! Aber seine Reiseberichte sind dort bekannt. Jeder kann sie lesen – zur Belustigung!«

»Wie könnt Ihr es wagen!«

»Ich kann es wagen! Ich kann noch viel mehr! Euer törichter Vater und Eure missratenen Brüder haben von ihren unzähligen aufwändigen und teuren Expeditionen nicht so viel Gold oder andere Preziosen mitgebracht, wie unter meinen Fingernagel passen! Dieser Umstand hat Euer Familienvermögen doch sehr in Anspruch genommen. Auch wenn ich inzwischen glauben darf, dass Euch diese Tatsache bislang verborgen blieb. Aber da kann ich Abhilfe schaffen: Um die Reise zu finanzieren, von der Euer Vater offenbar nicht zurückzukehren scheint ...« Halminger nahm genüsslich einen Schluck aus der Teetasse. »... hat er sich eine nicht unerhebliche Summe geliehen. Und zwar von mir! Ich versichere Euch, dass Jakus Halminger – der Sohn des Dorfschmieds, wie Ihr schon hervorgehoben habt – es nicht durch Geschenke zu Wohlstand gebracht hat! Er wird auch in diesem Fall nicht auf sein Eigentum verzichten. Leider muss ich befürchten, dass Euch bald nicht einmal mehr das Kleid gehört, das Ihr tragt.«

Er musterte Elanora noch einmal. Dieses Mal zog er ihr mit seinen Blicken eindeutig die Kleider vom Leib.

Sie schaute angewidert weg.

Halminger zog ein Bündel Papiere aus der Tasche und warf es vor Elanora auf den Tisch.

Sie konnte die feine Handschrift ihres Vaters erkennen. Die meisten Papiere waren Schuldscheine. Die eingetragenen Summen machten sie schwindlig.

»Dies bringt Euch und Eure Mutter in den Schuldturm. Vielleicht könnt ihr den Rest Eures Lebens in der Gosse Gareths verbringen. Vielleicht dürft Ihr noch ein paar Jahre versuchen, Euer adeliges Fleisch an den Mann zu bringen.«

»Wie könnt Ihr es wagen? Verdammt! Was wollt ihr?« Je lauter Elanora wurde, desto mehr senkte Halminger die Stimme. Gelassen sagte er: «Ich kenne die eigenwilligen Regelungen, die Eure Familie in Erbfolgeangelegenheiten getroffen hat. Wie Euch sicher bewusst ist, wird *Euch* Wilderklamm niemals gehören! Sollten Euer Vater und Eure Brüder nicht in absehbarer Zeit zurückkehren, so gehen Titel und Ländereien an den nächsten männlichen Verwandten. Und das ist Euer Vetter Vitus von Oberbruch, der – wie ich gern sage – ein guter Freund von mir ist.«

»Vitus ist ein ebensolcher Nichtsnutz wie sein Vater. Ihr kommt natürlich in seinem Auftrag?«

»Mag sein, dass Euer Onkel keine Zierde der Familie war. Aber Vitus hat sich als geschäftstüchtiger erwiesen, als Ihr glaubt. In seiner Sammlung fehlen nur noch ein Titel und ein Stammsitz ...«

Elanora zog scharf die Luft ein.

»Aber ich darf Euch beruhigen. Es ist ihm nicht bekannt, wie nahe er der Erfüllung seiner Wünsche ist – noch nicht. Oder, um Eure Frage zu beantworten: Nein, ich bin nicht in Vitus' Auftrag hier.«

»Nicht? Was wollt Ihr dann?«

»Nun, ich wüsste, wie wir diese hochpeinliche Angelegenheit aus der Welt schaffen könnten, ohne dass Ihr das Gesicht verliert. Und natürlich, ohne dass *ich* ein Vermögen verliere. Obwohl mein Einsatz schon etwas höher sein wird als der Eure: Der würde sich auf ein bescheidenes *Ja* beschränken.«

Elanora schwante Übles. Zornig rief sie: »Du schwafelst, Jakus! Sag doch, was du von mir willst, damit ich dich endlich vom Hof jagen kann!«

Halminger ließ sich nicht aus der Ruhe bringen. Süßlich lächelnd wechselte auch er wieder zu einem vertraulichen Ton: »Wie du wünschst, meine Liebe. Und wie schon gesagt: Meine Tüchtigkeit und ein angemessener Lebenswandel haben es mir erlaubt, beachtliche Rücklagen zu bilden, von denen wiederum ein Teil in die fixen Ideen deines Vaters geflossen sind. Auch wenn es nicht mein Ruin wäre, so möchte ich doch nicht darauf verzichten. Aber ich wäre bereit, sie – und noch viel mehr – in eine Ehe einzubringen.«

»Du willst mich heiraten? Aber du bist nicht einmal ...« Elanora verstummte.

»Ich bin nicht von Stand«, beendete Halminger den Satz. »Darauf hast du mich schon mehrfach hingewiesen. Aber ich bin deine Rettung.«

»Du meinst, du bekommst jetzt, was ich dir vor siebzehn Jahren versagt habe?«

Halminger lachte: »Elanora, es ist nicht deine zweifellos gereifte Schönheit, die mich dieses Angebot machen lässt. Ich lege keinen Wert mehr darauf, dich zu berühren, Fräulein.«

Sein Blick strafte ihn Lügen. Und dieser Blick machte Elanora Angst.

Da sie keine Anstalten machte, etwas zu erwidern, fuhr Halminger zufrieden fort. »Wie gesagt, ich kenne das Erbrecht der Wilderklamms. Ist kein direkter männlicher Nachfahre vorhanden, fällt der Junkerstitel an den Ehemann der ältesten Tochter, noch ehe er in eine indirekte Erblinie – sprich: zu deinem Vetter – wechselt. Du könntest hierbleiben, und deine Mutter natürlich auch.«

Elanora senkte den Blick. Halminger sollte nicht sehen, dass ihr Tränen in die Augen traten. Verzweiflung überkam sie. Sie war ihm ausgeliefert. *Denk nach! Denk nach!*, dachte sie.

Doch in ihrem Kopf herrschten nur Panik und Verwirrung. Um irgendetwas zu tun, schob sie die Schuldscheine auf dem Tisch hin und her. Sollte sie sie einfach nehmen und zerreißen? Ihre Hand zitterte. Halminger hatte sicher noch weitere – oder Abschriften und Zeugen. Er würde es ihr nicht so leicht machen. Außerdem war er ihr körperlich weit überlegen.

Dann sah sie etwas.

»Dieser Schuldschein ist noch gar nicht fällig«, rief sie überrascht. Sie nahm einen weiteren, überflog auch diesen. »Fällig zum Ersten im Boronmond ... auch dieser.«

Es war eine Kleinigkeit, aber sie genügte, um in Elanora wieder einen Hauch von Zuversicht zu wecken. Sie hob den Kopf und sah Halminger in die Augen.

»Dein Vater ist jetzt verschwunden«, sagte er. »Warum warten, bis alles zu spät ist? Warum ...?«

»Warum glaubst du, dass er tot ist?«, fragte sie leise. Ihre Stimme wurde fester. »Warum glaubst du, dass er und meine Brüder nicht zurückkommen? Hast du etwas damit zu tun? Was hast du mit ihnen gemacht, du Dreckskerl?« Elanora sprang auf.

Halminger schien sowohl über den Stimmungswechsel als auch über ihre Anschuldigung überrascht. »Ich?«, rief er und zuckte zurück, als sei er geschlagen worden. »Ich habe nichts damit zu tun! Ich bin kein Mörder!«

»Nicht? Mag sein. Zumindest bist du ein Leichenfledderer! Ein Aasgeier! Du fällst über sie her, ehe sie kalt ... nein, ehe sie überhaupt tot sind. Mein Vater lebt! Und er wird zurückkommen! Verschwinde! Und wage es nicht, dich hier noch einmal blicken zu lassen!«

Halminger stand ebenfalls auf. Gelassen sammelte er die Schuldscheine ein und sagte: »Wir werden sehen. Wir werden sehen, mein Schatz. Ich habe dir eine Chance gegeben. Mag sein, dass diese Schuldscheine erst im Boron fällig sind. Aber du solltest einen anderen Tag noch viel mehr fürchten: Ein Jahr und einen Tag, nachdem dein Vater sein Land verlassen hat, wird dein lieber Vetter Vitus über diese Türschwelle treten und sein Recht fordern.«

»Das ist Unsinn! Mein Vater war doch nicht schon bei seiner Abreise verschollen! Unzählige werden ihn gesehen haben, bevor er in Havena das Schiff bestiegen hat! Und in Chorhop werden sich Zeugen finden. Und in ... in ... Das wird der Fürst genauso sehen!«

»Mag sein, mag aber auch nicht sein. Ich würde dir empfehlen, schon mal mit der Suche nach Zeugen zu beginnen. Und was sie auch sagen werden: Vitus wird näher an seinem Ziel sein als je zuvor. Es sei denn ... Nun, denk darüber nach. Ein wenig Zeit hast du ja noch, es dir zu überlegen. Aber das nächste Mal wirst du betteln müssen. Und ich werde dich kriechen lassen.«

»Eher lande ich in der Gosse, als dich zum Junker zu machen, Jakus!«

»Warte ab. Du ahnst nicht, wie tief du fallen kannst, Elanora-Schatz. Und es wird mir ein Vergnügen sein, dich dabei zu beobachten.« Er verneigte sich tief. »Ich finde den Weg hinaus selbst.«

***

Noch immer gab es kein Lebenszeichen vom Vater und den Brüdern. Am liebsten hätte Elanora Jakus Halmingers Besuch vergessen. Aber sie musste seine Drohung ernst nehmen, und jeder Tag, den sie verstreichen ließ, brachte Jakus Halminger oder Vetter Vitus näher an die Erfüllung ihrer Wünsche.

Wer konnte ihr helfen? Das Ansehen der Familie stand auf dem Spiel! Schon jetzt wurde zu viel über den ausbleibenden Junker geflüstert. Bald würde es kein Geflüster, sondern Gerede sein. Dann würden dem Gerede die wildesten Gerüchte folgen. Und wenn diese Gerüchte zu Vitus vordrangen – oder wenn etwas von den Schuldscheinen bekannt würde ... sie wollte gar nicht daran denken!

Elanora vermutete, dass Halminger über Spitzel verfügte, die ihn über jeden ihrer Schritte unterrichteten, aber sie konnte nicht länger abwarten. Mitte Peraine machte sie sich mit Canteha auf den Weg nach Gareth. Es würde niemandem ungewöhnlich vorkommen, denn sie besuchte die Reichshauptstadt ein oder zwei Mal im Jahr.

Die einwöchige Reise verlief ereignislos. Nachdem sie sich in einer Herberge eingemietet hatten, überließ Elanora es Canteha, bei einigen Handwerkern und Händlern Einkäufe zu tätigen. Das meiste hätte es auch in Ferdok oder Angbar gegeben, aber Waren aus dem fernen Gareth waren immer etwas Besonderes, auch wenn die eine oder andere Töpferware vielleicht sogar von einem Koscher Handwerker gefertigt worden war und jetzt in die Heimat zurückkehrte.

Canteha war beschäftigt. Elanora machte sich auf den Weg in die Neu-Garether Weststadt, zum Anwesen der Kaiserlich-Derographischen Gesellschaft. Wenn Jakus Halminger nicht gelogen hatte, war der Junker von Wilderklamm dort bekannt, und sie konnte Informationen über seine letzten Reisepläne erhalten. Vielleicht erfuhr sie auch, ob sein Ruf in Gelehrtenkreisen wirklich so schlecht war.

***

Prainor Munter, Leiter der Kaiserlich-Derographischen Gesellschaft, empfing Elanora in seinem bescheidenen Büro. »Was führt Euch zu mir, Euer Wohlgeboren?«, fragte er.

»Mir wurde mitgeteilt, mein Vater sei im vergangenen Jahr bei Euch vorstellig geworden.«

»Oh, der Junker von Wilderklamm war ein gern gesehener Gast in unseren Räumen. Aber es ist richtig: Im Rondra des vergangenen Jahres habe ich ihn das letzte Mal gesprochen.«

»Um was ging es bei der Unterredung?«

»Er bat mich um Unterstützung bei seiner nächsten Reise. Ich musste ihn aber leider enttäuschen.«

»Warum?«

»Ihr müsst mich verstehen ... Unsere Möglichkeiten schränkten sich in den letzten Götterläufen doch zunehmend ein. Wir sind gezwungen, ein möglichst optimales Verhältnis zwischen Aufwand und zu erwartendem Ergebnis zu erzielen.«

»Was soll das heißen?«

»Die Expeditionsvorhaben Eures Vaters haben sich in den letzten Jahren und Jahrzehnten doch als etwas – blauäugig erwiesen.«

»Ich kenne seine Reiseberichte.«

»Ich kenne sie auch. Verzeiht mir die harten Worte, aber seine Berichte lassen häufig Zeugnis hesindegefälliger Forschung vermissen. Es ist alles etwas blumig, und vieles fern der Realität. Es mangelt an Fakten. Ich glaube, Euer Vater war – verzeiht mir noch einmal: Er ist sehr belesen, und es erschien – erscheint ihm als Pflicht, von all seinen Reisen mit den abenteuerlichsten Theorien zurückzukehren. Einmal will er Spuren des legendären Elefantenfriedhofes gefunden haben, ein anderes Mal die Überreste einer vergessenen Stadt der Achaz. – Aber nie konnte er uns Genaueres, Nachprüfbares berichten. Keine Artefakte, nicht einmal Angaben zur Lage der von ihm mutmaßlich entdeckten Orte konnte er machen. Es liest sich alles sehr schön. Euer Vater hätte seine Berichte aber besser an den *Aventurischen Boten* verkauft. Seine Geschichten sind doch ein wenig ... äh ... phantastisch.«

In Elanoras Eingeweiden brannte es, so entsetzt war sie über das, was sie aus dem Mund des Gelehrten hörte.

»Ich glaube nicht, dass mein Vater ein Phantast ist. Aber das spielt im Augenblick keine Rolle. Er ist jetzt schon fast zwei Götternamen überfällig. Ich mache mir allmählich Sorgen.« Elanora konnte Munters mitleidvollen Blick nicht ertragen und senkte den Kopf. Dann stieß sie hervor: »Ich muss ihn finden!«

»Ich habe schon seit Wochen mit seinem Besuch gerechnet. Wir müssen das Schlimmste annehmen«, sagte Munter.

»Ihr müsst mir helfen«, sagte Elanora. »Ich kann doch nicht ...«

»Es tut mir leid. Ich verfüge nicht über die Mittel zur Finanzierung einer Rettungsexpedition. Aber ich kann mich umhören. Immer wieder treten junge und mutige Leute an uns heran, die für eine gute Sache und wenig Geld ins Abenteuer ziehen wollen. Ihr solltet nicht zu wählerisch sein oder zu lange zögern. Wie mir zu Ohren gekommen ist, hätte das dauerhafte Ausbleiben Eurer Angehörigen unangenehme Folgen für Euch.«

»Woher ...« Elanora schluckte. »Ihr wisst Bescheid? Jakus Halminger hat mit Euch gesprochen?«

Munter nickte. »Ich werde selbstverständlich Stillschweigen bewahren, solange ich kann. Seid versichert, ich hege keine Sympathie für diesen Herrn. Er hat mir seine Absichten nicht eröffnet, aber es ist offensichtlich, dass er weder Euch noch Eurem Vater wohlgesinnt ist und es ihm Vergnügen bereitet, Euch in Schwierigkeiten zu bringen. Daran werde ich mich nicht beteiligen.«

»Dann wisst Ihr auch, dass meine finanziellen Möglichkeiten zurzeit begrenzt sind. Könnt Ihr mir trotzdem irgendwie helfen?«

Munter schüttelte den Kopf. »Jetzt bedaure ich, dass ich Eurem Vater und seinen Plänen so wenig Aufmerksamkeit geschenkt habe.« Er ging nun in der Schreibstube auf und ab. »Wenn ich mich recht an unser Gespräch erinnere, plante der Junker von Wilderklamm, seine Queste in Chorhop zu beginnen und von dort nach Nasha und dann nach Südosten in den Dschungel zu reisen. Irgendwo dort, an den Hängen des Regengebirges vermutet er einen Ort, den er Kamaluqs Schlund nennt. Kamaluq ist der Jaguargott der Waldmenschen, wie Ihr vielleicht wisst.« Abrupt blieb er stehen, stützte die Hände auf den Schreibtisch und sah Elanora an. »Der Name Kamaluqs Schlund ist mir nie zuvor untergekommen, deshalb musste ich annehmen, dass es sich um ein weiteres – vergebt mir ein letztes Mal – Hirngespinst Eures Vaters handelt.« Er setzte die Reise durch die Schreibstube fort. »Ich gewähre Euch selbstverständlich Einsicht in unser Kartenmaterial und all unsere Aufzeichnungen Meridiana betreffend. Aber ich kann Euch versichern, dass Ihr diesen Ort auf keiner unserer Karten finden werdet. Es tut mir leid.« Er setzte sich wieder hin. »Bei seinen früheren Reisen hatte Euer werter Vater einen Verbindungsmann in Chorhop, der ihm Träger, Führer und Dolmetscher besorgte. Sein Name ist mir entfallen, aber wenn ich mich recht entsinne, erwähnt er ihn in seinen Aufzeichnungen.« Er lächelte. »Ja! Ich habe sie gelesen. Auch wenn sie aus derographischer Sicht nicht sehr erhellend sind, sind sie doch gut geschrieben. So, wie Euer Vater schreiben kann, wundert es mich, dass Euch nie der Wunsch gepackt hat, ihn zu begleiten.«

***

Während die Familienkutsche über die Reichsstraße nach Hause schaukelte, ging Elanora Munters letzte Bemerkung nicht aus dem Kopf. Was hätte sie darauf antworten sollen? Dass der Vater ihr Betteln all die Jahre ignoriert hatte? Dass ein Fräulein von Wilderklamm das Haus hüten musste, auch wenn sie diese Tätigkeit nicht ausstehen konnte? Dass sie eine brave Tochter war, die tat, was der Vater befahl?

Aber jetzt musste sie handeln.

Munter hatte es noch einmal deutlich gemacht: Wenn sie nicht nach den Verschollenen suchte, würde es keiner tun.

Und da während ihrer Abwesenheit keine neuen Nachrichten von den Vermissten gekommen waren, wurde der Plan zur Gewissheit. Schon einen Tag nach der Rückkehr auf Burg Wilderklamm suchte Elanora Canteha auf. Ohne seine Unterstützung würde sie es nicht schaffen.

Sie fand ihn an der Pferdekoppel. An den Zaun gelehnt beobachtete er die Stuten mit den Frühjahrsfohlen.

Er schien ihr Kommen zu bemerken, denn er sagte, ohne sich umzudrehen: »Vier Fohlen. Alle gesund. Sie werden Euch auf dem Herbstmarkt sicher gutes Geld bringen.«

»Das ist schön«, erwiderte Elanora automatisch. Sie stand jetzt neben ihm am Zaum. »Canteha?«

»Ja, Herrin?« Er wandte sich ihr zu und senkte den Blick.

»Kann ich dir vertrauen?«

»Selbstverständlich, Euer Wohlgeboren.«

»Ich meine: Kann ich dir *wirklich* vertrauen? Kann ich dir so vertrauen, wie früher – als wir Geschwister waren?«

»Natürlich könnt Ihr mir vertrauen. So wie früher. So wie immer. Auch wenn wir nie Geschwister waren. Aber erzählt mir doch, was Euch bedrückt.«

»Ich muss fort. Ich muss Vater und die Zwillinge finden. Sonst verliere ich alles.« Eine Gänsehaut lief über ihren Rücken. »Können wir irgendwo hin, wo uns niemand sehen und hören kann?«

Canteha bot seine Hand an. Elanora nahm sie dankbar. Sie gingen in den Pferdestall. Elanora ließ sich auf einem Strohballen nieder. Canteha setzte sich neben sie, seine Hand noch immer in der ihren.

Die Worte sprudelten aus ihrem Mund, so erleichtert war sie, sich endlich aussprechen zu können. Als sie fertig war, wartete sie gespannt, was Canteha dazu sagte.

Er saß vornüber gebeugt da, den Kopf gesenkt. Dann richtete er sich gerade auf und schaute Elanora direkt in die Augen.

Noch immer schwieg er.

So hat er mich schon lange nicht mehr angesehen, durchfuhr es sie. *Und ich habe es nicht einmal bemerkt. Seit Jahren hat er mir nicht mehr in die Augen geschaut, hat den Blick gesenkt, wie ein Diener. Ich habe mich beklagt, dass er in mir nicht mehr die Freundin und Schwester sieht. Dabei habe ich nicht einmal bemerkt, dass ich ihm begegne wie eine Herrin einem Diener!*

Sie drückte Cantehas Hand etwas fester.

Canteha sagte: »Ihr erwartet doch nicht, dass ich Euch begleite?«

»Nein. Natürlich nicht. Ich glaube, du bist hier mehr zu Hause als ich. Ich habe eine andere Aufgabe für dich. Wenn Mutter ihre – Launen hat, dann muss jemand auf sie aufpassen. Growin und Nane sind zwar zuverlässig, aber nicht mehr die Jüngsten. Deshalb brauche ich hier jemanden, der sich mit allem auskennt, jemanden, auf den ich mich verlassen kann. Ich möchte dich bitten, hier nach dem Rechten zu sehen. Mutter liebt dich wie einen Sohn, auch wenn sie es nicht oft zeigt und du es nicht wahrhaben willst. Das Gesinde vertraut dir. Auch im Dorf weiß man, dass du so gut wie der Ziehsohn des Junkers bist. Keiner wird deine Entscheidungen in Zweifel ziehen.«

Sie drückte Cantehas Hand *noch* etwas fester.

»Wenn Ihr es wünscht. Ich werde alles tun, um Euch nicht zu enttäuschen, Herrin.«

Elanora lächelte.

Noch immer schaute er ihr direkt in die Augen. Cantehas Gesicht schien plötzlich so nah, sie konnte jede Pore in seiner Haut sehen, die kleinen Schweißperlen auf seiner Stirn. Und sie wünschte sich, er käme noch näher.

»Sag nicht immer Herrin zu mir«, flüsterte sie.

»Wie Ihr wünscht – Elanora.« Er verstummte.

Wenn er es jetzt versucht, ich würde nicht zurückweichen ... Elanora wartete.

»Früher habt Ihr viel gelacht«, sagte Canteha plötzlich.

»Früher. Als wir Geschwister waren«, flüsterte Elanora und ärgerte sich sofort.

»Ja, früher. Aber wir waren nie Geschwister.« Canteha erhob sich.

Der Zauber war verflogen. Elanora seufzte leise, ging zurück ins Haus und machte sich umgehend an die Arbeit. Sie wollte die peinliche Szene schnell vergessen. Außerdem konnte sie jetzt, da sie sich zum Handeln entschlossen hatte, kaum noch erwarten aufzubrechen. Zuerst bereitete sie die Unterlagen und Anweisungen für Canteha vor. Er würde sich mit ein wenig Unterstützung durch Mutter und Growin während ihrer Abwesenheit hervorragend um alles kümmern, dessen war sie sicher. Darüber machte sie sich auch keine Gedanken. Aber es gab zwei Dinge, die ihr wirklich Sorgen bereiteten: Wie konnte sie die Reise antreten, ohne dass es Aufsehen erregte? Und wie brachte sie ihrer Mutter bei, dass sie in den fernen Süden reisen wollte?

Doch schon an diesem Abend erledigte sich dieses Problem. Sie saß allein mit der Mutter im Salon. Während diese vor sich hin summend ein Kleid nähte, starrte Elanora ins erloschene Kaminfeuer und fragte sich, wie sie beginnen sollte.

Das Summen verstummte.

»Pass auf dich auf«, sagte ihre Mutter unvermittelt.

»Was?«

»Sei vorsichtig. Du hast keine Erfahrung in der Fremde.«

»Mutter! Woher weißt du ...«

»Ich bin deine Mutter. Ich kenne dich. Ich weiß nicht, was du finden wirst, aber wenn du es nicht tust, wird keiner nach ihnen suchen.«

Elanora ging zu ihrer Mutter, setzte sich an ihre Seite und legte den Arm um sie.

Ihre Mutter nahm die Umarmung dankbar an.

»Growin und Canteha werden sich um alles kümmern. Du brauchst dir keine Sorgen machen«, sagte Elanora.

»Ich mache mir keine Sorgen um das, was hier passiert. Ich sorge mich um meinen Mann – und um meine Kinder.«

»Ach, Mutter!«

»Ich wäre dir so gerne eine Hilfe. Aber ich weiß, dass ich nicht gesund bin. Manchmal fehlen Stunden und Tage in meiner Erinnerung. Und ich höre, was die Bediensteten sagen. Ich höre, was im Dorf geredet wird. Es muss für dich schlimmer sein als für mich.«

Elanora hatte sich nie Gedanken darüber gemacht, dass ihre Mutter bemerkte, was mit ihr geschah. »Es tut mir leid. Ich ...«

»Schon gut, Schatz. Schon gut.« Die Junkerin drückte ihre Tochter fest an sich.

Sie saßen noch die halbe Nacht beieinander. Für einige Stunden war sie wieder das Kind, das sich an die Mutter schmiegte. Elanora vergaß alles, was hinter ihr lag, und dachte nicht an das, was kommen würde. Für einige Stunden war die Welt unendlich und wundervoll. Und sie lag ihr zu Füßen.

***

Elanora packte ihren Schrankkoffer mit allem, was sie glaubte, auf der Reise zu benötigen. Auch einen Teil von Vaters Aufzeichnungen und Karten nahm sie mit. Auf der Seereise hatte sie Zeit, alles nach Hinweisen zu durchforschen. Sie wollte seiner Reiseroute möglichst genau folgen. Außerdem brauchte sie den Namen von Vaters Verbindungsmann in Chorhop.

So zurrte Canteha schon wenige Tage nach Elanoras Rückkehr aus Gareth das Gepäck auf dem Dach der kleinen Familienkutsche fest und spannte die Pferde an. Er würde sie bis nach Havena begleiten. Dort wollte Elanora eine Passage nach Chorhop finden, die ihre knappe Reisekasse nicht zu sehr belastete.

Das Gesinde war in der Halle versammelt, als Elanora die Treppe herunterkam. Sie trug ein schlichtes dunkles Reisekleid, einen Hut und feste Schnürstiefel. Natürlich kannte sie die Berichte aus dem Süden gut genug, um zu wissen, dass die meisten Frauen auf Expeditionen Hosen trugen. Aber sie war die Tochter eines Junkers und wusste, wie man sich benahm. Angemessene Kleidung gehörte dazu.

Gemeinsam gingen sie nach draußen. Die Bediensteten stellten sich in einer Reihe auf, die Mutter stand oben an der Pforte und Canteha wartete an der geöffneten Wagentür. Die Pferde scharrten mit den Hufen, als könnten sie nicht abwarten, dass es endlich losging. Ein seltsames Gefühl überkam Elanora. Sie hatte dieses Ritual so oft miterlebt. Dieses Mal galt es endlich ihr. Das hatte sie sich immer gewünscht! Und doch war es anders, als sie es sich vorgestellt hatte. Die Ungewissheit lastete so schwer auf ihr wie die Verantwortung für die übernommene Aufgabe. Dies war kein Abenteuer! Dies war eine Rettungsmission. Sie war allein, ohne den Vater und ohne die Brüder.

Elanora umarmte die Mutter und schluckte. Dann eilte sie die Stufen hinab und stieg in die Kutsche ein.

***

»Sie ist also weg«, stellte Rank Fuxfell fest. »Was wollt Ihr jetzt tun, Herr?«

Jakus Halminger starrte aufs Meer hinaus, als könne er die *Cordaella* noch irgendwo am Horizont erkennen. Dies war natürlich unmöglich, denn das Schiff hatte Havena schon vor zwei Tagen verlassen. Elanora war ihm also ein zweites Mal durch die Finger geschlüpft. Aber das war nicht schlimm. Im Gegenteil. Sollte sie nur! Wenn sie sich wehrte, machte es doppelt so viel Spaß. Aber zum Schluss würde er sie kriegen. Und wenn er sie hatte, mitsamt dem Land und dem Titel, würde es ihm ein Vergnügen sein, ihren eitlen und stolzen Verstand zu brechen. Langsam und genüsslich.

»Hör dich ein wenig um«, sagte er. »Geh in die Hafenmeisterei. Finde heraus, wann das nächste Schiff nach Chorhop aufbricht.«

Fuxfell nickte.

»Dann buche eine Passage«, fügte Halminger hinzu. »Ein Platz in der Bilge genügt.«

Fuxfell schaute seinen Herrn verwundert an. »Ihr wollt ihr folgen?«, fragte er. »Warum? Ihr wisst doch nicht einmal, wohin sie will. Die *Coraella* läuft ein Dutzend Häfen an, bis runter nach Brabak. Wollt Ihr in jedem Hafen aussteigen und nachfragen, ob jemand eine rothaarige Frau gesehen hat?«

»Überlass das Denken denen, die mit Verstand geboren wurden, Rank. Es ist doch offensichtlich, was sie vorhat! Sie will ihren Vater und ihre Brüder finden. Und sie wird dort mit der Suche beginnen, wo der Junker seine letzten Reisen begonnen hat: In Chorhop.«

»Glaubt Ihr das wirklich? Sie hat doch keine Erfahrung im Dschungel.«

»Das wird sie nicht davon abhalten. Sie ist stolz und ungestüm. Und voller unterdrücktem Tatendrang.«

»Warum wollt Ihr ihr dann folgen? Lasst sie doch ins Unglück laufen.«

Halminger schnaubte verächtlich. »Ist es angenehm, wenn man mit solcher Dummheit gesegnet ist? Ich kann es mir nicht vorstellen. Wenn Elanora nicht zurückkommt, bekommt Vitus von Oberbruch alles, und ich gehe leer aus.«

»Und deshalb werdet Ihr dafür sorgen, dass ihre Suche Erfolg hat?«

»Bei den Göttern! Nein! Ich sorge dafür, dass *sie* zurückkommt. Und dafür, dass ihr Vater und ihre Brüder im Dschungel bleiben. Nur so bekomme ich Elanora. Und damit das Land und den Titel. Aber ich zweifle langsam daran, ob ich dich mit dieser Aufgabe betrauen kann.«

»Mich?«

»Natürlich dich. Mich kennt sie doch! Und sie kennt meine Absichten. Du wirst ihr Vertrauen gewinnen, ihr helfen und dafür sorgen, dass sie gesund und ansehnlich zurückkommt. Und zwar nur sie allein! Geht das in deinen Strohkopf?«

Fuxfell nickte. Es war zwar nicht immer angenehm, aber nur wenn man sich dumm stellte, bekam man von Halminger die Informationen, die man brauchte. Und zwar mehr, als Halminger ahnte.

Corapia ist die weiße Perle am Meer der Sieben Winde. Als Kind zweier Väter eifert es dem verderbten Al'Anfa nach, und will doch dem besonnenen Mittelreich gefallen.

Sowie das Schiff zwischen den mächtigen Türmen der silberweißen Wälle in den Hafen einläuft, ist der Reisende eingehüllt von den Düften, die von den Ständen der Gewürzhändler und den mannigfaltigen Garküchen aufsteigen. Und kaum hat das Schiff festgemacht, erwartet uns ein bezaubernd pittoreskes Völkergemisch. Der wilde Moha, der stolze Tulamide, der geckenhafte Horasier und der kluge Mittelreicher machen diese Stadt zu dem, was sie ist. Die einfachen Leute zeigen ihre Ehrerbietung, bringen uns Speis und Trank zur Begrüßung, Händler bieten lautstark ihre Waren an. Geschäftiges Treiben herrscht allüberall, ob Mada oder Praios darüber wachen. Nur zur Mittagsstunde, wenn das Auge des Götterfürsten allzu streng auf uns herabschaut, leeren sich die Gassen.

So wird man in Chorhop empfangen. Dem einen Reisenden ist es die Stadt der Spiele, dem anderen das Tor zu den immergrünen Wäldern. Für mich ist es der Ort, an dem ich Freunden wiederbegegne.

Der »Ferne Yaquir« ist die rechte Unterkunft für einen mittelreichschen Edlen, der auf eine Queste geht. Yerno Torean, den es einst aus dem Alten Reich nach Chorhop verschlagen hat, führt ein gutes Haus. Yerno hat unsere Zimmer sicher schon bereitet. Und am Abend werden wir uns mit Khorim Al'Rashid treffen. Ich hoffe, er hat alles für die weitere Reise bereit. Auch da bin ich zuversichtlich. Denn das Abenteuer beginnt erst, wenn wir die Mauern der Stadt hinter uns haben.

(Aus den Aufzeichnungen
des Junkers Wolfhart von Wilderklamm)

Zwei Wochen waren vergangen, seit Kapitän Gileach Kevendoch in Havena den Anker der Handelskogge *Cordaella* lichten ließ. Ein halbes Dutzend Häfen hatte er seither angelaufen, war der Küste immer weiter nach Süden gefolgt, hatte die Windhaagberge hinter sich gelassen und die Zyklopeninseln passiert. Jetzt näherte sich das Schiff, von einem leichten Westwind getrieben, erneut der Küste.

Elanora stand an der Reling und schaute gebannt nach Osten. Abgesehen von gelegentlichen Anflügen von Seekrankheit war die erste Seereise ihres Lebens recht angenehm verlaufen. Trotzdem hatte sie den Reizen Belhankas oder den Wundern Mengbillas wenig Aufmerksamkeit geschenkt. Zu sehr hatte sie diesem Augenblick entgegengefiebert.

Die Praiosscheibe erhob sich über einen dunstigen Horizont, der die grüne Küste und das dahinterliegende Gebirge verbarg. Dann kam eine wuchtige Befestigungsmauer in ihren Blick. Weiß schimmerte sie in der Morgensonne.

»Chorhop«, sagte eine Stimme neben Elanora. Sie fuhr zusammen und schaute sich um. Kapitän Kevendoch stand neben ihr.

»Ich bitte um Vergebung, Euer Wohlgeboren«, sagte der Kapitän. »Ich wollte mich nicht anschleichen. – Chorhop, sagte ich. Letzter Hort der Zivilisation vor den unendlichen Meilen wilder Küste bis nach Brabak. Und vielleicht noch barbarischer als das Land dahinter. Die Stadt der Spiele. Das Al'Anfa des Westens. Eine Stadt voller Wunder und Gefahren. Nehmt Euch in Acht, Frau von Wilderklamm. Wenn Ihr mich jetzt entschuldigt.« Er verneigte sich, ging zurück auf die Brücke und gab seine Befehle.

Zwei gewaltige Granittürme bewachten die Hafeneinfahrt. Die *Cordaella* passierte sie und lief mit der Morgenflut in Chorhop ein. Hinter den Bastionsmauern herrschte drückende Schwüle. Der Geruch faulender Algen stieg aus dem braunen Wasser auf und vermischte sich mit den Ausdünstungen der Stadt.

Elanora zog die Nase kraus und wandte ihre Aufmerksamkeit dem Geschehen im Hafen zu. Die *Cordaella* machte inzwischen an einem belebten Kai fest. Trotz der frühen Stunde herrschte reges Treiben. Männer und Frauen eilten umher, be- und entluden die am Kai oder auf Reede liegenden Schiffe, schleppten Kisten und Säcke aus den Kontoren und Lagerhäusern. Befehle wurden gebrüllt, Seeleute auf Landgang verschwanden in den Tavernen, Betrunkene taumelten aus ihnen hervor. Dazwischen standen die Leute in Gruppen herum, palaverten, stritten und lachten.

Elanora erinnerte sich der Berichte ihres Vaters: Die Leute hier hatten zwar jede erdenkliche Hautfarbe, waren aber zum größten Teil zerlumpte Hafenarbeiter, vierschrötige Seeleute und Gestalten, die man auf Wilderklamm allenfalls als Gesindel bezeichnet hätte.

Wenn das Vaters »pittoreskes Völkergemisch« war, musste sie sich auf unangenehme Überraschungen gefasst machen. Sie begab sich zum Kapitän und sagte: »Ich möchte mich verabschieden, Kapitän Kevendoch. Und Euch danken. Ich hoffe, ich war Euch keine allzu große Last.«

»Ganz im Gegenteil«, erwiderte Kevendoch. «Es war mir eine Ehre, Frau von Wilderklamm.« Dann räusperte er sich und fügte hinzu: »Dies ist Euer erster Aufenthalt in Chorhop. Passt auf Euch auf. Die Stadt bietet mannigfaltige Verlockungen und Gefahren.«

»Davon habt ihr schon gesprochen«, erwiderte Elanora. »Aber Ihr wisst auch, dass ich nicht zum Vergnügen hier bin.«

»Natürlich, natürlich. Aber es kann schnell geschehen, dass anderen der Sinn nach einem Spiel steht. Darf ich Euch einen letzten Dienst erweisen? Einige meiner Leute werden Euch, falls Ihr es wünscht, sicher zu Eurem Quartier begleiten. Es würde mich beruhigen, wenn Ihr dieses Angebot annehmt.«

»Ich werde die Begleitung gern annehmen«, sagte Elanora. »Ich stehe in Eurer Schuld, Kapitän.«

»Ach, nichts da«, sagte Kevendoch und rief drei Matrosen zu sich.

Elanora bedankte sich noch einmal und ging dann mit den Matrosen zum Landesteg. »Ihr wisst, wohin ich möchte? In die Herberge *Zum Fernen Yaquir.*«

Die Männer nickten knapp. Das Gepäck der Passagiere war schon an Deck gebracht worden. Zwei Matrosen nahmen Elanoras Schrankkoffer in die Mitte und gingen voran.

Elanora folgte ihnen von Bord.

Kaum hatte sie den Kai betreten, als sie auch schon von Kindern umstellt war, die schmutzige Hände nach ihr ausstreckten und an ihrem Kleid zerrten: »Donna! Edle Donna!«, riefen sie durcheinander, um Elanoras Aufmerksamkeit zu erheischen. »Eine Münze!« – »Nur etwas Kupfer!« – »Darf ich mit Euch gehen?« – »Etwas Kupfer genügt!« – »Findet ihr mich hübsch? Oder meine Schwester?« – »Eine Münze, Donna!«

Elanora versuchte, den grabschenden Händen zu entkommen, doch die Kinder traten ihr in den Weg, bis sie stolperte und von ihren Begleitern abgedrängt wurde.

Da kam ihr der dritte Matrose zu Hilfe. »Verschwindet, ihr Pack!«, rief er und stieß die Kinder beiseite.

Ein Junge landete mit dem Hintern auf dem Kai. Statt zu weinen, wie Elanora es erwartet hätte, packte er einen Stein und warf ihn nach dem Matrosen. Der drehte sich um und versetzte dem Jungen einen Tritt, sodass er gleich wieder auf dem Kai landete. »Haut ab!«, rief der Matrose. »Oder ich ersäufe euch alle im Hafenbecken!«

Elanora wusste nicht, was sie mehr erschreckte, die Kinder oder der Matrose.

Der Seemann nahm ihren Arm und führte sie von der Kinderbande fort. »Hattet Ihr etwas Wertvolles dabei?«, fragte er. »Dann ist es jetzt nämlich weg.«

Elanora schüttelte den Kopf. Ihren einzigen wertvollen Besitz, die bescheidenen Reste des Familienvermögens, trug sie in einem Gürtel unter dem Kleid. Jetzt wusste sie auch, warum.

Die Männer mit ihrem Koffer gingen nun dicht vor ihr und bahnten sich einen Weg durch die Menge. Die Kinderbande folgte ihnen zeternd und feixend noch ein Stück des Wegs, doch als Elanora und die Matrosen von der Kaianlage in eine Straße abbogen, entdeckte sie ein neues Opfer und blieb zurück.

Elanora schaute sich in einer Mischung aus Neugier und Unsicherheit um. Der Weg führte an Hafenschenken und Handwerksbetrieben vorbei. Verkrüppelte Bettler streckten die Hände nach ihr aus, trübe Augen starrten sie an. Aus zahnlosen Mäulern drang flehendes Brabbeln. Fischer flickten auf der Straße ihre Netze. Die aus den Garküchen aufsteigenden Gerüche waren intensiv, süßlich und scharf zugleich.

»Kommt! Versucht es, Donna! Die beste Küche Chorhops!«, riefen die Köche.

»Feine Stoffe! Samt und Seide! Beste Ware, beste Preise! Kommt, seht und fühlt!«, priesen Händler ihre Waren an.

»Edle Frau, ich zeig dir die Wunder Chorhops!«, rief eine müde Schönheit in einem Hauseingang.

Elanora fühlte sich immer unbehaglicher. Der Matrose an ihrer Seite schien es zu merken. »Man sieht Euch an, dass Ihr neu hier seid. In ein paar Tagen wird es anders sein, wenn ihr etwas Farbe und Erfahrung gewinnt.«

Das mit der Farbe konnte sich Elanora vorstellen, aber welchen Preis die Erfahrung fordern würde, wollte sie sich nicht ausmalen. Hoffentlich kamen sie bald in der Herberge an.

Nach einer Weile bogen die Matrosen in eine enge Seitengasse ab und standen kurz darauf vor einer schäbigen Fassade. Das Haus musste einst weiß gestrichen worden sein; nun zeigte es ein fleckiges Braun, und der Putz bröckelte an mehreren Stellen. Elanora glaubte zunächst, sie sei falsch geführt worden. Sie wollte sich schon an ihre Begleiter wenden, da sah sie das rostige Schild über der Tür: *Zum Fernen Yaquir.*

Vater hat das Haus ganz anders beschrieben, dachte sie. *Nein, stimmt nicht. Er hat es überhaupt nicht beschrieben. Aber ein Haus, das einem mittelreichschen Edlen angemessen ist, stelle ich mir anders vor. Warum nimmt Vater in so einer Absteige Logis? Aber ich bin ja nicht zum Vergnügen hier, sondern um etwas in Erfahrung zu bringen.*

Der Matrose öffnete ihr.

Elanora zögerte. Der Türrahmen erschien ihr wie ein gähnender Schlund. Wenn sie hindurchtrat, war sie endgültig allein. Hier wartete niemand auf sie. Niemand würde ihr beistehen. Vater hatte recht gehabt. Sie taugte nicht zum Abenteuer! Am liebsten wäre sie aufs Schiff zurückgekehrt, und dann nichts wie nach Hause.

Aber sie hatte eine Aufgabe.

Elanora holte Luft als bereite sie sich auf einen Sprung in unbekanntes Gewässer vor. Und so war es ja auch – irgendwie. Sie trat über die Schwelle.

***

Das ist sie also. Die Frau, deren Vertrauen er erringen und die er heil nach Hause bringen musste, wenn auch aus anderen Gründen, als die Junkerstochter je erahnen würde.

Rank Fuxfell hatte Glück gehabt. Vor drei Tagen war sein Schiff in Chorhop eingelaufen. Vom Hafenmeister wusste er, dass er Elanora überholt hatte.

Die *Cordaella* wurde erst in den nächsten Tagen erwartet. In einer kleinen Pension nahm er ein Zimmer mit Blick auf den Hafen, dann schickte er eine Depesche an Halminger, um ihm von den positiven Entwicklungen zu berichten und ihm mitzuteilen, wo er zu erreichen war. Der Rest bestand aus Warten. Aber es hatte sich gelohnt. Schon am Hafen wäre er der Edlen gern zu Hilfe geeilt, eine einmalige Gelegenheit, den ersten Schritt zu tun. Aber die Matrosen waren schneller gewesen.

Halminger hatte das Objekt seiner Begierde als langweiliges Mauerblümchen beschrieben, das seine besten Jahre hinter sich hatte. Ein Urteil, dem Rank Fuxfell sich nicht anschließen konnte. Gut, die Frau hatte ihr dreißigstes Tsafest schon gefeiert, aber das machte sie nicht weniger attraktiv. Man musste nur zweimal hinsehen. Und in dem düsteren hochgeschlossenen Kleid wirkte sie in Chorhop wie ein Rabe unter lauter Paradiesvögeln.

Wenn er sich bei ihr nicht als edler Retter einführen konnte, so vielleicht als galanter Verehrer. Eine Rolle, die er mindestens so gut beherrschte. Und es würde ihm ein Vergnügen sein.

Aber jetzt war seine Rolle die des versoffenen Tagediebs. Rank setzte sich am Ende der Gasse in den Straßenstaub. Eine leere Rumbuddel ragte aus seiner Manteltasche. Er zog den Strohhut tief in die Stirn und beobachtete die Tür des *Fernen Yaquir*. Jetzt musste er sich in Geduld üben. Und das war eine Sache, die er bei Weitem nicht so gut beherrschte wie viele andere.

***

Hinter der Tür führten breite Stufen hinunter in einen großzügigen Gastraum. Der Raum bildete eine Art Innenhof, öffnete sich über zwei Stockwerke zum Dachgebälk. Zwei Wendeltreppen führten nach oben, auf hölzerne Galerien, die den Innenraum umgaben. Türen gingen an drei Seiten von ihnen ab, vermutlich in die Gästezimmer. An den Geländern hingen Farne, Schlingpflanzen umrankten die Säulen und verwandelten den Gastraum in einen exotischen Garten. Die Möbel schienen aus allen möglichen Ländern und Epochen zusammengewürfelt. Ein Dutzend Tische stand in dem Raum, etwa die Hälfte war besetzt. An einem Tisch saß ein hochgewachsener schlanker Mann in den Fünfzigern. Elanora war nicht sicher, ob sein Haar flachsblond oder schon weiß war, aber es stand in heftigem Kontrast zu seiner sonnenverbrannten Haut.

Als der Mann Elanora kommen sah, sprang er auf, eilte zu ihr und verneigte sich. »Was kann ich für Euch tun, edle Donna? Sucht ihr eine Unterkunft? Unsere Zimmer sind sauber und hell. – Oh, verzeiht! Darf ich mich vorstellen? Mein Name ist Yerno Torean! Ich bin der Wirt und Eigentümer dieses Hauses.«

»Es ist mir eine Ehre, Herr Torean. Ja, ich suche eine Bleibe. Aber mehr noch suche ich nach Informationen. Mein Name ist Elanora von Wilderklamm.«

Elanora meinte, in den Augen des Wirtes ein Flackern zu sehen.

»Wie lange wollt Ihr bleiben, edle Donna?«, erkundigte er sich.

»Es kommt darauf an. Wenn ich Euren Blick richtig deute, ist Euch mein Name nicht unbekannt. Und wenn meine Informationen richtig sind, so hat der Junker von Wilderklamm dieses Haus in den letzten Götterläufen mehrfach beehrt. Tatsächlich hoffe ich, dass mein Vater und meine Brüder auch im vergangenen Boron hier abgestiegen sind.«

»Ihr seid die Tochter des edlen Junkers? Oh! Es ist mir eine große Ehre. Ich meine, eine noch größere Ehre, als es der Besuch einer so vornehmen und bezaubernden Dame ohnehin ist.«

Elanora lächelte. Noch wusste sie nicht, was sie von dem Wirt halten sollte.

»Und?«, fragte sie.

»Und? Was und? Ach ja! Euer verehrter Herr Vater beehrt dieses Haus seit Jahren. Er war hier ... das letzte Mal ... Lasst mich nachsehen ... Einen Moment. Ich bin gleich zurück.« Er verneigte sich noch einmal und eilte davon.

Elanora stand da und wartete.

Einer der Matrosen räusperte sich.

Sie drehte sich zu ihm um.

Die Männer wirkten schon etwas ungeduldig, vermutlich raubte Elanora ihnen gerade wertvolle Zeit ihres Landgangs.

»Verzeiht«, sagte sie. Am liebsten hätte sie die Matrosen bei sich behalten. Elanora hatte das Gefühl, als seien sie das letzte Band, das sie mit der Heimat verband. Trotzdem sagte sie: »Danke, dass ihr mich begleitet habt. Richtet Kapitän Kevendoch meine Grüße und Ehrerbietung aus und sagt ihm, dass ich gut untergekommen bin.« Sie reichte ihnen ein paar Münzen.

Als sich die Tür hinter den Matrosen schloss, fragte sich Elanora, ob sie je den Mut finden würde, diese Tür zu öffnen und hinauszugehen ... ganz allein.

Yerno Torean kam mit einem großen, in speckiges Leder gebundenen Buch zurück. Er legte es auf den Tisch und beugte sich darüber.

»... mal sehen. Boron, sagtet ihr? Ja. – Der zwanzigste, neunzehnte ... zehnte ... nein ... Ah! Hier: Junker Wolfhart von Wilderklamm! Kam am fünften Boron hier mit seinen Söhnen an. Reiste am Zwölften wieder ab. Jetzt kann ich mich wieder daran erinnern.« Torean schlug das Buch zu.

»Wisst Ihr mehr darüber?«, fragte Elanora ungeduldig. »Wohin er wollte? Was er plante?«

»Nein, Donna. Ich bin nur ein Wirt. Dschungelquesten sind nichts für mich. Deren Planung und Durchführung überlasse ich anderen.«

»Wie zum Beispiel Khorim Al'Rashid?«, fragte Elanora.

»Mm«, war alles, was Torean hervorbrachte.

»Ihr kennt ihn«, fuhr Elanora fort. »Vater hat geschrieben, dass er sich regelmäßig mit ihm und Euch hier in diesem Haus traf.«

»Mm.«

»Ist er hier? Könnt Ihr mich mit ihm bekannt machen?«

»Mm.«

»Verehrter Herr Torean. Mein Vater wird seit Anfang Tsa zu Hause erwartet. Ihr habt ihn Mitte Boron das letzte Mal gesehen. Ich muss wissen, was in diesem halben Jahr geschehen ist. Was hat es mit diesem Khorim Al'Rashid auf sich?«

»Und ich habe gedacht, er hätte sich nur eine andere Bleibe gesucht«, antwortete Torean.

»Wie meint Ihr das? So redet doch endlich!«

»Als der Junker sich das letzte Mal in diesem Haus aufhielt, hatten wir einen kleinen Disput. Eine Meinungsverschiedenheit.«

»Um was ging es?«

Torean schien die Richtung, in die sich die Unterhaltung entwickelte, nicht zu gefallen. »Wie gesagt: Ich bin nur ein Gastwirt«, sagte er. »Aber ich kenne viele Leute in Chorhop. Und vor fast zwanzig Götterläufen habe ich Euren Vater mit Khorim Al'Rashid bekannt gemacht. Der war damals ein junger Mann und hieß noch Torben Korninger. Der Junker und Korninger unternahmen in den folgenden Jahren einige gemeinsame Questen in den Dschungel und zu den Mohaha. Aber Torben schien das Leben eines Questadores nicht so sehr zu lieben wie Euer Vater. Er ließ sich hier in Chorhop nieder. Der Junker und Korninger blieben Freunde, aber noch mehr wurden sie zu Geschäftspartnern.«

»Das klingt nicht besorgniserregend. Und was hat das mit dem Streit zu tun, den *Ihr* mit meinem Vater hattet? Und wie wurde aus Torben Khorim?«

»Gleich, gleich! Eins nach dem anderen. Ich weiß nicht, was Ihr über Chorhop wisst. Dies ist zwar nicht Al'Anfa, aber ich glaube, dass nicht einmal Phex alles gutheißt, was in seinem Namen hier geschieht. Korninger zumindest gedieh in diesem Klima prächtig. Er ist ein Gaukler und ein Spieler. Er wurde wohlhabend und einflussreich, ein Meister im Organisieren und Verhandeln, lernte einflussreiche Leute kennen, von Mengbilla bis Brabak. Nun denn: Ich weiß nicht, ob ihm die

Hitze zu Kopf gestiegen ist, aber irgendwann begann er sich aufzuführen und zu kleiden, als sei er der Sultan von Unau persönlich. So wurde aus Korninger Khorim. Ob er sich den Titel Al'Rashid allerdings verdient hat, muss ich ernsthaft bezweifeln. Denn das heißt ...«

»... der Gerechte«, vollendete Elanora.

»Ihr sprecht Tulamidya?«

Elanora schüttelte den Kopf. »Nur ein paar Worte, die ich von meinem Vater aufgeschnappt habe. Aber fahrt fort.«

»Ja. Selbstverständlich. Lange Zeit profitierte Euer Vater mit Sicherheit von den Talenten seines alten Reisegefährten, genauso wie Korninger seinen Profit aus den Reisen des Junkers schlug. Aber ich fürchte, Euer Vater war zu vertrauensselig. Er verließ sich völlig auf Torben, vertraute seinen Entscheidungen ohne Wenn und Aber. Und jetzt, nachdem Ihr hier vor mir steht, muss ich fürchten, dass das ein böses Ende nahm.«

»Ihr glaubt, dass dieser Khorim – Korninger – etwas mit dem Verschwinden meines Vaters zu tun hat? Was kann er ihm angetan haben?«

»Oh! Versteht mich nicht falsch! Ich glaube nicht, dass Korninger Eurem Vater etwas angetan hat. Zumindest nicht direkt. Vermutlich nicht einmal vorsätzlich. Er hat keinen Grund dazu. Solange ein Kunde – und das ist der Junker für ihn – Profit verspricht, wird er ihn pfleglich behandeln. Und wenn dies nicht mehr so ist, beendet er die Geschäftsbeziehung auf eine für beide akzeptable Weise. Ein Mann wie Korninger wird sich nie das Wohlwollen eines mittelreichschen Edlen oder dessen Familie verscherzen. Wie gesagt: Er ist Geschäftsmann.«

»Wie meint Ihr es dann?«, fragte Elanora ungeduldig. »Dass mein Vater sich zu sehr auf Korninger verließ? Und dass es deshalb ein böses Ende nahm? Ihr sprecht in Rätseln!«

»Ich glaube, dass es Korninger an Einsatz und Sorgfalt mangelte, als er merkte, dass der Junker in finanzieller Bedrängnis war.« Torean sah seinen Gast abwartend an.

»Das ist alles?«, fragte Elanora. Torean wollte also keine voreiligen Schlüsse ziehen! Aber was war an seinen vagen Andeutungen besser? Nur eins war offensichtlich: Er mochte Khorim Al'Rashid nicht.

»Nun gut«, sagte sie. »Wenn das alles ist – wo finde ich diesen Korninger? Vielleicht spricht *er* nicht in Rätseln. Vielleicht kann *er* mir sagen, was geschehen ist!«

Torean machte ein Gesicht als hätte er gerade eine Ohrfeige bekommen. »Es gefällt mir nicht, aber wenn ihr darauf besteht ...«

»Ich bestehe darauf!«, unterbrach ihn Elanora.

»Nun denn. Wollt Ihr zunächst Euer Zimmer sehen und Euch etwas frisch machen? Oder macht Ihr Euch gleich auf den Weg?«, fragte Torean kühl.

Elanora schüttelte den Kopf. »Ich nehme ein Zimmer. Ihr könnt mein Gepäck dort unterbringen. Aber der Tag ist noch jung, und ich möchte keine Zeit mit Eitelkeiten vergeuden. Ich werde Korninger jetzt gleich aufsuchen. Ich wäre Euch sehr verbunden, wenn ihr mir sagen könntet, wo ich ihn finde.«

»Natürlich, wie ihr wünscht«, sagte Torean.

Ein Schauer lief Elanora über den Rücken. Für einen Moment hatte sie vergessen, wie fremd ihr diese Stadt war. Jetzt war das Gefühl wieder da. Aber sie konnte nicht um Geleit bitten. Nicht jetzt, da sie Torean so heruntergeputzt hatte.

Sie wusste nicht, ob Torean ihr Zögern richtig deutete oder ob er sich versöhnlich zeigen wollte, als er sagte: »Ihr seid neu hier. Ihr solltet nicht allein gehen.«

Auch Elanora wollte den Streit vergessen, nicht zuletzt, um nicht allein vor die Tür zu müssen. »Wenn Ihr ein wenig Eurer kostbaren Zeit entbehren könnt und mich zu diesem Korninger bringt, wäre ich Euch sehr verbunden«, sagte sie.

Torean nickte und rief: »Antonio! Komm doch mal her!«

Aus dem Hinterzimmer kam ein junger Mann. Elanora schätzte ihn auf Ende zwanzig. Er war einen guten Kopf kleiner als Elanora, hatte die kupferfarbene Haut der Waldmenschen und strahlte die drahtige Kraft aus, die sie auch bei Canteha faszinierte.

Antonio lächelte höflich und neigte den Kopf in einem stillen Gruß.

Elanora mochte ihn sofort.

»Antonio, begleite die Frau von Wilderklamm zu Torben Korninger – Khorim Al'Rashid, oder wie er sich gerade nennt. Warte dort und bring sie wohlbehalten zurück, sonst reiße ich dir den Kopf ab.«

Elanora empfand Toreans Worte als unangebracht harsch, aber Antonio lächelte noch immer. »Selbstverständlich«, sagte er, verneigte sich ein weiteres Mal in Richtung Elanora und wies mit einer Geste zur Tür.

Ehe Elanora der Aufforderung nachgehen konnte, sagte Torean: »Antonio, warte draußen. Die Dame wird gleich kommen.«

Antonio tat wie ihm geheißen.

»Noch ein Wort, Frau von Wilderklamm«, sagte Torean. Er wirkte verlegen. »Wie gesagt, ich glaube nicht, dass Korninger direkt etwas mit dem Verschwinden Eures Vaters zu tun hat. Die Gefahren da draußen ...« Seine Geste ließ offen, ob er die Stadt oder den Dschungel meinte. »... sind so mannigfaltig, dass es kein menschliches Zutun braucht, um von einer Queste nicht zurückzukommen. Aber Ihr dürft ihn nicht unterschätzen, so großzügig und verspielt er auch wirkt. Er ist gefährlich und wird es sich nicht nehmen lassen, aus Euch den einen oder anderen Vorteil zu ziehen.«

Elanora nickte.

»Bitte kommt zurück und berichtet mir alles, was er Euch gesagt und angeboten hat«, fuhr Torean fort.

Elanora nickte wieder und ging zur Tür.

Der Wirt eilte hinter ihr her. »Und noch etwas«, raunte er. »Seid so gut und fragt Antonio nicht, wie er zu seinem Namen gekommen ist. Es ist ihm nicht angenehm.«

***

Das ging ja schnell! Rank hatte nicht geglaubt, dass er das Objekt von Halmingers Begierde heute noch einmal zu sehen bekommen würde. Sie kam auf ihn zu, war aber in Begleitung eines dunkelhäutigen Burschen.

Er zog seinen Hut tief ins Gesicht, denn das sollte sie erst bei einer passenderen Gelegenheit zu sehen bekommen. Als sie an ihm vorbei war und in die nächste Gasse einbog, stand er auf und folgte ihr.

Das Praiosschild stand jetzt hoch am Himmel und vertrieb jeden Schatten aus den staubigen Gassen. Mit ihnen waren auch die Bettler und Händler verschwunden, die spielenden Kinder und palavernden Nachbarn. Nur wenige Passanten boten Rank Deckung, was seine Aufgabe nicht einfacher machte. Er musste den beiden einen großen Vorsprung gewähren, um nicht entdeckt zu werden. Mehrmals glaubte er, sie verloren zu haben. Dann sah er die roten Haare der Frau in einer Gasse und setzte zu einem kurzen Spurt an.

Die Wilderklamm eilte mit kleinen Schritten dicht an der Seite des Moha dahin, als befürchte sie zu straucheln. Dann blieb sie immer wieder kurz stehen und schaute sich um.

Zunächst dachte er, sie litt an einem Gebrechen. Oder hatte sie ihn entdeckt?

Rank ließ sich etwas weiter zurückfallen.

Sie verließen das Hafenviertel und gingen nach Osten. Nach einiger Zeit veränderte sich das Stadtbild. Die Hausfassaden waren frisch gekalkt und mit bunten Kacheln verziert, die Fensteröffnungen bekamen den typisch zwiebelförmigen Spitzbogen der Tulamidenreiche. Dann wurden die Häuser größer und prächtiger, rückten von der Straße weg, und verbargen sich hinter hohen türmchengeschmückten Mauern.

Die Junkerstochter und der Moha gingen nun nebeneinander und waren in einer angeregten Unterhaltung versunken. Die Frau bewegte sich jetzt forscher und selbstsicherer. Da wusste Rank unter welchem Gebrechen sie litt: Sie hatte Angst in dieser fremden Stadt.

Ich werde dich beschützen, meine Hübsche, sagte er zu sich, und beeilte sich, ihr wieder näher zu kommen.

***

»Ich wusste nicht, dass in Chorhop so viele Novadis und Tulamiden leben«, sagte Elanora.

»Ja, Meister!«, bestätigte Antonio. »Viele in Chorhop. Aber nicht nur Wüstensöhne leben hier.«

Elanora fragte sich, warum Antonio, obwohl er wie ein Mittelreicher gekleidet war, nur gebrochenes Garethi sprach.

»Seit wann lebst du in Chorhop, Antonio?«

»Oh! Schon lange, Meister. Über ein Jahr.«

»Und was hat dich in die Stadt verschlagen?«

»Mich niemand geschlagen!«

»Nein, nein! Ich meine: Warum lebst du in Chorhop und arbeitest für Yerno Torean?«

»Oh! Das du meinst! Ich komme von Mohahadorf auf halben Weg von hier nach Nasha. Aber war dort nicht froh. So ich bin dann viel gereist. Hab Blasshäute durch Dschungel geführt und so ...«

»Du warst Führer? Warum jetzt nicht mehr? Hast du meinen Vater gekannt?«

»Ich kenne Junker Wildeklamm. Bin aber nie mit ihm im Dschungel gewesen, Meister. Und – Was war deine andere Frage?«

»Ich fragte: Warum arbeitest du nicht mehr als Führer?«

»Oh! Ich arbeite noch als Führer, Meister. Gerade eben führe ich dich zu Meister Khorim.« Antonio grinste verlegen, und Elanora sah ein, dass ihm das Thema unangenehm war.

»Was hältst du von Korninger – oder Khorim? Glaubst du, man kann ihm trauen?«, fragte sie.

»Meister Khorim reicher Mann. Lebt wie Tulamide, obwohl seine Haut so blass wie deine, Meister. Meister Khorim wichtiger Mann, ich sprech nicht schlecht von ihm. – Wir sind da, Meister.« Antonio blieb vor einem geschwungenen Tor aus dunklem Holz stehen und klopfte.

Nach einigen Augenblicken öffnete eine Klappe in dem Tor, ein dunkelhäutiges Gesicht wurde sichtbar und rief: »Wer da?«

»Ich bringe hier Elanora von Wildklamm, die Meister Khorim sprechen will!«

»Kann sie nicht für sich selbst sprechen?«, fragte die Stimme hinter dem Tor. »Und wer bist du?«

Antonio öffnete den Mund, sagte aber nichts. Dann sah er Elanora bittend an.

»Ich kann schon für mich selber sprechen«, rief diese. »Mein Begleiter war nur etwas schneller und kennt sich mit den hiesigen Gepflogenheiten besser aus. Ich möchte Torben Korninger in einer wichtigen Angelegenheit sprechen. Sagt ihm, Elanora von Wilderklamm ist hier. Der Name dürfte ihm nicht unbekannt sein. Ich wäre erfreut, wenn er uns ... was?«

Antonio hatte sie angestoßen, deutete nun auf seine Brust und anschließend zu Boden.

Elanora verstand. »... wenn er *mir* eine Audienz gewähren würde.«

Stille.

Elanora wollte noch einmal klopfen. Da öffnete sich das Tor.

Zunächst sah Elanora nur die beiden Wächter.

Sie hatten die Arme über der Brust gekreuzt und musterten sie von oben herab. Ihre schwarze Haut war nur von einem Lendenschurz bedeckt. Sie trugen keine Waffen, aber Elanora glaubte sofort, dass es schon eines kleinen Söldnertrupps bedurfte, um gegen ihren Willen ins Haus zu gelangen.

Die Wächter traten einen Schritt auseinander. Zwischen ihnen erschien ein bunt gekleideter Mann.

Er war kräftig, nicht dick, seine Beine wirkten nur im Verhältnis zum restlichen Körper etwas zu kurz. Dies und die Tatsache, dass er den Wächtern gerade bis zu den Schultern reichte, ließen ihn im ersten Augenblick klein wirken, obwohl er Elanora an Größe sicher gleichkam. Er trug eine gestreifte Pluderhose, ein buntes Hemd, darüber eine bestickte Weste. Und einen Turban! Alles in allem wäre er Elanora als der perfekte Tulamide erschienen, wie sie ihn aus Geschichten und von Bildern her kannte. Wäre da nicht die blasse, sommersprossige Haut und das karottenrote Haar gewesen.

»Donna Elanora! Ihr seid noch bezaubernder, als Euer Vater Euch beschrieben hat«, rief er und verbeugte sich tief. »Willkommen im sinnenfrohen Chorhop. Tretet ein, seid mein Gast. Gehen wir in den Schatten. Unsere Haut ist für dieses Klima nicht so gut geeignet wie die dieser Burschen hier.« Er knuffte einem Wächter in die Seite. Dieser verzog keine Miene. Elanora vermutete, dass ein anderer froh sein musste, nach dieser Geste mit einer gebrochenen Hand davonzukommen.

Mit ausgebreiteten Armen kam Khorim näher. »Wo ist Euer vorwitziger Begleiter?« Er ließ die Arme sinken, als ihm klar wurde, dass die Besucherin sich nicht in diese stürzen würde.

Elanora schaute sich um.

Antonio drückte sich etwa fünf Schritte von ihr entfernt an die Wand und schüttelte den Kopf.

»Er wird hier auf mich warten«, sagte sie und trat durch das Tor.

»Der gute Antonio!«, rief Khorim. »Eigentlich ist er gar nicht so schüchtern.«

Elanora war überrascht.

»Ja, ja! Ich kenne ihn gut. Der Bursche hat jahrelang für mich gearbeitet«, sagte Khorim.

Zu Elanoras Überraschung gesellte sich Verwirrung.

Khorim musste es ihr ansehen. »Hat er es nicht erwähnt?«, fragte er. »Nun, es wundert mich eigentlich nicht. Aber kommt doch erst einmal herein.«

Sie überquerten einen schmalen staubigen Hof und betraten das Haus.

»Ich darf also davon ausgehen, dass Ihr meinen alten Freund Yerno Torean schon kennengelernt habt?«, führte Khorim die einseitige Unterhaltung fort.

Im Haus war es dämmerig und kühl. Licht fiel durch vielfach gebrochene Fensteröffnungen. Einige waren durch bunte Glasscheiben verschlossen, die rahjagefällige Darstellungen zeigten.

Elanora hätte sich gern genauer umgesehen, aber Khorim führte sie in einen Innenhof, der von vier mächtigen Palmen beschattet war. In einem Teich plätscherte ein Springbrunnen. Libellen schwirrten über weiße Seerose dahin. Zwei große Hunde dösten im Schatten. Etwas erhöht lagen unter einem Baldachin bunte Kissen und edle Teppiche. Khorim klatschte in die Hände und rief etwas. Zwei junge Frauen, beide kaum mehr bekleidet als die Wächter, sprangen von den Kissen auf und verschwanden eiligen Schrittes durch eine Tür.

»Ich möchte Euch nicht brüskieren«, erklärte Khorim lächelnd.

Elanora nickte und errötete leicht. Der Anblick von so viel nackter Haut war ihrem mittelreichschen Gemüt doch etwas unangenehm.

Khorim ließ sich genüsslich auf den Kissenberg fallen und hieß seinen Gast ebenfalls Platz nehmen.

Elanora stellte fest, dass das robuste Garether Reisekleid für solche Sitzgelegenheiten nicht geschneidert war.

Eine der Frauen kam zurück. Sie trug nun ein buntes, ärmelloses Gewand. Vor Khorim stellte sie ein Tablett mit einem Krug und zwei Gläsern ab.

»Etwas Dattelwein?«, fragte er. Er wartete die Antwort nicht ab, sondern füllte beide Gläser und reichte ihr das eine.

Elanora nahm es.

»Noch einmal heiße ich Euch in Chorhop willkommen«, sagte Khorim. »Möge Euch Euer Aufenthalt hier zur Freude gereichen.« Er hob das Glas und trank einen Schluck.

»Möge ich möglichst schnell meinen Vater und meine Brüder finden«, erwiderte Elanora. »Ich hoffe, Ihr könnt mir dabei helfen.«

»Euer Wohlgeboren, Donna Elanora«, sagte er in tadelndem Ton. »Ihr kommt gleich zur Sache. Auch gut.«

Wieder hob er das Glas und trank.

Jetzt erwiderte Elanora die Geste. Vorsichtig nippte sie. Der Dattelwein schmeckte schwer und süß, doch unter der Süße bemerkte sie den Alkohol. *Ich muss aufpassen, bei der Hitze bin ich sofort betrunken,* dachte sie.

»Ihr vermisst also Euren Vater und Eure Brüder? Nun, das tue ich auch«, sagte Khorim.

»Wann habt Ihr sie zurückerwartet?«

»Er sagte, er sei dieses Mal nicht lange unterwegs und wollte Ende Firun, spätestens Anfang Tsa, zurück sein. Aber bedenkt: Zeiten und Reisewege lassen sich zwar planen, ob dieser Plan allerdings aufgeht, weiß nur Aves selbst. Wolfhart hatte sich für diese Reise vielleicht einen zu engen Zeitrahmen gesteckt.«

»Mein Vater plante eine drei-, maximal viermonatige Reise. Das war vor einem halben Jahr! Und ihr wundert Euch nicht? Ihr macht Euch keine Sorgen? Ihr habt nicht versucht, ihn zu finden?«

Khorim schaute sie überrascht an. »Ihn finden? Wo soll ich ihn suchen? Zwischen hier und Brabak befinden sich unendliche Meilen undurchdringlicher Dschungel und ekelhafte Sümpfe. Die Expedition kann überall verloren gegangen sein. Außerdem: Bevor Ihr hier erschienen seid, bestand ja die Hoffnung, dass Euer Vater einen anderen Rückweg gewählt hat.«

Elanora erwiderte nichts. Al'Rashid machte es sich – wie Yerno Torean – einfach. Er ging davon aus, dass der Junker von Wilderklamm einen anderen Heimweg genommen hatte. Wie kamen sie darauf? Elanora kannte die Karten gut genug, um zu wissen, dass es außer Chorhop nur wenige Häfen gab, die für eine Expeditionsreise in absehbarer Zeit erreichbar waren. Doch keiner wurde von Schiffen angelaufen, die jemanden zuverlässig in den Norden zurückbringen konnten. »Hat mein Vater denn schon mal einen anderen Rückweg gewählt?«, fragte sie.

Khorim schüttelte den Kopf.

»Und welchen Grund sollte er haben, entgegen jahrelanger Gewohnheit die Heimreise nicht in dieser reizenden Stadt zu beginnen, um seinem alten Freund von seinen Abenteuern zu berichten?«, fragte sie.

Khorim lachte.

Dann wurde er plötzlich ernst. »Ihr habt recht. Ihr habt ja schon mit Yerno gesprochen. Wie ich Euren Worten entnehme, hat er Euch über gewisse Meinungsverschiedenheiten in Kenntnis gesetzt, die wir hatten, als wir drei das letzte Mal zusammentrafen.«

Elanora nickte, wollte antworten, doch das geschnürte Kleid ließ ihr kaum Luft zum Atmen. Sie keuchte und rutschte auf den Kissen hin und her.

Khorim lächelte. »Soll ich Euch einen Stuhl bringen lassen?«

Elanora schüttelte den Kopf: »Geht schon. Erzählt weiter.« Sie nippte noch einmal an dem Glas und betrachtete ihren

Gastgeber. Der Mittelreicher schien das Leben eines tulamidischen Edlen wie ein Schauspiel zu inszenieren. Er wirkte nett und großzügig. Wäre sie von Torean nicht gewarnt worden, hätte sie ihn für einen verzogenen, zu groß geratenen Jungen gehalten, der nicht erwachsen werden wollte. Wie viel an ihm war echt und ehrlich? Wie viel war Theater und Fassade?

»Nun denn!«, begann Khorim. »Wir sind alte Freunde, Euer Vater und ich, wie Euch Yerno sicher schon berichtet hat. Wolfhart konnte sich stets auf mich verlassen. Und so schmerzt es mich umso mehr, dass es den Anschein hat, dass ich ihm die falschen Leute zur Seite gestellt habe.«

War dies ein Anflug aufrichtigen Bedauerns, oder waren seine Worte kalkuliert?

»Ihr überrascht mich«, sagte Elanora vorsichtig. »Wie kann es sein, dass *Ihr* einem *Freund* einen schlechten Rat gebt?«

»Oh, Donna Elanora! Verzeiht mir meine Eitelkeit! Wie soll ich leugnen, was ihr schon wisst? Als sich herausstellte, dass Euer Vater, mein Freund, sich in einer etwas prekären finanziellen Situation befand, wollte ich ihm schon helfen. Aber wie? Dann trat unvermittelt eine andere Expedition an mich heran, eine große Gruppe, gut ein Dutzend Männer und Frauen. Sie wollten nur noch ein paar Träger und Ausrüstung von mir. Da machte ich den Vorschlag, Euer Vater und die Gruppe von diesem – wie hieß er noch – Kerlingson, glaube ich – sie sollen sich zusammentun. Es bot sich einfach an. Dieser Kerlingson wollte ja ebenfalls in Richtung Nasha aufbrechen.«

»Und ihr habt an beiden gut verdient. Darum gab es Streit.«

»Nein! Es ging um etwas anderes. Der gute Yerno! Yerno wollte Euren Vater überreden, wenigstens einen eigenen Führer mitzunehmen, aber ich habe ihn überzeugt, dass es nicht notwendig ist. Das war der Grund des Streits. Ich sagte: *Antonio ist ein überflüssiger Esser! Ohne Antonio wirst du weiter kommen als mit ihm! Weißt du denn nicht, was sein Name be-*

deutet? Ja, das habe ich gesagt.« Er seufzte theatralisch. »Ich fürchte, in diesem Fall hätte Euer Vater doch lieber auf Yerno hörn sollen. Mein Rat war möglicherweise falsch. Und das bedaure ich jetzt zutiefst.«

»Antonio? Torean wollte, dass Antonio meinen Vater begleitet? Und Ihr habt es ihm ausgeredet? Wegen seines Namens?«

Khorim wirkte sichtlich betroffen. »Ja«, murmelte er. »Er ist ein Tölpel! Andomi wurde er von seinen Leuten genannt: Alles, was er in die Hand nimmt, macht er kaputt.«

Eine Weile schwiegen beide.

So wie Khorim es darstellt, hat er nur das Beste für meinen Vater gewollt, überlegte Elanora. Aber sie ahnte, dass Torean es ganz anders sehen würde.

»Wohin wollte mein Vater? Wisst Ihr etwas Genaueres über sein Ziel?«, fragte sie.

»Nichts Konkretes. Er war auf der Suche nach einem Ort namens Kamaluqs Schlund. Schon vor ein paar Jahren hat er auf einer Reise davon gehört. Dann hat er lange geforscht, hat diesbezügliche Geschichten der Mohaha und anderer Dschungelvölker gesammelt. Und jetzt glaubte er zu wissen, wo dieser Ort liegt. Irgendwo im Regengebirge, südlich von Nasha. Genauer weiß ich es nicht. Aber, wie gesagt, er war überzeugt, innerhalb von acht bis zehn Wochen sowohl den Ort zu finden als auch zurückzukommen. Er kann also nicht allzu weit im Süden liegen.«

Elanora nickte. »Glaubt Ihr, dass dieser Ort existiert? Die Gelehrten in Gareth haben nie davon gehört.«

»Die Gelehrten in Gareth! Ha! Die sind tausend Meilen entfernt, und es mangelt ihnen an frischer Luft. Die Dschungel Meridianas verbergen noch Geheimnisse für Generationen von Forschern und Glücksrittern. Euer Vater war einer davon.«

»Forscher oder Glücksritter?«

»Ich glaube, das müssen andere entscheiden.«

Wieder entstand eine Pause. Elanora trank noch einen Schluck von dem Dattelwein.

»Ich muss ihn suchen«, sagte sie schließlich. »Wie lange würde es dauern, eine Rettungsexpedition zu organisieren? Und was würde es mich kosten, wenn Ihr es macht?«

»Ich bin Geschäftsmann, Donna Elanora. Was hättet Ihr zu bieten?«

Elanora nannte die Summe.

Khorim sah sie traurig an. »Donna Elanora!« Er seufzte. »Dreihundert Dukaten? Das kann nicht Euer Ernst sein! Eine Expedition ist teuer und aufwändig. Damit kommen wir kaum bis nach Nasha.«

»Aber ich muss ...«

»Wenn Ihr nicht bedeutend mehr zu bieten habt, kann ich Euch nicht helfen, so sehr ich es auch bedaure.«

»Ich habe nicht mehr«, sagte Elanora kleinlaut. »Aber ich muss ...« Sie verstummte und stand mühsam auf. »Ich werde dann wohl einen anderen Weg finden müssen.«

Auch Khorim stand auf. »Es tut mir leid, wirklich. So muss ich doch akzeptieren, dass mein alter Freund Wolfhart im Dschungel geblieben ist.« Wieder kam dieser theatralische Seufzer aus seiner Brust.

Das war zu viel für Elanora.

»Aber *ich* akzeptiere es nicht!«, rief sie. »Und wenn Ihr meinen Vater als Freund bezeichnet, warum unternehmt Ihr dann nichts? Ihr seid doch nichts weiter als ein Beutelschneider!«

»Ich bin Geschäftsmann, Donna Elanora. Ich kann Euch versichern, dass ich einen guten Kunden ungern verliere.«

Elanora schnaubte verächtlich. Torean hatte mit seinem Urteil über Khorim mehr als recht. »Ihr nennt Euch Geschäftsmann?«, rief sie, während sie ihm den Rücken zukehrte und eiligen Schritts dem Ausgang zusteuerte. »Ich nenne Euch einen eitlen, verkommenen Gaukler, der weder Ehrgefühl noch Rückgrat kennt. Ich werde jemanden finden, dem Pflicht und

Verantwortung noch etwas bedeuten und der einer Edeldame nicht den Vater und die Brüder nimmt.«

»Ich habe sie Euch nicht genommen, Donna!«

»Seid Ihr Euch da so sicher?«, rief Elanora. Sie war jetzt an der Tür.

Da rief Khorim: »Wartet!« Er lief hinter ihr her.

Elanora blieb stehen und wandte sich zu ihm um. »Was wollt Ihr noch? Mein Geld ist Euch doch nicht genug! Und Euer verlogenes Mitleid könnt Ihr Euch sparen!«

»Nein. Ihr irrt Euch. Euer Urteil über mich ist falsch. Lasst es mich beweisen. Wir finden eine Möglichkeit, die Euren und meinen Interessen gerecht wird.«

»Wie meint Ihr das?«

»Wenn Ihr der Spur Eures Vaters folgen wollt, werde ich Euch eine Gruppe zusammenstellen«, erwiderte er. »Träger, Führer, Ausrüstung. Ihr bekommt alles. Um der alten Freundschaft willen! Um Euch zu dienen! Und mein Preis ist nur eine Gefälligkeit. Eine Gunst.«

»Und worin soll diese Gefälligkeit bestehen?«, fragte Elanora misstrauisch.

»Wenn ihr etwas findet oder entdeckt, so gehört es mir. Alles, was Ihr zurückbringt. Alles, was ich haben möchte.«

»Nun, das wäre zu machen. Aber ich traue Euch nicht. Ihr wisst, ich bin nicht auf Schatzsuche. Was ist, wenn ich mit leeren Händen zurückkomme?«

Khorim lachte. »Es ist ein Spiel. Euer Scheitern ist mein Risiko. Damit kann ich umgehen. Aber da wäre noch eine zweite Sache.«

»Wie meint Ihr das?«

»Um meine Motivation ein wenig zu steigern, gewährt mir die Gunst, mein Gast zu sein, während ich alles in die Wege leite.«

Elanora schaute Khorim verständnislos an.

»Versteht mich nicht falsch«, sagte Khorim. »Eine Gefälligkeit, eine Gunst. Eine Dame Eures Standes, eine Edle aus der alten Heimat, wäre eine Zierde für mein Haus. Ich erwarte nur Eure Gesellschaft und Begleitung für ein paar Tage. Für eine Woche. Bis alles bereit ist.«

***

Antonio erwartete sie schon. Als sie auf die Straße trat, eilte er zu ihr und schaute sie fragend an.

»Bring mich zurück zum *Fernen Yaquir*«, sagte sie kurz angebunden.

Elanora kochte vor Wut. Die Bewohner dieser Stadt waren entweder Geldverleiher oder Feiglinge! Khorim, Yerno – auch Antonio –, alle steckten unter einer Decke!

»Du hast nicht gesagt, dass du für Khorim gearbeitet hast«, sagte Elanora.

»Nein.« Antonio verfiel für den Rest des Heimweges in Schweigen.

Elanora fragte sich, ob sie Torean von Al'Rashids Angebot erzählen sollte. Sie kannte ihn kaum und war sich auch nicht sicher, ob sie ihn mochte. Aber sie war allein in dieser Stadt, und ihr Vater hatte sowohl Yerno Torean als auch Khorim Al'Rashid als vertrauenswürdige Freunde beschrieben. Wenn sie Khorims Angebot also annahm, musste sie jemandem erzählen, wo sie war. Da war die Auswahl nicht groß.

»Nun, verehrte Frau von Wilderklamm«, sagte Torean, nachdem Elanora ihre Begegnung mit Khorim geschildert hatte. »Mit dreihundert Dukaten kommt Ihr deutlich weiter als bis Nasha, das muss ich Euch sagen. Aber für eine vernünftige Rettungsexpedition wird es wohl wirklich nicht reichen. Bis Nasha könntet Ihr Euch vielleicht anderen Reisenden oder einer Handelskarawane anschließen. Aber ich bezweifle, dass Ihr dort geeignete Mitstreiter für die weitere Reise finden werdet. *Diesen* Halsabschneidern dürft Ihr noch weniger trauen als Korninger. Wer in Nasha kein Fischerboot hat, ist mit Sicherheit Pirat. Und wer eins hat, wahrscheinlich auch.«

»Dann wird mir nichts anderes übrig bleiben, als Khorims Angebot anzunehmen«, erwiderte Elanora.

»Ihr zieht es ernsthaft in Erwägung?«

»Habe ich eine Wahl? Vaters Spur führt nach Nasha. Und von dort in den Dschungel. Könnt Ihr mich dorthin bringen? Khorim kann es! Das glaubt sogar Ihr.« Sie senkte den Kopf und fügte leise hinzu: »Welche Hintergedanken er auch hat.«

Torean nickte. »Ich kann Euch vielleicht helfen, bis nach Nasha zu kommen, aber ich kann Euch nicht durch den Dschungel führen, geschweige denn, Leute und Ausrüstung für eine Expedition zusammenbringen. Das kann Korninger, und das stelle ich auch nicht infrage. Aber ich misstraue seinen Absichten. Mag sein, dass er sich wirklich nur mit Euch und Eurer Anwesenheit schmücken will. Ihr wärt durchaus eine Zierde für sein Haus. Das will ich unumwunden zugeben. Aber wer weiß, was sich noch dahinter verbirgt?« Als er Elanoras erschrockenes Gesicht sah, fügte er schnell hinzu: »Versteht mich nicht falsch. Ich glaube nicht, dass er Euch Gewalt antun will oder Euch oder Eure Familie erpressen möchte – oder Euch gar in die Sklaverei verkauft. Aber er ist schnell dabei, gewisse Vereinbarungen zu seinen Gunsten auszulegen. Zur Profitmaximierung – oder schlicht zum Vergnügen. Es wäre mir am liebsten, Ihr würdet nicht gehen, aber ... Ihr müsst selbst entscheiden.«

»Nun denn«, sagte Elanora. »Dann bleibt mir wohl nichts anderes übrig, als sein Angebot anzunehmen. Wenn Ihr mir jetzt bitte Träger und Geleit rufen könntet, werde ich mich auf den Weg machen. Ich werde Eure Aufwendungen natürlich entschädigen.«

»Wie Ihr wünscht, Frau von Wilderklamm. Aber, wenn ich einen Wunsch äußern dürfte?«

Elanora nickte.

»Wenn Korninger Euch tatsächlich eine Expedition organisiert, nehmt wenigstens den Rat an, den ich schon Eurem Vater gegeben habe: Sucht Euch einige Begleiter, die nicht von ihm bestimmt sind. Antonio ist ein erfahrener Dschungelführer und kennt die Wälder und Berge bis weit in den Süden. Er ist sicher bereit, Euch zu begleiten. Nicht wahr, Antonio?«

Antonio nickte eifrig.

Torean fuhr fort: »Torben weiß, dass ich ein Auge auf Euch habe. Er wird es nicht wagen, in Chorhop ein allzu böses Spiel mit Euch zu treiben. Aber sobald Ihr auf dem Weg nach Nasha seid, seid Ihr auf Euch gestellt und dem Wohlwollen von Khorim Al'Rashid und seinen Schergen ausgeliefert. Also gehabt Euch wohl. Und – haltet mich auf dem Laufenden.«

So wanderte am späten Nachmittag Elanoras Schrankkoffer – noch immer unausgepackt – vom *Fernen Yaquir* zum Anwesen Khorim Al'Rashids.

***

Travien Kerlingson rannte. Er rannte um sein Leben und glaubte nicht, dass er noch lange durchhalten würde.

Sie waren hinter ihm her und holten auf.

Auf was hatte er sich eingelassen? Es war nicht seine erste Reise durch den Dschungel, aber dieses Mal schienen die Ausgeburten der Niederhölle überall im Unterholz zu lauern. Und alle hatten es auf ihn abgesehen. Auf ihn allein.

Es war alles die Schuld der Krähe! Sie lockte das Unheil an. Sie und diese verfluchten schwarzen Steine, die sie gestohlen hatten!

Sie holten auf. Zweige schlugen ihm ins Gesicht. Er stolperte über eine verborgene Wurzel.

Längs schlug er hin, und das Knirschen in seinem Kopf sagte, dass sein Nasenbein gebrochen war. Doch es spielte keine Rolle mehr, denn er spürte ihren stinkenden Atem in seinem Nacken.

Dann war es vorbei.

Travien erwachte schwitzend. Seit Wochen der gleiche Traum. Aber es war ja kein Wunder. Ein Wunder war vielmehr, dass sie es bis hierher geschafft hatten. Ein trauriger Haufen war von seiner Expedition übrig geblieben: Er und Stippen, dazu Roglan und Sevket – zwei der Piraten, die sich ihnen in Nasha angeschlossen hatten – und die rothaarigen Blaublutzwillinge Darian und Ardan, das war alles. Was aus den anderen geworden war, wusste er nicht. Oder – wenn man es genau nahm, wollte er es gar nicht wissen. Die Zwillinge machten ihn neuerdings nervös. Sie waren immer ein Herz und eine Seele gewesen. Jetzt lagen sie sich ständig in den Haaren. Um was sie sich stritten, war Travien egal, aber der eine machte gelegentlich den Eindruck, den Verstand zu verlieren. Auch das war, nach dem, was sie mitgemacht hatten, kein Wunder. Solange sie sich nur gegenseitig an die Gurgel gingen! Auseinanderhalten konnte er die beiden nicht. Wenn der eine dem anderen den Hals umdrehte, musste er sich nicht mehr merken, wer wer war.

Das war alles nicht tragisch.

Und mit den Alpträumen wurde er schon fertig.

Hier war es schön.

Die Wellen brandeten sanft an Land, die Palmen säuselten im Wind. Die Dorfbewohner teilten gerne das, was Wald und Meer ihnen schenkten.

Was wollte er mehr?

Stippen war inzwischen aufgebrochen, die Küste entlang, um sich nach Dschimbas durchzuschlagen. Er wollte ein Schiff besorgen, irgendeinen Kahn, der sie von hier fortbrachte.

Auf Stippen konnte man sich verlassen.

Aber eilig hatte Travien es nicht.

Vielleicht blieb er sogar für immer hier.

Warum denn nicht?

In dem kleinen Küstendorf lebte eine bunte Mischung aus Waldmenschen, Blasshäuten und deren gemeinsamen Nachkommen. Da fand auch Travien sein Plätzchen.

Er verließ die Hütte, die man ihm großzügig überlassen hatte, nur um sich im Sand der Dünen noch einmal auszustrecken. Eine Weile betrachtete er das Spiel der Wellen in der Morgensonne, dann schlief er wieder ein.

Dies war sein Paradies.

So durfte es noch eine Weile bleiben.

Jeder Ort war ihm recht. Es zählten nur die Meilen zwischen ihm und der Krähe.

***

Khorim war hocherfreut, als Elanora wieder vor seiner Tür stand. Dieses Mal empfing er sie in Begleitung eines muskulösen Utulu, den er als seinen Leibdiener Kushko vorstellte. Auch wenn Kushko üppiger bekleidet war als die Wachen bei ihrem vormittäglichen Besuch – er trug eine schwarze Pluderhose und eine dunkelrot gestreifte Weste –, dachte Elanora sogleich, dass der Begriff Leibwächter wohl angebrachter war.

Kushko nahm Elanoras Schrankkoffer und trug ihn in den oberen Stock. Sie und Khorim folgten.

Am Ende des Flurs blieb ihr Gastgeber stehen. »Ich hoffe, Ihr werdet Euch hier wohlfühlen, Donna«, sagte er, öffnete die Tür und bat Elanora mit einer Verneigung doch vorauszugehen.

Elanora trat in das Zimmer.

Große geschwungene Fenster ließen den Raum hell und luftig erscheinen. Ein von einem Baldachin überspanntes Bett und kunstvoll geschnitzte Möbel aus golden schimmerndem Wurzelholz bildeten die Einrichtung. Unter dicken Teppichen sah man bunte Fliesenmuster. Ein Torbogen führte der Eingangstür gegenüber ins Freie. Elanora ging dort hindurch. Sie musste sich beherrschen, um nicht laut aufzujauchzen. Vom Balkon aus konnte man das ganze Viertel überblicken. Das Geländer war eine filigrane Steinmetzarbeit, umrankt von Rosen, deren Blüten im Wind nickten.

»Mir scheint, es gefällt Euch, Donna Elanora«, sagte Khorim zufrieden, als er neben sie trat.

»Ja«, sagte Elanora und ging zurück in das Zimmer.

Neben Kushko stand jetzt eine junge Frau mit langem schwarzem Haar und bronzefarbener Haut. Sie packte Elanoras Koffer aus.

Elanora wollte protestieren, doch Khorim kam ihr zuvor. »Yamilla, warte einen Augenblick«, sagte er. »Die Donna möchte nicht, dass man ihre Sachen durcheinanderbringt.« Er wandte sich wieder Elanora zu. »Wir geben heute Abend ein kleines Fest zu Euren Ehren. Yamilla wird sich bis dahin um Euch kümmern. Sagt ihr, was Ihr wünscht. Sie wird Euch helfen, Euch frisch zu machen und Euch umzuziehen. Ich lasse Euch jetzt allein. Das Fest beginnt bei Sonnenuntergang.«

Khorim verließ zusammen mit Kushko das Zimmer.

Elanora schaute ihm schweigend nach, dann ging sie zurück auf den Balkon und holte tief Luft. *Was hat Khorim vor?,* fragte sie sich. *Ich hoffe, Torean hat recht und er hat nichts Böses im Sinn.* Ihr Blick wanderte über die Stadt dahin. In der Ferne sah sie einen beeindruckenden Kuppelbau, dahinter die Türme einer Festungsanlage. Jenseits der Grenzen der Stadt schimmerten grüne Hügel, und die Silhouette des Regengebirges zeichnete sich grau am Horizont ab. Irgendwo dort draußen mussten ihr Vater und die Brüder sein. Und sie saß hier fest und war gezwungen, alberne Spiele zu spielen, deren Regeln sie nicht kannte. Sie verlor Zeit. Zeit, die sie nicht hatte.

»Soll ich Euch ein Bad bereiten, Donna?«, fragte Yamilla. Die Stimme des Mädchens war hell und weich.

Elanora drehte sich um und lehnte sich an das Balkongeländer. »Ja«, antwortete sie. »Ein Bad. Das wäre schön.«

Schon bald war das Rauschen von Wasser zu hören, der Geruch von fremden Kräutern drang bis zu Elanora auf den Balkon. Neugierig folgte sie dem Duft in einen Nebenraum.

Es war ein Badezimmer. Aber kein hölzerner Zuber, wie Elanora ihn kannte, stand dort; auch keine Wanne aus glasiertem Steingut, die sich wohlhabendere Familien als die von Wilderklamm leisteten. Es war ein rundes, gefliestes Becken, gut zweieinhalb Schritt im Durchmesser, eingelassen in ein gemauertes Podest, zu dem mehrere Stufen hinaufführten. Aus einem emaillierten Rohr, dessen Ende wie ein Fischmaul geformt war, strömte dampfendes Wasser.

»Wie geht das?«, fragte Elanora.

»Die Diener pumpen das Wasser aufs Dach«, erklärte Yamilla. »Dort wird es von der Sonne erwärmt. Ich habe jetzt den Schieber geöffnet, und es fließt in die Wanne. Ihr habt zu Hause sicher eine elegantere Lösung.«

Elanora schüttelte den Kopf.

Yamilla prüfte mit der Hand die Temperatur des Wassers und sagte: »Euer Bad ist bereit. Darf ich Euch beim Auskleiden behilflich sein? Ich leiste Euch auch gern Gesellschaft und wasche Euch.«

»Nein!«, entfuhr es Elanora. Dann fügte sie stotternd hinzu: »Ich bin doch keine alte Frau.«

Die junge Dienerin schien der Meinung zu sein, dass dies keineswegs eine Frage des Alters war. Sie lächelte. »Wie ihr wünscht. Ich warte draußen. Wenn ihr etwas braucht, so ruft mich.« Sie zog sich zurück.

Elanora zog sich aus und ließ sich in das Becken gleiten. Sie schloss die Augen und sog den Duft der Kräuter ein. Sie war noch keinen Tag in Chorhop, doch was hatte sie schon alles erlebt! Bei der Abreise hatte sie geglaubt, sie müsse sich um giftige Pflanzen und wilde Tiere sorgen. Jetzt war der Dschungel so fern wie zuvor, und die Menschen in dieser Stadt schienen es darauf anzulegen, der Wildnis den Rang abzulaufen. Sie blieben fremd und unheimlich, waren unberechenbar, undurchschaubar, nutzten ihre Unerfahrenheit aus. Aber eins überraschte Elanora: Was immer Khorim mit ihr vorhatte, *davor* fürchtet sie sich nicht! Er war seltsam und mit Sicherheit leicht verrückt – eine Eigenschaft, die in Chorhop zum guten Ton zu gehören schien –, aber irgendwie mochte sie ihn.

Nach einem langen Bad war sie ihrem Gastgeber noch etwas wohlgesinnter. Sie trocknete sich mit einem großen flauschigen Handtuch ab, wickelte es um sich und ging zurück in das andere Zimmer.

Yamilla stand neben dem Bett. »Welches Kleid wollt ihr tragen?«, fragte sie.

Ärger wallte in Elanora auf. Das Mädchen hatte jetzt doch ihren Koffer ausgepackt! Sie war es nicht gewohnt, dass fremde Leute in ihren Sachen wühlten. Ihre Wäsche war fein säuberlich in einer Kommodenschublade verstaut. Die Landkarten und Aufzeichnungen ihres Vaters lagen auf dem Tisch. Auf dem Bett waren ihre Kleider ausgebreitet. Im Vergleich zu Yamillas luftig buntem Kleid wirkte alles sehr düster und streng.

»Nun, die Koscher Mode ist doch anders als die eure«, sagte Elanora und schluckte ihren Ärger hinunter. »Aber ich bin auch nicht darauf vorbereitet, auf ein Fest zu gehen.«

»Welches möchtet Ihr anziehen?«, fragte Yamilla noch einmal.

***

Kaum senkte sich die Nacht über die Stadt, da ertönte im Innenhof ein Glockenschlag. Kushko klopfte an Elanoras Zimmertür und geleitete sie hinunter. Der Innenhof war von bunten Laternen erleuchtet. Etwa zwei Dutzend Männer und Frauen waren schon anwesend. Der Kleidung nach zu schließen, stammten einige der Gäste ebenfalls aus Garethien, andere aus dem Horasreich oder Al'Anfa. Dazu gesellten sich einige Tulamiden.

Khorim Al'Rashid thronte auf einem Berg aus Kissen unter dem Baldachin. Neben ihm stand ein niedriger Sessel. Kushko geleitete Elanora zu seinem Herrn und verabschiedete sich mit einer stummen Verbeugung.

Khorim erhob sich, nahm ihre Hand und wies auf den Sessel. »Ich glaube, es ist in Eurem Sinne, Donna Elanora«, sagte er leise. »Und das nächste Mal finden wir vielleicht ein bequemeres Kleid für Euch.«

»Ich kann Euch versichern, dass dieses Kleid äußerst bequem ist, lieber Herr Al'Rashid.« Trotzdem war Elanora froh, nicht wieder auf dem Boden kauern zu müssen. Sie setzte sich.

Khorim ließ sich neben ihr in die Kissen fallen. Er wirkte äußerst zufrieden.

Elanora spürte, dass ihre Anspannung sich löste. Gebratenes Fleisch wurde aufgetragen, dazu gab es Gemüse und scharfe Soßen. Platten mit Obst standen an niedrigen Tischen bereit. Die Namen der meisten Früchte hatte Elanora noch nie gehört, geschweige denn, sie gekostet. Die Gäste bedienten sich selbst und trugen die Speisen auf flachen Tellern zu ihrem Platz. Erst jetzt bemerkte Elanora, dass sie den ganzen Tag noch nichts gegessen und kaum etwas getrunken hatte. Auch sie langte kräftig zu. Mit Befremden stellte Elanora erneut fest, aus welch seltsamem Blickwinkel ihr Vater von Chorhop berichtet hatte. Er hatte die Stadt als letzte Bastion der Zivilisation vor dem Dschungel bezeichnet. Seine Bevölkerung sei ein »pittoreskes Gemisch aus Abenteurern und Glücksrittern, mit dem Blut der Wilden in den Adern«. Aber hier war alles so prächtig und edel. Elanora hatte das Gefühl, die Wilde und primitiv zu sein.

Nach dem Essen gesellte sie sich zu den anderen Gästen und unterhielt sich. Einige hatten ihren Vater gekannt und zeigten sich besorgt über sein Schicksal.

Dann betraten Musikanten den Innenhof und begannen aufzuspielen. Die Musik klang fremd in Elanoras Ohren, aber sie gefiel ihr.

Khorim winkte Elanora zu sich, und sie nahm wieder neben ihm Platz. Er klatschte in die Hände, die Musik endete, und alle Gespräche verstummten. Die Gäste setzten sich an die Tische oder ließen sich auf Kissen fallen. Diener löschten die meisten Laternen. Der Innenhof wurde in sanftes Dämmerlicht getaucht. Trommler schlugen einen nervös hüpfenden Rhythmus. Nach einigen Takten setzten die anderen Musikanten ein.

Eine Frau trat in die Mitte des Hofes und verneigte sich vor Khorim. Sie trug wadenlange weite Hosen und eine knappe Bluse aus halb durchsichtigem blauem Chiffon, dazu goldene Reifen an den Oberarmen und Glöckchen um die nackten Fesseln. In ihrem hochgebundenen Haar steckte ein perlenbesetztes Diadem, das Gesicht war verschleiert. Die Frau streckte die Arme aus, nahm mit Fingerzimbeln den Rhythmus der Musik auf, wiegte den Leib wie eine Weide im Wind und begann sich zu drehen.

War es der Wein oder die Musik? Elanoras Blick galt nur noch der Tänzerin, folgte den Kreisen der Frau, dem Zucken ihrer Hüften, dem Schlängeln ihrer Arme. Der Rhythmus wurde wilder. Die Bewegungen der Tänzerin folgten ihm. Sie tanzte jetzt vor Khorim.

Dann verschwammen die Bewegungen der Tänzerin in einem Rausch aus Farben. Elanora glaubte zu träumen. Schemenhaft gesellten sich andere Tänzer dazu, elfengleich und anmutig tanzten sie gemeinsam über grüne Wiesen und schimmerndes Wasser. Schillernde Vögel umschwirrten sie. Elanora tanzte mit ihnen, zugleich wusste sie, dass sie noch immer neben Khorim saß. Der hatte sich zu ihr herübergelehnt und eine Hand auf ihre Schulter gelegt. Elanora kam es nicht in den Sinn, es ihm zu verwehren.

Der Tanz ging weiter. Alle Anspannung und Furcht fiel von Elanora ab und machte einer Ruhe Platz, als befände sie sich in einem wunderbaren Traum. Zugleich war sie hellwach.

Elanora wünschte sich, der Tanz und die Musik würden nicht mehr enden.

Doch in einem gewaltigen Crescendo verklang die Musik, und die Tänzerin sank anmutig zu Boden. Nur langsam verblassten die Bilder vor Elanoras Augen. Das Publikum brach in einen frenetischen Applaus aus. Elanora war zu aufgewühlt und überwältigt, um es ihnen gleichzutun.

Die Tänzerin stand auf, verneigte sich noch einmal und verschwand mit leichten Schritten im Haus.

»Ja, der Zauber der Sharisad«, sagte Khorim, und nahm die Hand von Elanoras Schulter. »Yamilla beherrscht den Tanz der Bilder schon meisterhaft. Dabei ist sie noch eine Anfängerin.«

»Das war Yamilla?«, fragte Elanora.

»Ja«, sagte Khorim stolz. Er zog eine Wasserpfeife zu sich heran, nahm ein Mundstück und saugte daran. »Wollt ihr es versuchen?«, fragte er.

Elanora schüttelte den Kopf, nahm die Pfeife dann trotzdem, saugte daran – und musste sofort husten.

Es gab keine weiteren Darbietungen. Die Gäste saßen jetzt an den Tischen oder auf den Kissen und unterhielten sich. Die Musik spielte leise. Elanora wusste nicht, wie spät es war, als sich die letzten Gäste verabschiedet hatten und auch sie sich zurückziehen konnte. Hinter ihr lag ein langer und anstrengender Tag. Sie fiel aufs Bett und schlief sofort ein.

Elanora lag in ihrem Badezimmer in dem Becken. Das Wasser war warm und duftete. Sie öffnete die Augen und sah Khorim am Beckenrand stehen. Er trug wieder die Pluderhosen und das bunte Hemd. Aber statt des Turbans trug er eine Zipfelmütze mit Glöckchen, und sein Gesicht war grell geschminkt. Seine Wächter flankierten ihn. Kushko kniete vor ihm. Um den Hals trug er einen eisernen Reif mit Kette. Das andere Ende hatte Khorim in der Hand.

Die Sharisad kam herein, ihre Schleier wehten, als sie in wirbelnden Kreisen um das Becken tanzte.

»Komm«, rief Elanora, »zeig mir, wie man so tanzt!«

Etwas strich um ihren an den Beckenrand gelehnten Kopf. Sie fuhr zusammen, drehte sich um und sah Kiro, ihren alten Kater. Er saß da und leckte sich die Pfoten. Dann schaute er sie mit leuchtend gelben Augen an und flüsterte: »Warte ab! Dies ist nicht dein Tanz, Elanora.«

***

Elanora erwachte. Die dünne Decke lag zerwühlt zu ihren Füßen. *Ein seltsamer Traum,* dachte sie, stand auf und ging zum Balkon. Die Sonne stand schon hoch am Himmel, und es war heiß. Das Regengebirge war im Nebel verborgen. Wie lange hatte sie geschlafen? Der Traum beschäftigte sie noch immer, aber sie konnte ihn nicht recht deuten.

Nachdem sie sich gewaschen und angezogen hatte, ging sie nach unten und schaute sich um. Die Spuren des Festes waren beseitigt. Niemand befand sich im Innenhof. Sie ging zurück ins Haus.

Khorim kam ihr entgegen. »Donna Elanora, Ihr seid wach! Möchtet Ihr ein Frühstück?«

»Wie spät ist es?«

»Fast Mittag. Ihr scheint unser Klima nicht gewohnt zu sein. Oder war es der Dattelwein?«

Er geleitete Elanora wieder nach draußen.

Seine Bediensteten sind so schnell wie unsichtbar, dachte Elanora bewundernd. Unter dem Baldachin standen jetzt ein Tisch und zwei Stühle. Elanora setzte sich.

Eine Dienerin kam und servierte Früchte, Käse und Fladenbrot, einen Krug mit klarem Wasser und eine Kanne Tee.

»Es war ein sehr schönes Fest«, sagte Elanora. »Aber wie kommt es, dass eine Sharisad bei Euch die Betten macht und den Gästen aufwartet? Das ist eine ungewöhnliche Dienerin.«

»Yamilla ist keine Dienerin«, sagte Khorim. »Und die Betten macht sie auch nicht, leider nicht einmal ihr eigenes. Aber den Gästen aufzuwarten und zu Diensten zu sein ist wohl die Aufgabe der Gastgeberin.«

»Oh! Sie ist Eure Gemahlin!«, rief Elanora erleichtert. Angesichts Yamillas blutjunger Schönheit musste sie wohl nicht mit Khorims Nachstellungen rechnen.

»Nein, nein. Das nächste Mal muss ich wohl daran denken, meinem Gast den Haushalt vorzustellen. Yamilla ist nicht meine Frau. Sie ist meine Tochter.«

Elanora spürte, dass ihr Gesicht jetzt noch röter als ihr Haar sein musste.

Khorim war so taktvoll, das Thema zu wechseln. »Ich habe mich heute Morgen etwas umgehört. In einigen Tagen könnte ich Euch vier zuverlässige Träger zur Verfügung stellen. Jetzt benötigen wir nur noch ein paar Leute, die mit Waffen umgehen können. Und natürlich einen Führer, der das Gebiet südlich und östlich von Nasha kennt.«

***

Etwas später machte sich Elanora auf, um Yerno Torean zu besuchen. Khorim bestand darauf, dass Kushko sie begleitete. Zu ihrem Schutz, sagte er. Elanora war natürlich froh, einen so imposanten Leibwächter zu haben. Die Stadt ängstigte sie weiterhin, aber tief in ihr regte sich Widerstand. Sie war eine erwachsene Frau; sie konnte sich doch nicht die ganze Zeit beschützen lassen! Wie sollte das weitergehen? Und was würde ihr Vater dazu sagen?

Im *Fernen Yaquir* berichtete sie dem Wirt vom vergangenen Abend und von Khorims Bemühungen. Der Wirt schien einigermaßen beruhigt angesichts der Entwicklung. Trotzdem wiederholte er seine Bitte. »Nehmt Antonio mit auf Eure Expedition! Er wird Euch gern begleiten. Und schaut Euch noch nach zwei oder drei Begleitern um, die Korninger nicht bestimmt hat. Zu Eurer Sicherheit. Ich habe es bisher nicht geschafft, mich selbst umzuhören. Ihr seht selbst, wie voll das Haus ist.«

»Und wo soll ich Eurer Meinung nach fähige und vertrauenswürdige Begleiter finden?«

»Schaut Euch am Hafen um. Dort findet man immer wieder abenteuerlustige Männer und Frauen.«

»Und die sind vertrauenswürdiger als Khorim?«

Kushko wartete schweigend vor der Tür.

»Ich habe noch etwas zu tun«, sagte Elanora. »Wirst du mich begleiten?«

Kushko nickte.

»Gut. Dann bring mich zum Hafen.«

Khorims Diener setzte sich wortlos in Bewegung. Jetzt, am späten Nachmittag, waren die Gassen und Plätze voller Menschen. In Begleitung Kushkos traute sie sich auch, die Auslagen der Händler genauer anzusehen. Der riesige Utulu schien genügend Respekt zu verbreiten, dass sie keiner über Gebühr belästigte. Fasziniert betrachtete sie die Stände mit bunten Stoffen, unbekannten Gewürzen und bizarrem Kunsthandwerk. Sie vergaß fast, warum sie hier war.

Auf dem Platz vor den Kais und Landestegen blieb Elanora stehen und schaute sich um. Wie schon am Vortag war der Hafen dicht bevölkert und wirkte auf Elanora wie ein Ameisenhaufen – nur viel lauter.

»Wie soll ich sehen, wer was taugt?«, fragte sie entmutigt. »Und wie soll ich erkennen, wem ich trauen kann?«

Wie erwartet gab Kushko keine Antwort.

Sie gingen die Hafenmole entlang. Erleichtert stellte sie fest, dass von den langfingrigen Kindern nichts zu sehen war. Trotzdem blieb sie dicht neben Kushko.

Ein Paar saß im Schmutz der Straße, an eine Hüttenwand gelehnt, und zog Elanoras Aufmerksamkeit auf sich. Der Größere war vielleicht ein Magier, dann aber mit Sicherheit eine Schande für seine Zunft. Er trug eine dunkelblaue Robe, völlig zerschlissen und schmutzig. Er hatte langes dunkles Haar und einen zerzausten Bart, der ihn älter wirken ließ als die fünfundzwanzig Jahre, die er vielleicht zählte. Die andere Gestalt war fast zwei Köpfe kleiner, dürr, trug helle Kniehosen und ein viel zu weites Hemd. Die fingerlangen braunen Haare standen struppig vom Kopf ab. Erst beim Näherkommen wurde Elanora klar, dass es sich bei der kleineren Person um keinen Knaben, sondern um eine junge Frau handelte.

Die beiden schienen nicht zu betteln. Ob sie auf ihre Passage warteten? Aber welcher Seelenfänger würde solche Leute mitnehmen?

Ein Magier wäre mit Sicherheit eine Bereicherung für die Expedition, dachte sie, doch ehe sie solches Volk ansprach, musste sie schon tief sinken. Elanora ging weiter, ohne sich über den nächsten Schritt klar zu sein. Die Hafenanlage endete in einem Gewirr aus Hütten und schäbigen Lagerhäusern. Etwa hundert Schritt vor ihr ragte der nördliche Bastionsturm auf. Sie drehte sich um und schaute über den Hafen zurück. Dann seufzte sie, nahm allen Mut zusammen und betrat, dicht gefolgt von Kushko, die nächste Taverne am Kai.

Nur wenige Gäste beachteten sie, als sie sich durch die Menge schob, um zum Tresen zu kommen. Kushko zog die meiste Aufmerksamkeit auf sich. Am Ende des Tresens lehnte ein Mann mit langem grauem Haar und struppigem Bart. Er rückte wortlos ein Stück beiseite, hieß Elanora mit einer Geste, doch neben ihm zu stehen.

»Danke«, sagte Elanora.

Unverhohlen starrte er sie an und brummte: »Nichsfürungut. Zahlsmerwas?«

Elanora gab vor, nichts zu verstehen, und wandte sich der Frau hinterm Tresen zu. Sie räumte gerade Gläser und Krüge in die Regale an der Wand. Elanora konnte nur eine Woge schwarzen Haars sehen, durchzogen von den ersten weißen Strähnen. Sie fragte, ohne sich umzudrehen: »Was willst du?«

»Ich suche Männer, die ...«, begann Elanora.

»Sind doch genug da«, sagte die Frau. »Aber wenn du Geld verlangst, bekommst du es mit mir zu tun! Hier bestimme ich das Geschäft. Wenn du also Arbeit suchst ...« Die Wirtin machte sich endlich die Mühe, sich umzudrehen. Elanora schätzte sie auf Mitte vierzig. Das runde Gesicht mit dem breiten Mund und den großen Augen verlieh ihrem Äußeren aber etwas Kindliches. »Oh«, sagte sie. »Du siehst nicht so aus, als suchst du diese Art von Arbeit.«

»Nein«, sagte Elanora beherrscht. »Ich suche Begleiter für eine Expedition in den Dschungel.«

»Na? Dann die gleiche Antwort«, sagte die Wirtin. »Hier wirst du schon jemanden finden, der ein wenig Abwechslung sucht. Such dir einen aus.«

Elanora schaute sich um. Die Hälfte der Gäste schien jetzt schon betrunken zu sein. Der Rest gab sich alle Mühe es zu werden. Die Wirtin musste Elanora die Zweifel ansehen. »Nicht dein Geschmack?«, fragte sie. »Nun, dann bist du falsch hier. Versuch es bei Hamil ben Dunchaban, der handelt mit Ausrüstung und kennt immer ein paar Abenteurer. Oder geh gleich zu Khorim Al'Rashid. Der kümmert sich dann um *alles*. Hat sogar eigene Sklaven, Träger und Wächter. Ist vielleicht mehr nach deinem Geschmack. Das kostet dann aber auch entsprechend.«

Für die Wirtin schien die Unterhaltung beendet. Sie wandte sich dem Gast neben Elanora zu und füllte seinen Steingutbecher mit einer braunen Flüssigkeit. Aber da Elanora nicht sofort das Weite suchte, kam sie zurück und fragte:

»Willst du etwas trinken? Du nimmst nämlich anderen den Platz weg.«

Elanora schüttelte den Kopf und starrte weiterhin die Gäste an. Es war faszinierend. Wie konnten die Leute bloß so leben? Sinnlos in den Tag hinein, schon am Nachmittag betrunken?

»He!«, rief die Wirtin. »Was gaffst du so? Scher dich raus, wenn du nichts zu trinken willst.«

»Was will 'n Noblezafrüchtchen wie die überhaupt im Dschungel?«, mischte sich der Grauhaarige ein. »Is' ihr langweilig?«

»Geht uns nichts an, Enrisco«, sagte die Wirtin. »Aber mit einem hast du recht. Die Donna sieht nicht aus, als wär' sie schon mal im Dschungel gewesen.«

»Ja! Wahrscheinlich ist ihr langweilig. Und jetzt will sie sich für'n paar Tage durch den Wald tragen lassen.«

»Und dann lässt sie sich noch 'n paar neue Sklaven fangen, und sagt hinterher, sie sei's gewesen!«

»Genau! Und dann ...«

»Ich wäre Euch sehr verbunden, wenn Ihr *mit* mir sprecht statt *über* mich!«, rief Elanora.

»So? Die Donna lässt sich herab und will mit uns sprechen. Was ist aber, wenn wir nicht mit ihr reden woll'n?«

»Aber ihr braucht auch keine Lügen über mich erzählen!«

»So? Das sind also Lügen?«, erwiderte die Wirtin. »Und du fährst mir übers Maul, weil ich deine Noblezaohren beleidige? Sag mir nicht, was ich mit meinen Freunden rede, Schätzchen, sag mir's nicht!«

»Genau!«, rief Enrisco. »Erst passen dir Tsanjas Gäste nicht, dann fährste ihr übers Maul. Dabei ist Tsanja mindestens so 'ne Dame wie du! Auch wenn sie keinen schwarzen Riesen am Arsch kleben hat.«

Die Wirtin und Enrisco schienen es darauf anzulegen, sie zu provozieren. Schon schauten einige andere Gäste zu ihnen herüber. Elanora fand es angebracht, den Rückzug anzutreten. »Nun. Wenn ihr meint ... Ich werde jetzt gehen«, sagte sie und versicherte sich Kushkos in ihrem Rücken.

»So? Die Donna will gehen? Erst will sie nichts trinken, dann beleidigt sie mich und meine Gäste! Dann will sie gehen! Einfach so? Nein!«

Zustimmendes Gemurmel kam unter den Umstehenden auf.

»Ich habe niemanden beleidigt! Weder Euch noch Eure Gäste!«, rief Elanora.

»Schieb dir das *Ihr* und *Eure* sonst wohin, Donna Schätzchen. Siehst so aus, als hättest es nötig!«, sagte Tsanja.

»Was hab ich nötig?«, zischte Elanora zurück.

»Einen Kerl, der dir die Flausen aus dem Schädel stößt. Dein Riese ist wohl ein Eunuch, wenn du ihn nicht ranlässt.«

Gelächter unter den Umstehenden.

»Wie kannst du es wagen!«, rief Elanora.

»Ich kann hier alles wagen. Ist ja mein Haus!«

Einige Gäste klatschten.

Tsanja kam um den Tresen herum und baute sich vor Elanora auf. Sie war etwas kleiner, aber kräftiger. »Na, wie ist es?«, sagte sie. »Traust du dich, ohne deinen Bullen gegen mich anzutreten?«

»Ein Kampf!«, rief Enrisco. »Macht Platz. Tsanja und die Rote machen es untereinander aus. Ich wette einen Dukaten auf Tsanja!«

»So viel hast du doch gar nicht! Ich setze dagegen!«, rief ein anderer.

Tische und Stühle wurden beiseitegerückt, ein Kreis gebildet, etwa fünf Schritt im Durchmesser. Tsanja wollte Elanora hineinbugsieren, doch sie stieß gegen einen Widerstand namens Kushko.

»Soll ich dich rausbringen, Wohlgeboren?«, raunte er Elanora zu. »Oder willst du etwa kämpfen?«

Elanora schüttelte den Kopf. Sie prügelte sich doch nicht mit dieser Hafenschlampe!

Kushko nahm sie an der Schulter und drängte sich rückwärts durch die Menge. Er kam keine drei Schritte weit, da erstarrte er.

»Nicht so schnell, Schätzchen!«, rief Tsanja. »Oder willst du, dass wir deinem Eunuch noch was anderes abschneiden?«

Ein breites Entermesser lag an Kushkos Hals. Auch andere Gäste zogen ihre Waffen. Sie wollten sich die angekündigte Darbietung offensichtlich nicht entgehen lassen. Kushko versuchte sich dem Messer zu entwinden. Schon benetzte Blut die Schneide, ein dünnes Rinnsal floss Kushkos Hals hinab.

»Hör auf«, flüsterte Elanora schwach. »Hör auf. Es hat keinen Sinn.«

»Ich muss dich beschützen, Wohlgeboren«, brummte Kushko.

»Mit durchgeschnittener Kehle kannst du mich nicht beschützen«, sagte Elanora.

»Er hat es mir befohlen.«

»Und ich befehle dir jetzt, dich nicht umbringen zu lassen. Willst du mir dienen? Dann halt jetzt still!«

»Wie du befiehlst«, sagte Kushko matt. Das Messer verschwand von seinem Hals, aber noch immer war ein Dutzend Klingen auf ihn gerichtet.

»Na also! Haben wir doch die überzeugenderen Argumente«, rief Tsanja. »Kommst du jetzt?«

Elanora zögerte. Ihr Blick wanderte von Kushko in die Menge und zurück. Nirgends konnte sie Hilfe erwarten. Kushko würde sich höchstens für sie umbringen lassen. »Ich schlag dir die Nase blutig«, sagte Elanora – viel tapferer, als ihr zumute war und ging in den Kreis.

Die Gäste johlten, als sie sahen, dass sie jetzt doch noch zu ihrem Kampf kamen. Weitere Wetten wurden abgeschlossen. Die Quoten standen eindeutig zugunsten der Wirtin. Tsanja band Schürze und Rock hoch. »Na, dann werden wir der Nobleza mal zeigen, wie man kämpft«, sagte sie unter dem Beifall ihrer Gäste.

Elanora hatte – wenn es die Eltern nicht mitbekamen – in ihrer Kindheit so manchen Sparringskampf mit den Brüdern ausgefochten und sich auch später bei ihnen einiges abgeschaut. Sie ging mit dem linken Bein einen Schritt nach vorn, winkelte es leicht an, den rechten Fuß stellte sie im rechten Winkel dazu. Dann hob sie die Hände. Die Linke nach vorn, tastend, die Rechte in Kinnhöhe, bereit zum Schlag. Sie fixierte ihre Gegnerin, spannte die Muskeln.

Tsanja ging ebenfalls leicht in die Knie, dann stürmte sie los und rammte Elanora mit ihrem ganzen Gewicht den Ellbogen in den Unterleib.

Zusammen gingen sie zu Boden.

***

Rank Fuxfell wollte seinen Augen nicht trauen. Jetzt wälzte sich die Wilderklamm – *Elanora! Sie heißt Elanora!* – mit dieser Hafenschlampe auf dem Tavernenboden. Der Kampf ließ jegliche Eleganz vermissen. Unter dem Johlen der Gäste setzten die Frauen alles ein, was sie hatten: Hände und Füße, Ellbogen, Knie und Zähne. Sie rissen sich an den Haaren und Kleidern. Elanora verpasste der Wirtin einen Faustschlag aufs Auge, den diese mit einer Ohrfeige konterte. Ihre Fingernägel hinterließen drei blutige Striemen auf Elanoras Wange.

Währenddessen schien Elanoras Beschützer dem Wahnsinn nahe. Bei jedem Schlag, den die Junkerstochter abbekam, schüttelte er sich, als würde er selbst geschlagen. Immer wieder war er drauf und dran, einzuschreiten und dieses entwürdigende Schauspiel zu beenden. Dies hätte aber seinen Tod bedeutet, denn noch immer war ein halbes Dutzend Klingen auf ihn gerichtet. Und die Junkerstochter hatte es ihm ja verboten, zu sterben.

Einige Zeit gewann keine Kämpferin die Oberhand, dann ging der Älteren die Puste aus. Elanora schaffte es, sie mit einem Kopfstoß in den Bauch auf den Rücken zu werfen. Sie setzte sich auf Tsanjas Brust, drückte ihre Oberarme mit den Knien nieder und hob die Faust. Tränen hatten rosige Spuren auf ihren schmutzigen Wangen hinterlassen, doch sie bleckte die Zähne und keuchte: »Ich habe – weder dich – noch – noch deine Gäste – beleidigt. Gib es zu. Oder ich ... ich – schlage dir die Zähne aus!«

Die Wirtin grinste so frech, als hätte sie den Kampf gewonnen. »Du hast niemanden beleidigt. Und du hast gewonnen. Komm, ich spendiere dir was zu trinken.«

Elanora stieg von der Wirtin. Sie schien Schwierigkeiten zu haben aufzustehen, denn sie blieb knien, auf allen vieren, den Kopf gesenkt.

Die Gäste applaudierten. Auch wenn nicht ihre Favoritin gewonnen hatte, so schienen sie doch fair zu sein, wie Rank mit Erleichterung feststellte. Die Darbietung war vorüber, sie wandten sich wieder ihren Krügen und Humpen zu. Diejenigen, die Elanoras Beschützer in Schach gehalten hatten, senkten die Waffen und beeilten sich, zwischen den anderen Gästen unterzutauchen.

Mit der Menge, die zurück in den Kampfring drängte, ließ sich Rank näher an Elanora heran treiben. Doch ehe er bei ihr war, half ihr der Hüne auf und fragte: »Soll ich dich nach Hause bringen?«

Elanora schüttelte den Kopf. »Nein«, sagte sie. »Jetzt geht es erst richtig los. Das soll nicht umsonst gewesen sein.«

Rank war verwirrt. Was hatte die Edle jetzt vor? Sie ließ sich von Kushko zum Tresen führen.

Auch die Wirtin hatte es inzwischen geschafft, aufzustehen und hinter den Tresen zurückzukehren. Sie füllte zwei Gläser mit einer klaren Flüssigkeit und schob Elanora eines hin. »Du kämpfst wie eine Katze. Willkommen im Dschungel!«, sagte sie.

Sie stießen an und tranken. Elanora verzog den Mund, schluckte aber tapfer.

Das ist meine Gelegenheit, sagte sich Rank. Er schlängelte sich zwischen den anderen Gästen hindurch, quetschte sich an den Tresen neben Elanora und bestellte etwas zu trinken.

»Darf ich Euch zu Eurem Sieg gratulieren, Edle Dame«, sagte er.

Sie wandte sich ihm zu. Die Spuren von Tsanjas Fingernägeln leuchteten rot in ihrem schmutzigen Gesicht, das Haar war eine zerzauste Mähne. Aber ihre Augen blitzten übermütig, und ihr Lächeln hätte wilde Tiere in die Flucht geschlagen. Sie musterte ihn von oben bis unten.

»Du bist ein Abenteurer?«, stellte sie schließlich fest. »Hast du in den nächsten Wochen etwas vor?«

»Nein«, sagte Rank.

»Das könnte sich ändern«, sagte sie und hob ihr Glas.

Sie stießen an.

***

»Oh! Ist mir übel«, stöhnte Elanora. Sie öffnete die Augen und bekam eine schmutzige Tischplatte zu Gesicht. Wo war sie? Etwa noch immer in der Taverne dieser Tsanja? »Was ist passiert?«, fragte sie die Stille.

Tsanja kam zu ihr herüber. Sie hatte ein blaues Auge, sah aber sonst ganz ansehenlich aus. Außer, dass sie Elanoras Kleid trug. Es war zerrissen, aber recht sauber, als sei es gewaschen worden.

»Wie kommst du zu meinem Kleid?«, fragte Elanora. »Und was hab ich an?«

Sie sah an sich herab. Sie trug ein einfaches Kleid aus grobem, ungefärbtem Leinen, und in ihrem Schoß lag Enriscos Kopf.

»Was ist das?«, rief Elanora und schob den Kopf beiseite. Er knallte auf die Bank. Enrisco stöhnte, wachte aber nicht auf.

»Heut Nacht warst du netter zu ihm«, sagte Tsanja.

»Wie bitte?«

»Konnte gar nicht glauben, dass du nach dem Kampf noch zu solchen Verrenkungen fähig bist. Wo lernt man so etwas? Auf der Schule für höhere Töchter?«

»Das kann nicht sein«, sagte Elanora und tastete nach ihrem Unterleib. »Ich hab mit ihm?«

»Nein! War nur ein Scherz. Du kannst dich nicht erinnern? Wir haben zusammen mit Enrisco und diesem Rank getrunken. Irgendwann bist du raus und nicht mehr wiedergekommen. Als ich nach dir geschaut habe, lagst du im Dreck und dein Eunuch stand neben dir und hat blöd geschaut. Ich glaube da war der Schnaps wieder raus, und so manches andere gleich mit. Ich hab dir was von mir zum Anziehen gegeben und deine Sachen gewaschen. Ich konnte es nicht lassen. Ich musste es einfach anprobieren. Du bist doch nicht böse.«

Elanora schüttelte den Kopf. »Nein. Du kannst es behalten, wenn du willst. Wo ist Kushko?«

»Er steht draußen Wache und vertreibt mir die Gäste.«

Elanora stand auf, hielt sich an der Tischplatte fest. »Ich muss jetzt gehen. Es gibt da einen Gönner, der wird sich schon Sorgen machen.«

»Khorim Al'Rashid. Ja.«

»Du kennst ihn?«

»Jeder hier im Hafen kennt ihn. Ich hab ihn selber erwähnt, falls du dich erinnern kannst. Und du hast gestern viel erzählt. Von Khorim und diesem Torean aus dem *Fernen Yaquir*, und so weiter. Ich hoffe, du findest deinen Vater und deine Brüder.«

»Ich hab das alles erzählt?«

»Ja. Du hast geredet und geredet. Dieser Rank hat dich mit seinen Hundeaugen angesehen, und da sind die Worte gesprudelt wie ein Wasserfall. Das ist kein Scherz. Aber ist immer noch besser als der hier.« Sie wies auf Enrisco.

»Da hast du recht. Danke für alles.«

»Danke für das Kleid. Du bist hier immer willkommen.«

Elanora beeilte sich, vor die Tür zu kommen. Irgendetwas musste in ihrem Magen noch verblieben sein, und das wollte jetzt schleunigst nach draußen.

***

Ich habe es geschafft!, dachte Rank Fuxfell. *Aber jetzt nicht übermütig werden.*

Er hatte sich in sein Zimmer zurückgezogen und die Fenster verdunkelt. Dass die Junkerstochter auch so viel vertragen konnte! Sie hatte ihn fast unter den Tisch getrunken und dabei mehr von sich preisgegeben, als sie es in nüchternem Zustand getan hätte. Es war den Katzenjammer wert. Ja, er musste sich auskurieren, sich ein paar Tage von ihr fernhalten, sonst glaubte sie noch, er dränge sich ihr auf, und das würde seinen Auftrag gefährden. Aber etwas anderes gefährdete seinen Auftrag noch viel mehr: Sobald er die Augen schloss, sah er Elanoras schmutziges Gesicht vor sich, das ihn übermütig und verzweifelt zugleich anlächelte.

Rank stand auf und machte sich daran, das Zimmer zu verlassen. Vielleicht fand er ja im Hafen eine willige Schönheit, mit der er alles für eine Weile vergessen konnte. Rank ahnte, dass sie wohl rotes Haar haben würde.

***

»Ihr enttäuscht mich schwer, Donna Elanora«, sagte Khorim. »Ich biete Euch alles. Erst vorgestern habe ich Euch ein Fest ausgerichtet, Euch hervorragenden Persönlichkeiten Chorhops vorgestellt. Und einen Tag später wisst ihr nichts Besseres, als Euch im Hafen zu prügeln und Euch mit dem Pöbel zu betrinken. Ist das ein Verhalten, das einer Junkerstochter würdig ist?«

Elanora saß auf ihrem Bett, den Kopf in den Händen. Gern hätte sie die Lumpen ausgezogen, ein Bad genommen und dann lange geschlafen. Aber da musste sie jetzt durch, auch wenn ihr Khorims Standpauke unangemessen vorkam: Sie war ja kein Kind mehr. »Auch wenn ich mich vor Euch nicht rechtfertigen muss«, sagte sie matt. »Ich möchte mich doch entschuldigen. Wenn Kushko Euch alles berichtet hat, wisst Ihr, wie es dazu gekommen ist. Ich hätte es gern vermieden, aber ich hoffe, es war nicht ganz umsonst und ich habe ein wenig Respekt und Vertrauen beim Pöbel, wie ihr ihn nennt, gewonnen. Diese Tsanja wird mir jetzt vielleicht helfen, Unterstützung für meine Suche zu finden.«

»Respekt und Vertrauen? Das kann nicht Euer Ernst sein!«, rief Khorim. Er ging im Zimmer auf und ab. »Ihr seid noch immer betrunken! Das ist die einzige Erklärung. Wenn Kushko nicht dabei gewesen wäre, hätte Euch dieses Pack ohne zu zögern ...« Er blieb stehen und hob die Hand. »... ohne zu zögern an den nächsten Sklavenhändler verschachert.« Khorim ging vor ihr in die Hocke. »Und noch einmal: Wozu braucht Ihr weitere Unterstützung? Ich biete Euch alles, was Ihr benötigt! Habt nur noch etwas Geduld.« Er sprang auf, und setzte seinen Marsch fort.

»Bleibt doch stehen, setzt Euch, mir wird ganz schwindlig!«, rief Elanora.

»Das liegt wohl kaum an mir«, antwortete Khorim spitz, doch er kam ihrer Aufforderung nach.

»Ich übe mich ja in Geduld, auch wenn es mir schwerfällt«, seufzte Elanora. Oh, war ihr elend. Allein sein! Schlafen! Ein dunkles Zimmer! Das wünschte sie sich. »Aber je früher ich mich auf den Weg mache, desto besser. Versteht mich nicht falsch! Es ist nicht so, dass ich Eure Gastfreundschaft und Hilfsbereitschaft gering schätze, ganz im Gegenteil. Wirklich! Und da Ihr Euch schon so müht, ist es doch nur recht und billig, wenn ich wenigstens versuche, meinen

Teil beizutragen. Lasst mich nach weiterer Unterstützung suchen.«

»Donna Elanora, Ihr bemüht Euch um schöne Worte, aber Ihr seid nicht aufrichtig. Es geht doch um etwas ganz anderes. In Euren Worten höre ich meinen alten Freund Yerno. Er bringt Euch gegen mich auf. Das habe ich zwar erwartet, aber mich betrübt, dass Ihr ihm glaubt. Ich biete Euch Hilfe an, bedingungslos, nur Euch und Eurem Vater zu Willen. Trotzdem glaubt Ihr, Ihr könntet dem Hafenpöbel mehr trauen als mir. Aber macht, was Ihr wollt.«

Bedingungslos? Nur mir und Vater zu Willen? Wem mangelt es hier an Aufrichtigkeit? Elanora schluckte einen Kommentar herunter. Ihr war viel zu schlecht.

»Was ich nicht verstehe«, sagte Khorim etwas versöhnlicher. »Ich sehe Euch an, dass Euch noch immer jeder Schatten in dieser Stadt Angst macht. Und doch treibt ihr Euch am Hafen herum.«

»Ich bemühe mich eben, meine Furcht zu überwinden«, erwiderte Elanora. »Ja, wirklich. Wenn ich diese Aufgabe bewältigen will, sollte ich mich langsam an diese Stadt und ihre Menschen gewöhnen, nicht wahr?«

»Wir Ihr meint. Ich hatte für heute etwas geplant. Aber meine Pläne werden hinter dem Ergebnis Eurer Bemühungen zurückstehen müssen. Ruht Euch aus, Donna Elanora. Ruht Euch aus.«

***

Einen Tag später fühlte Elanora sich wieder in der Lage, etwas zu unternehmen. Auch wenn Khorim noch böse auf sie war: Sie bestand darauf, ins Hafenviertel zurückzukehren. Dieser Rank hatte Interesse daran gezeigt, an ihrer Suche teilzunehmen. Sie musste ihn wiederfinden. Und vielleicht fand sie weitere Begleiter. Diesmal, ohne sich zu schlagen oder zu betrinken.

Schon auf dem Weg zum Hafen stellte sie fest, dass sie neben Kushko einen weiteren Bewacher hatte. Immer wieder tauchte in der Menge Antonios Gesicht auf. *So gut bin ich noch nie beschützt worden,* dachte Elanora. *Aber sie tun es nicht mir zuliebe. Khorim und Yerno lassen mich bewachen, weil sie einander nicht trauen.*

In Tsanjas Taverne wartete die erste Enttäuschung auf sie. Weder die Wirtin noch Rank waren anwesend. Die junge Frau hinter dem Tresen sagte, die Wirtin werde erst am Abend wieder in der Schenke sein. Von einem Rank habe sie noch nie gehört, aber das wolle nichts heißen.

Elanora ging wieder nach draußen. Die neu gewonnene Zuversicht schwand. Die Leute hier am Hafen sahen ausnahmslos wie Schurken aus. Natürlich hatte Khorim in einem recht: Woher wollte sie wissen, dass sie ausgerechnet Tsanja, Enrisco oder gar Rank trauen konnte? Nachdenklich ging sie zurück an den Platz vor den Kais. Das junge Paar von vorgestern war wieder da. Oder noch immer. Die junge Frau trug jetzt einen langen Rock und ein knappes Brusttuch, außerdem hatte sie bunte Bänder ins kurze Haar geflochten. In der Hand hielt sie einen Schellenkranz, mit dem sie den Rhythmus ihres Tanzes schlug. Ihre Hüften kreisten. Die Bewegungen waren anmutig und elegant und erinnerten ein wenig an Yamillas Tanz. Aber selbst Elanora war klar, dass es der Frau an den entsprechenden Rundungen fehlte, um der Darbietung die richtige Wirkung zu verleihen.

Immerhin warfen ihr ein paar Seeleute Münzen zu.

»Sie lernt schnell.«

Elanora erschrak. Der hagere Magier war neben sie getreten und beobachtete missbilligend jede Bewegung seiner Gefährtin.

»Sie hat sich den Tanz erst vor ein paar Wochen bei einer Gauklertruppe abgeschaut«, fuhr er fort.

»Hm«, sagte Elanora.

»Es wäre mir lieber, sie würde es bleiben lassen«, fuhr der Magier fort. »Einige Seeleute machen ihr eindeutige Angebote.«

»Eindeutige Angebote? Hm.«

»Hm.«

»Ihr seid zusammen?«

»Natürlich! Äh ... Wir reisen zusammen ...«

»Vielleicht solltest du es mit einer Zauberdarbietung versuchen, wenn dir nicht gefällt, was sie macht«, schlug Elanora vor.

»Ich trage das Siegel der *Schwert und Stab* zu Gareth!«, entrüstete sich der Magier. »Ich biete keine Gaukeleien!«

»Hm«, machte Elanora. Von der Akademie *Schwert und Stab* kamen angesehene Kampfmagier. Ein solcher Mensch wäre wirklich ein wertvolles Mitglied ihrer Suchexpedition. Und wenn der Magier nicht ohne die junge Frau gehen wollte, würde sich auch für sie eine Aufgabe finden. Wenn sie eine schnelle Auffassungsgabe hatte, lernte sie vielleicht auch jagen oder kochen. Aber trug der Lumpenkerl wirklich dieses Siegel oder saß sie einem Scharlatan auf?

Die Gefährtin des Magiers beendete ihre Darbietung und verneigte sich vor dem spärlichen Publikum. Einige weitere Münzen wechselten den Besitzer.

»Kann es sein, dass Ihr Arbeit sucht?«, fragte Elanora den Magier. »Vielleicht eine solche, bei der sie nicht tanzen muss?«

»Sagen wir mal so«, erwiderte der Magier. »Wir warten auf eine Passage in den Norden, nach Havena, oder sonst wohin, wo es kühler ist.« Er seufzte. »Ein paar Münzen mehr im Beutel wären da schon hilfreich.«

Die junge Frau kam zu ihnen hinüber. »Nicht nach Havena. Das ist kein gutes Pflaster für Magier und dergleichen. Warum nicht nach Thorwal? Da gibt es wenigstens keine Sklaverei.«

»Dass du es mit den Thorwalern hast, wusste ich schon immer. Es würde mich allmählich interessieren, ob du ...«

»Es wird die Dame wohl weniger interessieren«, schnitt die junge Frau ihm das Wort ab. Sie wandte sich Elanora zu. »Um was für eine Arbeit handelt es sich?« Sie wischte sich mit dem Rock den Schweiß von Gesicht und Bauch. Elanora konnte ihre Beine in voller Länge bewundern.

»Ich ... plane eine Expedition in den Dschungel«, stotterte sie, von dem unerwarteten Anblick leicht verdattert.

»Nein, danke! Das haben wir schon hinter uns«, rief der Magier. »Da werden wir uns wohl weiter hier im Hafen unsere Passage verdienen müssen.«

»Wir? Du meinst wohl *ich!*« Die junge Frau wandte sich wieder an Elanora. »Ich habe ihm gesagt, er soll ein paar Zaubertricks vorführen, aber nein ...«

»Ich bin kein Gaukler! Ich trage das Siegel der ...«

»Ein Zauberer wäre in meiner Gruppe sehr hilfreich«, warf Elanora ein.

»Ich gehe nicht mehr in den Dschungel!«, rief der Magier energisch.

Die junge Frau zog eine Grimasse. »Ich gehe nicht in den Dschungel!«, äffte sie ihn nach. »Ich zaubere nicht für den Pöbel! Wir sitzen jetzt seit zwei Wochen hier fest! Vielleicht sollte ich doch ein paar Seeleute in ihre Kajüte begleiten. Wie würde dir das gefallen? Es bringt mehr ein, als auf der Straße mit dem Hintern zu wackeln!«

»Nein!«

»Wie wäre es, wenn es du mal bei einer Matrosin versuchst? Du könntest mich mit an Bord schmuggeln.«

»Nein!«

»Du würdest wirklich mit einem Fremden ...?«, mischte Elanora sich ein.

»Wenn er hübsch ist? Und hinterher ist er ja kein Fremder mehr.« Sie lächelte schelmisch.

Elanora war sich nicht sicher, ob die junge Frau ihre Worte ernst meinte.

»Das würdest du nicht tun!«, rief der Magier. »Niemals!«

»Wollen wir wetten?«, fauchte die Frau.

Der Magier öffnete den Mund, sagte aber nichts.

»Ach so, du hast ja nichts, um das wir wetten könnten!«, setzte sie nach.

»Falls ihr es euch anders überlegt, meldet euch in der Herberge *Zum Fernen Yaquir*. Sagt, ihr kommt wegen der Expedition von Elanora von Wilderklamm.« Elanora wusste nicht, ob die beiden sie hörten, denn der Schlagabtausch ging unvermindert weiter. Sie hatte nicht vor, sich noch einmal einzumischen.

Elanora und Kushko hatten die zum *Fernen Yaquir* führende schmale Gasse etwa halb durchquert, als hinter ihnen ein Schrei ertönte.

Kushko, der einen Schritt vor Elanora ging, wirbelte herum, schob sie hinter sich und ging in Abwehrposition.

Elanora spähte hinter Kushkos Rücken hervor. Zunächst sah sie Antonio. Er rannte auf sie zu. Dann erkannte sie, dass er eine zerlumpte alte Frau verfolgte, die mit erhobenem Stock durch die Gasse stürmte.

Kushko hob die Fäuste. Ehe die Alte ihn erreichte, blieb sie stehen. Der Gehstock entglitt ihrer Hand. Sie sank auf die Knie und schaute Elanora und Kushko flehend an.

Antonio konnte nicht mehr anhalten. Er rammte die Frau, stieß sie zu Boden und fiel auf sie.

Das Weib schlug mit Armen und Beinen um sich. »Behandelt man so eine arme, hilflose Frau?«, wimmerte es und spuckte Staub aus.

Kushko hatte wieder eine entspannte Haltung angenommen.

Antonio saß auf dem Rücken der Alten und hielt ihre Arme fest.

»Edle Dame ... Euer Wohlgeboren ... Exzellenz ... Bitte, hört mich an«, jammerte die Frau und ließ ihr Gesicht wieder in den Staub sinken.

»Meister! Sie wollt dir in 'n Rücken fallen«, rief Antonio.

»Stattdessen bist *du ihr* in den Rücken gefallen«, sagte Elanora. Sie konnte es sich nicht vorstellen, dass von der Alten eine Gefahr ausging. »Komm! Lass sie aufstehen.«

Antonio schaute Elanora fragend an, machte aber keine Anstalten, sich zu erheben.

»Mach schon. Mit euch beiden an meiner Seite brauche ich mich nicht zu fürchten.« Elanoras Blick wanderte zwischen ihren Begleitern hin und her.

»Vielleicht sitzt er gern auf alten Weibern«, brummte Kushko. »Er fürchtet sich wohl vor den jungen.«

Antonio schnaubte verächtlich und stieg vom Rücken der Frau.

Die stand auf und klopfte sich den Staub aus den Lumpen. Jetzt sah Elanora, dass sie keine Tunika trug wie zunächst angenommen, sondern die Überreste einer dunkelgrünen Robe, geflickt und mit den unterschiedlichsten Stofffetzen ausgebessert. Ihr knorriger Stock hatte eine erstaunliche Ähnlichkeit mit einem Zauberstab!

Wenn sie Magierin ist, ist sie noch elender als ihr junger Gildenbruder unten am Kai, dachte Elanora. *Ich sollte sie dem jungen Mann vorführen. Dann begreift er vielleicht, was aus einem wird, wenn man nicht auf sich achtet und lukrative Angebote ausschlägt.*

Das graue Haar der Magierin war lang und verfilzt, ihr Gesicht faltig und eingefallen. Eine große spitze Nase stach aus ihm hervor – und erstaunlich klare dunkelbraune, fast schwarze Augen. Elanora konnte sich vorstellen, dass die Frau früher allein mit ihren Augen jeden Mann um den Verstand hatte bringen können. Im Moment beschränkte sie sich jedoch darauf, Elanora mit einem geradezu hündischen Blick anzustarren.

»Was willst du?«, fragte Elanora. »Warum verfolgst du mich?«

»Ich verfolge Euch nicht, Edle Dame«, sagte die Frau. Ihre Stimme war jetzt warm und tief, passte so gar nicht zu ihrem Erscheinungsbild. »Ich habe gehört, dass Ihr Begleiter sucht. – Für eine Queste. – Nach Nasha. – In den Dschungel. Ich wollte Euch meine Dienste anbieten!«

Die Alte schien zwar nicht unbedingt im nächsten Augenblick tot umfallen zu wollen, aber Elanora bezweifelte, dass sie den Strapazen eines solchen Unternehmens gewachsen war.

»Warum glaubst du, dass ich gerade deine Dienste benötige?«, fragte sie.

»Ich habe Euch mit meinem jungen Collegae am Kai sprechen hören. Er hat Euer Angebot abgelehnt. Und da es immer gut ist, auf einer Queste einen erfahrenen Magier dabei zu haben, dachte ich ... nun ...«

Bei deinem Alter darf man wohl auf eine gewisse Erfahrung schließen, dachte Elanora. »Dein junger Kollegae hat noch nicht *endgültig* abgelehnt. Vielleicht überlegt er es sich anders.«

Die Magierin schüttelte den Kopf. »Das glaube ich nicht. Er hat etwas gegen den Dschungel.«

»Und du? Aus welchem Grund sollte ich dich mitnehmen? Außer dem, dass du vorgibst, Magierin zu sein?«

Kurz blitzten die Augen der Frau auf, ein Lächeln umspielte ihre unterwürfige Miene. »Beleidigt mich nicht, Euer Wohlgeboren. Mag ich im Augenblick auch nicht die Zierde meiner Zunft sein, so trage ich Robe und Stab doch zu Recht. Mag sein, dass ich eine alte Frau bin. Aber ich habe schon manchen Abenteurer auf seinen Reisen begleitet. Ich beherrsche sowohl die Kunst der Magica Combattiva als auch der der Curativa. Und die Magica Controllaria ist mein Spezialgebiet. Ich bin eine wertvolle Begleitung für Euch.« Wieder wurde ihr Blick leicht sentimental. »Ja, ich bin alt. Aber das hat auch etwas Gutes! Ich brauche wenig Schlaf und noch weniger zu essen.«

»Und?«, fragte Elanora. »Wenn du so eine erfahrene Magierin, so eine wertvolle Begleiterin bist, warum siehst du dann so aus?«

Die Magierin senkte den Blick. »Einen Wunsch teile ich mit meinem jungen Collegae!« Mit einem Nicken wies sie in Richtung der Kais. »Ich muss fort aus dieser Stadt! Und zwar dringender als er. Und wenn der Weg mich durch den Dschungel führt, so ist es mir gleich. Bitte, nehmt meine Dienste an. Bitte, nehmt mich mit.«

Elanora überlegte. Sie musterte ihre Begleiter. Kushkos Miene zeigte keine Regung, doch das hatte sie auch nicht anders erwartet. Anders Antonio: Sein Gesicht spiegelte offen das Misstrauen gegenüber der aufdringlichen Magierin wider.

»Was meinst du, Antonio?«, fragte Elanora.

»Warum sie so eilig will weg aus Stadt?«, fragte er. »Und wenn sie so eilig, warum sie nicht einfach geht? Die Tore offen!«

»Eine gute Frage.« Elanora schaute die armselige Gestalt erwartungsvoll an.

Die Magierin antwortete nicht.

Elanora seufzte. Eigentlich hatte sie gehofft, auf solche Unterstützung verzichten zu können. Aber wer wusste, was noch kam? Ihre Versuche, zuverlässige Begleiter zu finden, waren nicht von großem Erfolg gekrönt gewesen. Vielleicht war sie zu guter Letzt auf jemanden wie diese greise Magierin angewiesen.

»Da du meine Unterhaltung am Kai so genau verfolgt hast, bist du zumindest nicht taub. Dann weißt du auch, wo du mich finden kannst. Suche mich morgen früh dort auf! Ich werde dann entscheiden, ob ich dich brauchen kann. Und Yerno wird vielleicht auch noch eine Meinung dazu haben.«

»Danke, Euer Wohlgeboren. Aber nicht morgen! Jetzt! Bitte lasst mich Euch begleiten«, beharrte die Magierin.

»Warum hast du es so eilig? Und erspare mir geheimnisvolles Gemurmel. Raus mit der Sprache, oder scher dich zum Namenlosen!«

Die Magierin senkte den Blick. »Na gut! Aber verdammt mich nicht für das, was ich jetzt gestehe! Chorhop war nicht gut für mich. Ich dachte, mit etwas Glück kann ich mir eine gute Passage heim ins schöne Kuslik leisten. Aber auch Phex war mir nicht hold.« Sie sah Elanora wieder in die Augen. »Und dann – dann habe ich versucht, dem Glück ein wenig nachzuhelfen. Und das hat nicht allen in den Spielhallen gefallen.«

»Du hast falschgespielt? Was soll ich mit einer Falschspielerin?«, rief Elanora.

»Ich bin keine Falschspielerin! Sonst hätte ich ja Erfolg gehabt! Meine Gläubiger werden kurzen Prozess mit mir machen, wenn sie mich erwischen. Bitte! Ich möchte nicht mit einem eisernen Kragen auf einer Plantage oder in der Arena enden! Ich verlange nichts! Keine Bezahlung! Keinen Anteil an Schätzen und Reichtümern, die Ihr finden mögt! Nur eine Passage aus dieser verfluchten Stadt, und vielleicht etwas Geleitschutz von Eurem prächtigen Begleiter.« Sie sah bewundernd an Kushko hoch.

»*Ich* hab dich in 'n Dreck geworfen«, mischte sich Antonio ein. »Vor *mir* musst dich fürchten!«

Elanora musste über diese kleine Eifersüchtelei schmunzeln. Sie wandte sich wieder der Magierin zu. »Nun gut. Wahrscheinlich bleibt mir auch nichts anderes übrig, als dich mitzunehmen. Und wo wir schon dabei sind: Wenn du schon länger in Chorhop bist, kennst du vielleicht noch jemanden, der uns begleiten möchte. Vielleicht einen Fährtensucher, der uns durch den Dschungel führen kann?«

»Ich dich führen, Meister!«, rief Antonio. »Ich viele Götterläufe Leute durch Dschungel geführt und noch länger dort gelebt. Ich kenne Spuren und Laute von Tiere. Ich kenne Pflanzen zu essen und welche Gift! Du hast eine Fährtenleser!«

»Nun, wie du hörst, brauche ich keinen Fährtenleser. Ich habe Träger. Und ich vermute« – sie schaute Kushko an – »dass Khorim mich nicht unbewa... – unbeschützt ziehen lassen wird.« Ein knappes Nicken des Utulu bestätigte diesen Verdacht. »Aber vielleicht kennst du ja noch jemanden. Wenn schon keinen Fährtenleser, dann vielleicht einen Jäger oder so?« Elanora wollte sich nicht allein auf Antonios Qualitäten verlassen. Was hatte Khorim gesagt: *Andomi? Ein Tollpatsch! Alles, was er in die Hand nimmt, macht er kaputt!*

Immerhin schien die Magierin noch so helle, dass sie Elanoras Andeutungen sofort verstand. Sie nickte eifrig. »Nun, ja! Ich kenne jemanden – Eine Jägerin, Euer Wohlgeboren!«

»Dann hol sie. Bring sie mit. Wie gesagt, morgen früh ...«

»Nein, nein! Ich komme *jetzt* mit Euch! Dann holen Eure starken Begleiter Mirhabeth! Ich muss ... Oh!« Sie schien zu begreifen, welchen Ton sie Elanora gegenüber angeschlagen hatte und senkte Kopf und Stimme. »Verzeiht, Euer Wohlgeboren. Ich bin nicht in der Position, zu fordern. Ich bitte Euch untertänig.« Sie hob den Blick. Wieder schimmerten ihre Augen wie dunkle Seen. Elanora wusste nicht, ob ihr das gefiel. Der Verdacht verstärkte sich, dass die Magierin versuchte, sie mit diesem Blick zu beeinflussen.

»Schon gut«, sagte sie. »Komm mit. Reden wir später weiter. Ach, übrigens: Wie nennt man dich?«

»Maga Janera Durenald, zu Euren Diensten, Euer Wohlgeboren.« Dann fügte sie unterwürfig hinzu: »Aber Ihr dürft mich Janera nennen.«

***

Elanora brachte die Maga Janera Durenald ins Gasthaus *Zum Fernen Yaquir*. Yerno Torean musterte die Alte skeptisch. Anschließend nahm er Elanora beiseite und raunte ihr zu: »Nun, ich möchte Euer Urteilsvermögen nicht in Zweifel ziehen, aber das ist nicht gerade das, was ich mir unter einer vertrauenswürdigen Unterstützung vorgestellt habe, Euer Wohlgeboren.«

»Sie ist zumindest willens«, zischte Elanora. »Und sie ist eine Magierin, wenn das Siegel auf ihrer Hand nicht nur aufgemalt ist. Und das wird sich herausstellen, wenn sie sich erst einmal gewaschen hat. Es steht Euch frei, mir respektablere Begleiter zu suchen. Ich hätte nichts dagegen einzuwenden. Ganz und gar nicht, das könnt Ihr glauben. Aber die Anzahl der respektablen Menschen scheint in Chorhop doch arg beschränkt zu sein.«

Torean setzte zu einer Erwiderung an, doch Elanora kam ihm zuvor. »Verzeiht mir, Herr Torean. Es scheint mir, als lege ich es zurzeit darauf an, alle zu brüskieren, die mir helfen wollen. Aber das ist nicht meine Absicht.«

»Es gibt nichts zu verzeihen«, sagte Torean. »Ich werde sehen, was ich tun kann. Das Haus ist voll. Soll ich die Maga in Eurem Zimmer unterbringen?«

»Ja. Tut das. Ich mache mich jetzt lieber auf den Weg, um es mir mit meinem anderen Gönner nicht noch mehr zu verscherzen. Morgen komme ich wieder vorbei. Dann sehen wir, ob sich dieser Rabe doch noch in einen Schwan verwandelt hat. Bis dann.« Sie verabschiedete sich von Antonio und der Magierin und ging nach draußen, wo Kushko auf sie wartete. Inzwischen war es Abend geworden und Praios' Schild versank hinter der Stadt im Meer der Sieben Winde.

***

Bei Khorim stand das Tor offen. Ihr Gastgeber wartete auf der Schwelle.

»Wo wart ihr?«, ereiferte er sich. »Wozu reiche ich Euch die Hand der Gastfreundschaft, wenn Ihr sie ein ums andere Mal ausschlagt? Habt Ihr Euch wieder mit Euren Gesindelfreunden getroffen? Oder habt Ihr Yernos Unterstellungen gelauscht? Ich hatte Pläne, und Ihr kommt nicht!«

»Wenn Ihr Pläne habt, die mich betreffen, solltet Ihr mich rechtzeitig in sie einweihen, lieber Khorim«, erwiderte Elanora und blieb auf der Straße stehen. Einige Passanten drehten sich zu ihnen um. »Ich kann nur Verabredungen einhalten, die mir bekannt sind«, fügte sie hinzu.

»Verzeiht, Donna Elanora.« Khorim senkte den Kopf. Seine Schultern hingen schlaff herab. Doch die Geste wirkte – wie so oft – einstudiert. »Ich habe es nicht so gemeint. Ich habe mich nur das zweite Mal vergeblich auf einen gemeinsamen Abend gefreut und dabei vergessen, dass Ihr vielleicht anderweitige Pläne habt. Ihr seid doch mein Gast. Und ich wäre ein schlechter Gastgeber, wenn ich mich Euch aufdrängen würde.«

»Ich habe keine anderweitigen Pläne, verehrter Khorim«, erwiderte Elanora. »Ihr habt mich falsch verstanden. Ich wollte nur ...«

»Oh, das ist aber schön!«, unterbrach Khorim sie in kindlichem Überschwang. »Natürlich sind wir noch in der Zeit, und es würde mich freuen, wenn Ihr Euch ausgehfertig macht.«

»Gern«, antwortete Elanora, neigte den Kopf und ging in ihr Zimmer. Sie hatte nicht zu fragen gewagt, was er für den Abend plante, da sie ihn nicht noch mehr verärgern wollte. In diesem Fach schien sie ja zurzeit Meisterin zu sein. Sie machte sich frisch und zog sich um. Die Striemen auf ihrer Wange waren noch immer deutlich zu sehen, aber Yamilla half ihr, sie mit Puder zu überdecken. Khorim sollte nicht die ganze Zeit an ihre Fehltritte erinnert werden. Als sie wieder nach unten kam, stand er schon bereit. In Begleitung von Kushko und den Wächtern Rashid und Sedef spazierten sie durch das abendliche Chorhop, bis sie ein imposantes Gebäude erreichten.

»Das Haus der Spiele«, erklärte Khorim. »Die größte und bedeutendste Spielhalle der Stadt. Keiner hat Chorhop wahrhaftig gesehen, der nicht hier war. *Yallah!* Tretet ein!«

Kushko, Sedef und Rashid blieben am Eingang zurück.

Das marmorne Gebäude glich einem Palast: Von schlanken Säulen getragene Rundbögen, dazwischen plätschernde Wasserspiele und Rankgitter mit verschwenderisch blühenden Schlingpflanzen. Edle Teppiche ließen den Schritt leicht werden. Der Duft von Zimt und Sandelholz, von brennenden Tobaken, dampfendem Mohaca und Kaffee wehte durch das Haus. Von den dicht besetzten Tischen drangen Gelächter und Klagen zu ihnen herüber. Würfel rollten, Karten wurden gezogen, Pfeilbretter und Glücksräder forderten Geschick und Glück.

Khorim geleitete Elanora durch die Menschenmenge. Etwas abseits, in einer Ecke des Hauptraumes, standen einige Tische, an denen nicht gespielt wurde. Sklaven eilten dort in schlichten weißen Togen zwischen den Gästen umher und servierten Essen und Getränke. Khorim bot Elanora einen Platz an, bestellte bei einem mohischen Sklaven eine Karaffe gewürzten Wein, setzte sich ebenfalls, streckte breit grinsend die Arme aus und rief: »Chorhop, ich liebe dich.« Anschließend begrüßte er jovial den einen oder anderen Vorbeikommenden und genoss das Interesse, das Elanoras Anwesenheit bei seinen Bekannten und Geschäftspartnern weckte: Er, wie ein tulamidischer Sultan gekleidet, stellte Elanora in ihrem hochgeschlossenen dunkelgrauen Kleid als «Elanora al'Azila« vor. Die so Titulierte verstand die Anspielung, übersetzte sie es aus dem Tulamidya doch als »Elanora, die Wildrose«. Trotzdem war sie geschmeichelt, auch wenn sie sich im Augenblick gar nicht wild, sondern nur müde und ungeduldig fühlte.

Der Sklave kam mit dem Wein und zwei Gläsern und schenkte ein. Einige Zeit saßen sie nur da. Während Khorim lautstark vorbeikommende Bekannte grüßte, saß Elanora schweigend da, nippte an ihrem Glas und beobachtete das Treiben. Menschen aus allen Teilen Aventuriens hatten sich eingefunden. Ihre Mienen zeigten Freude und Erregung, aber auch Gier und Furcht. Elanora ahnte, dass hier so mancher sein Glück noch mehr forderte als Janera. Hier spielte man nicht nur um Reichtum oder Elend, sondern auch um Leib, Leben und Schicksal.

Irgendwann schien es Khorim langweilig zu werden, er wandte sich Elanora zu und fragte: »Hättet Ihr nicht Lust, Euer Glück zu versuchen, Donna Elanora?«

»Habe ich das Glück nicht schon genug herausgefordert?«, erwiderte sie. »Und außerdem: Jedes Spiel verlangt einen adäquaten Einsatz. Meine Möglichkeiten sind arg begrenzt, wie Ihr sehr wohl wisst.«

»Das ließe sich ändern. Wenn Ihr es einmal versuchen wollt, stehe ich für Euren Einsatz gerade. Das ist kein Problem!«

»Das will ich glauben. Aber welches Pfand wollt ihr diesmal verlangen?«, fragte Elanora. »Mein lieber Khorim, ich stehe schon zu tief in Eurer Schuld. Und ich weiß noch nicht einmal, was Ihr am Ende von mir fordern werdet.«

»Ach, allein, dass Ihr mich heute schon zum zweiten Mal *Lieber Khorim* genannt habt, bedeutet mir so viel, dass ich für jeden Eurer Einsätze einstehen würde. Und was Eure Sorge betrifft: Ich stehe zu meinem Wort und verlange nicht mehr, als ich gefordert habe: Eure liebreizende Gesellschaft in diesen Tagen und einen Blick auf alles, was ihr von Eurer Reise zurückbringen mögt.«

»Und schon haben Eure Worte mein Misstrauen bestärkt. Bei dem Blick, den ihr auf alles, was ich zurückbringe, werfen wollt, wird es nicht bleiben. Ihr habt es so ausgedrückt: Alles, was ich von meiner Expedition zurückbringe, gehört Euch. Doch dieser Gedanke beklemmt mich nicht. *Noch* bin ich hier in Chorhop und *noch* bin ich Euer Gast. Aber ich frage noch einmal: Was werdet Ihr mir für Eure Hilfe und Gastfreundschaft letztendlich abverlangen? Ich fürchte, der Preis, den ich noch zu zahlen habe, wird hoch sein; höher, als ich es mir jetzt ausdenken kann.«

»Ihr redet erfrischend offen, Donna Elanora«, lachte Khorim. »Aber auch ich wiederhole meine Worte gern, wenn es nottut: Ich hege keine bösen Absichten. Weder gegen Euch, noch gegen einen anderen Eurer Familie. Darauf habt Ihr mein Ehrenwort.«

»Was immer das aus dem Munde eines Geschäftsmannes und Spielers bedeuten mag«, sagte Elanora.

»Ja, was auch immer«, bestätigte Khorim. »Und? Wie wäre es jetzt mit einem Spielchen?«

»Ihr seid hartnäckig. Aber das bin ich ebenfalls. Nein! Es ist nicht recht, in meiner Situation auch nur an Glücksspiel und Vergnügen zu denken. Ich tue dies alles nur, weil ich meinen Vater und meine Brüder finden muss. Ihr seid ein Spieler, das sehe ich jetzt ganz deutlich. Aber diese Welt wird mir fremd bleiben.«

Für einen Augenblick entglitt Khorim die wohlgeübte Maske zu einer Grimasse der Enttäuschung.

Er weiß es, aber er will es nicht hören, erkannte Elanora und beeilte sich, das Thema zu wechseln. »Ich habe inzwischen weitere Begleiter für meine Suche gefunden«, sagte sie und merkte sofort, dass sie kaum ein ungünstigeres Thema hätte wählen können.

»O ja, ich weiß!«, rief Khorim. »Ich habe von Eurer Auswahl gehört!« Eine unwirsche Geste ließ ihn fast sein Glas umstoßen.

Elanora staunte: Der wortkarge Kushko musste alles in der kurzen Zeit berichtet haben, die sie gebraucht hatte, um sich ausgehfertig zu machen. Sie hätte den Utulu gern einmal richtig reden gehört. Oder hatte Khorim noch andere Spione auf sie angesetzt? Sie schaute ihn an, als wäre die Antwort in seinem Gesicht zu lesen.

Es ärgerte sie, die Angelegenheit überhaupt angesprochen zu haben. Andererseits: Wenn nicht jetzt, wann dann? Gerade noch hatte sie es zu Khorim gesagt: Nicht zum Vergnügen lieferte sie sich den Spielchen dieses seltsamen Mannes aus – und den wechselhaften Gefühlen, die er in ihr anrührte.

»Nun?«, fragte sie und zwang sich zu einem Lächeln.

Khorim verzog das Gesicht zu einer verächtlichen Grimasse, ehe er fortfuhr: »Dem guten Tölpel Antonio gesellt sich seit vorgestern ein dubioser Glücksritter hinzu, mit dem Ihr in einer Hafenschenke die Nacht durchzecht und den Ihr seither auch nicht mehr gesehen habt. Meine Meinung zu dieser Angelegenheit habe ich Euch gestern schon kundgetan. Heute fandet Ihr eine greise Magierin würdig, Aufnahme in diese erlesene Mannschaft zu finden. Und diese wird – als Krone des Ganzen – vielleicht noch durch eine mysteriöse Fährtenleserin verstärkt, die vermutlich nur in der senilen Fantasie dieser Vettel existiert. Oh, Donna Elanora! Lasst es bleiben und überlasst es mir! Gebt mir noch ein wenig Zeit, und ich stelle Euch eine Rettungsexpedition zusammen, wie sie Meridiana noch nicht gesehen hat!«

Elanora starrte Khorim an. Deutlich kam der Hochmut hinter seiner albernen Fassade zu Vorschein. Wie berechnend war dieser Mann? Warum sagte er nicht frei heraus, was er von ihr wollte? Gehörte das alles zu seinem zermürbenden Spiel?

»So?«, stieß sie hervor. Sie versuchte, sich zu beherrschen, aber eine feine Schärfe hatte sich in ihre Stimme geschlichen. »*Lieber* Khorim. Es widerspricht der Abmachung in keiner Weise, wenn ich mir auch eigene Begleiter suche. Nicht zuletzt, um Eure Mühen und Aufwendungen nicht über Gebühr zu beanspruchen. Ich bin nicht auf Eure Kommentare bezüglich meiner Auswahl erpicht. Es ist besser, ich breche so schnell wie möglich auf. Ob mit oder ohne Eure Unterstützung. Wie sieht es nun aus: Steht ihr zu Eurem Wort?«

Khorims Miene entglitt ihm ein weiteres Mal. Aber nur einen Augenblick lang. Dann nahm sie wieder die vertraute schelmische Gutmütigkeit an. Er fasste nach ihrer Hand, die auf dem Tisch lag.

Elanora zog sie zurück.

»Verzeiht, Donna Elanora«, sagte Khorim. »Natürlich stehe ich zu meinem Wort. Vier erfahrene Träger. Ausrüstung. Verpflegung für die ersten Tage. Ihr könnt sofort über sie verfügen. Und als Zeichen meiner Wertschätzung, einen persönlichen Schutz für Euch.«

»Kushko.«

»Ja. Damit ihr seht, wie sehr Ihr mir am Herzen liegt.«

»Natürlich. Danke.« *Du machst dir eher um deine Ausrüstung Sorgen. Und darum, dass dir nichts entgeht, was ich vielleicht auf meiner Reise sehe oder finde,* dachte Elanora.

»Aber gebt mir doch ein paar Tage mehr«, begann er von Neuem. »Noch eine Woche! Dann finde ich Euch weiteres Geleit! Erfahrene Männer und Frauen, die Euch sicher durch den Dschungel und zurück bringen.«

Ehe Elanora zu einer Antwort ansetzen konnte, sprang Khorim auf und rief, jetzt wieder der galante Gesellschafter: »Kommt, meine Rose. Ich habe Lust auf ein Spiel. Und wer weiß – vielleicht packt Euch doch noch die Leidenschaft.«

Elanora war froh, dass der Streit fürs Erste beigelegt war, und folgte ihm. Sie schlenderten zwischen den Tischen mit den Spielenden hindurch. Khorim erklärte ihr die Regeln des einen oder anderen Spiels. Da Elanora aber kein Interesse zeigte, es selbst zu versuchen, gingen sie weiter, bis sie vor einem großen Glücksrad standen.

»Das Goldrad. Setze auf die richtige Zahl ...«

»... und du gewinnst. Meist ist die gesetzte Zahl aber falsch und der Einsatz weg«, beendete Elanora den Satz.

»Ach, Donna Elanora! Warum so unromantisch? Warum so kleinlich? Wo ist der Geist der Abenteurerin in diesem hübschen Kopf? Ihr seid hier in Chorhop! Und was in Chorhop geschieht, bleibt in Chorhop. Warum setzt Ihr hier – mit mir – den Weg nicht fort, den Ihr schon im Hafen beschritten habt? Ihr braucht Euch nicht zu schämen. Nehmt es leicht. Phex reicht Euch die Hand zum Tanz. Warum sie ausschlagen?«

Seine Augen glänzten, als er Elanora musterte.

Und diese wurde das Gefühl nicht los, dass er am liebsten die gleichen Worte in Zusammenhang mit einer Göttin gebraucht hätte, die dem Fuchs im Götterlauf drei Monde später folgt.

»Hinter jedem Einsatz warten Glück und Reichtum!«, fuhr Khorim fort, da Elanora nichts erwiderte. »Es ist ein Abenteuer. Kommt! Ich versuche jetzt mein Glück.« Er wandte sich endgültig dem Spiel zu. Elanora wurde zur Staffage.

Khorim verlor an diesem Abend mehr, als Elanora als Expeditionskasse mit sich führte. Es verschlechterte ihre Laune zusehends. Wollte er ihr imponieren oder sie beschämen? Wollte er ihr zeigen, wie unbedeutend sein Einsatz für sie war? Wie willkürlich er über sie verfügen konnte, wenn er es nur wollte?

Als sie zu Khorims Anwesen zurückkehrten, dämmerte es schon. Sie fiel sogleich aufs Bett und schlief bis in den Nachmittag hinein. Den Rest dieses Tages nahm Khorim sie in Beschlag. Er bekam Besuch von mehreren Gästen und bestand darauf, dass Elanora ihnen Gesellschaft leistete. Die Gespräche waren langweilig, die ganze Zeit ging es um Geschäfte, um Personen, die Elanora nicht kannte und um Angelegenheiten, die sie nicht interessierten. Außerdem wechselten Khorim und seine Gäste immer wieder vom gelegentlich schon schwer verständlichen Brabaker Dialekt ins Tulamidya, sodass Elanora kaum ein Wort verstand.

Auch an diesem Tag war es spät, als er ihr erlaubte, sich endlich zurückzuziehen.

Sie war entsetzlich müde und schlecht gelaunt.

Trotzdem konnte sie nicht schlafen.

Sie wälzte sich im Bett hin und her.

Khorim bestrafte sie!

Aber wofür?

Für ihre Unlust dem Spiel gegenüber? Für ihre Eigenmächtigkeit, was die Reisevorbereitungen betraf? Dass sie sich seinen linkischen Annäherungsversuchen so wenig aufgeschlossen zeigte? Das waren Lappalien! – Und die peinliche Angelegenheit im Hafenviertel war doch wirklich keine Absicht gewesen!

Aber wie dem auch sei: Nach dem wirklich schönen Fest und der Einladung ins Haus der Spiele bestrafte er sie jetzt, in dem er seine Macht über sie zeigte, all ihre Bemühungen um die Expedition blockierte, und – indem er sie langweilte!

Sollte sie sich davonmachen? Oder verlangen, dass er sie sofort gehen ließ? Und damit prüfen, ob sie nicht doch eine Gefangene war? Und dann? Einfach aufbrechen? Nur mit Antonio, einer altersschwachen Magierin, dem verschollenen Rank und einer imaginären Jägerin?

Es war absurd!

Sie brauchte Khorim. Er musste es ihr nicht beweisen. Aber wie nett musste sie sein, damit er ihr wieder wohlgesinnt war?

***

Verdammt, wo war sie? Er hatte sich bei seinem Beschluss, Elanora ein paar Tage fernzubleiben, für schlau gehalten. Nur der Edeldame nicht zu aufdringlich erscheinen. Außerdem hatte er nach dem ganzen Herumschleichen und Beobachten etwas Erholung verdient.

Jetzt war er zurück. Er wusste, dass sie sich vorgestern bei Tsanja nach ihm erkundigt hatte. Seitdem war sie verschwunden. Nichts deutete darauf hin, dass eine Expedition Chorhop verlassen hatte. Aber konnte er sicher sein? Im Haus Khorim Al'Rashids rührte sich nichts. Vernünftig beobachten konnte er es nicht: das Viertel war zu gut situiert. Herumtreiber fielen auf und wurden vertrieben. So blieb ihm nichts anderes übrig, als ein ums andere Mal seine Runden zu drehen und zu hoffen, dass er den entscheidenden Augenblick nicht verpasste.

Sollte er vielleicht zum *Fernen Yaquir* gehen und sich dort nach ihr erkundigen? Immerhin hatte sie ihn eingeladen.

Nein, noch nicht. Geduld! Sie wird sich nach mir erkundigen. Sie würde doch niemals ohne mich ...

Warum war er nicht in Elanoras Nähe geblieben? Die willige Schönheit hatte zwar rotes Haar gehabt, war aber ansonsten ihr Geld nicht wert gewesen.

Er drehte weiter seine Runden.

***

Nach einem weiteren Tag, an dem Elanora sich in Geduld übte, eröffnete sie Khorim, sie wolle endlich den *Fernen Yaquir* besuchen. Sie wollte wissen, wie weit ihre Reisevorbereitungen gediehen waren. Hatte Yerno diese Mirhabeth gefunden oder war sie wirklich nur ein Hirngespinst? Und war dieser Rank aufgetaucht? Elanora konnte sich kaum an sein Gesicht erinnern.

»Was wollt Ihr denn von diesen Versagern und Narren?«, rief Khorim.

»Yerno wird sich Sorgen machen, wenn ich nicht komme«, antwortete Elanora. »Und ich muss los, meinen Vater und meine Brüder finden! Ihr habt es versprochen! Ich habe alles eingehalten, was wir abgemacht haben – alles, was Ihr verlangt habt. Ich brauche Eure Hilfe. Wollt Ihr Euer Wort etwa brechen?«

»Nein! Nein, ich werde mein Versprechen einhalten. Ich spreche ungern schlecht über alte Freunde, aber das alles gefällt mir nicht!«

»Was gefällt Euch nicht? Dass ich mich mit Yerno und Antonio verstehe? Ihr sagt selbst, Ihr seid alte Freunde. Euer Zwist ist bedauerlich, aber er ist nicht meine Angelegenheit. Oder stört es Euch, dass ich selbst eine Expedition zusammenstellen kann?« *Die aus einem Tölpel, einem Herumtreiber, einer Greisin und einem Gespenst besteht?,* fügte sie in Gedanken hinzu.

»Nein. Nichts von dem ...«

»So bin ich also doch Eure Gefangene und nicht Euer Gast? Wie weit wollt Ihr über mich verfügen? Was ist los mit Euch? Was verlangt Ihr?«

Khorim schwieg. Dann sagte er leise: »Nur etwas Zeit. Nur etwas Zeit.« Einen Moment grübelte er. »Eure Träger und Eure Ausrüstung stehen bereit. Ich hätte Euch gern mehr geboten, aber Ihr wollt ja nicht. Ihr vertraut mir nicht. Kushko wird Euch zu Yerno bringen. Gleich morgen früh. Dann könnt Ihr tun, was Ihr wollt. Findet Euren Vater oder fahrt in die Niederhöllen. Es soll mir gleich sein. Aber heute ...« Er hob die Stimme. »Heute seid Ihr noch mein Gast! Noch ein Fest. Genau! Wir feiern ein kleines Abschiedsfest. Gewährt mir noch einmal die Gunst Eurer Gesellschaft. Wie steht es? Ein Preis, eine Gunst? Schlagt ein!«

Elanora überlegte. Was führte er im Schilde? Bei allem, was er tat, stand er zu seinem Wort. So hatte es zumindest den Anschein. Aber sie musste aufpassen, welche Worte er wählte und wie man sie auslegen konnte. Er war ein Spieler. Alles war für ihn ein Spiel. Was war hier der Einsatz? Wenn sie jetzt zustimmte ... Er hatte von einer Gunst gesprochen, aber was war ...

»Der Preis«, sagte sie. »Die Gunst habt Ihr erwähnt: Heute Abend bin ich auf dem Fest Eure Begleiterin. Diese Gunst gewähre ich Euch gern. Aber was ist der Preis, den Ihr erwähnt habt? Der Preis, den ich bezahlen muss?«

»Ihr seid klug und aufmerksam, Al'Azila«, sagte Khorim. »Ihr habt viel gelernt. Nun, dann will ich Euch nicht auf die Folter spannen: Der Preis ist ein Kuss. Ein schlichter Kuss. Und ich bestimme Zeit und Ort, an dem der Preis bezahlt wird.«

»Ihr seid unverschämt!«, rief Elanora. »Wie könnt ihr nur daran denken!«

»Donna Elanora, ich denke ununterbrochen daran! Das ist es doch! Seht Ihr denn nicht, wie ich Euch begehre? Wie ich mich nach Eurer Nähe sehne? Ihr haltet mich für einen schlechten Menschen. Das mag sein. Aber Ihr seid hier in

Chorhop. Und ... Wäre ich wirklich so schlecht, wie ihr glaubt, wäre es ein Leichtes für mich, mir zu nehmen, was ich möchte. Habe ich es etwa getan? Nein!«

»Ihr ...«, begann Elanora.

»Ich weiß, dass Ihr mich nicht erhört, und ich respektiere Eure Entscheidung. Aber ein Vergnügen, ein wenig Freude, ein kleines Spiel, das fehlt Euch, das würde Euch gut tun. Ihr seid fern von den steifen Bräuchen Eurer Heimat. Streift sie ab. Nur heute. Umarmt die Welt und drückt sie an Eure Brust. Kostet vom süßen Honig der Leichtigkeit.«

So eine Wechselhaftigkeit war Elanora noch nie untergekommen. Jetzt war er wieder der Romantiker! *Süßer Honig der Leichtigkeit!* Es war purer Kitsch, aber die Worte entfalteten ihre Wirkung.

»Nun gut, ich stimme zu«, hörte sie sich sagen. »Einen Kuss. Einen schlichten, züchtigen Kuss.«

»Das ist ein schönes Spiel«, rief Khorim.

***

Wie Elanora geahnt hatte, forderte er den Preis nicht sofort ein. Am Abend, bevor die Gäste kamen, betrat Yamilla Elanoras Zimmer. Über dem Arm trug sie ein Stück cremefarbenen Seidenstoff, bestickt mit smaragdgrünen Mustern.

»Was ist das?«, fragte Elanora.

»Ein Kleid«, antwortete Yamilla. »Für Euch.«

»Ich habe eigene Kleider.«

»Vater denkt, es könne Euch gefallen. Und es ist bequemer als die Sachen, die ihr bei Euch habt.«

»Ich weiß selbst, was bequem ist, und habe nicht die Absicht Geschenke anzunehmen.«

Yamillas Gesicht zeigte einen bestürzten Ausdruck. »Ihr versteht meinen Vater falsch. Er will Euch nichts Böses. Er mag Euch. Überlegt es Euch. Ich lasse Euch jetzt ein Bad ein.«

Yamilla verschwand im Nebenraum. Man hörte Wasser strömen, dann kam Yamilla zurück und verließ wortlos den Raum.

Nach dem Bad kam Elanora zurück. Auf dem Bett lag noch immer Khorims Präsent. Jetzt tat es ihr ein wenig leid, dass sie so unhöflich gewesen war. Sie nahm das Kleid, hielt es vor sich und trat vor den Spiegel. Der Schnitt wirkte schlicht und luftig. Gelegentlich hatte sie Frauen in Gareth gesehen, die etwas Ähnliches trugen. Sie vermutete, dass es bequem war. Aber so etwas würde sie zu Hause höchstens als Nachtgewand tragen.

Andererseits: Als sie ihrem Koffer gepackt hatte, hatte sie Festen und Vergnügungen nicht eingeplant.

Wenn ich den ganzen Abend auf diesen Kissen sitzen muss, werde ich es in meinem Kleid nicht überstehen, sagte sie sich und löste den Knoten in ihrem Badetuch.

Als Elanora den Innenraum betrat, sprang Khorim auf und eilte zu ihr. »Donna Elanora! Ihr wisst nicht, welche Freude Ihr mir macht! Gefällt Euch das Kleid? Ihr seht bezaubernd aus.« Er wurde tatsächlich rot.

»Ja«, sagte Elanora geschmeichelt. »Es ist ungewohnt. Aber es ist tatsächlich sehr schön.«

Khorim führte zu seinem Platz. »Und ... Darf ich es sagen? Ihr solltet Euer Haar immer offen tragen. Ihr dürft es nicht in einem Knoten verstecken.«

»Khorim Al'Rashid, Ihr seid ein Charmeur. Aber ich bin kein kleines Mädchen mehr.«

»Aber Ihr seid auch kein altes Weib oder eine trauernde Witwe. Es gibt keinen Grund, Euch zu verstecken.«

Darauf wusste Elanora keine Antwort.

Es waren weniger Gäste anwesend als bei dem Fest vor vier Tagen, nur etwa ein Dutzend seiner engeren Freunde. Zwar gab es wieder Musik, aber Yamilla tanzte nicht. Khorim lag die meiste Zeit in seinem Kissenberg, trank und saugte an der Wasserpfeife. Elanora vermutete, dass er irgendein Rauschkraut inhalierte, denn seine Augen wurden zunehmend glasig und verträumt.

Es war spät. Elanora saß auf den Kissen neben ihm, da flüsterte er ihr zu: »Jetzt. Jetzt verlange ich meinen Preis.«

»Hier!«, rief Elanora. »Vor all den Leuten?«

»Ja. Das ist doch ein schönes Spiel. Ziert Euch nicht. Ihr habt es versprochen.«

Ja, das habe ich. Und ich hätte wissen müssen, dass er sich noch eine Gemeinheit einfallen lässt.

Sie beugte sich über ihn, merkte, dass die Unterhaltungen leiser wurden. Sie ahnte, dass alle zu ihnen hinüberstarrten. Da berührten ihre Lippen die seinen. Khorim fuhr ihr durchs Haar, zog ihren Kopf fester an sich.

Das ist kein unschuldiger Kuss unter Freunden, das sieht jeder, ging es ihr durch den Kopf. *Das geht zu weit!* Aber für diesen einen Moment wollte sie nicht Elanora von Wilderklamm sein. Sie schloss die Augen, öffnete die Lippen ein wenig und genoss den Augenblick. *Süßer Honig der Leichtigkeit*, dachte sie noch.

Khorim hatte nicht mehr von ihr verlangt. In ihrer Erinnerung hatte der Kuss eine Ewigkeit gedauert. Anschließend war sie ein wenig errötet und erhitzt zurück in die Kissen gesunken. Die anderen Gäste hatten ihre Gespräche wieder aufgenommen. Etwas später endete das Fest. Elanora konnte sich zurückziehen.

Jetzt lag sie im Bett und dachte an den seltsamen Traum, den sie nach dem Tanz der Sharisad gehabt hatte: Khorim mit dem geschminkten Gesicht eines Gauklers, und wie er sie betrachtet hatte. Er hatte wahrlich viele Masken. Aber warum das? Ein vermögender Mann wie er konnte hier in Chorhop seine Gelüste in allen Arten und Variationen ausleben, vermutlich nicht nur die, die der Schönen Göttin gefielen. Warum machte er ihr schöne Augen und benahm sich wie ein dummer Junge? Oder war auch dies nur eine weitere Maske? Um ihr vorzuführen, dass auch sie käuflich war?

Sie schüttelte den Gedanken ab. Sie wollte den Kuss als das in Erinnerung behalten, was er war: Ein Spiel, ein Spaß, ein Abenteuer. Und die Absicht, die dahinter steckte, sollte keine Bedeutung haben.

***

Als sie am Morgen aus ihrem Zimmer kam, wartete Kushko auf sie.

»Kommt!«, sagte der Hüne kurz angebunden.

»Wo ist Khorim?« Elanora schaute sich um, aber ihr Gastgeber war nicht zu sehen.

»Kommt mit!«, wiederholte Kushko. »Ich bringe Euch zum *Yaquir*. Da wollt Ihr doch hin?«

»Ja! Natürlich. Aber wo ist Khorim? Will er sich nicht verabschieden? Und was ist mit meinen Sachen? – Der Ausrüstung? – Der Abmachung?«

»Später«, sagte Kushko. »Kommt jetzt.« Er ging voran.

Elanora hatte das Gefühl, aus dem Haus geworfen zu werden.

Sie folgte ihm auf die Straße. »Bringst du mich zu Yerno?«, fragte sie.

Kushko blieb kurz stehen, wandte sich zu ihr um und nickte. »Hab ich doch gesagt.«

»Meine Sachen«, fing sie noch einmal an.

»Kommt alles. Keine Angst. Ich bin bei Euch«, antwortete Kushko und ging mit großen Schritten weiter.

Elanora eilte ihm hinterher. Immer wieder versuchte sie mit dem Hünen ein Gespräch zu beginnen. Es gelang ihr nicht. Sein Wortschatz schien größtenteils aus *Ja*, *Gewiss* und verschiedenen Formen von *Mm* zu bestehen. Nicht einmal ein *Nein* schien er zu beherrschen. Sie gab es vorerst auf.

Im *Fernen Yaquir* angekommen, empfing Yerno sie überschwänglich. Er habe sich Sorgen gemacht und Antonio mehrfach zu Khorims Anwesen geschickt, um etwas in Erfahrung zu bringen. Immer sei er ohne Neuigkeiten zurückgekehrt.

Elanora fragte sich, wie Antonio an Informationen aus Khorims Haus kommen wollte. Bisher hatte sie den Eindruck gehabt, der junge Mohaha fürchte sich zu sehr vor seinem ehemaligen Herrn und dessen Bediensteten.

Umso erfreuter war Elanora, als Yerno berichtete, Antonio habe nach Janeras Ausführungen Mirhabeth tatsächlich ausfindig gemacht. Nun teilte sie mit der alten Zauberin das Zimmer. Yerno hielt die junge Frau für eine hervorragende Wahl, was wiederum seine Meinung über Janera verbesserte, da diese sie ja vorgeschlagen hatte.

»Und? Wird sie uns begleiten?«, fragte Elanora.

»Ich nehme an«, antwortete Yerno. »Die Maga Durenald wird sie schon in alles eingeweiht haben.«

»Das kann dann aber nicht viel sein«, stellte Elanora fest. »Maga Janera will bloß raus aus der Stadt. Sie hat sich nicht sonderlich dafür interessiert, wohin es geht. Es sei denn, Ihr habt es ihr erzählt.«

»Nein, Euer Wohlgeboren«, entschuldigte sich Yerno. »Ich fühle mich geehrt, dass Ihr mich und Antonio ins Vertrauen gezogen habt. Aber es steht mir nicht zu, irgendetwas davon herumzuerzählen!«

»Wenn Ihr die Leute, die mich begleiten sollen und auf meine Kosten bei Euch Logis nehmen, in die Angelegenheit einweiht, ist das wohl nicht herumerzählt, lieber Yerno«, tadelte ihn Elanora mit einem Lächeln. »Aber das spielt jetzt keine Rolle. Ich hoffe, dass ich in den nächsten Tagen aufbrechen kann und würde gern meine Begleiter kennenlernen. Zumindest die, die da sind und ...« Sie warf Kushko, der reglos an der Tür stand, einen scharfen Blick zu. »... bereit sind, sich verständlich auszudrücken. Soll ich zu ihnen gehen oder ruft Ihr sie herunter?«

»Ich werde sie sofort holen. Nehmt derweil doch Platz, Euer Wohlgeboren.« Er wandte sich zum Gehen. »Und du brauchst auch nicht zu stehen, Kushko!«, fügte er hinzu.

Der Hüne rührte sich nicht. Alles andere hätte Elanora überrascht. Sie wartete eine Weile, dann kam Yerno zurück. Ihm folgten Janera und eine junge Frau. Die Magierin sah nun bedeutend zivilisierter aus. Ihr Gesicht war sauber, das Haar gekämmt, die Robe bestand zwar noch immer weitgehend aus Flicken, aber sie war immerhin gewaschen, und man konnte die ursprüngliche Farbe erkennen. Trotzdem haftete der alten Frau weiterhin etwas Schmuddeliges an, wie es Elanora bisher nur bei den Bettlern und Flüchtlingen in Gareth gesehen hatte. Die Zeit in der Gosse ließ sich wohl nicht mit einem Bad und einem Haarschnitt abstreifen.

Ganz anders erschien Janeras Begleiterin. Elanora schätzte sie auf vielleicht fünfundzwanzig Götterläufe. Ihre dunkle Haut, die leicht schräg gestellten mandelförmigen Augen und die kurz geschnittenen schwarzen Haare ließen auf eine Tulamidin schließen, vielleicht mit etwas Mohablut in den Adern. Sie war so groß wie Elanora, trug ein knappes dunkelgrünes Lederwams und lange schwarze Leinenhosen, die in hohen Stiefeln steckten. Trotz der Narbe, die sich in einem Bogen vom Hals bis zu ihrer linken Brust hinabzog, drehten sich die Männer auf der Straße mit Sicherheit nach ihr um.

»Salâm Sayida, Almâ Mirhabeth Al'Azila«, sagte sie mit einer dunklen Stimme. »Ihr müsst Elanora von Wilderklamm sein.«

»Ja ... äh«, stotterte Elanora.Diese Mirhabeth titulierte sich selbst mit dem Namen, den Elanora von Khorim bekommen hatte. Es hatte etwas Beklemmendes. »Ich ... Ich bin Elanora von Wilderklamm. Es freut mich, dass Ihr Maga Durenalds Ruf gefolgt seid. Ihr wisst, um was es geht?«

»Nein, Sayida, nicht viel. Meine alte Freundin hat nur angedeutet, dass es in den Dschungel geht. Und dass es sich lohnen würde.«

Elanoras Mine verfinsterte sich. Was hatte die Magierin erzählt? Diese Mirhabeth sah sehr wohl wie eine erfahrene Abenteurerin aus, und wenn dieser Eindruck nicht täuschte, war sie wirklich eine Bereicherung ihrer Gruppe. Aber wenn sie in der Erwartung üppiger Bezahlung hier war, würde man sie kaum bewegen können, an der Suche teilzunehmen. Kurz spielte sie mit dem Gedanken, der Frau falsche Hoffnungen zu machen, doch sie verwarf ihn gleich wieder. Sie stand schon in der Schuld zu vieler Menschen, da konnte sie sich keine weiteren Gläubiger – oder gar Feinde – leisten.

»Janera hat sich wohl etwas ungenau ausgedrückt«, sagte Mirhabeth, Elanoras Schweigen richtig deutend.

»Ein wenig«, bestätigte Elanora. »Ich bin selbstverständlich in der Lage, Euch zu bezahlen. Und es wäre schön, wenn sich Eure Erwartungen und meine Möglichkeiten in etwa decken würden. Aber es handelt sich in erster Linie um eine Suchexpedition. Die werte Maga Durenald konnte Euch bislang gar nichts Genaues berichten, weil sie selbst nicht viel über meine Ziele weiß.«

Mirhabeth warf Janera einen verschmitzten Blick zu. »Nun, ich bin der Maga verpflichtet, und wenn sie wünscht, dass ich Eure Suche unterstütze, ist es mir eine Ehre.«

»Ich hoffe, der Lohn wird sich nicht in Dankbarkeit bescheiden. Dies ist eine Suche. Aber sollte sie erfolgreich sein, so werde ich mich auf jede Weise erkenntlich zeigen, die mir möglich ist.«

Mirabeth nickte knapp. »Was ist Objekt unserer Suche?«

»Es ist kein Objekt. Ich suche meinen Vater und meine Brüder. Sie sind im vergangenen Boron von hier aufgebrochen, auf der Suche nach einem Ort, den mein Vater Kamaluqs Schlund nannte. Seitdem hat sie niemand mehr gesehen.«

»Boron?«, rief Mirabeth überrascht. »Aber das ist einen halben Götterlauf her! Einen Ort namens Kamaluqs Schlund mag es geben oder nicht ... Der Dschungel ist voll von seltsamen Orten, und doch kann man Mond um Mond durch ihn stapfen, ohne etwas anderes zu sehen als Bäume und Schmetterlinge.«

»Und doch werde ich aufbrechen«, sagte Elanora. »Wenn nicht ich, dann niemand. Es geht um das Leben und das Schicksal meiner Familie. Nicht nur derer, die im Dschungel verschollen sind. Ihr betrachtet die Suche also als aussichtslos und werdet mich nicht begleiten?«

»Eine aussichtslose Sache mag eher von Erfolg gekrönt sein, als ein scheinbar leichtes Ding«, orakelte Janera und meldete sich damit erstmals zu Wort. »Leichtfertigkeit und Übermut lassen Aufgaben öfter scheitern als die Ernsthaftigkeit, mit der man an Schweres herangeht. Ich weiß, wovon ich spreche. Nur das Wort *unmöglich* sollte man nicht verwenden. Es zermürbt.«

»Wir stehen zu Eurer Verfügung, Sayida«, ergänzte Mirhabeth.

»Das freut mich. Nach allem, was ich bislang weiß, ist mein Vater zunächst nach Nasha gereist. Vielleicht erfahren wir dort Neues. Ich würde vorschlagen, dass wir übermorgen aufbrechen. Seid ihr bis dahin bereit?«

Mirhabeth nickte.

»Je eher, desto besser«, sagte Janera.

»Gut. Wenn mein Gönner zu seinem Wort steht, haben wir bis dahin auch Träger und Ausrüstung.« Sie sah Kushko an, der die ganze Zeit schweigend an der Tür gestanden hatte. Jetzt nickte er ihr zu und verließ den *Fernen Yaquir*.

»Und wer ist dieser Gönner, wenn ich fragen darf?«

»Er nennt sich Khorim Al'Rashid. Und er ...«

»Dieser *Momattil*!«, fiel ihr Mirhabeth ins Wort. »Und Ihr glaubt, er hält sein Wort?«

Für Elanora erübrigte sich die Frage, ob Mirhabeth ihn kannte und was sie von ihm hielt.

***

Die Händler in der Stadt waren allesamt Halsabschneider! Als sie erfuhren, dass Rank auf eine Queste wollte und es sehr eilig hatte (wieso eigentlich? Er hatte Tage Zeit gehabt, sich vorzubereiten, aber irgendwie kam immer etwas dazwischen), schossen ihre Preise in die Höhe. Jetzt war er pleite und auf Gedeih und Verderb von der Edlen abhängig.

Wenn sie ihn überhaupt mitnahm!

Wenn sie ihn überhaupt noch kannte!

Warum hatte er sich überreden lassen, beim Alchimisten eine winzige Phiole mit Heiltrank zu kaufen? Sicher zu einem ebenfalls astronomisch überhöhten Preis, wenn in dem Fläschchen überhaupt etwas anderes war als Wasser.

Trotzdem, als Rank durch die Gasse zum *Fernen Yaquir* eilte, presste er den Beutel mit der Phiole an seine Brust. Man fühlte sich mit so etwas in der Hand doch gleich viel wohler. *Meine Lebensversicherung!*

»Ihr wollt doch nicht ohne mich losziehen?«, rief Rank, als er zur Tür des *Fernen Yaquir* hereinplatzte. Er ließ sein Bündel von der Schulter gleiten und schaute in Elanoras Augen. Ein ratloser Blick begegnete ihm.

Das tat weh. Er hatte wohl doch keinen so bleibenden Eindruck hinterlassen. »Ihr habt mich für Eure Expedition rekrutiert. Unten am Hafen«, rief er.

»Ihr seid Rank? Tut mir leid, ich habe wohl versucht, diese peinliche Angelegenheit zu vergessen.«

»Aber sie war doch nicht *peinlich*. Ihr steht doch zu Eurem Wort? Ich habe alle Verpflichtungen abgesagt, um Euch begleiten zu können.« Rank hoffte, nicht nach noch heftigeren

Lügen greifen zu müssen. Er war schon unglaubwürdig genug.

»Und was hatten wir vereinbart?«

»Verpflegung und Ausrüstung. Und ein Zehntel aller Schätze, die wir finden. Wenn wir Euren Vater und Eure Brüder finden, noch einmal hundert Dukaten aus Eurem geretteten Familienvermögen.«

Elanora schaute ihn ungläubig an. »Ich habe darüber geredet? Und *das* habe ich Euch geboten? Ihr wisst schon? Ich meine ...«

»Ja«, sagte Rank schlicht. Natürlich hatte sie nicht darüber geredet. Aber da sie sich kaum an den Abend in Tsanjas Taverne erinnerte, konnte er der Versuchung nicht widerstehen, die Geschichte ein wenig umzuschreiben.

»Um was geht es?«, fragte die alte Frau in der dunkelgrünen Robe. Rank sah sie genauer an. *Verdammt, von der muss ich mich in Acht nehmen! Eine Magierin. Wie sie mich anstarrt. Als könnte sie sehen, was zwischen meinen Ohren vor sich geht.*

»Nichts«, sagte Elanora knapp. »Wenn Khorim sein Wort hält, sind wir komplett und können los.«

Rank nickte. *Das ist also ihre Art zu sagen: »Du bist dabei.« Aber was soll es. So wie es aussieht, teile ich mit ihr ein Geheimnis, in das die anderen nicht eingeweiht sind. Das ist gut. Sehr gut sogar.*

***

Am Nachmittag des folgenden Tages fand Elanora Rank, Janera und Mirhabeth in der Schankstube des *Fernen Yaquir.*

Sie setzte sich zu ihnen.

»Was bedrückt Euch, Euer Wohlgeboren?«, fragte Rank.

Sie schaute ihn an, sagte aber nichts. Erstmals hatte Elanora die Gelegenheit, ihren unerwarteten Begleiter näher zu betrachten. Zumindest in nüchternem Zustand. Sie schätzte ihn auf Anfang bis Mitte dreißig. Er war einen halben Kopf kleiner als sie. Sein Gesicht wirkte durch die großen braunen Augen und Wangengrübchen nicht so kantig, wie es war. Das dunkelbraune Haar hatte er zu einem Pferdeschwanz gebunden, sodass zwei blitzende Ringe in seinem linken Ohr zur Geltung kamen.

»Wohlgeboren?«, fragte er noch einmal.

»Was? Nichts. Verzeihung.« Elanora grübelte schon den ganzen Tag darüber nach, ob Khorim Wort halten oder sie einfach hier sitzen lassen würde. Ohne Ausrüstung, ohne Träger, nur mit einer Handvoll zweifelhafter Gestalten.

»Ich hoffe, Kushko kommt bald mit den Trägern und der Ausrüstung. Dann können wir los. Wir gehen zuerst nach Nasha. Vielleicht finden wir dort eine Spur meiner Familie.«

Mirhabeth meinte, dass sie auf dem Weg nach Nasha, für den sie etwa vier, fünf Tage veranschlagte, keinen größeren Gefahren begegnen würden. Er führte zwar durch Steppe und Dschungel, man stieß aber immer wieder auf Plantagen und kleine Ansiedlungen, in denen man, wenn nötig, seine Vorräte ergänzen konnte. Erst auf den letzten beiden Tagesetappen würden sie in Mangrovensümpfe kommen, was weniger angenehm sei. Elanora wollte gerade fragen, was Mirhabeth damit meinte, denn ihr Vater hatte sich hauptsächlich über die Geruchsbelästigung in den Sümpfen ausgelassen, als Kushko den *Fernen Yaquir* betrat und mit einer Geste zur Straße wies.

Erleichtert sprang Elanora auf und ging nach draußen. Dort standen drei Männer und eine Frau. Einer der Männer war sehr groß, seine Haut fast schwarz. Wie Kushko gehörte er wohl dem Volk der Utulu an. Die anderen drei waren kleiner, mit langem schwarzem Haar. Alle trugen einfache Kniehosen und Hemden, an den Füßen derbe Stiefel. Neben ihnen standen Traggestelle mit Bündeln und Beuteln. Auch Elanoras Reisekoffer war dabei.

Kushko reichte ihr ein Stück Papier.

Sie entfaltete es und las: *Ich halte Wort. Haltet Ihr auch das Eure?*

Das war alles.

Da Yerno in der Stadt unterwegs war, um Einkäufe zu tätigen, brachte Antonio die Träger in Yernos Stall unter. Anschließend widmete er sich wieder seinen Pflichten im *Fernen Yaquir*.

Währenddessen ging Elanora mit den anderen zurück in die Gaststube. Sie erzählte von den früheren Reisen ihres Vaters und wiederholte die spärlichen Informationen, die sie von Prainor Munter von der Kaiserlich Derographischen Gesellschaft erhalten hatte. Es war nicht viel Platz für Geheimnisse. Wenn alles gut ging, würde sie die nächsten Wochen mit diesen Menschen verbringen. Sie würde den einen oder anderen wahrscheinlich besser kennenlernen, als sie es sich jetzt vorstellen konnte. Nur das ihr und ihrer Mutter drohende Unheil, wenn kein männlicher Familienangehöriger in den Kosch zurückkehrte, und alles, was damit zusammenhing, ließ sie aus. Es genügte schon, dass Rank Fuxfell möglicherweise davon wusste!

Elanora holte ihres Vaters Aufzeichnungen aus dem Gepäck und breitete sie auf dem Tisch aus. Janera stürzte sich begierig darauf. Sie stellte viele Fragen und wandte sich an Mirhabeth, wenn sie etwas über irgendwelche Örtlichkeiten wissen wollte. Den beiden Frauen schien der Urwald südlich und östlich von Chorhop nicht gänzlich fremd zu sein. Im Laufe des Nachmittags spekulierten sie immer aufgeregter darüber, welche Bewandtnis es mit Kamaluqs Schlund auf sich haben konnte.

Elanora nahm die Diskussion wohlwollend zur Kenntnis. Immerhin konnte sie davon ausgehen, dass das lockende Geheimnis die beiden Frauen dazu anspornte, bei der Suche das Beste zu geben. Außerdem wollte sie sich nicht allein auf Antonio als Führer verlassen. Bisher erschien ihr der junge

Mann unbeholfen und naiv. Sie hoffte, dass sich dies in der Wildnis änderte.

»Andomi. Alles, was er in die Hand nimmt, macht er kaputt. Er ist ein Tölpel!«

Auch wenn sie es nicht wollte: Khorims Worte gingen ihr nicht mehr aus dem Kopf.

***

Am frühen Abend kam Yerno von seinen Erledigungen zurück. Er wirkte verärgert und ging wortlos an Elanora und den anderen vorbei.

»Herr Torean!« Elanora sprang auf. »Die Träger sind da, wir können morgen los. Khorim hat sein Wort gehalten!«

»So? Hat er das, der Don Korninger? Und zu welchem Preis? Ich wollte nichts sagen, ist ja auch nicht meine Angelegenheit. Aber sei's drum. Würdet Ihr mir bitte einen Moment Eurer kostbaren Zeit opfern?«

Elanora verstand kein Wort, folgte ihm aber ins Hinterzimmer. »Was ist?«, fragte sie. »Habt Ihr etwas erfahren, das die anderen nicht wissen dürfen? Hat es etwas mit Rank, Janera oder Mirhabeth zu tun? Ist etwas nicht in Ordnung mit ihnen?«

»Oh«, sagte Yerno. »Ich hoffe, dass wenigstens mit denen alles stimmt. Aber Hoffnung ist wohl das Einzige, was mir bleibt. Wo doch nicht einmal Ihr ...« Er verstummte.

»Yerno! Was soll die melodramatische Rede?«

»Verzeiht, Euer Wohlgeboren. Aber es wird herumerzählt ... nein ... Es ist selbstverständlich nicht wahr, dass Ihr und Korninger ...«

»Was!«, rief Elanora. »Was wird herumerzählt?«

»Dass Ihr und Korninger ... Es würde erklären, warum er sich plötzlich so großzügig zeigt!«

»Reden die Leute auf der Straße darüber, was hinter den Mauern von Khorims Anwesen geschieht?«

»Es ist also wahr? Ihr habt mit Korninger ... Oh! Ihr enttäuscht mich!«

»Nein! Ich habe nichts mit Khorim!«, rief Elanora so laut, dass man es noch in der Gaststube hören musste. »Und noch einmal: Wer erzählt so etwas herum?«

Yerno beruhigte sich ein wenig. »Ich war bei einigen Krämern. Einer hat es erzählt. Er war vor zwei Tagen bei Korninger zu Gast. Und er hat gesehen, dass er – Korninger – einen Gast hat, eine Frau aus dem Norden.«

»Und? Das wusstet Ihr doch.«

»Das habe ich auch gesagt. Das ist die Frau von Wilderklamm, hab ich gesagt, und ich kenne sie gut, hab ich gesagt! Sie macht mit Korninger Geschäfte. Da hat mein Gegenüber gelacht und gesagt: Das sind wohl schöne Geschäfte, denn die Frau von Wilderklamm liegt in einem dünnen Kleidchen bei Korninger auf den Kissen. Und sie haben vor allen Leuten mehr ausgetauscht als nette Worte!«

»Aber ich ... Das ... Das ist ja wohl ...!« Elanora schnappte nach Luft. »Dieser Mistkerl! Wenn ich ihn in die Finger kriege, bring ich ihn um!«

»Dann ist doch etwas daran?«, fragte Yerno.

»Nein! Ist es nicht! Er hat mich reingelegt! Mit einem – Nun, ich glaube, ich bin Euch eine Erklärung schuldig. Bei aller Mühe, die Ihr Euch für mich macht, möchte ich nicht, dass ein böses Gerücht zwischen uns steht.«

Als Elanora ihre Beichte beendet hatte, fing Yerno an zu lachen. Er konnte gar nicht mehr aufhören und schnappte bald nach Luft.

»Verzeiht!«, keuchte er. »Verzeiht, Euer Wohlgeboren. Es ist nicht lustig, ich weiß. Aber ...« Wieder kicherte er. »Ich habe Euch gewarnt. Khorim hat sein Spiel mit Euch gespielt. Ich schätze, er hat vorgestern die größten Schwatzmäuler eingeladen, um Euch vorzuführen. Und heute zerreißen sie sich das Maul darüber, dass der verrückte Torben Korninger, der sich Khorim Al'Rashid nennt, eine mittelreichsche Edle als Konkubine hat. Ihm schaden diese Gerüchte nicht, ganz im Gegenteil. Aber wie sieht es mit Euch aus? Und Ihr könnt ihm nicht einmal vorwerfen, er würde Lügen in die Welt setzen. Er hat sich nur darum gekümmert, dass die rechten Leute das Rechte zur rechten Zeit sehen. Sonst nichts. Der Rest war Euer Werk, Euer Wohlgeboren. Das ist gut. Das ist wirklich gut! Würde ich ihn nicht hassen, müsste ich ihn dafür bewundern.«

Elanora hätte Yerno für seine treffende Analyse am liebsten geohrfeigt, wusste aber dass ihr Zorn den Falschen traf. Sie war froh, dass sie Yerno nicht erzählt hatte, dass sie eine Weile tatsächlich Zuneigung für diesen Mistkerl empfunden hatte! Das war also seine Art der Rache. Sein Spiel! Und der Preis, den sie zu zahlen hatte.

***

Am Morgen der Abreise erschien Elanora noch vor Sonnenaufgang in der Gaststube. Khorims böses Spiel beschäftigte sie noch immer. Sie war froh, diese Stadt, die sie so gedemütigt hatte, endlich verlassen zu können. Sie hatte kaum geschlafen, stattdessen ihr Bündel immer wieder umgepackt. Um sich und die anderen nicht zu sehr zu belasten, musste sie vieles bei Yerno zurücklassen. Zwei Kleider zum Wechseln, etwas Wäsche und ein breitkrempiger Hut mit Schleier zum Schutz vor Sonne und Insekten mussten genügen. Trotzdem war das Bündel schwer.

Janera hatte die meisten von Vaters Aufzeichnungen an sich genommen, um sie in der Nacht weiter zu studieren und zu entscheiden, welche ihnen auf dem Weg noch hilfreich sein konnten. Die Magierin tauchte kurz nach Elanora in der Gaststube auf. Ihre dunklen Augenringe zeigten, dass sie die Aufgabe ernst nahm und ebenfalls kaum geschlafen hatte.

Ganz anders Mirhabeth. Die Tulamidin erschien pfeifend, mit aufgeschnalltem Rucksack, Bogen und Köcher über der Schulter, einen kurzen Krummsäbel an der Seite. Sie schien es gar nicht erwarten zu können, loszuziehen. Auch Rank Fuxfell tauchte bald auf, er hatte im Stall geschlafen, da im *Fernen Yaquir* alle Zimmer belegt waren. Als letzte gesellten sich Yerno und Antonio zu ihnen. Nach einem kurzen Morgenmahl gingen sie nach draußen, um dort auf Kushko und die Träger zu treffen.

Das Gepäck wurde aufgeteilt. Elanora bestand zwar darauf, ihre Sachen selbst zu tragen, aber sie war insgeheim doch froh, dass Antonio einfach ihr Bündel packte und einem der Träger auflud.

Yerno musste sich um die anderen Gäste im *Fernen Yaquir* kümmern und verabschiedete sich von Antonio. Dann wandte er sich Elanora zu. »Ich wünsche Euch viel Erfolg, Euer Wohlgeboren. Ich hätte gern mehr geholfen, aber Ihr wisst ja, ich bin kein Abenteurer. Antonio wird auf Euch aufpassen. – Hast du gehört, Bursche! Du musst Donna Elanora gut beschützen! Wehe, du übersiehst eine Spur, die sie zu Wolfhart bringen könnte. Bringe alle gut zurück.«

Wieder ging sein Blick zurück zu Elanora. »Nun, denn lebt wohl. Ich wünsche Euch ...« Plötzlich stutzte er und rief: »Euer Wohlgeboren, Ihr wollt doch nicht etwa so in den Dschungel gehen?«

»Wie meint Ihr das?«, fragte sie zurück.

»Das da. Das ist ein *Kleid!*«

»Oh, das habt Ihr richtig bemerkt. Ein Reisegewand von Meeltheuer aus Gareth, wenn Ihr es genau wissen wollt. Praktisch und robust. Man kann damit sogar ein Pferd reiten. Was habt Ihr daran auszusetzen?«

Yerno schien ein wenig aus dem Konzept gekommen sein. »Eben, ein Kleid!«, wiederholte er. »Kein Mensch marschiert in einem Kleid durch den Dschungel. Und ihr werdet kaum eine Gelegenheit haben, im Damensattel zu galoppieren.«

»Bei allem Respekt, lieber Yerno, aber wie sollte ich denn sonst ... Wie habt Ihr es so reizend ausdrückt? ... durch den Dschungel marschieren? Halbnackt, wie ein Mohaha? Bei den Göttern! Ich respektiere deren Kleiderwahl, also sollen sie auch die meine respektieren.«

»Darum geht es doch nicht! Es ist eben nicht die passende Kleiderwahl für ein Dschungelabenteuer. Ihr werdet überall hängen bleiben, wenn ihr durchs Unterholz stolpert.«

»Ich *beabsichtige* nicht zu stolpern! Ich bin die Tochter eines Junkers. Und so habe ich mich auch zu benehmen! Mag sein, dass andere Menschen es anders sehen. Aber es schickt sich nicht, in etwas herumzulaufen, für das man sich zu Hause schämen müsste. Sei es in Chorhop ...« Elanora schluckte kurz. »... oder im Dschungel, wo mich nur die Affen zu sehen bekommen.«

»Aber Ihr tragt ein *Kleid«,* versuchte es Yerno noch einmal. »Es ist zu dick, zu steif und ... und dieser Hut! Ist das ein Schleier? Und ...«

»Genug!«, sagte Elanora streng. »Lasst es meine Sorge sein!«

Natürlich wusste sie, dass die meisten Frauen, welcher Herkunft und welchen Standes auch immer, Expeditionen in Hosen bestritten. Aber das konnte nicht für sie gelten. Wenn es zu Hause bekannt wurde! Ihre Verfehlungen hier in Chorhop reichten schon jetzt für jahrelangen Gesprächsstoff in allen Schenken des Tales. Die Gerüchte würden ins Kraut schießen! Was würden sich die Leute wohl erzählen: *Habt ihr gehört? Das Fräulein von Wilderklamm ist jetzt völlig übergeschnappt! Erst prügelt sie sich mit einer Hafenhure, dann präsentiert sie sich in einem Kleidchen, für das sich eine garethische Rahjageweihte schämen würde, irgendwelchen tulamidischen Kameltreibern und lässt sich in aller Öffentlichkeit küssen – was ihr offenbar sogar gefällt! Und zu guter Letzt marschiert sie wie ein Bauernbursche gekleidet zu den Wilden.*

Elanora seufzte. Was in Chorhop geschieht, bleibt in Chorhop, hatte Khorim gesagt. Sie hoffte, dass dem wirklich so war.

»Lebt wohl, Yerno«, sagte sie. »Ich bin Euch dankbar für alles. Und ich hoffe, wir sehen uns wieder.« Sie wandte sich der Straße zu.

Kushko und Antonio setzten sich an die Spitze der Gruppe. Die anderen folgten. Elanora zögerte noch einen Moment, atmete tief durch und marschierte los.

»Sie geht in einem Kleid, mit einem Hut mit einem albernen Schleier in den Dschungel«, hörte sie den Gastwirt murmeln. »Warum hat sie eigentlich keinen Sonnenschirm dabei?«

Elanora sparte sich eine Erwiderung. Irgendwo da draußen waren ihr Vater und ihre Brüder und warteten auf sie.

***

Dass es ein von den Göttern im Überfluss gesegneter Ort ist, an den es mich verschlagen hat, hätte mich misstrauisch machen müssen, dachte Travien.

Die Götter waren nicht gerecht.

Und sie meinten es nicht gut mit ihm.

Als am Mittag die zerlumpte Gestalt zwischen den Bäumen hervorstolperte, hatte er gehofft, einen seiner Alpträume zu erleben und gleich zu erwachen. Die Krähe sah elend aus: Ihre Robe war zerfetzt, das Haar zerzaust, das Gesicht zerkratzt. Sie konnte kaum aufrecht stehen. Doch kaum war die schreckliche Alte Traviens ansichtig geworden, streckte sich ihr hagerer Leib, als nähre er sich von seinem Unglück. Die Krähe schenkte ihm ihr kaltes Lächeln und sagte: »Wo sind sie? Wo sind die verdammten Diebe?«

Travien verstand kein Wort.

Die Krähe schien auch keine Antwort zu erwarten. Sie ruckte mit dem Kopf wie ihre gefiederten Namensvettern, dann schien sie zu wissen, wohin sie sich wenden musste.

»Na wartet, ihr verdammten Diebe. Ihr werdet es noch bereuen ...« Sie steuerte auf die Hütte der Zwillinge zu.

Für einen Augenblick bedauerte Travien die beiden Edelleute. Aber nur für einen *kurzen* Augenblick.

Dann betrachtete er sein bisschen Glück, das wie Eis in der Sonne dahinschwand.

Im ewigen Nebelwald fallen die Blätter selten und zögernd. Die Natur gönnt sich keine Ruhe in ihrem Himmelwärtsstreben. Dürfen sich unsere mächtigen Koscher Fichten, Tannen und Eichen gerade noch neben dem bizarren Drachenflügelbaum, dem stelzwurzligen Elefantenbaum und dem eleganten Alveranspfeiler behaupten, so ist der Riesenwuchs bei den Blumen von geradezu manischer Art. In so manchem Blütenkelch könnte ich mir den Kopf waschen, würde die bunte Blume keinen niederhöllischen Gestank verströmen oder die erste Berührung mit ihr mich sogleich in Borons Arme schicken. Der unscheinbare Farn unserer Wälder reckt sich im Regenwald über unsere Häupter; Gräser wie das Brabaker Rohr und der Bambus werden mehrere Mann hoch. Man hat mir glaubhaft versichert, dass sie so schnell und üppig wuchern, dass man das Gras hier tatsächlich wachsen sieht.

In diesen grotesken Wiesen beschleicht den Forscher das Gefühl, selbst ein Insekt zu sein. Und dieses Gefühl verstärkt sich wiederum durch das Faktum, dass das wimmelnde Getier selbst Furcht einflößende Größe annimmt. Armlange Tausendfüßler, handtellergroße Käfer, Spinnen, deren etliche Schritt durchmessende Netze uns den Weg versperren, und Libellen mit Flügeln, die selbst den mächtigen Adler bescheiden, trifft man allerorten. Der heimische Kammerjäger würde mit dem Gekreuch seine liebe Mühe haben.

Aber der kluge Mittelreicher weiß, dass Größe nicht alles ist. Und ist nicht auch der Schlinger kaum mehr als eine größenwahnsinnige Zauneidechse?

(Aus den Aufzeichnungen
des Junkers Wolfhart von Wilderklamm)

Sie verließen Chorhop durch das südlich gelegene Jaguartor. Die Straße war gesäumt von Feldern. Immer wieder gingen Wege zu einsam gelegenen Gehöften und Siedlungen ab. Nach einigen Stunden wurde der Weg schlechter. Busch- und Grasland ersetzte die Felder. In der Ferne, zu ihrer Linken, schimmerten die Hügelketten des Regengebirges unter Nebelschleiern hervor.

Herden fremder Tiere zogen über das Steppenland. Unbekannte Vögel kreisten am Himmel. Die Luft war erfüllt von fremden Stimmen und exotischen Gerüchen.

Alle neuen Eindrücke ließen Elanora die Anstrengung vergessen, die der Weg ihr abforderte. Sie war längere Fußmärsche gewohnt. Bei den Wilderklamms wurde nicht bei jeder Gelegenheit die Familienkutsche angespannt oder ein Pferd gesattelt. Auch war sie gelegentlich mit ihren Brüdern und Canteha zu längeren Exkursionen in die Koschberge aufgebrochen. Aber einen ganzen Tag marschieren, und das bei schwüler Hitze, forderte von ihr das Äußerste an Selbstbeherrschung.

Es wird nicht leichter werden, sagte sie sich immer wieder. *Gewöhne dich daran. Oder kehre um!*

Sie schlug sich tapfer. Aber als Antonio endlich verkündete, der Tagesmarsch sei beendet, sank sie ganz undamenhaft unter einem Maulbeerbaum zu Boden und krallte die Hände in die rote Erde, die ihr in dieser Nacht ein alveranisches Bett sein würde.

Die Träger errichteten das Zelt und entfachten ein Feuer. Antonio teilte die Wachen ein, während sich Mirhabeth eher unwillig an die Bereitung des Abendessens machte. Sie hatte im Augenblick keine andere Aufgabe, und Antonio entwickelte, seit die Stadtmauern hinter ihnen lagen, eine natürliche Autorität, die Elanora erleichtert zur Kenntnis nahm und der sich sogar Kushko und Janera fügten.

Alle waren rechtschaffen müde. Rank rollte seine Decke am Feuer aus, doch als Janera und Mirhabeth sich in das Zelt verkriechen wollten, stellte Kushko sich ihnen in den Weg.

»Was soll das?«, beschwerte sich die Magierin. »Ich bin müde!«

»Nur für die Herrin«, brummte Kushko.

»Aber da drin ist doch Platz für drei oder vier!«, rief Mirhabeth.

»Nur für die Herrin. Draußen ist genug Platz für dich.«

»Aber es macht mir nichts aus, wenn sie ...«, begann Elanora. Da wurde sie von Antonio unterbrochen.

»Verzeihung, Meister«, sagte er. »Aber Zelt ist nur für dich. Alle müssen sehen, wer Herr ist. So muss es gemacht werden.«

»Aber das ist albern!«, rief Janera. »Ich bin eine Absolventin der Akademie von ...«

»Stell dir selbst ein Zelt auf«, unterbrach Kushko sie und warf ihr ein Leinenbündel hin. »Als studierte Frau wirst du das wohl schaffen!«

***

Am zweiten Tag wurde die Landschaft hügelig. Die Wälder rückten nahe an den schlechter werdenden Weg heran.

Antonio blieb öfters stehen, befahl ruhig zu sein und lauschte in den Wald hinein. Meist winkte er die Gruppe kurz darauf weiter. Nur einmal brach eine Rotte verwilderter Selemferkel durch das Unterholz und verschwand auf der anderen Seite im Gebüsch.

»Bako-Dopek«, sagte Antonio. »Sind harmlos, aber wenn so 'n Rudel über dich wegtrampelt, bist du platt, Meister.«

Ansonsten war der Tag ereignislos. Bis zum Abend führte der Weg durch dichten Wald, deshalb rasteten sie direkt auf dem schlammigen Weg. Janera und Mirhabeth mühten sich, ein eigenes Zelt aufzubauen. Während die junge Frau sich routiniert ans Werk machte, schien der Zeltaufbau nicht zu den Stärken der alten Magierin zu gehören, was zu Gekicher unter den Trägern führte, die längst mit dem Aufbau von Elanoras Zelt fertig waren. Kushko wies sie zurecht.

An diesem Abend war Elanora froh über ein eigenes Zelt. Sie bat einen Träger um eine Schüssel mit Wasser und zog sich aus, um sich zu waschen. Erstmals überlegte sie sich, ob es wirklich richtig gewesen war, auf ihrer Kleiderordnung zu bestehen. Das Kleid hing schwer an der im Zelt aufgespannten Schnur. Der feste gefütterte Leinenstoff, knöchellang und hoch geschlossen, war angenehm zu tragen und bot den nötigen Schutz, wenn man auf der Bank einer Reisekutsche saß und auf dem holprigen Weg ins kühle Bornland war. Aber Elanora hatte das Gefühl, der Stoff sauge sich in der schwülen Luft bei jedem Schritt voller. Sie spielte mit dem Gedanken, den Schleier vom Hut zu entfernen, entschied sich aber dagegen. Sie hatte darauf bestanden, sich so auf den Weg zu machen. Sie hatte sich mit Yerno darüber gestritten. Jetzt musste sie zu ihrer Entscheidung stehen.

***

Der dritte Tag brach an. Elanora war schlecht gelaunt. Sie war das Schlafen auf dem Boden so wenig gewohnt wie die langen Märsche. Die halbe Nacht hatte sie sich herumgewälzt. Nur die schiere Erschöpfung hatte sie schließlich in Borons Arme getrieben.

Sie näherten sich jetzt Nasha. Die Landschaft veränderte sich ein weiteres Mal. Links und rechts des Weges erstreckten sich ausgedehnte Mangrovensümpfe. Die Luft summte und sirrte. Schwarze Wolken winzigen Getiers umschwirrten sie. Bald waren die Stechmücken fast unerträglich. Alle schlugen genervt um sich. Selbst die Robe der Magierin war den Plagegeistern kein Hindernis. Während die größeren Insekten den fadenscheinigen Stoff durchstachen, schwirrten die kleinen einfach zu den einladend geöffneten Ärmeln herein, um sich am Blut der Menschen zu laben.

Zum ersten Mal war Elanora froh, dass sie sich nicht hatte überreden lassen, ihr Gewand gegen leichtere und praktischere Kleidung zu tauschen. Der Stoff war so dick, dass die Mücken ihn nicht durchstechen konnten. Er bedeckte fast ihre ganze Haut, und ihr Gesicht war von dem angeblich »albernen« Schleier ein wenig geschützt.

***

Am späten Vormittag des vierten Tages öffnete sich der Wald, und sie standen am Ende einer schmalen, lang gezogenen Bucht. Fern im Westen, wo sich die Bucht zum Meer hin öffnete, lagen einige Schiffe vor Anker. Im Osten lief die Bucht flach in die Mangrovenwälder aus.

Dort lag das Dorf Nasha, auf einem flachen Hügel, an drei Seiten umspült vom Meer. Wehrhaft erschien der Ort, eine zweieinhalb Schritt hohe Palisade schützte die immerhin sechshundert Seelen vor den Fährnissen des Dschungels und – wie Elanora erfahren hatte – auch vor gelegentlichen Strafexpeditionen aus Chorhop. Aber jetzt stand keine Wache am Tor. Ungehindert traten sie ein. Die meisten Gebäude waren lange Pfahlbauten aus Rohr, Holz oder Bambus. Nur oben auf dem Hügel thronten ein paar Steinhäuser. Kinder rannten durch die Gassen. Vor – gelegentlich auch unter – den Häusern saßen Dorfbewohner, kochten, schnitzten oder flickten Netze. Sie erwiderten die Begrüßung durch Elanora und ihre Gefährten freundlich, aber wortkarg, schauten den Neuankömmlingen neugierig nach, und ließen sich ansonsten nicht von ihrem Tagwerk abbringen.

Die Halbinsel stieg zur Mitte hin an. Oben befand sich ein kleiner Platz. In der Mitte glommen noch die Reste eines großen Feuers. Weitere aschegefüllte Feuerschalen waren auf dem Platz verteilt. Auf grob gezimmerten Tischen standen die Reste eines Gelages.

Was den Platz aber unheimlich machte, waren die zahlreichen geschnitzten Holzfiguren, die ihn umgaben. Einige waren nur wenige Spann hoch, andere überragten die Neuankömmlinge um mehr als einen Schritt. Die meisten waren menschenähnlich, hatten Echsen-, Katzen- oder Affenköpfe. Andere erinnerten Elanora an geflügelte Wasserspeier. Vor manchen standen Opferschalen, aus denen beißender Rauch aufstieg.

»Es heißt, dass manche Dorfbewohner die Geister des Waldes milde stimmen wollen«, erklärte Mirhabeth.

»Ja«, bestätigte Antonio. »Nasha früher heiliger Platz der Mohaha. Geister noch hier, heute vielleicht sprechen zu Schamanen von Blasshäute.«

»Kennst du dich hier aus? An wen muss ich mich wenden, wenn ich etwas erfahren will?«, fragte Elanora.

»War hier mit Questadores, Meister«, sagte Antonio. »Aber nicht wissen, wer hier helfen kann.«

»Ich kenne Nasha, Sayida«, sagte Mirhabeth. »Ich war vor ein paar Jahren schon mal hier. Es gibt da drüben eine kleine Taverne, aber sie scheint gerade geschlossen zu sein. Vielleicht sollten wir bis zum Abend warten. Obwohl ...« Mirhabeth schaute sich um und zuckte mit den Schultern.

»Obwohl was?«, fragte Elanora.

»So verschlafen das Nest jetzt auch wirkt, die Chorhoper meiden es aus gutem Grund. Hier lebt viel zwielichtiges Gesindel. Piraten und Strandräuber. Und Leute, die sich in Chorhop nicht mehr blicken lassen sollten. Dort wartet auf so manchen der Galgen oder die Arena. Wir sollten also auf der Hut sein.«

»Aber wenn wir weitergehen, stehen wir wieder in diesem Sumpf, und ich habe den Eindruck, dass die Luft hier besser ist und weniger von den Stechviechern herumschwirren«, sagte Janera.

»Wir können nicht gehen«, sagte Elanora. »Bislang weiß ich, dass mein Vater Kamaluqs Schlund in vier bis fünf Wochen erreichen wollte. Und er wollte sich von Nasha aus nach Süden oder Südosten wenden. Das ist alles. Wenn ich hier nichts Näheres erfahre, können wir alle wieder nach Hause gehen.« *Und ich werde nicht mehr lange ein Zuhause haben,* dachte sie. Konnte sie die Niederlage eingestehen und den Schlüssel von Burg Wilderklamm Vetter Vitus von Oberbruch überreichen?

Die Holzgötzen schienen sie zu verspotten.

»Nein!«, sagte sie laut. »Das wird nicht geschehen!«

Die anderen schauten sie überrascht an.

»Jemand wird wissen, wohin Vater aufgebrochen ist«, sagte Elanora. »Irgendjemand wird doch wissen, wo in diesem götterverfluchten Dschungel Kamaluqs Schlund liegt. Gibt es hier einen Bürgermeister oder Dorfältesten?«

»Die Piraten haben so etwas wie einen Anführer, und die restlichen Dorfbewohner respektieren ihn. Wäre auch dumm, wenn nicht. Aber wir müssen nur warten. Sie wissen ja, dass wir da sind«, antwortete Mirhabeth.

»Wie meinst du das?«

»Sie beobachten uns wenigstens seit gestern. Ich wollte nichts sagen, um dich nicht zu beunruhigen, Sayida. Chorhop schickt regelmäßig Strafexpeditionen hierher, deshalb haben sie das Land auf Meilen im Blick. Aber wir haben wahrscheinlich nichts zu befürchten.«

»So? Wir haben *wahrscheinlich* nichts zu befürchten?«, murmelte Elanora. »Dein Wort in Praios Ohr.«

Sie warteten. Nichts regte sich auf dem Platz. Wenn sie tatsächlich von den Dorfbewohnern beobachtet wurden, so ließen diese es sich nicht anmerken.

Endlich, als hätten die Holzgötzen Elanoras Flehen erhört, schälte sich eine Gestalt aus den Schatten zwischen den Hütten: Ein alter Mann. Sein Gesicht war wettergegerbt und eingerahmt von einem struppigen grauen Bart.

»Seh' aus als wie bestell' und nich' abgehol'«, rief er, während er zu ihnen herüberschlurfte. Sein Lachen ging in einen

Hustenanfall über, dann räusperte er sich und spuckte ebenso geräuschvoll aus. Er musterte Elanora. »Was biss'n du? Is' doch kein Ball hier. Nur Sum'f im Sü'n, Dschung'l im Os'n, Wasser im Wes'n, un' in das Kaff im Nor'n, da woll'erwohl nich' hinzrüch?«

Es dauerte eine Weile, bis Elanora glaubte, den Fischer verstanden zu haben. Die ratlosen Blicke der anderen zeigten, dass es ihnen nicht besser ging.

»Ganz recht, guter Mann«, sagte sie. »Wir sind auf dem Weg in den Dschungel. Aber nicht Schätze locken uns. Wir suchen jemanden. Wenn Ihr schon länger hier lebt, könnt Ihr uns vielleicht helfen. Soll nicht zu Eurem Schaden sein.«

»Wer' mich schon schadlos hal'n, Schäs'en. Aber was red's, als wär hier 'ne Mannschaf'? Bin doch allein. Aber was'e Frage be'rif': Bin schon so lang in Nasha wie meine Klö'n und schon länger als mein Holzbein. Das an're is' nämlich bei'n Fisch'n!« Er lachte, hustete und spuckte vor Elanora aus. »Schuldig'n, Froilein, aber was raus muss, muss raus. Wie kann ich'er helf'n?«

Elanora ignorierte das Spucken, die Anrede »Schätzchen«, und die Tatsache, dass der Mann gar kein Holzbein hatte. Stattdessen sagte sie freundlich: »Guter Mann, könntet Ihr – könntest du – mir vielleicht sagen, ob hier im vergangenen Boron eine Expedition vorbeigekommen ist?«

»Boron? Is' schon lang her. Un' ir'n'welche Leu'e komm'n hier all'nas'lang vorbei. Manche geh'n auch wieder. Mus'mer schon genauer sag'n, wen'e meins'.«

»Der Anführer ist rothaarig – wie ich. Es waren auch zwei junge Männer mit rotem Haar dabei. Sie sehen sich ähnlich. Sie sind Zwillinge! Und ...«

»Ach! Die Ro'schö'ff! Verwan'schaf' von dir?«, fragte der Fischer. »Häd'ich draufkomm'n könn.«

»Sie waren hier? Du hast sie gesehen? Haben sie gesagt, wohin sie wollten?«, rief Elanora.

»Gemach, gemach, Froilein! Hab nich'esag', dass'e hier war'n.«

»Aber du hast gesagt, dass du sie gesehen hast!«

»Hab'ich?« Er entblößte ein paar schwarze Zahnstumpen.

»Ach so! Was willst du?«

»Wasichwill? Das wirs'e mir nich' gemn, außer ich nehm's mir«, sagte er. »Aber, was wür'ste mir'n gemn, bevor ich's mir nehm?«

Die anderen hatten sich bislang zurückgehalten. Jetzt merkte Elanora, dass Rank sich schützend hinter sie stellte und Janera ein Stück über den Platz schlenderte, dann ganz beiläufig an den Fischer herantrat und ihn am Oberarm berührte. »Na? Was magst du denn?«, fragte sie und schaute ihn eindringlich an.

Der Fischer zuckte zusammen und wandte sich Janera zu. »Was wills'e, du al'e Ve'el? Bis'mer zu al' un' droggn. Also ...«

Janeras Lippen bewegten sich, aber nicht einmal Elanora konnte verstehen, was sie sagte.

»... nich' für ungu'.« Die Mine des Fischers erhellte sich. »Was möch's denn, gu'e Dam'?«

»Sag doch erst mal deinen Namen«, sagte Janera.

»Yorge, hohe Dam'«, antwortete der Fischer und grinste glücklich.

»Was hast du gemacht, Janera?«, zischte Elanora der Magierin zu.

»Warte mal«, sagte Janera, an den Fischer gewandt. Dann trat sie mit Elanora ein paar Schritte beiseite. »Das Gesabber hält doch kein Mensch aus«, sagte die Magierin. »Und wenn er dann noch anfängt, für die Erinnerungen in seinem Strohkopf etwas zu verlangen, ist es doch wohl genug, Euer Wohlgeboren. Ich halt ihn unter einem *Banbaladin*. Einem Zauber, der ihn glauben lässt, ich sei seine beste Freundin, wenn Ihr versteht.«

»Aber wenn er oder die anderen Dorfbewohner merken, dass du ihn verzaubert hast ...«

»Ich kann ihn, wenn es sein muss, lang genug unter dem Bann halten, bis wir weg sind.«

»Aber ich habe gehofft, wir können hier übernachten und frische Vorräte einkaufen. Wenn es rauskommt ...«

»Es wird nicht rauskommen«, unterbrach Janera sie barsch. »Wenn es sein muss, verdreh ich ihm so den Kopf, dass er den Rest seines Lebens träumt, er sei Rahja persönlich begegnet ...«

»Das wirst du nicht! Das ist nicht recht!«

»Dies ist ein Piratennest, Wohlgeboren, ein verdammtes Piratennest! Wenn wir die Nacht hier verbringen müssen, ist es doch gut, wenn jemand auf unserer Seite ist. Lasst mich machen. Aber wenn Ihr es wünscht, spare ich meine astralen Kräfte für ein geeigneteres Objekt auf.«

Elanora nickte ergeben. Kaum aus Chorhop heraus, hatte die Magistra den standesgemäßen Sturkopf wieder entdeckt. Aber wenn sich aus Janeras Zauber Schwierigkeiten entwickeln sollten, so war das Unheil schon angerichtet. Mit einem hatte die Zauberin jedoch recht: Wenn der Fischer unter dem Zauberbann die Wahrheit sagte, war Elanora mehr geholfen als mit einem sabbernden Alten, der aus jedem Wort, das seinem zahnlosen Mund entwich, blanke Münze schlagen wollte.

»Also, Yorge«, wandte sich Janera wieder an den Fischer. »Du hast die Dame gehört. Was weißt du über die Leute, die hier im letzten Boron waren?«

»Mm«, brummte Yorge zufrieden. »Wa'n hier. Nur'n Tag. Weiß nur, dass sie wei'rauf inne Berg woll'n. Aber mein Jung' ha'sich mi'n lang un'erhal'n. Is' ganz närrisch 'worn, von'e Geschich'n über die blöde Gosch der Mohakaz.«

»Mohakatze?«, fragte Elanora.

Yorge schaute sie an, offenbar empört über die Unterbrechung. Dann ging sein Blick wieder zu Janera, und das Lächeln kehrte zurück.

»Nun«, sagte diese. «Mohakatze? Und ihre – wie sagtest du: *Gosch*?«

»Ja! Irgen'wie so was. Weissu, wie de' God vonne Dschungelleu' heiß'? Kamaluq! Ja. Kamaluq Schlund! Aber Mohakaz' Gosch kling' doch besser. Oder?«

»Haben sie gesagt, wo dieser Ort liegt?«

»Ach! Ein Or' is'es! Wie gesag': Mein Jung' ha' lang mi'ine gerede', vielleich' frag'er ihn.«

»Wo finden wir ihn?«

»Is' beim Fisch'n. Komm' heu'aben' zurück.«

Elanora hätte sich nichts bei dieser Antwort gedacht, aber Rank schien sich an der See auszukennen. Er hakte sofort nach: »Heute *Abend*? Die meisten Fischerboote liegen jetzt unten am Strand. Ich habs gesehen, als wir gekommen sind. Also fahren auch hier die Fischer in der Nacht raus und kommen im Morgengrauen zurück. Ist es richtig, wenn ich annehme, dass dein Junge nicht unbedingt *Fische fischt*?«

Yorge glotzte Rank an. Dann ging sein Blick zu Janera.

Die nickte.

»Gib' dicke Fische, die hamn keine Schupp'n«, sagte Yorge.

»Schmuggel. Strandräuberei. Piraten«, flüsterte Rank Elanora zu.

»Das hab ich auch begriffen«, erwiderte sie.

Yorge grinste nur.

Elanora zog Janera beiseite. »Was sollen wir tun?«, fragte sie. »Können wir auf den Sohn von dem Alten warten? Oder wird er gleich durchschauen, dass er unter einem Zauber steht?«

Janera zuckte die Achseln. »Ich beherrsche den *Banbaladin* so gut, dass man ihn ihm nicht ansieht. Trotzdem könnte sein Sohn Verdacht schöpfen, wenn er uns alles erzählt, ohne etwas dafür zu kriegen. Zweitens kann ich ihn nicht ewig unter dem Zauber halten. Aber macht Euch keine Sorgen. Es gibt Zauber, die lernt man nicht an der Akademie.« Sie wandte sich den anderen zu. »Mirhabeth! Hast du noch was von dem Premer Feuer?«

»Die Flasche ist noch gut halb voll. Aber sie sollte noch eine Weile reichen.«

»Ich besorge uns eine neue«, sagte Janera. »Gib her.«

Mirhabeth zog eine dickbauchige Flasche aus ihrem Bündel und reichte sie widerwillig an Janera weiter.

»Bekommst eine neue, ist versprochen.« Janera wandte sich an Yorge. »Hier! Ein kleines Dankeschön für deine Mühen. Aber bevor du auf unser Wohl trinkst, sag uns, wo deine Hütte steht. Damit wir dich ins Bett bringen können.«

Yorge wies bereitwillig den Hügel hinab. »Le'z'es Haus lin's. Steh' mein all'er Kahn davor. Könn'er nich' übersehn. Un' die is' für mich?«

»Ja. Ganz allein für dich.«

Der Alte zögerte.

»Nun mach schon. Sonst mag ich dich nicht mehr«, sagte Janera mit einer süßlichen Stimme, die so gar nicht zu ihr passte.

Yorge schnappte sich die Flasche, rief »Aufswohl!« und setzte an.

Mirhabeths Augen wurden immer größer, als sie sah, wie ihr wertvoller Reiseproviant in seinem Schlund verschwand.

»Du schaffst es«, feuerte ihn Janera an.

Und Yorge schaffte es. Mit einem Rülpser nahm er die leere Flasche von den Lippen und ließ sie fallen.

Einen Moment schien es, als sei der Schnaps nicht genug. Yorge schaute etwas verwirrt in die Runde, öffnete den Mund, als wolle er etwas sagen.

Doch dann zeigte sich auf seinem Gesicht das inzwischen vertraute schiefe Grinsen. Er holte tief Luft und rülpste noch einmal. Die Luft um die Umstehenden war erfüllt von einer fauligen Schnapswolke. Yorge verdrehte die Augen, ging in die Knie, kippte nach vorn und blieb mit dem Gesicht im Dreck liegen.

»So, das hätten wir«, sagte Janera.

»Was haben wir?«, fauchte Mirhabeth. »Du hast diesem Kerl unseren ganzen Schnaps gegeben! Das war nicht irgendein Gesöff! Es war echtes Premer Feuer! *Echtes* Feuer, Janera!«

»Aus Prem, ja, ich weiß. Ich kauf dir eine neue. Hab ich doch gesagt.«

»Mich würde ebenfalls interessieren, was das jetzt sollte«, sagte Elanora.

»Ist das nicht offensichtlich?« Janera seufzte, als hätte sie es mit zurückgebliebenen Scholaren zu tun. »Irgendwann verliert der Zauber seine Wirkung, da er nur eine bestimmte Wirkungsdauer hat. Es geht oft glimpflich aus, weil der Verzauberte nicht genau weiß, wie ihm geschah. Aber darauf möchte ich mich nicht verlassen. Jetzt ist der gute Herr so trunken, dass er – falls er aufwacht, bevor wir fort sind – sich nicht so schnell an alles erinnern wird. Wahrscheinlich glaubt er, er hätte im Suff ein wenig zu viel geplaudert. Oder er hält uns tatsächlich für seine besten Freunde. – Vergessen und Erinnern. – Die wunderbare Wirkung eines Zaubertranks. Ihr wisst, was ich meine?«

Hat Rank den anderen von der unsäglichen Nacht im Hafen erzählt?, fragte sich Elanora. *Ich würde es ihm nicht verzeihen.*

Vorsichtshalber zuckte sie nur mit den Schultern.

»Nicht?«, dozierte Janera weiter. »Aber egal: Er kommt nie darauf, dass er unter einem Zauber stand. Und wenn wir ihn jetzt zu Bett bringen und uns unschuldig vor seine Hütte setzten, wird sein tumber Sohn auch auf keine dummen Gedanken kommen, wenn er nach Hause kommt. Dann kannst du, Wohlgeboren, ihn fragen, was er alles über deinen Vater und Kamaluqs Schlund weiß.«

»Aber mein Feuer!«, murrte Mirhabeth.

Janera schnaubte. »Jetzt ist es aber gut!«

Sie packten Yorge links und rechts und marschierten mit ihm den Hügel hinab. Yorge erwachte gelegentlich, hob den Kopf, murmelte etwas Unverständliches und ließ den Kopf wieder auf die Brust sinken. Einige Dorfbewohner beobachteten die seltsame Prozession mit derselben Gleichgültigkeit, die sie schon zuvor an den Tag gelegt hatten.

Elanora deutete dies als gutes Zeichen.

Am Ende des Weges – Yorge schnarchte schon – stand eine Hütte, ein wenig abseits und aus der Reihe, als hätten die anderen Häuser sie schamhaft beiseitegeschoben. An den schiefen Pfählen, die sie über den Flutpegel hoben, lehnte ein alter Kahn.

»Der hat wohl seit Jahren nur noch Regenwasser unterm Kiel gehabt«, kommentierte Rank den Anblick.

»Ist wohl auch besser so: Wenn du mit dem Ding in See stichst, führt dich die Reise zu Boron und sonst nirgendwohin«, bestätigte Mirhabeth.

Sie stiegen eine kurze Leiter hoch und betraten die Hütte. Die Einrichtung hielt, was die Fassade versprach. Sie legten Yorge auf seine Matratze und beeilten sich, den Schweinestall wieder zu verlassen. Vor der Hütte stellten sie ihr Gepäck ab und setzten sich in den von Steinen durchsetzten Sand. Das Gelände fiel zum Ufer sanft ab, es war Ebbe. Unten am Wasser standen ein paar Flutkäfige. Sie waren alt, das Holz aufgequollen. Getrockneter Tang hing herab. Trotzdem schienen sie noch in Benutzung zu sein: In dem einen Käfig hing an einer rostigen Kette etwas, das verdächtig nach den Überresten einer menschlichen Hand aussah.

Elanora hoffte, dass es eine Täuschung war.

Sie ging aber nicht näher, um sich davon zu überzeugen.

Würde ich Vaters Hand erkennen?, ging ihr durch den Kopf.

Das ungute Gefühl war wieder da. Sie waren hier in einem Piratennest! Und auch wenn die höfliche Gleichgültigkeit der Dorfbewohner sie in Sicherheit wiegen wollte, so schrillten doch ihre Alarmglocken. Wenn die Dorfbewohner sie schon auf dem Weg hierher beobachtet hatten, verloren sie an ihr und ihren Begleitern doch nicht in dem Augenblick das Interesse, in dem sie Nasha betraten! Und wenn sie noch immer heimlich beobachtet wurden, hatte mit Sicherheit auch jemand erkannt, dass Yorge seinen Schnaps erst zum Schluss bekommen hatte; dass er schon vorher geplaudert hatte; dass dabei nichts mit rechten Dingen zugegangen war ... Und natürlich wussten sie, dass eine Magierin zu der Gruppe gehörte!

Wenn ... wenn ... wenn ...

Am liebsten wäre sie Hals über Kopf aus dem Dorf geflohen. Aber es ging nicht! Yorges Sohn war die einzige Spur, die sie hatte. *Die Hälfte der Dörfler sind einfache und anständige Fischer,* redete Elanora sich ein. *Sie werden mir nichts tun.*

Doch als Praios' Schild feurig rot über der Bucht stand und die tangbärtigen Käfige unter der anrollenden Flut zitterten, zitterte auch sie.

***

Mit der untergehenden Sonne kam Leben ins Dorf, doch noch immer interessierte sich niemand für die Neuankömmlinge. Dann lief ein Fischerkahn am Strand auf, ein Mann sprang heraus, vertäute das Boot an einem Poller und kam mit federnden Schritten den Hügel hinauf. Kurz hatte Elanora die Hoffnung, es könne Yorges Sohn sein, doch der Mann ging mit einem gemurmelten Gruß und einem knappen Nicken an ihnen vorbei. Sein schulterlanges dunkles Haar zeigte die ersten grauen Strähnen. Elanora schätzte ihn auf vierzig, vielleicht fünfundvierzig Götterläufe.

So stelle ich mir einen Seemann vor, dachte sie. *Nur die Hautbilder fehlen.* Sie sprang auf. »Entschuldigt, werter Herr. Könnt Ihr mir vielleicht eine Frage beantworten?«

Der Mann blieb stehen. Wortlos musterte er Elanora von oben bis unten. Kurz glitt sein Blick über ihre Begleiter. Nur Mirhabeth schien einer längeren Beschauung würdig. Dann wandte er sich wieder Elanora zu. »Vielleicht«, sagte er nicht unfreundlich.

»Wir haben mit Yorge gesprochen«, sagte Elanora. »Und Freundschaft geschlossen. Jetzt warten wir auf seinen Sohn, weil er uns vielleicht weiterhelfen kann.«

Der Mann neigte leicht den Kopf und musterte Elanora noch einmal. »Das war keine Frage«, sagte er langsam. »Und außerdem könnt ihr auf Yorges Sohn lange warten. Der kommt nicht mehr.«

»Was?«, entfuhr er Elanora. »Aber er ...«

»Lucan ist vor drei Jahren nicht mehr vom Fischen heimgekommen. Seitdem ist Yorge etwas wirr im Kopf. Ihr habt ihm doch keinen Schnaps gegeben?« Es klang nicht wie eine Frage. Es klang wie eine Drohung, und seine Miene verfinsterte sich.

»Nein ... doch«, stotterte Elanora. »Aber erst ... wir wussten doch nicht ... Warum?«

»Ist er drin?«

»Ja. Aber ...«

Der Fischer stieg die Leiter hoch, stürmte ins Haus, es polterte, dann kam er, den Alten über die Schulter gelegt, wieder die Leiter herunter, ging an Elanora und ihren Begleitern vorbei, ohne sie eines Blickes zu würdigen, und stapfte zum Ufer hinab. Als er bis zu den Hüften im Wasser stand, ließ er Yorge von seiner Schulter gleiten.

Der Alte ging unter wie ein Sack voller Steine.

Er lässt ihn einfach ersaufen, dachte Elanora. Sie eilte ebenfalls zum Strand.

Nun zappelte und schnaubte Yorge. Der jüngere Mann packte ihn am Kragen, zog ihn aus dem Wasser und ließ ihn fallen. Yorge schlug um sich, kam in die Hocke und schaute zu dem jüngeren auf. »Was'um ... Oh!«, keuchte er, dann drückte der Fischer ihn unter Wasser.

Als Yorge hochkam, spuckte und prustete er. Der Fischer packte ihn erneut und hob ihn hoch. Doch ehe er ihn wieder untertauchen konnte, würgte Yorge und kotzte ihm übers

Hemd. »Du Drecksau!«, schrie der Fischer und schickte den Alten mit einer Ohrfeige zurück ins Wasser.

»He! Ihr könnt doch nicht ... Er kann doch nichts dafür!«

Der Fischer drehte sich zu Elanora um. »Und du schleckst es auf, wenn er über dein Kleidchen kotzt, Süße? Na, dann komm her, ist ja noch alles da!«

Elanora war entsetzt. Sie hatte den Fischer für einen einfachen freundlichen Mann gehalten, doch nun misshandelte er einen alten Mann und bedachte sie mit Ekelhaftigkeiten!

»Hört her!«, rief sie. »So könnt Ihr nicht mit mir reden! Und so könnt Ihr Yorge nicht behandeln! Er hat Euch doch nichts getan!«

»Er hat gesoffen! Und wenn er säuft, redet er wirres Zeug. Und wenn er säuft, geht er drauf! Das hab ich ihm tausend Mal gesagt!«

»Aber ... Ihr ...«

Yorge paddelte vorsichtig aus der Reichweite des jüngeren Mannes. Der jedoch beachtete ihn nicht mehr. Er riss sich sein Hemd vom Leib und warf es ins Wasser. Dann tauchte er selbst unter, kam prustend wieder hoch, schüttelte die nassen Haare aus dem Gesicht und begutachtete das Ergebnis. Er schien zufrieden zu sein.

Elanora sah, dass der Brustkorb und der Rücken des Fischers voller alter Narben waren. *Welche Fährnisse ihm die wohl eingebracht haben?,* fragte sie sich.

Jetzt wandte sich der Fischer ihr wieder zu. Sein Tonfall war ruhig und höflich. »Hör zu, Schätzchen! Ich hab's ja nicht nötig, dir zu erklären, was ich mache. Aber ich seh dir an, dass du nicht eher Ruhe gibst, bis ich dir 'n Bild gemalt hab. Also: Wenn der Alte säuft und dummes Zeug redet, passt mir das nicht. Dafür würd ich 'nen anderen zu den Fischen schicken. Ihn aber nicht. Und wieso nicht? Ganz einfach: Wir haben ja gern und oft Besuch in Nasha, und vor ungefähr 'nem halben Jahr war mal so 'n Haufen wie der deine hier. Denen hat Yorge auch was vorgesabbert ... Von wegen seinem Sohn und so weiter. Da war er so voll wie immer, seit sein Spund ersoffen ist. Aber bei dem Haufen da war 'n Medikus dabei, und der hat Yorge angeschaut, an seinen Bauch gefasst und gesagt: Wenn er noch 'n paar Wochen so weitersäuft, ist er hin und alle. Und da ich dem Lucan versprochen hab, auf seinen Alten aufzupassen, wenn er nicht mehr ist, da mach ich das. Weil der Lucan und ich, wir war'n nämlich richtige Kumpane. Also pass ich auf Yorge auf, als ob er mein eigner Vater wär. Nicht wahr, Yorge?« Er drehte sich zu dem Alten um und war mit drei langen Schritten bei ihm. »Ich pass auf dich auf. Als ob du mein eigener Vater wärst!«, schrie er und schlug ihm ein weiteres Mal mit der flachen Hand ins Gesicht.

Elanora schrie auf.

Ehe sie jedoch etwas sagen oder tun konnte, hatte sich der Fischer ihr wieder zugewandt. Seine Augen blitzten. »Und jetzt zu dir, Rotschopf. Wie hast du Yorge dazu gebracht, wieder zu saufen? Und dazu 'ne ganze Menge, wenn ich das richtig gesehen und gerochen hab. Seit 'nem halben Jahr hat er nichts angerührt. Er war richtig tapfer, weil er wusste, was passieren wird. Also, Schatz, wie hast du es geschafft? Wie hast du das fertiggebracht!«

Elanora öffnete den Mund – und schloss ihn wieder.

»Was ist? Noch keine Lüge eingefallen?«

Elanora überlegte verzweifelt, was sie sagen sollte. Aber ihr fiel wirklich nichts ein. Wenn sie sah, was dieser Kerl unter familiärer Fürsorge verstand, wollte sie gar nicht wissen, wie er reagierte, wenn er feststellte, dass sie ihn belog oder erfuhr, dass Janera Yorge mit einem Zauber gefügig gemacht hatte. Sie traute sich nicht einmal, sich umzudrehen und nachzusehen, was ihre Begleiter machten.

»Feuer!«, rief da Yorge.

»Bist du jetzt ganz blöd?«, fragte der Fischer. »Brennt doch nirgends.«

»Feuer, Käp'n Marno! Die Weiber ha'en 'ne ganze Flasche echtes Feuer 'bei. Nun is'se leer.« Der Alte kicherte. Die wüste Behandlung schien er schon wieder vergessen zu haben.

Käpt'n Marno? dachte Elanora. *Der Kerl ist gar kein lumpiger Fischer?*

Marno schaute Elanora verwundert an. »Ihr schleppt eine Flasche Premer Feuer bis nach Nasha, um sie diesem alten Stinker in den Hals zu kippen?«

Elanora dankte den Göttern für diese Wendung. Sie senkte den Kopf und sagte: »Es war uns nicht bewusst, dass wir Yorge damit nichts Gutes tun, Kapitän Marno. Bitte verzeiht uns. Aber wir hatten die Hoffnung, dass er, beziehungsweise sein Sohn, etwas über eine Expedition weiß, die im vergangenen Boron hier durchgekommen sein muss.« Sie schaute verstohlen nach den Flutkäfigen und hoffte inständig, dass ihr Vater nicht in einem solchen geendet hatte. »Und da wollten wir nicht kleinlich sein«, fügte sie hinzu.

»So? Und da geratet ihr ausgerechnet an den größten Schwätzer von ganz Nasha? Aber wenn euch die Informationen so wichtig sind, könnte eure Großzügigkeit doch noch belohnt werden. Mal sehen.« Er zog das nasse Hemd wieder an und fügte hinzu: »Ihr kommt heute sowieso nicht mehr weit. Da zeige ich euch wohl besser die Gastfreundschaft Nashas.«

Er marschierte das Ufer hinauf zu Elanoras Begleitern. »Ich sag's nicht zweimal«, rief er. »Packt euer Zeug und kommt mit.« Dann ging er weiter, die Dorfstraße und den Hügel hinauf.

»An eurer Stelle wür' ich'm *Kulko* folgen«, sagte Yorge, der schwankend aus dem Wasser kam.

***

Auf dem Tanzplatz brannten die Feuer und ließen zitternde Schatten um die Götzenbilder tanzen.

Die hölzernen Gesichter blickten auf über hundert Männer und Frauen hinab, die den Platz bevölkerten. Die wenigsten waren Fischer oder Bauern. Viele trugen auffälligen Schmuck und Hautbilder, und ihre Stimmen waren rau und laut, wenn sie lachten. Das also waren die Seeleute und Piraten, denen Nasha seinen Ruf verdankte?

Kapitän Marno begrüßte Elanora und ihre Begleiter. »Da seid ihr ja! Habt ihr euch also doch entschlossen, zu kommen?«

»Wie könnten wir eine solche Einladung ausschlagen?«, sagte Elanora mit einem gezwungenen Lächeln.

»Setzt euch zu uns«, sagte Marno. »Ihr habt den rechten Tag erwischt. Die *Kurand* und die *Efferdim* sind gestern von erfolgreicher Fahrt zurückgekommen. Das wird heut gefeiert.« Er lachte. »So wie gestern und wahrscheinlich auch morgen. Die hier«, – er deutete auf die Träger – »können sich da drüben hinsetzen und auf euer Gepäck aufpassen. Damit nichts abhandenkommt.« Noch ein kurzes, bellendes Lachen. »Ihr anderen kommt mit mir.«

»Warum sollen sie nicht mitkommen?«, fragte Elanora.

Kapitän Marno musterte sie erstaunt. »Ich trinke nicht mit Sklaven.«

»Das sind keine ...« Elanora hatte sich keine Gedanken darüber gemacht, welchen Stand ihre Träger hatten. Sie hatte sich bislang überhaupt nicht mit ihnen befasst. Sie waren da und trugen ihr Gepäck. Elanora kannte nicht einmal ihre Namen. Sie wandte sich Kushko zu. »Sind die Leute Sklaven?«

Kushko nickte.

»Es spielt keine Rolle«, sagte Elanora entschlossen. »Ich komme aus dem Kosch. Dort gibt es keine Sklaverei. Also behandle ich jeden wie meinesgleichen.«

»So? Das Schätzchen kommt aus dem Kosch und behandelt alle wie ihresgleichen?« Marno wandte sich an die

Umstehenden und wurde lauter. »Habt ihr das gehört, Leute? Es gibt im schönen Kosch keine Herren und keine Diener. Das gefällt mir! Das Schätzchen speist mit König wie mit Bettelmann. Und wenn ihr Bäuchlein von ihm schwillt, macht sie 'n Fischermann wie unsereinen zum Prinz. Ist das nicht schön?«

»Ihr versteht es falsch. Natürlich gibt es Herren und Diener. Aber das ist etwas anderes. Das hat Praios so gefügt«, rief Elanora.

»Für dich hat Praios es gut gefügt. Du siehst so aus als würdest du in der Suppe oben schwimmen. Weißt du was? Bei euch ist es sogar noch schlimmer! Da schwimmen die Fettaugen oben, weil sie von Fettaugen abstammen. Gehört deinen Bauern das Land, auf dem sie ackern? Nein! Sie müssen die ganzen Fettaugen durchfüttern, damit die noch fetter werden! Und sie buckeln und kriechen sogar freiwillig. Weil es *Praios so gefügt hat!* Nee, Schätzchen, da ist mir ein anständiger Sklave noch lieber. Der ist Sklave, weil ihm ein Stärkerer aufs Haupt geschlagen und ihn in Ketten gelegt hat. Aber das muss nicht von Dauer sein.« Er riss sich das Hemd herunter. »Siehst du das?« Er deutete auf seine Brust. Knapp über dem Schlüsselbein war etwas, das wie eine von vielen Narben aussah. »Das ist ein Sklavenzeichen. Sie haben es mir eingebrannt, wie einem Ochsen, drüben in Al'Anfa. Aber das ist lange her. Ich hab meinem sogenannten Herrn den Schädel eingeschlagen, denn ich bin stark. Ich schwimme oben, weil ich schwimmen kann, nicht weil ich aus Fett bin. Wenn deine Sklaven und Bauern vor dir kriechen, haben sie nichts Besseres verdient. Sie sind feige und schwach, und mit Schwächlingen trinke ich nicht. Nicht wahr, Leute?«

Die Umstehenden stimmten johlend zu.

Und wie viele kriechen vor dir, Kapitän? dachte Elanora. *Wenn du deine eigenen Worte ernst nimmst: Wie viele von denen haben es nicht verdient, dass du mit ihnen trinkst?*

Kushko und die Träger hatten sich inzwischen an den Rand des Platzes zurückgezogen.

»Siehst du, Süße?«, sagte Marno. »Deine Sklaven wissen, wohin sie gehören. Sie sind feige. Und sie wissen es. Vielleicht sind sie klüger als du.«

Damit war für den Kapitän der Disput beendet. Er deutete eine Verneigung an und führte seine *Gäste* zu ein paar roh gezimmerten Tischen.

»Sei mein Gast«, sagte er und setzte sich Elanora gegenüber.

Elanora nickte und hoffte, dass ihr Nicken als Dank für die Einladung aufgefasst wurde. Eine Dankbarkeit, die sie nicht empfand und auch nicht aussprechen konnte.

»Du hast Glück«, fuhr Marno mit beunruhigender Offenheit fort. »Die Fahrt war erfolgreich. Wir haben es nicht nötig, dein Zeug zu durchwühlen und dich mit deinem ganzen Pack nach Al'Anfa zu verkaufen.«

Er sagte es so leichthin, dass Elanora zuerst an einen Scherz glaubte. Doch seine Augen verrieten anderes.

»Ich dachte, Ihr verabscheut die Sklaverei«, sagte sie.

»Ich verabscheue die Sklaven«, berichtigte Marno. »Ich verabscheue Feiglinge und Schwächlinge. Du bist nicht feige. Wer in so einem Aufzug und mit so einer Truppe hier hereinmarschiert, kann nicht feige sein. Oder er ist sehr dumm.«

Elanora verstand die Anspielung auf ihr Kleid und den Hut, ging aber nicht darauf ein. »Yorge hat sich an eine Gruppe Abenteurer erinnert, die letzten Boron hier waren. Ich hoffe, es stimmt, denn ich suche diese Leute.«

»Schatz, wie machst du das nur? Du stellst Fragen, ohne Fragen zu stellen. Aber ich will nicht allzu kleinlich sein. Du bist, nehme ich an, 'ne Blaublütige, 'ne Von und Zu. Vielleicht springt ja für uns alle was raus. Also eine Antwort, ohne zu antworten: Ich hab die Leute schon erwähnt, die du suchst.«

»Der Medikus, der Yorge untersucht hat?«

»Schnell von Begriff. Da waren auch 'n paar Rotschöpfe dabei. Ein Alter und zwei Kerle, die sich wie ein Ei dem anderen glichen.«

»Mein Vater und meine Brüder.«

»Sie sind also nicht nach Hause gekommen«, folgerte Marno. »Und jetzt fragst du dich wahrscheinlich, ob wir die Krokodile mit ihnen gefüttert haben?«

Elanora lief es eiskalt über den Rücken, doch sie nahm sich zusammen und sagte: »Yorge sagte, sie hätten mit seinem Sohn über ihr Reiseziel gesprochen. Jetzt frage ich mich natürlich, was ich davon halten soll.«

»Halte von Yorges Geschwätz, was es ist: Geschwätz. Aber der alte Rotschopf hat kein Geheimnis aus dem Ziel seiner Reise gemacht. Mich hat's nicht sonderlich interessiert. Ich halt meine Nase lieber in eine salzige Brise, statt durch den stinkenden Dschungel zu stapfen. Aber vielleicht kann dir Rosinia weiterhelfen.« Er stand auf. »Rosinia, komm her! Unser Gast hier interessiert sich für die verdammten Questadores, die vor 'nem halben Jahr hier waren!«

Eine vierschrötige Frau Mitte vierzig kam zu ihnen herüber. »Das ist Rosinia, meine Rashu«, stellte Marno sie vor. »Sie ist eine verdammt gute Steuerfrau, aber irgendwas zieht sie immer wieder in den Dschungel. Frag mich nicht, was. Frag sie selber.« Er stand auf und ging zu einer Gruppe Seeleute, die ums Feuer standen.

Rosinia nahm Marnos Platz ein.

»War das Verwandtschaft von dir?«, begann sie ohne Umschweife.

Elanora nickte.

»Und was willst du jetzt?«

»Ich suche sie.«

»Sind nicht nach Hause gekommen?«

»Nein.«

»Das erklärt einiges.«

»Wie meist du das?«

»Erzähl ich dir vielleicht später.«

»Kannst du mir sagen, wohin sie wollten?«

»In den Wald.«

»Hör mal, Rosinia. Sie sind nicht zurückgekommen. Ich muss sie finden. Wenn du mir irgendwie weiterhelfen kannst, wäre ich dir sehr dankbar!«

»Schon gut, schon gut! Da Marno dir helfen will, mach ich's auch. Hör also zu: Es war schon eine seltsame Reisegesellschaft, die da beisammen war. Ich meine: Noch seltsamer als deine. Mehr als zwanzig Köpfe, und ich hatte den Eindruck, dass nicht ganz klar war, wer der Kulko ist.«

»Aber mein Vater ...«, begann Elanora. Khorim hatte erzählt, er hätte sie mit einer zweiten Gruppe zusammengebracht. Und dass ihm im Nachhinein nicht wohl dabei gewesen war.

»Unterbrich mich nicht! Das war also dein Vater? Gut. Er und die Zwillinge – sag's nicht: deine Brüder – ein Medikus und ein paar Träger auf der einen Seite. Auf der anderen Seite ein Haufen ziemlich übler Gestalten. Und ich meine: Wirklich übel. Bin ja viel gewohnt. Der Anführer war ein Stutzer aus dem Norden, Kerglingheim hieß er, oder so ähnlich. Hübsches Kerlchen, nur – wie gesagt – leicht aufgeblasen. Eine Magierin war auch dabei, so ähnlich wie die deine, nur nicht so zerlumpt.« Rosinias Blick fiel auf Janera, dann schüttelte sie den Kopf und wandte sich wieder Elanora zu. »Die sahen alle nicht aus wie Tsageweihte, wenn du verstehst. Nun, dein Vater und der Kerglingson waren sich wohl nicht einig, wer den Kurs bestimmt. Aber der Kerglingson hat mit Hilfe der Magierin dann wohl Oberwasser bekommen. Obwohl ich glaube, dass die Alte heimlich das Logbuch geführt hat. Aber deine Familie ist wohl trotzdem dabei geblieben. Warum, weiß ich nicht.«

»Das heißt, sie sind wieder fort? Oder ...«

»Ob wir sie ausgenommen haben? Nein! Warum auch? Solange die Expedition Erfolg verspricht, ist sie wertvoller, wenn man sie erst mal ziehen lässt. Der Rückweg nach Chorhop geht ja auch an Nasha vorbei. Außer man macht einen Umweg und marschiert meilenweit durch Sümpfe und Dschungel. Wenn die tapferen Questadores goldbeladen, erschöpft und mit Sumpffieber wieder vorbeischauen, können wir unseren Anteil bequem abholen. Und glaub mir: Sie schauen vorbei, und wenn nicht freiwillig, helfen wir nach. Wir haben den Dschungel auf Meilen im Blick. Der ganze Haufen ist also nach zwei Tagen wieder abmarschiert. Um einige Dublonen ärmer, aber mit ein paar von unseren Leuten als Verstärkung. Und deshalb ist Marno auch ziemlich schlecht auf sie zu sprechen. Er hatte grad was Größeres vor. War drauf und dran, in die Burg einzuziehen.«

Elanoras verwirrter Blick ließ Rosinia innehalten.

»Das große Haus da unten. Das mit dem Turm. Da wohnt der oberste Kulko. Unser Anführer.« Sie wies den Hügel hinab. Elanora konnte die Konturen eines mehrgeschossigen Gebäudes vor dem dunkelroten Horizont sehen.

Rosinia fuhr fort: »Und dann kommen die Gestalten an und schwafeln was von Schätzen und Gold und was weiß ich, und dass man sich alles bloß holen müsste. Und – hast du nicht gesehen! – marschiert ein knappes Dutzend von Käpt'n Marnos besten Leuten wie strohköpfige Avesjünger mit den Spinnern in den Wald und kommt nicht mehr zurück. Da haben natürlich alle gesagt: Wenn Marno nicht mal seine eigenen Leute im Griff hat, wird's nichts aus dem Umzug.«

Elanora nickte. Einerseits war sie beruhigt, dass ihr Vater und ihre Brüder nicht das Ende in einem Flutkäfig oder in der Sklaverei gefunden hatten, andererseits waren die Neuigkeiten aber auch nicht gut. »Und? Wusstest du, wohin sie wollten? Weißt du, wo Kamaluqs Schlund liegt?«, fragte sie.

Rosinia nickte.

Elanoras Herz begann aufgeregt zu schlagen.

»Wenn ich es richtig verstanden habe, sollte es ziemlich genau nach Süden gehen. Das Regengebirge verläuft hier nach Südwesten. Nachdem sie die Straße nach Mirham passiert haben, wollten sie wieder gen Rahja – nach Osten – weiter in die Berge. Dort soll es ein Hochtal geben, und eine Ruinenstadt. – Man sagt, jene Questadores, die sie gesehen haben, glauben, dass es eine alte Echsenstadt ist, denn vier Steinpyramiden stehen in ihrem Zentrum. Da soll irgendwo dieser Schlund liegen.«

»Du wissen, wie Berge aussehen?«, mischte Antonio sich ein, und blickte aufgeregt zwischen Elanora und Rosinia hin und her.

»Du kennst sie?«, fragte Elanora.

»Vielleicht! Du wissen wie Berge aussehen?«, bohrte er nach.

»Nun«, überlegte Rosinia. »Sie bezeichneten sie irgendwie als Fingerberge oder so.«

»Dann ich kennen! Chap Kamo. Berg fünf Finger! Berge aussehen wie Finger von Hand. Ich da gewesen. Gesehen alte Stadt mit vier spitze Steinhütten in Mitte.«

»Warum hast du das nie erzählt?«, rief Elanora.

»Du nicht gefragt«, verteidigte sich Antonio. Er wirkte beleidigt. »Du *mir* nicht erzählt von Berg fünf Finger. Du *mir* nicht erzählt von vier große Steinhütten. Du nur sagen: Vater suchen. Und *Kamaluqs Schlund*. Ich nicht kenne *Kamaluqs Schlund*. Das kein Mohahaname. Ich kenne *Chap Kamo*. Vielleicht dieselben?«

Stimmte das? Antonio war bei der Besprechung im *Fernen Yaquir* nicht dabei gewesen. Und von den vier Pyramiden hatte auch Elanora gerade erst erfahren. Aber hatten sie tatsächlich seit ihrer Abreise die fünf Gipfel und die alte Stadt nicht mehr erwähnt?

Sie wusste es nicht.

»Aber Kamaluqs Schlund hört sich auch nicht nach etwas Echsischem an. Es muss etwas mit den Mohahas zu tun haben«, sagte Elanora.

»Nein«, sagte Rosinia. »Wie dein Freund sagt: Kamaluqs Schlund ist gewiss kein Mohaha-Name. Also muss einer von uns Schneckengesichtern da oben was gesehen haben. Was? Das haben uns dein Vater und Kerlingson nicht verraten. Und ich zweifle daran, dass sie es überhaupt wussten. Trotzdem waren sie recht überzeugend. Wie sonst würden anständige Seeleute aus Nasha plötzlich in den Dschungel rennen? Ja! Auch ich wäre gerne mitgegangen. Aber Marno hätte mich kielgeholt, wenn ich ihm danach unter die Augen getreten wäre.« In den Augen der Steuerfrau glänzte Abenteuerlust – und Goldgier.

»Antonio, kannst du uns zu diesem Fingerberg führen?«, fragte Elanora.

Der Mohaha zuckte die Achseln. »Weiß nicht, Meister. Weiter Weg. Und das da unten Wald von Oijaniha und Panaq-Si. Wir gehen müssen mit viel Mut – und viele Geschenke. Dann sie uns vielleicht zeigen Weg.«

»Und wenn nicht?«

»Nun – Manche essen Feinde auf. Aber vielleicht sie uns nur töten.«

Rosinia verabschiedete sich und ging zu ihren Kameraden zurück. Elanora überlegte: Nun war wenigstens die Richtung klar.

Sie wäre am liebsten sofort aufgebrochen. Aber noch war unklar, was Marno mit ihnen vorhatte. Würde er sie in der Hoffnung, dass sie mit reicher Beute zurückkehrten, ziehen lassen? Oder hielt er ihre Suche für sinnlos und nahm sich lieber das, was er schon in der Hand hatte?

Frauen kamen und stellten hölzerne Teller mit Fleisch und Gemüse auf den Tisch. Elanora stocherte eine Weile in ihrem Essen herum, dann schob sie es beiseite und schaute sich um. Sie war jetzt allein auf dieser Seite des Tisches. Janera und Antonio saßen am anderen Ende. Beide starrten missmutig zum großen Feuer in der Mitte des Platzes. Elanora folgte ihren Blicken.

Ein paar Seeleute hatten Instrumente ausgepackt. Mit Fiedel, Laute, Drehleier und Trommeln spielten sie auf. Die Seeleute begannen einen ausgelassen Springtanz. Auch Mirhabeth und Rank gesellten sich zu ihnen. Sie schienen sich prächtig zu amüsieren.

Wenigstens sie haben ihren Spaß, dachte Elanora. Sie setzte sich rittlings auf die Bank und schaute ihnen zu. Irgendwann lehnte sie sich zurück und schaute nach oben. Da waren Hammer und Amboss, daneben die Stute. Aber die Bilder waren schwer zu erkennen, zu viele unbekannte Sterne leuchteten zwischen den vertrauten. Der Himmel glich einem mondbeschienenen See, so schimmerte und funkelte er. Dann schob sich ein Schatten vor den Himmel und sagte: »Ja, auch deshalb ziehe ich das Meer dem Dschungel vor, Schätzchen. Wenn du zwischen den Bäumen überhaupt mal dem Himmel siehst, ist er nebelverhangen und trüb.« Marno setzte sich neben sie.

»Kapitän Marno, seid so gut und nennt mich nicht immer Schätzchen oder Süße«, sagte Elanora. Sie war noch immer ganz versunken in den Anblick.

»Wie soll ich dich sonst nennen? Du hast dich nicht vorgestellt.«

»Nicht? Ich heiße Elanora von Wilderklamm. Werdet Ihr uns ziehen lassen?«

»Du bist ein ängstlicher Mensch, auch wenn du es nicht zeigst«, stellte Marno fest. »Aber du verstehst etwas falsch. Die Leute in Chorhop sehen es vielleicht anders, aber es gibt in Nasha nicht nur Fischer und Piraten. Händler verladen hier Holz und Gewürze. Karawanen kommen vorbei, ziehen nach Osten und Süden. Wir haben hier Krämer und Gasthäuser. Würden wir alle überfallen und ausrauben, die vorbeikommen, wären wir dumm. Wir hätten nicht nur die ganze Stadtgarde von Chorhop auf dem Hals. Überfallene und Versklavte kommen auch nicht wieder.«

»Sie kommen wieder«, sagte Elanora leise. »Mein Vater war schon oft hier. Nicht nur letzten Herbst. Habt Ihr ihn und meine Brüder gekannt?«

»Gekannt nicht. Ich wusste, wer er ist. Und was er macht. Rosinia hat dir erklärt, warum ich möchte, dass deine Suche Erfolg hat?«

»Ja. Ihr werdet uns also ziehen lassen?«

»Ja.«

»Ich glaube, ich werde mich jetzt zurückziehen. Morgen ist ein langer Tag«, sagte Elanora.

»Die Gąsthäuser sind heute voll, aber vielleicht finden wir eine andere Möglichkeit für dich.«

Elanora glaubte zu wissen, was diese andere Möglichkeit war, und für den Bruchteil eines Augenblicks glaubte sie, sie wolle es herausfinden. »Ich glaube, ich werde mich zu Kushko und den Sklaven begeben. Vielleicht ein anderes Mal.«

»Ein anderes Mal.«

Elanora stand auf. »Danke für alles, Kapitän Marno.« Jetzt konnte sie es aussprechen. Jetzt meinte sie es ernst.

Janera und Antonio schlossen sich ihr an. Gemeinsam gingen sie zu Kushko und den Trägern. Elanora nahm sich fest vor, die Träger morgen nach ihren Namen zu fragen. Am Rand des Platzes rollten sie ihre Decken aus. Trotz Marnos Zusicherung, dass ihnen nichts geschehen würde, teilten sie Wachen ein. Elanora legte sich hin. Sie bedauerte sofort, die Aussicht auf ein weiches Bett abgelehnt zu haben, auch wenn es sich vermutlich als Strohmatte erwiesen hätte, die sie mit etwas Größerem als Wanzen hätte teilen müssen.

***

»Bist du wach, Meister?«

Elanora fuhr hoch. Es war dunkel, sie hörte flüsternde Stimmen. Antonio kniete neben ihr und rüttelte sie an der Schulter.

»Was ist denn?«, rief sie.
»Pssst! Besuch für dich, Meister«, flüsterte er.
»Besuch? Was soll das?«, fragte Elanora.
Eine Gestalt schälte sich aus der Dunkelheit. »Ich muss mit dir sprechen, es ist dringend.« Es war Rosinia. Sie kniete sich neben Elanora hin, die sich nun von zwei Seiten bedrängt fühlte.
»Was willst du?«, flüsterte Elanora.
»Wir müssen sofort los.«
»Warum?«
»Marno schickt mich. Ihr müsst sofort von hier verschwinden. Ihr seid in Gefahr.«
Elanora rieb sich den Schlaf aus den Augen. War das ein böser Scherz des Kapitäns? »Marno hat gesagt, wir sind hier sicher. Auch du hast gesagt, dass wir euch nützlicher sind, wenn wir heil zurückkommen. Warum soll ich also plötzlich aufbrechen? Ich wollte morgen Vorräte kaufen.«
»Die Situation hat sich eben geändert«, sagte Rosinia. »Marno wollte dich ziehen lassen. Obwohl er den Leuten, die mit deinem Vater gegangen sind, Sumpffieber und Blutigen Rotz wünscht, will er wissen, was aus ihnen geworden ist. Aber die anderen Kulko sind anderer Meinung. Sie sagen, *du* kommst nie durch den Dschungel. Und wenn Marno die halbe Mannschaft davongelaufen ist, ist das sein Problem. Er soll doch selbst suchen gehen. Sie sagen: Warum das Huhn nicht rupfen, wenn es freiwillig im Topf sitzt? Für dich und die anderen Schneckengesichter wollen sie Lösegeld rausschlagen. Der Rest wird verkauft. Das passt Marno nicht, aber er wurde überstimmt. Er kann sich nicht offen gegen die anderen Kulkos stellen, sonst ist er in Nasha über Bord. Ich kann's! Ich bin zwar Marnos rechte Hand, und wenn ich mit euch verschwinde, kriegt er mächtigen Ärger, aber den kann er überstehen. Ich gehe mit euch, dann bin ich in Sicherheit. Und mit etwas Glück werden wir ihm schon irgendwie eine

Nachricht zukommen lassen, was aus seinen Jungs und Mädels geworden ist. Aber wir müssen wirklich los. Jetzt sind bloß ein paar Wachen am Tor, die können wir erledigen. Der Rest schläft seinen Rausch aus. Sie sind sich ihrer Sache sicher und wollen euch erst aufmischen, wenn es hell wird.« Rosinia holte Luft.

Elanora sah sich zu ihren Begleitern um. Alle waren wach. Nun rollten sie wortlos die Decken zusammen und schulterten ihre Bündel, Tragen und Rucksäcke. Es erübrigte sich, eine Entscheidung zu treffen.

***

Leise gingen sie am Rande des Tanzplatzes entlang. Einige Seeleute schliefen mit dem Kopf auf den rohen Tischplatten, aber die meisten hatten sich in die Hütten zurückgezogen. Die Piraten schienen sich ihrer Beute wirklich so sicher, dass sie keine zusätzliche Wache aufgestellt hatten.

Sie bogen ab, in die Gasse, die zum Tor führte, blieben dicht beieinander, und behielten Rosinia in ihrer Mitte. Nichts regte sich im Dorf. Nur einmal mussten sie in Deckung gehen. Es waren aber keine Piraten, sondern Fischer, die sich zu ihren Booten aufmachten, um mit der Ebbe auszulaufen.

Kurz vor dem Tor verbargen sie sich im Schatten einer Hütte. Tatsächlich: Nur zwei Männer wachten dort. Aber einige Schritt links und rechts vom Tor standen Hochsitze. Auch sie waren besetzt.

»Was ist mit denen?«, fragte Elanora.

»Sie beobachten den Wald. Wenn wir schnell sind, werden sie erst Alarm schlagen, wenn wir draußen sind.«

»Ich kann sie auch mit dem Bogen erledigen«, schlug Mirhabeth vor.

Rosinia schüttelte den Kopf. »Nur wenn du zwei Pfeile auf einmal abschießen kannst. Und beide müssten sauber treffen.

Ich gehe zu dem linken Wächter. Wenn ich hinter ihm bin, erledigst du den rechten. Dann müssen wir schnell sein.«

»Ich könnte zum Tor gehen. Ich werde sie überzeugen, uns ziehen zu lassen«, schlug Janera vor.

»Nein«, sagte Mirhabeth. »Bis du sie *überzeugt* hast, haben die anderen dich gesehen und schlagen Alarm. Spar deine Kraft. Wenn wir hier raus sind, werden wir sie womöglich dringend brauchen.« Sie nahm den Bogen von der Schulter.

Rosinia nickte. »Sobald mein Messer an der Kehle des einen ist, erledigst du den anderen.« Dann verschwand sie im Schatten.

Elanora hatte die ganze Zeit daneben gestanden. Sie überlegte fieberhaft, was sie tun oder sagen sollte. Sie *wollte* etwas sagen, so absurd und erschreckend war die Situation. Sie wollte die anderen von ihrem Tun abhalten! Sie planten hier einen kaltblütigen Mord! Natürlich, wenn Rosinia die Wahrheit sagte, waren die Pläne der Piraten nicht besser. Aber noch vor wenigen Stunden hatten sie zusammen getrunken, gegessen und getanzt. Rosinia fuhr mit diesen Männern zur See. Sie kannte ihre Namen und wusste, ob sie Frauen und Kinder hatten. Und jetzt war sie auf dem Weg und schnitt einem der Kerle die Kehle durch!

Aber Elanora schwieg.

Konnte sie Rosinia und Mirhabeth davon abhalten? *Wollte* sie es?

Mirhabeth zog einen Pfeil aus dem Köcher, legte ihn auf die Sehne und spannte den Bogen mit aller Kraft. Ihre Hand war ruhig, ihr Blick ging zwischen ihrem Ziel und dem anderen Wächter hin und her.

Nur wer wusste, dass Rosinia dort hinten war, konnte die Bewegung in der Dunkelheit sehen. Der linke Wächter wurde plötzlich starr und bäumte sich auf.

Im selben Moment ließ Mirhabeth den Pfeil los.

Der linke Wächter erschlaffte in Rosinias Armen. Behutsam ließ sie ihn zu Boden gleiten.

Mirhabeths Pfeil fand sein Ziel. Wie nach einem Faustschlag wurde der Kopf des Wächters nach hinten gerissen. Er prallte gegen die hölzerne Palisade. Er sank nicht zu Boden.

Elanora taumelte zur Seite und übergab sich.

»Bei den Göttern!«, hörte sie Janera murmeln.

Der Pfeil hatte den Wächter ins Auge getroffen und seinen Kopf an die Palisade genagelt.

Elanora bekam keine Zeit, um sich sauber zu machen. Sie wurde von irgendjemandem mitgezerrt. Im Schutz der Hütten eilten sie am Rand des Platzes entlang, bis sie die Palisade und das Tor erreichten.

Rosinia wartete schon. Bluse und Weste waren blutbeschmiert. Sie ging auf Mirhabeth zu, legte anerkennend die Hand auf deren Schulter und flüsterte: »Ein Meisterschuss.«

»War nicht so beabsichtigt«, murmelte Mirhabeth. »Kommt, öffnen wir das verdammte Tor. Und dann raus hier!«

Noch war alles still. Der Platz lag im Dunkeln. Die Männer auf den Hochsitzen konzentrierten sich weiterhin ahnungslos auf den Dschungel. Trotzdem legte Mirhabeth einen weiteren Pfeil auf und behielt sie im Auge.

Sie wandten sich dem Tor zu. Die Torflügel öffneten sich nach außen. Ein zwei Schritt langer Balken blockierte sie, sollte unliebsame Besucher aus den Wäldern abhalten und überstürzt aufbrechenden Gästen die Gastfreundschaft noch etwas länger gewähren. Zu zweit hoben sie dem Balken weg und trugen ihn beiseite. Dann schoben sie die Torflügel auf.

»Ich glaube, wir sind nicht mehr lange allein«, flüsterte Rank.

Tatsächlich! Ihre Aktion am Tor war nicht unbemerkt geblieben. Eine Hochsitzwache war aufgesprungen und starrte zu ihnen hinüber. Schon setzte er ein Horn an die Lippen, da kam ein Pfeil auf ihn zugeflogen und fällte ihn. Er kippte vom

Hochsitz und krachte in das Dach einer darunter stehenden Hütte.

»Elender Dung«, zischte Mirhabeth. Sie nahm den nächsten Pfeil aus dem Köcher und drehte sich um.

Vom zweiten Turm aus zerriss eine Fanfare die Stille.

Mirhabeth legte an.

Doch Rosinia sagte: »Das hilft jetzt nichts mehr. Schauen wir, dass wir weg kommen.«

»Wir hätten sie doch gleich erledigen sollen«, sagte Mirhabeth.

»Hätten wir«, bestätigte Rosinia zerknirscht.

Schon konnten sie Rufe und das Knirschen vieler Schritte auf Kies hören.

Antonio und Kushko rannten durch das Tor. Die Träger folgten in kurzem Abstand. Als nächste kamen Elanora und Janera.

Mirhabeth bildete zusammen mit Rank und Rosinia die Nachhut. Sie eilten gerade durch das Tor, als Mirhabeth aufschrie und in die Knie ging. Ein Pfeil steckte in ihrem Schenkel. Rosinia und Rank nahmen sie in die Mitte und halfen ihr hinaus auf den schmalen Sandstreifen, der das Dorf vom Mangrovenwald trennte. Elanora drehte sich nach dem Schrei um. Sie sah die drei Gefährten auf sich zu rennen, hinter ihnen füllte sich der Torplatz mit Menschen.

Jetzt waren sie verloren!

Weitere Pfeile kamen geflogen. Antonio und Kushko eilten im Schutz der Mangroven zurück zur Palisade. Sie stellten sich hinter die Torflügel und schoben. Kaum hatte sich das Tor geschlossen, verschwanden sie in den Marschen. Das Schließen des Tors verschaffte den Fliehenden wertvolle Zeit, in der Rank und Rosinia mit der verletzten Mirhabeth zu Elanora und Janera aufschließen konnten.

Aber gleich darauf öffnete sich das Tor wieder.

»Kannst du es nicht mit einem Zauber blockieren?«, sagte Elanora leise zu Janera.

»Nicht von hier aus. Hat außerdem kein Schloss«, erwiderte Janera knapp, stürzte auf Mirhabeth zu und nahm sie in die Arme. Rank ließ die Verletzte los und rannte in den Wald. »Los!«, rief er. »Weg hier!« Dann war er verschwunden.

Nur noch wenige Schritte trennten sie vom Waldrand. Trotzdem: Der Gedanke, den Piraten den Rücken zuzukehren, ließ Elanoras Knie weich werden. Der Augenblick dehnte sich zu einer Ewigkeit. Sie schien nach vorn zu fallen, aber der Wald wollte nicht näher kommen.

Dann zerriss ein entsetzter Schrei die Stille.

Elanora wollte es nicht, aber sie drehte sich im Laufen um.

Sie sah Kapitän Marno. Er stand wenige Schritte vor dem Tor, den Degen in der Hand. Aus seiner Kehle war der Schrei gekommen.

Doch er war nicht verletzt.

Rosinia lief noch neben Elanora. Dann gaben ihre Beine nach, und mit einem ungläubigen Blick fiel sie hin. In ihrem Rücken steckten zwei Pfeile.

Einer davon war für mich bestimmt, dachte Elanora. Dann schloss sich die Finsternis des nächtlichen Mangrovenwaldes über ihr.

***

Elanora und Janera nahmen die taumelnde Mirhabeth in die Mitte und rannten. Sie stolperten über Wurzeln, traten in Sumpflöcher, Zweige schlugen ihnen ins Gesicht, dornige Ranken rissen an ihren Kleidern. Sehen konnten sie kaum etwas, gelegentlich schimmerte das Licht des Madamals auf sumpfigen Prielen, und die Luftwurzeln der Mangroven reckten sich wie schwarze Arme zu ihnen empor. Aber die Rufe der Verfolger trieben sie an; das Keuchen der Kameraden wies ihnen den Weg.

Weiterlaufen, einfach weiterlaufen! Elanora wiederholte die Worte wie ein Gebet. Und das Gebet schien erhört zu werden. Sie wussten nicht, wann die Verfolger aufgaben und das Schicksal der Flüchtenden dem Dschungel überließen. Sie waren weder in Treibsand geraten, noch in den Sümpfen versunken. Kein Dickicht hatte sich als undurchdringlich erwiesen, kein Gewässer als zu breit oder zu tief. Lauernde Sumpfkrokodile und giftige Vipern hatten sie verschont. Aber das größte Wunder war, dass sich alle wiedergefunden hatten.

Alle, bis auf Rosinia.

Jetzt war Nachmittag. Elanora lag in einer Kuhle zwischen den mächtigen Brettwurzeln eines Urwaldriesen. Ihre Wangen waren zerkratzt, die Knöchel blutig und die Waden voller blauer Flecken. Den Kopf ans dunkle Holz gelehnt, starrte sie nach oben – zum Blätterdach hinauf, ohne wirklich etwas zu sehen. Sie hörte nicht das tausendfache Rauschen und Rascheln, Pfeifen und Brüllen um sich herum. Ein spannlanger Tausendfüßler lief über ihr Kleid, doch sie beachtete ihn nicht. Rank saß auf der Wurzel über ihr, er glotzte sie an, aber es war ihr gleichgültig. Sie wusste, dass einer der Träger in den Ästen des Baumes saß und Wache hielt und Antonio aufgebrochen war, um in Erfahrung zu bringen, wo sie waren. Auch das war ihr egal.

Mirhabeth lag neben ihr. Janera hatte die Pfeilspitze aus dem Schenkel der Tulamidin entfernt, einen Heilzauber gesprochen und die Wunde versorgt. Nun saß sie neben der Freundin und hielt ihre Hand. Elanora hörte den Atem Mirhabeths. Sie schlief. Elanora hätte es ihr gern gleichgetan, so erschöpft war sie. Aber sie konnte nicht. Schon mit offenen Augen sah sie Marnos entsetztes Gesicht vor sich, als seine Steuerfrau tödlich getroffen zu Boden ging. Im gleichen Augenblick war Elanora klar geworden, dass die beiden mehr verbunden hatte als nur die Liebe zur See. Sie sah, wie das Leben aus Rosinia wich, in einem einzigen endgültigen Augenblick. Und hinter den Mauern des Schlafes wartete kein Trost, kein Vergessen: Nur die gebrochenen Augen der drei toten Wächter würden sich Rosinia und Marno hinzugesellen und sie quälen und fragen: *Warum? Du hast den Dschungel kaum betreten, und schon fordert deine Suche vier Menschenleben. Ist es das wert?*

Nein! Sie wollte nie wieder schlafen.

***

Rank, du bist kein Held. Fast wären wir alle draufgegangen, und du hast keinen Anteil daran, dass dem nicht so ist.

Die ihm Anvertraute saß da unten und starrte ins Nichts. War sie nur erschöpft, oder hatte sie den Verstand verloren? Ein Wunder wäre es nicht. Die vergangenen Stunden waren ein einziger Alptraum gewesen. Auch Rank hatte noch nie so sehr um sein Leben gefürchtet.

Sein Blick ging weiter zu Mirhabeth. Die hübsche Tulamidin schlief. Schweiß stand auf ihrer Stirn. Rank hatte gesehen, wie sich die Pfeilwunde unter der Hand der Magierin geschlossen hatte und neue Haut gewachsen war. Aber etwas anderes musste geschehen sein, gegen das die Durenald machtlos war: Die Haut auf ihrem Oberschenkel sah aus, als wäre sie bis zum Zerreißen gespannt. Das ganze Bein war geschwollen und rötlich verfärbt. Magistra Durenald war über Mirhabeth gebeugt und betupfte das Bein mit einem Tuch, das sie in einer scharf riechenden Kräuterbrühe gebadet hatte. Tränen standen in den Augen der alten Frau.

Die beiden sind nicht nur befreundet, da ist mehr, dachte Rank. *Deshalb ist es gestern Nacht zwischen mir und Mirhabeth auch nicht zu mehr gekommen.* Dabei hätte er gern gesehen, ob das, was sich unter ihrem knappen Lederwams verbarg, hielt, was es versprach. *Was will eine Frau wie Mirhabeth mit dieser Vettel?* Oder steckte etwas anderes dahinter? War Mirhabeth der

Magierin verpflichtet? Stand sie gar unter einem Bann, der sie gefügig machte? Die Durenald war eine Meisterin, wenn es darum ging, andere zu beeinflussen und zu beherrschen, das hatte er nicht zuletzt in Nasha gesehen. Wenn dem so war, würde er es herausfinden und beenden. Er sah sich schon als edler Retter, dem Mirhabeth dankbar in die Arme sank.

Verdammter Mist! Du hängst schon wieder Tagträumen nach, tadelte sich Rank. *Aber es ist ja auch kein Wunder.* Da unten lagen zwei Frauen, die ihn, jede auf ihre Weise, ungeheuer anzogen: Mirhabeth, die üppige exotische Schönheit, und Elanora, feingliedrig und alabasterhäutig, stolz und verschlossen, eine Festung, die gestürmt, ein Land, das erforscht werden wollte.

Aber beide waren unerreichbar für ihn. Mirhabeth stand unter der Fuchtel dieser greisen Magierin. Und Elanora? Sie war einem anderen bestimmt. Das durfte er nicht vergessen. Nur deshalb war er in diesem verdammten Dschungel.

Ein Seufzer lag auf seinen Lippen, er schluckte ihn herunter, kletterte stattdessen von der zwei Mann hohen Wurzel und gesellte sich zu Mirhabeth und Janera.

Die Magierin begrüßte ihn mit »Was willst du?«

»Nichts. Ich wollte nur wissen, ob ich helfen kann.«

»Am besten hilfst du, indem du dich von ihr fernhältst, Rumtreiber.«

»Ich heiße Rank, Rank Fuxfell. Das solltest du dir merken können.«

»Kann ich, Rumtreiber, kann ich.«

Rank ging weiter. Sein Blick fiel auf Elanora. Der Schlaf hatte sie doch noch übermannt, sie atmete ruhig, nur manchmal zuckte sie. Ein leises Wimmern kam über ihre Lippen.

»Auch von ihr!«, sagte Janera. »Halt dich fern von ihr. Ich traue dir nicht.«

Also ging Rank weiter. Antonio war noch nicht zurück. Und da drüben saß Kushko mit den Sklaven. Kurz überlegte er sich, ob er sich zu ihnen gesellen sollte, doch der eisige Blick des Utulu ließ ihn zurückweichen. Also kletterte er wieder auf seine Wurzel.

Verdammt. Rank Fuxfell fühlte sich einsam. Es war an der Zeit, dass er den Platz einnahm, der ihm gebührte.

***

»Bist du wach, Meister?«

Elanora fuhr hoch. Es war dunkel. Sie hörte leise Stimmen. Für einen Augenblick fühlte sie sich an einen anderen Ort versetzt. Doch jener Ort lag einen Tag, viele Meilen und vier verschwendete Menschenleben zurück. Dies war der Dschungel, nicht Nasha. Antonio war von seiner Erkundung zurück und kniete neben ihr.

»Und?«, fragte Elanora. »Wo sind wir?«

»Müssen ziemlich genau nach Osten gerannt sein, Meister. Konnte von Hügel aus Berge gut sehn. Wenn wir zu Chap Kamo wollen, wir müssen nach Süden und Westen.«

»Wird es denn einen Weg geben? Oder müssen wir weiter durch das Dickicht?«

»Natürlich wird es Weg geben. Nicht nur Weiße machen Wege. Mohaha schon immer hier leben und haben Wege. Tiere machen Wege. Du sie nur sehn müssen, Meister!«

»Oh, Antonio. Alles was ich sehe, ist Dunkelheit«, antwortete Elanora.

»Nein, Meister. Nicht alles dunkel«, sagte Antonio.

Elanora stand auf und schaute sich um. Ein Feuer rauchte zwischen den Wurzeln des Baumes. Die anderen saßen darum, ihre Gesichter schimmerten rötlich im Schein der Flammen. Alle waren zerschunden und müde, doch eine bittere Entschlossenheit lag in ihren Augen, die Elanora ein wenig Kraft zurückgab. Auch Mirhabeth saß bei ihnen, ein wenig abseits an den Baum gelehnt, und aß etwas. Elanora ging zu ihr und setzte sich neben sie. »Wie geht es dir?«, fragte sie.

Mirhabeth nickte. »Es wird schon wieder.« Sie schloss die Augen. Dann sagte sie leise: »Wenn mich nur der verdammte Pfeil nicht getroffen hätte. Rosinia würde noch leben.«

Elanora war bestürzt, die bislang so kaltschnäuzige Waldläuferin so zu sehen. Wieder überkamen sie Schuldgefühle. »Wir konnten nichts machen«, versuchte sie zu trösten. »Sie hat uns gerettet. Allein dafür werden wir sie nicht vergessen. Wenn wir meinen Vater und die Zwillinge gefunden haben, wissen wir auch, was aus Kapitän Marnos Leuten wurde. Und wir werden einen Weg finden, ihm das zu berichten. Dann ist Rosinia nicht ganz umsonst gestorben.«

Mirhabeth schaute Elanora mit großen Augen an. Zunächst dachte Elanora, die Tulamidin würde in Tränen ausbrechen, dann sah sie den Zorn in ihrem müden Blick.

»Weißt du was, Sayida?«, sagte sie leise. »Ich bin eine gute Kämpferin. Ich kann töten, wenn ich es muss, und es bereitet mir keine schlaflosen Nächte. Aber weißt du, warum ich keine Soldatin geworden bin, und auch keine Söldnerin?«

Elanora schüttelte den Kopf.

»Weil mir da die Leute sagen, *wofür* ich sterben soll. Leute wie du. Leute, die weit weg auf dem Feldherrenhügel stehen. Aber kein Mensch stirbt *für* etwas. Man stirbt *an* etwas. *An* einer Krankheit, *an* einem Schwert im Bauch – oder *an* zwei Pfeilen im Rücken, wie Rosinia. Und dann ist es egal, *wofür* man in die Schlacht gezogen ist, für welche Ideale man gekämpft, wessen Banner man getragen hat. Man ist einfach tot – und das *Wofür* spielt keine Rolle mehr.«

»Es tut mir leid«, sagte Elanora. »Ich meinte nicht ...«

»Ich weiß, was du meintest. Ist gut«, beendete Mirhabeth das Gespräch und schaute weg.

Elanora kroch betreten ein paar Schritt beiseite. Sie spürte die Blicke aller auf sich und wusste, dass sie etwas sagen musste. »Sollen wir aufgeben? Sollen wir versuchen, einen Weg zurück nach Chorhop zu finden?«, fragte sie kleinlaut.

»Aber Meister!«, rief Antonio.

»Euer Wohlgeboren!«, sagte Janera.

»Nein!« Die Stimme Ranks drang durch das aufgeregte Murmeln. Er stand auf und verneigte sich. »*Donna* Elanora. Euer Wohlgeboren«, sagte er. »Ihr habt eine Aufgabe. Und ich werde Euch helfen, sie zu erfüllen. Ich werde Euch beistehen, bis zum Schluss. Ihr könnt jetzt nicht aufgeben.«

Alle wandten sich Rank zu. Wieder hörte man nur die Geräusche des nächtlichen Waldes.

»Und? Was sagen die anderen?«, fragte Elanora.

Schweigen.

Dann die tiefe Stimme von Kushko: »Wohlgeboren, ich weiß nicht, warum du ihn mitgenommen hast, aber der Herumtreiber hat recht. Diese Frau ist tot. Daran können wir nichts ändern. Du willst deinen Vater und deine Brüder finden? Auch daran hat sich nichts geändert. Willst du *sie* im Stich lassen?«

»Natürlich gehen wir weiter«, sagte auch Mirhabeth. Sie hatte sich unter Mühe halb aufgerichtet. »Du verstehst mich falsch, Sayida. Auch wenn es sinnlos ist, für etwas zu sterben, so ist es doch nie vergeblich, für etwas zu leben.«

***

Der neue Tag war unter dem dichten Blätterdach kaum zu erahnen, da brachen sie auf. Sie schlugen sich durch das dichte Unterholz und versuchten dabei irgendwie den Weg nach Süden einzuhalten.

Mirhabeth konnte nur mühselig Schritt halten, die Schwellung war ein wenig zurückgegangen, aber ihr Bein hatte noch immer die ungesunde rote Farbe. Trotzdem bestand sie darauf, dass man keine Rücksicht auf sie nahm. Nach zwei Stunden trafen sie endlich auf eine Schneise im Wald, die in die richtige Richtung zu führen schien. Nicht einmal Antonio konnte sagen, ob es sich um einen Pfad der Mohaha oder um einen Wildwechsel handelte. Für einige Zeit ging es jetzt besser. Trotz der vielen Pausen, die sie für Mirhabeth einlegten, kamen sie einige Meilen voran. Der Pfad verlief fast geradeaus und ging leicht bergab. Er verlor sich gelegentlich im üppig wuchernden Farn oder in Bambuswäldern, war aber immer wiederzufinden.

Gegen Mittag kreuzte ein Bach ihren Weg. Sie wateten durch das knietiefe Gewässer und gingen weiter. Es verging eine weitere Wegstunde, dann wurde ihnen klar, dass sich der Weg langsam aber stetig weiter nach Nordosten, dem Gebirge zuwandte. Antonio wurde unsicher, immer wieder blieb er unvermittelt stehen und schaute sich um. Wenn jemand fragte, was sei, sagte er, er hätte etwas gehört, es sei aber nichts, und ging weiter. Alle wussten es besser: Er hatte keine Ahnung, wo sie waren und wohin sie gingen, aber sein Stolz verbot ihm es einzugestehen und die anderen, insbesondere Mirhabeth, um Rat zu fragen.

»Glaubst du, dass es hier in der Nähe ein Dorf gibt?«, versuchte Elanora ihn aus der Verlegenheit zu bringen. »Wir fänden vielleicht eine sichere Unterkunft für die Nacht.« Antonio zuckte die Achseln. »Und einen Rat, wo wir seien? Nicht wahr, Meister? Aber keine Spur von Dorf, den ganzen Tag.« Und als Elanora ihn unverwandt ansah fügte er trotzig hinzu: »Ich es sehen würde!«

Der Weg wurde nicht besser. Noch immer gingen sie nach Nordosten, fast entgegengesetzt zu der Richtung, die sie einschlagen wollten. Und weiterhin entdeckten sie keine Spur einer menschlichen Ansiedlung, in der sie vielleicht Rat und Hilfe gefunden hätten.

Nach zwei weiteren Stunden Fußmarsch führte der Pfad durch eine feuchte Senke. Die Bäume rückten ein wenig auseinander und bildeten eine kleine Lichtung. Ohne ein Wort zu sagen, ließen alle das Gepäck vom Rücken gleiten und machten sich daran, das Lager aufzuschlagen. Es waren noch einige Stunden bis zum Sonnenuntergang, sie bereiteten ein kaltes Mahl, da keiner die Kraft aufbrachte, Feuer zu machen. Antonio wollte nichts essen, er setzte sich abseits hin und drehte ihnen den Rücken zu. Nach einer Weile kam er zurück, sein Gesicht zeigte, dass er um die richtigen Worte rang. »Ich nicht wissen, wo Weg hingeht. Ich euch falsch geführt. Vielleicht besser, wir gehen morgen zurück. Vielleicht besser, morgen führt ein anderer.« Er sah dabei Mirhabeth an.

Diese schüttelte den Kopf. Ihre Stimme war dünn und zitterte, als sie sagte: »Ich hätte es auch nicht anders gemacht. Aber du hast recht, Antonio. Vielleicht sollten wir zurück. Zumindest bis zu dem Bach, den wir heute Mittag überquert haben. Und dann könnten wir versuchen, dem Bachlauf folgen.«

»Er floss nach Westen. Es kann sein, dass uns der Bachlauf schnurstracks zurück nach Nasha führt«, wandte Rank ein.

Mirhabeth erwiderte nichts. Schweiß stand auf ihrer Stirn, und sie rieb sich das verletzte Bein. Sie konnte kaum das Knie beugen, und der Stoff ihrer Hose hatte sich straff um den Oberschenkel gespannt. Die Entzündung musste wieder schlimmer geworden sein. Elanora machte sich Sorgen, hoffte, dass sich die Tulamidin schnell erholte. Sie brauchte Mirhabeth. *Bitte, lass mich nicht im Stich,* dachte Elanora.

Als habe Mirhabeth Elanoras Gedanken gehört, sagte sie: »Wir werden einen Weg finden.«

Dann wurde sie weiß wie ein Geist, kippte nach hinten um und rührte sich nicht mehr.

Sie mussten Mirhabeth das Hosenbein aufschneiden, so dick war der Schenkel angeschwollen. Von der Pfeilwunde war nichts mehr zu sehen, dafür hatte sich das Bein von der Hüfte bis zum Knöchel schwarzrot verfärbt. Was jedoch viel schlimmer war: Etwas bewegte sich unter der Haut, wand sich, zuckte und dehnte das geschundene Fleisch. Janera hatte

Mirhabeths Kopf in den Schoß gebettet und tupfte ihre Stirn mit einem feuchten Tuch ab. »Nichts, was aus dieser Sphäre stammt, wächst so schnell«, murmelte sie. »Aber ich weiß nicht, was es ist. Und ich weiß nicht, was ich machen soll!«

»Müssen wir ihr das Bein abnehmen?«, fragte Rank. »Ihr schönes Bein.«

Janeras Blick hätte ihn töten müssen. »Wir müssen es herausschneiden«, sagte sie. »Sie könnte verbluten. Aber wir müssen es versuchen. Warum hast du auch keinen richtigen Heiler mitgenommen, Elanora?«

Elanora fühlte sich von dem Vorwurf hart getroffen. Janera hatte gesagt, sie beherrsche die magische Heilung. Bislang hatte sie sich noch nicht sonderlich darin beweisen müssen. Und jetzt, wo man sie brauchte, versagte sie!

Aber ehe Elanora etwas erwidern konnte, erhob sich eine helle Stimme aus der Gruppe der Träger. »Ich es sehen kann?«

Alle wandten sich dem jungen Sklaven zu. Er zählte vielleicht zwanzig Götterläufe. Schmucknarben zierten seine Stirn und die Wangen, das glatte, schwarze Haar war lang und zu einem Pferdeschwanz gebunden.

»Was willst du?«, fragte Kushko.

»Ich sehen? Vielleicht kennen. Ich dann helfen«, sagte der Träger. Und als er die zweifelnden Blicke der anderen sah, fügte er verunsichert hinzu: »Ich versuche.«

»Wie heißt du?«, fragte Elanora.

»Wapiya, Donna.« Er senkte den Kopf.

»Wieso glaubst du, du kannst uns helfen, Sklave?«, fragte Janera.

»Lass ihn doch mal«, mischte Rank sich ein. »Schlimmer kann er es kaum noch machen.«

Janera bedachte ihn mit einem bösen Blick, dann nickte sie und machte Platz.

Wapiya kniete sich neben Mirhabeth. Seine Hand glitt über das geschwollene Bein, tastete nach dem Ding unter der Haut.

Für einen Augenblick sah es so aus, als wolle er es packen und ihr aus dem Bein reißen. Die Adern in seinem Hals schwollen an. Schweiß troff von seiner Stirn. Dann richtete er sich auf und ließ die Hände sinken.

»Und?«, murrte Janera. »War das alles?«

»Warte«, sagte Elanora. »Lass ihn!«

Wapiyas Miene zeigte eine Mischung aus Furcht und Stolz. »*Motla-Kopa*«, sagte er.

»Motla-Kopa? Was ist das?«

»Wurm, der Leben isst«, übersetzte Antonio.

»Ist das schlimm?« Elanora hatte sogleich das Gefühl, eine dumme Frage gestellt zu haben.

Wapiya nickte. »Ich kann helfen. Ich kenne – Ritual.«

»Du bist doch nur ein Träger«, wandte Janera ein.

»Wapiya heißt ›Hände tun Gutes‹. Er ist Heiler«, sagte Antonio.

»Sollte werden neuer Schamane in Dorf. – Bevor gefangen wurde«, erklärte Wapiya.

»Du fasst sie nicht an!«, rief Janera. »Urwaldhumbug wird ihr nicht helfen!«

»Kushko«, sagte Elanora. »Du kennst ihn. Glaubst du, er kann helfen?«

»Weiß nicht. Er ist hier, um das Gepäck zu tragen. Was er sonst kann, interessiert mich nicht.«

Elanora seufzte. Hatte sie eine andere Antwort erwartet? Sie wandte sich an Janera. »Mirhabeth braucht Hilfe. Wenn du kein Kraut und keinen Zauber kennst, lass es Wapiya versuchen.«

»Ich werde nicht ...«, begann Janera. Dann sagte sie: »Es ist deine Expedition. Du befiehlst, Wohlgeboren.« Sie schaute Wapiya an. »Wenn du ihr etwas antust, bringe ich dich um. Schamane hin, Sklave her.« Sie setzte sich etwas abseits an den Wegesrand. Ihr Blick folgte jeder Bewegung Wapiyas. Und ihr Blick sagte allzu deutlich, dass sie nicht zögern würde, die Drohung wahr zu machen.

»Was wirst du jetzt tun?«, fragte Elanora den jungen Mohaha.

»Brauche Feuer und Wasser, und Kräuter und Messer. Und Topf«, sagte Wapiya.

Elanora nickte. »Du bekommst alles, was du brauchst. Gib dein Bestes.«

Wapiya wandte sich an die anderen Träger. Sie redeten eine Weile in ihrer Sprache, dann verschwanden sie mit Antonio im Wald.

Rank versuchte inzwischen vergeblich, ein Feuer in Gang zu bringen. Erst als Kushko ihm behilflich war, gelang es.

»Hast du keine Angst, dass sie weglaufen?«, fragte Rank, als er ein paar Rindenstücke nachlegte, die Kushko gebracht hatte. Seltsamerweise waren sie trocken.

»Sie laufen nicht weg«, sagte Kushko.

»Wieso nicht?«

»Sie wissen, dass ich sie finden werde. In einem hatte der Pirat in Nasha recht: Sie haben Angst. Und Angst macht feige.«

»Du hast keine Angst, was?«

»Nein.«

Die Nacht brach herein. Wapiya kam zurück. Er füllte einen Topf mit Wasser und stellte ihn ins Feuer. Nach einer Weile kamen auch Antonio und die anderen Träger aus dem Wald. Wapiya begutachtete die Fundstücke. Blätter waren es, Wurzeln und Blüten. Er roch daran, warf einiges weg, anderes zerrieb er in den Händen, roch noch einmal daran und warf es in den Topf. Etwas, das aussah, wie ein Stück Rinde, zuckte kurz und wickelte sich um seinen Finger. Wapiya riss es auseinander und drückte eine dunkelgrüne, zähe Flüssigkeit daraus hervor, die ebenfalls im Topf landete. So ging es eine ganze Weile. Der Topfinhalt wurde zu einer zähen grauen Brühe. Jedes Mal, wenn eine der großen schillernden Blasen platzte, die sich auf der Oberfläche bildeten, stieg ein heftiger, aber nicht unangenehmer Geruch empor.

Wapiya schien mit dem Ergebnis zufrieden zu sein. Er zog den Topf aus dem Mitte des Feuers. »Bringen Frau her. Bitte.«

Rank und Kushko hoben Mirhabeth hoch und legten sie neben Wapiya ans Feuer.

»Ihr jetzt beiseite und still sein«, sagte er. »Rumari, Cancuna und Takate mir helfen. Sie kennen Ritual.«

Elanora, Rank und Kushko erfüllten seinen Wunsch und gesellten sich zu Janera. Nur Antonio blieb stehen. Die beiden Mohaha sahen sich an, als fochten ihre Blicke einen Kampf aus, dann nickte Wapiya, und Antonio setzt sich ans Feuer. Die drei anderen Träger taten es ihm gleich. Alle vier blickten schweigend in die Flammen.

Wapiya kniete sich neben Mirhabeth. Er fasste in den Topf und nahm etwas von der zähen Brühe heraus. Damit bestrich er Mirhabeths Schenkel. Elanora glaubte zu sehen, dass sich das Ding unter der Haut heftiger bewegte. Wapiya setzte sich gerade auf, ein tiefer, modulierender Ton kam aus seiner Kehle, wurde lauter. Die anderen Mohaha stimmten mit ein. Eine zweite Stimme kam hinzu, dann eine dritte, eine vierte, eine fünfte. Die Stimmen fügten sich zu einer einzigen Harmonie, tief und dröhnend, an und abschwellend, wie der Wind in den Baumkronen.

Das ist ein Lied, dachte Elanora. *Ein Lied, wie es die Bäume singen.* Die Lichtung wurde von dem Klang erfüllt. Und das Zwitschern und Knurren, das Brüllen und Heulen und Rascheln und Knacken des Waldes schien mit einzustimmen. Und mit den Stimmen stieg ein schimmernder Nebel über den fünf singenden Menschen auf, er schien sie zu umschließen, wie eine lebendige Kristallkuppel.

Jetzt nahm Wapiya das Messer. Mit einer Hand strich er über Mirhabeths Schenkel, dann legte er die Klinge an die Haut, schloss die Augen und stach zu.

Elanora sah, wie Janera zusammenzuckte und aufspringen wollte. Sie fasste die Zauberin am Arm und hauchte: »Sieh.«

Einen langen Schnitt machte Wapiya, schwarzes Blut quoll hervor. Er griff in die Wunde, packte etwas – die Stimmen der anderen wurden lauter – und zog. Ein niederhöllischer Gestank breitete sich auf der Lichtung aus, die Nebel zuckten, wirbelten und wanden sich wie Schlangen. Mit ihnen wand sich das Ding, das kaum zwei Spann lang und nur wenige Finger dick war. Sein schwarzer Kopf war gekrönt von einem zahnbewehrten runden Mund, aus dem ein Schrei kam, der wie der eines Kindes klang: hoch und wimmernd. Die fünf Mohaha sangen ihn mit einer gewaltigen, dissonanten Harmonie nieder. Aber erst als Wapiya dem Wurm den Kopf abschnitt, verstummte er.

Der Gesang der Mohaha endete, und mit ihm verschwand der silberne Nebel. Die Träger und Antonio sanken vornüber. Eine Weile geschah überhaupt nichts, aber die Beobachter wagten noch nicht, sich zu rühren.

Wapiya hatte den Wurm noch immer in der erhobenen Hand. Er murmelte Worte, schnitt ihn in Stücke und warf sie in den Topf. Dann nahm er den Wurmkopf, schob ihn Mirhabeth in den Mund und zwang sie, ihn zu schlucken.

Janera konnte sich nun nicht mehr zurückhalten. Sie sprang auf und eilte zu Mirhabeth. »Was machst du da?«, zischte sie Wapiya an und drängte ihn von der Freundin fort.

»Motla-Kopa stehlen Leben«, erklärte Wapiya. »Ich muss ihr zurückgeben. Du hierbleiben. Heilen Wunde. Jetzt können. Frau ganz gesund werden. Du nicht töten Wapiya.«

Janera schnaubte verächtlich und beugte sich über die schlafende Mirhabeth. Der Schnitt blutete erstaunlich wenig. Und das Blut, das zu sehen war, hatte jetzt eine gesunde, rote Farbe. »Balsam Salabunde«, sagte Janera und glitt mit den Händen über Mirhabeths Schenkel. »Balsam Salabunde.« Die Wundränder schlossen sich.

Der junge Mohaha stand auf, nahm den Topf und ging zu Elanora. »Auch du musst teilen Motla-Kopa, Donna Meister. Dann du stark. Dann Motla-Kopa dir nichts mehr tun.«

Elanora verstand nicht, was er meinte.

»Es gut«, sagte Wapiya. »Ich dir niemals Böses tun.« Zur Bestätigung hob er den Topf an die Lippen und trank.

»Das trinke ich nicht!«, rief Elanora. »Da drin ist dieser Wurm. Und der war in Mirhabeths Bein.«

»Du überlegen? Du sehen, es gut. Es helfen.« Dann hielt er Kushko den Topf hin und verneigte sich. Dieser trank, ohne zu zögern.

Wapiya ging zurück zu Janera. »Du geben viel Kraft und Leben«, sagte er. »Das hier dich machen stark und wach.«

Janera schüttelte nur den Kopf. Sie war ganz auf die Heilung von Mirhabeth konzentriert.

Rank folgte als nächster. Auch er lehnte ab. Im Gegensatz zu Antonio und den anderen Trägern.

Elanora wurde klar, dass Wapiya sie nach der Rangfolge bediente, die er sah. Sie stand ganz oben. Die Sklaven unterstanden Kushkos Befehl, aber sie war die Herrin. Oder »der Meister«, wie Antonio sagte.

Nachdem die Sklaven und Antonio getrunken hatten, nahm Wapiya den Topf und hielt ihn Elanora ein weiteres Mal hin. »Motla-Kopa macht stark«, wiederholte er. »Du sehen? Motla-Kopa macht wach. Du nicht verschwenden.«

Elanora hatte das Gefühl, dass sie sich übergeben würde, wenn sie den Mund öffnete. Sie presste die Lippen aneinander.

»Meister trinkt?«, fragte Wapiya. Die Träger sahen Elanora erwartungsvoll an.

Lieber stelle ich mich einem ausgehungerten Schlinger, dachte Elanora. Dann nahm sie den Topf und setzte ihn an den Mund. Sie schloss die Augen und versuchte, nicht zu atmen – und nicht daran zu denken, was sie gerade tat. Es war nur noch wenig von dem grauen Brei in dem Topf. Er löste sich vom Boden, bildete einen Klumpen, der über die Topfwand floss. Dann füllte sich Elanoras Mund. Ihr blieb nichts anderes übrig, als zu schlucken. Es schmeckte ekliger, als sie es sich ausgemalt hatte. Aber sie blieb tapfer und behielt es unten.

***

Als Rank sich aus seiner Decke schälte, stellte er fest, dass die anderen schon wach waren. Mirhabeth zeigte Elanora gerade ihr Bein. Die Schwellung war verschwunden, von Wapiyas Schnitt war nur noch eine feine silberne Narbe zu sehen.

»Es geht dir besser?«, fragte er.

»Mir geht es gut«, erwiderte Mirhabeth.

Tatsächlich: Auch die Blässe war aus ihrem Gesicht verschwunden.

»Erstaunlich.«

»Aber du siehst gar nicht gut aus«, sagte Mirhabeth.

»Ich hab kaum geschlafen«, erwiderte Rank. Sein Blick wanderte über die anderen hinweg. Tatsächlich: Alle wirkten erholt und voller Tatendrang. Nur die Magierin sah so elend aus, wie Rank sich fühlte. Sie hatte immerhin die ganze Nacht neben Mirhabeth gewacht.

Außerdem war sie die Einzige, die außer ihm nicht von der Wurmsuppe gekostet hatte. Welch erstaunliche Zauberwirkung das Gebräu des Mohasklaven doch hatte. Warum hatte er sich wieder als Feigling erwiesen? Sogar Elanora hatte sich zuletzt zum Kosten durchgerungen. Doch nicht nur das verärgerte Rank. Er vernachlässigte seinen Auftrag! Gestern Morgen hatte er die Gelegenheit gehabt, Elanora von ihrem sinnlosen Tun abzuhalten. Sie zurückzubringen, gesund und ohne Angehörige. Das war seine Aufgabe, sonst nichts! Stattdessen spornte er sie zum Weitermachen an. *Euer Wohlgeboren, Ihr habt eine Aufgabe. Ich werde Euch bis zum Schluss beistehen!*

Welch pathetischer Schwachsinn war ihm da über die Lippen gekommen. Rank fürchtete, er hatte es ernst gemeint.

Etwas später brachen sie auf. Rank war froh, dass sie langsam gingen. Er versuchte sich seine Erschöpfung nicht anmerken zu lassen, aber Janera gab unumwunden zu, dass sie sich völlig verausgabt hatte. »Ich hoffe, meine Talente werden in nächster Zeit nicht gebraucht. Ich fühle mich so leer wie dieser Wurmsuppentopf.«

»Du weißt, dass du es nicht allein warst. Es gibt da jemanden, bei dem solltest du dich bedanken«, hörte Rank Elanora sagen.

»Ist das ein Befehl?«

»Nein.«

»Dann werde ich es nicht tun.«

Elanora beschleunigte ihre Schritte und ließ die Magierin zurück.

***

Sie gingen den Weg vom Vortag zurück. Die Sache mit Mirhabeth und dem Wurm hatte Antonios Irrweg in den Hintergrund gedrängt, was dieser erleichtert aufnahm. Die ersten Meilen trottete er zwischen den anderen her, dann wurden seine Schritte forscher, und schon bald marschierte er wieder erhobenen Hauptes voran. Er war der Führer der Gruppe; niemand zweifelte es an.

Elanora leistete ihm Gesellschaft. So entsetzlich und bizarr waren die vergangenen Tage gewesen, dass sie das Gefühl hatte, langsam aus einem Alptraum zu erwachen. Jetzt nahm sie erstmals wahr, wie wunderlich und fremd ihr die Welt war, die sie umgab. Die Stechmücken waren nicht weniger Plagegeister als zuvor. Aber da waren auch Schmetterlinge mit handtellergroßen schillernden Flügeln und winzige Vögel, die in der Luft standen – wie schwirrende Smaragde. Die Luft war zwar noch immer heiß und schweißtreibend, aber auch voller Gerüche. Der zarte Duft der Blumen und die herbe Süße reifer Früchte mischten sich mit der schweren Würze des Harzes. Im feuchten Erdreich wucherten feines Wurzelwerk, Moose und Pilze. Sonnenstrahlen fielen durch das Dach des Waldes und malten auf taunasse Blätter Bilder in hundert Variationen von Grün und Braun. Flügel schlugen, ein prächtiger Vogel flog über ihren Weg und verschwand im Unterholz. Jenseits der Büsche und Sträucher, Farne und Bambusse ragten Bäume auf, deren Wurzelwerk den Weg der Wanderer beschattete und deren Krone in die Wolken reichte. Von dort oben drang ein Schreien und Pfeifen, Zirpen und Rascheln zu ihnen herüber. Schattenhaft konnte man Tiere sehen, die sich von Ast zu Ast schwangen oder träge über die Stämme glitten.

Einmal entdeckte Elanora einen kleinen Frosch, der rotgolden schimmernd auf einer üppigen Blütendolde saß. Er sprang von Blüte zu Blüte. Elanora entdeckte in jedem Kelch eine kleine Kaulquappe. *Eine treusorgende Mutter in einer Welt, die aus einer Blume besteht,* dachte Elanora und streckte ihre Hand aus.

»Das würde ich nicht tun«, hielt Mirhabeth sie auf. »Diesen Frosch solltest du nicht küssen.«

Elanora zog die Hand zurück und schaute Mirhabeth fragend an.

»Er ist giftig. Genauso wie die Blüte.«

***

Wieder war es Mittag, als sie den Bach erreichten. Nach kurzer Beratung – Antonio wollte die Entscheidung nicht allein treffen – entschlossen sie sich, seinem Lauf zu folgen.

In leichten Windungen floss der Bach zunächst nach Westen, wandte sich später nach Südwesten. Hinter der Böschung war der Wald dicht und pfadlos, aber das Ufer war steinig und fest. Abgesehen von gelegentlichem Stolpern und nassen Füßen kamen sie gut voran. Gegen Abend wurde die Böschung flacher, der Bach breiter, und immer mehr verlor er sich in ausgedehnten Sümpfen und Auwäldern. Sie näherten sich wieder der Küste.

»Wir sollten uns ans linke Ufer halten«, schlug Mirhabeth vor. »Wenn wir in die Mangrovensümpfe kommen, werden wir vielleicht keine Möglichkeit mehr haben, uns nach Süden zu wenden, und enden tatsächlich wieder in Nasha.«

Antonio nickte zustimmend.

Elanora schaute zum jenseitigen Ufer. Ausgedehnte Wasserflächen schimmerten unter den Bäumen – wenig einladend. Aber auch sie wollte nicht zurück in das Piratennest. So durchquerten sie den Bach an einer flachen Stelle, wandten sich nach Südosten und ließen den Bachlauf hinter sich. Dahinter wurde der Boden sumpfig und tückisch. Die Bäume standen weniger dicht, wiesen aber ausladende Luftwurzeln auf. Die ganze Welt schien zunehmend aus Braun- und Grautönen zu bestehen. Auch wenn Antonio noch immer vorausging, so suchte sich doch jetzt jeder seinen eigenen Weg, auf dem er glaubte, die ärgsten Sumpflöcher und Tümpel zu vermeiden.

Nachdem sie etwa eine Meile gegangen waren, hörten sie Janera schreien und eilten zu ihr. Sie sahen die Magierin bis zu den Hüften eingesunken, mitten in etwas, das aussah, wie ein dichter Rasenteppich.

»Der Boden war plötzlich weg!«, rief sie und rüttelte an ihrem Stab, der ebenso festsaß wie sie. »Holt mich raus!«

»Warte, nicht bewegen!«, riefen Mirhabeth und Antonio im Chor. Sie suchten ein Seil. Es war natürlich im Gepäck ganz nach unten gewandert. Mit vereinten Kräften schafften sie es, Janera zu befreien. Die Magierin war von oben bis unten mit Schlamm beschmiert. Sie nahm es erstaunlich gelassen. »Wenn wir hier raus sind, seht ihr auch nicht besser aus.«

»Nicht, wenn ich es vermeiden kann«, sagte Rank augenzwinkernd. »Aber vielleicht wolltest du ja gar nicht so schnell raus aus dem Matsch. Ich dachte immer, ihr Magier könnt euren Stab auch in einen Strick verwandeln. Du hättest es uns leichter machen können.«

»Kann jemand dem Rumtreiber sagen, dass er das Maul halten soll?«, brummte Janera. »Er spricht über Dinge, von denen er nichts versteht.« Aber jeder sah ihr an, dass es ihr peinlich war, nicht von selbst darauf gekommen zu sein.

Ehe sie weiter gingen, schlugen sie mit den Macheten lange Stäbe. Sie blieben jetzt beisammen, und die Vorausgehenden prüften mit den Stangen den Boden.

Bald wurde es dunkel. Sie beendeten den Marsch. Schon seit Nasha hatten sie kein richtiges Lager mehr aufgeschlagen und keine Zelte aufgebaut. Jetzt bekamen sie nicht einmal ein Feuer in Gang. Das Holz war so nass wie der Boden, auf dem sie es aufschichteten. Janera bot an, das Feuer mit einem Zauber zu entfachen, doch alle lehnten ab: Sie sollte die Reste ihrer astralen Kraft für Wichtigeres aufsparen.

Die Vorräte aus Chorhop gingen zwar noch nicht zur Neige, waren aber auch nicht, wie ursprünglich geplant, in Nasha durch frische Lebensmittel ergänzt worden. Außerdem war das Gepäck auf der Flucht vor den Piraten mit brackigem Wasser in Berührung gekommen. Ein Teil der Nahrung war verdorben. Auch das gut verpackte, zweifach gebackene Brot aus Chorhop war feucht und schimmelte.

»Morgen gehe ich auf die Jagd.« Mirhabeth kratzte mit den Fingernägeln ein paar Fasern des zähen Trockenfleisches zwischen ihren Zähnen hervor und schnippte es weg.

Elanora fiel auf, dass sie bisher keine größeren Tiere als Schmetterlinge und Vögel gesehen hatten. »Vielleicht können wir auch angeln«, schlug sie vor. »An einem See oder Fluss.«

»Vielleicht finden wir morgen einem guten Platz zum Jagen und Angeln«, stimmte Janera zu. »Ich schlage vor, dass wir dann einen Tag rasten. Ich könnte auch Kräuter suchen.«

»Und ich Früchte«, sagte Antonio. »Ich kenne mir aus.«

Alle nickten. Die Aussicht auf einen Tag Pause verbesserte die Stimmung, und das kärgliche Mal schmeckte plötzlich besser.

***

Travien konnte nicht sagen, was schlimmer war: Eine glückliche oder eine wütende Krähe.

Zurzeit glich sie einem Vulkan, der die ersten Rauchwolken spuckte, aber keinen Zweifel daran aufkommen ließ, dass er alle mit in den Untergang reißen wollte. Sie hatte wieder mit den schwarzen Steinen gespielt. Als ob sie es nicht besser wusste! Die Steine waren ihr Untergang gewesen.

Nie hätten wir sie stehlen dürfen, sagte er sich immer wieder. *Als dann klar war, was es mit ihnen auf sich hat, hätten wir sie in den nächsten Fluss werfen müssen.*

Aber nein, jetzt waren es die liebsten Spielzeuge der Krähe. Was heute Nacht geschehen war, war so armselig wie ekelhaft. Die Dinger, die ihr bis hierher gefolgt waren, lösten sich vor ihren Augen in einem stinkenden, wuselnden Schleimhaufen auf. Nur ein paar bleiche Knochen blieben übrig.

Travien kam noch immer alles hoch, wenn er nur daran dachte.

Das war zuviel für die Dorfbewohner. Sie achteten Travia hoch, hatten erduldet, wie sich die Magierin hier aufspielte. Obwohl die meisten gutes Garethi oder Brabaci sprachen, scheute sich die Krähe nicht, die Dörfler lautstark als Wilde, gelegentlich gar als »kackbraunes Mischlingspack« zu bezeichnen. Als sie sich darüber beklagt hatten, hatte sie gelacht und weitergemacht.

Die Dorfbewohner waren eingeschüchtert, hatten Angst, aber jetzt marschierten die fünfzig Seelen auf dem Dorfplatz auf.

»Wir haben dich aufgenommen, werte Frau«, sagte der alte Mann, der auserkoren war, zu sprechen. »Wir haben erduldet, dass du die Gebote des Gastes mit Füßen trittst und uns demütigst, wo du kannst. Aber du lästerst den Zwölfgöttern ebenso wie den Göttern des Waldes. Wir möchten dich bitten, unser Dorf zu verlassen. Deine Begleiter können entscheiden, ob sie bleiben oder mit dir ziehen wollen, denn sie haben uns nichts getan. Aber du: Geh! Bitte.«

»So? Ihr wollt mich aus dem Dorf jagen? Aus eurem Dorf?«

Mit eisiger Mine schaute sie den Sprecher an. Travien konnte nur raten, was in ihrem Kopf vor sich ging. Ihr Blick glitt über die versammelte Gemeinschaft hinweg und verharrte dann auf einem Jungen von etwa zehn Götterläufen. Sie beugte sich vor. Die Worte troffen sirupklebrig aus ihrem Mund. »Du willst auch, dass ich gehe?«

Der Junge rührte sich nicht.

»Du möchtest, dass ich dein Dorf verlasse?«, forschte die Krähe nach.

Der Junge brachte ein tapferes kleines Nicken zustande.

»Glaubst du, dass es dein Dorf ist?«, fragte die Krähe.

»Lass ihn in Ruhe«, sagte der Dorfsprecher.

Die Krähe beachtete ihn nicht. Unverwandt sah sie den Jungen mit ihren Krähenaugen an.

Er fing an zu zittern. Ein roter Tropfen bildete sich an seiner Nasenspitze.

»Hör auf!«, rief der Sprecher noch einmal.

Jetzt sah man nur noch das Weiße in den Jungenaugen, blutiger Rotz lief aus seiner Nase.

»Ich glaube nicht, dass dies euer Dorf ist«, sagte die Krähe leise.

Der Junge fiel um. Er zuckte noch eine Weile, schnappte nach Luft, dann rührte er sich nicht mehr.

Die Dorfbewohner standen da – erstarrt, wortlos –, bis die Krähe ihnen den Rücken zukehrte. »Ich glaube wirklich nicht, dass es *euer* Dorf ist«, sagte sie und ging in ihre Hütte.

***

Die Sümpfe endeten auch am nächsten Tag nicht. Tief sanken sie bei jedem Schritt ein, dann ließ der faulige Grund ihr Schuhwerk nur mit einem widerstrebenden Schmatzen wieder frei. In den Tümpeln und Pfützen wimmelten kleine Fische, Würmer und Insekten. Bunte Frösche und Lurche beobachteten die Wanderer von den stelzenartigen Wurzeln der Bäume. Faustgroße Spinnen webten ihre Netze über den Weg. Jenseits des Pfades plätscherte und gurgelte Wasser, aber nur selten ließ sich erahnen, was knapp unter der Oberfläche lauerte. Man sah nur wenige Vögel, und Tiere mit Fell schien es überhaupt nicht zu geben. *Wozu auch,* dachte Elanora. *Dies ist eine Welt für Schuppen und warzige Haut.* Sie hob die nassen Säume ihres Kleides und schritt durch die nächste Pfütze.

So gut es ging versuchten sie sich nach Süden zu halten. Obwohl sie nur dann von ihrer Richtung abwichen, wenn etwas den Weg versperrte oder der Pfad direkt in einen Tümpel führte, verließ Antonio immer wieder den offensichtlich besseren Weg und führte sie mehrere hundert Schritt in eine andere Richtung, ehe er die ursprüngliche wieder aufnahm. Elanora fragte, warum er so vorging. Antonio antwortete nur »Weg besser« und unterband jede weitere Unterhaltung mit barschen Gesten und besorgten Blicken. Was er sah oder fürchtete – ob Sumpfkrokodile oder Schlimmeres –, behielt er für sich. Aber er steckte alle an, und so trottete man bald schweigend hintereinander her: ein schmutziger, trübsinniger Zug durch eine ebensolche Welt.

Nur einmal hieß Antonio Elanora, ihm leise zu folgen. Sie gingen ein Stück weiter. Er wies auf den Weg einige Dutzend

Schritt vor ihnen. Ein Schatten schälte sich aus dem Grau. Zunächst glaubte Elanora, es handele sich um ein halb im Morast versunkenes Rind. Dann bewegte sich das Ding. Seine Konturen zerflossen. Das, was sie ursprünglich für Hörner gehalten hatte, streckte und wand sich.

»Anpa-Hatla«, flüsterte Antonio.

»Anpa-Hatla? Was ist das?«, fragte Elanora.

»Große Schnecke. Ist langsam. Spuckt Stacheln. Nicht gut. Glaube, ihr nennt es Morfu. Komm! Gehen lieber zurück. Bevor sie uns merken.«

Elanora konnte sich zunächst nicht von dem Anblick losreißen. Antonio wurde schon ungeduldig. Erst als sie sah, dass sich dort drüben noch mehr solcher Wesen bewegten, zog sie sich zurück.

Als sie die Morfu weiträumig umgingen, gesellte sich Elanora wieder zu Antonio. »Anpa-Hatla, Morfu«, sagte sie mehr zu sich selbst. »Antonio? Möchtest du mir nicht ein wenig Unterricht geben? Wenn wir auf Waldstämme treffen, möchte ich nicht völlig hilflos sein.«

»Ich sprechen für dich. Das meine Aufgabe!«

»Ja, schon. Das machst du sicher sehr gut. Aber ich würde doch gern auch etwas verstehen.«

»Du brauchst nicht ...«

»Nein«, unterbrach ihn Elanora. Der junge Mann schien noch immer ängstlich darauf bedacht, seine Position zu sichern. »Darum geht es nicht. Du hast unsere Sprache doch auch gelernt. Es ist bewundernswert. Und da ist es doch recht und billig, wenn ich versuche, die deine zu lernen. Du kannst mein Lehrer sein.«

»Ich? Dein Lehrer?«

»Ja.«

»Das gut. Wir gleich anfangen.«

***

Ein flacher, mit Buschwerk bedeckter Hügel erhob sich über den Mangrovenwald und bescherte den Wanderern den ersehnten Ausblick auf ihre Umgebung. Die Sümpfe und Marschen verloren sich im Südwesten am Horizont. Im Westen und Norden gingen sie in eine ausgedehnte Seenlandschaft über. Zu ihrer Linken jedoch, im Südosten, wurde das Land grün und hügelig. Nebel stieg daraus auf. Das Gebirge dahinter blieb im Dunst verborgen. Ein silbern schillerndes Band durchschnitt in weiten Bögen die Wälder. Der Fluss mündete einige Meilen entfernt in die Mangrovensümpfe.

Den Plan, den Tagesmarsch auf dem Hügel zu beenden, verwarfen sie schnell. Sie wollten ihre Vorräte ergänzen, und die Möglichkeit, in der kargen Sumpflandschaft Wild oder essbare Früchte zu finden, war gering. »Ich habe keinen Appetit auf Morfu. Und wenn wir was anderes finden, schmeckt es wahrscheinlich wie der Morast, von dem es lebt oder in dem es wächst«, kommentierte Rank. Alle stimmten zu.

So machten sie sich wieder auf den Weg und schlugen sich durch die letzten Ausläufer der Sümpfe in die Wälder – auf der Suche nach dem Flusslauf, den sie vom Hügel aus erblickt hatten.

Abwechselnd gingen sie jetzt voran und schlugen mit Macheten einen Weg durch das Unterholz. Die Nacht senkte sich herab, aber sie wollten keinen weiteren Tag verlieren. Dann öffnete sich der Wald. Elanora glaubte einen Augenblick lang ins Nichts hinauszuschreiten und taumelte zurück.

Der Sternenhimmel schimmerte zu ihren Füßen.

Dann zerstob die Illusion in den sanften Wellenkreisen eines auftauchenden Fisches.

Sie hatten den Fluss gefunden.

Neugierig betrachten sie mich, diese schönen Wilden. Ihr Haar ist lang und von bläulichem Schwarz. Es gibt nichts, dessen sie sich schämen, am allerwenigsten die Nacktheit ihrer kupferbraunen Haut, die sie – Männlein wie Weiblein –, wenn überhaupt, nur durch ein knappes Lendentuch mindern.

Tokahe, unser mohischer Führer, übersetzt meine Grußesworte in ihre Sprache, die für uns Zivilisierte von der betörenden Schönheit eines Kinderliedes ist.

Wie zu erwarten war, verlangen die Götterfernen für Travias Gunst ein angemessenes Entgelt. Ihre primitiven Waffen und Werkzeuge sind aus Holz und Stein, und so sind sie versessen auf unser Eisen. Doch wie ein umsichtiger Vater bewahren wir die Kinder des Waldes vor den tückischen Errungenschaften der Zivilisation. Bunte gläserne Perlen und einige Buchten fest gewebten Stoff – natürlich genauso bunt – müssen genügen, sie auf den Pfad der zwölfgöttlichen Erkenntnis zu führen. Und so sind sie schließlich milde gestimmt. Sie laden uns ein, die Nacht in ihrem Kral zu verbringen.

Welch seltsame Regeln diese Menschenkinder haben. Sie nennen es Tabu, jene Dinge, denen sie sich verpflichten, und jene, die sie meiden. Amüsanterweise denkt sich jeder Stamm ein eigenes Tabu aus. Ich habe bizarre Tabus erlebt, wie bei dem Stamm hoch oben in den Hängen des Regengebirges, der seine Ahnen stetig unter sich zu weilen glaubt, ihnen gar ein eigenes Dorf gebaut hat, das sie regelmäßig besuchen und das besser gepflegt ist als die Hütten, in denen sie selbst leben. Andererseits: Bauen nicht auch bei uns so manche Leute Grabstätten, die prächtiger sind als die Häuser der Lebenden?

Wie dem auch sei, eine Erkenntnis habe ich beim Sinnieren über das Tabuwesen gewonnen: Es beweist, dass die Achtung vor der gefügten Ordnung so tief im Wesen des Menschen verwurzelt ist, dass sie nur göttergegeben sein kann. Wie anders ist es zu erklären, dass diese Kinder der Wildnis es durch Nachahmung und Spiel zu erlernen versuchen?

(Aus den Aufzeichnungen
des Junkers Wolfhart von Wilderklamm)

»Ihr seid hier nicht willkommen«, sagte die Junkerin von Wilderklamm streng, als sie die Treppe aus dem oberen Stock hinabschritt.

»Ich weiß, was Eure Tochter vorhat«, erwiderte Halminger. Er hatte es bis in die Halle von Burg Wilderklamm geschafft, jetzt versperrte ihm Canteha den Weg. »Es wird nichts nützen. Wenn Euer Gatte und Eure Söhne noch nicht zurück sind, werden sie auch nicht mehr kommen. So sehr ich es persönlich bedaure, Elanora begibt sich unnötig in Gefahr. Hört wenigstens meinen Vorschlag an! Ich werde sie Euch gesund und wohlbehalten zurückbringen, und Ihr legt bei ihr ein gutes Wort für mich ein. Auf Euch wird sie hören, Euer Wohlgeboren.« Er machte einen Bückling.

»Ich werde ihr nur eins sagen: dass sie recht getan hat, Euch vor die Tür zu setzen. Ich werde es ebenfalls tun! Canteha, begleite Herrn Halminger bitte nach draußen.«

Canteha nickte und machte einen Schritt auf den ungebetenen Gast zu.

Halminger reagierte sofort. »Wenn der Wilde seine Hand an mich legt, dann ... dann ...«, stotterte er.

»Bitte, Herr. Zwingt mich nicht dazu, Hand an Euch zu legen. Damit wäre uns beiden gedient.« Canteha überhörte die Titulierung *Wilder* bewusst.

Halminger schnaubte verächtlich, rührte sich aber nicht.

Canteha wartete ab. Er kannte Jakus aus Kindertagen. Damals hatte sich der Sohn des Dorfschmieds nicht an der Herkunft oder der Hautfarbe seines gelegentlichen Spielkameraden gestört. Das war jetzt bald zwanzig Götterläufe her, und die Zeit ändert die Menschen. Was den einfachen Dorfjungen in einen eitlen Stutzer verwandelt hatte, wusste Canteha nicht. Aber etwas konnte Canteha sehen: Unter der schmierigen Fassade lauerte etwas Gefährliches. Ein filigranes Gefäß, gefüllt mit Gift. Wenn man daran tastete, würde es zerbrechen und seinen unheilvollen Inhalt über alle ergießen – über Halminger und alle, die er hasste oder liebte.

»Bitte!«, wiederholte Canteha leise.

Halminger wandte sich an die Junkerin. »Ich muss nicht bis Boron warten, Euer Wohlgeboren. Wenn mein Angebot Euch nicht gefällt, wird Vitus mit Sicherheit ein offenes Ohr für die Umtriebe auf Wilderklamm haben. Aber ich will Euch nicht drängen. Denkt darüber nach. Ich gebe euch Zeit bis zum ersten Praios. In vier Wochen wird jemand vor Euch stehen und sein Recht einfordern. Ihr entscheidet, wer es ist.«

***

Die Stimmen des Waldes trieben Elanora unter der Decke hervor. Sie hatten die Nacht auf einem baumlosen Uferstreifen verbracht, der sich mannshoch über die braunen Fluten erhob, die sich träge durch den immergrünen Wald wälzten. Der Fluss war gut fünfzig Schritt breit, flussabwärts neigten sich die Bäume weit über das Wasser. Hätten sie dort in der Nacht den Wald verlassen, wären zumindest die Vorausgehenden in den Fluss gefallen.

Elanora ging in die andere Richtung. Die Böschung stieg leicht an, wurde zu einer von hüfthohem Gras bewachsenen Ebene, die an der nächsten Biegung des Flusses endete. Dort hatte der Strom eine weite, sandige Bucht ausgespült, zu der die Böschung gut vier Schritt abfiel. Unten am Wasser standen Antonio, Mirhabeth und Rank und unterhielten sich.

»Was schaut ihr?«, rief sie ihnen zu und verbarg die Verwunderung, dass sie trotz der frühen Stunde wohl als letzte aufgestanden war.

Die drei drehten sich um, winkten ihr zu und stiegen den Abhang hoch.

»Glaube, wir sollten hierbleiben«, sagte Antonio, als er oben war. »Keine Spur von Pantak, Piranha oder schlimmerem.«

Mirhabeth nickte bestätigend. »Keine Spuren im Sand, keine Nester am Ufer, keine Augen im Fluss. Keine Blutfische, soweit ich es sagen kann. Es scheint hier recht sicher zu sein. Ich würde vorschlagen, dass wir einen Tag rasten.«

Die anderen nickten.

»Ich werde mich gleich auf den Weg machen und versuchen etwas zu jagen. Wenn ich flussaufwärts gehe, sehe ich auch, ob wir in absehbarer Zeit über den Fluss kommen oder ob wir uns etwas einfallen lassen müssen.«

»Werd mich auch umsehen, Meister. Finde vielleicht Früchte und Beeren, die man essen kann«, ergänzte Antonio.

»Wir bleiben also einen Tag hier.« Elanora schaute sich noch einmal um. Ein wenig ärgerte es sie, dass die anderen über ihren Kopf hinweg die Rast beschlossen hatten. Es war doch *ihre* Expedition. Sie war dankbar für den Rat und die Hilfe der anderen, aber die Entscheidung hätte bei ihr gelegen.

Die Sonne hatte inzwischen die Nebel aufgelöst. Ein strahlend blauer Himmel reckte sich über ihnen, ließ das feuchte Gras leuchten und spiegelte sich, wie nächtens die Sterne, in dem friedlichen Fluss.

Zusammen gingen sie zurück zum Lager. Die Träger bauten die Zelte auf und errichteten eine Feuerstelle. Rank schloss sich Mirhabeth und Antonio an. Sie verabschiedeten sich und gingen gemeinsam flussaufwärts. Janera schaute Mirhabeth nach, bis sie verschwunden war, dann verkündete sie, dass sie im nahen Wald nach Kräutern und Heilpflanzen suchen wolle. Elanora schlug vor, dass Kushko sie begleite, doch dieser weigerte sich. »Ich bin zu deinem Schutz hier, Wohlgeboren. Wenn die Magierin nicht auf sich aufpassen kann, taugt sie nichts.«

Janera verzog das Gesicht zu einer spöttischen Grimasse und verschwand entschlossenen Schrittes im Unterholz.

Elanora glaubte schon, dass die Magierin auf sich achtgeben konnte, und natürlich war sie froh, dass Kushko *sie* beschützen wollte, aber im Augenblick hätte sie gern ein wenig Zeit für sich allein gehabt. Seit ihrer Flucht aus Nasha war sie in Sumpflöcher gefallen, durch Schlammkuhlen gewatet, über verfaulte Baumstämme gestiegen und hatte auf bloßer Erde geschlafen. Ihre Kleider standen vor Dreck von allein, und die Knoten in ihren Haaren würde kein Entfesselungskünstler mehr öffnen. Dafür schimmerte der Fluss einladend in der Sonne.

Mirhabeths Worte hatten sie zuversichtlich gemacht: Er war ungefährlich. Aber wenn Kushko nicht von ihrer Seite rückte, was dann?

»Hör mal, Kushko«, sagte sie. »Wenn du mich beschützen willst, geht das sicher auch von hier oben. Ich gehe runter in die Bucht und wasche mich. Ich möchte dabei nicht gestört werden.«

»Ich werde dich nicht stören, Wohlgeboren«, sagte Kushko. »Wenn du es wünschst.«

»Ja, ich wünsche«, erwiderte Elanora. Sie rutschte den Hang hinunter in die Bucht. Das Ufer schien sanft abzufallen. Die Farbe des Flusses erinnerte sie an die Moorseen in der Heimat. Vor ihnen hatte sie sich nie gefürchtet. Sie ging ein Stück die Bucht entlang. An Treibgut hatten sich kleine Sandhügel gebildet. Manch zähes Leben hatte wieder ausgeschlagen, ließ grüne Inseln im Sand wachsen. Elanora sah sich noch einmal um.

Oben auf der Böschung stand Kushko und drehte ihr demonstrativ den Rücken zu. Sie verwarf den Gedanken, sich hinter einem der größeren Hügel auszuziehen. Immerhin hatten die Kleider das Bad ebenso verdient wie sie.

Sie legte den Hut ab, zog Stiefel und Strümpfe aus und ging ans Wasser. Warm umspülte der Fluss ihre Knöchel und Waden. Als das Wasser hüfthoch stand, ging sie in die Knie und zog den Kamm heraus, der ihr Haar zusammenhielt. Dann tauchte sie unter und merkte, wie sich der verfilzte Schopf löste. Prustend tauchte sie wieder auf. Sie ging noch ein paar Schritt weiter, verlor den Grund unter den Füßen, das vollgesogene Kleid zog sie nach unten. Sie tauchte ein Stück, bis sie wieder Grund unter den Füßen spürte und kam wieder hoch.

»Vor Fischen braucht man sich nicht zu schämen«, sagte sie vor sich hin, löste die Bänder im Nacken und zog das Kleid aus. Da sie schon dabei war, begann sie, der Schmutz aus dem Stoff zu rubbeln. Dann schwamm sie ans Ufer und beschwerte das Kleid mit einem Stein. Anschließend glitt sie mit ein paar kräftigen Beinschlägen auf dem Rücken hinaus in den Fluss. Sie sah Kushko, immer noch mit dem Rücken zu ihr, und rief: »Hallo Kushko! Es ist herrlich, du solltest es auch einmal versuchen!«

Er drehte sich um.

Sie winkte ihm zu ... und sah das schwarze Ding an ihrem Unterarm.

Elanora schrie auf und schlug um sich. Ihr war, als hätte sie das Schwimmen verlernt. Sie sah noch, dass Kushko die Böschung hinabeilte, dann ging sie unter. Sie schluckte Wasser, kam wieder hoch und schaffte es, mit unkontrolliertem Paddeln näher ans Ufer zu kommen. Als sie den Boden unter den Füßen spürte, begann sie zu laufen und stolperte ans Ufer. Jetzt war es ihr egal, dass sie nur das Unterkleid trug.

»Motla-Kopa!«, schrie sie. »Motla-Kopa!« Sie spürte, dass die Lebenskraft aus ihr hinausrann. Wo war Wapiya? Er musste sie retten!

Als Kushko bei ihr war, lachte er.

»Was lachst du?«, schrie Elanora. »Mach sie weg! Hol Wapiya!« Sie riss sich die schwarzen Würmer von den Armen. Es tat weh und blutete.

»Ruhig. Du musst es ganz vorsichtig machen«, sagte Kushko, jetzt wieder ganz ruhig und beherrscht. »Setz dich hin, Wohlgeboren. Ich helfe dir. Es sind nur Blutegel.«

»Bist du sicher?«

»Es gibt Bader und Heiler, die setzen sie einem an«, erklärte Kushko. »Es soll gesund sein.« Er entfernte die Egel behutsam von ihrer Haut und strich ihr Haar beiseite. Elanora spürte, dass er etwas von ihrem Nacken fortzog und dass Blut ihren Rücken hinablief.

»Du musst das Kleid ausziehen, da sind sicher noch mehr.« In Kushkos Stimme war keine Anzüglichkeit, keine Schadenfreude, und sein Gesichtsausdruck war so nichtssagend wie immer. Also zog Elanora das Unterkleid über den Kopf und ließ sich von Kushko helfen, das restliche Getier zu entfernen. Bald lagen zwei Dutzend fingerlange Egel zappelnd zu ihren Füßen.

Splitternackt und blutend saß sie da. Wie demütigend! Sie fühlte sich elend. Die Bisse schmerzten eigentlich nicht, aber sie ahnte, dass es sich ändern würde, sobald die Wirkung des Gifts nachließ. Ihr schwindelte. Tränen traten ihr in die Augen.

»Du musst die Bisse behandeln.« Kushko ging ans Ufer und holte ihr Kleid. »Weniger wegen der Egel als wegen des Viehzeugs, das sich auf die Wunden setzt.«

Elanora nickte.

Er reichte ihr das Kleid und drehte sich um.

Schon hatten sich unzählige winzige Mücken auf die blutenden Male gestürzt.

Elanora zog das Kleid über, nahm das blutige Unterkleid und ging gemeinsam mit Kushko zurück zum Zelt.

»Soll ich dir helfen?«, fragte er.

Elanora schüttelte den Kopf. »Geht schon.« Sie ging in ihr Zelt und zog das nasse Kleid wieder über den Kopf.

Seufzend saß sie da und tupfte an den Bisswunden herum.

»Wohlgeboren! Ich hab frisches Wasser und saubere Tücher gebracht«, meldete sich Kushko durch die Zeltwand.

»Danke!« Elanora öffnete das Zelt und nahm die Sachen entgegen. Dann machte sie sich daran, die Wunden zu reinigen und mit den Tüchern trocken zu tupfen. Die meisten hatten schon aufgehört zu bluten.

»Kushko?«

»Ja, Wohlgeboren?«

»Kannst du mir helfen? Ich komme nicht überall ran.«

Elanora band sich ein Tuch um die Hüften und setzte sich mit dem Rücken zum Zelteingang. Kushko kam herein und versorgte die Bisse an Nacken, Rücken und Hintern.

»Danke«, sagte Elanora. »Danke, dass du nicht noch einmal gelacht hast.«

»Es tut mir leid, Wohlgeboren. Ich wollte mich nicht über dich lustig machen.« Kushko ließ sie allein.

Elanora zog ein frisches Unterkleid an, legte sich auf ihr Lager und schlief sofort ein.

***

Als sie erwachte, schimmerten die Strahlen der im Westen stehenden Sonne durch das Zeltleinen. Sie stand auf und ging hinaus. Kushko saß mit den Trägern um ein frisch entfachtes Feuer. Von den anderen war nichts zu sehen, sie mussten noch unterwegs sein. Aber Elanoras Kleider hingen auf einer Leine, die zwischen den Zelten gespannt war. Aus dem weißen

Unterkleid war das Blut herausgewaschen, nur graue Schatten erinnerten noch daran. Kushko oder einer der Träger musste sie gewaschen haben. Eigentlich hätte es ihr unangenehm sein müssen, aber Elanora war dankbar. *Wapiya, der Heiler. Die Namen der anderen habe ich schon wieder vergessen*, dachte sie. Sie wollte zu ihnen gehen, doch nach wenigen Schritten brach ihr der Schweiß aus. Ihr wurde schwindelig. Sie taumelte zurück ins Zelt und ließ sich auf ihr Lager fallen. Dann verlor sie das Bewusstsein.

Dunkelheit ...

»Was hat sich dieser Riesentölpel dabei gedacht? Sie im Fluss baden lassen!«

Dunkelheit ...

»Schatz, was machst du hier?«

»Ich habe dich gesucht!«

»Und ich habe dich gefunden. Du solltest doch nicht hierher. Siehst du, du gehörst nach Wilderklamm; nicht in den Dschungel. Jetzt habe ich nur Scherereien mit dir.«

»Es tut mir leid, Vater.«

»Warum tust du mir das an, Kind?«

»Ich konnte nicht anders.«

»Das ist es ja.«

»Wo bist du, Vater?«

»Ich bin doch hier, bei dir!«

»Ich kann dich nicht sehen.«

Dunkelheit ...

Und im Dunkel meines Fleisches nagt der Wurm.

Er ist nicht nur in meinem Bein. Er ist in meinen Armen, in meinem Bauch und in meiner Brust. Er ist in meinem Kopf und in meinem Geist.

Ich sehe ihn.

Er isst und zehrt und wächst.

Er spricht mit mir.

Seine Worte nagen, essen, zehren und wachsen. »Dein Fleisch ist mein Fleisch«, sagt er. »Dein Blut ist mein Blut. Dein Leben ist mein Leben. Du bist mein.«

»Ich bin dein.«

Und der Wurm windet sich und tanzt in mir. Meine Glieder sind sein Leib, und winden sich, und tanzen mit ihm.

»Dies ist nicht dein Tanz, Elanora!«

Dunkelheit

»Sie gehört nicht hierher. Der Dschungel ist nichts für sie.«

»Sie wird nicht umkehren. Sie ist stolz.«

»Sie ist dumm.«

»Sie hat eine Aufgabe zu erfüllen.«

»Psst! Ich glaube, sie wird wach.«

Dunkelheit...

...und dann ein flackerndes Licht vor den geschlossenen Lidern.

Bin ich wach?, fragte sich Elanora. Sie war müde, spürte aber keinen Schmerz.

Spürte sie überhaupt etwas?

Vater war zu ihr gekommen! Er war hier!

Sie fuhr hoch.

Das Zelt war von einer flackernden Öllampe erhellt. Aber da war kein Vater, da war nur Janera. Sie saß neben Elanoras Lager und schlief, den Kopf auf der Brust, den Mund leicht geöffnet.

Jetzt sieht sie aus wie eine einfache alte Frau, nicht wie eine Zauberin, dachte Elanora.

Sie schaute an sich herab. Die Bisse der Blutegel waren zu schrundigen Malen geronnen. Aber sonst war nichts zu sehen.

Alles nur ein Traum, stellte sie erleichtert fest.

Sie ließ den Kopf auf die Knie sinken. *Alles nur ein Traum! Auch Vater!* In die Erleichterung mischte sich Enttäuschung.

Sie wusste nicht, welchem Gefühl die Tränen galten.

»Du bist wach?«, hörte sie Janeras Stimme. »Aber warum weinst du?«

»Ach, nichts. – Ich möchte nicht darüber reden. Aber was ist geschehen? Warum sitzt du neben mir?«

»Die Egel«, sagte Janera. »Du hast Blut verloren. Außerdem müssen sich ein paar Bisse entzündet haben. Ich hatte kurz die Befürchtung, ein Insekt könnte seine Eier in den Wunden abgelegt haben. Aber wir können doch nicht so viel Pech haben – ein paar Tage nach dem verfluchten Wurm. Wie gesagt, jetzt ist alles wieder gut. Ich hab die richtigen Kräuter gefunden, und den Rest erledigte ein Klarum Purum – ein Heilzauber, du verstehst?«

»Wie lange habe ich geschlafen?«

»Über einen Tag. Ich muss es bei der Kräuterdosierung wohl etwas zu gut gemeint haben. Aber es schadet nichts. Wir bleiben auch morgen noch hier. Wir können die Ruhe vertragen.«

»Wir verlieren drei Tage!«

»Nein. Wir können danach umso schneller weiter. Ich hatte die Ruhe bitter nötig. Und Mirhabeth war recht erfolgreich bei der Jagd. Zumindest wenn man ... na ja – Antonio und der Herumtreiber haben Berge von Früchten und Wurzeln angeschleppt. Wir müssen alles durchsehen und verarbeiten, damit nichts schlecht wird. Außerdem haben wir noch kein gefährliches Tier gesehen. Nichts Gefährlicheres als Blutegel, meine ich.«

Elanora widersprach nicht. Einen weiteren Tag Ruhe konnte auch sie gewiss brauchen. »Es tut mir leid, dass ich euch so viel Mühe mache. Vielleicht war es nicht richtig, dass ich euch hierhergebracht habe. Vielleicht ist es nicht richtig, dass ich hier bin.« Sie wusste, dass sie die Worte aus ihrem Traum wiederholte – oder war dieser Teil wahr gewesen? – und legte sich auf die Decke zurück. Sie schloss die Augen.

»Unfug, Euer Wohlgeboren«, hörte sie Janera sagen und fragte sich, warum die Magierin gerade jetzt diese respektvolle Anrede wählte. »Ihr habt mir das Leben gerettet, indem Ihr mich aus Chorhop fortgebracht habt. Da ist die Behandlung von ein paar Blutegelbissen gar nichts.«

»Nun, wenn dem so ist«, flüsterte Elanora schwach. »Aber bitte, nenn mich Elanora, nicht Wohlgeboren oder so etwas. Ich glaube, wir alle brauchen Freunde hier. Und ich am allermeisten.«

Dann versank sie in einem tiefen – und diesmal traumlosen – Schlaf.

***

Als Elanora das nächste Mal aufwachte, stand die Sonne wieder am Himmel. Janera musste weiterhin neben ihr gewacht haben: Jetzt lag sie ausgestreckt auf einer Decke in der anderen Ecke des Zeltes und schlief tief und fest.

Elanora selbst fühlte sich erholt und voller Tatendrang. Sie stand auf, nahm ihre Decke und legte sie über Janera. Dankbarkeit erfüllte sie noch immer. Sie trat vor das Zelt und sah, dass die anderen ums Feuer versammelt waren. Der Geruch von gebratenem Fleisch wehte herüber. Elanora merkte, wie hungrig sie war.

»Du wieder gut!«, rief Antonio, als er sie kommen sah, und sprang auf.

»Ja«, sagte Elanora ein wenig kleinlaut. »Tut mir leid, dass ich euch so viel Ärger mache.«

»Du machst uns doch keinen Ärger.« Mirhabeth lachte verlegen. »Das hätte jedem passieren können. Und wenn Janera nicht ihre ganze Kraft bei mir verschwendet hätte, wärst du gleich wieder auf den Beinen gewesen.«

»Du bist eine schlechte Lügnerin, Mirhabeth«, erwiderte Elanora. »Du hättest nie in Blutegeln gebadet.«

»Ja, ich lasse mich lieber von Würmern fressen.«

»Das war etwas anderes. Du konntest nichts dafür.«

»Trotzdem. Ich bin ja schon öfter durch den Dschungel gewandert als du. Und ich erwarte Blutegel eher in den Sümpfen als in einem Fluss wie diesem.«

»Durch die Sümpfe sind wir unbeschadet durchgekommen.«

»Was natürlich auch an Hosen, langen Kleidern, Strümpfen und Stiefeln liegt. Den Göttern sei gedankt: Du hattest im Sumpf keine Lust auf ein Bad«, sagte Rank und zwinkerte ihr zu.

Alle lachten.

Elanora fiel mit ein und nickte Rank dankbar zu.

»Was macht ihr da?«, fragte sie neugierig und zeigte auf das rauchende Feuer.

»Braten, räuchern, trocknen!«, antwortete Mirhabeth. »Ich hatte ja Zeit, ein wenig zu jagen. Und jetzt sehen wir zu, dass es nicht verdirbt. Du siehst: Dein kleines Missgeschick hat auch sein Gutes. Wir müssen uns die nächsten Tage um das Essen keine Sorgen machen.«

»Kann ich etwas haben? Ich habe seit zwei Tagen nichts gegessen.«

»Natürlich! Hier ist noch etwas frisch Gebratenes. An dem geräucherten und getrockneten Fleisch werden wir noch lange genug kauen können.«

Elanora setzte sich. Mirhabeth reichte ihr eine Schale mit dunklen Fleischstreifen. Elanora aß gierig, das Fleisch schmeckte würzig, ein wenig wie Wild, aber mit einem ungewohnten Beigeschmack. »Was ist das?«, fragte sie.

»Oh! Chambo«, antwortete Antonio.

»Chambo? Was ist das?«

»Chambo ist ...«, begann Antonio.

Dann wurde er von Rank unterbrochen: »Oh! Nur ein kleines Tier. Aber Mirhabeth hat gleich mehr davon erwischt.«

Elanora stellte die Schale misstrauisch beiseite. «Chambo! So, so.« Sie hatte nicht die geringste Ahnung, was ein Chambo war.

Eigentlich hatte sie gehofft, mit Kushko und den Trägern allein reden zu können. Aber da jetzt alle ums Feuer versammelt waren, wollte sie ihre Worte genau wählen. Sie stand auf, ging ein Stück beiseite und näherte sich dem Waldrand. Im Gestrüpp bewegte sich etwas. Elanora ging näher heran. Dort lag ein Skelett, etwa einen halben Schritt groß, bedeckt von Unmassen roter Ameisen. Das Wesen streckte ihr die Arme entgegen, als erwarte es sehnsüchtig eine tröstende Umarmung. Die Hände waren dunkelhäutig und rundlich, wie die eines Kindes.

Elanora spürte, dass ihr das Essen wieder hochkam. Sie wandte sich von dem grausigen Anblick ab und atmete tief durch. *Es ist kein Kind, es ist kein Säugling*, dachte sie. *Es ist ein Tier. Ein kleines Tier. Ein Chambo! Verdammt! Nicht noch mal Schwäche zeigen. Den Gefallen werde ich ihnen nicht tun. Ich werde mich nicht übergeben.*

Langsam ging sie zu den anderen zurück, setzte sich und nahm die Schale wieder auf. *Ich habe auch die Wurmsuppe heruntergekriegt!*, sagte sie sich. *Und unten behalten!*

Zum ersten Bissen musste sie sich zwingen. Sie würgte. Die Galle stieg ihr hoch. »Chambo heißt Affe, nicht wahr?« Sie zwang sich ein Lächeln ab und biss noch einmal zu.

»Chambo ist Springaffe«, korrigierte Antonio. »Affe ist *Watu*, Meister. Wir machen weiter mit Lektion, wenn weitergehen.«

»Das nächste Mal wirfst du die Reste tiefer ins Gebüsch, Rank«, sagte Mirhabeth und musterte Elanora mit neuem Respekt.

***

Janera schlief noch. Mirhabeth, Rank und Antonio hatten sich erneut in den Dschungel aufgemacht. Sie wollten den Weg des kommenden Tages auskundschaften, hatten sie gesagt. So blieb Elanora mit Kushko und den Trägern allein zurück. Sie ging zu ihnen hinüber und setzte sich.

Kushko machte eine kurze Geste. Die Träger sprangen auf.

»Nein«, rief Elanora. »Ich möchte mit euch sprechen. Mit euch allen.«

Die Träger schauten Elanora an, dann Kushko – und warteten.

»Bitte, setzt euch«, sagte Elanora.

Der Blick der Träger war weiter auf Kushko gerichtet. Der nickte. Die Träger nahmen wieder Platz.

»Ich weiß nicht, warum du das machst, Wohlgeboren«, sagte Kushko. »Aber ich habe schon gesagt, dass es mir leidtut, dass ich gelacht habe. Dass ich nicht gesagt habe, dass ...«

»Darum geht es nicht«, sagte Elanora leise.

»Es ist dein Recht, Wohlgeboren ...«, begann Kushko.

»Nenn mich nicht Wohlgeboren«, fuhr sie ihn an. Dann fügte sie leise hinzu: »Entschuldige. Ich wollte nicht laut werden. Sag Elanora zu mir. Das gilt auch für euch.«

Die Träger schwiegen noch immer, ihre Blicke gingen unsicher zwischen Kushko und ihr hin und her.

»Verstehen sie mich? Ich weiß, dass Wapiya mich versteht, aber was ist mit den anderen?«

»Natürlich. Sie sprechen ein besseres Brabaci als dieser Tölpel aus dem Wald.«

»Du meinst Antonio?«

»Ja. Andomi. Der kaputtmacht, was er anfasst.«

»Warum redest du immer schlecht von ihm? Er ist doch einer von euch.« Sie merkte sofort, dass sie etwas Falsches gesagt hatte.

»Einer von uns?«, fragte Kushko. »Wohlgeboren, du möchtest etwas anderes sein. Aber du *kannst* nichts anderes sein.

Du siehst durch *deine* Augen. Und deine Augen sehen unsere Haut, die dunkler ist als deine. Du glaubst, wir müssen Brüder und Schwestern sein. Aber das sind wir nicht. Sie sind Sklaven. Wapiya hat man vor Jahren im Dschungel gefangen. Rumari ebenso. Aber Takate ist in Chorhop geboren, und Cancuna auf einer Plantage. Genau wie ich. Ich bin kein Utulu, auch wenn mich alle so nennen. Ich habe die Waldinseln nie gesehen. Ich glaube, der Kapitän in Nasha hatte recht. Du bist daran gewöhnt, dass der Sohn eines Bauern ein Bauer bleibt. So wie du als Tochter eines Herrschers herrschen wirst. So war es, so ist es, so wird es immer sein. Aber hier ist es anders. Es ist nicht allein das Blut, das uns zu Herren oder Dienern macht. Auch wenn es schwer ist: Wir können uns verändern. Auch ich trage das Sklavenmal, aber mein letzter Herr hat mich freigelassen.«

»Khorim?«

Kushko nickte.

»Aber du dienst ihm noch immer!«

»Ja. Siehst du: Der Unterschied ist im Kopf, nicht im Blut.« Er wies auf die Träger. »Du nennst sie Sklaven, aber vielleicht sind sie freier als du.«

Elanora schwieg. Sie schätzte Kushko immer wieder falsch ein. Wenn er sprach, klangen seine Worte so gewählt und gebildet, wie sie es von einem Sklaven oder Diener nie erwartet hätte. *Einem Wilden, wolltest du sagen*, dachte sie beschämt.

»Mag sein, dass bei uns nicht alles ist, wie es sein soll«, verteidigte sie sich. »Mag sein, dass wir unsere Bediensteten und Bauern nicht immer so behandeln, wie es ihnen gebührt. Aber das ist etwas anderes. Und es bleibt ein Unrecht, einen Menschen zu besitzen.« Sie merkte, dass sie unbewusst ihren Disput mit Kapitän Marno fortsetzte. »Und es ist nicht recht, auf Menschen herabzusehen, weil sie *aus dem Wald kommen*, wie du sagst«, fügte sie hinzu. Elanora wusste trotzdem, dass sie verloren hatte. »Wie gesagt ...«, begann sie noch einmal.

Dann wusste sie nicht weiter. Sie hatte das Gefühl, auf ganzer Linie versagt zu haben. Ihr Wunsch, den Sklaven das Los ein wenig zu erleichtern, in dem sie mit ihnen Freundschaft schloss, wirkte jetzt wie die Laune einer verwöhnten Adeligen. Vielleicht war sie es ja auch?

Schnell stand sie auf und wandte sich ab. Sie wollte ihre Verlegenheit verbergen. »Danke.« Sie eilte davon.

»Wohlgeboren, warte!«

Elanora blieb stehen und drehte sich um.

»Was ist noch, Kushko?«

Er kam zu ihr und sagte leise: »Sie sind Sklaven. Und sie werden es bleiben. Aber du redest vor ihnen von Freiheit und Gleichheit, als hätte jeder ein Recht darauf. Für sie sind es keine leeren Worte, denn du hast ihren Respekt erworben. Das solltest du nicht vergessen.«

»Was meinst du? Ach! Du meinst die Sache mit der Wurmsuppe?«

»Nicht nur. Du benimmst dich nicht so, wie sie es von einer Herrin gewohnt sind. Ich weiß nicht, was der Respekt und die Freundschaft eines Sklaven wert sind. Mir genügt es, dass sie mich fürchten. Und ich werde dafür sorgen, dass sie sich weiterhin vor mir fürchten. Du tust ihnen keinen Gefallen, wenn du dich zu sehr mit ihnen einlässt. Auch wenn sie nicht wagen, es in meiner Nähe zu zeigen, so hören sie dir zu. Noch sind es nur Worte. Aber Worte können eine gefährliche Saat sein. Nicht nur für die, die sie im Mund führen.«

»Wie meinst du das?«

»Sollten sie auch nur einmal aufgrund deiner Worte meine Befehle missachten, werde ich nicht zögern, sie zu töten, Wohlgeboren. Und du trägst die Verantwortung dafür.«

Elanora nickte. »War das eine Drohung?«

»Eine Tatsache, Wohlgeboren.«

»Und was wirst du mir dann antun?«

»Dir? Nichts. Die Donna Elanora von Wilderklamm steht unter meinem Schutz, Wohlgeboren. Ich bin nur hier, um sie zu beschützen. Und sei es mit meinem Leben. Das weißt du genau.«

»Und du nennst *sie* Sklaven!«, rief Elanora und drehte ihm den Rücken zu.

***

Vier Tage folgten sie dem Lauf des Flusses.

In weiten Schleifen wand er sich durch die Ausläufer des Regengebirges, seinen Quellen entgegen. Mit der aufgehenden Sonne stiegen Nebel aus den Wäldern auf und verschleierten den Blick in die Ferne. Wolken quollen über die Berggrate und flossen wie weiße Flüsse die Hänge hinab. Dann türmten sich Regenwolken auf, entluden ihre Last über den Köpfen der Reisenden, ließen kein Kleidungsstück und keinen Flecken Haut trocken. So schnell wie der Regen kam, so schnell ging er auch wieder. Er ließ die Welt glitzernd und dampfend zurück, bis die Glut von Praios' Antlitz die Nässe wieder von den Blättern und aus ihren Kleidern gesogen hatte.

Im Osten und Süden ragten schneebedeckte Gipfel aus den Nebeln auf. Sie waren noch fern, und doch erinnerten sie die Wanderer an ein Problem, das mit jeder Meile, die sie zurücklegten, an Dringlichkeit zunahm: Gern hätten sie den Fluss überquert, denn das Ziel ihrer Wanderung lag weit im Süden. Gerieten sie in die höheren Lagen des Gebirges, würden unzählige Schluchten und Pässe ihren Weg erschweren, und das wollten sie vermeiden. Aber der Fluss war breit, und keiner der Wanderer war darauf versessen, mit dem, was vielleicht in seinen trüben Fluten lauerte, Bekanntschaft zu machen, und waren es auch nur Blutegel.

Immerhin hatte das Flusstal seine guten Seiten. Sein Ufer war flach. Nur selten musste man tief in den Urwald vordringen, um weiter zu kommen. Sie überquerten unzählige Bäche, umgingen Tümpel und Sumpflöcher, stiegen über umgestürzte Urwaldriesen und bahnten sich einen Weg durch Dornendickichte. Aber nie standen sie vor einem unüberwindlichen Hindernis. Antonio und Mirhabeth gingen meist gemeinsam voraus und wählten einen scheinbar willkürlichen Weg, doch wenn sie auf einen Bach trafen, fanden sie in der Nähe eine flache Stelle, und tiefe Gräben ließen sich auf einem umgestürzten Baum überqueren. Irgendetwas oder irgendjemand hatte zuvor schon Pfade geschlagen. Pfade, die Elanora nie als solche erkannt hätte und die ihrer Überzeugung nach diese Bezeichnung auch nicht verdienten. Antonio und Mirhabeth folgten dem Weg und schwiegen darüber. Und die anderen stellten keine Fragen. Natürlich konnten auch Tiere dem Fluss folgen und so Pfade treten – Aber eins wussten alle: Selbst wenn man nicht auf eindeutige Spuren der Waldmenschen traf – sie waren irgendwo da draußen. Überhaupt sprach man wenig an diesen Tagen, und so dauerte es einige Zeit, bis Elanora auffiel, dass Janera die Nachhut meist allein bildete. Zunächst dachte Elanora, dass die Magierin sich der Gepflogenheiten ihrer Zunft erinnerte und Distanz zu den anderen wahren wollte, dann merkte sie, dass ihr Blick oft auf Mirhabeth, Rank und Antonio ruhte, ohne dass Wärme in ihm lag.

Elanoras Freude, dass die drei sich plötzlich so gut verstanden, wurde nicht von allen geteilt.

***

Eine neue Stimme mischte sich in den allgegenwärtigen Chor des Dschungels: eine Stimme, die immer präsenter wurde. Manchmal klang sie wie Regen, dann wie ferner Donner. Das Flusstal wurde weit und flach. Sie hatten das Ufer eines Sees erreicht. Breite Schilfgürtel fassten ihn ein. Der See bedeckte den Grund eines Talkessels. Er durchmaß mehr als eine Meile. Hinter ihm stieg das Land schroff an. Der Blick verlor sich in den nebelverhangenen Bergwäldern. Und im Osten lag der See im Schatten einer gewaltigen halbkreisförmigen Felswand, über die sich das Wasser in unzähligen Kaskaden in das Becken ergoss.

»Und jetzt?«, rief Elanora. »Müssen wir zurück?« Eigentlich war es keine Frage.

»Wir schlagen hier unser Lager auf«, sagte Mirhabeth bestimmt. »Anschließend machen Antonio und ich uns auf den Weg, um zu sehen, ob es einen Weg nach oben gibt.«

Elanora grauste es bei der Aussicht auf eine solche Kletterpartie. »Das ist die falsche Richtung«, gab sie zu bedenken. »Wir geraten noch weiter nach Norden. Und wenn ich mir diese Hänge ansehe, glaube ich nicht, dass wir weit kommen.«

»Ich bin mir sicher, dass es einen Weg gibt«, beharrte Mirhabeth.

»Wie meinst du das?«

»Du weißt es. Wir sind nicht die ersten hier. Und es sieht nicht so aus, als sei dies das Ziel ihrer Reise gewesen.«

Mirhabeth bestätigte damit Elanoras Verdacht.

»Der Weg, den wir die letzten Tage gegangen sind, war kein Wildwechsel. Waldmenschen sind ihn gegangen. Selten, aber regelmäßig.«

»Sind aber noch weit weg von Dorf«, ergänzte Antonio. »Zu wenig gehen hier. Und dann macht Stamm Zeichen, wenn du zum Dorf kommst: Gib acht, hier leben wir! So ich glaube, Pfad von Jäger oder Händler oder – Krieger.«

»Aber woher wollen wir wissen, dass ihr Dorf dort oben ist, und nicht in der Richtung, aus der wir kommen?«

»Weil der Weg besser wird«, sagte Mirhabeth.

»Besser?«, fragte Elanora ungläubig.

»Ja, besser. Hier im Schilf würde jegliche Spur innerhalb kurzer Zeit verschwinden. Aber sogar du kannst den Weg jetzt deutlich erkennen.« Sie wies auf einen Pfad, der in Elanoras Augen auch von Tieren erzeugt worden sein konnte. »Irgendjemand kommt hierher«, sagte Mirhabeth. »Und zwar regelmäßig. Und er kommt nicht von flussabwärts. Da sind wir uns sicher.«

»Ja, Meister«, bestätigte Antonio.

»Und warum glaubt ihr, dass wir uns, wenn wir diese Waldmenschen gefunden haben, endlich nach Südwesten wenden können?«

»Das weiß ich nicht«, sagte Mirhabeth. »Aber wenn sie in der Nähe des Flusses leben, werden sie ihn auch überqueren. Sie werden eine Furt kennen oder Boote haben – oder gar eine Brücke.«

Elanora war sich nicht sicher, ob sie bereit für ihre erste Begegnung mit einem Waldmenschenstamm war. »Vielleicht sollten wir doch versuchen, den See zu überqueren«, schlug sie vor.

»Willst du schwimmen? Du hast schon Erfahrung damit. Und ich glaube nicht, dass es bei ein paar Blutegeln bleiben wird.«

»Wir könnten doch selbst versuchen, ein Floß oder Boot zu bauen.«

Mirhabeth schüttelte den Kopf. »Es wird bei dem Versuch bleiben. Wir haben nicht das richtige Werkzeug. Und dann wird es Tage dauern, bis wir feststellen, dass uns unser Werk niemals über den Fluss tragen wird.«

»Oder wir gehen ein Stück zurück und schlagen uns durch die Wälder.«

»Das du doch nicht wollen?«, warf Antonio ein. »Damit wir gehen bloß großen Bogen. Kommen noch weiter nach Norden. Wir müssen nach Süden. Meister, wir müssen folgen Pfad, dann wir auch finden Weg über Fluss.«

Mirhabeth und Antonio folgten dem morastigen Weg durch das Reet. Bald waren nur noch ihre Köpfe zu sehen, dann verschwanden sie völlig.

Die anderen schlugen am Abfluss des Sees das Lager auf. Elanora wanderte anschließend ein wenig am Ufer entlang. Sie folgte der Spur von Mirhabeth und Antonio. Kushko ging wortlos und in gemessenem Abstand hinter ihr her. Seit ihrem Disput hatten sie nicht mehr miteinander gesprochen, aber der Hüne schien seine Aufgabe als ihre persönliche Leibwache weiterhin ernst zu nehmen.

Im ganzen Talkessel war die Luft erfüllt von feinem Nieselregen, der sich erfrischend auf ihr Gesicht niederschlug. In den Augenblicken, wo die Sonne durch den Nebel drang, malte sie unzählige bunte Regenbogen auf die Gischt. Der See lag ruhig und friedlich da, das jenseitige Ufer schimmerte grün und einladend. Elanora hätte jetzt gern ein Boot gehabt. Da erzitterte das Schilf wenige Schritt neben ihr. Sie blieb stehen.

»Gehen wir langsam zurück, Wohlgeboren«, sagte eine Stimme hinter ihr.

»Kushko, erschreck mich nicht so«, sagte Elanora.

»Du hast nicht einmal gezuckt, Wohlgeboren«, erwiderte Kushko.

»Wirklich?«, fragte Elanora. »Was ist es?«

»Ich nehme an, ein Alligator. Oder ein Kaiman. Er wird vermutlich kein Interesse an dir haben, denn er kennt die Menschen kaum und jagt normalerweise nicht an Land. Aber komm ihm nicht zu nahe. Wenn er sich bedroht fühlt oder doch Appetit auf Mensch hat, kann er blitzschnell sein. Und sein Schwanz ist so gefährlich wie sein Maul. Wenn ich es sage, renn.«

Elanora nickte. Obwohl Kushkos »vermutlich« und »normalerweise« gesagt hatte, empfand sie keine Angst. Eher schon gespannte Erwartung.

Einen Augenblick später zitterte und knickte das Schilf wieder. Keine fünf Schritt vor ihr kam auf dem Trampelpfad knapp über dem Boden ein schrittlanger Kopf zum Vorschein. Das Maul war krumm. Spitze Zähne lugten aus ihm hervor. Der Riesenkaiman beachtete Elanora und Kushko nicht weiter. Langsam schob sich der lange braungrüne Leib auf kurzen Beinen über den Pfad und verschwand auf der anderen Seite wieder im Reet.

»Möchtest du nicht doch ein Bad nehmen?«, fragte Kushko.

Elanora fuhr herum und wollte ihn schon für die Unverschämtheit tadeln, da sah sie – zum ersten Mal – ein freundliches, leicht verlegenes Lächeln auf seinem Gesicht.

»Nein, Kushko«, sagte sie. »Ich glaube, wenn der zubeißt, kriegst nicht mal du ihn wieder weg.«

***

Kurz nach Sonnenuntergang kamen die beiden Kundschafter zurück.

»Wir oben waren, Meister«, keuchte Antonio.

»Ja, wir waren oben«, schnaufte auch Mirhabeth. »Aber der Weg ist steil und schwer. Wir werden wahrscheinlich den halben Tag dafür brauchen, da wir mit dem ganzen Gepäck mehrmals gehen müssen.«

»Mehrmals?«, rief Janera. »Du meinst rauf und wieder runter?«

»Ja, genau. Und dann wieder rauf, wenn du es nicht ganz umsonst machen willst«, spottete Mirhabeth. »Und das ganze vielleicht nicht nur zweimal. Du bist eine kluge Frau. Du hast es verstanden. Man könnte fast glauben, dass du eine Gelehrte bist. Apropos Gelehrte: Vielleicht kannst du uns mitsamt Gepäck hochzaubern. Es würde uns viel Mühe ersparen.«

»Du weißt, dass das nicht geht«, sagte Janera, und man sah ihr an, dass sie es wirklich bedauerte.

Gleich nach Sonnenaufgang machten sie sich auf den Weg. Je tiefer sie in den Talkessel vordrangen, desto ohrenbetäubender wurde das Tosen. Bald konnten sie sich nur noch schreiend unterhalten. Schwärme winziger Insekten schwebten wie Rauchschwaden über dem Schilf. Gelegentlich scheuchten die Wanderer Vögel auf, und kleine Amphibien huschten über den Weg. In den mäandernden Bächen, die die äußeren Kaskaden mit dem See verbanden, tummelten sich schillernde Fische. Die Berghänge zu ihrer Linken wurden zu einer unregelmäßigen Felswand, über die sich Wasserfälle in das Tal ergossen. Und vor ihnen löste sich die silbern schimmernde Wasserwand in unzählige Fälle und Katarakte auf. Der Fluss hatte sich im Laufe von Äonen tief in den Fels gegraben, ihn zerschnitten, durchbohrt und zermahlen, und nach immer neuen Wegen gesucht. Er sprudelte aus Spalten, ergoss sich aus Höhlen und strömte aus Schluchten, die tief in die dahinterliegende Hochebene führten. Dazwischen ragten Säulen und Grate in der Gischt auf. Lianen und Algenbärte hingen herab. Büsche und Bäume klammerten sich an den Fels, geschüttelt in einem ewig währenden Sturm.

Elanora wunderte sich schon seit einiger Zeit, warum sie diesen Weg nahmen.

»Mirhabeth?«, fragte sie. »Wo ist der Weg, den ihr gefunden habt? Wir geraten in die Wasserfälle. Wir müssen doch nach Norden.«

»Wir gehen nicht nach Norden«, antwortete Mirhabeth.

»Aber, das bedeutet ...« Elanora stockte.

Mirhabeth bestätigte ihre Befürchtung. »Unser Weg geht da lang«, sagte sie, und wies auf den Wasserfall.

»Aber das – das ist ...«, rief Elanora. »Du willst uns doch nicht wirklich da hineinführen?«

»Doch«, erwiderte Mirhabeth knapp. »Hinein und hinauf. Warte ab. Du wirst es schon schaffen.«

Der Weg ist steil und schwer, das hat Mirhabeth gesagt, dachte Elanora. *Und er wird vermutlich auch ziemlich nass werden.*

Ein letztes Mal schlugen sie sich durch das Schilf. Zu ihrer Rechten – kaum zwanzig Schritt entfernt – ließen die herabdonnernden Wassermassen den See brodeln. Der Boden unter ihren Füßen bebte, und die Gischt durchnässte sie. Doch zwischen den Reisenden und der vor ihnen befindlichen Felswand war das Wasser gerade knietief, der Grund fest und steinig. Und die Felswand war zerschnitten von einer vier Schritt breiten Klamm, aus der das Wasser strömte. Antonio watete durch den See und ging in die Schlucht. Die anderen folgten. Beklemmung überkam Elanora angesichts der dicht beieinanderstehenden Felswände, die sich gut hundert Schritt über ihnen auftürmten und nur wenig Licht nach unten dringen ließen. Das Wasser war nicht tief, aber es strömte schnell und zerrte an ihren Kleidern. Die Steine waren glitschig. Man kam nur mühselig voran, und jeder machte unfreiwillige Bekanntschaft mit dem Nass.

Nach einigen hundert Schritten neigte sich die linke Wand ein wenig nach außen. Ein Sims – kaum zwei Spann breit – zog sich wie eine gezackte Narbe quer durch den Fels. Wie hoch er stieg, konnte Elanora im Dämmerlicht nicht erkennen.

»Bitte, nicht dort hinauf«, flüsterte sie, doch Antonio hatte sich schon aufgemacht, die Felswand zu besteigen, und Mirhabeth folgte ohne Zögern.

Rank hatte einen Fuß auf den Sims gesetzt, da drängte sich Janera an ihm vorbei und sagte: »Ich geh voran, Herumtreiber, damit du nicht auf mich fällst.«

»Selbstverständlich.« Rank verneigte sich übertrieben tief. »Sehr verbunden. Habt Dank.«

Elanora bedachte ihn mit einem ratlosen Blick, sodass Rank ergänzte: »Euer Wohlgeboren, die ehrenwerte Magistra Extraordinaris ist nur um mein Wohl besorgt. Sie fürchtet, dass der Anblick von Mirhabeths rahjagesegnetem Apfelhintern mich straucheln lässt. Aber mit den schmutzigen Säumen der studierten Robe vor der Nase werde ich mich völlig auf den Weg konzentrieren können.«

Janera kommentierte die Erklärung mit einem verächtlichen Schnauben und machte sich an den Aufstieg. Rank folgte mit einem deutlichen Abstand.

Elanora schaute hinter ihnen her. Bislang war sie davon ausgegangen, dass sich Rank, Mirhabeth und Antonio einfach gut verstanden. Aber zumindest Rank und Mirhabeth schien etwas zu verbinden, das Janera eifersüchtig machte. Elanora hatte bislang keinen Gedanken daran verschwendet, dass die Beziehung zwischen der Magierin und der Tulamidin mehr als rein freundschaftlich sein könne. Wenn dem so war, hielt Mirhabeth es weder sonderlich mit der Treue, noch schenkte sie ihre Zuneigung ausschließlich dem eigenen Geschlecht. *Solange es keinen handfesten Streit gibt, soll es mich nichts angehen,* dachte Elanora. Aber sie bekam die Sache nicht aus dem Kopf. *Bin ich die, die eifersüchtig ist? Das ist lächerlich!* Aber Ranks Hintern, jetzt gut vier Schritt über ihr, war auch einen zweiten Blick wert.

Kushko riss sie aus der Betrachtung. Er stand hinter ihr und sagte: »Geh voran, Wohlgeboren. Wenn du strauchelst, kann ich dich auffangen.«

»Nicht einmal du kannst jemanden auffangen, wenn er da herunterfällt. Was ist mit ihnen – mit Wapiya und den anderen?«

»Sie kommen als letzte. Sie tragen das Gepäck. Wenn sie fallen, sollen sie niemanden in die Tiefe reißen.«

»Außer sich selbst? Nein, sie gehen voran. Ich folge.«

»Das ist dumm, Wohlgeboren.«

»Warum können sie nicht einen Teil des Gepäcks zurücklassen? Mirhabeth hat gesagt, dass wir es wohl so machen müssen.«

Kushko wies mit einem Nicken auf die Tulamidin, die jetzt fünfzehn Schritt über ihnen in der Wand stand. »Sag ihr das. Hier können wir nichts lassen. Es wird weggespült.«

Elanora sah ein, dass er in diesem Punkt recht hatte. Aber warum hatte Mirhabeth nicht empfohlen, schon vor der Schlucht einen Teil des Gepäcks zurückzulassen?

»Aber sie gehen voran«, sagte sie.

»Wenn sie fallen ...«

»... fallen sie auf mich, und ihr könnt alle wieder nach Hause gehen.«

Ein stummes Duell ihrer Blicke folgte.

»Wie du wünschst, Wohlgeboren«, sagte Kushko schließlich, »aber *ich* folge *dir*.«

Elanora nickte.

Die Träger gingen also voran. Auch mit dem schweren Gepäck auf dem Rücken wirkte ihr Gang sicher. Sie benutzten nicht einmal die Hände, um sich abzustützen. Elanora folgte und versuchte es ihnen gleichzutun, doch schon nach wenigen Schritten taumelte sie und rutschte zurück. Mit dem ganzen Körper presste sie sich an die Wand und hielt sich an der nächsten Stufe im Fels fest. Zitternd schaute sie nach unten. Ihre Füße waren noch keine drei Schritt über dem Grund der Schlucht, und unten stand Kushko. Er eilte ihr nach, seine Schritte waren leicht, als ginge er auf einer Straße. »Ich weiß, dass es schwer ist, aber du darfst keine Angst haben, Wohlgeboren. Schau nicht nach unten; denk nicht mal daran. Denk nur daran, dass ich hinter dir stehe und dich halte.«

Elanora nickte. Die Panik ließ ein wenig nach. Sie löste sich von Felsen und tat die ersten Schritte.

»Neige dich immer ein wenig zur Wand, lehne dich an, halte dich mit der Linken, aber lass die Rechte frei, um die Balance zu halten«, wies Kushko sie an.

Wieder ging es ein wenig besser.

»Wenn du unsicher wirst, lehne dich nach vorn. Du brauchst dich nicht zu schämen, wenn du auf allen vieren krabbelst.«

Langsam kam sie voran, setzte immer einen Fuß vor den anderen. Dann kam ein Absatz, mehr als einen Schritt hoch. Wieder zögerte sie.

Das kann ich nicht!, dachte sie. *Ich bin keine Bergziege!*

»Vielleicht solltest du das Kleid ausziehen, es ist unpraktisch, Wohlgeboren«, kam Kushkos Stimme von hinten.

»Was?«, rief Elanora. »Ich laufe nicht im Unterrock vor dir her.«

»Du bleibst mit dem Kleid hängen.«

»Du hast schon mehr von mir gesehen, als mir lieb ist«, erwiderte sie trotzig und erklomm die Stufe.

»Eben. Was spielt es da noch für eine Rolle?«, antwortete Kushko.

Ohne es zu wollen, musste Elanora lachen. »Nicht hier. Das sparen wir uns für einen passenderen Ort auf, Kushko.« Und schon wurde sie rot.

»Wie du wünschst, Wohlgeboren.«

Elanora fragte sich, warum Kushko seine Schweigsamkeit gerade jetzt ablegte und sie mit koketten Vorschlägen bedachte. Da sah sie, dass sie fast zu Takate aufgeschlossen hatte. Kushko hatte ihre Gedanken von dem Abgrund abgelenkt. Sie war die Felswand hochgeklettert, ohne es zu merken.

Wenige Schritt über ihnen wurde der Sims breit und führte in eine Höhle. Die anderen halfen Elanora und Kushko hinein. Erschöpft lehnte sie sich an den Fels und schaute nach draußen: Sie waren noch keine dreißig Schritt über dem Grund der Schlucht – und schon war sie schweißgebadet. Hoffentlich wurde der weitere Weg leichter.

»Hier lassen wir einen Teil des Gepäcks zurück und holen es später«, sagte Mirhabeth. »Jetzt wird es anstrengend.«

»Jetzt wird es anstrengend?«, keuchte Elanora. »Und was war das bisher?«

»Wir müssen klettern. Richtig klettern. Aber es wird trocken bleiben. Das ist doch auch etwas. Kommt!«

Die Höhle war nicht tief. An ihrem Ende befand sich etwas, das wie ein Kamin aussah. Das Wasser musste sich vor langer Zeit den Weg geradewegs durch den Fels gebahnt haben. Weit über ihnen versprach ein trüber Lichtpunkt das Ende der Plagen.

»Unsere Seile sind nicht lang genug«, erklärte Mirhabeth. »Ich schlage vor, dass immer zwei von uns sich gegenseitig sichern. Dazu müssten die Seile ausreichen.«

Alle schauten sich an. Dann ging Janera zu Mirhabeth und nahm sie an die Hand. Die Tulamidin nickte, nahm wortlos ein Seil, band es um ihre Hüften und sicherte anschließend die Magierin. Gemeinsam stiegen sie in den Kamin.

Rank wandte sich Elanora zu, und für einen Moment glaubte sie, er wolle sie fragen, ob sie miteinander klettern sollten. Dann wandte er sich ab und bestieg mit Antonio den Schacht. Wieder hatte Elanora das Gefühl, dass sie nicht alles mitbekam, was in der Gruppe vor sich ging.

Die Träger ließen jetzt einen Teil des Gepäcks zurück. Sie wären mit den Bündeln sowieso nicht durch die Höhle gekommen. Sie gingen als nächste. Kushko und Elanora blieben zurück. Der Utulu band wortlos ein Seil um Elanoras Hüften, dann um die seinen, und begann ebenfalls, den Kamin zu besteigen. Elanora war überrascht, dass er ihr ohne Weiteres den letzten Platz überließ. Dann wurde ihr klar, dass es kein neu erwachtes Vertrauen war: Sollte sie den Halt verlieren, konnte sie nicht auf ihn fallen. Und er hatte sie am Seil.

Der Kamin war glatt und die Vorauskletternden verdunkelten das spärliche Licht von oben. Schon bald hatte Elanora das Gefühl, in ein steinernes Nichts zu steigen. Es dauerte Ewigkeiten, bis ihre Hände einen neuen Griff ertasteten, ihre Füße einen sicheren Tritt unter sich spürten und sie ein Stück nach oben kam.

Elanora schätzte gerade, dass sie die Hälfte des Kamins geschafft hatten, als sie hörte, dass Kushko einen unverständlichen kurzen Fluch ausstieß. Es prasselte. Steinchen fielen auf ihren Kopf und ihre Schultern. Instinktiv presste sie sich an den Fels.

Das Prasseln hielt an, es wurde begleitet von einem Schaben und Kratzen. Vorsichtig schielte sie nach oben. Die Dunkelheit über ihr schien sich zu verdichten.

Etwas Großes kam von oben herab!

Ihr erster Impuls war, sich noch flacher zu machen und zu hoffen, dass es an ihr vorbeifiel.

Dann – ohne zu denken – stieß sie sich mit den Händen ab, prallte mit dem Rücken an den Fels und spannte alle Muskeln. Sie hing mit den Füßen an der einen, mit dem Rücken an der anderen Wand des Kamins gepresst und wartete. Da war der Körper heran und prallte auf ihre Beine.

Elanora schrie vor Schmerz. Ein paar Augenblicke konnte man nur ihr Wimmern hören.

Dann brummte Kushko: »Was machst du?«

»Siehst du doch! Ich fang dich auf!«, stöhnte Elanora.

»Ich hab das Seil gelöst! Ich wäre an dir vorbeigefallen.«

»Das hättest du nie überlebt! Und was macht dich so sicher, dass du mich nicht mitgerissen hättest?«

»Ich wäre an dir vorbeigefallen«, wiederholte Kushko. »Es ist ein Wunder, dass ich dir nicht die Beine gebrochen habe. Dann lägen wir jetzt beide unten. Aber das wird sowieso gleich geschehen.«

»Unfug!«

»Das hier ist kein Ort für Heldentaten. Mach endlich Platz! Lass mich fallen!«

»Nein! Wohin auch? Wenn ich loslasse, fallen wir beide. Versuch dich irgendwo festzuhalten, sonst brichst du mir wirklich noch die Beine.«

Kushko brummte etwas Unverständliches. Dann verschwand das Gewicht von ihren Beinen. Der Schmerz ließ ein wenig nach.

»Hast du das Seil?«

»Nein. Warum?«

»Weil ich nicht weiß, wie ich wieder auf die andere Seite kommen soll«, antwortete Elanora. »Wenn ich jetzt lockerlasse, bin ich eine tote Heldin.« Sie tastete nach dem Seil an ihrer Hüfte. Es hing schlaff nach unten. Sie zog das lose Ende hoch und warf es in die Richtung, in der sie Kushkos Hände vermutete. »Hast du es?«

»Nein.«

Nach mehreren Versuchen straffte sich das Seil.

»Hast du es fest? Hast du es wirklich fest?«, fragte Elanora.

»Ja«, kam es von oben.

»Ich lass jetzt los. Bitte, lass mich nicht fallen.«

»Nein.«

Sie stieß sich mit den Händen ab und hoffte, die andere Seite des Schachts zu erreichen, dann fiel sie, vielleicht einen Schritt, vielleicht auch mehr. Das Seil straffte sich und presste ihren Bauch zusammen. Elanora schrie auf. Sie merkte, dass sie wieder ein Stück nach oben gezogen wurde, schwebte in der Dunkelheit mit ausgestreckten Armen, versuchte Halt zu finden. Ihre Hände und Füße tasteten an der Wand entlang. Sie kam sich vor wie eine Spinne an ihrem Faden.

Endlich fand sie einen Tritt und hielt sich fest. »Kushko!«, rief sie. »Warte einen Augenblick.« Sie presste sich zitternd an die Wand, spürte sie mit dem ganzen Leib. Eine Weile blieb sie stehen und atmete tief durch.

»Gut«, sagte sie dann. »Jetzt können wir weiter.«

Elanora wusste nicht, wie lange sie brauchten, um den Kamin vollends zu besteigen, doch endlich wurde es hell über ihnen. Sie kroch aus dem Loch, sah die angespannten Gesichter der anderen, rollte sich auf den Rücken und blieb liegen. Sie brauchte einige Zeit, um wieder zu Atem zu kommen. Dann richtete sie sich auf und schaute sich um. Zu ihrer Enttäuschung musste sie feststellen, dass sie noch immer nicht ganz oben angekommen waren. Sie befanden sich in einer Senke, etwa fünfzig Schritt im Durchmesser, mit zwanzig Schritt hohen Wänden. Die Schlucht, durch die sie gekommen waren, teilte die Senke in zwei Hälften. Die Seite, auf der Elanora und ihre Begleiter saßen, war karg und steinig, aber auf der anderen Seite strömten mehrere Wasserfälle in die Senke. Das Wasser ließ allerlei Grün gedeihen, ehe es sich in die Schlucht ergoss. Und über die Schlucht spannte sich eine einfache Brücke aus Holz und Lianen. Dies war also tatsächlich ein Pfad der Waldmenschen! Ehe Elanora ihrem Erstaunen Ausdruck verleihen konnte, raffte Kushko sich zerschunden und mit blutigem Gesicht auf. Zuerst glaubte sie, er wolle sich bei ihr bedanken, doch er ging zu den Trägern und streckte Wapiya mit einem Faustschlag nieder.

»Was machst du da!« Elanora sprang auf. Ihre gequälten Knie gaben nach. Sie musste sich wieder setzen und mit ansehen, wie Kushko sich zu dem heilkundigen Träger hinabbeugte, ihn am Hals packte und auf die Beine zog.

Cankuna, Rumari und Takate wichen zurück.

Die anderen rührten sich nicht.

Sie schauten weg.

Mirhabeth!, dachte Elanora. *Warum sagst du nichts? Warum tust du nichts? Er hat dir doch das Leben gerettet!* Doch auch Elanora schwieg. Stumm ging ihr Blick von Kushko zu Wapiya, dann zu Mirhabeth und zurück. Der Sklave fing an zu röcheln, seine Augen waren schreckensweit und schienen hervorzutreten.

»Hör auf!«, schrie Elanora. »Kushko! Hör auf!« Dieses Mal blieb sie auf den Beinen. Sie humpelte zu Kushko, fiel ihm in den Arm und versuchte seine Hand von Wapiyas Hals zu lösen. Doch der Griff war eisern, und Elanoras Anstrengungen schienen dem Mohaha noch mehr Schmerzen zu bereiten.

»Lass ihn los!«, schrie sie außer sich. Sie schlug auf Kushko ein. Was dieser nicht einmal zu bemerken schien. War er verrückt geworden? Er starrte Wapiya wortlos an und schaute zu, wie sich dessen Gesicht langsam verfärbte.

»Lass ihn sofort los, du Ungeheuer!«, schrie Elanora. Ihre Stimme überschlug sich.

Kushko wandte ihr zu, ohne den Griff zu lockern. »Ich bin für dich verantwortlich, Wohlgeboren«, sagte er ruhig. »Er hat uns beinahe umgebracht. Hätte er mir nicht Steine ins Gesicht getreten, wäre ich nicht gefallen.«

»Aber er hat es nicht mit Absicht getan!«

»Das spielt keine Rolle.«

Elanora starrte Kushko entsetzt an. Das konnte nicht wahr sein! »Lass ihn los, sofort!«, sagte sie noch einmal. Dann fügte sie hinzu: »Ich befehle es dir!«

»Wie du wünschst, Wohlgeboren«, erwiderte Kushko. »Es ist deine Expedition.« Er ließ Wapiya los. Der Träger fiel reglos zu Boden.

Keiner der anderen näherte sich Elanora, Wapiya und Kushko.

»Ja, es ist meine Expedition«, sagte Elanora, mehr zu sich selbst. Dann ging sie neben Wapiya in die Knie und schüttelte ihn. Er rührte sich nicht. Hatte Kushko ihn etwa umgebracht?

»Helft ihm doch«, rief sie.

Endlich kam Janera zu ihnen, setzte sich neben Wapiya, fühlte seinen Puls und untersuchte seinen Hals. Die Male von Kushkos Fingern zeichneten sich dunkelviolett auf seiner Haut ab. Dann strich Janera fast zärtlich über seine Wange. »Er wird schon wieder. Lasst mich allein. Ich muss mich konzentrieren.« Sie murmelte Worte, die Elanora nicht verstand.

»Vielleicht hast du recht«, sagte Kushko.

Elanora war überrascht und erfreut. Begriff Kushko doch, um was es ihr ging?

»Ich würde auf einen Träger ungern verzichten«, fuhr Kushko fort. »Die anderen müssten seine Last mittragen. Wir kämen langsamer voran. Aber jetzt müssen wir das restliche Gepäck holen.«

Er wandte sich ab und begab sich wieder zu dem Loch im Boden.

»Warte!« Elanora sprang auf und folgte ihm. *Er hat überhaupt nichts begriffen,* dachte sie enttäuscht. Aber auch wenn sie sein Verhalten zutiefst entsetzte und verunsicherte, sie wollte es sich nicht anmerken lassen.

»Was ist noch, Wohlgeboren?«, fragte Kushko.

»Du bist verletzt. Wir müssen uns um die Wunden kümmern.«

»Nicht schlimm«, brummte Kushko und wandte sich wieder dem Kamin zu.

»Bleib stehen!«, befahl Elanora. »Setz dich hin und lass es mich ansehen.«

Kushko tat wie ihm geheißen.

Elanora holte Tücher und Wasser, dann setzte sie sich neben ihn und begann seine Wunden zu reinigen. Es war das erste Mal, dass sie ihn berührte. Seine Haut war dunkler als die von Canteha, fast schwarz, und alles darunter schien aus Muskeln zu bestehen. »Das ist nicht deine Aufgabe, Wohlgeboren« sagte Kushko. Er schien sich sichtlich unwohl zu fühlen.

»Doch«, erwiderte Elanora. »Jetzt schon. Dafür hast du selbst gesorgt. Du hast Wapiya beinahe umgebracht. Janera ist jetzt mit ihm beschäftigt. Die anderen trauen sich nicht mehr in deine Nähe. Du musst also mit mir vorliebnehmen.«

»Du weißt, dass ich *das* nicht meine.«

»Und du weißt, was *ich* meine.«

»Wie du wünschst, Wohlgeboren.«

»Warum hast du es getan?«, fragte Elanora sanft.

»Er hätte uns beinahe umgebracht, das hab ich dir schon einmal gesagt, Wohlgeboren.«

»Und ich habe dir schon einmal gesagt, dass es nicht seine Absicht war.«

»Er hätte besser aufpassen müssen.«

»Das ist noch kein Grund, ihn so zu behandeln.«

»Wie du meinst, Wohlgeboren.«

»Ich habe darauf bestanden, dass wir hinter ihnen gehen. Warum schlägst du nicht mich?«

»Das habe ich schon einmal gesagt: Du bist die Herrin, Wohlgeboren.«

»Und sie sind Sklaven?«

Kushko nickte.

»Trotzdem. Du hast ihn fast umgebracht.«

»Ja.«

»Er ist kein Ding!«

»Er ist ein Sklave.«

»Du warst selbst einer!«

»Ich bin keiner mehr.«

Nun fiel Elanora nichts mehr ein. Sie sah die Narbe auf seinem rechten Schulterblatt. Ein Kreis, darin ein durchgestrichenes umgedrehtes S. Ein Brandmal. Rinder zeichnete man so, oder Pferde. Als Eigentum. Ein Sklavenmal! Sie fuhr mit den Fingern die Konturen nach. Es fühlte sich seltsam an, rau und knotig, ganz anders als seine sonst so glatte Haut.

Wenn sie ihn ausgepeitscht haben, sieht man nichts mehr davon, dachte sie. Ihre Finger wanderten über seinen Rücken. *Man spürt auch nichts.* Er fühlte sich gut an.

Kushko räusperte sich.

Elanora fuhr zusammen.

Benimm dich, schalt sie sich. *Erst Rank – und jetzt Kushko, der Sklavenschinder. Dein Geschmack ist mehr als zweifelhaft. Aber das hast du ja schon früher bewiesen: Mit Jakus Halminger, zum Beispiel. Oder bei Khorim Al'Rashid. Vergiss nicht, wer du bist. Und vergiss nicht, warum du hier bist!* Schnell stand sie auf.

»Ich bin fertig«, sagte sie. »Und bitte, Kushko. Tu das nie wieder. Tu ihnen nichts. Wenn es meine Schuld ist, dass sie sich falsch verhalten, bestrafe mich.«

»Dich?«, fragte Kushko verwirrt. »Nein.«

»Das ist ein Befehl«, sagte sie. »Du befolgst meine Befehle, nicht wahr?«

Kushko nickte. »Wie du wünschst, Wohlgeboren.«

Es war doch so einfach.

***

Bis auf Elanora, Janera und Wapiya machten sich alle daran, das restliche Gepäck durch den Schacht nach oben zu schaffen. Es wurde Nachmittag, ehe alles beisammen war. Nach einer kurzen Rast überquerten sie die schwankende Brücke und betraten die andere Seite des Talkessels. Bald hatten sie dessen Rand erreicht. Ein gewundener Steig führte nach oben. Nach einer letzten Anstrengung erreichten sie ein Felsplateau, das sich einige Schritt über einem Labyrinth aus Wasserläufen, Katarakten und Stromschnellen erhob. Im Osten, weg von dem brodelnden Malstrom, wurde das Wasser ruhiger. Statt karger Klippen umströmte es grüne Felseninseln und breite Sandbänke. Die Wasserfälle wurden gespeist von einem See, der den Grund eines Hochtales bedeckte, das sich tief ins Gebirge zog. Golden und grün schimmerte der See in der Abendsonne. Unzählige Inseln und Schilfgürtel zeigten, wie flach er war. Aber der Weg nach Süden blieb versperrt.

»Und? Wie geht es nun weiter?«, rief Elanora.

»Wir waren nicht weiter«, sagte Antonio vorsichtig. »Wir ...«

»Wir wollten wissen, ob und wie wir hier hinaufkommen. Und dazu haben wir schon lang genug gebraucht, Sayida«, unterbrach ihn Mirhabeth.

»Ihr habt das hier gesehen und habt mich trotzdem hier hinaufgeführt?« Elanora konnte es nicht glauben. Zorn kochte in ihr hoch. »Ich wäre da unten beinahe gestorben! Das Ganze war völlig umsonst!«

»Nein! Ich bin überzeugt, dass es einen Weg nach Süden gibt, ohne das ganze Tal zu umrunden. Wir müssen ihn nur finden. Aber Antonio und ich sind den Weg heute schon zweimal gegangen. Auch gestern. Wir brauchen eine Rast. Wir sind erschöpft. Morgen sieht das alles wieder anders aus.«

Mirhabeths betonte Freundlichkeit reizte Elanora umso mehr. War sie denn eine dumme kleine Göre, die man besänftigen musste? »So? *Ihr* seid also erschöpft? Und was willst du mir damit sagen? Dass *ich* es mir bequem mache? Ich bin ja bloß *einmal* hier hochgeklettert«, schnappte sie.

»Nein, so habe ich es nicht gemeint.«

»Natürlich! Aber es ist meine Expedition! Meine! Kushko hat es inzwischen begriffen. Ich hoffe, du wirst es auch noch verstehen. Ihr alle! Und ihr alle verheimlicht mir etwas! Was geht hinter meinem Rücken vor? Es ist meine Expedition!«

»Natürlich ist es deine Expedition. Und nichts geht hinter deinem Rücken vor, Elanora.«

»Lügnerin!«

»Ich lüge nicht!«

»Ach, lass mich doch in Ruhe!«

»Wie du *befiehlst, Wohlgeboren.*« Mirhabeth drehte sich weg und stapfte davon.

Elanora ließ sie sich auf den Boden sinken und verbarg das Gesicht in den Händen. Sie konnte nicht mehr!

Es ist deine Expedition, Elanora, sagte sie sich. *Und nichts ist so, wie du es erwartet hast. Nichts ist so, wie du es geträumt hast. Aber ist es denn ein Wunder? Wer bist du denn? Die verwöhnte Tochter eines armseligen Koscher Junkers! Du kannst nicht aus deiner Haut, auch wenn du es möchtest. Du kannst ihnen lange die Freundschaft anbieten. Wenn die Argumente fehlen, gibst du Befehle. ›Respekt verdient man sich nicht mit Worten, sondern mit Taten‹, sagte eine Stimme in ihr. – Aber es ist meine Expedition.*

Am liebsten hätte sie geheult. Neun Menschen begleiteten sie, aber sie war allein. Das Ganze wuchs ihr über den Kopf. Sie wollte nach Hause. Sie wollte, dass alles wieder so war wie früher. Dann wollte sie nie wieder vom Dschungel und Abenteuern in der Fremde träumen!

Aber sie hatte eine Aufgabe. Es war ihre *Pflicht*!

»Komm. Steh auf.« Mirhabeth stand wieder neben ihr und hielt ihr die Hand hin.

»Was?«, fragte Elanora.

»Ich weiß, es ist anstrengend. Aber hier können wir nicht bleiben.«

»Es tut mir leid«, sagte Elanora. »Ich bin euch allen eine Last.«

»Das hast du schon einmal gesagt. Aber dadurch wird es nicht richtiger.«

»Aber ...«

»Wir sind alle erschöpft und gereizt. Kushkos Prügelei hat es nicht besser gemacht. Aber wir sollten wenigstens aus den Wasserfällen heraus, dann können wir ausruhen. Über die Stromschnellen und Felsen kommen wir nie auf die andere Seite. Aber weiter oben. Vielleicht finden wir einen Weg, ehe dieser See beginnt. Vermutlich werden wir uns nasse Füße holen, aber das sind wir ja gewohnt. Wir können es schaffen. Das Waldvolk weiß, warum es diesen Weg gewählt hat. Du solltest ihm vertrauen. Vertrau mir – *Elanora*.«

Die Wärme, mit der die Tulamidin ihren Namen aussprach, wog mehr als alle Argumente. Mit einem Lächeln nahm Elanora die dargebotene Hand. »Danke für alles«, sagte sie und stand auf.

***

Ein Felsgrad führte die Wanderer von dem Plateau. Sie durchwateten die Zuflüsse der äußeren Katarakte und erreichten die Hänge des Hochtales. Hier wandten sie sich wieder nach Osten und folgten dem Lauf des Flusses das Tal hinauf. Schon nach wenigen hundert Schritten beruhigte sich das schäumende Wasser. Es floss langsamer, und statt der bizarren Felssäulen und Plateaus umströmte es unzählige flache grüne Inseln, an deren stromabwärts gelegenen Enden sich lange Sandbänke gebildet hatten.

»Wir sollten bis morgen warten, ehe wir weitergehen«, sagte Mirhabeth. »Wir können es hier versuchen, aber ich möchte sehen, wohin ich trete.«

Sie ließen das Gepäck von ihren Schultern gleiten.

»Sayida Elanora?«, fuhr Mirhabeth fort.

»Ja?«

»Wir werden den See nicht umgehen. Morgen versuchen wir, da rüber zu kommen.« Sie deutete über den Fluss.

»Ich weiß«, sagte Elanora. »Und du weißt, dass es einen Weg gibt?«

Mirhabeth schüttelte den Kopf. »Nein. Seit wir das Felsplateau verlassen haben, habe ich keine Spur der Waldmenschen oder ihres Pfades gefunden.«

Elanora Blick ging zu Antonio.

Der zuckte die Achseln.

»Antonio auch nicht«, sagte Mirhabeth scharf.

Elanora hob abwehrend die Hand. »Du weißt, was ich meine.« Sie wollte Mirhabeths Fähigkeiten nicht in Zweifel ziehen, aber die Stimmung war noch immer gereizt. Jedes Wort und jeder Blick konnte falsch verstanden werden. Auch die Tulamidin blieb – trotz der freundschaftlichen Geste vorhin – nicht davon verschont.

»Ich kann es mir nicht vorstellen, aber sie müssen einen anderen Weg genommen haben. Wie der auch immer aussieht.«

»Dann werden wir also auf kein Dorf stoßen. Und keiner kann uns sagen, wo wir hinmüssen«, sagte Elanora enttäuscht.

»Wir wissen, wohin wir müssen, Meister«, mischte sich Antonio ein. »Du sehen Gebirge, gehen nach Süd und nach West?«

Elanoras Blick folgte seiner Hand: Die Nebel waren verschwunden. In der Abendsonne zeichnete sich das Gebirge in feurigem Rot ab. »Ich glaube, wir weiter im Süden als gedacht. Da drüben muss sein alte Blasshautstraße nach Mirham, eine Woche von hier, wenn Weg gut. Und du sehen die Berge, die aussehen wie Finger von Hand? Das ist Chap Kamo, zwei, drei Tage weg von Straße. Da wir müssen hin. Vergessene Stadt da oben gesehen haben.«

»Du hast die Stadt gesehen?«

»Aber ja! Ich doch erzählt, in Nasha. Ist viel Zeit her. Damals ich junger Krieger und noch nicht gewesen in Stadt von Blasshäute. Wollen sehen Chap Kamo und sehen alte Stadt. Aber da ich nichts wissen von Kamaluqs Schlund.«

Elanora wandte sich wieder den Bergen zu. Weit im Südwesten verschwamm die Silhouette des Regengebirges im Dunst. Und tatsächlich konnte sie eine vorgelagerte Bergkette erkennen. Das mit den fünf Gipfeln, angeordnet wie die Finger einer Hand, überforderte jedoch ihre Fantasie. Aber vielleicht hätte sie auch Elfenaugen gebraucht, um es zu erkennen.

***

Nach einem spärlichen Frühstück machten sie sich daran, den Fluss zu überqueren. Wie Mirhabeth angekündigt hatte, holten sie sich in dem sumpfigen Gelände schon nasse Füße, bevor sie den ersten Flussarm durchwateten. Das Wasser war klar und knietief. Jetzt verstand Elanora auch, warum Mirhabeth und Antonio sich möglichst bald nach Süden wenden wollten: Je näher sie dem eigentlichen See kamen, desto langsamer floss zwar das Wasser – aber umso sumpfiger und tückischer wurde das Flussbett.

Bald befanden sie sich mitten in einem nassen, schillernden Labyrinth. Gewaltige Farne, filigran gefiederte Palmen und Wälder aus Bambus bedeckten die Inseln. An den Ufern wuchs

Röhricht, in stillen Buchten schwammen Lotos und Seerosen. Schwertlilien neigten ihre Köpfe über das Wasser. Orchideen in allen Farben klammerten sich an Äste und Zweige und streckten den Wanderern Blüten und Luftwurzeln entgegen. Die Luft war von einem betörenden Duft erfüllt. Elanora kam es vor, als schreite sie durch einen verzauberten Garten.

Aber der Garten war nicht ohne Gefahren, wie sie schnell feststellte, und die Gefahren lauerten nicht nur im Wasser. Auf den Sandbänken dösten Alligatoren in der Sonne. Schon auf der ersten Insel wäre Mirhabeth beinahe in ein Nest mit jungen Palmvipern getreten. Seitdem machten sie es ähnlich wie im Sumpf: Sie hielten die Macheten bereit, zwei gingen mit langen Stangen voran und scheuchten alles auf, was im Gras und Unterholz lauerte.

Sie schlugen sich gerade durch das Buschwerk einer weiteren Insel, als es schien, als verlöre der Strauch, unter dem Rank herging, plötzlich alle Blätter. Rank schrie auf, ließ Stab und Machete fallen, hüpfte auf der Stelle und schlug um sich. Es sah so komisch aus, dass Elanora am liebsten laut gelacht hätte. Seine panischen Schreie ließen ihr jedoch das Lachen im Halse stecken bleiben.

Mirhabeth erkannte die Gefahr sofort. Sie eilte zu Rank und schlug mit flacher Hand auf ihn ein. Aber die vermeintlichen Blätter fielen nicht von ihm ab, sondern sprangen in Massen auf sie über. Jetzt begriff auch Elanora: Rank und Mirhabeth waren von oben bis unten mit kleinen grünen Spinnen bedeckt.

Es verging keine Minute, da wurden Ranks Bewegungen langsamer. Mirhabeths Hand schien plötzlich an seinem Arm zu kleben. Weiße Fäden zwangen die beiden in eine bizarre Umarmung.

Die Gefährten ließen ihr Gepäck fallen, eilten zu den Eingesponnenen und versuchten, die Spinnen abzustreifen und zu zerquetschen. Der aus vielen hundert Tieren bestehende

Schwarm verteilte sich über die ganze Gruppe. Die Spinnen krabbelten über ihre Haut und hinterließen klebrige Fäden auf Händen, Haaren und Gesicht. Bald waren sie mehr damit beschäftigt, sich der Spinnen zu erwehren, als Rank und Mirhabeth zu helfen. Denen fiel es immer schwerer, die Plagegeister abzuwehren: Ihre Arme und Beine waren dicht mit Spinnenseide bedeckt. Voller Abscheu musste Elanora sehen, dass der inzwischen kaum noch zu einer Bewegung fähige Rank den Kopf hin und her warf, um eins der daumenlangen Ungeheuer daran zu hindern, seinen Kopf auch noch einzuspinnen. Aber das Tier ließ sich nicht abschütteln. In einer letzten verzweifelten Aktion zerbiss er es.

»Zum Wasser!«, rief Kushko.

Sie nahmen die Eingesponnenen in die Mitte und stolperten durch das Unterholz zum Ende der Insel. Ohne auf lauernde Gefahren zu achten, stürzten sie sich kopfüber ins Wasser.

Prustend kamen sie wieder hoch. Das schnell strömende Nass nahm die meisten Spinnen mit; die restlichen streifte man ab. Dann entfernten sie die Spinnweben.

Mirhabeth fiel Rank um den Hals. »Oh! Was haben sie dir angetan!«, rief sie und bedeckte sein Gesicht mit Küssen.

Elanora beschlich bei dem Anblick ein seltsames Gefühl, das nicht nur daher rührte, dass sein Mund gerade erst eine Spinne zerbissen hatte.

Kushko und die Träger beachteten das Geschehen nicht weiter. Sie gingen zurück an Land und holten das Gepäck. Aber Janera schien den Tränen nahe.

Nachdem sich alle von den Spinnen befreit hatten, schulterten sie das Gepäck und gingen weiter. Gegen Abend erreichten sie die südlichen Hänge des Hochtales und beendeten den Tagesmarsch.

Die Überquerung des Flusses bewirkte einen merklichen Stimmungsumschwung in der Gruppe. Auch wenn der Weg noch weit und unbekannt war, so waren sie dem Ziel doch einen Schritt näher.

Janera ließ sich nichts anmerken, schielte aber immer wieder zu Mirhabeth und Rank hinüber. Die beiden verhielten sich wie immer. Elanora überlegte, ob Mirhabeths Liebkosungen doch nur ein Zeichen freundschaftlicher Fürsorge gewesen waren. Da niemand etwas zu dem Thema sagte, schwieg auch sie.

***

Am nächsten Tag machten sie sich daran, den Berg zu erklimmen. Etwa auf halber Höhe trafen sie auf eine Schneise, die den Hang entlang nach Südwesten führte. Sie folgten dem neuen Pfad, er war nicht schwer zu erkennen. Tatendrang erfasste Elanora. Endlich gingen sie in die richtige Richtung, und wenn Antonio sich nicht täuschte, hatten sie ihr Ziel sogar schon gesehen. Sie begab sich an die Spitze der Gruppe. Nach einigen Meilen machte der Pfad einen Knick und führte steil bergab, aber Elanora konnte sehen, dass er nur ein Dickicht umging, ehe er seine ursprüngliche Richtung wieder aufnahm.

»Das können wir uns sparen, oder nicht?« Sie schaute sich um. Antonio ging zusammen mit Mirhabeth zwanzig Schritt hinter ihr. *Das kann ich auch allein entscheiden,* dachte sie. *Schließlich ist es meine Expedition.* Der Satz ging ihr inzwischen nicht mehr aus dem Kopf. Sie nahm die Machete und schlug sich durch das Gestrüpp. Auf halben Weg wurde das Dickicht lichter. *Das war ja einfacher als gedacht*.

Dann verschwand der Boden unter ihr.

Etwa zweieinhalb Schritt tiefer endete der Sturz. Laub und Zweige regneten auf sie herab. Während der Schmerz jede Faser ihres Körpers schwingen ließ, stellte sie fest, dass ihr Kopf herunterhing und ihre Beine ins Leere traten. Sie tastete um sich und merkte, dass sie auf mehreren armdicken zugespitzten Pfählen lag, die in einem Abstand von ein bis zwei Spann aus dem Boden ragten. Sie versuchte sich zu drehen. Der Schmerz in den Beinen, an Rücken und Hintern ließ sie aufheulen, aber anscheinend war nichts gebrochen. *Na, Yerno, so viel zum Thema angemessene Kleidung für den Dschungel.* Der gefütterte Leinenstoff hatte den Spitzen standgehalten. Sie würde etliche blaue Flecken davontragen, aber in Hosen wäre sie mit Sicherheit bis auf die Knochen durchbohrt worden.

«Phex segne Meister Meeltheuer!«, rief sie.

»Bist du tot, Meister?«, hörte sie Antonio rufen.

»Nein«, antwortete Elanora. »Hol mich hier raus!«

»Bist du sicher?«, fragte Antonio.

»Dass ich hier raus will? – Oder dass ich nicht tot bin?«, fragte Elanora. »Ich bin mir in beidem ziemlich sicher. Aber ich kann mir ja noch mal Gedanken darüber machen, während du endlich ein Seil holst.«

Antonio schien die Antwort nicht zu gefallen. Sein Gesicht schwebte weiterhin wie der ferne Mond über der Grube. Weitere Monde gesellten sich in Form von Mirhabeth, Rank und Kushko hinzu.

»Bist du verletzt?«, fragte die Tulamidin.

»Verdammt, holt mich hier raus«, schrie Elanora. »Dann sehen wir, ob ich verletzt bin!«

Sie hatte den Eindruck, dass eine Ewigkeit verging, bis das Seil neben ihr erschien. »Wartet! Ich binde mich fest. Wenn ich abrutsche ... Ich glaube nicht, dass ich noch mal so viel Glück habe.«

Sie band das Seil zu einer Schlinge, sodass sie darin saß wie in einer Kinderschaukel, dann rief sie: »Jetzt!«

Ein Ruck ging durch das Seil, sie stieß sich mit den Füßen von der Grubenwand ab und schwebte langsam über den tückischen Spießen in die Höhe.

»Jetzt wissen wir wenigstens, dass ein Dorf in der Nähe ist«, stellte Mirhabeth nüchtern fest.

Elanora hatte darauf bestanden, sofort weiter zu gehen. Was daran lag, dass sie im Moment kaum sitzen konnte. Die blauen Flecken und Schrunden waren zu empfindlich. »Glaubst du, sie sind uns freundlich gesinnt?«, fragte sie. »Ich meine, wo sie doch so tückische Fallen aufstellen.«

»Diese Falle war nicht für einen Menschen bestimmt«, erwiderte Mirhabeth. »Der Weg vorbei war deutlich zu erkennen.«

Elanora sagte nichts dazu.

»Was nicht heißen soll, dass sie dich nicht doch verspeist hätten«, fügte Mirhabeth hinzu. »Aber du bist ja zäh. Zumindest dein Kleid.«

»Das Unfug, Meister«, sagte Antonio. »Mohaha isst nicht Mensch, der in Falle fällt. Vielleicht essen toten Feind, aber das was anderes.«

»Aber es gibt Panaq-Si in der Gegend«, gab Mirhabeth zu bedenken.

»Panaq-Si bauen keine Fallen. Panaq-Si dir Kehle durchbeißen. Das hier Mohahadorf. Oder vielleicht Oijaniha.«

»Die Oijaniha sind auch nicht besser«, sagte Mirhabeth.

»O doch! Viel besser. Du haben wenigstens *eine* Chance.«

»Wer immer sie auch sind, vielleicht sollten wir den Pfad verlassen und uns einen anderen Weg suchen, bevor wir ihnen in die Arme laufen«, schlug Elanora vor.

»Zu spät«, sagte Mirhabeth. »Sie haben uns schon gefunden.«

Gut zwanzig Waldmenschen tauchten zwischen den Bäumen auf und richteten Speere auf die Wanderer. Ihre Mienen zeigten Neugier, aber keine Feindseligkeit. Sie trugen Lendenschurze und lederne Stiefel, ihr Haar war schwarz und lang. Ein Mann trat in die Mitte des Pfades. Das Einzige, was ihn von den anderen unterschied, war ein geflochtenes Stirnband.

Elanora vermutete, dass er der Anführer, vielleicht sogar der Häuptling war.

Sie ging mit offenen Händen auf ihn zu und rief: »Pe-ya. Anhe – Anoiha – Bolo... Bolotongo.«

Der Mann stutzte. Er musterte die dargereichten Hände, dann wieder in ihr Gesicht. Aber er blieb stumm.

Ein paar Waldmenschen lachten.

Antonio schob sich wortlos an Elanora vorbei und begann auf den Mohaha einzureden.

Elanora verstand kein Wort. Aber immerhin antwortete der Waldmensch nun.

Mirhabeth flüsterte in Elanoras Ohr: »Wer hat dir das beigebracht?«

»Was?«

»Das, was du zu dem Häuptling gesagt hast.«

»Er.« Elanora wies mit einem Nicken auf Antonio, der noch immer mit den Waldmenschen sprach. »War es falsch?«

»Kommt darauf an, was du beabsichtigst.«

»Wie meinst du das? Was soll ich beabsichtigen?«, zischte Elanora.

»Nun, wenn du mit ihrem Häuptling schlafen willst, hast du alles richtig gesagt.«

»Ich bring ihn um!«, zischte Elanora.

»Vielleicht war es gar nicht so dumm«, sagte Mirhabeth. »Zumindest hast du sie überrascht.«

Der Häuptling redete auf Antonio ein. Antonio nickte und wollte antworten, wurde aber sogleich unterbrochen. »An-Ija. Pe-ya«, rief der Häuptling, an die Reisenden gewandt.

»Ich glaube, wir sollen ihnen folgen«, sagte Mirhabeth.

Nach etwa einer Stunde Fußmarsch endete der Pfad auf einer Lichtung. Umgeben von einem Palisadenzaun standen dort ein Dutzend Hütten; aus gebogenen Ästen zusammengefügt, erinnerten sie Elanora ein wenig an die Köhlermeiler in der

Heimat. In der Mitte des Dorfes zeugte ein Aschehaufen von einem vergangenen Festmahl. Darum lagen Baumstämme im Kreis.

Der Häuptling baute sich vor Antonio auf und rief etwas. Es klang zornig. Die anderen Krieger nahmen seine Worte auf und beschimpften Antonio ebenfalls. Der antwortete nicht, sondern schaute dem Häuptling unverwandt und stolz ins Gesicht.

»Was sagen sie?«, flüsterte Elanora Mirhabeth zu. »Was hat das zu bedeuten?«

»Ich verstehe kaum ein Wort«, raunte Mirhabeth. »Aber es hört sich nicht gut an.«

Das Ritual ging weiter. Der Häuptling und seine Krieger wurden immer lauter, sie begannen mit den Füßen zu stampfen und die Speere aneinanderzuschlagen. Antonio hielt sich tapfer, aber langsam schien er unter den Rufen zu schrumpfen.

»Ich hoffe, es ist ein Ritual der Gastfreundschaft«, sagte Mirhabeth, wenig überzeugend. »Dein Freund in Chorhop hat Gastgeschenke eingepackt. Ich hoffe, Antonio verpasst nicht den rechten Augenblick, etwas zu präsentieren. – Ich glaube, dieser Augenblick wäre *jetzt.*«

Das vermeintliche Begrüßungsritual endete. Antonio wandte sich wieder den Anderen zu.

»Was ist?«, fragte Mirhabeth. »Was wollen sie?«

»Sie sagen, wir Gefangene von Pamkupa-Ruoi. Das sein Name von Stamm«, antwortete Antonio geknickt.

»Was haben sie mit uns vor?«, hakte Mirhabeth nach.

»Sie sagen: Wir gefangen zu leicht. Wir laufen in Arme von Hohaya Catka wie betrunkene Watu. Und wir fallen – Verzeihung, Meister – wir fallen in Löcher wie Bako-Dopek, wie Selemferkel. Sie sagen, wir du-bute – wir nicht würdig zu schmücken ihre Hütten.«

»Ist das nun gut oder schlecht?«, fragte Mirhabeth.

»Ich mir geben Mühe, zu beweisen, wir pakucan: Mutig, stolz und würdig, ihre Hütten zu schmücken. So sie geben uns Chance. Sie sagen, unser Hohaya muss antreten gegen Hohaya Catka, in Kampf, zu zweien, zu beweisen, dass wir pakucan. Dann wir bute, was heißt würdig.«

»Und? Was ist, wenn wir würdig sind?«

»Dann wir Schmuck von Hütten. Sie aber nicht glauben, dass unser Hohaya siegen. Wenn unser Hohaya siegen, wir wohl Freunde.«

»Hmm«, war alles, was Mirhabeth hervorbrachte.

Obwohl niemand Elanora ansah, war ihr klar, dass jeder an sie dachte. Sie war der Hohaya der Blasshäute, und jedem war klar, dass sie keine Chance gegen Hohaya Catka hatte.

»Ich werde es machen«, sagte Kushko zu Elanoras Erleichterung.

»Ich schon versucht haben, das ihnen zu sagen«, sagte Antonio verlegen. »Sie aber nicht glauben, dass Waldmann oder Utulu unser Hohaya. Sie glauben – sie wissen –, dass Meister Elanora ist Hohaya. Sie stolz, und sie uns geführt – in Grube hinein.«

»Quatsch!«, rief Rank laut. »Dann bin ich eben der Häuptling!« Er trat aus der Reihe, blieb dicht vor Hohaya Catka stehen und schaute auf ihn herab. »Ich bin Hohaya Fuxfell. Ich werde gegen dich kämpfen! Na? Was sagst du jetzt?«

Rank hatte den passenden Ton getroffen: Hohaya Catka nickte zufrieden.

»Und? Was jetzt?«, fragte Rank. Doch seine Stimme sagte deutlich, dass er damit ›*Was hab ich jetzt schon wieder angerichtet?*‹ meinte.

***

Was hab ich angerichtet?, fragte sich Rank nicht zum ersten Mal. *Das war wohl die dämlichste Gelegenheit, den Helden in mir zu entdecken. Dummkopf! Narr! Geh lieber zu den Noioniten! Tote Helden haben nichts von ihrem Heldentum!*

Doch jetzt war das Unheil angerichtet. Die bewundernden Blicke der anderen – nicht einmal Janera konnte die Überraschung hinter ihrer milchsauren Miene verbergen – entschädigten ihn nur wenig dafür, dass er sich viel zu früh der Seelenwaage Rethon stellen musste.

Das ganze Dorf war auf den Beinen. *Ein Zweikampf im Angesicht der Väter stand bevor* – laut Antonios Übersetzung. Jeder würde dabei sein und bezeugen, wie der Häuptling der Blasshäute seinen Mut bewies und die Gefangenen würdig waren, die Hütten der Pamkupa-Ruoi zu schmücken!

Was immer das zu bedeuten hatte.

Na gut, dachte sich Rank. *Ich bin hier. Der Häuptling ist hier. Und inzwischen ist das ganze Dorf versammelt, da werden sich auch ein paar Väter finden lassen. Bringen wir die Sache hinter uns!* Er sandte einen stummen Abschiedsgruß an Mirhabeth und Elanora und zog sein Rapier.

Die Klinge hatte kaum die Scheide verlassen, da packten ihn die Stammeskrieger links und rechts und nahmen ihm die Waffe ab.

Hohaya Catka sprang wutentbrannt auf ihn zu und schrie ihn an.

»Nicht hier, nicht jetzt«, übersetzte Antonio. »Wir gehen zu Aktan-Ru. Gleich. Wir Ritual befolgen. Sonst wir nicht würdig!«

Die Pamkupa-Ruoi verließen mit ihnen das Dorf. Nach etwa einer halben Meile erklomm der Pfad, dem sie folgten, einen dicht bewaldeten Hügel. Zwischen den Bäumen standen kleinere Hütten, zuerst vereinzelt, doch je höher sie kamen, umso zahlreicher wurden sie. Keine Bewohner waren zu sehen. Das Unterholz wucherte ungehemmt. Trotzdem sahen sie neben Hütten in den unterschiedlichsten Stadien des Verfalls auch solche, die erst vor Kurzem errichtet worden waren. Die Ansiedlung zog sich um den ganzen Hügel. Erst langsam wurde klar, warum man keine Bewohner sah. *Sie sind alle zu Hause,* dachte Rank, nachdem er in eine Hütte geschaut hatte. Dann korrigierte er sich: *Nun, nicht direkt*. Immerhin waren die Bewohner allesamt tot und befanden sich in den verschiedensten Stadien der Verwesung. *Ein Dorf der Toten,* dachte er. *Ein Friedhof. Und ich werde mich gleich zu ihnen legen.*

Während die anderen mit den Dorfbewohnern weitergingen, blieb Rank mit einigen Kriegern zurück. Sie begannen, auf ihn einzureden. Aber ohne Antonio als Übersetzer konnte er nur hilflos die Achseln zucken.

Plötzlich ging einer der Krieger vor ihm in die Knie und zog seine Hose herunter.

»He!«, rief Rank. Das ging jetzt wohl doch zu weit! Ein kleines Abenteuer mit einer seidenhaarigen Mohahaschönheit, dafür war er zu haben. Aber vier stattliche Krieger, die sich auf ihn stürzten, waren nicht nach seinem Geschmack. Seine Hose hing auf Halbmast. Rank traute sich nicht, sie wieder hochzuziehen.

Die Krieger warteten, doch da Rank sich noch immer nicht rührte, packte ihn einer an der Schulter, ein anderer zog an seinem Hemd, bis es riss. Der dritte drückte ihm einen Lendenschurz in die Hand.

Diesmal verstand er.

»Ich soll das anziehen? Gut. Äh ... Schaut mal eben weg. Ich bin doch so schüchtern.«

Wie erwartet kamen die Krieger seiner Aufforderung nicht nach. Rank heulte innerlich auf. Das war eine Situation, die ihn überforderte. Ein dummer Spruch, eine kleine Schmeichelei oder nette Unverschämtheit, das hatte ihm schon mehr als einmal den Hals gerettet. Aber die Waldmenschen verstanden ihn nicht und seinen Kapriolen standen sie ratlos gegenüber. Also entledigte er sich Hemd und Hose, zog den Lendenschurz an und zeigte sein tapferstes Lächeln. Es schwand, als er auch noch die Stiefel ausziehen und barfuß gehen musste. Damit hatte er nicht gerechnet.

Immerhin waren die Krieger jetzt zufrieden. Sie bemalten seine Haut mit farbigen Mustern und flochten Federn und Zweige in sein Haar.

Dann folgten sie den anderen.

Während der Wald zwischen den Hütten der Toten ungehindert wuchs, befand sich auf der Bergkuppe ein gerodeter Platz, umstellt von hölzernen Figuren. Rank erinnerte er sofort an den Dorfplatz in Nasha.

Ein Tanzplatz.

Ein Kampfplatz!

Ein Zweikampf im Angesicht der Väter?, dachte Rank. *Antonio hat es wohl etwas ungenau übersetzt. Die Väter sind allesamt tot. Es ist ein Zweikampf im Angesicht der Ahnen.*

Die Dorfbewohner standen im Kreis. Sie schienen sich ihrer Sache sehr sicher: Ranks Begleiter standen mitten unter ihnen, waren aber weder gefesselt noch hatte man ihnen die Waffen abgenommen. Und natürlich trugen alle noch ihre Kleider.

Sie machten große Augen, als sie Rank im Lendenschurz mit Federn im Haar und bemalt wie ein Papagei kommen sahen.

Für einen Moment hatte die Aussicht auf einen baldigen Tod etwas Erlösendes an sich.

Der Kreis öffnete sich. Rank wurde in die Mitte geführt. Dort wartete ein Krieger und drückte ihm einen Speer in die Hand. Die Waffe war gut zwei Schritt lang und wies eine spannlange, zweischneidige Spitze auf. Der Krieger sagte etwas in seiner singenden Sprache. Jetzt war Antonio wieder zur Stelle und übersetzte: »Du alles machen dürfen. Nur Speer nicht werfen. Du jetzt bereit für Kampf, Hohaya Rank.«

Rank war versiert im Umgang mit Rapier und Florett, er kannte die Regeln der höfischen Duelle. Andererseits konnte er seine Fäuste benutzen, zur Not eine Flasche zur Waffe machen, die Kniffe der Gassen und Hinterhöfe waren ihm nicht fremd. Und bis vor kurzem hatte er ein Messer im Stiefelschaft getragen, das er nun schmerzlich vermisste. Der Kampf mit einem zwei Schritt langen spitzen Stock war neu für ihn. Rank wog den Speer in der Hand. Er war gut ausbalanciert, aber schwer. *Mit einer Hand oder mit beiden?,* fragte er sich. *Na ja, immerhin weiß ich wo, vorn ist.*

Hohaya Catka betrat den Kampfplatz. Auch seine Haut war mit Zeichen bemalt. Auch sein Haar war geschmückt. Auch er trug einen Speer. Er hielt ihn in beiden Händen, die Spitze zielte auf Ranks Brust.

Gibt es ein Zeichen, wenn der Kampf beginnt?, fragte sich Rank.

Hohaya Catka griff an.

So viel zur Begrüßung. Rank riss seinen Speer hoch. Es gelang ihm, die Spitze von Catkas Waffe aus der Bahn zu bringen. Aber der Mohaha stürmte weiter, ließ den Schaft seine Waffe über Ranks Speer gleiten. Holz schabte auf Holz, bis es auf Ranks Finger traf. Er schrie auf, ließ fast die Waffe fallen und taumelte zurück.

Catka drehte sich um, und startete sofort den nächsten Angriff. Dieses Mal war Rank vorsichtiger. Er parierte den Stoß und zog sich sofort zurück. Jetzt ließ der Hohaya den Speer in der Hand kreisen, und richtete die Spitze wieder auf Ranks Brust.

Er wartete.

Na komm schon, schien sein Blick zu sagen, versuch es auch einmal.

Rank schüttelte den Kopf. *Ich bin doch nicht verrückt.* Er stürmte los. Der Häuptling fasste seinen Speer am Ende, zog ihn in hohem Bogen herum. Rank war noch gut zwei Schritte von Catka entfernt, da traf dessen Speer den seinen kurz hinter der Spitze.

Rank spürte den Schlag bis in die Ellbogen. Der Speer wurde nach unten gedrückt, und er rammte ihn mit dem verbleibenden Schwung in den Boden.

Holz knackte.

Stöhnend zog Rank den Speer aus dem Boden und ging einige Schritte zurück.

Hohaya Catkas Gegenangriff ließ nicht lange auf sich warten. Er unterlief Ranks Deckung, sein Speer ritzte ihm den Schenkel auf.

Rank biss die Zähne zusammen.

Schlag um Schlag, Stich um Stich ging es weiter. Die meisten Attacken wehrte Rank ab, aber er schaffte es nicht, einen weiteren Angriff zu starten. Catka spielte mit ihm. Er trieb ihn vor sich her, versetzte ihm Schläge und Stiche, die wehtaten, ihn aber nicht ernsthaft verletzten. Ranks Speer wurde immer schwerer. Für einen Moment glaubte er, dass die Pamkupa-Ruoi ihm bewusst eine schlechte Waffe gegeben hatten. Doch dann sah er den Schweiß auf Hohaya Catkas Stirn. Auch er schien zu ermüden.

Es muss ein Ende haben, dachte Rank. *Egal, wie müde er ist, ich bin noch müder. Gleich wird er mich abstechen wie ein Schwein.*

Nicht werfen!, dachte er dann.

Warum nicht werfen? Vergiss die Regeln.

In einem Anflug von Verzweiflung schleuderte er den Speer auf Hohaya Catka.

Der sprang zur Seite und fing den Speer mit der linken Hand auf.

Nicht werfen!

Jetzt verstand Rank, dass es keine Regel, sondern ein guter Rat gewesen war.

Wer seinen Speer warf, musste auch sicher sein, dass er traf. Denn anschließend war er weg.

Und der Häuptling hatte jetzt zwei.

Aber Hohaya Catka warf Rank seinen Speer vor die Füße. Er schien mit dem Verlauf des Kampfes unzufrieden. Mit einer wirschen Geste forderte er Rank auf, den Speer zu nehmen.

Rank zögerte.

Wenn er ihn aufhob, hatte der Häuptling alle Zeit, ihn aufzuspießen.

Rank trat einen Schritt nach vorn und ging vorsichtig in die Knie, ohne den Blick von Catka zu wenden. Kaum hatte er den Finger an der Waffe, als der Häuptling einen Sprung nach vorn machte.

Rank ließ sich nach hinten fallen, rollte zur Seite und kam wieder auf die Beine. Der Häuptling ließ ihn kein zweites Mal in die Nähe des Speeres kommen.

Und dann war es kein Kampf mehr. Rank wurde über den Platz gescheucht. Traktiert von den Stichen von Hohaya Catkas Speer rannte er um sein Leben. Doch während ein so demütigendes Schauspiel in den Gassen Chorhops oder Gareths Vergnügen erzeugt hätte, zeigten sich die Mohaha zusehends ungehaltener.

Du-Bute! Ich bin unwürdig, dachte Rank. *Sie wollen einen tapferen Hohaya besiegen, denn nur ein tapferer Hohaya schmückt ihre Hütten. Was immer es auch bedeutet. Aber gleich ist es vorbei.*

Dann dachte er: *Nein, es darf nicht sein. Ich bin kein Schwächling! So leicht gebe ich mich nicht geschlagen!*

Ohne auf seine Deckung oder Hohaya Catka zu achten, stürmte er in die Mitte des Kampfplatzes. Er ließ sich fallen und bekam den Speer zu fassen. In diesem Moment spürte er den Schmerz in der linken Schulter. Catka hatte ihn getroffen, diesmal richtig. Als Rank sich über die Schulter abrollte, schrie er auf. Er kam nicht auf die Beine, er stolperte rückwärts, und blieb zu Füßen der Zuschauer liegen.

Hohaya Catka wartete geduldig, ohne den Blick von seinem Gegner zu wenden. Jetzt schien er mit dem Kampf zufrieden.

Bunte Flecken tanzten vor Ranks Augen. Der Schmerz hatte sich von der Schulter über den ganzen Arm und den Rücken ausgebreitet. Er blickte auf, und sah in die Gesichter von Mirhabeth – und von Janera.

»Bitte«, hörte er Mirhabeth flüstern.

»Es ist besser so«, sagte Janera.

»Nein. Bitte. Hilf ihm.«

»Du kennst den Preis?«

»Ja. Ich kenne ihn.«

»Also?«

»Hilf ihm.«

Janera schaute in Ranks Augen. Er sah nur noch diese riesigen schwarzen Augen. Plötzlich durchströmten ihn eine berauschende Wärme und Zuversicht. Er spürte seine linke Schulter nicht mehr. Der Arm und die Hand waren gefühllos, auch der Schmerz war weg.

Mit Hilfe des Speers stand er auf, hob die Spitze an die Stirn und rief: »Nun denn, Euer Hochwohlgeboren. Kampf bis aufs erste Blut? Oder bis aufs letzte? Egal. Bringen wir es zu Ende!« Er nahm den Speer mit beiden Händen in der Mitte und ging auf den Häuptling zu.

Hohaya Catka griff sofort an. Sein Speer schnellte nach vorn. Doch Rank war vorbereitet. Er nahm den Schwung des Stoßes mit seiner Waffe auf und rammte sie, diesmal freiwillig, in dem Boden. Unter dem Gewicht von Hohaya Catka bog sich der Speer durch, dann brach er kurz hinter der Spitze.

Rank ließ den nutzlosen Schaft fallen und schnappte sich die Speerspitze. Jetzt fühlte er sich wohler, jetzt hatte er so etwas wie ein Messer.

Er setzte Hohaya Catka nach und erwischte ihn am Rücken. Blut quoll aus der Wunde. Catka wirbelte herum. Sein Speer traf Ranks linken Arm. Etwas knackte, aber das taube Glied verspürte keinen Schmerz. Stattdessen überkam Rank eine Woge der Euphorie: Er war unbesiegbar, unverwundbar. Er stürmte wieder auf den Häuptling zu, ohne auf seine Deckung zu achten, doch Hohaya Catka war zu langsam, das improvisierte Messer drang in die linke Hand des Häuptlings, und dieser ließ den Speer fallen.

Das war jetzt mehr nach Ranks Geschmack. Er stieß Catka zu Boden und stürzte sich auf ihn. Ein erster unkontrollierter Stich verfehlte den Bauch und riss die Haut an seiner Hüfte auf. Das Blut stachelte Ranks Rage noch weiter an. Catkas Gesicht verwandelte sich in das von Janera, dann in das von Halminger. Endlich konnte er seiner Wut freien Lauf lassen. Er setzte sich auf Catkas Brust und presste seine Arme mit den Knien nieder. Das wollte er genießen. Das wollte er jetzt auskosten. Er spielte mit dem improvisierten Messer, ließ es zwischen den Fingern kreisen, wechselte die Hand...

Doch dort kam es nicht an. Es fiel zu Boden.

Er sah seinen linken Arm an. Er hing schlaff herab, verweigerte jeden Befehl, so sehr Rank es auch versuchte. Und unterhalb des Ellenbogens, wo Catkas Speerschaft ihn getroffen hatte, war der Arm in einer grotesken Weise abgewinkelt.

Das ernüchterte ihn ein wenig.

Er schlug Catka mit der Faust ins Gesicht und brach ihm die Nase.

»Rank! Bitte«, hörte er eine Stimme.

Er drehte sich um. Es war Elanora.

»Bitte, hör auf. Du hast gewonnen.«

»Ich hab gewonnen«, flüsterte Rank.

Er stand auf, und drehte sich im Kreis.

Auf der Lichtung herrschte Totenstille. Alle Blicke waren auf ihn gerichtet.

»Ich habe gewonnen«, sagte er, dieses Mal lauter.

Aber waren die Pamkupa-Ruoi auch zufrieden mit dem Ausgang des Kampfes? Durften sie weiterziehen, oder war sein etwas ungewohnter Kampfstil ein Frevel im Angesicht der Ahnen? Hatten sie etwa erwartet, dass er Hohaya Catka tötete? Er hätte es beinahe getan! Er hatte es gewollt. Der Gedanke daran verursachte ihm Übelkeit.

Er wandte sich dem Häuptling zu.

Der war inzwischen aufgestanden. Blut lief aus seiner gebrochenen Nase. Er ging auf Rank zu und legte seine blutige Hand auf seine linke Schulter. Dann sagte er etwas, und zeigte dabei ein blutiges Grinsen.

»Was hat er gesagt?«, fragte Rank.

»Wir jetzt nicht mehr Gefangene«, sagte Antonio. »Wir jetzt Gäste. Du großer Hohaya – und großmütig. Du Bute Pakucan. Du jetzt Bruder von Hohaya Catka. Hohaya Catka stolz auf dich.«

Seine Gefährten kamen auf ihn zu. Er suchte dem Blick Mirhabeths und sah darin neben Erleichterung auch einen Hauch von Trauer.

Sie sagte nichts, doch Janera trat neben sie und murmelte: »Ja, auch wir sind stolz auf dich.« Sie legte eine Hand auf seine Stirn und sagte ein paar Worte, die Rank nicht verstand. Aber gleich darauf war sein Arm nicht mehr taub. Stattdessen kam der Schmerz zurück, mit einer solchen Gewalt, als habe er nur darauf gewartet, das aufgesparte Leid nachzuholen. Als Hohaya Catka noch einmal anerkennend seine Schulter drückte, verlor er das Bewusstsein.

***

»Sie sagen, wir bleiben sollen, bis Hohaya Rank gesund«, erklärte Antonio, als sie wieder im Dorf waren. »Wir jetzt gute Freunde von Pamkupa-Ruoi. Und sie führen uns zu alter Blasshautstraße, wenn wir wollen. Weg dorthin Oijanihagebiet. So es gut sein, sie uns helfen.«

»Na, ich möchte ihre Gastfreundschaft nicht allzu sehr beanspruchen. Wir könnten Hohaya Fuxfell doch zurücklassen. Er ist hier besser aufgehoben. Und er hat seine Schuldigkeit getan. Warum dann nicht das Angenehme mit dem Nütz...«

»Janera!«, riefen Mirhabeth und Elanora gleichzeitig.

»Schon gut. Ich weiß, ihr habt beide einen Narren an dem Herumtreiber gefressen. Ich hoffe nur, sein einmaliger Erfolg steigt ihm nicht allzu sehr zu Kopf.«

»Er hat tapfer gekämpft«, sagte Elanora. »Obwohl ich mich noch immer frage, wie er plötzlich den Schmerz aushielt, und dann auch noch so in Rage geraten konnte. Es war fast so als hätte ihn die Walwut gepackt, wie man sie von den Thorwalern kennt. Aber er ist ja kein Thorwaler, nicht war?«

Die anderen sahen Elanora verwirrt an.

War ihr etwas entgangen?

Hohaya Catka sah schon bald wieder gesund aus. Seine Nase war zwar noch geschwollen und rot, aber wieder gerade. Außerdem hatte er Verbände an der Hand und um die Hüften. Wapiya war sehr interessiert daran, aus welchen Pflanzen die Verbände hergestellt waren. Er richtete und schiente Ranks gebrochenen Arm und packte ihn dick in eine Kräuterpaste und die Blätter der Pamkupa-Ruoi ein. Nur bei dem zertrümmerten Schulterblatt war er mit seinem Wissen am Ende. Er konnte es nicht ruhigstellen, ohne Rank komplett bewegungsunfähig zu machen, außerdem zeichneten sich einige Knochensplitter deutlich unter der Haut ab, sodass es fraglich war, ob der Knochen überhaupt wieder zusammenwuchs.

Nach langem Zureden überwand sich Janera dann doch, Rank zu helfen. Die Aussicht, mehrere Tage oder gar Wochen im Dorf der Pamkupa-Ruoi zu verbringen, schien ihr wenig zu behagen. Sie tat nur das Nötigste. Sie müsste ihre Kraft sparen und nicht an den törichten Herumtreiber verschwenden, sagte sie. Aber obwohl die Magierin immer wieder betonte, dass die magische Heilung nicht zu ihren Stärken zählte, fügten sich die Knochen unter der Macht des Zaubers wieder zusammen. So waren die beiden Duellanten am Abend weitgehend wieder hergerichtet.

Die Dorfbewohner betrachteten neugierig die Ausrüstung ihrer Gäste. Einige Pamkupa-Ruoi waren sehr interessiert an der Kleidung der Blasshäute, insbesondere Elanoras Kleid sorgte für Verwunderung. Aber als sie gestenreich und mit viel Unterstützung von Antonio erklärte, wie sie die Bako-Dopek-Falle fast unbeschadet überstanden hatte, erntete sie aufrichtige Bewunderung. Elanora kramte in ihrem Gepäck und gab einer Dorfbewohnerin einen ihrer Unterröcke.

Die Frau begutachtete das feste Gewebe, dann schnappte ein dabeistehender Krieger den Unterrock und zog ihn an. Stolz präsentierte er ihn seinen Kameraden.

Elanora konnte sich nicht mehr halten vor Lachen.

Die Pamkupa-Ruoi betrachteten Elanoras Heiterkeitsausbruch verständnislos, aber sie konnte es ihnen nicht verständlich machen, dass es bei *ihrem* Stamm unterschiedliche Kleidung für Männer und Frauen gab. Hier trugen alle nur einen knappen Lendenschurz, auch die Frauen, und wenn man genau hinsah, bedeckte auch dieser nicht alles. Zumindest bei Rank und dem Häuptling hatte sie während des Kampfes mehrmals geglaubt, dass ...

Ach was soll das!, schalt sie sich. *Ich bin hier im Dschungel, und nicht zu Hause. Und solange man nicht von mir verlangt, dass ich im Lendenschurz herumlaufe, brauchen sie keine Drôler Spitze tragen.*

Trotzdem wollte sie den Unterrock nicht zurück.

Die neuen Freunde der Pamkupa-Ruoi wurden festlich beköstigt. Elanora fragte nicht, was aufgetischt wurde. Sie stellte sich vor, dass es Wurzeln waren, und Früchte, besonders die fingerlangen, weißen Dinger, die so aussahen, als würden sie sich noch bewegen. Hohaya Catka und Rank saßen beisammen und waren der Mittelpunkt des Males. Rank trug noch immer den Lendenschurz und die Federn im Haar, nur die Bemalung war erneuert worden. Es seien Ehrenzeichen, erklärte er, er gehörte jetzt zum Stamm der Pamkupa-Ruoi, und Elanora und die anderen Wanderer seien jetzt auch *seine* Gäste. Überhaupt schien er sich prächtig mit Hohaya Catka zu verstehen, die beiden redeten aufeinander ein, jeder in seiner Sprache, gestikulierten, lachten, klopften sich gegenseitig auf die Schulter. Antonios Dienste waren nicht weiter nötig. Sie waren Brüder, die beiden Duellanten, die sich vor wenigen Stunden noch gegenseitig totschlagen wollten.

Eine seltsame Wendung, dachte Elanora, *aber die Rituale der Männer sind doch überall gleich, ob im Kosch oder im Dschungel. Sie schlagen sich, dann verbrüdern sie sich.* Dann erinnerte sie sich an *ihre* Schlägerei mit Tsanja in Chorhop, an das freundschaftliche Gelage, das danach stattgefunden hatte und korrigierte ihre Schlussfolgerung: *Barbaren! Wir sind alle Barbaren. Männer wie Frauen. Mohaha, Chorhoper oder Mittelreicher. Ich bin eine Barbarin im Garether Reisekleid, und sie sind Barbaren im Lendenschurz.*

***

Zwei Hütten wurden geräumt und den Gästen überlassen. Ein kleines Feuer brannte in der Mitte der Hütte, die Elanora, Janera, Mirhabeth und Antonio sich teilten. Der Rauch zog mehr schlecht als recht durch ein Loch im Dach ab. Die Habseligkeiten der Bewohner hingen an Beuteln an der Decke, vermutlich, um nicht so leicht gefräßigen Insekten zum Opfer zu fallen.

Elanora rollte ihre Decke aus und schlief sofort ein.

Aber mitten in der Nacht wachte sie wieder auf.

Das Feuer war heruntergebrannt, die Glut tauchte alles in ein rotes Dämmerlicht. Nichts rührte sich. Nur das Atmen ihrer schlafenden Gefährten war zu hören. Was hatte sie geweckt? Dann bemerkte sie den ungewöhnlichen Geruch. Er war wohl zuvor vom Rauch überdeckt worden. Jetzt stach er ihr unangenehm in die Nase. Sie stand auf und schaute sich genauer um. Sollte sie die anderen wecken?

Ihr Blick fiel auf die Beutel an der Decke. Von dort musste der Geruch kommen. Vorsichtig ging sie an die Beutel heran und schnüffelte. Zumindest von einem ging ein leichter Verwesungsgeruch aus.

Elanora lass es, sagte sie sich. *Es ist nicht gut, zu viel zu wissen.* Aber schon löste sie den Knoten und nahm den Beutel an sich. *Was hängen sie in ihre Hütten, das so riecht?,* fragte sie sich. Sie setzte sich neben die Glut und öffnete den Beutel vorsichtig.

Elanora hielt die Hand vor den Mund, um nicht zu schreien.

Das waren nicht Chambo, das war nicht Watu, das waren keine Affenhände!

Sie hatte eine Gänsehaut und war zugleich auf unheimliche Weise fasziniert. Mit den Fingerspitzen nahm sie eine Hand heraus und begutachtete sie. Die Haut war stramm um die Knochen gespannt, aber irgendwie war der Verwesungsprozess im Zaum gehalten worden. Sie legte die Hand wieder zurück und schaute noch einmal in den Beutel. *Sie schmücken ihre Hütten!,* dachte sie. *Aber nur, wenn sich der Gegner als würdig erweist! Hätte Rank verloren, hingen jetzt Teile von uns hier ...*

Sie schloss den Beutel und hängte ihn wieder auf. Irgendetwas trieb sie dazu, einen weiteren Beutel zu öffnen. Er war kleiner und verströmte einen anderen Geruch, der aber ebenso unangenehm war. Sie öffnete und ließ ihn fallen, stolperte zurück und wäre dabei fast auf Janera getreten.

Das war zu viel.

Das war eindeutig zu viel!

Auf dem Boden kullerte ein gutes Dutzend verschrumpelter walnussgroßer Kugeln.

Stocksteif und mit geschlossenen Augen stand sie da und wartete, bis das Zittern verschwand. Sie öffnete die Augen, presste ein »Mist!« hervor und ging in die Knie, um die verstreuten Augäpfel aufzusammeln. Diesmal musste sie sich zwingen, sie anzufassen. Sie waren fest, eher gummiartig. *Ich hoffe, sie merken nichts. Ich kann es auch nicht leiden, wenn man in meinen Sachen wühlt. Aber bei mir besteht nicht die Gefahr, dass man zu einem Teil meiner Schätze wird.* Sie beeilte sich, alle zu finden. Nachdem sie einen Augapfel aus Janeras verfilztem Schopf gezogen hatte, hoffte sie, alle gefunden zu haben und hängte den Beutel wieder auf. Anschließend kauerte sie vor der Feuerstelle und starrte in die schwindende Glut. *Was geschieht mit mir?* Ihr war kalt. Sie zitterte. Sie hatte keine Angst. Aber sie machte in dieser Nacht kein Auge mehr zu.

***

Elanora verlor kein Wort über ihre Entdeckung. Sie wusste nicht genau, warum. Für Antonio war es vermutlich nicht ungewöhnlich, dass Waldvölker solche Trophäen sammelten. Die anderen wussten wahrscheinlich auch darüber Bescheid. Aber es war, als hätte sie etwas Unanständiges gesehen, das sie zudem auf eine seltsame Art und Weise erregte. Sie hatte sich beherrschen müssen, um nicht noch einmal aufzustehen und in den Beuteln zu wühlen.

Wenn ich scheitere, wenn ich hier im Dschungel scheitere, liegen dann auch meine Hände und Augen in einem Beutel? Ziert dann mein Schädel die Hütte eines Häuptlings? Der Gedanke hatte etwas Beunruhigendes. Nein, darüber konnte sie mit niemandem reden.

Am Morgen wurden sie feierlich von Hohaya Catka und den Pamkupa-Ruoi verabschiedet. Als sie sich nach dem Ziel ihrer Reise erkundigten, berichtete Catka, dass im Hochtal von Chap Kamo ein Waldvolk lebte, das sich Nopam-Han nannte.

»Nopam-Han heißen: Schützen Erinnerung von Nacht«, übersetzte Antonio. »Und Ort, du sagen Kamaluqs Schlund: Sie sagen Niak-Tam. Das Alter Geist, der rufen. Vielleicht auch kein Ort, sondern Ding. Hohaya Catka nicht wissen. Chap Kamo nicht Tabu, aber niemand dorthin gehen, der bei Verstand. Du auch sollen nicht gehen. Ich sagen, du suchen Vater. Da er sagen, du sollen gehen. Väter wichtig. Du finden und heimbringen. Er uns geben vier Krieger, die uns begleiten ein Stück.«

Sie dankten Hohaya Catka und machten sich auf den Weg.

Elanora war ein wenig enttäuscht, dass Rank wieder seine normalen Kleider trug. »Lendenschurz und Federn habe ich im Rucksack verstaut«, erklärte er stolz.

Unbehelligt kamen sie in den folgenden Tagen voran. Das verstärkte den Optimismus, der die Reisenden in den vergangenen Tagen erfasst hatte. Trotzdem entging Elanora nicht, dass die Träger Kushko mieden und das Verhältnis zwischen Janera und Rank schlecht war wie eh und je. Hinzu kam nun auch noch, dass sich Rank und Mirhabeth aus dem Weg zu gehen schienen, obwohl sie immer wieder heimliche Blicke tauschten. Das alles trat aber angesichts der Veränderung, die sie bei sich selbst verspürte, in den Hintergrund. Irgendwie hatte sie das Gefühl, als hätte sie Angst und Selbstmitleid in der Hütte der Pamkupa-Ruoi zurückgelassen. Oft ging sie mit den Kriegern voran, zog deren Gesellschaft der ihrer Begleiter vor. Sie wollte etwas lernen, etwas verstehen und erfahren. Sie hatte eine Aufgabe, und die musste sie erfüllen. *Es ist meine Expedition,* sagte sie sich immer wieder. *Das bezweifelt inzwischen niemand mehr. Aber um sie wirklich anzuführen, brauche ich etwas, das mir fehlt.*

Am fünften Tag ihrer Wanderung mit den Pamkupa-Ruoi stießen sie auf eine Waldschneise, die sich am Grund eines weiten Tals in die höheren Gefilde des Regengebirges hochzog. Dies war die alte Passstraße nach Mirham. Dort verabschiedeten sich die Krieger. Elanora überreichte ihnen noch ein paar Geschenke, dann zogen sie von dannen.

Seit sie das Mohahadorf verlassen hatten, waren sie durch dichten Urwald marschiert. Auch jetzt waren die Gipfel von Chap Kamo nicht zu sehen, obwohl sie nur noch zwei oder drei Tagesmärsche entfernt sein sollten. Antonio war sich sicher, dass er den Berg finden würde. Sie näherten sich dem Ziel ihrer Reise.

***

Nachdem ihr unbeholfener Versuch, sich der Magierin zu entledigen, so kläglich gescheitert war – der Junge lebte zwar noch, hatte aber seitdem keinen Ton über die Lippen gebracht – ergaben sich die Dorfbewohner ihrem Schicksal. Einige waren verschwunden. Travien hoffte, dass sie geflohen waren, denn die andere Möglichkeit war so grausig, dass er sie nicht im Kopf haben wollte.

Die Krähe hatte Pläne. Große Pläne. Und dazu brauchte sie Menschen.

Keine Helfer.

Nur Menschen.

Nur Fleisch.

Eine eitrige Schwäre fraß sich in den lebensfrohen Leib des Dorfes und hielt sein Herz im Griff. Traviens Paradies litt. Aber die Krähe ließ es nicht sterben.

Kürzlich waren Sevket und Roglan verschwunden. Travien hatte schon geglaubt, auch sie seien geflohen, doch dann waren sie zurückgekehrt und mit der Krähe in deren Hütte verschwunden.

Einen Tag später war die Krähe weg.

Noch einen Tag später war die Krähe noch nicht zurück.
Travien packte seine Sachen und haute ab.

Zumindest wollte er es. Er nahm es sich fest vor. Es gab keinen Grund hierzubleiben. Es gab einen Grund, zu gehen, der alle anderen Gründe überflüssig machte: Die Krähe konnte zurückkommen.

Trotzdem blieb er.

Die Krähe blieb eine Woche verschwunden, das Leben im Dorf nahm fast normale Züge an. Dann kam sie zurück.

Sie war nicht allein.

Zuerst glaubte Travien, die Krähe hätte mit ihren Spielereien endlich Erfolg gehabt, dann erkannte er, dass ihre neuen Begleiter Menschen waren. Sie waren splitterfasernackt, ihre Haut grau, als hätten sie in feuchtem Lehm gebadet und den Dreck anschließend trocknen lassen. Und auf die Dreckschicht hatten sie mit weißer Farbe Muster und Bilder gemalt. Ihre geschorenen Köpfe sahen aus wie Totenschädel.

Wo hatte sie bloß diesen Stamm aufgetan? Und warum folgten ihr die Männer und Frauen so ergeben?

Nun, ich werde es vermutlich bald erfahren, dachte er. *Und vermutlich wird mir die Erkenntnis nicht gefallen. So wenig wie alles, was ich in den letzten Wochen erfahren habe. Warum bin ich nicht abgehauen?*

Aber die Antwort auf diese Frage kannte er längst.

»Na, Kerlingson«, sagte die Krähe. »Eine schöne Zeit gehabt? Aber jetzt an die Arbeit.«

Travien konnte nicht behaupten, er sei überrascht. Ergeben folgte er ihr in den Wald. Der Marsch endete nach wenigen Meilen. In einer feuchten Senke wurde gerade ein knappes Dutzend niederer Rundhütten errichtet. Nebenan schufteten einige Wilde, fällten Bäume und errichteten auf der entstehenden Lichtung einen Kreis aus Pfählen.

Die Mitte des Pfahlkreises bildete ein Quadrat aus mannshohen Baumstämmen. In dessen Mitte wiederum stand ein dünner Pfahl, auf den ein grauer Kopf gespießt war.

»Es hat ein wenig Überzeugungsarbeit gebraucht«, erklärte die Krähe. »Aber zu guter Letzt hat der Häuptling mir großzügigerweise ein paar Krieger überlassen. Nun ja, er braucht sie eigentlich nicht mehr.«

Travien wurde schlecht.

Fern von den Zwölfgöttern schufen sich die Waldmenschen den abstrusen Glauben an einen Göttlichen Jaguar, den sie Kamaluq nennen. In unserer Sprache heißt das: Die Hand, die den Boden schuf. Aber warum dieser Götze katzengesichtig ist und nicht einem Affen oder einer Schlange gleicht, was viel naheliegender wäre, darüber streiten sich die Gelehrten. Manche glauben in Kamaluq den uralten göttlichen Löwendrachen Famerlor zu erkennen. Eine Ansicht, die ich nicht teile, allein schon deswegen, weil ich mich frage, wie die Kinder des Waldes Famerlors ansichtig geworden sein sollen, um ihn anschließend in Kamaluq zu verehren? Andererseits bin ich auch überzeugt, dass Kamaluq kein Aspekt des Namenlosen ist, wie einige Eiferer behaupten. Wer den Mohas in ihrem Wald begegnet, weiß, von welch schlichter Gutmütigkeit sie sind. – Auch wenn sie gelegentlich wie ein Oger ihre Feinde verspeisen.

Die – meiner festen Überzeugung nach – plausibelste These stammt von jenen wenigen, welche die verborgene heilige Stätte von Gulagal tief im Regenwald gesehen haben – eine Gnade, die mir leider bislang nicht zuteilwurde. Sie berichten von riesigen katzengesichtigen Statuen, die Ehrfurcht einflößende Pyramiden umstehen. Katzengesichtig sind sie, aber von menschlicher Statur. Diese Statuen und diese ganze Stätte wurden nie und nimmer von den Waldmenschen erbaut, auch wenn sie sie heute als einen Ort höchster Heiligkeit eifersüchtig bewachen. Ich bin überzeugt, dass die Erbauer sich hier selbst verewigt haben. Und dass es ihr erhabenes Antlitz und ihre überlegene Zivilisation ist, welche die Mohas in ihrem Glauben verewigt haben.

Es gibt noch mehr Zeugnisse dieser vergessenen Fremden. Nicht nur im Regenwald. Mutige Seefahrer wollen sie an den fernsten

Gestaden des Südmeeres gesehen haben. Uralte Geschichten berichten aus dem Güldenland von ganzen Völkern zivilisierter katzenköpfiger Wesen. Und wer sagt, dass sie allesamt aus Aventurien verschwunden sind?

(Aus den Aufzeichnungen
des Junkers Wolfhart von Wilderklamm)

»Canteha!«, rief Lana. «Canteha, wo bist du? Die Herrin möchte dich sprechen!«

»Was will sie denn?«, fragte Canteha und schloss das Tor des Pferdegatters.

»Das hat sie nicht gesagt.«

Canteha ging mit langen Schritten über den Hof.

Lana rannte neben ihm her. »Ist es nicht toll?«, rief sie. »Du bist jetzt der Hausverwalter. Hättest du das je gedacht? Du! Ein Wilder aus dem Süden.«

»Hmm«, brummte Canteha. Was sollte er dazu sagen? Das Ganze passte ihm überhaupt nicht. Natürlich verstand er, dass Elanora den Vater und die Brüder suchen musste, aber die Konsequenzen für ihn hatte sie nicht bedacht.

»Du bist jetzt der Herr im Haus«, plapperte Lana weiter. »Du bist fast so was wie der Junker. Wer weiß ...«

»Weißt gar nichts! Halt doch dem Mund!«, rief Canteha. Was quasselte das Mädchen bloß? Er wollte kein Hausverwalter sein, und erst recht kein »Fast-Junker«. Er wollte sich um die Pferde kümmern. Er wollte im Stall arbeiten. Wenn es sein musste, vom ersten Hahnenschrei bis in die Nacht hinein.

»Aber Schatz! Ich bin doch nur stolz auf dich.«

»Wenn du einen Junker haben willst, such dir einen«, fuhr Canteha sie an.

»Schatz«, schniefte Lana. »So hab ich das nicht gemeint.«

Jetzt fängt sie gleich zu heulen an, dachte Canteha. *Dummes Mädchen, sie hat doch keine Ahnung.*

Sie gingen gemeinsam ins Haus. In der Halle ließ Canteha Lana stehen und ging nach oben.

»Ich lieb dich doch«, hörte er das Mädchen noch murmeln. Einen Augenblick wollte er kehrtmachen und ihr einen Kuss auf den Mund drücken. Auch er mochte sie, aber manchmal war sie einfach zu anstrengend.

»Schön, dass du gleich gekommen bist«, sagte die Junkerin. Sie saß hinter dem gewaltigen Schreibtisch ihres Mannes, ihre Miene zeigte keine Regung, aber Canteha kannte sie gut genug, um zu sehen, dass die Angst um die Familie sie quälte. Die Junkerin war eine starke Frau. Jetzt, da sie auf sich gestellt war, spielte sie ihre Rolle, so gut sie konnte. Die Bediensteten waren verwundert, dass auch ihre Anfälle auszubleiben schienen, aber Canteha wusste es besser. Die Junkerin hatte ihm befohlen, sie in ihre Gemächer einzuschließen, wenn es so weit war. Er sollte sagen, sie fühle sich nicht wohl, habe zu tun, irgendetwas. Er sollte nur nicht sagen: Sie ist verrückt. Canteha hatte sich zunächst geweigert, bei dem Spiel mitzuspielen. Aber ihre Appelle hatten zuletzt Wirkung gezeigt. »Du gehörst zur Familie«, hatte sie gesagt. »Es ist nicht dein Blut, es ist dein Geist. Du weißt, um was es geht. Du weißt, dass es deine Pflicht ist. Ich vertraue dir.«

Pflicht! Vertrauen! Sie hatte die Zauberworte genannt. Er stand in der Pflicht. Und sie vertraute ihm alles an.

»Was wünscht Ihr, Wohlgeboren«, fragte er.

Die Junkerin hatte es inzwischen aufgegeben, ihn von dieser Anrede abzubringen.

»Setz dich, mein Junge«, sagte sie.

Canteha tat, wie ihm geheißen.

»Wie lange ist Elanora jetzt weg?«, fragte die Hausherrin.

»Fast zwei Monde«, antwortete er.

»Da können wir sie kaum zurückerwarten. Wo sie jetzt wohl ist? – Noch immer ist keine Nachricht von ihr gekommen?«

»Nein.«

»Wenn sie sogleich von Chorhop weitergereist ist – Sie hätte doch wenigsten eine Nachricht schicken können, dass sie dort gut angekommen ist!«

»Ich vermute, sie hat nur Euren Gatten und Eure Söhne im Sinn, Euer Wohlgeboren. Sie wird es einfach vergessen haben.«

Die Junkerin nickte. »Nun gut. Was hat dir Elanora über Jakus Halminger und seinen Besuch im Tsa erzählt?«

»Das, was sie mir gegenüber für richtig hielt.«

»Canteha! Hör endlich mit diesem: ›Ich bin der Diener und bekomme was mir zusteht‹, auf! Du weißt, wer du bist! Und im Augenblick bist du der Verwalter dieses Hauses und meine rechte Hand! Oder würde es dir besser gefallen, wenn Vitus von Oberbruch Herr auf Wilderklamm wird? «

»Nein, Herrin, das möchte ich nicht. Verzeiht mir untertänigst. Eure Tochter hat mir berichtet, dass im Boron Halmingers Schuldscheine fällig werden. Das bedeutet, dass sie davon ausgeht, noch gut vier Monde zu haben, um mit dem Herrn Junker und seinen Söhnen zurückzukehren. Sie weiß nicht, dass Halminger die Frist verkürzt hat. Es sind jetzt noch gut zwei Wochen.«

»Elanora wird zu spät sein«, sagte die Junkerin mit einem Nicken. »Egal, was passiert, sie wird zu spät sein. Wir müssen uns darauf vorbereiten.«

»Wir brauchen also Beweise, dass Elanora lebt und den Verschollenen dicht auf der Spur ist«, folgerte Canteha.

»Beweise, dass der Junker oder einer seiner Söhne lebt. Beweise, die der Fürst anerkennen wird«, korrigierte ihn die Junkerin.

»Oder zumindest Vitus die Hoffnung rauben werden, und ihn von weiterem Vorgehen abhalten würde«, schlug Canteha vor.

»Und wenn wir diese Beweise nicht beschaffen können?«, fragte die Junkerin.

»Dann müssen wir selbst dafür sorgen«, antwortete Canteha und hatte sogleich das Gefühl, in eine Falle getappt zu sein.

»Canteha, wenn – wenn sie nicht zurückkommen ...«

»Sie werden zurückkommen! Natürlich werden sie zurückkommen!«

»Wenn sie nicht zurückkommen, Canteha. Und wenn ich nicht mehr bin, dann bist du der letzte von Wilderklamm. Ist dir das bewusst?«

»Frau Junkerin, ich bin kein von Wilderklamm«, widersprach Canteha.

»Du hast vor fast zwanzig Götterläufen etwas von dir gewiesen, das du nicht ablehnen kannst. Mein Gatte hat deine Extravaganzen geduldet, aber jetzt ist es so weit, diese Pflicht einzufordern. Ich möchte, dass du diese Papiere zum Fürsten bringst. Du machst dich sofort auf den Weg. Er wird dich empfangen. Und du wirst tun, was er dir befiehlt.«

Die Junkerin sah Canteha lange an. Ihr Blick war klar und stählern an diesem Morgen. Sie duldete keinen Widerspruch.

»Es ist deine Pflicht«, wiederholte sie.

***

»Gleich sind wir oben, Meister«, rief Antonio.

»Das sagst du jetzt schon seit Stunden«, keuchte Elanora.

Antonio ging in die Knie und begann im Boden zu scharren. »Schau doch!«, rief er.

Elanora kniete sich neben ihn. Dann schaute sie Antonio fragend an und zuckte mit den Schultern. »Steine«, stellte sie fest. »Steine, Dreck und Fels.«

Antonio schüttelte den Kopf, wischte mehr Blätter und Erde beiseite.

Jetzt erkannte sie es und rief: »Stufen!«

»Ja, Meister. Das ist Große Treppe. Alte Treppe zu alte Stadt! Ich hab sie gefunden.«

Elanora erhob sich wieder und schaute sich um. Eine Waldschneise führte von hier aus steil nach oben. Sie war etwa dreißig Schritte breit, links und rechts von baumbestandenen Erdwällen begrenzt. Ob diese natürlichen Ursprungs oder künstlich geschaffen waren, konnte selbst Antonio nicht sagen. Was auch immer dort gestanden hatte, der Wald hatte es sich längst wieder einverleibt.

Elanoras Blick folgte dem Lauf der Treppe nach oben. Irgendwo über ihr schimmerte das Tageslicht durch die Bäume. Sie musste den Kopf in den Nacken legen, um es zu sehen. Wie hoch war es? Zweihundert oder dreihundert Schritt?

»Gleich oben?«, stöhnte Elanora.

»Ja! Gleich oben«, sagte Antonio.

Sie machten sich an den Aufstieg. Die Treppe war überwuchert von Büschen, Schling- und Kletterpflanzen und bot ihren Füßen kaum einen sicheren Tritt. Ungezählte Jahre hatte der Regen an den Stufen genagt. Sie stolperten über unter Laub verborgenem Wurzelwerk, ihre Kleider und Rucksäcke verfingen sich in stacheligen Ranken. Wo sie konnten, zogen sie sich an Lianen und Zweigen hoch, klammerten sich an Sträucher und Farne. Und wenn nichts anderes übrig blieb krabbelten sie auf allen vieren.

Dann hatten sie es geschafft.

Sie traten hinaus aus dem Wald, der Weg führte noch über eine sanfte Hügelkuppe, dann blieben sie mit offenem Mund stehen.

Die Gipfel von Chap Kamo, angeordnet wie die Finger der rechten Hand, schützten ein weites Tal, gut fünf Meilen im Durchmesser, welches in diesem Bild die Handfläche formte. Im Norden war das Tal von einer flachen bewaldeten Hügelkette begrenzt. Dahinter ragten die majestätischen Gipfel des Regengebirges auf. Sie selber hatten Chap Kamo von Westen her bestiegen, sozusagen über das Handgelenk. In das Tal selber schien der Wald nur langsam zurückzukehren. Eine schnurgerade Straße führte hinab ins Tal. Das fein gefügte Pflaster war an vielen Stellen noch zu erkennen. Die Straße war gesäumt von den Mauern zerfallener Gebäude, die zum Zentrum des Tales hin immer höher wurden. Dort wurde die Straße von einer zweiten gekreuzt, die – soweit sie es von ihrem Standpunkt aus erkennen konnten – von Südosten her in das Tal führte. An der Kreuzung standen vier mächtige Stufenpyramiden.

Elanoras Blick folgte der Straße jenseits der Pyramiden.

»Oh, nein!«, rief sie.

Die Straße verließ das Tal und wurde zu einem Pfad, der sich – kaum noch erkennbar – in Serpentinen den Berg hochwand. Und dort, jenseits der Stadt und gut fünfhundert Schritte über ihren Köpfen, sozusagen zwischen Ring- und Mittelfinger, sahen sie einen tiefen Einschnitt, eine Schlucht, die in den Berg führte. Und über die Schlucht wachte – Elanora erkannte es sofort, so verwittert der Stein auch war – ein gewaltiger Katzenkopf mit weit geöffnetem Maul.

»Wir haben es geschafft«, flüsterte Rank.

»Noch sind wir nicht da«, erwiderte Elanora.

Wenn es dir erlaubt ist, die Wächter zu passieren, so werden dir die Diener den Zutritt zu Kamaluqs Schlund verwehren. Wenn es dir erlaubt ist, Kamaluqs Schlund zu betreten, so werden die Herren dir verwehren, wieder zu gehen. Und wenn es dir erlaubt ist, Kamaluqs Schlund wieder zu verlassen, so werden die Götter dir verwehren, davon zu berichten.

Da waren noch viele Aufgaben zu bestehen, ehe sie diesen Ort erreichte.

Sprach der Bewohner eines *namenlosen Dorfes* wirklich so gestelzt? Oder waren diese Worte – wie hatte sich Prainor Munter ausgedrückt? – der ›blumigen Fantasie‹ ihres Vaters entsprungen?

Aber so sehr das steinerne Maul auch nach ihr zu rufen schien: Elanora war nicht hier, um das Geheimnis von Kamaluqs Schlund zu entschleiern, sondern um ihren Vater und ihre Brüder zu finden.

Auf den Überresten der Straße kamen sie gut voran.

Schon bald erreichten sie das Zentrum der Ruinenstadt. Am Fuß der mannshohen Stufen waren die Pyramiden gut sechzig Schritt breit. Sie konnten weder einen Eingang noch eine Treppe sehen. Die vier Pyramiden wandten ihre Stirnseiten zueinander und bildeten einen großzügigen Platz, in dessen Mitte eine schmucklose Säule aufragte. Die ganze Anlage wirkte bedrückend und fremd. Es war das völlige Fehlen von etwas, das an die Erbauer erinnerte, wie sie auch immer ausgesehen haben mochten. Und es war die völlige Abwesenheit von Leben. Der Urwald hatte es zwar nicht gewagt, die Stadt zurückzuerobern, die Ruinen waren jedoch von Kletterpflanzen überwuchert. Farne und Büsche sprossen aus gesprungenem Stein, und verkrüppelte Bäume klammerten sich an Mauervorsprünge. Aber kein Grashalm zierte das zerfallende Mauerwerk der Stufenpyramiden, und nicht ein Hauch von Grün war auf dem Platz dazwischen zu sehen. Dies war kein Ort für die Lebenden.

Die Nacht brach schnell herein. Gerade noch hatten sie die letzten Sonnenstrahlen im Rücken gespürt, da kroch die Dunkelheit zwischen den Ruinen hervor.

»Wir können heute nicht weiter«, sagte Mirhabeth und sprach aus, was alle dachten. »Mir gefällt das nicht. Dieser Ort scheint verlassen, aber irgendetwas stimmt hier nicht. Es ist vermutlich kindisch, aber sollen wir nicht zurück in den Wald? Nur für die Nacht!«

»Es ist so still«, murmelte Rank. »Keine Tiere. Keine Vögel. Nichts.«

Es stimmte. Die allgegenwärtige Geräuschkulisse des Waldes war zwar zu hören, aber gedämpft und fern. So wie der

Wald diesem Ort nichts anhaben konnte, mieden ihn auch die Tiere.

Sie waren sich alle einig, schulterten das Gepäck und machten sich auf den Rückweg.

Ehe sie den Platz verlassen konnten, tauchten menschliche Gestalten zwischen den Ruinen auf. Gut vierzig waren es. Sie trugen Fackeln, die ihre Haut rötlich und golden schimmern ließ. Ihre Köpfe wirkten unnatürlich groß, die Gesichter waren fremd und Furcht erregend, starre Augen schillerten weiß in den Gesichtern. Aufgerissene Münder zeigten scharfe Zähne, spitze Ohren saßen hoch am Kopf.

Die Wanderer drängten sich Rücken an Rücken aneinander, während die unheimlichen Fremden den Kreis enger zogen. Ihre Gesichter erinnerten jetzt, da sie näher kamen, entfernt an Katzenköpfe. Und als sie noch ein Dutzend Schritt entfernt waren, sahen Elanora und ihre Begleiter zu ihrer Erleichterung, dass es sich um Menschen handelte, die hölzerne Masken trugen.

»Kennt einer diese Leute? Spricht einer ihre Sprache?«, flüsterte Elanora. *Sind das die Wächter, von denen Vater erzählt hat?*

»Wir wissen doch noch gar nicht, was für eine Sprache sie sprechen«, erwiderte Janera. «Aber vielleicht kann uns ja Hohaya Herumtreiber helfen. Er ist ja jetzt so was wie einer von ihnen. Wie steht es? Zeit für eine zweite Heldentat!«

Rank schnaubte nur.

»Antonio«, sagte Elanora. »Du hast gesagt, du warst schon mal hier.«

»Bin nur bis Ende der Treppe. Dann bin wieder gegangen. Wusste da nicht von Maskenvolk.«

»Kleiner Feigling«, flüsterte Mirhabeth.

»Jetzt kannst du es nachholen«, sagte Elanora. »Du bist hier der Führer!« Sie versuchte, Antonio nach vorn zu schieben.

Doch er wehrte sich.

»Soll ich es vielleicht tun?«, zischte Elanora. »Denk an das letzte Mal!«

Antonio hob das Kinn und trat vor. »Kama-Ibon-Ba. Iyama-Yati-Wahpa«, rief er.

Die Maskierten traten alle einen weiteren Schritt näher.

»Nopam-Han? Duma-Bunga! Scha-Te-Du-Ma!«, rief Antonio.

Einige der Waldmenschen lachten hinter ihren Masken. Dann trat einer aus der Reihe und blieb dicht vor Antonio stehen.

»Pe-ya! Hu-Nene-Ca?«, sagte der Maskierte und wies auf Elanora.

Antonio antwortete. Die Worte sprudelten aus seinem Mund.

Elanora verstand nichts mehr. Sie schaute Mirhabeth fragend an. Auch diese zuckte nur die Achseln.

»Kommt«, sagte Antonio plötzlich.

Die Katzengesichter bildeten eine Gasse. Sie öffnete sich nach Osten, dem Serpentinenweg zu.

»Das erinnert mich an etwas«, sagte Elanora leise. »Wir sind schon wieder Gefangene, nicht wahr?«

»Kommt!«, wiederholte Antonio. «Das Nopam-Han, von denen Hohaya Catka erzählt hat. Nopam-Han uns nichts tun. Wir nicht gefangen. Sie uns schützen.«

»Das sind also die Nopam-Han?«, fragte Elanora. »Was wollen sie? Uns schützen? Wohin bringen sie uns?«

»Weiß nicht genau. Zu Dorf, nehme an. Sagen, wir müssen weg. Wegen Lasha-Waru.«

»Lasha-Waru? Wer oder was ist das?«

»Weiß nicht«, sagte Antonio, zunehmend ungeduldig. »Steigt aus Boden und schützt Heimat. Wie Wache aus Erde. Nopam-Han scheinen nicht zu fürchten Lasha-Waru. Aber glaube, wir sollen kommen mit, damit Lasha-Waru uns nicht finden.«

»Doch nicht da hinauf?« Elanora und deutete auf das steinerne Katzengesicht.

»Weiß nicht. Weiß wirklich nicht. Bitte! Gehen mit! Bitte, Meister.«

Die Nopam-Han nahmen sie in die Mitte und führten sie zum Serpentinenpfad. Elanora schaute sich neugierig um. Sie hätte gern gesehen, wer oder was dieses Lasha-Waru war. Aber nichts rührte sich. Die ganze Ruinenstadt wirkte verlassen.

Elanora wandte sich ihren Bewachern zu. Auch wenn die Gesichter nicht zu sehen waren, so spürte sie doch Blicke. »Der eine, mit dem du gesprochen hast, er hat auf mich gezeigt. Nene-Ca, das heißt doch weiße Frau?«

»Du verstanden?«, fragte Antonio.

»Ja, den Anfang. Ein wenig. Die Frage ist nur, ob dank oder trotz deines Unterrichts?«

Mirhabeth kicherte hinter ihnen: »Bitte nicht tot machen! Bitte nicht Blut vergießen! Ein echter Held.«

Antonio fuhr herum und sah Mirhabeth böse an.

»Schon gut«, sagte die Tulamidin. »Geh weiter!«

Elanora versuchte es noch einmal. »Was ist jetzt? Was wollte er von mir? Und was hast du gesagt?«

»Weiß nicht. Wollte wissen, wer du bist, Meister.«

»Und? Was hast du gesagt?«

»Gesagt, du kommst aus Norden. Gesagt, du unser Hohaya – unser Häuptling. Da er zufrieden war. Sehen seltsam aus, die Nopam-Han. Aber sie euch Blasshäute schon kennen. Ihr nicht die ersten.«

Vater!, dachte Elanora. *Ardan! Darian! Wo seid ihr? Vielleicht sind sie noch hier?* Aber so richtig wollte sich diese Hoffnung nicht einstellen.

Kaum hatten sie den Rand der verlassenen Stadt erreicht, gingen sie von der Straße ab und betraten einen Waldgürtel, der sich den Berg hinaufzog.

Bald fanden sie sich zwischen zwei Dutzend Rundhütten wieder, die auf einer Lichtung standen. Elanora und ihre Begleiter wurden in die Mitte des Dorfes geführt, wo sich weitere Waldmenschen – meist Kinder und Alte – um ein Feuer scharten. Sie trugen keine Masken.

Etwas, das aussah wie ein riesiges Wildschwein, briet über dem Feuer. Elanoras Magen begann zu knurren.

Die Maskierten ließen sie zurück und verschwanden in den Hütten. Die verbleibenden Dorfbewohner beäugten die Ankömmlinge neugierig. Die meisten trugen, wie die Pamkupa-Ruoi, einfache Lendenschurze, andere waren in Stoffe gekleidet, die mit Sicherheit nicht aus dem Dschungel stammten. Sie hatten wohl gelegentlich Kontakt mit der Welt außerhalb des Regenwaldes. Jetzt blieb nur die Frage, ob es sich dabei um Geschenke, Handelsgut oder Beutestücke handelte.

Als die Männer und Frauen, die sie ins Dorf geführt hatten, zurückkamen, hatten sie auch ihre Masken abgelegt. Elanora fiel auf, dass die Nopam-Han bei weitem kein so einheitliches Bild abgaben wie die Pamkupa-Ruoi. Wie diese trugen viele ihr Haar lang und offen, aber eben nicht alle. Einige trugen Hautbilder, andere kunstvolle Schmucknarben. Auch glaubte Elanora, in den Gesichtern des einen oder anderen das Blut der Blasshäute zu erkennen.

Die Blicke der Waldmenschen ruhten auf Elanora und ihren Begleitern. Sie warteten offenbar auf etwas.

Elanoras Blick wanderte über die Gesichter ihrer Gefährten. Sie schienen so ratlos wie Elanora. Waren sie jetzt Gäste oder Gefangene? Was erwarteten die Nopam-Han von ihnen? Worauf warteten sie? *Antonio! Mirhabeth! Tut doch was,* dachte Elanora.

Aber keiner rührte sich.

Es ist meine Expedition! Elanora fasste sich ein Herz. Einen Moment lang war ihr übel vor Aufregung. Sie schwankte, als sie zwischen den anderen hervortrat. Sie streckte die Hände zum Gruß aus und drehte die Handflächen nach oben. *Ich trage keine Waffe,* wollte sie mit der Geste sagen. *Oder verstehen sie jetzt: Ich komme mit leeren Händen?*

Die Nopam-Han sahen sie weiter freundlich und abwartend an.

Elanoras Schritte wurden sicherer, aber ihre Stimme zitterte, als sie rief: »Ich bin Elanora. Elanora von Wilderklamm. Wir wollen nichts Böses. – Und wir ... wir kommen als Gäste.«

Ein junger Mann trat aus dem Kreis der Dorfbewohner. »Du bist wie sie«, sagte er in einem singenden Tonfall.

»Du sprichst unsere Sprache!«, rief Elanora erstaunt.

Der Mann nickte. »Ich habe lange unter euch gelebt. Unten in Chorhop. Aber jetzt bin ich hier.«

Im Vergleicht zu Antonio sprach er ein perfektes Brabaci. »Was meinst du mit ›Du bist wie sie?‹ Wer sind sie?«, fragte Elanora.

»Sie. Die anderen Blasshäute. Die anderen Weißen, die vor kurzem hier waren. Aber die Niak-Tam müssen entscheiden. Wir werden dich zu ihnen bringen.«

»Welche Weißen? Was entscheiden?« Auch wenn der Mohaha ihre Sprache sprach, so verstand sie doch kein Wort.

»Du wirst alles erfahren«, sagte er.

»Diese Nikatam ... oder so ... Ihr habt uns doch gerade von ihnen fortgebracht. Das hat zumindest Antonio erzählt, unser mohischer Führer. Warum wollt ihr uns wieder zu ihnen bringen?«

Der Mohaha schaute Antonio an. Nach einer Weile sagte er: »Antonio? Das ist kein Name für einen Mohaha.«

»Es ist nicht sein richtiger Name.«

Der junge Mann schaute Antonio weiter schweigend an. Ohne sich Elanora zuzuwenden fragte er: »Wie ist *dein* Name?«

»Ich bin Elanora von Wilderklamm«, antwortete Elanora automatisch. »Und du?«

»Toruju. Hohaya Hayatepe und Schamane Ake-Iya haben mich bestimmt, mit euch zu reden.« Wieder verfiel er in Schweigen.

»Was ist mit diesen Nikatam?«, begann Elanora von Neuem.

»Niak-Tam«, berichtigte sie der junge Mann. »Es ist schwer zu erklären. Aber ich werde es versuchen. Wir sind der Stamm der Nopam-Han. In eurer Sprache heißt das so viel wie ›Bewahrer der Erinnerung der Nacht‹. Wir bewachen diesen Ort, zusammen mit den Lasha-Waru, die sich aus der Erde erheben und die Heimat schützen.« Für einen Moment verlor seine Stimme den singenden Unterton. »Sie sind da draußen. Von ihnen haben wir euch weggebracht. Von denen, die noch da sind.« Er räusperte sich und sprach in gewohntem Ton weiter. »Die Lasha-Waru sind immer wach. Sie hätten euch nicht weitergehen lassen, deshalb musstet ihr mit uns kommen. Denn es mag sein, dass ihr noch eine Aufgabe zu erfüllen habt.«

Der Krieger sprach schon wieder in Rätseln. Aber ehe Elanora nachhaken konnte, redete er weiter: »Aber darüber entscheiden nicht wir. Sie sind da oben, die Niak-Tam. In deiner Sprache vielleicht ‚Der alte Geist, der ruft'. Sie sind wie Han-Hepi, das weiße Gesicht in der Nacht. Sie sind die Herren. Oben in ...«

»Kamaluqs Schlund!«, rief Elanora.

»Das ist nicht sein Name. Ich weiß, ihr nennt es so. Aber ihr wisst es nicht besser.«

»Und ihr habt uns jetzt vor denen aus der Erde in der Stadt beschützt, um uns zu den Geistern da oben zu bringen?«

»Dich! Dich bringen wir zu den Niak-Tam. Und Geist, nicht Geister. Du bist wie jene, die hier waren. Die Schoma-Ha. Die Diebe. Aber du bist auch ein wenig wie sie.« Er deutete mit dem Kopf nach oben. »Und wir wissen nicht recht, wie wir entscheiden sollen.«

»Was entscheiden?«

Toruju senkte den Blick. Er streckte die Arme nach Elanora aus, ohne sie zu berühren. »Esst«, sagte er. »Trinkt. Tanzt. Redet. Lacht. Heute seid ihr sicher. Wir haben selten – *Gäste*.

Morgen werden *sie* entscheiden.« Dann wandte er sich ab und ließ Elanora stehen.

All das beruhigte Elanora nicht im Geringsten. Sie wollte sich Antonio zuwenden, ihn fragen, was er von der ganzen Sache hielt. Doch sie sah ihn zunächst nicht. Ohne es zu merken, war sie von ihren Begleitern getrennt worden. Diese saßen jetzt einige Schritt entfernt, waren von Dorfbewohnern umringt und aßen. Elanora wollte zu ihnen gehen, da wurde sie aufgehalten. Eine Frau stand vor ihr. Schwarzes Haar umrahmte ein freundliches ovales Gesicht. In der einen Hand trug sie eine hölzerne Schale, in der anderen ein großes Blatt, darauf einige Stücke Fleisch und etwas, das wie Getreide oder Grassamen aussah. «Ko!«, sagte sie. «Bako Nene-Ca.«

Essen, gutes Essen für die weiße Frau, übersetzte Elanora in Gedanken. Sie nahm das Blatt und neigte zum Dank den Kopf.

Dann wollte sie endlich zu den Anderen, doch das Blatt war so heiß, dass sie sich die Finger verbrannte und es beinahe fallen gelassen hätte. Also setzte sie sich und legte das Blatt vor sich hin.

Die Frau schaute auf sie hinab, nickte und wartete. »Bako.«

Elanora kostete. Es schmeckte lecker. »Bako«, bestätigte sie. »Ba-Ba.« Dann fügte sie hinzu: »Mir!«, das hieß: Würzig. Scharf wäre das passendere Wort gewesen, aber sie kannte es nicht. Elanora stiegen Tränen in die Augen. Die Frau lachte, reichte ihr die Schale mit Wasser und ließ sie allein.

Elanora war hungrig und durstig. Für einen Augenblick vergaß sie ihre Begleiter völlig. Ob es an den Anstrengungen des Tages lag oder ob in der Schale etwas anderes war als reines Wasser, konnte sie nicht sagen. Aber plötzlich war sie schläfrig. Am liebsten wäre sie mitten auf dem Platz einfach eingeschlafen.

Dann begann die Musik.

Der Rhythmus der Trommeln erinnerte sie an das Schlagen des Herzens. Elanora reckte den Kopf. Zwischen ihr und dem lodernden Feuer war kein Mensch mehr, und dahinter tanzten die Dorfbewohner. Sie trugen wieder Masken, ihre nackten Leiber waren bemalt, rote Muster auf kupferbrauner Haut. Es sah aus, als würden sie sich in den Flammen bewegen.

Elanora nahm noch einen Schluck aus der Schale. Seltsam, das Wasser schmeckte würzig und süß zugleich. Oder war es nur der Nachgeschmack des Fleisches auf der Zunge?

Sie merkte, dass sie ganz unbewusst ein altes Kinderlied zum Rhythmus der Trommeln summte.

»Esst«, hörte sie Torujus Stimme in Gedanken. *»Trinkt. Tanzt. Redet. Lacht. Heute seid ihr sicher ... Morgen werden sie entscheiden.«*

Elanora stand auf.

Sie suchte ihre Freunde. Dort drüben standen sie noch immer, zwischen den Dorfbewohnern.

Der Rhythmus der Trommeln wurde schneller und komplizierter, und so, wie er sie zuvor an ihren Herzschlag erinnert hatte, schien jetzt ihr Herz den neuen Rhythmus anzunehmen.

... und ihre Füße.

»Tanzt!«

Sie trank noch einen Schluck.

***

Rank Fuxfell gefiel die Situation überhaupt nicht. Diese Nopam-Han waren höflich und gastfreundlich wie Traviageweihte. Trotzdem war er überzeugt, dass sie wieder Gefangene waren. »Mirhabeth?«, fragte er. »Was hältst du von der ganzen Sache? Ich hoffe, wir werden nicht als Hauptspeise bei diesem Fest enden.«

Aber Mirhabeth hörte ihn nicht.

Sie stand am anderen Ende der Gruppe, neben Janera, und drehte ihm den Rücken zu. Mirhabeth hielt sich von ihm fern. Sie sprach nicht mit ihm. Er durfte sie nicht berühren. Das war der Preis, den sie zu zahlen hatten. Der Preis für sein Leben. Obwohl ihre Blicke sagten, wie sehr sie darunter litt, hielt sie sich daran.

Janera hatte ihren Willen bekommen. Ihr war Rank nicht gewachsen. Die Magie, die seinen Schmerz hatte verschwinden lassen – und eben so schnell wieder zurückkommen ließ –, die ihm einen Blutrausch beschert hatte, der ihm den Sieg gebracht hatte, war der allerletzte Beweis. Wen du nicht besiegen kannst, mit dem verbünde dich, war seine Devise. Eine Devise, die ihm immer gut gestanden hatte.

Bis jetzt. Rank war kein Romantiker. Es war schön gewesen mit Mirhabeth. Aber es war vorbei. Endgültig. Andererseits ... wenn sie wieder in Chorhop waren ...

Er seufzte.

Nun, vielleicht war er doch ein Romantiker.

Aber er hatte auch eine Aufgabe. Und Rahja stand dieser Aufgabe zwar nicht im Wege, doch was sie seinem Verstand und seinen Lenden antat, erwies sich nicht gerade als hilfreich.

Obwohl – Wenn er die Gefühle, die er für Mirhabeth empfand, auf Elanora ummünzen konnte – und das sollte ihm doch leichtfallen –, war er einen großen Schritt weiter. Immerhin war er auch in ihren Augen ein wenig zum Helden geworden.

»Ist schon ein seltsames Volk, diese Nopam-Han«, sagte er vor sich hin. »Und das Aufhebens, das sie um die Wohlgeboren machen, ist noch seltsamer.« Dann sah er sich um und fügte lauter als beabsichtigt hinzu: »Wo ist sie überhaupt?«

Er sah Elanora am Feuer stehen. Sie schwankte leicht – Nein – Leicht wiegte sie sich in den Hüften, und sah dabei sehr glücklich aus. Er hatte seinen Schützling schon einmal so gesehen, damals im Hafen von Chorhop. Jetzt galt ihre ganze Aufmerksamkeit den Nopam-Han, ihrem Tanz und ihren Trommeln.

Rank hatte den Eindruck, dass sie gern mitgetanzt hätte. »Ich glaube, ich sollte mal nach ihr schauen.« Er machte sich daran, sich zwischen den Dorfbewohnern durchzuschieben. Dann sah er Kushko hinter Elanora auftauchen. Doch ehe er sie erreichte, wurde er von einigen Nopam-Han Kriegern abgedrängt. Kushko schaffte es nicht, sich gegen sie zu wehren.

Das ist die Gelegenheit, dachte Rank.

Mehrere Nopam-Han versperrten auch seinen Weg. Er tauchte unter ihren Armen hindurch, erreichte Elanora, legte eine Hand auf ihre Schulter und flüsterte ihr ins Ohr: »Ein Tänzchen gefällig? Zur Feier des Tages?«

Sie drehte sich um und lächelte ihn an.

Rank bot ihr die Hand an. Sie legte ihre Hand in die seine und deutete einen Knicks an. Der Druck ihrer schlanken Finger war fest und warm. Er zog sie an sich. Dann waren ihre Gesichter nur noch eine Handbreit von einander entfernt.

Das war doch einfacher als gedacht, ging es Rank durch den Kopf.

Dann wurde er von der Seite angerempelt und ging zu Boden.

***

Elanora öffnete die Augen.

Sie zitterte am ganzen Leib.

Die Dorfbewohner hatten einen Kreis um das lodernde Feuer gebildet. Sie trugen Masken, ihre nackten Leiber waren bemalt, rote Streifen und Spiralen wanden sich um ihre Arme und Beine, bewegten sich schlangengleich über ihre Haut. Und die Nopam-Han tanzten zum Rhythmus der Trommeln, es war ein Ringelreihen, ein Springtanz, ein Abzählreim, doch er hatte nichts Kindliches und nichts Unschuldiges an sich. Ein Mann trat tanzend in den

Kreis, sein Körper war sehnig und äonenalt. Auch er trug eine Katzenmaske. Seine Haut war von feinem rotem Flaum bedeckt. Elanora trat erschreckt einen Schritt zurück. Heiß spürte sie das Feuer an ihrem Rücken und Hintern. Sie schaute an sich herab und bemerkte, dass auch sie nackt war, auch ihre Haut bemalt, ihr Leib ein Bild in Rot. Ein fremdes Wesen ergriff von ihrem Körper Besitz, etwas, das den Rhythmus der Trommeln liebte und aufsog, den Rhythmus, der stetig drängender und wilder wurde. Ihre Haut veränderte sich. Die Bilder und Sommersprossen bildeten ein Muster, wie die Tigerzeichnung einer Katze. Ihr Körper begann zu tanzen, wiegte sich in der Musik und näherte sich dem Maskierten. Doch jetzt war es keine Maske mehr, die er trug. Er umschlich sie in seinem Tanz. Lauernd und lüstern. Begehren überkam Elanora. Sie näherte sich ihm, bot sich ihm an.

Doch der Maskierte zog sich tanzend zurück. »Dies ist nicht dein Tanz, Neneca«, hörte sie seine Stimme.

Elanora war traurig. »Warum nicht?«, fragte sie.

Und erwachte.

Sie zitterte am ganzen Leib.

Die Nachtluft war kühl. Sie tastete nach ihrer Decke und zog sie über sich.

Wo war sie?

Sie fuhr hoch.

Das Licht des Madamals schien durch das Flechtwerk einer Hütte. Elanora war allein. Wie war sie hierhergekommen? Langsam erinnerte sie sich wieder an die vergangene Nacht: Die freundlichen Dorfbewohner und ihr vergeblicher Versuch, zu den Gefährten zu kommen. Dann die Trommeln und der Tanz, und die Art, wie sie ihr Herz berührt und verführt hatten. Hatte auch sie getanzt? Sie konnte sich dunkel daran erinnern, am Feuer gestanden zu haben.

Die Dorfbewohner haben mich aufgefordert mitzutanzen. Aber ich wollte nicht. Nein. Ich wollte schon. Ich traute mich nur nicht. Sie haben gelacht, mich dann aber in Ruhe gelassen. Oder? Das Fest war lang. Irgendwann haben sie mich hierhergeführt. Gesagt, ich könne hier schlafen. Aber warum bin ich allein? Wo sind die anderen?

Sie zog sich an und ordnete ihr zerzaustes Haar. *Eine Gefangene bin ich nicht*, dachte sie noch, denn es stand keine Wache vor der Hütte.

Der Dorfplatz lag verlassen da, das Feuer rauchte noch ein wenig. Elanora setzte sich auf einen Baumstamm und lauschte den Stimmen des Dschungels. Mit der Morgendämmerung veränderte sich das Lied. Bunte Vögel suchten den Dorfplatz auf und pickten zwitschernd in den Resten des Festmahls.

Jetzt erschienen auch die Dorfbewohner.

Mehrere Krieger kamen zu ihr und geleiteten sie durch das Dorf. Sie wurde in eine Hütte geführt. Die Krieger zogen sich zurück. Toruju, der junge Mann vom Vorabend, war anwesend, und ein Mann von unschätzbarem Alter. Neben Toruju sah er aus wie ein bunter Vogel. Er trug etwas, das aussah wie eine Toga aus den unterschiedlichsten Fellfetzen, und hatte Federn im Haar, Ketten um Hals und Hüften. Wenn er sich bewegte, klirrte und klapperte er.

»Wo sind die anderen? Wo sind meine Begleiter?«, fragte Elanora ohne Umschweife.

Sie bekam keine Antwort.

Dann betrat eine weitere Person die Hütte. Es war eine Frau, kaum älter als Elanora, das Haar kurz geschoren, die Brüste bedeckt von einem Reif aus bunten Vogelfedern.

Sie setzte sich. Eine Geste von ihr gebot den anderen, es ihr gleichzutun. Nach kurzem Zögern kam Elanora der Aufforderung nach.

»Deine Begleiter sind in Sicherheit«, begann Toruju. »Es wird später entschieden, was mit ihnen geschieht.«

»Wie meinst du das?«, rief Elanora. »Erst nehmt ihr uns gefangen, dann beköstigt ihr uns wie Ehrengäste. Jetzt sind wir wieder Gefangene. Was geht hier vor?«

Elanoras Ton schien der Hohaya nicht zu gefallen, sie sprang auf und rief einige zornige Worte.

Toruju versuchte sie zu beschwichtigen. Er schien Erfolg zu haben, denn sie setzte sich wieder. Eine Weile sprachen die Nopam-Han miteinander. Elanora wagte nicht, sie zu unterbrechen. Dann wandte Toruju sich ihr wieder zu. »Euer Schicksal liegt nicht in unserer Hand«, sagte er. »Ich habe es dir gestern schon erklärt. Wir haben eine Aufgabe. Entscheiden werden andere. Wir bringen dich jetzt zu dem Ort, den ihr Kamaluqs Schlund nennt. Das war doch euer Ziel?«

»Ja, aber ...«

»Andere waren vor euch hier. Andere Blasshäute. Sie sind der Grund, warum ihr hier nicht willkommen seid.«

»Andere waren vor uns hier? War mein Vater hier? Und meine Brüder?«

»Ich weiß nicht, wer sie waren.«

»Aber ...«

Sie wurde von Hohaya Hayatepe unterbrochen. Sie rief ein paar barsche Worte, stand dann auf und verließ die Hütte. Der Schamane folgte ihr.

Elanora sah ihnen erschrocken nach. Wenn sie etwas falsch gemacht hatte, hätte sie doch gern gewusst, was.

»Komm mit!« Toruju stand ebenfalls auf und rief etwas auf Mohisch. Vier Männer betraten die Hütte, sie trugen Masken und lange Speere.

Toruju ging voran, Elanora wurde von den anderen Kriegern in die Mitte genommen und aus der Hütte geführt. Sie gingen durch das Dorf. Elanora konnte kein Lebenszeichen von ihren Gefährten entdecken. Die Bewohner hatten sich wieder dem Alltag zugewandt. Nur ein paar Kinder folgten ihnen, als sie das Dorf verließen und auf den Weg zurückkehrten, der sich in endlosen Serpentinen den Berg hinaufwand.

Tausend Dinge gingen Elanora durch den Kopf: Die Dorfbewohner waren Fremden gegenüber aufgeschlossen. Aber die letzten Weißen, die in das Tal gekommen waren, hatten keinen guten Eindruck hinterlassen. Toruju hatte es angedeutet. Waren es ihr Vater und ihre Brüder gewesen? Hatten sie etwas damit zu tun? Und was war dann mit ihnen geschehen? Drohte ihr jetzt das Gleiche? Was wartete in Kamaluqs Schlund auf sie?

Sie glaubte kaum, auf all ihre Fragen Antworten zu bekommen, aber irgendwas musste doch zu erfahren sein. Sie beschleunigte ihre Schritte.

Ihre Wächter ließen sie gewähren, sie schienen nicht zu fürchten, dass sie fliehen würde.

Toruju blieb stehen und wandte sich zu ihr um. Er nickte den Kriegern zu. Sie blieben einen Schritt zurück. Dann beschleunigte er seine Schritte wieder.

»Ich habe mehr als zehn eurer Götterläufe unter Blasshäuten gelebt«, sagte Toruju. »Aber ich werde euch nie verstehen.«

»Warst du ein Sklave?«, fragte Elanora.

»Nein! Mich plagte etwas, das ihr Fernweh nennt. Das kommt bei unserem Volk nicht so häufig vor.«

»Warum bist du zurückgekommen?«

»Ich bin nicht zurückgekommen. Ich stamme aus einem Dorf weit im Süden. Aber hier habe ich eine Aufgabe gefunden, die wichtig ist. Wie andere vor und nach mir.«

»Was ist das für eine Aufgabe?«

»Du wirst es sehen«, erwiderte Toruju.

Elanora schwieg.

»Es ist schon ungewöhnlich. Ein reisender Mohaha ...«, sagte Elanora etwas später.

»Ich glaube, ihr Blasshäute täuscht euch da in etwas«, sagte Toruju.

»Wie meinst du das?«

»Die meisten Blasshäute, denen ich begegnet bin, haben nie in ihrem Leben die Grenzen ihres Dorfes oder Stadtviertels überschritten. Die meisten fürchten sich vor der Welt, die sie umgibt. Die Wälder, die Berge und Wiesen, die Sümpfe und Moore machen ihnen Angst. Da sind viele von uns Wilden mutiger und weiter gereist.« Toruju blieb stehen und schaute Elanora in die Augen. »Ihr versucht schon seit Jahrhunderten, unsere Wälder und Berge zu erforschen und zu erobern. Und noch immer versteht ihr nicht das Geringste. Ihr wisst nichts über die Tiere und Pflanzen. Stattdessen schlagt ihr sie tot oder hackt sie ab, weil ihr sie fürchtet. Ihr könnt die Panaq-Si nicht von den Ohjanja unterscheiden. Moha, Waldmenschen, Wilde nennt ihr uns. Aber hast du dir schon einmal Gedanken darüber gemacht, wie viele Mohaha und Keke-Wanaq, wie viele Utulu und Napewanha in euren Städten und Dörfern leben? Und ich rede jetzt nicht von den Sklaven Al'Anfas oder Chorhops! Wir werden nie begreifen, wie ihr so leben könnt, wie ihr lebt, und nur wenige werden es auf die Dauer bei euch aushalten. Aber ist dir noch nie der Gedanke gekommen, dass wir *euch* viel besser kennen als ihr *uns*? Wir haben nie versucht, euch zu erobern, aber während ihr euch noch fürchtet, haben Kamaluqs Kinder all eure Länder längst bereist.«

Wieder wusste Elanora nicht, was sie erwidern sollte. Sie war fasziniert von diesem Mann und seinen seltsamen, aber logischen Gedanken. Er hatte recht. Sie dachte an Canteha. Der Anblick eines Waldmenschen würde nicht einmal in einem abgelegenen Koscher Dorf für großes Aufsehen sorgen. Höchstens, wenn er in seiner Stammeskleidung auftrat. Aber wie viele Mittelreicher lebten tatsächlich in den Wäldern Meridianas? Sie hielten sich für Forscher und Eroberer, waren aber doch längst selbst erforscht worden.

Sie hatten jetzt vielleicht ein Viertel des Aufstiegs bewältigt. Elanoras Gedanken wandten sich dem Kommenden zu. »Was wird mich da oben erwarten? Was habt ihr mit mir vor?«

Toruju schüttelte den Kopf. Dann nickte er den Kriegern zu, und sie nahmen Elanora wieder in die Mitte.

Schweigend gingen sie weiter. Toruju hatte deutlich gezeigt, dass er keine weiteren Antworten geben würde. Außerdem wurde der Weg immer steiler, und Elanora hatte bald nicht einmal mehr den Atem, um Fragen zu stellen.

Nach einer letzten Serpentine endete der Anstieg. Die Straße führte in einem weiten Bogen in ein enges Tal hinein.

Elanora blieb stehen und schaute sich um.

Der Talkessel mit der Ruinenstadt lag jetzt tief unter ihnen. Jenseits davon trieb die Sonne Nebelschwaden aus dem dampfenden Dschungel. Grüne Hügelketten verloren sich im milchig blauen Horizont.

Elanora atmete tief durch. Unter weniger ungewissen Umständen hätte sie diesen Anblick genießen können. Das wäre die Mühsal wert gewesen.

»Komm«, sagte Toruju.

Sie wandte sich von der Aussicht ab. Vor ihr lag eine enge Schlucht, es sah so aus, als hätte ein zorniger Gott den Berg mit seiner Riesenaxt gespalten. Und über ihren Köpfen sprang eine Felsformation aus der Steilwand hervor. Aus der Nähe hatte der verwitterte Stein keine Ähnlichkeit mit einem Gesicht. Nur das weit aufgerissene Maul der Katze war zu erkennen.

Die Nopam-Han führten sie in die Schlucht. Elanora hatte das Gefühl, sich unter dem steinernen Kopf ducken zu müssen, auch wenn er mehrere Dutzend Schritt über ihr schwebte. Wie tief die Schlucht in den Berg führte, erfuhr sie nicht, denn schon nach kurzer Zeit kamen sie an einen Eingang in der Felswand. Sie gingen hindurch und betraten eine Höhle, etwa fünfzehn Schritte lang und breit. Die Überreste bemalter Reliefs bedeckten die Wände. Acht Stelen, jede mehr als mannshoch, bildeten in der Mitte des Raumes einen Kreis. Fünf Stelen waren leer, aber auf dreien stand jeweils ein Objekt, ein schwarzer Kristall, einen Spann hoch. Das Ding hatte die Form eines spitz zulaufenden Tetraeders, dessen Seitenflächen zu unzähligen Facetten geschliffen waren. Das spärliche Licht brach sich in dem Artefakt und ließ es in allen Farben schillern. Elanora wollte sich einen der Steine genauer ansehen, doch ihre Bewacher drängten sie weiter.

»Deshalb bist du hier«, sagte Toruju. »Komm mit!«

Sie durchquerten den Raum und traten durch einen weiteren Torbogen am anderen Ende. Nach wenigen Schritten wurde es um sie völlig finster. Aber die Mohaha schienen kein Licht entzünden zu wollen.

Der Gang fiel leicht ab und führte stets geradeaus. Elanora schätzte, dass sie etwa hundert Schritte gegangen waren, als sie bemerkte, dass sie wieder ein wenig sehen konnte.

Sie waren in einem weiteren Raum, ähnlich dem ersten. Eine einzelne Stele stand hier, von ihr kam das Leuchten, es erinnerte Elanora ein wenig an die Gwen-Petryl-Steine, wie man sie aus dem Efferd-Tempel kannte. Am anderen Ende des Raumes führte ein weiterer Gang in die Finsternis.

Unter diesem Torbogen stand etwas, das Elanora zunächst für eine Statue, dann für eine mumifizierte Leiche hielt. Es musste sich um eine Frau handeln, faltig und ausgemergelt, der Bauch eingefallen, die mondbleiche Haut von einem rötlichen Flaum bedeckt. Das Gesicht war ungewohnt spitz, mit einem kleinen Mund, die Ohren saßen hoch am Kopf.

Dann bewegte sich das Wesen und schaute Elanora an.

Die Pupillen waren grau und matt.

Es muss blind sein, dachte Elanora. Trotzdem hatte sie das Gefühl, genau gemustert zu werden.

Ein kehliges Knurren kam aus dem Mund des Wesens.

»Zieh dich aus«, sagte Toruju, an Elanora gewandt.

»Was?«, rief diese.

»Zieh dich aus«, wiederholte Toruju. »Die Niak-Tam sind zwar nach unserem Verständnis blind, aber sie können uns doch sehen. Auf ihre Weise. Sie sehen unsere Wärme und

Lebenskraft. Aber dein Kleid verbirgt dich. Das werden sie nicht dulden.«

»Und wenn ich mich weigere?«

»Tu es!« In Torujus Stimme lag etwas Flehendes. »Sonst ist das Urteil schon gesprochen.«

Elanora schaute sich nervös nach den Kriegern um. Ihre Gesichter verrieten nichts.

»Wir verstehen die seltsame Scham von euch Blasshäuten nicht«, sagte Toruju.

Elanora versuchte in dem Raum einen Platz zu finden, der sowohl von dem Wesen wie auch von ihren Bewachern möglichst weit entfernt war und zog sich bis aufs Unterkleid aus.

»Das genügt«, sagte Toruju.

Elanora atmete erleichtert auf.

Dann wandte sie sich dem Wesen zu.

Seltsamerweise fühlte sie in seiner Gegenwart weit weniger Scheu als den Nopam-Han gegenüber. Vielleicht, weil es selbst nackt war? Vielleicht auch, weil es sich um eine Frau zu handeln schien? Elanora wusste es nicht.

Das Wesen ließ wieder ein Gurren aus der Kehle verlauten, dieses Mal klang es freundlicher und sogar ein wenig überrascht. Es schlug mit einem dünnen haarlosen Schwanz.

Elanora erinnerte sich an ihren Traum.

Der Katzenmensch!

Und Vater hatte ihr die Geschichte vor einer Ewigkeit erzählt: Die seltsamen Katzenmenschen, die vor Äonen Aventurien besiedelt haben sollten; von denen es hieß, dass einige von ihnen noch immer irgendwo im Südmeer und im fernen Güldenland lebten. Aber dass auch nur ein Einziger dieses seltsamen Volkes hier in den Dschungeln hauste, war nicht einmal in den abenteuerlichsten Geschichten erwähnt worden.

Das also hatte ihr Vater gesucht! Kein Wunder, dass die Gelehrten ihn für verrückt erklärten.

Aber er hatte recht gehabt.

Sie lebten.

Wobei *lebendig* angesichts dieses Wesens schon ein optimistischer Begriff war.

Dieses Wesen hatte zumindest seit Jahren keine Sonne mehr gesehen. Wenn überhaupt je!

Irgendwie hatte sie plötzlich das Bild von Kiro, ihrem Kater, im Kopf: Wie er sich behaglich in der Mittagssonne räkelte.

So ein Wesen konnte nur entstehen, wenn ein Volk über Generationen in der Finsternis lebte!

Seit Äonen.

Aber warum?

Der Katzenmensch nickte ihr zu und streckte seine Hand aus.

Elanora verstand auch ohne Worte. Sie schaute sich zu den anderen um.

»Wir warten hier!«, sagte Toruju.

Die Hand des Katzenwesens war weich und kühl. Elanora wurde durch den Torbogen geführt. Wieder konnte sie überhaupt nichts sehen. Aber ihre Führerin ließ sie kein einziges Mal straucheln. Es schien in Windungen in die Tiefe zu gehen. Elanora verlor schnell jegliches Gefühl für Zeit und Weg. Irgendwann blieb ihre Begleiterin stehen und gab einen kehligen Laut von sich.

Aus der Finsternis kam eine Antwort.

Das Wesen ließ Elanoras Hand los.

Wieder kam ein Geräusch aus der Dunkelheit, dann konnte Elanora Worte verstehen.

Du kannst wieder gehen.

Ihr Kopf fuhr herum. Sie konnte nicht ausmachen, von woher die Stimme kam. »Wer bist du?«, fragte sie laut.

Ich bin hier, sagte die Stimme.

»Warum zeigst du dich nicht? Und wie sprichst du mit mir?«

Ich kann dich sehen. Ich weiß nicht, warum du mich nicht sehen kannst.

Was hatte Toruju gesagt? »Sie sehen unsere Wärme und unsere Lebenskraft.« Konnten sie, wie sie ohne Augen sahen, ohne Zunge sprechen?

»Wie machst du das? Du sprichst in meinem Kopf!«

Ich kann dich hören. Ich kann dich verstehen. Du kannst mich hören. Und ich habe einen Weg gefunden, dass du mich verstehen kannst. Alles andere spielt keine Rolle.

»Bist du einer von ihnen? Ein Katzenmensch? Wie die, die mich hierhergebracht hat. Warum konnte sie sich nicht verständlich machen?«

Vielleicht kann sie es. Vielleicht kann sie es nicht. Vielleicht hat sie es einfach noch nicht versucht. Du hast viele Fragen. Aber es spielt keine Rolle. Du kannst gehen. Du bist wie sie.

»Das hast du schon einmal gesagt. Warum hat man mich hierhergeführt? Und was meinst du mit: Du bist wie sie?«

Jene, die vor euch hierherkamen. Deshalb haben sie dich zu mir geführt.

»Mein Vater! Mein Vater und meine Brüder!«

Sie waren von deinem Blut? Dann bist du wirklich wie sie. Dabei glaubten die Diener sogar, sie seien uns ähnlich. Deshalb haben sie euch hierhergeführt. Welch törichter Gedanke.

»Ähnlich?«, fragte Elanora.

Ich kann es nicht sehen, aber die Diener sagen, du seist bleich wie das Mondlicht. Und dein Haar sei so rot wie das unsere. Und so waren auch jene, die du Vater und Brüder nennst. Aber das spielt keine Rolle. Die Wache ist schwach, und sie muss gestärkt werden. Die Kaujok warten. Dein Vater hat es verstanden.

»Wo sind sie hin? Ich muss sie finden!«

Du hast sie gefunden.

»Wo sind sie?«

Hier. Und doch nicht.

»Vater! Ardan! Darian!«, rief Elanora in die Finsternis hinein.

Sie werden dich nicht hören.

»Erkläre es mir!«, schrie Elanora. »Was soll das alles?«

Stille herrschte in ihrem Kopf.

Dann ...

Sie kamen hierher ...

»Kamaluqs Schlund!«, entfuhr es Elanora.

Wieder Stille.

Elanora wollte gerade etwas sagen, da sprach die Stimme weiter.

Sie kamen hierher. Es waren viele. Und mit ihnen kamen jene, die du Vater und Brüder nennst. Sie töteten und stahlen. Sie töteten die Diener, sie vernichteten die Wächter, sie töteten meine Brüder und Schwestern. Und dann stahlen sie die Kaujok!

»Die Kaujok?«

Ich finde keinen Namen dafür in deinem Kopf. Aber die Diener nennen sie Kaujok. Du hast sie gesehen. Die Steine auf den Stelen. Acht Kaujok binden die Lasha-Waru an diesen Ort. Sieben wurden gestohlen. Zwei wurden zurückgewonnen. Aber fünf fehlen noch immer. Und wir können, wie unsere Ahnenschwestern und Ahnenbrüder, keine Neuen erschaffen. Jetzt sind wir fast schutzlos und müssen mit dem, was uns bleibt, von Neuem beginnen. Dein Vater hat es verstanden. Er war der Erste. Du und deine Gefährten, ihr seid die Nächsten.

»Ich verstehe das alles nicht. Wer sind die Lasha-Waru? Und was hat das alles mit meinem Vater und meinen Brüdern zu tun? Sie sind weder Mörder noch Diebe!«

Mag sein, dass sie es nicht waren. Aber sie haben Mörder und Diebe zu uns geführt! Dein Vater hat es eingestanden. Er hat sich geschämt, als er sah, was er angerichtet hat. Die Lasha-Waru sind unser Schutz. Und ohne die Kaujok können wir sie nicht halten.«

»Aber es stehen doch noch drei davon da!«

Ja. Ich habe es dir gesagt: Einer verblieb hier. Zwei wurden von den Dienern zurückgebracht. Aber viele der Lasha-Waru wurden vernichtet. Es muss neue geben. Ein Neuer ist hinzugekommen, seit die Diebe hier waren. Nur einer. Aber das wird sich jetzt ändern.

Eine schreckliche Ahnung überkam Elanora.

»Mein Vater? Wo ist er? Ich muss ihn sprechen!«

Du kannst nicht mehr mit ihm sprechen. Dein Vater war krank und starb hier. Er bereute, dass er die Diebe und Mörder hierhergebracht hatte. Aber sein Körper hat jetzt eine neue Aufgabe gefunden.

Elanora schauderte. Sie erinnerte sich an die Geschichten von den seelenlosen *Tschumbies*, lebenden Leichnamen, geschaffen von bösen Schamanen und Zauberern, die im Süden umgehen sollten. War hier so etwas im Gange? »Und jetzt willst du uns töten und zu Seelenlosen machen?«, rief sie.

Wir brauchen die Wächter. Ohne sie sind wir schutzlos.

»Wo sind meine Brüder? Habt ihr sie auch umgebracht?«

Wir haben niemanden getötet. Nein! Deine Brüder sind mit jenen geflohen, welche die Kaujok haben.

»Sie leben!«

Sie haben gestohlen. Sie haben deinen Vater verraten.

»Das kann nicht sein«, rief Elanora.

Es ist. Du kannst jetzt gehen.

»Ich kann gehen? Du willst mir nichts tun?«

Nein.

«Nein?«

Die Diener werden es tun. Oben, bei den verbliebenen Kaujok. Du kannst jetzt gehen. Sie warten schon.

»Aber ...« Elanora wusste nicht, was sie noch sagen sollte. Sie war ganz ruhig, ihr Blut kalt wie Eis. Dieses Ding, das in ihrem Kopf sprach, würde sie töten lassen, würde ihren Körper in ein seelenloses Ungeheuer verwandeln.

Plötzlich kam ihr ein anderer Gedanke.

Sie zweifelte nicht einen Augenblick an den Worten des Wesens. Ardan und Darian waren irgendwo da draußen. Zusammen mit den *Dieben und Mördern*. Und zusammen mit diesen Steinen. »Die Kaujok«, sagte sie. »Sie binden die Wächter an diesen Ort? Habe ich richtig verstanden? Und was passiert jetzt, da die Kaujok fort sind? Was wird aus den Wächtern? Jenen, die nicht vernichtet wurden, meine ich.«

Das Wesen schwieg.

»Sag doch«, rief Elanora. »Wenn du mich schon umbringen willst, erkläre es mir!«

Du sollst jetzt gehen.

»Nein! Wenn es sein muss, krieche ich auf allen vieren durch die Dunkelheit. Bis ich dich gefunden habe und dir den Hals umdrehen kann!«

Plötzlich war es als würde Elanora direkt in die Sonne schauen. Sie schlug die Hände vor die Augen, aber es half nichts. Ein unerträglicher Schmerz durchfuhr ihren Kopf.

Sie wollte schreien, sie wollte um sich schlagen, aber sie konnte nicht. Stöhnend ging sie in die Knie.

Dann war es vorbei.

Schmerz und Licht verschwanden so schnell, wie sie gekommen waren.

Die Wächter sind an die Kaujok gebunden. Die Lasha-Waru folgen den Kaujok.

»Das heißt ...«, keuchte Elanora. »Das heißt, dass jetzt eine Armee von Untoten durch Meridiana marschiert? Dass jeder, der diese Dinger besitzt, Kontrolle über sie hat?«

Ich weiß es nicht. Ich weiß nicht, was jetzt passiert. Ich weiß nicht, was die Wächter tun werden, jetzt, da die Kaujok von ihrem Platz genommen sind. Es ist noch nie geschehen. Es sind die Körper derjenigen, die hier starben. Und sie wurden gebunden, um diesen Ort zu schützen. Ich weiß nicht, was geschehen wird. Ich – weiß – es – nicht!

Das erste Mal hörte Elanora Zweifel – und Verzweiflung – in der Stimme.

»Lass mich gehen! Ich will nicht sterben. Ich muss meine Brüder finden. Und ich werde deine Kaujok finden und sie dir zurückbringen.«

Erst als sie es aussprochen hatte, wusste sie, wie ernst es ihr damit war.

Schau, sagte die Stimme.

Elanora konnte etwas sehen. Es waren keine Farben, nur Grautöne. Zunächst nur Flecken und Umrisse, wie eine Kerze im Nebel, dann verband sie sich zu einer menschenähnlichen Kontur, die sich bewegte.

Die Stimme? Oder das Wesen, das sie hierhergeführt hatte? Oder befanden sich noch weitere Katzenmenschen in dem Raum?

Dann veränderte sich das Bild, ohne dass Elanora sich bewegte. Sie taumelte, musste sich mit den Händen am Boden abstützen, um nicht zu stürzen. Sie sah eine weitere leuchtende Gestalt, kleiner, gedrungen. Elanora wollte sie genauer ansehen und drehte den Kopf. Doch das Bild änderte sich nicht. Ihr wurde klar, dass sie mit den Augen des fremden Wesens sah, dass die leuchtende Gestalt sie selbst war, die auf dem Boden kauerte.

»Wie machst du das?«, fragte sie. »Wer bist du?«

Ein Knurren kam aus der Ecke, in der sie das fremde Wesen vermutete. Eine Stimme hinter ihr antwortete. Und plötzlich änderte sich das Bild wieder. Elanora konnte sich selbst von oben sehen. Ihre Führerin musste neben sie getreten sein, und sie schaute jetzt aus deren Augen. Das Bild wurde schärfer, bewegte sich wieder.

Dann sah sie es: Das Wesen sah fast so aus wie die Katzenmenschenfrau. Es lag ausgestreckt auf einem Steinsims und wirkte äonenalt, aber ohne Zeichen von Schwäche oder Müdigkeit.

Elanora erkannte es.

»Ich habe von dir geträumt«, flüsterte sie.

Was haben wir getan?

»Wir haben getanzt«, antwortete Elanora aufrichtig. Dann fügte sie ohne einen Anflug von Scham hinzu: »Ich hätte dich geliebt, aber du wolltest nicht. Es war ein Traum. Und ich verstehe ihn nicht.«

Vielleicht haben die Nopam-Han doch recht getan, dich zunächst hierherzuführen.

»Warum?«

Du bist stark. Und du bist aufrichtig. Vielleicht ist es besser, wenn du lebst.

»Was soll ich tun?«

Du hast es selbst gesagt. Du findest die Kaujok und bringst sie zurück. Deine Begleiter bleiben solange hier. Ich weiß, dass du dich um sie sorgst. Um alle. Sie sind das Pfand. Oder die neuen Wächter.

»Aber wie soll ich es allein schaffen?«

Die Nopam-Han werden dir helfen. Jener, der sich Toruju nennt, empfindet Zuneigung zu dir. Ihm kannst du vertrauen. Und hinter den Wäldern musst du dir neue Helfer suchen. Du bist stark. Du wärst ein guter Wächter. Du hast die Wahl.

»Ich werde es versuchen. Was bleibt mir anderes übrig?«

Die Bilder in Elanoras Kopf verschwanden, die Dunkelheit kehrte zurück. Dann spürte sie, dass sich die kühle Hand der Führerin um die ihre schloss und sie zum Ausgang zog.

»Warum bleibt ihr hier im Dunkeln?«, rief Elanora. »Warum kennt euch niemand? Was bewacht ihr hier?«

Später! Wenn du zurückkommst, werde ich dir einige Fragen beantworten. Beweise zuerst, dass du es wert bist.

»Wo ist mein Vater? Ich will meinen Vater sehen!«

Ich habe es dir gesagt. Sein Tapam ist an jenem Ort, den ihm deine Götter zugewiesen haben. Und sein Leib ist nicht mehr sein Leib. Es ist gut so.

Die Katzenmenschenfrau drückte Elanoras Hand und führte sie weg.

Elanoras Schläfen pochten. Ihr war schlecht. Jetzt, da der Eindringling aus ihrem Verstand verschwunden war, hatte sie das Gefühl, ihr Schädel sei von innen nach außen gestülpt.

Sie taumelte zurück in der Dunkelheit, bemerkte kaum, wie sie von Toruju und den Kriegern in Empfang genommen und aus der Höhle geführt wurde.

Tapfer hielt sie sich aufrecht. Aber als sie draußen auf dem Weg stand und ein weiteres Mal in das Tal mit der Ruinenstadt schaute, war ihr klar, dass ihr Vater erst vor wenigen Götternamen ebenfalls hier gestanden hatte.

Und jetzt war er tot.

Elanora ging in die Knie und schluchzte hemmungslos. Es war zu spät. Sie hatte versagt. Ihre ganze Reise war sinnlos gewesen. Alles war sinnlos. Warum sollte sie nicht einfach hier sterben?

»Bringt mich zurück«, sagte sie leise. »Bringt mich zurück in die Höhle und macht mich zu einem eurer Ungeheuer. Dann sehe ich wenigstens meinen Vater wieder.«

Toruju kniete sich neben sie. »Sie sind keine Ungeheuer. Und du kannst nicht zurück. Du hast eine neue Aufgabe.«

»Ich will diese Aufgabe nicht!«

»Doch. Du hast es gesagt. Du hast es versprochen.«

»Ich habe schon viel zu viel versprochen, das ich nicht halten kann.«

»Dein Vater ist tot. Aber deine Brüder leben. Willst du sie nicht finden? Und was ist mit deinen Gefährten? Willst du sie im Stich lassen? Dein Beschluss entscheidet auch über sie.«

»Das ist alles zu viel für mich.«

»Die Nopam-Han werden dir helfen. Wenn du uns hilfst. Komm jetzt.«

Elanora nahm Torujus Hand und stand auf. Schweigend gingen sie in das Tal hinab. Elanoras Tränen flossen still, bis sie das Dorf erreichten. Dann verschloss sie den Schmerz um Vaters Tod in jener Kammer ihrer Seele, wohin sie schon die Angst und das Selbstmitleid verbannt hatte.

***

»Wo sind die anderen?«, rief Elanora. »Wo sind meine Freunde?«

»Sie wurden weggebracht. Du wirst sie später sehen. Wenn wir zurückkommen.« In Torujus Stimme schwang etwas mit, das Elanora argwöhnisch machte.

»Du meinst, wenn wir mit den Kaujok zurückkehren?«, fragte sie.

»Ich sagte: Wenn wir zurückkommen. Ob du die Kaujok dann dabei hast oder nicht, ändert nur die Umstände, unter denen du sie wiedersiehst.«

»Ich werde nicht ohne sie gehen! Oder habt ihr sie schon umgebracht?«

»Nein! Es geht ihnen gut. Und ihnen wird nichts geschehen. Wenn wir Erfolg haben, dann werden sie freigelassen.«

»Wofür braucht ihr Geiseln? Wo soll ich denn hinlaufen, hier im Dschungel? Ich habe versprochen, diese Dinger – diese Kaujok – zu finden und zurückzubringen. Lasst sie frei. Lasst sie mit uns gehen«, beharrte Elanora.

»Die Niak-Tam vertrauen dir, aber nicht deinen Begleitern«, sagte Toruju.

»Und du? Vertraust du mir?«

»Das Gleiche könnte ich dich fragen.«

Elanora schwieg.

Am folgenden Tag machten sie sich noch vor Sonnenaufgang auf den Weg. Elanora sagte sich immer wieder, dass sie ihren Gefährten so am besten helfen konnte. Aber sie wurde das Gefühl nicht los, sie im Stich zu lassen.

»Warum seid ihr den Dieben denn nicht gefolgt?«, fragte sie, als sie die Ruinenstadt über die endlose Treppe verließen.

»Wir sind ihnen gefolgt«, berichtigte Toruju. »Drei Tage lang. Dann haben wir sie gefunden und gestellt. Viele Krieger wurden getötet.«

»Ihr habt den Kampf verloren?«

»Alle haben verloren.«

»Wie meinst du das?«

»Ich erkläre es dir, wenn wir dort sind.«

»Warum hast du es nicht vorher gesagt? Wenn *ihr* schon gegen sie verloren habt, was soll *ich* dann ausrichten?«

»*Du* hast gesagt, du bringst die Kaujok zurück. Und die Niak-Tam glauben dir. Du musst wissen, wie du es machst. Wir begleiten dich nur. Wir helfen dir. – Und wir sorgen dafür, dass du ins Dorf zurückkehrst. Das ist *unsere* Aufgabe.«

Plötzlich war sich Elanora der Sinnlosigkeit ihres Handelns bewusst. Sie musste eine Spur aufnehmen, die fast einen halben Götterlauf alt war. Die Kaujok konnten inzwischen überall in Aventurien sein. Und ihre Brüder ebenso.

Am Ende der überwucherten Treppe wandten sie sich nach Südwesten. Sie wollten zunächst den Ort aufsuchen, an dem die Nopam-Han die Diebe gestellt hatten. Das war die einzige Möglichkeit, ihre Spur aufzunehmen, so kalt sie auch sein mochte.

Sie marschierten von Tagesanbruch bis Sonnenuntergang. Elanora war längst jenseits aller Erschöpfung. Tief sanken ihre Stiefel in den feuchten Humus, das Kleid, getränkt von Schweiß und Luftfeuchtigkeit, hing schwer an ihrem Leib. Nur Torujus Begabung, immer zur rechten Zeit eine helfende Hand bereitzuhalten, brachte sie dazu, immerweiter zugehen.

Nach Einbruch der Dunkelheit suchten die Nopam-Han sich Bäume mit weit ausladenden Ästen, die sie bestiegen um die Nacht dort zu verbringen.

»Ich bin doch kein Vogel, der auf einer Stange schläft«, rief Elanora.

Einer der Nopam-Han antwortete etwas in seiner Sprache.

Elanora schaute Toruju fragend an.

»Du sollst dich eben im Gestrüpp verstecken«, übersetzte dieser. »Wenn du gefressen wirst, können wir wieder nach Hause!«

Als er Elanoras empörten Blick sah, fügte er hinzu: »Das sagt *er*. Aber auch wir sind keine Vögel. Warte ab.«

Die Nopam-Han schlugen Zweige von kleineren Bäumen und banden sie mit Lianen und Schlingpflanzen zwischen den Ästen fest. Dann polsterten sie alles mit Palm- und Farnwedeln aus. Innerhalb kurzer Zeit war eine einfache, aber stabile Hängematte entstanden.

»Ihr seid doch Vögel«, lachte Elanora. »Ihr baut Nester!«

»Komm, ich helfe dir hoch«, sagte Toruju, als sie fertig waren.

Sie lagen eng aneinander gepresst, aber das Lager war bequemer, als es aussah. Wobei Elanora in dieser Nacht auch ein Geröllfeld als kuscheliges Nest empfunden hätte.

Nach drei Tagen erreichten sie ihr Ziel. So behauptete es jedenfalls Toruju. Die Spuren des Kampfes waren unter dichtem Grün verschwunden, die Leichen der Opfer längst von hungrigen Tieren verschleppt. Toruju blieb eine Weile schweigend stehen. Elanora fragte sich, ob er um die gefallenen Stammesgenossen trauerte.

»Wohin gehen wir jetzt?«, fragte Elanora. »Das alles hilft mir nicht weiter. Hast du eine Ahnung, wohin die Diebe gegangen sind?«

»Nein«, antwortete Toruju. »Aber vielleicht haben sie in einem nahen Dorf Hilfe gesucht.«

»Ihr habt sie nicht weiter verfolgt?«

»Nein. Viele unserer Krieger sind gefallen. Und viele waren verletzt. Um die wollten wir uns zunächst kümmern. Wir hatten nicht die Kraft, noch einmal gegen die Schoma-Ha und die Lasha-Waru zu kämpfen.«

»Ihr habt gegen eure Lasha-Waru gekämpft? Ich dachte, sie schützen euch. Sie stehen auf eurer Seite!«

»Ich verstehe es auch nicht«, sagte Toruju. »Aber die Kaujok sind noch nie fortgebracht worden. Sie waren noch nie in fremden Händen. Die Lasha-Waru, sie kamen, als wir gegen die Diebe kämpften. Zunächst waren wir erfreut. Doch sie wandten sich gegen uns! Es war schrecklich. Nicht nur, weil sie ... weil ...« Toruju schaute nachdenklich an ihr vorbei. »Weißt du, dass die wenigsten Lasha-Waru unsere gefangenen und getöteten Feinde waren? Nein? Aber so ist es. Wir gehen zur Höhle der Kaujok, wenn unsere Zeit gekommen ist. Und unser Schamane führt dort ein – Ritual durch. Wenn wir alt oder krank oder zu Tode verwundet sind, geleiten sie unser Tapam zu den Ahnen, aber unsere Leiber kämpfen weiter, bis sie vernichtet werden oder zerfallen. Plötzlich standen wir also Vätern und Vorvätern, Geschwistern und Freunden gegenüber. Wir wissen zwar, dass es nur ihr Fleisch ist, aber ... Manche von uns konnten gar nicht richtig kämpfen. Ich weiß nicht, ob sie gerufen wurden oder ob sie einfach erschienen, weil jene, die die Kaujok in Händen hatten, angegriffen wurden.«

Wieder schwieg er eine Weile. »Ich glaube, erst da haben die Schoma-Ha das Geheimnis um die Macht der Steine erkannt.«

»Und jetzt lassen sie ein Heer von Untoten auf Aventurien los!«, rief Elanora.

»Ich weiß nicht, was geschehen wird. Ich weiß nicht, ob sie die Kaujok beherrschen werden. Als wir hier kämpften, konnten sie es nicht, denn die Lasha-Waru töteten auch einige Diebe. Sie töteten wahllos. Die Diebe sind geflohen, wie wir. Aber unter ihnen befand sich eine Zauberin. Vielleicht hat sie das Geheimnis inzwischen gelüftet. Vielleicht kann sie die Kaujok beherrschen. Aber wenn sie sie noch einmal gerufen hat, ist es im Wald nicht unbemerkt geblieben. Einen Tagesmarsch von hier ist ein Dorf. Dorthin sollten wir gehen.«

»Wir erkundigen uns, ob man vielleicht ein paar wandelnde Tote gesehen hat?«

»Mach dich nicht darüber lustig!«

»Entschuldigung«, sagte Elanora.

»Ich vermute, dass die Diebe – so schwach und verletzt wie auch sie waren, das Dorf aufsuchten. – Falls sie es gefunden haben.«

»Es ist jetzt fast einen halben Götterlauf her. Sie werden kaum noch dort sein. Wie sollen wir ihre Spur nur finden?«

»Einen halben Götterlauf?«, fragte Toruju überrascht. »Nein. *Han-Hepi* hat gerade dreimal sein volles Gesicht gezeigt, seit die Schoma-Ha in unserem Dorf waren.«

Drei Monate?, dachte Elanora verwirrt. Vaters Expedition hatte Nasha ein halbes Jahr vor ihr verlassen. Waren sie fast vier Monate durch den Dschungel geirrt, ehe sie ihr Ziel erreichten? Sie rechnete nach: Man hatte ihren Vater schon vermisst, als er noch nicht mal hier gewesen war, an einem Ort, an den Antonio und Mirhabeth sie in nicht einmal vier Wochen geführt hatten. Das war seltsam. Und beunruhigend.

Sie sprach es aus.

»Und du bist dir sicher«, sagte Toruju, »dass deine Gefährten nicht genau wussten, wohin sie dich führen?«

Darauf kannte sie keine Antwort. Es war ein Rätsel, um das sie sich später kümmern musste. Erst einmal freute sie sich, dass sie Ardan und Darian näher war als gedacht.

Nichts wies auf das Dorf hin, ehe sie aus dem Wald traten. Es stand auf einer großen Lichtung und war von einem Palisadenzaun umgeben. Den Rest der Lichtung bedeckten kleine Ackerflächen, die ersten, die Elanora im Regenwald zu Gesicht bekam. Aber die Felder waren verkrautet, die Pflanzen in die Höhe geschossen, die Früchte überreif und voller hungriger Insekten. Nichts sonst regte sich auf der Lichtung, und kein Laut war von innerhalb des Dorfes zu vernehmen. Das erste Mal bemerkte Elanora auch bei den Nopam-Han eine gewisse Unruhe.

Sie mussten die Umzäunung zur Hälfte umrunden, ehe sie auf das Tor stießen. Es lag umgerissen innerhalb der Palisade, und ließ den Blick frei auf eine Handvoll Langhäuser auf Stelzen. Das Dorf verströmte einen Geruch, der nicht allein von den faulenden Früchten stammte.

»Ich möchte da nicht rein«, sagte sie. »Hier werden wir nichts finden.«

Toruju erwiderte nichts. Gebückt und mit erhobenem Speer trat er durch das Tor. Die anderen Krieger folgten.

Elanora wollte nicht allein zurückbleiben.

Die Stille lag wie ein Druck auf ihren Ohren. Dem Tor gegenüber stand auf zwei Schritt hohen Pfählen ein großes Langhaus, seine gut acht Schritt breite Stirnseite war ihnen zugewandt. Kleinere Pfahlbauten säumten links und rechts ihren Weg. Als sie über dem Platz gingen, merkten sie, dass zwischen dem wuchernden Kraut, das der zurückkehrende Wald sprießen ließ, unzählige Insekten krabbelten. Nur wenig Hausrat war zu sehen, keine Waffen lagen herum, und – zu Elanoras Erleichterung – auch keine Toten. Nichts wies darauf hin, dass hier etwas Ungewöhnliches geschehen war.

Außer, dass das Dorf verlassen war.

Und die Stille – und der Geruch, berichtigte sich Elanora. *Und die Insekten.* Sie schüttelte einen aufdringlichen Käfer von ihrem Stiefel und trat auf ein paar andere. Es klang, als ginge sie über Kies.

Das große Langhaus war über eine roh gezimmerte Leiter zu erreichen. Toruju und die anderen Krieger schauten sich beunruhigt an.

»Was ist?«, fragte Elanora.

»Die Tulewaka benutzen keine Leitern. Erst recht keine solchen. Sie besteigen ihre Häuser über einfache Stangen.«

»Dann ist jemand hier gewesen?«

»Oder noch immer hier. Nach ihnen, Donna Neneca.«

»Wie bitte?«

»So sagt man doch bei Euch. Man lässt der Donna den Vortritt.« Er lächelte.

»In diesem Fall möchte die Donna folgen. Und würde sich über eine helfende Hand freuen«, erwiderte Elanora. *Wie kann er jetzt Scherze machen?,* fragte sie sich.

Toruju nahm den Aufstieg in Angriff, dann hielt er inne. »Was ist das?«, fragte er und wiederholte die Frage in seiner Sprache.

»Was?«, fragte Elanora zurück.

»Unter der Hütte.«

Elanora versuchte im Dämmerlicht etwas zu erkennen. Nach einer Weile glaubte sie etwas zu erkennen. Unter der Hütte befand sich ein Hügel, ein wimmelnder Hügel, wie ein Ameisenhaufen.

»Komm weiter«, sagte Toruju.

Elanora folgte ihm.

Kaum hatte sie den Kopf über die Plattform gereckt, da stach ihr der Verwesungsgeruch verstärkt in die Nase. Toruju reichte ihr die Hand. »Willst du es wirklich sehen?«

»Hilf mir hoch!«, sagte sie.

Sie standen auf einer breiten Plattform, ohne Geländer und Dach. Das eigentliche Langhaus erstreckte sich zwanzig Schritt in die Tiefe. Das Dach aus Zweigen und Blättern war bis zu den Seiten heruntergezogen und am Giebel gut fünf Schritt hoch. Wände gab es an den Stirnseiten nicht, sodass sich ein zeltartiger Tunnel ergab. Links und rechts unter den Dachschrägen lagen Frauen, Männer und Kinder, gut fünfzig an der Zahl. Elanora brauchte nicht näher heranzugehen, um zu erkennen, dass sie tot waren. Ihre Köpfe fehlten. Diese waren alle an der entgegengesetzten Stirnseite der Hütte zu einer Pyramide aufgeschichtet. Es sah aus wie ein Altar. Davor kniete ein Mensch. Sein Kopf befand sich noch auf den Schultern, aber er rührte sich nicht, und niemand konnte sagen, ob er lebte.

Langsam gingen sie zwischen den Toten hindurch. Die Leiber waren eingefallen, die Haut pergamentartig. Der Verwesungsprozess schien durch die Trockenheit in der Hütte verlangsamt zu sein. Als sie sich dem Knienden näherten, bewegte er sich und sagte mit brüchiger Stimme: »Warum kommt ihr jetzt zu mir? Ich habe doch alles getan, was ihr verlangt.«

»Ich glaube nicht, dass wir die sind, die du erwartet hast«, erwiderte Toruju.

Der Kniende rührte sich nicht. »Wer sollt ihr sonst sein? – Oder vielleicht ...« Zweifel schwang in seiner Stimme – und Hoffnung. »Oder habt ihr es doch geschafft und Hilfe geschickt? Marno? Bist du hier?«

»Marno? Du bist ein Seemann aus Nasha?«, fragte Elanora.

Der Mann hustete. Es konnte auch ein Lachen sein. »Seemann? So nett hat es noch keiner gesagt. Piratenpack doch eher. Aber, sagt: Sind Roglan und Sevket durchgekommen? Haben sie euch geschickt?«

»Nein«, sagte Elanora.

»Dann bist du ein Trug, der mich holen will. Aber warum sprichst du plötzlich mit einer Frauenstimme, Dämon?«

»Würdest du dich umdrehen, könntest du sehen, dass wir kein Trug sind, sondern aus Fleisch und Blut. Ich bin durch Nasha gekommen und habe Kapitän Marno getroffen. Aber wenn du bei dieser Expedition dabei warst, kennst du auch meinen Vater und meine Brüder. Was ist aus ihnen geworden? Sag es!« Die einem Alptraum entsprungene Umgebung nahm Elanora nicht mehr wahr. Dieser Mann hatte ihre Familie noch vor drei Götterläufen gesehen. Alles andere spielte im Augenblick keine Rolle.

»Vater? Brüder? Dämonin, woher soll ich wissen, wer dein Vater und deine Brüder sind?« Er schwieg eine Weile. »Das ist ein Rätsel, nicht wahr?«, sagte er leise und beugte sich noch tiefer, sodass seine Stirn fast die Schädel berührte. »Du willst mich prüfen. Dein Vater und deine Brüder waren hier, sagst du ...« Wieder verstummte er.

Elanora wollte etwas sagen, um das wahnsinnige Geschwätz zu beenden, aber sie konnte nicht. Ihr Mund war trocken. Die Zunge klebte ihr am Gaumen.

»Der namenlose Tod war hier. Ist er dein Vater? Und Blutrausch und Wahnsinn waren auch hier. Sind sie deine Brüder? Ich kenne ihre Namen nicht. Bist du Belkelel? Oder eine ihrer Dienerinnen? Forderst du deinen Preis? Ich konnte nicht anders. Ich war so allein, und sie waren so schön, auch wenn sie kein Gesicht mehr hatten.«

Elanora wurde es schlecht. Dieser Wahnsinnige hatte bei den Toten gelegen und hielt sie nun für die Erzdämonin der schwarzfaulen Lust.

»Ich bin nicht ... ich bin nicht ...«, keuchte sie und wollte ihn packen und herumreißen, damit er ihr ins Gesicht sah. Aber sie konnte ihn so wenig anfassen, wie sie den unsäglichen Namen aussprechen konnte.

Toruju kam ihr zu Hilfe. Er fasste den Knienden an der Schulter und drehte ihn herum. »Was ist hier passiert?«, fragte er.

Das Gesicht des Mannes war eingefallen, seine Haut voller Schwären, das Haupthaar und der Bart lang und von einem schmutzigen Graubraun. »Du lebst? Ihr lebt alle?«, flüsterte er.

»Ja«, erwiderte Toruju. »Und du, sag endlich, was geschehen ist. Du bist ein Schoma-Ha! Wo sind die anderen? Wo sind die Kaujok?«

Ein Lächeln zeigte sich auf dem ausgemergelten Gesicht. »Ich versteh dich nicht, wilder Mann.«

»Halte mich nicht zum Narren, du verstehst mich sehr gut«, zischte Toruju.

»Du gehörst zu den Wilden mit den Katzenmasken, nicht wahr? Aber wo hast du das Schätzchen her? Gehört es dir?«

Der plötzliche Stimmungswechsel des Mannes machte Elanora wütend. »Du warst mit meinem Vater und meinen Brüdern zusammen! Wolfhart, Ardan und Darian von Wilderklamm! Was ist aus ihnen geworden? Sag es, du Leichenschänder!«

»Jetzt ist ja süßeres Fleisch hier. Wie wäre es mit uns beiden, Rotschopf?«

Ehe sie sich beherrschen konnte, spuckte sie ihm ins Gesicht.

Er fuhr mit der Zunge über die Lippen und grinste. »Dein Alter ist bei denen da oben abgekratzt. Und deine Jungen? Schau doch, ob sie hier liegen.«

Elanora fuhr zurück, als wäre sie geschlagen worden. »Ich brauche Licht«, keuchte sie. »Sofort.«

Toruju sagte etwas zu seinen Kriegern. Einer nahm ein kleines Tongefäß aus der Gürteltasche und öffnete es. Darin glomm es rot. Er steckte einen Kienspan hinein, entzündete ihn und reichte ihn Elanora zusammen mit einer einfachen Holzfackel.

Zusammen mit Toruju ging an den Reihen der Leichen entlang. Die Verwesung war schon zu weit fortgeschritten, aber an der Kleidung konnte man erkennen, dass einige Tote nicht zu den Dorfbewohnern gehörten. Das war alles.

»Die Haare«, sagte Toruju. »Deine Brüder hatten als Einzige rote Haare.«

»Nein. Bitte nicht«, sagte Elanora. Sie ahnte, was Toruju vorhatte. Er ging zurück zu dem makaberen Altar. Elanora blieb nichts anderes übrig, als zu folgen.

»Warum hat er das getan?«, fragte Toruju beim Betrachten der Schädelpyramide.

»Warum glaubst du, dass er es war?«, fragte Elanora zurück.

»Wer sonst?«, erwiderte Toruju. Auch er schien nicht den Wunsch zu haben, mit dem Knienden noch ein Wort zu wechseln.

»Ich kann es nicht«, flüsterte Elanora.

Wortlos nahm Toruju die obersten Schädel und legte sie beiseite. Weitere kamen zum Vorschein.

»Nicht!«, rief der Kniende und versuchte Toruju in den Arm zu fallen. Die anderen Krieger zerrten ihn weg und stießen ihn zu Boden. »Gib sie ihnen nicht zurück. Sie sollen liegen bleiben!«, heulte er.

Doch Toruju ließ sich nicht beirren und hob weitere Schädel beiseite. »Wie meint er das?«, fragte er Elanora.

»Vielleicht ...«, begann sie, schloss die Augen und versuchte sich ganz auf die Frage zu konzentrieren. »Es heißt, dass man manche Untote nur bannen kann, wenn man ihnen den Kopf abschlägt oder das Herz herausreißt. Aber – ich ... Ich weiß nicht, ob es ein Aberglaube ist, oder wirklich. Ich weiß nicht ...« Sie konnte nicht weiter reden, musste die Augen öffnen, um zu sehen, was Toruju machte. Der hatte inzwischen den halben Altar abgetragen, und noch immer war kein rothaariger Kopf dabei. »Wie wird man zu einem Lasha-Waru?«, fuhr sie fort. »Reicht es, wenn man von einem getötet wird?«

Toruju schaute sie verwundert an. »Nein. Ich habe es dir doch erklärt. Es ist ein schweres Ritual. Nur unser Schamane und die Niak-Tam können es durchführen.«

»Aber er sitzt hier und fürchtet die Untoten!«

Toruju wandte sich – äußerst widerstrebend – dem Mann zu: »Was ist geschehen? Waren sie hier? Die Lasha-Waru!«

»Gib sie ihnen nicht zurück!«, murmelte der Kniende.

»Sprich! Wenn du nicht sofort redest, geben wir sie ihnen zurück«, rief Elanora.

»Lauran ... Ich heiße Lauran«, flüsterte der Mann.

»Also – Lauran«, sagte Elanora, den Ekel vor ihm unterdrückend. »Was ist geschehen?«

»Wir waren noch zwölf, als wir hier ankamen. Travien war der Anführer. Die beiden Rotschöpfe waren auch dabei. Und natürlich die verdammte Hexe. War einfach nicht totzukriegen.«

»Die Zauberin?«, fragte Toruju.

»Zauberin? Hexe? Was weiß ich? 'ne alte Vettel war's! Unheimlich! 'ne magische Missgeburt! Nun denn – zumindest wollten uns die Wilden nicht reinlassen. Da saßen wir also draußen vor dem Tor. Da wären wir besser auch geblieben! Aber die Krähe – so nannten wir die Hexe, wenn sie nicht in der Nähe war – hat mit den verdammten Steinen gespielt. Und irgendwann sind sie gekommen. Diesmal sah's so aus, als hätten wir sie im Griff. Sie rissen das Tor ein und wüteten unter den Wilden. Die Hälfte der Dörfler war schon tot, als wir reinkamen. Aber kaum waren wir hinter der Palisade, da sah ich, dass sie einem von *uns* den Hals umdrehten. Die Krähe hat gleich die Beine in die Hand genommen und ist abgehauen. Und Travien natürlich, der Feigling. Hat sich erst groß aufgeführt, von wegen, er hätte das Sagen und wäre die rechte Hand des Horasiers. Pah! Der Schoßhund der Krähe is'er geworden. Nun, sei's drum: Auch Roglan und Sevket hab ich rennen sehen. Hoffe, sie sind durchgekommen. Und ein, zwei andere – und deine Zwillinge, Schatz. Aber der Rest ist hiergeblieben. Und von denen bin nur ich übrig. Und da hab ich meine Arbeit gemacht, damit sie mich nicht auch noch holen. Ich hab'se gut gemacht, nicht wahr?«

»Warum ließen sie dich in Ruhe?«

Lauran grinste. »Weißt es doch. Weil ich nett zu ihnen bin.«

»Es waren noch fünf Kaujok. Fünf schwarze Steine. Wo sind sie? Wer hat sie?«, fragte Toruju.

»Vier«, berichtigte Lauran. »Einen haben wir auf der Flucht vor Euch verloren. Kannst ihn ja suchen gehen. Die Hexe hat ihn fallen gelassen.«

»Und Ardan und Darian sind auch davongekommen?«, fragte sie hoffnungsvoll.

»Sag ich doch. Hier liegen sie nicht. Travien wollte zur Küste. Er sagte, da wartet ein Schiff von Horasier auf ihn. Vielleicht sind die Rotschöpfe auch dorthin.«

»Warum hast du dann behauptet ...«, begann sie, ließ es dann bleiben. Sein Grinsen war Antwort genug.

Draußen wurde es dunkel.

»Ich würde euch gern Logis anbieten«, sagte Lauran. »Aber ihr seht ja, wie voll es hier ist. Außerdem kann ich mir vorstellen, dass es euch unter meinen anderen Gästen nicht so wohl ist. Aber die anderen Hütten stehen euch zur Verfügung.« Er stand auf. »Wenn ihr mich jetzt entschuldigt? Ich hab zu tun.« Dann begann er, den Schädelhaufen wieder zu errichten.

Elanora hätte das Dorf am liebsten sofort verlassen. Aber schon bei Tage war die Chance gering, eine Spur der Geflüchteten zu finden. Immerhin sollte das Dorf sicher sein. Vor ein paar Leichen brauchte man sich nicht zu fürchten. Zumindest solange man das Lager nicht mit ihnen teilte. Sie kletterten also in eine Hütte am Tor und bereiteten sich auf die Nacht vor. Aber niemand schien schlafen zu wollen.

»Ich verstehe die Sache mit den Kaujok und den Lasha-Waru noch immer nicht«, sagte Elanora. »Warum haben sie diesen Lauran in Ruhe gelassen? Und wie wurden sie gerufen? Wie habt ihr das gemacht?«

Toruju zuckte die Achseln. »Sie ruhen in der alten Stadt. Und sie stehen auf, wenn Fremde sich nähern. Das ist ihr Zauber. Um uns zu schützen und das Geheimnis der Niak-Tam zu wahren. Wie diese Hexe es geschafft hat, sie zu rufen, weiß ich nicht. Aber richtig beherrscht sie sie nicht. Denn sie wenden sich gegen die Gefährten der Rufer.«

»Er fürchtet sie noch immer«, sagte Elanora nachdenklich. »Lauran, meine ich. Wenn der fehlende Stein gleich da draußen verloren gegangen ist – Vielleicht kommen die Lasha-Waru noch immer ins Dorf.«

Auch Toruju schien mit diesem Gedanken zu spielen. »Wenn ich ihn nur finden könnte.«

Von der Hütte der Toten drang jetzt ein Singsang herüber.

»Kann es sein, dass Lauran die Beschwörung kennt?«, fragte Elanora mit einer Gänsehaut.

»Das ist absurd«, sagte Toruju.

»Aber irgendetwas macht er. Schau.«

Das Madamal stand hell am Himmel, aber unter der Totenhütte brodelte die Dunkelheit. Der ganze Boden schien in Bewegung, floss und wirbelte, schimmerte wie schwarzes Wasser.

»Die Käfer!«, keuchte Elanora.

Und gleich darauf kam zum Vorschein, an was sie sich gelabt hatten: Maden und Würmer wimmelten in ihrem Fleisch. Aber noch immer gingen sie aufrecht. Zehn waren es, dann zwanzig, dann dreißig.

»Er hat einen!«, rief Toruju. »Deshalb haben sie ihm nichts getan. Er hat einen Kaujok.«

»Ist das ... ist das ... Sehen sie immer so aus?«, stotterte Elanora.

Einigen der Lasha-Waru fehlten Gliedmaßen. Knöcherne Arme hingen schlaff herab. Andere fielen plötzlich um und blieben liegen. Aber gut zwei Dutzend gingen weiter im Dorf umher.

»Nein. Eigentlich vergehen sie nur langsam. Aber hier ... Sieh! Bloße Knochen kann der Zauber nicht beherrschen.«

»Das ist ja gut«, sagte Elanora, einer Hysterie nah. »Dann müssen wir nur warten, bis die da unten vollends aufgefressen sind!«

Die Lasha-Waru kamen auf ihre Hütte zu.

»Wir brauchen den *Kaujok*!«, rief Toruju.

»Ich geh nicht da runter!«, erwiderte Elanora.

»Dann bleib hier.«

»Nein!«

Toruju eilte ohne ein weiteres Wort zum anderen Ende der Hütte und sprang von der Plattform. Die anderen Krieger folgten und ließen Elanora alleine zurück.

Elanora wusste nicht, was sie mehr fürchtete: die taumelnden Untoten oder die wimmelnden Käfer. Sie wollte hier oben bleiben, solange sie konnte, und fragte sich, ob die Lasha-Waru in der Lage waren, den Pfahlbau zu besteigen.

Die Nopam-Han waren inzwischen in einem weiten Bogen durch das Dorf geeilt. Immer wieder mussten sie dabei den Untoten ausweichen. Die nagenden Käfer hatten ihnen schwer zugesetzt: Sie bewegten sich langsam, aber mit einer unglaublichen Beharrlichkeit. Wie viele waren es vor drei Monaten gewesen? Hundert? Noch mehr? Dann hätten sie keine Chance gehabt.

Die Nopam-Han näherten sich jetzt der Totenhütte, sie kletterten die Leiter hoch und verschwanden.

Dann bebte der Boden unter Elanora. Die Frage, ob die Lasha-Waru die Pfahlhütte besteigen konnten, erübrigte sich, denn sie rissen die Stützen mit übermenschlicher Kraft einfach um. Plötzlich neigte sich die ganze Hütte zur Seite. Elanora rutschte mit einem gellenden Schrei hinab auf den käferbedeckten Boden.

Die Lasha-Waru wandten sich ihr sofort zu.

Elanora wagte es nicht zu schreien, denn die Käfer waren überall auf ihr. Sie schaffte es nicht, auf die Beine zu kommen, kroch auf allen vieren ein Stück den schiefen Hüttenboden hinauf. Ein Untoter griff nach ihr, packte den Saum ihres Kleides. Elanora versuchte vergeblich, sich loszureißen. Sie sprang seitlich von der Plattform, zog den Untoten hinterher, dann erklang ein knirschendes Geräusch, und sie war frei. Der Arm des Lasha-Waru hing – aus dem Schultergelenk gerissen – an ihrem Kleid. Elanora versuchte den Untoten auszuweichen, um ebenfalls zu Laurans Hütte zu gelangen.

Toruju und die anderen waren nicht zu sehen.

Dann übertönte ein gellender Schrei alle anderen Geräusche im Dorf. »Nein! Nicht! Gib ihn zurück! Er gehört mir!«

Es war Lauran.

Gleich darauf kamen die Nopam-Han aus der Hütte. Toruju stand am Rand der Plattform und spähte hinab. Als er Elanora zwischen den Lasha-Waru sah, rief er: »Fang auf!«

Etwas Dunkles, Glänzendes kam auf sie zugeflogen. Elanora versuchte es zu fangen. Sie fasste daneben. Es fiel auf den Boden, rollte davon und war sogleich von den wimmelnden Insekten bedeckt. Sie achtete nicht weiter auf die näher kommenden Untoten, ging in die Knie und versuchte den verschwundenen Stein zu finden, doch sie fand nur Hände voller schwarz glänzender Käfer, die an ihren Armen hochkrabbelten. Dann bekam sie etwas Hartes zu fassen und hoffte, dass es tatsächlich der Kaujok war.

Die Lasha-Waru hatten sie inzwischen eingekreist. Elanora riss die Hände in die Höhe und rief: »Seht! Ich bin eure Herrin! Ich ...« Ihre Worte gingen in einem verzweifelten Aufheulen unter. Denn in den Händen hielt sie einen bleichen Schädel. Sie schleuderte ihn fort und suchte auf allen vieren den Boden ab. Die Käfer störten sie jetzt nicht mehr. Das Schicksal, das ihr gleich blühen würde, war tausendmal schlimmer. Er musste hier irgendwo sein! Sie hatte es genau gesehen!

Von irgendwoher kamen weitere Schreie, Stöhnen und dumpfe Schläge. Versuchte Toruju sich zu ihr durchzukämpfen? Aber er konnte ihr wohl kaum noch helfen. Die Untoten waren zwar geschwächt, denn schwer hing die nagende und fressende Insektenschar an ihnen, doch sie traten nach ihr, traten auf sie, rissen an ihren Haaren und Kleidern.

Wieder ein Schrei. »Neneca!«

Im gleichen Moment bekam sie wieder etwas zu fassen. Sie packte es, riss es hoch über ihren Kopf und schlug es einem Untoten, der sich über sie beugte, ins Gesicht. Er verharrte sofort, richtete sich auf und wandte sich ab. Auch die anderen Lasha-Waru schienen Elanora nicht mehr wahrzunehmen. Langsam wurde der Kreis um sie lichter. Dafür kam Torujus Gestalt zum Vorschein, dicht umdrängt von seinen Kriegern.

Aus Elanoras Kehle kam ein Geräusch, das zugleich Lachen und Schluchzen war. Sie ließ sich auf den Rücken fallen, begrub tausend Käfer unter sich, presste den Kaujok fest an ihre Brust und lachte.

»Komm, steh auf, es ist noch nicht vorbei.« Toruju reichte ihr die Hand.

Elanora nahm seine Hand und ließ sich hoch helfen. Das Lachen lag noch immer auf ihren Lippen, aber sie schaffte es, sich zu beherrschen.

»Sie scheinen nur den Träger des Kaujok zu ignorieren«, erklärte Toruju. »Wir müssen dicht zusammenbleiben.«

Elanora nickte.

»Er hatte den Kaujok in dem Schädelhaufen verborgen«, fuhr Toruju fort.

»Und wer den Stein in Händen hält, ist vor den Lasha-Waru geschützt«, ergänzte Elanora. »Es war der Kaujok, den die Magierin verloren hat, nicht wahr? Er hat uns davon erzählt. Aber er hat ihn gefunden und an sich genommen. Er hat ihn für sich behalten und seine Gefährten ins Verderben rennen lassen.« Die Abscheu, die sie für Lauran empfand, wuchs noch weiter.

»Holen wir unsere Sachen und verschwinden«, sagte Toruju.

Elanora folgte ihm zu der umgerissenen Hütte. »Wie hat er das gemacht?«, fragte sie. »Wie hat Lauran diese Dinger gerufen?«

»Ich weiß es nicht«, antwortete Toruju. »Und ich fürchte, wir werden es nie erfahren.«

»Wie meinst du das?«

»Sieh!«

Die Lasha-Waru hatten sich jetzt an der Haupthütte versammelt, einige versuchten die Leiter zu besteigen, andere rüttelten und rissen an den Pfeilern.

Das Langhaus neigte sich langsam nach vorn, der ganze Bau kippte und begrub mehrere Untote unter sich. Der

Rest stand vor der schiefen Plattform versammelt, als ihnen Dutzende haariger Kugeln entgegenrollten. Doch die Lasha-Waru beachteten sie nicht. Dann ertönte ein rutschendes und schleifendes Geräusch, und unter den menschlichen Leibern war einer, der noch atmete.

Lauran schrie nicht, als er unter die Untoten fiel.

Und die Lasha-Waru taten genauso lautlos ihr Werk.

***

»Gib ihn her«, sagte Toruju barsch. Sein hübsches Gesicht verzerrte sich vor Elanoras Augen zu einer gierigen Fratze.

»Nein!«, rief sie. Seit der Flucht aus dem Dorf der Toten hatte sie den Kaujok fest an die Brust gepresst.

Er war schön.

Er war mächtig.

Er hatte sie beschützt.

Er konnte sie weiter beschützen.

Sie hatte nicht die Absicht, ihn wieder loszulassen.

Toruju musterte sie nachdenklich. »Gib ihn her«, wiederholte er. »Wir müssen ihn zurückbringen.«

»Nein!«, beharrte Elanora. »Ihr habt genug davon!«

Toruju schüttelte ungläubig den Kopf. »Was ist mit dir? Du weißt doch, warum wir hier sind. Du hast es versprochen. Er muss zurück an seinen Platz.«

»Er hat seinen Platz! Bei mir. Er wird mich beschützen.«

»Sei keine Närrin! Er wird dich nicht beschützen. Er hat dich vor dem Angriff der Lasha-Waru bewahrt, als sie außer Kontrolle waren. Aber wenn die Kaujok wieder an ihrem Platz sind, wenn die Lasha-Waru wieder in der Alten Stadt wachen, brauchst du dich nicht mehr vor ihnen zu fürchten.«

»Ich fürchte mich nicht vor ihnen! Ganz im Gegenteil. Wenn die Lasha-Waru *mir* gehorchen, werde ich mich nie mehr vor irgendetwas fürchten! Nie mehr im Leben.«

»Was redest du? Willst jetzt *du* ein Heer Untoter auf die Welt loslassen?«

»Nein!«

»Also gib ihn her. Er nützt dir nichts.«

»Er nützt mir schon – Ich werde es herausfinden – Und dann ...«

»Was herausfinden? Wie man die Lasha-Waru ruft? Wie man neue an den Stein bindet? Neue *Tote*!«

»Nein – Ja! – Ich weiß nicht. Hauptsache – Hauptsache, ich habe ihn. Er ist so schön!«

»Hör auf! Du redest schon wie dieser Lauran.«

»Ach was! Lauran! Der hatte doch ...«

»Komm zur Vernunft!«, fiel Toruju ihr ins Wort. »Irgendetwas machen die Kaujok mit Fremden! Sie machen euch verrückt.«

»Mir geht es gut«, lachte Elanora. »Und solange ich den Stein habe, wird es so bleiben.«

Toruju schaute Elanora schweigend an. Er schien verschiedene Möglichkeiten abzuwägen und zu verwerfen. Dann seufzte er. »Also gut. Wir gehen jetzt ins Dorf zurück. Du kannst ihn so lange behalten. Vielleicht wissen die Niak-Tam Rat.«

»Ardan und Darian sind noch da draußen! Wir müssen sie finden. Und die anderen Steine auch. Ich will sie ha... Ich will sie doch zurückbringen.« Sie lachte, und ein Teil von ihr erschrak darüber, wie kalt das Lachen war.

In ihrem Geist erschien ein Bild: Sie hatte die Steine um sich. Alle acht. Eine Mauer, die sie schützte und ihr Macht verlieh! Wenn die Kaujok ihr gehörten, brauchte sie sich nie wieder zu fürchten. Mit ihnen würde weder Jakus noch Khorim es wagen, sie noch einmal zu bedrängen. Mit ihnen würde sie sie tanzen lassen, bis ihre Füße bluteten! Mit ihnen konnte sie ...

Hör auf! Dies ist nicht dein Tanz, Elanora!, sagte die Stimme aus ihren Träumen. Urplötzlich war ihr klar, was Toruju meinte. »Nein! Nimm ihn!«, rief sie und stieß den Stein gegen seine Brust. »Nimm ihn weg!«

Er musste ihre verkrampften Finger von dem schwarzen Stein lösen. Dann nahm er ihn ihr behutsam aus der Hand und wickelte ihn in ein Stück Tuch. »Wir bringen ihn zurück«, sagte er.

Elanora war erleichtert. Trotzdem beobachtete sie genau, wo er ihn hinpackte. Ihre Hände schienen zu brennen.

»Warum gehen wir nicht weiter?«, fragte Elanora. »Ardan und Darian sind noch immer da draußen. Und die anderen Steine auch. Oder traust du mir nicht mehr?«

»Ich traue dir«, sagte Toruju bestimmt. »Aber ich sehe auch, welche Wirkung der Kaujok auf dich hat. Es ist besser, wir bringen ihn gleich zurück. Auch, bevor der letzte Lasha-Waru zerfallen ist. Und – Wer weiß? Vielleicht entlassen dich die Niak-Tam aus deiner Schuld und du kannst gehen – zusammen mit deinen Gefährten. Immerhin bringst du einen Kaujok zurück und hast geholfen, den Weg zu den vier anderen zu finden.«

»Wie meinst du das?«

»Lauran hat gesagt, dass sie auf dem Weg zu einer Siedlung an der Küste waren. Die Magierin und deine Brüder haben sich bestimmt auch nach dorthin aufgemacht. Wenn man sich vom Dorf der Tulewaka nach Nordwesten wendet, erreicht man nach ungefähr einer Woche eine lang gezogene Bucht. Dort gibt es ein paar Siedlungen. Einige Mohaha leben dort, aber die meisten Ansiedlungen sind Piraten- oder Fischernester mit kaum einem Dutzend Bewohner. Wir brauchen von zu Hause aus kaum länger, um dorthin zu gelangen. Wenn du überhaupt mitgehen musst.«

Er senkte den Kopf. Seine Stimme war leise, und nur der warme, singende Tonfall verriet, dass er tief im Regengebirge zu Hause war. »Es ist schon seltsam, dass du kommen musstest, um uns daran zu erinnern, dass wir uns längst auf die Suche nach den verlorenen Kaujok hätten begeben können. Ich meine: Wir waren schwach. Viele waren verletzt und mussten erst wieder zu Kräften kommen. Wir mussten das Dorf und die Niak-Tam beschützen. Aber ich glaube, es waren Ausreden. Wir hätten längst gehen können. Andererseits – hätte ich dich dann nie kennengelernt.« Er sah in ihre Augen.

Elanora spürte, dass ihr das Blut ins Gesicht schoss. Hoffentlich merkte er es nicht. Doch Toruju hatte den Blick schon wieder gesenkt. »Ich gehe mit«, sagte sie schnell. »Ich muss – und will.« Und damit er nichts falsch verstand, fügte sie hinzu: »Meine Brüder sind noch immer verschwunden. Ich bin nur gekommen, um sie zu finden.« Schon ärgerte sie, was sie gesagt hatte.

***

»Nun, Burschen«, sagte die Krähe. »Aufgeschoben ist nicht aufgehoben, wie man so schön sagt. Und es gibt noch etwas zwischen uns zu klären, bevor wir uns an die Arbeit machen können. Also, ihr verdammten Diebe: Was könnt ihr zu eurer Entschuldigung vorbringen?«

Die Zwillinge waren an die Pfähle gebunden. Travien konnte die Schmerzen sehen, die sie litten, so straff waren die Stricke. Er hatte es ja selbst tun müssen. Der Schamane der Schlammmänner schlich kriecherisch um die Krähe herum. Er schien auf etwas zu warten.

Die Krähe öffnete den Beutel, den sie immer bei sich trug, und nahm einen der verfluchten Steine heraus.

»Wer von euch will ihn haben?«, fragte sie.

Der Schamane wurde noch aufgeregter. Gierig schnappte er nach dem Stein.

»Nein, nicht du«, zischte die Krähe.

»Ich!«, rief einer der Zwillinge. »Gib ihn mir.«

Ihr Blick fiel auf den anderen. Er hatte die Augen geschlossen, sagte nichts, rührte sich kaum.

»Du glaubst, du kannst dich mir entziehen, Bursche?«, fragte die Krähe. »Binde ihre Hände los.«

Travien tat es.

»Hier!«, sagte sie zu dem einen Rotschopf. »Pass gut darauf auf.« Sie drückte ihm den Stein in die Hand, und er presste ihn an sich. Dankbarkeit und Glück war in seinem Gesicht zu sehen.

»Und jetzt du«, sagte die Krähe und nahm einen weiteren Stein aus ihrem Beutel.

Der andere Zwilling schüttelte den Kopf. Er hatte die Augen noch immer fest geschlossen. Verschränkte die Arme.

»Halt seine Hände fest«, befahl die Krähe.

Travien zog dem Rotschopf die Hände auseinander. Die Krähe legte den zweiten Stein in seine Hände. »Wenn du ihn fallen lässt, bring ich dich um«, sagte sie.

Er ließ ihn fallen.

Die Krähe schlug ihm mit der flachen Hand ins Gesicht. »So, du magst nicht? Das werden wir ja sehen.«

Der Schamane schnappte nach dem Stein. »Weg!«, rief die Krähe und trat nach ihm. Er hüpfte ein paar Schritt fort und lauerte weiter.

Wie ein getretener Straßenköter, dachte Travien.

Die Krähe hob den Stein auf und wandte sich an Travien. »Nimm einen Strick.«

Sie drückte dem Zwilling den Stein erneut in die Hände. Travien musste ihr helfen. Gemeinsam pressten sie seine Hände fest um den Stein. »Bind sie fest«, befahl sie. Travien wickelte den Strick um die Hände des Rotschopfs, sodass sie sich fest an den Stein drückten und er ihn nicht mehr fallen lassen konnte.

Der Kerl fing an zu schreien, als würde man seine Hände verbrennen.

Wer sollte das verstehen? Während der eine Zwilling den Stein mit einem seligen Gesichtsausdruck an seine Brust presste, hörte Travien das Geschrei des anderen noch, als er das Lager verließ und ins Küstendorf zurückkehrte.

***

Im Dorf der Nopam-Han brachten sie den erbeuteten Kaujok nach Kamaluqs Schlund. Toruju stellte ihn auf eine der leeren Stelen. Ein seltsames Ziehen in Elanoras Gliedern verriet ihr, dass sie noch immer nicht frei von dem Wunsch nach den Steinen war. Ihre Handflächen waren warm. Es war, als würde sie die Fingerspitzen über eine Flamme halten, genau an dem Punkt, an dem es noch nicht wehtat. *Vier Steine, alle für mich,* sagte eine Stimme in ihrem Kopf. *Berühr sie, nimm sie dir.*

Toruju schien ihr anzusehen, was in ihr vorging: »Komm mit«, sagte er. »Oder vielleicht ist es besser, wenn du zurück ins Dorf gehst. Du musst das nicht tun.«

Elanora hätte gern auf eine zweite Begegnung mit den Niak-Tam verzichtet, der fremde Verstand in ihrem Kopf blieb ihr in unangenehmer Erinnerung. Aber sie hatte so viele Fragen, und das Wesen hatte ihr Antworten versprochen, wenn sie wiederkam.

Das eine Katzenwesen erwartete sie in dem Saal mit dem Gwen-Petryl-Stein. Elanora zog ohne Zögern ihr Kleid aus.

Diesmal ging sie zusammen mit Toruju in die Finsternis. Noch bevor sie die untere Höhle betraten, ertönte in ihrem Kopf ein wortloser Gruß. Elanora erwiderte ihn, ohne die Lippen zu bewegen. Dann sah sie, was sie gemeinsam mit Toruju und ihrer Führerin die Höhle betrat. Geisterhafte Schemen schwebten vor Augen, die nicht die ihren waren. Dieses Mal waren sie nicht allein: Mehrere Dutzend Niak-Tam mussten sich in dem Raum befinden.

Ihr habt einen zurückgebracht, sprach der Katzenmann in Elanoras Kopf. *Noch immer fehlen vier.*

»Ja, aber wir haben die Spur der Diebe gefunden. Wir werden sie finden. Jetzt lasst Elanora und ihre Gefährten ziehen. Sie haben uns nichts getan.«

Nein, sagte der alte Niak-Tam. Dann merkte Elanora, dass sie von der weiteren Unterhaltung ausgeschlossen wurde. Stille herrschte in ihrem Kopf. Sie wollte sich umsehen und die anderen Wesen im Raum genauer betrachten. Aber wie beim letzten Mal blieb das Bild vor ihren Augen unverändert. Ihr wurde schwindlig, sie taumelte gegen Toruju und hielt sich an seinem Arm fest.

»Nein«, sagte Toruju in dem Augenblick. »Das ist nicht wahr. Das ist ...«

Es ist doch nicht schlimm, unterbrach ihn das Katzenwesen. Elanora konnte es jetzt wieder hören. *Ihr habt noch eine Aufgabe. Ihr habt es versprochen. Du und – die Neneca.*

»Natürlich gehe ich weiter«, warf Elanora trotzig ein. »Ardan und Darian sind noch immer da draußen. Ich muss sie nach Hause bringen. Wenn wir dabei diese blöden Steine finden, soll es mir recht sein.«

Neneca, du weißt über die Kaujok mehr, als du ahnst, und ehe es zu Ende ist, wirst du vielleicht mehr wissen als wir alle, orakelte der Niak-Tam. *Aber du wirst diese Last tragen.*

»Du weißt von ...«, stotterte Elanora. Welche Frage! Natürlich wusste das Ding von dem Fluch, der auf den Steinen lag.

Es ist kein Fluch, sprach der Niak-Tam. *Es ist eine Gnade. Du wirst es noch verstehen.*

»Ist das alles, was du zu sagen hast? Du wirst es noch verstehen? Ich dachte, ich bekomme Antworten, wenn ich zurückkehre.«

Diese Antwort kann ich dir nicht geben. Die Kaujok wirken bei uns nicht, sonst hätten wir die Menschen nie gebraucht, um uns zu schützen.

»Wer seid ihr überhaupt? Und was verbergt ihr hier? Mit wem steht ihr im Bunde? Sind das Fragen, die du beantworten kannst? Ich habe in der letzten Zeit so viele Dummheiten gemacht, dass es für zwei Leben reicht. Ich möchte keine weitere machen, indem ich euch helfe. Dann bringt mich lieber gleich um!« Ihre Worte klangen tapferer, als sie sich fühlte.

Die Stimme antwortete sofort. *Sie haben uns zurückgelassen. Es ist lange her. Zeitalter. Äonen. Ihr Menschen wart noch jung. Doch wir wussten, dass dieser Ort euch bestimmt ist. Wir zogen uns über das Meer zurück. Zurück in das Land, aus dem wir einst kamen. Aber manche waren zu alt für die Reise. Manche waren zu schwach. Und manche wollten ihre Heimat nicht verlassen. Sie blieben alle zurück. Sie verbargen sich. Sie mieden die Sonne, die sie einst so liebten. Sie mieden sie, um nicht gesehen zu werden. Sie veränderten sich. Aber sie starben nicht aus. Und hier an diesem Ort, tief unter dem Stein, bewahren sie die Erinnerung auf, bis unsere Schwestern und Brüder zurückkommen. So zumindest lautet unsere Erinnerung. Ob sie wahr ist, ob es wahr wird, wird die Zeit zeigen. Neneca! Keine Schätze warten hier auf dich und die deinen. Nur das Wissen um eine längst vergangene Zeit und ein Volk, das alt ist.*

»Ein Volk?«, flüsterte Elanora. »Wie viele seid ihr?«

Der alte Niak-Tam sandte ihr ein Bild, nur den Bruchteil eines Augenblicks: Wie viele waren sie? Hunderte? Tausende? Sie wanderten durch endlose Höhlen und Kavernen tief im Fels. Ein Volk in der Finsternis. Doch in den blinden Augen der Niak-Tam herrschte dort keine Dunkelheit, sondern ein Licht, das von ihnen selbst ausging und die ewige Nacht verbannte. Sie schimmerten wie Wolken vor dem vollen Madamal.

Du wirst uns nicht verraten, sprach der Katzenmann. *Unsere Aufgabe ist noch nicht erfüllt. Und wenn die deine erfüllt ist, wirst du uns nicht verraten.*

»Nein, ich werde euch nicht verraten«, sagte Elanora, obwohl der Niak-Tam es eindeutig nicht als Frage gemeint hatte. »Ich werde niemandem erzählen, was ich hier gesehen habe.«

Gut. Geh jetzt, und finde die anderen Kaujok. Deine Gefährten werden dich diesmal begleiten. Aber hab acht auf sie. Ich habe sie beobachtet. Mehr als einer von ihnen hat ein Geheimnis, das er mit dir teilen will. Hab acht!

Dann zog sich die Stimme aus Elanoras Kopf zurück, und die bleichen Schemen vor ihren Augen verblassten.

Sie durfte gehen.

***

Toruju geleitete Elanora zu einer Höhle, die etwa eine Meile abseits des Dorfes lag. Der Eingang war am Ende eines engen Tales verborgen. Eine hölzerne Palisade verwehrte den Eintritt, zwei Nopam-Han standen davor Wache. Auf Torujus Befehl öffneten sie eine schmale Tür in der Barrikade und ließen sie hinein.

Toruju entzündete eine Fackel und reichte sie Elanora. Sie ging voran. Nach ein paar Schritten stockte sie und schaute zurück. Toruju stand noch immer an der Tür und drehte ihr den Rücken zu. Er schien ihr nicht folgen zu wollen. Die Nähe des Nopam-Han-Kriegers war ihr in den vergangenen zwei Wochen so selbstverständlich geworden, dass sie ihn ein wenig vermisste.

Langsam ging sie weiter.

Der Gang weitete sich zu einem großzügigen Kuppelsaal. Öffnungen in der Decke tauchten die Höhle in sanftes Dämmerlicht. Der Boden war mit weißem Sand bedeckt. Als die Gefangenen Elanora erkannten, sprangen sie auf und kamen ihr entgegen.

»Elanora!«, rief Mirhabeth. »Du lebst? Dir geht es gut?«

»Du jetzt auch gefangen?«, fragte Antonio.

»Ja. Mir geht es gut«, antwortete Elanora. »Und nein, ich bin nicht gefangen. Ihr seid frei! Kommt mit!«

»Aber was ist geschehen?«, fragte Rank. »Diese Holzköpfe waren erst so nett, dann haben sie uns in dieses Loch gesteckt.

Erst dachte ich, sie mästen uns für ihr nächstes Festmahl, aber so spärlich, wie sie uns gefüttert haben ... Haben sie dir wirklich nichts getan? Oh, es war schrecklich ... Ohne dich ... Aber ... aber ...«

»Aber solange du redest, kann sie schlecht erzählen«, unterbrach Kushko sein Stottern.

»Und ich werde euch alles erzählen, wenn wir auf dem Weg zur Küste sind«, sagte Elanora. »Wir haben noch etwas zu tun.«

Aber Elanora wurde mit Fragen bestürmt, und sie antwortete geduldig. Nur über Kamaluqs Schlund und seine Bewohner verlor sie kein Wort. Das hatte sie versprochen, und dieses Versprechen wollte sie halten.

Als Elanora eröffnete, dass sie sich jetzt *gemeinsam* mit den Nopam-Han auf den Weg machen sollten, ertönte offener Widerspruch. »Sie haben uns zwei Wochen eingesperrt, uns im Unklaren darüber gelassen, was mit uns geschieht – und was aus dir geworden ist. Jetzt sollen wir ihnen einfach so vertrauen?«, fragte Janera ungehalten. »Vielleicht haben sie deinen Verstand verwirrt, und du weißt nicht, was du sagst.«

»Gehst wohl von dir selber aus«, hörte Elanora Rank im Hintergrund murmeln.

Janera fuhr herum und blitzte Rank böse an.

»Niemand hat mir den Verstand verwirrt, Janera«, sagte Elanora. »Ich habe viel Zeit mit ihnen verbracht. Ich glaube, man kann ihnen vertrauen. Deshalb habe ich ihnen mein Wort gegeben. Wo diese Steine sind, da sind vielleicht auch meine Brüder. Solange haben wir einen gemeinsamen Weg und ein gemeinsames Ziel.«

Der Zweifel in den Augen von Elanoras Begleitern schwand etwas, als sie ihr Gepäck mitsamt den Waffen von den Nopam-Han überreicht bekamen. Es folgte ein gemeinsames Mahl, so wie am Tag ihrer Ankunft. Aber kein Wort der Entschuldigung war zu hören, was von den ehemaligen Gefangenen mit Unmut aufgenommen wurde. Elanora verstand es inzwischen besser: In den Augen der Nopam-Han war es kein Fehler gewesen, für den sie sich zu entschuldigen hatten. Die Eindringlinge wurden festgesetzt, bis Elanora – ihr Hohaya – sich bewiesen hatte und der Ratsspruch der Niak-Tam erfolgt war. Jetzt war alles wieder gut, und die Fremden wurden als Gäste empfangen, wie zuvor – und eigentlich, wie die ganze Zeit.

***

Verglichen mit der Wanderung zum Dorf der Tulewaka hatte Elanora das Gefühl jetzt mit einer ganzen Streitmacht zu marschieren. Immerhin waren es, mit dem guten Dutzend Krieger, die Toruju begleiteten, über zwanzig Männer und Frauen, die das Hochtal von Chap Kamo verließen und die endlose Treppe hinunterstiegen. Unten angekommen wandten sie sich dieses Mal direkt nach Westen, und folgten einem Bachlauf, der sich durch ein weites Tal wand.

Am zweiten Tag gesellte sich Mirhabeth zu Elanora, die mit Toruju und einem Nopam-Han Krieger vorausging.

»Du hast dich verändert«, sagte sie.

»Wie meinst du das?«, fragte Elanora und zog die Riemen ihres Gepäcks straffer.

»Ich habe es schon bemerkt, als wir den Fluss hoch und durch die Fälle gegangen sind. Und bei der Überquerung des Sees. Und ganz besonders bei Hohaya Catkas Stamm. Aber jetzt ist es deutlich zu sehen. Du warst eine Sayida aus dem Norden, als du mit uns losgezogen bist. Du hattest Angst und warst um alles besorgt. Du wolltest es jedem recht machen. Ich meine – verstehe mich nicht falsch, du bist noch immer eine Sayida, aber du bist anders. Unten am Fluss hast du noch gesagt, du gehörst nicht hierher. Jetzt habe ich den Eindruck, du bist hier fast so zu Hause wie sie.« Mirhabeth wies auf die

Nopam-Han Krieger. »Du bist entschlossen. Und manchmal geradezu beängstigend furchtlos.«

»Wenn du zwei Wochen mit ihnen durch die Wälder ziehst, musst du dich verändern«, erwiderte Elanora. Sie hatte jedoch nicht das Gefühl, eine andere zu sein. »Und wenn du in ein Dorf voller Leichen und Untoter kommst ... Nein! – Darüber möchte ich jetzt nicht reden.«

Nach einigen Tagen ließen sie das Gebirge hinter sich und erreichten ausgedehntes Hügelland, das sich bis zur Küste hinzog. Üppiger Regenwald bedeckte jede Erhebung, breite Flüsse zogen sich durch die Täler, Seen und Sümpfe füllten die Senken. Alles in allem waren Vegetation und Klima weit angenehmer als im Marschland südlich von Nasha. Aber die Stimmung unter den Wanderern blieb angespannt. Einerseits näherten sie sich der Küste und somit dem erhofften Ende ihrer Mühen. Andererseits: Wenn die unbekannte Magierin mit den Steinen von der Küste entkommen war, war alles vergeblich gewesen, und Elanora konnte das Versprechen nie erfüllen, das sie den Niak-Tam gegeben hatte.

Toruju schätzte, dass sie noch zwei oder drei Tagesmärsche von der Küste entfernt waren. Auch wenn sie nicht direkt auf menschliches Leben oder gar eine Ansiedlung trafen, so merkten sie doch, dass dieser Landstrich dichter besiedelt war als der, aus dem sie kamen. Immer wieder lauerten Fallen im Unterholz. Geschnitzte Totems und schädelgeschmückte Pfähle markierten Stammesgebiete und Tabustätten.

Sie gingen gerade auf einem breiten Pfad, der sich am Rand einer sumpfigen Senke entlangzog, da taumelte der Nopam-Han vor Elanora plötzlich. Er fasste sich an den Hals, stürzte und blieb reglos liegen. Eine winzige gefiederte Pfeilspitze steckte in seinem Nacken.

»Legt euch hin«, rief Toruju.

Sie schlugen sich in das hohe Farndickicht neben dem Pfad und gingen in Deckung. Die Krieger bildeten einen Kreis um Elanora und ihre Gefährten und spähten in alle Richtungen. Noch immer war von den Angreifern nichts zu sehen. Es kamen auch keine weiteren Pfeile geflogen. Auf ein Zeichen von Toruju hin schwärmten die Nopam-Han aus. Elanora wollte folgen, wurde aber von Kushko zurückgehalten. Im dichten Grün konnte Elanora nichts sehen, und es ärgerte sie, dass sie auch nichts tun konnte. Rufe kamen aus dem Wald. Irgendwo kämpften die Nopam-Han gegen die unbekannten und unsichtbaren Angreifer, während sie wie ein Hase niederkauerte und vor den Klauen des Falken zitterte. Und wo waren die anderen? Elanora konnte sie nicht mehr sehen. Lagen auch sie noch im Unterholz versteckt? Oder kämpften sie bereits um ihr Leben?

Dann brachen mehrere Gestalten durchs Unterholz. Aber es waren nicht Elanoras Gefährten. Und es waren keine Nopam-Han. Es war auch kein anderer Stamm, von dem Elanora je gehört hatte. Ihre Haut war von stumpf-braungrauer Farbe, als hätten sie in nassem Ton gebadet. Bizarre Muster waren mit weißer Asche auf die trockene Schlammschicht gemalt, die Haare waren geschoren, die Schädel ebenfalls bemalt.

Ein Schlammkrieger rannte auf Elanora zu. Starr vor Schreck duckte sie sich tiefer ins Unterholz. Dann warf sich Kushko zwischen Elanora und den Angreifer und brachte ihn zu Fall. »Lauf!«, rief er noch.

Elanora zögerte. Kushko und der fremde Krieger wälzten sich auf dem Boden. Sie wollte etwas tun! Der Griff der Machete war feucht in ihrer Hand. Sie zitterte. Elanora hatte noch nie in ihrem Leben mit einer Waffe auf etwas Lebendiges eingeschlagen, und sie hatte Angst, Kushko zu treffen.

Weitere Schlammkrieger erschienen zwischen den Bäumen. Die Köpfe von Rank, Wapiya und Rumari tauchten aus dem Farndickicht auf, sie stürzten sich auf die Angreifer. Aber der Kampf dauerte nur wenige Augenblicke, dann stoben die Geführten angesichts der Übermacht auseinander und ergriffen die Flucht. Die Schlammkrieger nahmen die Verfolgung auf.

Doch einer blieb.

Zunächst schien es, als wollte er seinem Stammesgenossen zu Hilfe eilen, der noch immer mit Kushko rang.

Dann entdeckte er Elanora.

Er starrte sie an.

Elanora starrte zurück.

In einer Art Gürtel – seinem einzigen Kleidungsstück – steckte etwas, das aussah wie eine Handaxt mit einem Steinkopf. An der anderen Seite hing ein schrittlanger dünner Stab. Elanora vermutete zunächst, dass es sich um einen kurzen Speer handelte. Dann nahm der Schlammkrieger den Stab in die Hand.

Er führte ihn zum Mund.

Elanora wartete nicht länger. Sie sprang auf und rannte los. Es war wie damals in Nasha! Das Kribbeln im Nacken, genau dort, wo sie gleich ein winziger gefiederter Pfeil treffen würde.

Nur ein Mückenstich, und alles wäre vorbei.

Doch dann merkte sie, dass der Kampflärm hinter ihr zurück blieb. Bald hörte sie nur noch ihre Schritte, das Knacken der Zweige, das Rascheln der Blätter und ihr eigenes Keuchen, als sie nach Luft rang. Sie verfiel in einen langsamen Trab. Um sie herum war alles in grünes Dämmerlicht getaucht. Kein Weg war zu sehen.

Nach wenigen Schritten konnte sie nicht mehr ausmachen, aus welcher Richtung sie gekommen war. *Ich habe es geschafft,* dachte sie. *Dieses Mal habe ich es wirklich geschafft! Ich bin entkommen. Und ich habe mich dabei verlaufen! Wenn die anderen überleben, werden auch sie mich nicht mehr finden.*

Doch ehe sie sich weiter bedauern konnte, traf etwas ihren Kopf.

***

Die Schlammkrieger tanzten. Sie tanzten um einen riesigen Kaujok, der mehr als mannshoch war. Viele Männer und Frauen waren es, vielleicht fünfzig, vielleicht auch hundert. Aber Elanora konnte sie nicht zählen, denn sie tanzte mit ihnen.

Elanora war angekommen.

Sie war endlich wieder zu Hause.

Dabei hatte sie nur noch Augen für den schimmernden Stein. Ihre Hand strich über seine glatte Oberfläche, und ihre Haut brannte unter der Berührung. Der Stein zeigte ihr wundervolle Bilder. Sie war nur Fleisch, und der Kaujok gab ihr das Versprechen: »Dein Fleisch wird ewig sein, losgelöst von der Last des Seins. Dein Leib wird nicht vergehen, und frei sein von Schmerz. Und wo kein Geist ist, gibt es keine Seele. Und wo keine Seele ist, ist auch kein Leid, keine Trauer und keine Angst. Willst du für mich tanzen, Elanora?«

»Ich tanze für dich«, flüsterte Elanora. »Ich tanze doch schon für dich.« Und die Bilder – weiße Asche auf nackter schlammgrauer Haut – tanzten mit ihr. Sie wand sich verzückt um den Kaujok, fuhr sich mit der Hand über den kahlen Schädel. Kahl, wie der der Schlammkrieger ...

... kahl, wie ein Totenschädel.

Dann strich Kiro, der rotgetigerte alte Kater, um Elanoras Beine, und ihre Schritte stockten. Und Kiro hatte das Gesicht des uralten Katzenwesens, des Niak-Tam aus der Höhle oben bei Kamaluqs Schlund. »Dies ist nicht dein Tanz«, sagte es. »Hör auf! Dies ist nicht dein Tanz... Neneca.«

Dann hatte Kiro das Gesicht Torujus.

»Neneca, bist du wach?«

Elanora öffnete die Augen. Toruju war über sie gebeugt, ein blutiger Striemen zierte seine Stirn. Sie richtete sich auf und schaute sich um. »Wo sind die anderen?«, fragte sie.

»Ich weiß nicht.«

»Kushko?«

»Ich habe keinen gesehen«, sagte Toruju. »Ich bin deiner Spur gefolgt. Und seiner!« Er wies auf die Leiche, die ein paar Schritte entfernt lag.

Elanora sah sie erst jetzt: Es war einer der Schlammkrieger.

Toruju hob das steinerne Beil auf, das neben Elanora auf der Erde lag, wog es in der Hand und reichte es ihr.

Elanora betrachtete es. Sie sah das feuchte Blut an der Schneide. Jetzt wurde sie auch des Schmerzes an ihrem Hinterkopf gewahr. Sie ließ das Beil fallen und fuhr mit der Hand über die Beule. Kurz war sie überrascht, keine nackte Haut zu ertasten. Ihre Finger waren rot. Aber es schien, dass sie nicht allzu sehr blutete.

»Die Angreifer? Wer sind sie?«, fragte sie, den Blick auf den Toten gerichtet.

Toruju zuckte mit den Schultern. »Ich habe sie noch nie gesehen. Aber ich bin selten so nah der Küste.«

»Die anderen werden uns suchen«, sagte Elanora entschlossen.

»Wenn sie nicht selbst tot sind oder gefangen wurden«, gab Toruju zu bedenken.

»Dann sind wir allein.«

Elanora setzte sich auf. Sie schaute sich um, erwartete, dass jeden Augenblick ihre Freunde zwischen den Bäumen hervortraten. Aber niemand kam. Trotzdem mussten sie weiter. So schnell wie möglich. Sie mussten Ardan und Darian finden.

Sie konnten nicht alle tot sein!

Andererseits: Wenn sie alle tot waren, musste sie die Kaujok nur mit Toruju teilen.

Die Kaujok!

Mit einer überwältigenden Wucht erfüllte die Erinnerung an die Steine ihr Ich. Wie hatte sie den Gedanken an die wunderbaren Steine so lange verdrängen können? Warum hatte sie Toruju den einen gegeben? Er gehörte doch ihr!

Der Wunsch, die schimmernden Facetten des Artefakts zu berühren, wurde zu einem geradezu schmerzhaften körperlichen Sehnen. Das Fleisch unter ihren Fingerspitzen begann wieder zu brennen. Es war aber nicht unangenehm.

»Werden wir sie finden?«, flüsterte sie.

»Wir werden sie suchen. Sie können noch nicht weit sein.«

»Ich meine die Kaujok«, sagte Elanora. »Wirst du mir helfen, sie zu finden?«

Toruju schien es in ihren Augen zu sehen. »Neneca, du bist noch immer von ihnen besessen!«

Elanora lächelte. Ein seltsames Gefühl breitete sich in ihrem Bauch aus, eine Wärme, ganz anders als das Brennen in ihren Fingerspitzen. »Neneca«, wiederholte sie. »Das gefällt mir. Sag es noch einmal.« Woher kannte sie dieses Spiel?

»Neneca«, sagte Toruju.

»Neneca«, flüsterte Elanora zufrieden und schloss die Augen.

Sogleich war der Name verschwunden, sie sah nur den Kaujok. Das Brennen breitete sich über ihre Finger und Hände aus, bis es allmählich schmerzte. Sie schrie auf, streckte die Hände nach Toruju aus und berührte seine Brust. Es war, als würde sie ihre Hände in kaltes Wasser tauchen.

»Toruju? Findest du, dass ich schön bin?«, flüsterte sie.

»Neneca?« Torujus Gesicht zeigte Verunsicherung. Es tat gut, seine Blicke zu spüren.

»Gefall ich dir?«, fragte sie.

»Bitte, hör auf!« Toruju trat einen Schritt zurück.

Der Schmerz kehrte sofort zurück. Jetzt brannte das Feuer auch in ihren Armen. Es breitete sich immer weiter aus.

»Toruju!«, rief sie. »Du verstehst nicht ... Hilf mir!« Die schimmernden Facetten des Steins tanzten vor ihren offenen Augen. Ihr ganzer Leib schmerzte. Flammen schienen über ihre Haut zu züngeln.

»Bitte!«, rief sie. »Bitte, mach, dass es aufhört.«

Elanora wollte die Flammen auf ihrer Haut erschlagen. Sie nestelte an den Bändern ihres Kleides, schnürte es auf und sprang hoch. Das Kleid fiel auf den Boden zurück. Im Unterkleid stand sie da und schlug sich auf Arme und Beine. Aber die Flammen waren so wenig zu ersticken, wie sie zu sehen waren.

»Toruju«, rief sie noch einmal. »Bitte! Es tut so weh!«

Sie streckte wieder die Hände nach ihm aus.

Aber er wich zurück, starrte sie entgeistert an.

Sie zitterte, taumelte, kalter Schweiß brach aus ihren Poren. »Bitte.« Es war nur ein Flüstern, so schwach war sie. *Warum versteht er mich nicht,* war ihr letzter Gedanke, ehe sie wieder in die Knie ging und sich übergab.

Jetzt war Toruju an ihrer Seite, fasste sie an den Schultern. »Was ist, Neneca? Was ist mit dir?« Er drückte sie an sich.

Sogleich ließ der Schmerz nach. Sie würgte noch ein wenig Galle hervor.

»Warum macht er das mit mir?«, stieß Elanora hervor. »Warum will er, dass ich sterbe?«

»Wer?«, fragte Toruju. Dann begriff er. »Der Kaujok? Ist es so schlimm?«

Ein hemmungsloses Schluchzen war die einzige Antwort, die Elanora geben konnte.

»Warte«, sagte Toruju. »Ich hole etwas, damit du dich sauber machen kannst.« Doch ehe er sich von ihr lösen konnte, kroch sie hinter ihm her und klammerte sich an seine Beine.

»Nein«, wimmerte sie. »Bitte bleib hier! Lass mich nicht los.«

Also kniete er sich neben sie und nahm sie in die Arme. Sogleich wurde es für Elanora wieder ein wenig leichter. »Warum macht er das mit mir?«, flüsterte sie noch einmal. Sie hatte das Gefühl, Toruju erklären zu müssen, was in ihr vorging. »Ich sehe nur noch den Kaujok. Und ich sehe, dass er mich haben will. Es tut so weh.«

Nach einer Weile, in der sie nur reglos da saßen, fügte sie hinzu: »War es bei den anderen auch so? Werden sie wahnsinnig, bevor sie zu einem Lasha-Waru werden?«

»Ich weiß es nicht, Neneca. Ich war nie dabei.«

»Vielleicht ist es nicht so schlimm, wenn man ihn in den Händen halten kann«, flüsterte sie. »Er fühlte sich gut an. Ich hätte ihn nicht hergeben dürfen. Glaubst du, er ist böse, weil ich nicht bei ihm bin?«

»Neneca«, sagte Toruju. »Er ist ein *Ding*. Es kann dir nicht böse sein.«

»Warum tut es nicht so weh, wenn du mich festhältst?«, flüsterte Elanora. Ihre Stimme wurde immer schwächer.

»Ich hätte ihn dir nie geben dürfen«, sagte Toruju. »Ich wusste nicht, dass es so passiert.« In seiner Stimme schwang Verunsicherung mit. Elanora drückte sich an seine Brust, sie ahnte, dass ihr Mund nach Galle schmecken musste, aber er wich nicht aus, als sie ihn küsste.

Dann sank sie neben ihm zu Boden. »Bitte, halt mich ganz fest«, sagte sie. »Bis es vorbei ist.«

Sie spürte, dass er sich an ihren Rücken schmiegte und die Arme um ihren Bauch legte. Der Schmerz und das Brennen schwanden. Das Begehren nach dem Kaujok zog sich zurück, an eine Schwelle am Rande ihres Ichs. *Er gehört mir,* hörte sie sich sagen. *Oder gehöre ich ihm? Aber nicht jetzt, nicht heute! Nicht, solange ich eine Aufgabe habe. Nicht, solange ich nicht allein bin.*

Wie lange lagen sie da, eng umschlungen? Ruhe breitete sich in Elanora aus. Es war der Frieden nach einem langen Kampf, der Schlaf nach einer schweren Krankheit.

Toruju war bei ihr.

Er hielt sie fest.

Ich bin nicht allein!

Wohlige Wärme erfüllte ihren Bauch und ihre Lenden. Sie drückte sich etwas fester an ihn. Dann nahm sie seine Hand und legte sie an ihre Brust.

Toruju verstand auch ohne Worte: Seine andere Hand glitt unter den Saum ihres Unterrocks und wanderte ihren Schenkel empor.

Elanora winkelte ihr rechtes Bein an, um es ihm leichter zu machen.

Er ließ sie nicht lange warten.

***

Elanora spürte den durchwühlten, lebendigen Humus feucht und warm unter sich und genoss die Berührung mit jeder Faser ihres Leibes. Toruju kniete neben ihr und pflückte Blätter von ihrer schmutzigen Haut. Sie ließ ihn gewähren. »Ist das das Geheimnis der Kaujok?«, fragte sie.

»Was meinst du, Neneca?«

Sie versuchte, ihre Gedanken in Worte zu fassen. »Die Macht des Kaujok: Begehren. Begehren über Leben und Tod hinaus. Ich weiß, es hört sich verrückt an, aber ich höre seine Stimme noch immer, wenn auch leise: Er hat mir die Ewigkeit versprochen. Und es wurde zu einem geradezu körperlichen Verlangen, dem Stein nahe zu sein und ihn zu berühren. So wie wir uns gerade – geliebt haben – so wollte ich den Stein ... Ich weiß nicht recht ... Und da ich ihn nicht spüren konnte, tat er mir weh, oder ... Ich weiß, *Es* lauert im mir, auch wenn ich *Es* jetzt – hoffentlich – beherrsche. «

»Ich kann dir darauf keine Antwort geben«, sagte Toruju. Elanora glaubte, in seiner Stimme einen Hauch von Neid zu hören. »Die Nopam-Han halten die Kaujok seit der Zeit der Ahnen in den Händen, ohne diesen Ruf zu verspüren.«

»Und doch geht ihr, wenn eure Zeit gekommen ist, zu den Steinen und werdet zu Lasha-Waru«, gab Elanora zu bedenken. »Vielleicht ist *Es* euch einfach so vertraut und allgegenwärtig, dass ihr es gar nicht mehr bewusst wahrnehmt. Immerhin sind die Steine immer in eurer Nähe. Und ihr habt...« Sie stockte, und erinnerte sich ihrer eigenen Gefühle. »... eine Aufgabe. Wenn eure Zeit gekommen ist, könnt ihr dem Ruf ruhigen Gewissens folgen.«

So wie ich? Werde auch ich dem Ruf eines Tages folgen?

»Auch bei mir war es der Gedanke an meine Aufgabe, der mir geholfen hat, den Schmerz zu verdrängen. Der Gedanke an die Pflicht«, sagte sie dann.

Aufgabe? Pflicht? Gaben mir die Götter keinen freien Willen?

»Und natürlich deine Nähe!«, sagte sie, setzte sich auf und nahm Toruju in die Arme. »Ich weiß nicht, was es ist, aber vielleicht ...« *Ein Begehren des Fleisches, das ein anderes Begehren des Fleisches besiegt. Ein Trieb gegen einen anderen Trieb? Wir sind doch nur Tiere.* Der Gedanke war deprimierend.

»Aber dass ich ...« *Dass ich mit dir geschlafen habe, hatte nichts mit Pflicht zu tun, und auch nichts mit einem tierischen Trieb. Das war mein Wille, mein eigener freier Wille!*

Bist du dir so sicher?, flüsterte der Stein.

***

Toruju führte sie mit Leichtigkeit zurück zu der Stelle, an der sie überfallen worden waren. Zu Elanoras Enttäuschung wartete niemand auf sie. Nur der tote Nopam-Han Krieger lag noch da, seine Augen starrten ungläubig ins Blätterdach. Nahebei fanden sie die Leichen von zwei Angreifern. Und als sie das Unterholz im Umkreis durchsuchten, stießen sie auf weitere Tote.

Zu Elanoras Entsetzen war auch ein bekanntes Gesicht darunter. »Cankuna!«, stieß sie hervor und kniete neben der toten Trägerin nieder. »Ich habe dich nie kennengelernt, obwohl ich es mir immer wieder vorgenommen habe.« Dazu war es nun zu spät.

Plötzlich spürte sie Torujus Hand an ihrer Schulter. Er zog sie weg von der Toten.

»Was ist?«, fragte Elanora.

»Da kommt jemand«, flüsterte Toruju.

Sie krochen unter das rote Geäst eines Korallenstrauches und warteten.

»Sind es die ...«

»Psst! Ich weiß es nicht.«

Zwischen den Bäumen kamen einige Gestalten zum Vorschein. Elanora atmete auf. Es waren Torujus Krieger. Und zwischen ihnen gingen Antonio, Kushko, Rumari, Wapiya und Takate. Elanora und Toruju sprangen auf und eilten auf sie zu.

»Was ist passiert? Wo sind die anderen?«, rief Elanora.

»Sie haben Rank, Mirhabeth und die Magierin gefangen und mitgenommen«, erklärte Kushko.

»Wir gekämpft«, ergänzte Antonio. »Wir weit verstreut und uns nicht mehr gefunden. Kushko dich suchen, aber er Weg zurück nicht mehr finden, erst als Nopam-Han uns gefunden, wir zurück. Schlammmänner nur Blasshäute gejagt. Nur du entkommen? Nachdem Schlammmänner gefangen weiße Freunde sie gegangen, wie Geister.«

Elanora nahm an, dass sie Mirhabeth nicht unbedingt zu den Blasshäuten gezählt hätte, aber es war wohl eine Sache des Standpunkts. »Was werden sie mit ihnen machen?«, fragte sie.

»Ich weiß nicht. Wir sind nahe der Küste, da sind Weiße nichts Ungewöhnliches«, sagte Toruju. «Vielleicht wollen diese Schlammkrieger deine Freunde als Sklaven verkaufen. Wir werden sie suchen.«

»Aber zunächst kümmern wir uns um die Toten«, sagte Elanora bestimmt.

Sie bestatteten Cankuna und die gefallenen Nopam-Han neben dem Korallenbusch. Etwas abseits hoben sie ein Grab für die toten Schlammkrieger aus. Elanora bestand darauf, dass alle anständig beerdigt wurden, und band aus den Zweigen des Busches zwei einfache Boronsräder, die sie in die Erde steckte. Die Nopam-Han beobachteten das Ritual neugierig, hielten Elanora aber nicht davon ab. Es schien für sie keine Rolle zu spielen.

***

Im Dorf war es still geworden. Nur noch ein paar Alte lebten hier und warteten, bis auch sie die Krähe in das neue Dorf im Wald rief.

Nur noch ein paar Alte. Und Travien. Er hatte genug Zeit gehabt, um herauszufinden, warum er nicht ging, denn kein Zaun und keine Mauer umschloss das tote Paradies. Er blieb, weil die Krähe es so wollte.

Natürlich war er überzeugt gewesen, dass sie ihn verhext hatte, dass ein Zauber ihn band und gefügig machte, so wie alle anderen. Aber dem war nicht so. Und das war bitter. Natürlich: Sie hatte in seinen Kopf geschaut, hatte ihm wehgetan, hatte ihn zappeln lassen wie eine Mirhamionette. Sie hatte gezeigt, dass sie töten konnte, nur mit Worten, Gesten und Blicken.

Aber der größte Zauber, den sie beherrschte, wurde an keiner Akademie Aventuriens gelehrt. Der Zauber war so alltäglich wie einfach. Könige herrschen dank ihm, Krieger auf dem Schlachtfeld nutzten ihn, Gaukler auf dem Jahrmark spielten mit ihm. Er machte die Menschen größer, würdevoller, stolzer und begehrenswerter. Und die Krähe: Sie beherrschte diesen Zauber vollkommen. Sie pflanzte das Wissen um ihre Macht, mitsamt ihrer Gestalt, ihrem Gesicht und dem Blick aus diesen schrecklichen Augen, übergroß und unauslöschlich in den Verstand und in die Seele ihrer Mitmenschen.

Sie war den Dorfbewohnern von vornherein nur mit Verachtung entgegengetreten, und als diese zaghaft aufbegehrten, da hatte sie am *Schwächsten* – einem Kind – demonstriert, was sie konnte, und damit jeden weiteren Widerstand im Keim erstickt.

Travien wusste, dass er jederzeit gehen konnte. Aber ehe er die letzte Hütte hinter sich ließ, würde er ihre Stimme hören: *Wenn wir uns wiedersehen, wirst du dir wünschen, tot zu sein. Ich werde dich finden, und es wird elend lange dauern, ehe es vorbei ist.*

Er hatte die Krähe im Kopf. – Sie alle hatten die Krähe im Kopf. Das Band, mit dem sie sich selbst fesselten, war Angst und Hoffnungslosigkeit.

Aber eine zweite Sache machte diesen Zauber aus, und deshalb war er eine unabdingbare Gabe für Herrscher und Helden: Auch wenn alle die Krähe fürchteten, so hechelten doch viele nach ihrem Wohlwollen. Sie himmelten sie an. Sie sonnten sich in ihrem tödlichen Schatten.

Sie war wie ein Wolf in ein Rudel Schafe gefahren. Sie hatte die Lämmer totgebissen. Und jetzt folgten die Schafe ihrem neuen Hütehund.

***

Zwei Tage folgten sie der Spur des unbekannten Stammes durch den Wald, dann erreichten sie die Küste. Das opalblaue Meer brandete über einen breiten Sandstrand, beschattet von windgebeugten Palmen. Der Dschungel hatte sich bis auf die flachen Dünen vorgewagt. Aber etwa eine Meile weiter nördlich rückte der Waldsaum ins Hinterland zurück. Einige Hüttendächer waren zu erkennen.

Im Schatten des Waldes gingen sie weiter. Das Dorf, kaum ein Dutzend kleiner Pfahlbauten, lag jenseits der Dünen in einer Senke am Waldrand. Elanora konnte sich vorstellen, dass es bei Flut gelegentlich im Wasser stand. Als sie durchs Unterholz spähten, sahen sie eine Handvoll Bewohner zwischen den Hütten. Sie trugen kurze Hosen, einige auch Hemden, die Frauen bunte Wickelkleider. Ihr Haar war kurz und von grauen Strähnen durchzogen, aber keiner war mit Schlamm bedeckt oder mit Asche bemalt. Es war keine Spur von Janera, Rank oder Mirhabeth zu sehen.

»Kennst du sie?«, fragte Elanora Toruju.

Der schüttelte den Kopf. »Ein Dorf wie viele an der Küste. Sieh sie dir an. Sie tragen die Kleider der Weißen, und viele haben ihr Blut in sich.«

»Vielleicht haben sie etwas gesehen«, sagte Elanora und wollte aufstehen.

Toruju schüttelte wieder den Kopf und griff nach ihrer Hand. »Warten wir noch ein wenig«, sagte er. »Ich traue der Sache nicht.«

»Warum?«

»Bloß ein paar Alte. Wo sind die Männer und Frauen? Wo die Kinder? Es sind Boote am Strand, also können sie nicht beim Fischen sein. Und die Boote sehen nicht so aus, als wären sie in der letzten Zeit im Wasser gewesen.«

Wieder schien er Elanora die Zweifel vom Gesicht abzulesen. »Das erkennt auch ein Mohaha aus dem tiefsten Dschungel«, sagte er. »Sieh doch. Sie sind schon ein Stück im Sand versunken. Und wenn dich das nicht überzeugt: Die Spur der Schlammkrieger führte uns direkt hierher. Das wird sie nicht ohne Grund tun.«

»Der Wilde hat recht«, sagte Kushko.

Elanora wollte etwas erwidern, aber in diesem Augenblick trat ein hochgewachsener schlanker Weißer aus einer Hütte.

Elanora erkannte ihn sofort.

Sie hatte ihn schon immer gekannt.

Der Ruf der Steine

Der ewige Wald birgt die Erinnerung an vergangene Äonen. Er verbirgt und bewahrt sie. Er verbirgt sie vor uns. Er bewahrt sie für uns. In den Hängen des Regengebirges finden wir die Zeugen längst vergangener Zeiten, als die Elfen noch jung und – wie man so sagt – die Zwerge noch bartlos waren.

Zeitalter kamen und gingen, wie der Regenwald, der ungestüm gen Himmel strebt und ebenso schnell stirbt, um aus sich selbst wiedergeboren zu werden. In den Städten und Dörfern Meridianas, an deren Grenzen der Wald brandet wie das Meer, erzählt man sich Geschichten über Geheimnisse, die unter dem immergrünen Blätterdach auf den mutigen Forscher warten. Verborgene Tiere und Pflanzen wollen gesehen werden. Verlassene Städte betreten, vergessene Königreiche aus dem Schlaf erweckt, heilige Orte geehrt und unheilige Orte gebannt werden. Wege in den Himmel und tief in den Leib Sumus warten darauf, beschritten zu werden. Welten und Zeitalter harren ihrer Entdeckung.

Mehr Zeugnisse einer bewegten Vergangenheit, einer atemberaubenden Gegenwart und einer betörenden Zukunft liegen in den Wäldern Meridianas, als dass ein kurzes Menschenleben ausreicht, sie alle zu entdecken.

Doch manchmal freue ich mich auch, einfach nach Hause zu kommen.

(Aus den Aufzeichnungen des
Junkers Wolfhart von Wilderklamm)

Jakus Halminger stand zitternd in der Halle von Burg Wilderklamm. »Das kann nicht sein«, stieß er hervor. »Das wird Vitus nicht akzeptieren!«

»Ihr meint wohl: Ihr wollt es nicht akzeptieren, Herr Halminger«, sagte die Junkerin.

»Der Fürst wird es erfahren. Es ist einfach lächerlich!«

»Der Fürst hat es schon erfahren. Er hat es sogar bestätigt. Es gab keine große Feierlichkeit, angesichts der Umstände. – Wie ihr wohl verstehen werdet ...«

»Ha! Ich sage es noch einmal: Es ist lächerlich. Es ist ein Witz! Es ist eine Unverschämtheit. Es ist ...«

»Es ist gut und richtig so«, sagte die Junkerin. »Nur so ist Wilderklamm vor Aaskrähen wie Euch geschützt.«

»Ihr habt es verschachert! Was wird Eure Tochter sagen, wenn sie zurückkehrt?« Halmingers Stimme wurde schrill. »Wartet nur ab! Es ist nicht vorbei. Euer Geist wird in der Ruine von Wilderklamm umgehen. Ruhelos und gramzerfressen wird er darauf warten, dass eins Eurer Kinder zurückkehrt. Aber das wird nicht geschehen. Nie und nimmer! Nicht einmal ihre Geister. Nicht Eure Söhne. Und auch nicht Elanora. Macht Euch darauf gefasst!«

Er machte auf der Stelle kehrt.

Dieses Mal musste ihn niemand hinausbitten.

***

Elanora kannte kein Halten mehr. Sie sprang aus der Deckung hoch und rannte los. »Darian!«, rief sie. »Darian! Du lebst!«

Der Angerufene drehte sich um, sein Gesicht zeigte ungläubiges Staunen, dann breitete er die Arme aus und fing seine Schwester auf. »Elanora! Unmöglich! Was machst du denn hier?«

»Ich ... Ich habe dich gesucht«, stotterte Elanora. Sie drückte ihn fest an sich, musste sich vergewissern, dass er kein Trugbild war. Aber Darian erwiderte die Umarmung mit derselben Intensität. »Ich bin Wochen durch diesen schrecklichen Wald marschiert«, sprudelte es aus Elanora heraus. »Wir haben

Kamaluqs Schlund gefunden und – ich habe die Nopam-Han getroffen und die Lasha-Waru gesehen, und die ...« Sie wand sich aus seinen Armen und schaute sich um. »Warum kommen sie nicht?«, fragte sie leise. Aber irgendetwas hielt sie davon ab, ihre Gefährten zu rufen. Jetzt zählte nur Darian. Sie sank zurück in seine Arme. »Wo ist Ardan?«, flüsterte sie.

Darian drückte sie fest an sich. «Ich weiß nicht«, sagte er traurig. »Wir wurden getrennt.«

»Ihr wart doch zusammen. Oben, bei dem Dorf der Tulewaka?«

»Tulewaka? So hießen sie?«, sagte Darian nachdenklich. »Du weißt davon? Du warst dort?«

Elanora nickte. »Ich möchte jetzt nicht darüber reden. Es war zu schrecklich. Aber du suchst doch nach Ardan? Wir haben zu Hause auf euch gewartet und gewartet. Wir haben euch vermisst. Dich und Ardan. Und Vater. – Vater ist tot!« Die Endgültigkeit dieser Worte, unter den Erlebnissen der vergangenen Wochen verschüttet, kam jetzt mit aller Gewalt zurück. Sie klammerte sich an Darian und presste ihr Gesicht an seine Brust.

»Ich weiß«, sagte er nur. »Ich weiß.«

Nach einer Weile wurde es leichter.

»Warum bist du noch hier?«, wiederholte Elanora ihre Frage. »Warum suchst du nicht nach Ardan?«

»Ich konnte nicht weg«, sagte Darian. »Ich weiß nicht einmal genau, wo ich bin.«

Die Tränen versiegten so schnell, wie sie gekommen waren. »Du musst jetzt seit einer Ewigkeit hier an der Küste sein.« Elanora trat einen Schritt zurück. »Und du hast keine Ahnung, wo du bist?«

»*Dir* scheinst dein erstes Dschungelabenteuer ja wunderbar zu bekommen«, erwiderte Darian. »Wenn auch deine Kleidung etwas unangemessen ist. Und -« Er zog die Nase kraus. »- du stinkst.«

»Tut mir leid, dass ich deine empfindliche Nase beleidige«, rief Elanora. »Immerhin marschiere ich seit Wochen durch den Regenwald, auf der Suche nach euch! Und meinen letzten Versuch, ein richtiges Bad zu nehmen, habe ich in unangenehmer Erinnerung!«

»Du scheinst viel erlebt zu haben«, versuchte Darian einzulenken.

»Das kann man wohl sagen.«

Schweigen senkte sich zwischen ihnen herab. Elanora hatte sich das Wiedersehen mit ihrem Bruder anders vorgestellt. Er schien es sich in dem Küstendorf gemütlich gemacht zu haben, und keinen Gedanken an die Zukunft der Familie oder das Schicksal seines Bruders zu verschwenden.

Ihre Blicke begegneten sich.

»Oben, bei diesem Dorf der Tule... dingsda – du weißt, was ich meine – Lebte da noch jemand?«

»Ja. Ein gewisser Lauran. Er war völlig verrückt.«

»Lauran? Der Schiffskoch?« Darian lachte auf. »Er sah in allem und jedem ein böses Omen. Ich glaube, er hat mehr Salz über seine Schulter geworfen als in die Suppe! Und gerade er hat überlebt? Kaum zu glauben.«

»Jetzt ist er tot. Aber vorher hat er noch gesagt, dass neben dir und Ardan noch eine Handvoll Leute, darunter eine Magierin, entkommen sind.«

»So? Hat er? Nun: Ich weiß es nicht. Schwesterchen, ich hab die Beine in die Hand genommen, um von dort oben wegzukommen. Ardan hat es nicht anders gemacht. Wir haben weder zurückgeschaut noch darauf geachtet, wer neben uns rennt. Wenn du diese Ungeheuer gesehen hättest, wüsstest du auch, warum. Ich habe Ardan irgendwann aus den Augen verloren.«

»Ich habe die Lasha-Waru gesehen, Brüderchen. Aber das spielt jetzt keine Rolle. Du weißt also nicht, wo diese Magierin hin ist? – Oder wo sie hinwollte?«

»Warum interessierst du dich so sehr für sie? Du hast doch jetzt mich. Wir können Ardan suchen. Gemeinsam mit deinen stolzen Katzenkriegern. Wo sind sie überhaupt? Trauen sie sich nicht hierher?«

»Ich habe versprochen, dass ich ... Aber Darian! Woher weißt du, dass ich mit den Nopam-Han unterwegs bin? Ich habe es nicht erwähnt. Und ich glaube nicht, dass du sie gesehen hast. Du bist eben erst aus der Hütte gekommen!«

Darian antwortete nicht. Stattdessen sagte eine vertraute Stimme: »Er weiß es von mir, Euer Wohlgeboren.«

Aus der Hütte trat Janera.

»Dir geht es gut?«, rief Elanora. »Du bist nicht gefangen? Aber was ist passiert? Und wo sind die anderen?«

»Viele Fragen«, sagte Janera. »Vielleicht zu viele.«

Oder war sie es doch nicht?

Sie hatte Janeras Stimme. Sie hatte ihre Statur, ihr Gesicht, ihre spitze Nase, alles! Aber diese Frau sah aus, als hätte sie nie in ihrem Leben das Haupt gebeugt. Sie stand in der Tür der Pfahlhütte, als träte sie aus ihrem Palast und schaute milde auf Elanora herab. Ihre schwarzrote Robe war sauber, das Haar ordentlich frisiert. Und die Augen, bei Janera – bei *ihrer* Janera – dunkle Perlen, spiegelten bei dieser Frau die Leere zwischen den Sternen wieder.

»Du bist nicht Janera«, flüsterte Elanora.

»Es ist doch erstaunlich, wie ähnlich ich meiner Schwester sehe«, sagte die Magierin. »Aber das sind nur Oberflächlichkeiten.«

»Janera ist deine Schwester? Und du bist die Magierin, von der Lauran sprach. Du bist die *Krähe*«, platzte es aus Elanora heraus.

Darian zog hörbar die Luft ein.

»Ich nehme diesen Namen als Kompliment«, sagte die Krähe sanft und stieg die Leiter herunter. »Er klingt nach Furcht und Unverständnis.«

Elanoras Blick ging zu ihrem Bruder, und der sah die Magierin an. *Nein,* korrigierte sie sich, *er himmelt sie an! Was ist nur aus ihm geworden?* Die Angst, die Elanora so lange verborgen gehalten hatte, kam hungrig aus ihrem Versteck. Sie kannte die Antwort: Er sah nicht die Magierin. Er sah die magischen Steine.

»Darian«, sagte Elanora leise. »Diese Kaujok machen uns verrückt, wenn wir sie zu lange in den Händen halten. Aber man kann sich von dem Fluch befreien. Wenn man stark ist. Ich habe es geschafft. Gib sie auf. Sie gehören uns nicht. Sie müssen zurück an ihren Platz.«

»Du hast ja keine Ahnung«, antwortete Darian. »Die Steine sind Artefakte einer uralten Magie. Sie sind mächtig und wertvoll. Wenn ich ihre Geheimnisse ergründet habe, werde auch *ich* mächtig sein.«

Diese Worte kannte Elanora allzu gut – aus ihrem eigenen Mund. »Die Lasha-Waru vergehen, wenn sie nicht in ihrer Heimaterde ruhen! Die Steine allein werden dir nichts nutzen.«

»Aber wer sagt dir, dass das so bleiben muss?«, wandte die Magierin ein. »Wer sagt dir, dass ein neues Heer nicht auch eine neue Heimat haben kann? Hier in diesem Dorf vielleicht? Oder vor den Toren Chorhops. – Oder gar in deinem verschlafenen Tal im Kosch? Deine Bauern würden gutes Fleisch abgeben. Und niemand würde sie vermissen.«

»Das würdest du nicht wagen! Du müsstest töten, um ein neues Heer zu schaffen. Du bist eine Gelehrte, eine Dienerin Hesindes. Du bist keine Mörderin.«

»Wer dem Wissen dient, muss Opfer bringen können.«

»Ein schöner Satz«, sagte Elanora. »Aber ich glaube, dabei geht es nicht um Menschenopfer. Tu es nicht. Du verwirkst deinen Seelenfrieden!«

Die Magierin lachte. »Jetzt klingst du wie ein Pfaffe! Aber deine Predigt kommt zu spät.«

Das Dorf!, dachte Elanora. *Das Dorf ist fast leer! Nur noch ein paar Alte leben hier. Hat die Krähe alle anderen geopfert, bei dem Versuch, neue Körper an die Kaujok zu binden?*

»Du hast schon damit angefangen?«, sagte sie leise.

Die Krähe nickte.

»Hör auf! Gib sie auf!«, rief Elanora. »Wer so mächtig ist wie du, braucht sich nicht von ihnen beherrschen zu lassen. Ich werde dir helfen.«

»Und du glaubst, *mich* beherrscht die Gier nach den Steinen, so wie dich? Wie dumm bist du? Ich *bin* eine mächtige Frau. Ich diene niemandem. Keinem Menschen und keinem Stein!«

»Dann beweise es«, sagte Elanora. »Gib mir die Steine. Ich bringe sie fort von hier. Gib sie her!«

»Und du behauptest, du hättest dich von ihnen befreit? Du glaubst, herausgefunden zu haben, wie man diesen Fluch, wie du ihn nennst, besiegen kann? Das ist lächerlich! Wohlgeboren, jetzt brennen deine Finger, nicht wahr? Du hast dich ganz umsonst mit diesem Wilden im Schlamm gewälzt. Obwohl – Vielleicht nicht ganz umsonst. Ist dir schon schlecht? Hast du schon Lust auf sauer eingelegtes Gemüse?«

»Du weißt, was ich ...?«

»Ich hab schon einiges gesehen. Aber wie sich die feine Donna Neneca nackt im Dreck wälzt, das war schon ein feiner Anblick. Darian, deine Schwester zeigt in einer Hinsicht Qualitäten, die ich einem Edelfräulein nicht zugetraut hätte.«

»Hör auf!«, rief Elanora.

»Jetzt soll *ich* still sein? Gefallen hat es dir, aber darüber reden willst du nicht. Was werden die Leute sagen, wenn du mit einem dreckbraunen Balg im Bauch nach Hause kommst?«

»Sei still! Das ist nicht gerecht!«

»Was ist schon gerecht, du arrogantes Junkersfräulein?«, zischte die Krähe. Ihre Augen wurden weit und dunkel. »Sieh mich an. Ich werde dich jetzt tanzen lassen. Wo sind deine wilden

Freunde? Sie haben dich im Stich gelassen. Sie sind mit eingezogenem Schwanz zurück in den Dschungel gekrochen, weil sie wissen, dass sie gegen mich nichts ausrichten können.«

Die Augen der Magierin wurden zu schimmernden, schwarzen Seen. »Auf den Boden! Krieche vor mir!«

Elanora merkte, dass sie die Knie beugte. Es war anders als bei den Niak-Tam. Der Katzenmensch hatte sich in ihren Geist auf Samtpfoten eingeschlichen, behutsam tastend und flüsternd. Die Magierin brach sich Bahn durch ihren Verstand, rannte Türen ein, bis sie Elanoras Körper beherrschte wie ihren eigenen. Elanora ging langsam auf die Knie und senkte den Kopf.

»Was sollen wir mit ihr machen, Darian?«, fragte Janera. »Was sollen wir deinem Schwesterchen antun?«

Nein, dachte Elanora. *Das wird sie nicht wagen. Ich werde es ihr nicht so leicht machen. Ich habe den Kaujok besiegt. Ich werde auch die Krähe besiegen!*

»Darian«, flüsterte sie. »Bitte.«

»Darian! Bitte«, äffte die Krähe sie nach. »Was soll ich mit ihr machen? Sag jetzt nichts Falsches. Ich habe nicht vergessen, dass du mir die Steine gestohlen und mich im Dschungel fast hast draufgehen lassen.«

»Nun hast du sie ja«, rief Darian.

»Natürlich. Es war ja auch nur ein Versehen. Und du hättest sie mir auch gleich zurückgebracht, nicht wahr? Verkauf mich nicht für blöd, Jungchen. Entscheide dich! Soll ich sie endgültig in eine sabbernde Idiotin verwandeln? Oder soll ich ihr nur die Erinnerung rauben und sie dann in Brabak als Hafenhure verkaufen? Sprich endlich! Hast du einen besseren Vorschlag?«

»Sie ist meine Schwester.«

»Das war die falsche Antwort«, rief die Krähe.

Elanora merkte, dass der fremde Verstand sich zurückzog. Sie atmete erleichtert auf. Dann kam er ruckartig zurück, und es war wie ein Faustschlag, der sie *im* Kopf traf. Elanora schrie auf, sackte zusammen und kippte vornüber. Sie schmeckte Sand im Mund.

»Elanora!« Darian kniete neben ihr nieder, hob ihren Kopf aus dem Sand und bettete ihn in seinem Schoß. »Was hat sie mit dir gemacht!«

Elanora zuckte, konnte aber nicht reden, Speichel lief aus ihrem Mundwinkel.

»Ich habe nichts mit ihr gemacht«, sagte die Krähe. »Nichts Schlimmes jedenfalls. Du konntest dich ja nicht entscheiden. Aber aufgeschoben ist nicht aufgehoben, wie man so schön sagt. Jetzt haben wir zu tun. Ruf die restlichen Dörfler zusammen. Wir werden sie vielleicht brauchen.«

»Wo sind Elanoras Begleiter? Wir müssen uns auf weiteren Besuch gefasst machen.«

»Gut. Frisches Fleisch für die Steine. Aber darum kümmern sich die Shakushapatan. Mach dich endlich an die Arbeit!«

»Aber Elanora ...«

«Sollen wir sie etwa *mitnehmen?*«

»Nein.« Darians Worte waren nur ein Flüstern. »Es tut mir leid, Schwester.« Er legte Elanoras Kopf zurück in den Sand. Sie spürte noch, wie er Schmutz und Speichel von ihrem Gesicht wischte, dann stand er auf und ließ sie zurück.

Das Knirschen von Füßen im Sand, die sich langsam entfernten, war zu hören. Elanora glaubte allein zu sein, doch dann berührte sie jemand sanft an der Schulter. Für einen Moment hoffte sie, es sei Toruju oder Darian sei zurückgekommen. Aber es war die Stimme der Krähe, die ihr ins Ohr flüsterte: »Ach übrigens! Dein anderer Bruder – Ardan – er lebt. Und er ist hier. Aber Darian lässt ihn gerade verrecken. Hat er dir das nicht erzählt?«

Dann hörte Elanora das Rascheln der Magierrobe. Die Schritte entfernten sich. Elanora war allein.

Sie blieb liegen, hatte das Gefühl, jeden Atemzug mühevoll erzwingen zu müssen. Obwohl sie wusste, dass ihre Augen geöffnet waren, sah sie nur grauen Nebel. Sie fragte sich nicht, ob die Fähigkeit zu sehen, zu sprechen und sich zu bewegen irgendwann zurückkehren würde. Sie hatte verloren, so oder so. Sie hatte sich an eine Aufgabe gewagt, die zu groß für sie war. Alle hatten es gesagt, und Elanora hätte es einsehen müssen. Was spielten da Mirhabeth bewundernde Worte noch eine Rolle: »Unten am Fluss hast du gesagt, du gehörst nicht hierher. Jetzt habe ich den Eindruck, du bist hier fast so zu Hause wie die Nopam-Han.« All die Mühsal, nur um festzustellen, dass Darian gar nicht gerettet werden wollte; dass er Vater und Bruder im Stich gelassen hatte, wegen dieser verfluchten Steine!

Wegen dieser verfluchten, wundervollen Steine ...

Elanoras Fingerspitzen brannten.

***

Etwas stimmte nicht mit diesem Dorf. Toruju hatte es Elanora doch erklärt! Trotzdem war sie blindlings losgerannt.

Eigentlich war klar, was er zu tun hatte. Die Niak-Tam hatten ihn mit einer Aufgabe betraut, die musste und wollte er erfüllen.

Aber er wollte auch Elanora nicht allein lassen. Er suchte Blickkontakt mit Kushko und Antonio. Die beiden waren doch Elanoras Freunde; Kushko sogar so etwas wie ihr Leibwächter. Doch die beiden zuckten nur die Achseln und überließen ihm die Entscheidung.

Er wandte sich wieder dem Geschehen im Dorf zu. Elanora und ihr Bruder redeten aufeinander ein. Toruju konnte aus der Entfernung kein Wort verstehen, aber es war offensichtlich, dass die anfängliche Wiedersehensfreude einer heftigen Diskussion gewichen war.

Immerhin wirkte das Dorf friedlich und sicher.

Sollte er sich doch getäuscht haben?

Er wollte den anderen schon ein Zeichen geben, dass sie ihm ins Dorf folgen sollten, da trat eine weitere Gestalt aus der Hütte.

Toruju duckte sich wieder. Er kannte diese Person! Es war die Magierin, die Elanora begleitet hatte. Sie war doch von den Schlammkriegern gefangen genommen worden. Aber irgendetwas stimmte nicht. Die Blasshäute sahen im ersten Augenblick alle gleich aus – und ihnen schien es mit dem Mohaha aus unverständlichen Gründen ebenso zu gehen.

Dann wusste er es. Wie hatte er nur so blind sein können? Diese Frau hatte er doch nicht vergessen oder verwechseln können! Eins war sicher: Unvorbereitet würde er sich ihr kein zweites Mal nähern.

»Wir ziehen uns ein Stück zurück und sehen, ob das Dorf wirklich so leer ist, wie es aussieht«, sagte er zu seinen Kriegern.

Sie wollten die Hütten in knappem Abstand umgehen. Die Dünen um das Dorf waren von einem lichten Palmenhain bestanden. Stachelbewehrtes Gestrüpp bedeckte die sandigen Hänge. Toruju ging voran, doch irgendetwas zwang seinen Blick immer wieder zurück zum Dorf. Seine Gefühle blieben im Widerstreit zwischen seinem Auftrag und dem, was er für die weiße Frau empfand. Er ließ sie im Stich! Bald bildete er die Nachhut. Toruju wollte gerade wieder zu den anderen aufschließen, da kam eine Düne ins Rutschen. Sand und Erde formten sich zu menschlichen Gliedern.

Toruju sah keinen anderen Ausweg. Er ließ sich unter einen Busch fallen. Fingerlange Dornen zerstachen ihm die Haut, als er tiefer hineinkroch. Geschützt von seinem stacheligen Schild musste er beobachten, wie sich eine Gruppe Schlammkrieger lautlos aus ihrem Versteck erhob. Sie spuckten Bambusrohre aus, durch die sie wohl geatmet hatten und griffen nach ihren Waffen. Gleichzeitig kam ein weiteres Dutzend Angreifer aus dem Wald auf sie zu. Innerhalb weniger Augenblicke waren seine Krieger und Elanoras Gefährten eingekreist.

Es gab keinen Kampf. Angesichts der Überraschung und der Übermacht senkten alle bis auf Kushko die Waffen. Dieser stürzte sich auf den erstbesten Angreifer und schlug ihn nieder.

Die Schlammkrieger schienen nicht die Absicht zu haben, ihre Gefangenen zu töten oder ernsthaft zu verletzen. Zu mehreren gingen sie auf Kushko los, hielten ihn an Armen und Beinen und rangen ihn langsam nieder.

Toruju war fasziniert von der schieren Kraft des Hünen. Er konnte sich immer wieder befreien, schaffte aber nicht die Flucht.

Dann begegneten sich ihre Blicke. Toruju nickte Kushko zu und duckte sich zurück in den Busch. Er sah gerade noch, wie Kushko sich ergab und erschlafft zu Boden sank.

Toruju glaubte nicht, dass Kushko ernsthaft verletzt war, aber er humpelte und stolperte, hielt sich an schwächlichen Ästen, bis sie brachen, ging dann und wann zu Boden. Toruju hätte seiner Spur in tiefster Nacht, mit verbundenen Augen und verstopften Ohren folgen können.

***

Wie lange lag sie da, reglos, stumm und blind? Jetzt wandelte sich das Grau vor ihren Augen zu einem verwaschenen Blau. Elanora brauchte eine Weile, um zu begreifen, dass es der Himmel war, den sie sah.

Und mit dem zurückkehrenden Augenlicht stieg aus der Verzweiflung ein unbändiger Zorn empor. »Ich bin nicht zu schwach«, flüsterte sie. »Du wirst sehen: Ich bin nicht zu schwach.«

Aber die Nachwirkungen des Zaubers verklangen nur langsam; und noch wusste sie nicht, welche Richtung sie dem Zorn weisen sollte. Elanora kroch aus der sengenden Mittagshitze in den Schatten eines Pfahlbaus und blieb dort liegen.

Das Dorf lag still und verlassen da. Darian und die Krähe kehrten nicht zurück. Und wo blieben Toruju, Kushko und die anderen? *Die Shakushapatan werden sich darum kümmern,* hatte die Krähe gesagt. *Frisches Fleisch für die Steine.*

Sie war allein.

Sie wartete.

Das Praiosschild versank im Meer.

Und mit Einbruch der Nacht begannen im Wald die Trommeln zu schlagen.

Es war mehr als Neugier, die Elanora dazu antrieb, endlich aufzustehen und dem Ruf der Trommeln zu folgen. Nicht das erste Mal merkte sie, wie sehr sie die Musik in den Bann zog: Bei Yamillas Tanz hatte sie es gespürt, bei dem Gelage in Nasha, und bei dem Fest der Nopam-Han. Es war eine ganz eigene Magie. So fanden ihre tänzelnden Füße allein den Weg durch den Wald.

Flackerndes Licht schimmerte zwischen den Bäumen. Elanora erklomm einen Hügel und schaute gleich darauf auf eine Ansammlung von Hütten hinab, die in einer flachen Senke lagen. Die Hütten, kaum mannshoch und kugelig wie Ameisenhügel, duckten sich in den morastigen Boden. Etwas außerhalb, hinter der Ansiedlung, brannten mehrere Feuer. Sie erleuchteten einen unregelmäßigen Kreis aus Pfählen, an die Menschen gefesselt waren.

Von dort kam die Musik.

Elanora schlich näher.

Die Schlammmenschen tanzten, Shakushapatan hatte die Krähe sie genannt, die Gesichter Masken aus grauem Ton und weißer Asche. Sie bildeten einen Kreis innerhalb des Pfahlrundes.

Andere standen vor mächtigen ausgehöhlten Baumstämmen, armdicke Stöcke in der Hand, und schlugen einen langsamen, atmenden Rhythmus.

In der Mitte des Rundes waren vier hölzerne Stelen errichtet. Auf jeder stand ein schwarzer Stein, in dem sich der Schein der Feuer tausendfach brach.

Jetzt konnte Elanora auch die Gefangenen erkennen. Die meisten waren ihr fremd. Sie vermutete, dass es sich um die restlichen Bewohner des Küstendorfes handelte. Andere waren ihr inzwischen so vertraut, dass es schmerzte, sie so zu sehen. *Die Shakushapatan haben sie also gefangen, genauso, wie die Krähe angekündigt hat,* dachte sie. Rank hatte den Kopf erhoben, zerrte immer wieder an den Fesseln, als könne er sich nicht mit der Gefangenschaft abfinden.

Elanora konnte nicht anders: Sie lächelte. Der charmante Abenteurer schien noch immer mit der Realität zu hadern. Aus Kushkos Miene konnte man wie immer nicht ablesen, was er dachte oder fühlte. Janera war dagegen steif wie eine Statue, was nicht nur an den eisernen Ketten lag, die sie an Hals und Stirn banden. Sie fixierte einen Punkt am gegenüberliegenden Ende des Kreises. Sogar aus der Entfernung sah Elanora den brennenden Hass in Janeras Augen. Als sie dem Blick folgte, entdeckte sie das Objekt dieses Hasses: Die Krähe! – Sie hielt sich etwas abseits, außerhalb des Kreises der Waldmenschen. Und hinter ihr standen vier weiße Männer. Darian gehörte dazu.

Nun galt Elanoras Interesse ganz den beiden Schwestern, die sich so ähnelten und doch so anders waren. Was hatte der alte Niak-Tam zum Abschied gesagt? *Mehr als einer deiner Begleiter hat ein Geheimnis, das er mit dir teilen will. Hab acht!* War dies eines davon? War es wirklich ein Zufall, dass Janera sie begleitet hatte und sie nun – am Ende – auf ihre Schwester trafen?

Elanora konnte den Gedanken nicht weiter verfolgen. In die Schergen der Krähe kam plötzlich Bewegung. Sie holten vier Gefangene – zwei Frauen und zwei Männer aus dem Küstendorf – banden ihnen die Unterarme vor der Brust zusammen und führten sie durch die Reihen der Tänzer, zu den Stelen. Den Gefangenen wurden die Beine gefesselt. Darian und die anderen Weißen nahmen die Kaujok und legten sie den Gefangenen in die Hände. Durch die gebundenen Arme hatten sie die Steine jetzt direkt vor dem Gesicht.

Die weißen Helfer zogen sich zurück. Stattdessen betrat die Krähe den Kreis, stellte sich zwischen die vier Stelen und hob die Arme. Ihre Stimme drang durch den Pulsschlag der Trommeln. Scharf und kantig waren die Worte – fremde Worte, nicht für einen menschlichen Mund bestimmt.

Mehrere Schlammkrieger stellten sich hinter die vier Gefangenen. Sie hatten kurze Speere in der Hand, die knöchernen Spitzen berührten die Haut der Träumenden.

»Nicht«, flüsterte Elanora. Sie ahnte, was geschehen würde, wollte den Blick senken. Aber sie konnte es nicht.

Dann stieß die Krähe einen gellenden Schrei aus. Die Shakushapatan stießen zu.

Die vier Dorfbewohner starben stumm und mit einem Lächeln auf den Lippen.

»Es wird nicht funktionieren, Neneca. Sie werden nicht mehr aufstehen«, sagte eine Stimme.

Elanora fuhr zusammen. Sie glaubte, ihr Herz setze für einen Augenblick aus. Dann sah sie Toruju neben sich knien. War er nicht gefangen? Sie schaute zurück zu den Pfählen. Tatsächlich! Ihr war nicht aufgefallen, dass er nicht dabei war.

»Die Nopam-Han gehen zu den Niak-Tam, wenn ihre Zeit gekommen ist. Um das Geheimnis zu schützen. Um sie zu schützen. Um weiter mit ihnen zu kämpfen«, wiederholte Elanora die Worte, die Toruju damals zu ihr gesagt hatte. »Warum soll es hier nicht genauso sein?«

»Nur die Niak-Tam und unser Schamane kennen das Geheimnis«, erwiderte Toruju. »Es wird nicht funktionieren.« Aber diesmal klang es eher wie ein Flehen. »Sie sind im Wahn. Sie lassen sich völlig sinnlos töten.«

»Es ist immer sinnlos, für etwas zu sterben«, zitierte Elanora Mirhabeths Worte.

Die Krähe nahm die Steine aus den Händen der Toten und tauchte einen nach dem anderen in das vergossene Blut. Dann stellte sie sie zurück auf die Stelen. Die Litanei aus ihrem Mund riss dabei nicht ab. War da plötzlich ein neuer Schimmer in den Steinen? – Oder war es nur der Schein des Feuers, der sich in frischem Blut spiegelte? Elanora flehte stumm zu den Göttern, dass dem so war.

Aber spielte es wirklich eine Rolle?

Die Krähe würde weiter töten. Sie würde töten, bis sie das Geheimnis der Kaujok gelüftet hatte. Dann würde sie weiter töten, um ein Heer zu schaffen, das ihr aufs Wort gehorchte. Und dieses Heer würde weiter töten ...

Elanora wandte sich von dem Ritual ab und starrte in die Dunkelheit zwischen den Bäumen.

»Neneca, was ist mit dir?«, fragte Toruju.

»Ich weiß nicht«, antwortete sie. Dann stieß sie hervor: »Es hat keinen Sinn. Wie sollen wir gegen sie ankommen? Wir sind nur noch zu zweit.« Der Zorn, der sie hierhergetrieben hatte, floss aus ihr heraus. Was blieb, war Müdigkeit. Ihre Freunde würden wie die anderen geopfert werden. Alles, was ihr blieb, war, mit Toruju zu fliehen und weiterzuleben ... oder hier zu sterben.

»Du musst mir helfen«, sagte Toruju.

»Aber ... Was sollen wir denn machen?«

»Öffne deine Augen, Neneca. Die Schlammkrieger und diese schwarze Magierin sehen nur noch die Kaujok. Im Augenblick sind sie blind in ihrem Rücken. Aber meine Krieger sind von dem Wahn nicht befallen. Wenn wir sie befreien, können wir die Steine holen und dem Ganzen ein Ende machen.«

»Und wenn nicht? Sie sind weit in der Überzahl.«

Toruju sparte sich die Antwort. »Kannst du dich in deinem Kleid leise bewegen?«, fragte er stattdessen. »Sie dürfen dich nicht hören. Und nicht sehen.« Seine Augen leuchteten hell in der Dunkelheit.

»Soll ich etwa in Unterwäsche ...«, setzte Elanora an. Dann dachte sie: *Spielt es noch eine Rolle? Wenn diese Nacht vorüber ist, bin ich vermutlich tot.* Sie schnürte das Kleid auf, zog es sich über den Kopf und legte es fein säuberlich unter einen Baum.

»Meine Unterwäsche war auch schon sauberer«, sagte sie mit zitternder Stimme, bohrte beide Hände in den feuchten Humus unter sich und rieb ihn mitsamt der Blätter, Würmer und Käfer in den Stoff. «Am Rücken musst du mir helfen. Außerdem ist meine Haut auch noch zu weiß, nicht wahr?« Sie wusste: Wenn sie jetzt aufhörte, zu reden, würde sie schreien. Sie rieb sich die feuchte Erde ins Gesicht und die Haare, auf die Arme und die Waden. »Gut so?«, fragte sie.

Toruju nickte zufrieden.

»Einen hübschen kleinen Schlammkrieger werde ich abgeben.« Elanora war froh, keinen Spiegel zu haben. *Was werden sie zu Hause sagen, wenn sie mich so sehen?,* dachte sie. Ihre Haut begann schon bei dem Gedanken daran zu jucken.

Sie gingen ein Stück zurück in die Richtung, aus der Elanora gekommen war. Dann stiegen sie in die Senke hinab. Im Schutz der Hütten näherten sie sich dem Pfahlrund. Alle Shakushapatan mussten dort versammelt sein, um dem Ritual beizuwohnen, denn sie kamen unbehelligt voran. An den letzten Hütten angekommen, sah Elanora, dass weder die Schlammkrieger noch die Krähe und ihre Schergen den Gefangenen die geringste Aufmerksamkeit schenkten. Hoffnung keimte in ihr auf. »Wenn wir vorsichtig sind, könnte es gelingen«, flüsterte sie.

»Ja«, sagte Toruju. »Aber jetzt bleib hier und pass auf. Wenn sie mich sehen, musst du sie ablenken.« Er reichte ihr ein Messer, und machte sich daran, auf allen vieren zu den Pfählen zu kriechen.

»Was? Wie? Warte!«

»Lass dir was einfallen«, flüsterte Toruju ihr zu.

»Das hättest du mir auch früher sagen können. Dann hätte ich mir darüber Gedanken gemacht.«

»Wärst du dann mitgekommen?«

Er kroch davon.

Elanora blieb zurück, und überlegte, was sie machen sollte, wenn man sie tatsächlich entdeckte.

Aber Toruju kam ungesehen bis zu den Gefangenen. Er flüsterte mit einem seiner Krieger, zog ein weiteres Messer und schnitt ihn los. Der Krieger blieb so reglos stehen wie zuvor. Toruju glitt weiter durch die Schatten.

Elanora schlich sich etwas näher.

Die Shakushapatan ahnten nicht, was in ihrem Rücken geschah. Auch die Dorfbewohner und Elanoras Begleiter wussten von nichts. Toruju huschte weiter, von einem seiner Krieger zum nächsten.

Dann kam er zurück zu Elanora.

»Sie warten auf mein Zeichen«, sagte er.

»Warum hast du die anderen nicht befreit?«, fragte Elanora. »Wenigstens meine Freunde?«

»Ich weiß nicht, ob sie unter dem Einfluss der Kaujok stehen. Und ich weiß nicht, ob sie sich beherrschen können, wenn sie losgeschnitten sind. Es könnte gefährlich sein.«

»Alles, was wir gerade machen, ist gefährlich«, sagte Elanora. »Wir werden jede Hilfe brauchen.«

Toruju überlegte. »Nun gut«, flüsterte er. »Aber nur deine Begleiter. Du musst mir helfen. Du kennst sie besser. Komm mit.«

Auf allen vieren folgte sie Toruju zurück zu den Gefangenen. Die Shakushapatan drehten ihr den Rücken zu, aber sie hatte das Gefühl, dass sie die Tänzer berühren könnte, wenn sie zwischen den Pfählen hindurchgriff. Der Boden schien zu vibrieren unter ihren Schritten; sie konnte ihren Schweiß so riechen wie den der Kameraden. Hinter Kushko richtete sie sich halb auf und flüsterte: »Dreh dich nicht um. Ich schneide dich jetzt los.«

Inzwischen hatte die Krähe ihre Beschwörungsformeln beendet. Angespannt beobachtete sie die Toten. Aber keiner schien die Absicht zu haben, wieder aufzustehen.

Die Shakushapatan tanzten weiter.

Sie umtanzen die Kaujok. Schlammgraue Krieger, und ich bin einer von ihnen. Ich muss nur hingehen und sie mir nehmen. Dann tanzen wir für immer.

»Was machst du da?«, flüsterte eine Stimme. »Mach mich los.«

Elanora schaute nach oben und erschrak. Sie war zu Janeras Füßen zwischen die Pfähle gekrochen; nur noch eine Handbreit trennte sie von den Tänzern.

»Verdammt, macht mich los, und ich werde dieser Verrückten den Hals umdrehen«, flüsterte Janera.

Elanora ließ sich flach auf den Boden fallen und kroch zurück.

Hinter dem Pfahl ging sie in die Knie. Stricke banden Janera an Brust, Bauch, Armen und Beinen. Die Ketten um Hals und Stirn waren nur lose an den Pfahl gebunden. Sie hatten einen anderen Zweck. Elanora hatte von der Wirkung gehört, die Eisen auf Magiekundige hatte, jetzt fragte sie sich, wie lange es dauern würde, bis Janeras Macht zurückkam, wenn sie davon befreit war. Was auch immer gleich geschah, neben Torujus Kriegern war Janera die mächtigste Verbündete im Kampf gegen die Krähe.

Elanora schnitt die Fesseln durch.

Janera schüttelte sich. Klirrend fiel das Eisen zu Boden. Niemand hörte es. Noch übertönten die Trommeln jedes andere Geräusch.

»Warte!«, flüsterte Elanora. »Toruju gibt uns ein Zeichen.«

Aber Janera scherte sich nicht darum.

»Isida!«, rief sie. »Isida! Lass mich dir helfen!« Sie drängte sich zwischen den Tänzern durch und eilte auf ihre Schwester zu.

Unruhe kam unter den Shakushapatan auf. Der Tanz stockte, der Rhythmus der Trommeln stolperte, dann verstummten sie ganz. Jetzt war die Aufmerksamkeit aller darauf gelenkt, was im Inneren des Kreises geschah.

»Schwester! Lass mich dir helfen!«, rief Janera noch einmal.

»Wobei willst *du* mir helfen?«, spottete die Krähe. »Du hilfst mir am besten, indem du stirbst. Hier und jetzt!«

»Du verstehst mich falsch. Komm her. Ich will dir helfen!« Janera streckte die Hände nach der Schwester aus.

Jetzt lachte die Krähe. »Verschone mich mit deinen Taschenspielereien. Du weißt, ich bin viel mächtiger als du. Ich weiß nicht, wie du dich befreit hast, aber du wirst nie nahe genug an mich herankommen, um mir zu schaden. Los! Schafft sie weg!«

Die Helfer der Krähe zögerten. Weder Darian noch die anderen schienen sich dieser zweiten Magierin, die ihrer Herrin doch so ähnlich sah, nähern zu wollen.

»Macht schon«, grollte die Krähe. »Oder besser: Schafft sie her! Wir wollen es gleich mit ihr probieren.«

Aber ehe sich jemand in Bewegung setzen konnte, kam Leben in die gefangenen Nopam-Han. Auf ein Zeichen Torujus fielen sie den ahnungslosen Shakushapatan in den Rücken. Elanoras Gefährten taten es ihnen gleich. Sie waren alle unbewaffnet, aber dieses Mal war das Überraschungsmoment auf ihrer Seite.

Die Krähe richtete ihre Aufmerksamkeit nun wieder ganz auf die Schwester. »So?«, sagte sie. »Du hast dich nicht einmal selbst befreit. Wie armselig.«

Janera antwortete nicht.

»Und du glaubst, du kannst mich besiegen?«, fragte die Krähe.

»Nun gut. Wie du willst.« Sie straffte die Schultern und fixierte ihre Schwester mit den Augen. Die Krähe schien zu wachsen.

Mehrere Shakushapatan waren bei dem überraschenden Angriff zu Boden gegangen, aber noch immer waren sie in der Überzahl. Die Speere und Schilde, die sie beim Tanz getragen hatten, erwiesen sich als eher hinderlich, und so entwickelte sich der Kampf zu einer wilden Rauferei, bei der keine Gruppe so recht die Oberhand gewinnen konnte.

Elanora beteiligte sich nicht daran. Sie wusste, dass sie keine große Hilfe war. Im Gegenteil: Kushko und Toruju würden sich bei dem Versuch, sie zu schützen, selbst in Gefahr bringen. Versteckt zwischen den Hütten beobachtete sie das Geschehen. Sie versuchte zu Darian durchzukommen. Er hatte sich, wie die anderen Weißen, bislang nicht in den Kampf eingemischt, als warte er auf die Befehle seiner Herrin.

Doch die stand da, Auge in Auge mit ihrer Schwester. Sie sprachen kein Wort. Keine Geste wurde vollführt, und doch glaubte Elanora zu sehen, dass die Luft zwischen den Schwestern allmählich kochte und waberte; dass die Macht, die von den Zauberinnen ausging, fast greifbar wurde und einen Bannkreis bildete, der die Kämpfenden fernhielt.

Elanora hatte die Macht gespürt, die den Augen und der Stimme der Krähe innewohnte. Aber sie hatte auch erlebt, dass Janera die gleiche Macht gebraucht hatte, um andere gefügig zu machen. Sie ahnte, dass Janera diese Magie schon bei ihrer ersten Begegnung eingesetzt hatte, um sie der alten Magierin gewogen zu stimmen. Wie oft hatte sie auf der Reise den Willen der anderen gelenkt, insgeheim den Weg bestimmt und sie letztendlich an diesen Ort geführt?

Doch nun schwankte Janera. Sie hielt den Kopf erhoben, hielt dem Blick ihrer Schwester stand, während ihre Knie sich langsam beugten. »Nein«, konnte Elanora von ihren Lippen ablesen.

Und *Nein* war auch das Wort, das von Elanoras Lippen wollte. Die Krähe siegte, sie würde alle unterwerfen. Elanora wusste, sie konnte diesem Willen nicht standhalten.

»Nein.« Es war nur ein Flüstern.

Janeras Knie berührten den Boden. »Isida, zwinge mich nicht dazu!«, rief sie. »Zwinge mich nicht *dazu!*«

Janera schloss die Augen.

Dann streckte sie die Hände wie ein Bettler nach ihrer Schwester aus. Sie spreizte Zeige- und Mittelfinger der linken Hand ab, ließ den rechten Arm kraftlos sinken und sagte im gleichen Moment einige Worte, die Elanora im Kampfeslärm nicht verstand.

Janera schien hundert Jahre zu altern. Für einen Augenblick hielten die Kämpfer inne. Es war, als würde allen die Luft aus der Lunge gepresst. Die Krähe wurde von einer unsichtbaren Kraft zu Boden geworfen. Auch Janera kippte vornüber und blieb reglos liegen.

Das magische Gespinst, das den Platz erfüllt hatte, fiel in sich zusammen. Die Kämpfenden schienen eine Weile zu brauchen, ehe sie erkannten, was geschehen war. Dann strömten sie wie Wasser durch einen gebrochenen Damm zurück in die Mitte.

Chaos brach aus. Der Bann über die Shakushapatan war gebrochen, aber der Ruf der Steine nicht verstummt.

Elanora sah aus dem Augenwinkel eine Bewegung. Einer der Schlammkrieger eilte zu den Stelen. Im ersten Augenblick sah er aus wie alle anderen. Aber er trug einen drei Spann langen dicken Stab, der mit allerlei Zierrat versehen war.

»Toruju!«, rief Elanora. »Er will die Steine! Er will die Kaujok!«

Aber Toruju war nicht zu sehen. Elanora rannte los, drängte sich zwischen den Kämpfenden durch.

Der Schamane hatte inzwischen die Stelen erreicht, packte den ersten Stein und presste ihn an sich. Schon war er auf dem Weg zum zweiten.

Elanora kam es nicht in den Sinn, jemanden, der ihr den Rücken zukehrte, mit dem Messer anzugreifen. Aus vollem Lauf rammte sie ihn. Der Schmerz fuhr ihr durch die Knochen. Der Schamane wurde nach vorn gestoßen und ging zu Boden. Er ließ die Knochenkeule fallen, der Kaujok rutschte aus seiner Hand und rollte zwischen die Beine der Kämpfenden.

Elanora konnte das Gleichgewicht nicht mehr halten und stürzte auf ihn. Der Schamane schlug wild um sich. Dann traf sein Ellbogen ihren Magen. Elanora krümmte sich und rutschte von seinem Rücken.

Die graubraune Fratze wutverzerrt, ragte er über ihr auf. Seine Hände zitterten, als er sie ihr um den Hals legte und zudrückte. Dann sackte er zusammen.

Elanora bekam wieder Luft. Ehe der Schamane sie unter sich begrub, sah sie Rank. Triumphierend hielt er die Knochenkeule über dem Kopf.

***

Der Kampfeswille der Schlammkrieger schwand mit dem Sieg über die schwarze Magierin. Und als ihr Schamane zu Boden ging, zogen sie sich geschlagen in den Wald zurück.

Rank war sicher, dass sie knapp außerhalb des Feuerscheins lauerten, auch wenn er sie nicht sehen oder hören konnte. Ob sie dort auf eine Gelegenheit zur Rache sannen oder ihre verletzten Stammesangehörige holen wollten, wusste er nicht. Die Nopam-Han machten keine Anstalten, ihnen zu folgen. Kaum war der Kampf beendet, nahm Toruju die schwarzen Steine von den Stelen, verstaute sie in einem Lederbeutel und gab sie einem seiner Krieger. Dieser verschwand eilig im Wald.

Währenddessen wälzte Rank den bewusstlosen Schamanen von Elanora und half ihr auf. »Geht es dir gut, Wohlgeboren?«, fragte er.

Elanora nickte. Sie trug ein zerrissenes, vor Dreck stehendes Unterkleid. Jeder unbedeckte Flecken Haut – und das war deutlich mehr, als Rank je von ihr zu Gesicht bekommen hatte – war schmutzig. Ihre Haare hatten sich in einen graubraunen Helm verwandelt.

»Was starrst du mich so an?«, waren die ersten Worte, die sie herausbrachte.

»Verzeiht, Euer Wohlgeboren«, sagte Rank und senkte den Blick.

»Ich muss mich entschuldigen, Rank«, sagte Elanora. »Du hast mich jetzt zum zweiten Mal gerettet, und ich schreie dich an. Dabei muss ich entsetzlich aussehen. Warte einen Augenblick. Ich hole mein Kleid.«

Dann stapfte sie davon.

Rank starrte ihr nach. *Ihr seht überhaupt nicht entsetzlich aus,* wollte er sagen. *Ihr seht entzückender aus als je zuvor.*

Aber das behielt er für sich.

Dann sah er etwas, das seine Aufmerksamkeit von den entzückenden Ansichten ablenkte. Es lag ein paar Schritte weiter im Dreck. Rank sah sich um, ob schon ein anderer darauf aufmerksam geworden war. Er schlenderte hinüber, ließ seine Jacke darüber fallen und hob es zusammen mit ihr auf.

Das Ding konnte ihm noch nützlich sein.

***

Als Elanora zurückkam, waren die überlebenden Bewohner des Küstendorfes von ihren Fesseln befreit. Sie schienen erst langsam zu begreifen, was mit ihnen geschehen war. Elanora wusste aus eigener Erfahrung, welchen Einfluss die Kaujok auf die Menschen hatte. Deshalb verwunderte es sie nicht, dass Toruju die zurückgewonnenen Steine vor ihnen verborgen hielt. Er sagte niemandem, auch nicht ihr, wo sie sich befanden.

Schnell stellte sich heraus, dass bei dem Kampf niemand getötet worden war. Die Dorfbewohner hätten mit ihren Peinigern am liebsten kurzen Prozess gemacht, aber nicht zuletzt auf Elanoras Bitten hin hinderten die Nopam-Han sie daran. Sie brachten die Verletzten und Bewusstlosen Shakushapatan an den Rand des Lagers, wo sie von ihren Stammesangehörigen geholt werden konnten. »Auch wenn sie mehrere meiner Krieger getötet haben, so führen die Nopam-Han doch keinen Krieg gegen sie«, erklärte Toruju Elanora. »Und ich hoffe, sie verstehen dies als Friedensangebot. Einen Zwist habe ich mit ihr!« Er wies auf die Krähe.

Die Magierin war noch immer bewusstlos. Kushko kniete neben ihr, fesselte ihr Arme und Beine, verband die Augen, und knebelte den Mund. Er schien recht gut zu wissen, wie man eine Magierin am Zaubern hindern konnte.

Auch die vier Helfer der Magierin waren gefangen. Aber Elanora wollte sich jetzt nicht mit ihnen beschäftigen, am allerwenigsten mit Darian, der stumm zu ihr herüberstarrte. Sie hatte nicht vergessen, wie besorgt er um sie gewesen war, als die Krähe sie angegriffen hatte. Aber noch besser erinnerte sie sich daran, wie eifrig und unterwürfig er der Magierin gerade noch bei einem kaltblütigen Mord gedient hatte.

Mirhabeth kniete neben Janera, die mehr einer verschrumpelten Leiche ähnelte als einem lebendigen Menschen.

»Was ist mit ihr?«, fragte Elanora.

»Ich weiß es nicht«, sagte Mirhabeth. »Sie lebt, aber ich weiß nicht, was sie getan hat!«

In diesem Augenblick rief Rank: »Elanora! Wohlgeboren! Schnell!«

Elanora drehte sich zu ihm um. Die Nopam-Han hatten die Rundhütten durchsucht. Sie hatten das Gepäck der Reisenden gefunden, und aus einer Hütte zogen sie jetzt eine reglose Gestalt. Sie war bleich und abgemagert, nur noch Haut und Knochen.

Ardan. Er lebt. Und er ist hier, hat die Krähe gesagt. Aber Darian lässt ihn gerade verrecken.

Die Nopam-Han legten ihn behutsam ab.

Schon war Elanora bei ihm. In seinen Augen war ein fiebriger Glanz. Aber er lebte, und er erkannte sie. »Schwesterchen. Du hier? Das ist aber schön.«

»Was haben sie mit dir gemacht? Was hat *er* mit dir gemacht?«

Ardan antwortete nicht.

Jetzt musste sie sich Darian doch stellen. Wutentbrannt stürmte sie auf ihn zu und schlug ihn ins Gesicht. Auch wenn er nicht gefesselt gewesen wäre, hätte er sich nicht gewehrt. Beschämt schaute er zu Boden.

Beschämt wie ein Kind, das an der Zuckerdose war, dachte Elanora. »Ist das alles?«, rief sie.

Darian blieb stumm.

»Ist das alles?«, fragte sie noch einmal.

»Ich ... sie ... sie ...«

»Sie? Schiebst du jetzt alles auf diese Magierin? Du hast Vater sterben lassen. Du hast deinen Bruder fast umgebracht. Hat *sie* das alles befohlen?«

Darian schüttelte den Kopf, schaute Elanora aber nicht an.

»Toruju, was wirst du mit ihnen machen?«

»Wir nehmen sie mit. Die Niak-Tam werden entscheiden, was aus ihnen wird.«

Was aus ihnen wird? Etwa ein Lasha-Waru? Das war ein Schicksal, das Elanora – trotz allem – mit Grauen erfüllte.

»Elanora!«, rief Darian. »Das dürfen sie nicht mit mir machen!«

Aber sie hatte ihm schon den Rücken gekehrt und schloss sich den anderen an, die sich auf den Marsch zurück zur Küste machten.

***

»Jetzt hast du mich schon zum zweiten Mal gerettet«, sagte Elanora zu Rank, als sie sich auf den Weg zurück in das Küstendorf machten.

»Es war mir eine Ehre, Euer Wohlgeboren Elanora«, sagte Rank.

»Du weißt, dass du mich nicht so anreden sollst«, wurde er getadelt.

»Aber es klingt so schön. Wie im Märchen von der Prinzessin und dem Bettelknaben.«

»Aber ich bin so wenig eine Prinzessin wie du ein Bettelknabe bist.«

»Das macht es doch nicht schlechter«, erwiderte er.

Elanora lachte und legte einen Arm um ihn.

Er zögerte, dann tat er es ihr gleich.

Gern hätte er jetzt ein wenig den Galan gespielt, aber Rank sah ihr an, dass sie in Gedanken ganz woanders war: Der eine Bruder Gehilfe einer Schwarzmagierin, der andere halb tot. Viel schlimmer konnte es wohl nicht kommen.

Immerhin war die Entwicklung für seinen Auftraggeber nicht unbedingt von Nachteil. Zumindest dann, wenn er ein wenig nachhalf.

Als sie an der Küste ankamen sagte Elanora: »Ich glaube, ich sollte mich mal waschen. Im Meer gibt es keine Blutegel, aber wenn du möchtest, kannst du mich beschützen.«

Ohne eine Antwort abzuwarten, rannte sie los. Das Meer umspülte ihre Waden. Sie ging weiter. Dann kam eine Welle, die ihr bis über die Hüften ging. Ehe sie sich fallen ließ und in der schäumenden Woge untertauchte, konnte Rank für einen Moment sehen, dass der Stoff an ihrer Haut klebte und jede Rundung ihres Körpers betonte.

Rank war glücklich.

***

Das Gefühl, sauber zu sein, soweit es in der Wildnis eben möglich war, belebte Elanoras Lebensgeister. Sie fühlte sich stark genug, der Maga Isida Durenald entgegenzutreten. Sie und ihre Helfer waren einzeln in leere Hütten gesperrt und harrten darauf zu erfahren, was mit ihnen geschah. Aber zunächst suchte Elanora nach Antworten, und da führte sie der Weg zu Janera.

Die Magierin sah inzwischen nicht mehr ganz so entsetzlich aus wie vor einigen Stunden. Aber die Falten hatten sich tief in ihr altes Gesicht gegraben, und sie konnte sich kaum auf den Beinen halten. Jetzt lag sie in einer Hütte, umsorgt von Mirhabeth und neugierig beäugt von den Dorfbewohnern.

Immerhin war sie wach. Und sie wollte reden. »Isida hatte keine Schutzzauber um sich«, erklärte sie Elanora mit brüchiger Stimme. »Sie ist mächtig, viel mächtiger als ich. Aber sie hat nicht mit einem Kampf gerechnet. So konnte ich sie überwinden. Mit einem Trick.«

»Mit einem Trick?«, fragte Elanora.

»Isida hat recht. Ich bin eine Gauklerin. Eine Taschenspielerin. Ich habe sie mit einem einfachen Blendzauber überwunden. Aber ich habe all meine Kraft in ihn hineingelegt. Und noch mehr. Es ist ein schwarzes Tor, das ich geöffnet habe. Ich habe meine Lebenskraft gegeben, meine Zauberkraft, mein Blut. Ich werde nie wieder so stark sein wie bisher.«

»Das spielt keine Rolle«, sagte Mirhabeth. »Für mich bleibst du die Beste!«

Janera lächelte. »Keine Abenteuer mehr?«, fragte sie. »Mit irgendwelchen Männern?«

»Keine Abenteuer mehr«, bestätigte Mirhabeth, und in ihren Augen sah Elanora Aufrichtigkeit und eine tiefe Liebe.

Elanora hätte sich jetzt gern zurückgezogen, aber es gab etwas, das ihr auf der Seele brannte. »Es war kein Zufall, dass wir uns begegnet sind, nicht wahr? Es war auch kein Zufall, dass wir deine Schwester hier gefunden haben.«

»Nein«, sagte Janera. »Es tut mir leid. Aber wenn ich dir die Wahrheit gesagt hätte, hättest du mich nie mitgenommen. Der Weg über dein Mitleid schien mir der gangbarste.«

»Aber woher wusstest du das?«

»Nicht nur du wolltest wissen, was aus der Expedition deines Vaters geworden ist. Oder besser gesagt, was aus der Expedition meiner Schwester wurde. Oder noch besser: Was aus *seiner* Expedition wurde. Und *er* wusste über alles Bescheid. *Er* war immer gut informiert.«

Elanora rang nach Luft. Aber eigentlich überraschte es sie nicht: »Khorim Al'Rashid! Er hat mich die ganze Zeit belogen!«

»Nein«, sagte Janera. »Ich kenne diesen Khorim nur aus deinen Erzählungen. Er hat damit nichts zu tun. Er war meinem Auftraggeber ein nützlicher Narr. Nein, nicht er ...«

»Dann sag es mir!«, rief Elanora.

»Verzeih einer alten Frau ihre Eitelkeit, meine Liebe«, sagte Janera. »Verzeih mir, dass ich aus allem ein Spiel machen muss. Der Verrückte in dem Urwalddorf, von dem du erzählt hast. Von wem hat er gesprochen? Du kennst ihn.«

»Du sprichst noch immer in Rätseln. Du ...« Elanora grübelte nach. »Der Horasier? Du meinst doch nicht etwa ...«

»Wer wusste über all deine Schritte Bescheid, weil du es ihm selber erzählt hast?«

»Yerno Torean!«, rief Elanora. »Er kommt aus dem Horasiat. Aber das kann nicht sein.«

Janera nickte. »Ich glaube, er setzte große Hoffnung in die letzte Reise deines Vaters. Aber er kannte ihn gut genug, um zu wissen, wie zimperlich er sein konnte. Isida und dieser Kerlingson hier – die sind es nicht. Es war alles ein abgekartetes Spiel. Verzeih mir, dass ich dabei mitgemacht habe.«

»Warum hast du dann gegen deine Schwester gekämpft. Und nicht an ihrer Seite?«

»Elanora, ich weiß nicht, was ich an ihrer Stelle getan hätte. Ich habe gesehen, was sie angerichtet hat, als sie diese Steine hatte. Und das gefiel mir nicht. Isida hatte jedoch nie die Absicht, mit mir zu teilen. Sie hat keine Fragen gestellt, als sie mich und Mirhabeth und den Herumtreiber – Rank – gefangen hat. Ich würde dir gern sagen, dass ich eine strahlende und tugendhafte Heldin bin. Aber ich muss dich enttäuschen. Es fiel mir nicht schwer, die Seite zu wählen, denn ich hatte keine Wahl.«

***

Morgen würde sie sich Darian und der Krähe stellen. Morgen war noch Zeit genug dafür. Jetzt musste sie erst die Nachricht verarbeiten, dass Yerno Torean sie hintergangen hatte: Der nette und hilfsbereite Yerno! Der freundliche und überbesorgte Yerno! Der großzügige Yerno! Der Yerno, der sie vor Khorim gewarnt und *ihm* bösartige Hintergedanken unterstellt hatte! Der Yerno, der so sehr um Vaters Schicksal besorgt gewesen war! Der Verräter! Der Schuft! Wenn sie ihn in die Finger bekam ...

Aber im Augenblick bekam nur das Trockenfleisch ihre Wut ab – aus eigenen Vorräten. Die Dorfbewohner waren seit Wochen weder auf der Jagd noch beim Fischen gewesen. – Sie hatte es in schmale Streifen geschnitten. Jetzt zerhackte sie diese Streifen in fingernagelkleine Stücke.

Ein Schicksal, dass Yerno – wenn es nach Elanora ging – auch noch blühen sollte!

Sie warf das Fleisch in eine von den Nopam-Han gekochte Brühe. Dann setzte sie sich neben Ardan und flößte ihm die Brühe ein. Er sprach kein Wort, war aber wach und beobachtete jede von Elanoras Handlungen. Sie strich ihm die Haare aus der Stirn.

Für Elanora war es klar, dass es weder die Entbehrungen noch die Macht der Kaujok alleine war, die Ardan das angetan hatten. War die Krähe auch in seinen Geist eingedrungen?

Hatte sie dabei etwas endgültig in ihm zerstört, so wie sie es ihr angedroht hatte?

Elanora bekam keine Antwort. Irgendwann schlief sie vor Erschöpfung neben ihm ein.

***

Travien Kerlingson war mit sich völlig im Reinen. Sie hatten ihm eine eigene Hütte gegeben, weit weg von der Krähe. Auch mit einem eisernen Kragen und verbundenen Augen war das Weib unheimlich.

Hier konnte er es aushalten! Die Tür war verschlossen, eine Wache saß draußen am Feuer, aber er war frei, wie nicht mehr, seit die Krähe in sein Leben getreten war. Irgendwann würden auch diese schwarzen Steine aus seinem Kopf verschwinden. Was würden die Wilden mit ihm machen? Die Frage beschäftigte ihn nur am Rande. Sie hätten ihn ohne Umschweife einen Kopf kürzer gemacht, aber das Rotschopfmädchen war ja so kultiviert! Was immer auf ihn zukam: Solange es nicht die Krähe war, konnte es nur besser werden.

Plötzlich öffnete sich die Tür. Einer der Zwillinge schaute herein. »Komm«, sagte er.

Travien schüttelte den Kopf.

»Komm«, wiederholte er.

Travien schüttelte erneut den Kopf. Er legte sich auf seine Matte und drehte der Tür den Rücken zu.

»Komm!«, sagte da eine andere Stimme. »Wenn du brav bist, habe ich etwas Schönes für dich.«

Traviens Füße taten ihre Arbeit, ohne seinen Kopf zu fragen.

Und draußen vor der Hütte stand die Krähe. Neben ihr der zweite Zwilling, dürr wie ein Skelett und bleich wie der Tod, aber voller Bewunderung für die Magierin und das, was sie in der Hand hielt.

»Sie sind mir treue Diener«, sagte die Krähe. »Er hat mich befreit.« Sie tätschelte den Schwächlichen. »Er hat mir den Stein gebracht. Wo er ihn auch gefunden hat.«

Travien trat über die Schwelle. Das Dorf – sein Paradies – lag still da. Doch es war die Stille des Todes. An dem heruntergebrannten Wachfeuer zwischen den Hütten lagen zwei Menschen, das Blut aus ihren durchgeschnittenen Kehlen zeigte, dass sie lange schlafen würden.

»Wie gesagt: Sie sind mir treue Diener«, sagte die Krähe. »Nicht so wie du. Aber ich hätte noch Platz für ein Hündchen. Komm, Hündchen, komm.«

Travien sah noch, wie eine hochgewachsene, schlanke Gestalt eilig in einer Hütte verschwand. Dann verschleierten Tränen seinen Blick. Sie flossen ihm über die Wangen, als er daran dachte, dass er nie wieder frei sein würde. Sie flossen, als er in die Knie ging. Und sie flossen noch, als er auf allen Vieren kriechend, wie die Krähe und die Zwillinge, vom Wald verschluckt wurde.

***

Mitten in der Nacht wurde Elanora aus dem Schlaf gerissen. Rank stürmte in ihre Hütte und rief: »Sie ist weg! Die schwarze Magierin! Sie ist weg!«

Elanora fuhr hoch.

Das Erste, was sie sah, war Ardans verlassenes Lager. War er aufgewacht? Ging es ihm besser? Sie eilte nach draußen. Alle waren auf den Beinen. Das Wachfeuer loderte hoch. Daneben lagen zwei reglose Gestalten.

»Sie sind weg, Neneca«, sagte auch Toruju und kam zu ihr herüber.

»Sie? Janeras Schwester? Und wer noch?«

»Dein Bruder. Und noch einer ihrer Helfer. Irgendjemand hat die Wachen umgebracht und sie befreit.«

»Aber das ganze Dorf wurde doch von deinen Kriegern bewacht! Wenn die Shakushapatan zurückgekommen sind, warum haben sie nicht Alarm geschlagen?«

»Es waren nicht die Shakushapatan. Die Angreifer kamen nicht von außen. Wie du schon gesagt hast: Meine Krieger hätten sie bemerkt.«

»Aber wer ...« Elanora stockte. Torujus Mine war freundlich und offen, wie immer. Aber in seinen Blick hatte sich Misstrauen geschlichen. »Neneca«, sagte er. »Ich habe dir ein Messer gegeben. Wo ist es?«

»Warum fragst du? Ich weiß es nicht.«

»Wo ist es?«

»Ich nehme an, es ist drinnen. Ich glaube, ich habe es auf den Tisch gelegt, nachdem ich das Essen für Ardan klein geschnitten habe.«

»Zeig es mir.«

»Toruju! Was glaubst du denn?« Sie drehte sich um und ging zurück in die Hütte.

Der Tisch war leer. Sie schaute auf den Boden, dann durchsuchte sie ihre Taschen. Was sollte das? Warum interessierte Toruju sich plötzlich für ihr Messer? Sie sollten doch nach den Geflohenen suchen!

Elanora ging wieder nach draußen. »Es ist nicht da«, sagte sie.

Toruju nickte und reichte ihr ein blutverschmiertes Messer.

»Warum schickst du mich suchen, wenn du es hast!«, rief Elanora zornig. »Du ...« Sie stockte. »Du glaubst doch nicht etwa, ich ... Du bist verrückt! Warum – sollte – ich ...«

»Er ist dein Bruder«, sagte Toruju. »Du weißt, was mit ihm passieren wird, wenn er zu den Niak-Tam kommt. Du hast die Macht der Kaujok gespürt und spürst sie noch immer. Du warst lange mit der Magierin allein. Wer weiß, was sie mit dir gemacht hat.«

Elanora war sprachlos. Da stand Toruju. Da standen ihre Freunde, die Träger, die Nopam-Han-Krieger und das traurige

Dutzend überlebender Dorfbewohner. Elanoras Blick ging von einem zum anderen. Und sie sah in ihren Augen, dass sie ihr misstrauten. »Ich ... Toruju, du weißt, dass ich das nie tun würde. Rank! Kushko! Ihr glaubt mir doch ...«

»Ich glaube dir, Wohlgeboren«, sagte Rank. »Aber du musst zugeben, dass es merkwürdig aussieht.«

»Ich war die ganze Zeit in der Hütte. Ich habe mich um Ardan gekümmert. Ich habe die ganze Zeit neben ihm gesessen. – Wo ist er? Er weiß es!«

»Ist er nicht in der Hütte?«

»Nein. Als ihr mich geholt habt, war er weg.«

»Dann hast du auch ihn befreit?«

»Ich brauchte ihn nicht zu befreien! Er hat nichts getan. Er ist krank.«

»Vielleicht hat er das Messer genommen und hat die anderen rausgeholt«, schlug Rank vor.

»Er konnte sich kaum auf den Beinen halten«, widersprach Elanora. »Und warum soll er es getan haben? Sie haben ihn doch gequält.«

»Entweder du warst es, oder er«, sagte Toruju.

Elanora konnte ihren Ohren nicht trauen. Sie ging ganz nah an Toruju heran, und sah ihm in die Augen. Sie sah dort Misstrauen, aber auch Zuneigung. »Toruju«, sagte sie leise, damit kein anderer es hören konnte. »Wir haben uns geliebt. Auf dem ganzen Weg von Chap Kamo, bis hierher habe ich dir vertraut. – Und du mir. Warum jetzt nicht mehr?«

»Es muss jemand aus dem Dorf gewesen sein. Und er hatte dein Messer. Wer außer dir und deinem Bruder kommt in Frage?«

»Wenn Wohlgeboren Elanora es war, müsste sie von oben bis unten mit Blut bespritzt sein«, rief Rank. »Sie hat sich und ihre Kleider frisch gewaschen. Etwas müsste zu sehen sein. Oder sie müssten nass sein. Blut wäscht man nicht so schnell heraus!«

Das Argument zählte. Plötzlich waren alle überzeugt, dass Ardan eine wundersame Heilung widerfahren sei und er aus irgendwelchen Gründen seine Peiniger befreit hatte und mit ihnen geflohen war.

Elanora wollte froh sein, dass der Verdacht von ihr genommen war, aber sie konnte nicht. Dass Ardan für die Flucht der Krähe verantwortlich war, schien ihr noch absurder als der Verdacht, sie sei es gewesen.

Noch ehe die Sonne aufging, nahmen die Nopam-Han die Spur der Geflohenen auf. Sie hatten einige Stunden Vorsprung, aber das hatte nicht viel zu bedeuten. Umso größer war die Enttäuschung, als die Spur schon in der nächsten Bucht endete und man erkennen musste, dass sie ein Schiff gehabt hatten.

»Sie hätten die ganze Zeit gehen können«, rief Elanora voller Zorn, als sie es erfuhr. »Sie hätten heimkommen können. Nur die verfluchten Steine haben sie davon abgehalten.« Dann fügte sie hinzu: »Ich will nach Hause.«

Toruju nickte.

»Du lässt mich gehen?«, fragte Elanora.

»Neneca, ich werde dich nicht aufhalten«, erwiderte er.

»Du hast die Steine«, sagte Elanora. »Aber ich brauche sie nicht zurückzubringen?«

»Einer fehlt noch«, sagte Toruju. »Wir haben ihn überall gesucht.«

»Aber es waren doch alle vier Steine auf den Stelen.«

Toruju nickte. »Einen hat der Shakushapatan-Schamane genommen, das weißt du doch.«

»Du verdächtigst mich schon wieder?«

»Nein. Du hattest nichts dabei, als du das Lager verlassen hast. Aber irgendjemand hat ihn genommen.«

»Die Schlammkrieger? Vielleicht ist einer von ihnen damit geflohen?«

»Kann sein. Aber ich glaube es nicht. Ich glaube, die Krähe hat ihn. Irgendjemand steht noch in ihrem Dienst, den wir nicht kennen. Du weißt, warum ich das glaube?«

»Ich bin es nicht«, flüsterte Elanora.

»Ich glaube dir«, sagte Toruju.

Elanora war sicher, dass er es ernst meinte. Aber sie spürte auch, dass das Band zwischen ihnen zerrissen war.

»Ich habe die Abmachung also nicht erfüllt. Trotzdem lässt du mich gehen? Ich habe dich enttäuscht.«

Toruju schüttelte den Kopf. »Der Stein ist jetzt außerhalb unserer Reichweite. Das werden auch die Niak-Tam verstehen. Wenn du jetzt nach Hause willst, bringe ich die drei Kaujok allein zurück.«

»Aber was werden sie machen, wenn sie erfahren, dass du uns gehen lässt, ohne dass ich mein Versprechen erfüllt habe?« Sie überlegte. »Du könntest sagen, wir sind euch entkommen.«

»Das wäre ein schlechter Nopam-Han, der euch im Dschungel entkommen lässt. Aber du verstehst da etwas falsch. Wir sind zwar die Diener der Niak-Tam, aber ich glaube, dieser Begriff hat bei euch eine andere Bedeutung als bei uns. Die Niak-Tam wissen, was sie an uns haben, und respektieren unsere Entscheidungen. Wir sind frei. Wir sind frei, ihnen zu dienen, unsere Pflicht zu erfüllen, und frei, nein zu sagen. Ich glaube, das ist der große Unterschied zwischen uns und deinen Dienern.«

Elanora nickte. Sie versuchte es zu verstehen.

»Aber du«, sagte Toruju. »Du bist hergekommen, um deinen Vater und deine Brüder heimzubringen. Und jetzt ...«

»... sind alle außerhalb meiner Reichweite. Ich war viel zu lange fort. Und ich werde mit leeren Händen heimkommen. Wenn ich noch länger warte, wird es nicht besser. Mutter hat ein Recht, es zu erfahren. Und dann werden wir sehen, was mit uns passiert.«

»Werden wir uns wiedersehen?«

»Ich weiß es nicht.«

Plötzlich war es Elanora klar, dass dies der Abschied war. Sie hatte Heimweh nach Wilderklamm, aber zugleich vermisste sie jetzt schon den Dschungel, seinen Geruch, seine Geräusche, sein verschwenderisches Leben.

Toruju verstand sie auch ohne Worte.

Elanora nahm ihn in die Arme. »Aber ich möchte einmal mit euch tanzen. Eines Tages. Wenn ich darf ...«

Toruju nickte.

***

Die Nopam-Han verließen das Dorf. Sie kehrten zurück an den Ort, den die Blasshäute Kamaluqs Schlund nannten. Auch Elanora drängte zum Aufbruch. Aber Janera war noch zu schwach, um den langen Weg zu schaffen. Da Elanora sie und Mirhabeth nicht zurücklassen wollte, brachen sie erst einige Tage später auf. Sie wanderten die Küste entlang nach Nordwesten. In spätestens einer Woche wollten sie den Flecken Dschimbas erreichen, dort sollte es möglich sein, ein Schiff zu bekommen, das sie nach Chorhop zurück brachte.

Rank war mit der Entwicklung der Dinge recht zufrieden. Der schwarze Stein war ihm mehr oder weniger vor die Füße gerollt und er hatte sich – angesichts des Aufhebens, das alle um die Dinger machten – gehütet, ihn länger mit bloßen Händen anzufassen oder auch nur anzusehen. Der starke Heiltrank, mit dem er Ardan wieder auf die Beine gebracht hatte, war eigentlich *seine* Lebensversicherung gewesen, aber jetzt hatte er ihn nicht mehr nötig. Der magische Stein hatte dann den Rest erledigt, so begierig war der Junge gewesen, ihn dieser Krähenmagierin zurückzubringen. Aber durch die Sache mit dem Messer wäre die ganze Angelegenheit fast noch schiefgegangen. Wie hätte er auch ahnen können, dass er gerade Elanoras Messer erwischte und der Dummkopf es auch noch liegen ließ, nachdem er die Wachen getötet hatte? Aber jetzt waren die Zwillinge endgültig verschwunden und damit alle Erben aus dem Spiel.

Halminger würde zufrieden mit ihm sein.

Aber da gab es noch ein paar Angelegenheiten, die ihn wurmten: Was hatte es mit diesen verdammten Steinen auf sich? Und was war oben in Kalamuqs Schlund geschehen? Am allermeisten beschäftigte ihn jedoch die Frage, was sein Schützling in der Zeit gemacht hatte, als er kein Auge auf sie hatte haben können? Sie platzte geradezu vor Selbstvertrauen. Manchmal wirkte sie traurig. Rank ahnte, dass sie dann an ihren Vater und die Brüder und das dachte, was zu Hause auf sie wartete. Aber umso öfter lachte sie, und sie schien alles weniger verbissen zu sehen als zu Beginn der Reise. Was hatte Elanora gesehen und erlebt? Sie schwieg beharrlich.

Dann gab es noch etwas, was Ranks Neugierde plagte: Die Blicke, die Elanora und dieser Wilde sich beim Abschied zugeworfen hatten, sprachen eine eigene Sprache. Hatten sie etwa ...? Er hätte es so gerne gewusst.

Aber: Soll es sein, wie es ist, sagte er sich. *Jetzt ist der Lendenschurzträger weg, und ich habe freie Bahn. Noch ein paar Tage, und sie ist Wachs in meinen Händen.*

***

Am 10. Rondra lief die Thalukke »Emilia« in Chorhop ein. Das Boot machte an einem kleinen Steg im Westen des Hafens fest, fern von den großen Handelskoggen. Die Heimkehrer brachten ihr Gepäck an Land, dann standen sie schweigend beisammen.

War dies der Abschied?

Nicht ganz.

Eine letzte Aufgabe hatte Elanora noch zu erfüllen, ehe sie nach Hause durfte.

»Antonio«, sagte sie. »Würdest du mich zu Khorim Al'Rashid begleiten? Ich möchte nicht, dass Yerno von unserer Rückkehr erfährt, ehe ich weiß, wie ich mit ihm verfahren werde.«

Janera und Elanora hatten inzwischen alle in Yernos Intrige eingeweiht. Antonio hatte es zunächst nicht glauben wollen, aber inzwischen schien er es zu akzeptieren. »Ich mit dir kommen, Meister«, sagte er unglücklich.

Elanora wandte sich an die anderen. »Ich habe noch etwas zu erledigen. Aber ich würde euch gern noch einmal sehen, bevor ich nach Hause gehe.«

»Solange du mich brauchst, werde ich da sein, Prinzessin«, sagte Rank. »Ich nehme ein Zimmer in Tsanjas Schenke.«

»Danke, Bettelknabe.« Elanora hauchte ihm einen Kuss auf die Wange.

Janera und Mirhabeth begleiteten Rank. Elanora schaute ihnen hinterher, bis sie in der Menge verschwunden waren. Der Zwist zwischen Rank und der Magierin war ausgeräumt.

Elanora war nicht ganz unbeteiligt daran.

***

»Khorim Al'Rashid, ich möchte mich bei Euch entschuldigen«, sagte Elanora.

»Es gibt nichts zu entschuldigen – außer der förmlichen Anrede, Elanora Al'Azila. Aber auch die verzeihe ich Euch, aus purer Freude, Euch wohlbehalten wiederzusehen. Ihr wart lange unterwegs. Aber Ihr seid allein. Hat Eure Expedition keinen Erfolg gehabt?«

»Nicht den Erfolg, den ich mir erhofft habe«, sagte Elanora. »Ich musste erfahren, dass die Expedition meines Vaters von Anfang an unter einem schlechten Stern stand. Durch Verrat und Intrige ist er ums Leben gekommen, und um meiner

Brüder Seelenheil muss ich fürchten. Ich habe sie gesehen, aber ...« *Oh!,* dachte Elanora. *Wenn ich weiterhin Khorims gestelzten Stil nachahme, werde ich nie fertig.* »Khorim, es ist eine sehr lange Geschichte. Ich werde sie Euch gern irgendwann erzählen, aber ... Ich muss Euch erneut um Hilfe bitten. Hinter der ganzen elenden Sache steckt jemand, der sich *der Horasier* nennt. Er ist niemand anderes als unser gemeinsamer Freund Yerno. Yerno ist schuld am Tod meines Vaters, und auch daran, dass niemand von dieser Expedition zurückkehren wird.«

Es war das erste Mal, dass sie Khorim sprachlos sah.

»Ich habe Einfluss in der Stadt«, sagte er nach einer Weile. »Der oberste Kadi ist ein guter Freund von mir. Wenn Ihr Zeugen und Beweise habt, kann ich vielleicht dafür sorgen, dass ein Tribunal einberufen wird.«

Elanora schüttelte den Kopf. »Die Einzigen, die es bezeugen könnten, sind eine alte Magierin und eine Waldläuferin. Aber ich glaube nicht, dass sie freiwillig als Zeugen auftreten werden, denn sie sind an der Sache nicht ganz unbeteiligt.«

»Dann wird es schwierig.«

»Ich werde Yerno zur Rede stellen.«

»Auf keinen Fall! Es gibt andere Möglichkeiten, für Gerechtigkeit zu sorgen.«

»Auf keinen Fall! Wir können Verrat nicht mit einem Meuchelmord vergelten.«

»Wer redet von Meuchelmord?«, rief Khorim entrüstet, obwohl sich Elanora sicher war, dass er genau das gemeint hatte. »Wie wäre es mit Rufmord?«, schlug er vor. »Ich könnte ihn bloßstellen. Es würde keine Rolle spielen, ob die Beweise echt sind oder nicht. Er wird in Chorhop keinen Fuß mehr auf den Boden bekommen.«

»Und wie wollt Ihr das anstellen?«

»Ich könnte ein kleines Fest veranstalten. Zur Feier Eurer Rückkehr. Wenn dann in aller Öffentlichkeit die eine oder andere Sache bekannt wird ...«

»Ihr meint, Ihr wollt es so machen, wie mit *mir?*«

»Oh, Donna Elanora, werdet Ihr mir dieses kleine Vergnügen nie verzeihen?«

»Nein«, sagte Elanora.

Khorim sah sie enttäuscht an.

Dann stahl sich ein Lächeln auf Elanoras Lippen. Sie fragte: »Das würdet Ihr tun?«

»Es wäre mir ein Vergnügen!«, rief Khorim.

»Und welchen Preis und welche Gunst verlangt mein Gönner dieses Mal von mir?«

»Dieses Mal? Nichts! Nur Euer Wohlwollen! Ich tue es nicht nur Euch zuliebe. Dieses Mal nicht. Es ist auch etwas Persönliches zwischen mir und Yerno. Kein Spiel!«

»Kein Spiel?«, wiederholte Elanora. »Aber vielleicht sollte ich dieses Mal ein Spiel spielen. – Janera wird sich mit Sicherheit nicht öffentlich gegen Yerno äußern, aber ... Habt ihr hier in Chorhop einen Schneider, der standesgemäße Magierroben führt? Schwarze zum Beispiel?«

Sie erklärte Khorim, was sie vorhatte.

»Ihr seid eine gute Schülerin, Donna Elanora«, sagte Khorim. »Ihr habt viel gelernt. Schon bald muss ich *Euch* fürchten.« Und diese Aussicht schien ihm mindestens so gut zu gefallen wie Elanoras Plan.

***

»Wo ist mein Ehrengast? Wo ist Donna Elanora?«, fragte Khorim. »Sie müsste längst hier sein.«

Immer wieder ging er in der Eingangshalle auf und ab. Das Zimmer, in dem Elanora vor ihrer Reise in den Dschungel gewohnt hatte, war bereit, dort konnte sie warten, bis alles vorbei war. Aber jetzt bereitete sich dort nur die Magierin auf ihren Auftritt in dieser Scharade vor. Die meisten Gäste befanden sich im Innenhof.

Auch Yerno, der die überraschende Einladung tatsächlich angenommen hatte.

Khorim durfte sie nicht viel länger warten lassen.

»Yamila!«, rief er. »Hat sie zu dir etwas gesagt?«

»Nein.«

»Kushko! Ist da etwas, das ich nicht weiß?«

»Don?«

»Du hast sie sicher besser kennengelernt, als mir lieb ist, Kushko. Ist da etwas, das ich wissen sollte?«

»Ist dieser Herumtreiber auch hier? Dieser Rank?«

»Nein. Warum sollte er?«

»Nun, Herr, er hat der Wohlgeboren Elanora auf dem Heimweg ununterbrochen den Hof gemacht. Und – ich fürchte, er hatte Erfolg.«

»Was?« Khorim schluckte.

»Er hat es erst bei Mirhabeth, der Freundin dieser Magierin, versucht. Mit Erfolg. Aber auf dem Heimweg. Am Schluss ...«

»Schweig! Ich will es nicht hören.« Die Eifersucht schnürte Khorim die Luft ab. Das hatte ihm seine Wildrose nicht anvertraut! Hatte sie Angst, dass er ihr nicht helfen würde, wenn er erfuhr, dass sie einen Liebhaber hatte?

Würde er das tun? Er spielte mit dem Gedanken. Sollte er die Magierin einfach vom Hof jagen und die ganze Angelegenheit vergessen? Nein!

Er tat es nicht nur für sie. Und er hatte sein Versprechen gegeben. – Ohne eine Bedingung. *Ich werde langsam weich und sentimental,* dachte er noch.

»Schau mal, ob die Magierin fertig ist«, rief Khorim. »Wir werden nicht länger warten.«

Dann ging er zurück in den Innenhof. Im Schein der Kerzen und Fackeln hatten sich gut dreißig Menschen versammelt. Wichtige Persönlichkeiten Chorhops waren darunter, auch der Kadi.

Khorim ging zu Yerno und zwang sich zu einem Lächeln. »Nun, *Habibi*, unser Ehrengast lässt auf sich warten. Aber das ist das Vorrecht der Frauen. Als kleine Entschädigung für dich habe ich einen weiteren Gast, der die bekannt sein sollte.«

Er klatschte in die Hände.

Khorim sah, wie alle Farbe aus Yerno Toreans Gesicht wich. Er schluckte und bewegte die Lippen, ohne dass ein Ton dazwischen hervordrang. Aber so gelungen dieser Streich auch war, er machte ihm keine rechte Freude. Elanora hatte ihm den Spaß daran verdorben.

***

Ranks Küsse wanderten über ihren flachen Bauch, zählten ihre Rippen, verharrten auf ihren Brüsten.

»Wir müssen gehen«, sagte Elanora. »Khorim wird schon warten.«

»Prinzessin, jetzt hast *du* mich so lange warten lassen, da muss ich es doch genießen.«

»Worauf *wartest* du dann noch?«, flüsterte Elanora.

Seine Lippen wanderten wieder tiefer. Eine Zeitlang forschte seine Zunge unterhalb ihres Bauchnabels, bis Elanora aufkreischte.

»Nicht!«, rief sie.

»Was?«

Seine Zunge fuhr über dieselbe Stelle. Elanoras Bauchmuskeln zuckten. »Das!«, rief sie.

»Das?«

»Ja, das!«, kicherte Elanora. »Hör auf!«

»Damit?«

»Ja!«

»Ist das besser?«

»Nein!«

»Jetzt?«

»Ja.«

»Das gefällt dir?«

»Ja.«

»Soll ich noch etwas ...«

»Ja! Mach schon!«

Sie presste ihre Schenkel an sein Gesicht.

Plötzlich klopfte es.

Elanora fuhr zusammen, sie rutschte zurück und befreite sich von Rank.

»Wer kann das sein?«, fragte sie. »Mach nicht auf.«

»Jetzt schon?«, murmelte Rank, stand auf und zog seine Hose an. Ohne darauf zu warten, dass auch Elanora ihre Blöße bedecken konnte, öffnete er die Tür. »Hier ist jemand, den du kennst«, sagte er und ließ seinen Gast ein.

»Ah! Wohlgeboren Elanora! Übt Ihr Euch schon in Eurem neuen Metier?«, sagte Jakus Halminger.

Elanora erstarrte. Ihre Hand tastete nach der Decke, aber die war vom Bett gerutscht. Sie verschränkte die Arme vor der Brust und zog die Beine an.

»Rank?«, war das Einzige, was sie hervorbrachte.

»Es tut mir leid, Prinzessin«, sagte Rank. Er blieb am Bettrand stehen und sah Elanora traurig an.

»Es braucht dir nicht leidzutun, Rank. Das war gute Arbeit. Wenn auch letztendlich vergeblich.« Halminger klang anerkennend. Er wandte sich wieder an Elanora. »Nun, meine Liebe, du hättest dich doch etwas eher entscheiden müssen, statt dich so lange im Wald herumzutreiben. Jetzt bleibt mir nur noch eins. Ich mag dabei aber keine Zuschauer.« Er trat hinter Rank und legte ihm freundschaftlich die Hand auf die Schulter. »Könntest du uns bitte allein lassen, mein Lieber?«

Rank nickte.

»Ach, Rank. Noch etwas. Ich mag es nicht, wenn man meine Braut anfasst.« Halmingers Stimme troff vor Güte, und während er sprach, zog er einen Dolch aus dem Gürtel und schnitt Rank mit einer gekonnten Handbewegung die Kehle durch.

Das Blut spritzte über das Bett und Elanoras Leib. Das Blut färbte ihr rotes Haar noch roter. Rank blieb einfach stehen. Er starrte sie ungläubig an. Er schien nicht zu begreifen, dass es sein Blut war, das vergossen wurde.

Dann sackte er zusammen.

»Jetzt zu uns beiden.« Halminger stieg über Ranks reglosen Körper aufs Bett und knöpfte sein Hemd auf.

***

»Oh! Welch angenehme Überraschung«, sagte Janera und ging gemächlich auf Yerno Torean zu.

Ihre Stimme war so kalt, dass Khorim eine Gänsehaut bekam. Wenn stimmte, was Kushko ihm berichtet hatte – Kushko hatte viele Talente, das Ausschmücken von Geschichten gehörte nicht dazu – traf die Vettel den Tonfall dieser ominösen Magierin genau. Auch äußerlich war die Alte verwandelt. Sie war gebadet und frisiert, das graue, zu einem Pferdeschwanz gebundene Haar lag glatt an ihrem Kopf an. In der schwarzroten Robe sah sie düster und gefährlich aus. Aber es waren ihre Augen, die sie noch größer und unheimlicher machten. Die Augen, und die Stimme, so hart und spröde wie ein Messer aus Glas.

»Du ... was ... Kennen wir uns?«, stieß Yerno hervor.

»Du bist ein schlechter Schauspieler, Horasier«, sagte Janera.

Und Khorim meinte, dass die Vettel in diesem Augenblick genau diese Berufung erfahren hatte.

»Ich ... Ihr müsst mich verwechseln.«

»Aber nein. Wir sind doch Freunde ...« Die Alte blieb einen Schritt vor Torean stehen. Sie sah ihm direkt in die Augen, ein Lächeln erschien auf ihrem Gesicht. Dann sagte sie etwas.

Khorim konnte es nicht hören. Vielleicht bewegte sie auch nur die Lippen.

Toreans Mine verwandelte sich. Er strahlte die Magierin an wie eine lange vermisste Freundin.

Khorim bekam es mit der Angst zu tun. Dieses Weib wollte er nicht zum Feind haben. Wie war noch mal ihr Name? Janera? *Maga* Janera Durenald. *Khorim, schließe nie vom Äußeren auf das Wesen eines Menschen, du bist selbst ein gutes Beispiel*, sagte er sich. *Und schau zu, dass dir diese Vet... – die ehrenwerte Donna Maga Durenald gewogen ist!*

Yerno Toreans Stimmungswechsel schien, abgesehen von Khorim, keinem der Anwesenden aufgefallen zu sein. Die meisten Gäste hatten sich wieder ihren eigenen Gesprächen zugewandt. Aber die Worte der Magierin durchschnitten das Stimmengewirr: »Also, Torean: Frei heraus. Du brennst doch sicher darauf, zu erfahren, wie es gelaufen ist? Komm. Frag mich. Wir sind hier unter Freunden.«

»Hast du diesen Ort gefunden?«

»Ja. Hat lange gedauert.«

»Da ist Wolfhart daran schuld. Wenn Wolfhart nur etwas besser zugehört hätte! Ich hab ihm Antonio praktisch auf dem Silbertablett präsentiert. Und er hat überhaupt nicht begriffen, dass der Junge ihn geradewegs zu diesem Fünffingerberg bringen kann. Aber Elanora war williger. Und deine Schwester hab ich dir auch noch geschickt. Das war doch klug von mir?«

»Horasier, meine Schwester ist eine dumme Kuh!«

»Was ist aus ihr geworden? Und aus Antonio? Und Elanora? Ihretwegen sind wir doch hier.«

»Tot«, sagte Janera. »Alle tot.«

»Das ist schade. Aber warum ...?«

»Wir brauchen sie nicht mehr. Ich habe es gefunden.«

»Du hast es dabei?«

»Ja.«

»Das ist wunderbar. Und weder Korninger noch das Koscher Junkerspack hat eine Ahnung, dass ich sie hereingelegt habe. Du hast sie im Dschungel verrotten lassen?«

Janera nickte. »Und das alles ist dein Verdienst, Horasier. Ich bin stolz auf dich.«

»Ja«, sagte Yerno. »Mein Verdienst. Ganz alleine meiner. Ganz alleine ...« Er redete weiter. Ihm fiel nicht auf, dass die Stimmen der Umstehenden leiser wurden und schließlich verstummten. Auch der oberste Kadi schien Toreans Redefluss interessanter zu finden als das Gespräch, das er gerade noch geführt hatte.

Yerno Torean redete sich um Kopf und Kragen und schien sehr glücklich dabei zu sein.

Khorim nickte dem Kadi zu, dann verließ er den Ort des Geschehens.

Er hatte seine Arbeit getan.

***

»Bleib mir vom Leib«, rief Elanora.

»Aber warum? Früher hat es dir doch gefallen. Und mit dem armen Rank hast du es auch getrieben.«

Elanora rutschte auf dem Bett zurück, bis sie mit dem Rücken gegen das Kopfteil stieß.

»Komm schon! Zier dich nicht. Ich habe schon alles gesehen!«

Er krabbelte näher, in der linken Hand das blutige Messer.

Elanora kauerte sich noch weiter zusammen. Die Hände, mit denen sie versuchte, ihre Blöße zu bedecken, hatten Ranks Blut auf ihrer Haut verschmiert. Es sah fast so aus wie die Aschebilder der Schlammkrieger.

Oder wie die Tanzbemalung der Nopam-Han.

Ich werde sie nicht wiedersehen, dachte Elanora. *Er fällt über mich her, dann bringt er mich um. Aber warum? So wird er nie an Erbe und Titel in Wilderklamm kommen. Oder ist es schon zu spät? So lange war ich doch nicht weg! Sitzt Vitus von Oberbruch schon auf Burg Wilderklamm und hat Mutter und Canteha davongejagt? – Dann spielt es eh keine Rolle mehr.*

Halminger bekam ihren Fuß zu fassen und zog ihn zu sich her, seine rechte Hand glitt über ihre Wade.

Sie schloss die Augen.

Ergab sich.

Wartete.

Sie sah die Nopam-Han, mit ihren hölzernen Masken.

Sie sah den uralten Niak-Tam aus ihrem Traum, wie er sie umwarb, wie er sie umtanzte.

Roter Flaum auf bleicher Haut.

Dies ist nicht dein Tanz, Elanora.

Man läuft nicht in etwas durch den Dschungel, für das man sich zu Hause schämen müsste.

Sie spürte die Hand Halmingers auf ihrem Knie.

Ich möchte noch einmal mit euch tanzen, Toruju.

Etwa bemalt und im Lendenschurz, wie die Wilden im Dschungel?

Halmingers Hand wanderte ihren Schenkel hoch.

Du brauchst dich nicht zu schämen, Elanora.

Du trägst ein Kleid.

Du trägst ein Kleid aus Ranks Blut.

Seine Hand hatte ihre Hüfte erreicht, dann glitt sie zwischen ihre Beine.

Elanora öffnete die Augen.

Ich bin nicht nackt.

Ich trage ein Kleid aus Blut!

Sie ließ die Hände sinken.

Halminger stierte sie an, seine Hand drängte heftiger zwischen die zusammengepressten Schenkel.

Elanora rutschte ein Stück zur Seite und kippte über die Bettkante. Im Fallen trat sie mit dem Fuß aus. Halmingers Messer ritzte ihre Haut, aber ihr Fuß fand sein Ziel.

»Du verdammte Metze!«, brüllte Halminger. Dann wurde aus dem Brüllen ein Wimmern und Gurgeln. Blut quoll zwischen den Fingern hervor, mit denen er seinen Mund hielt. »Ich bring dich um!«, knurrte er dumpf und spuckte zwei Zähne aus.

Elanora hastete in die Zimmerecke. »Tsanja!«, rief sie. »Tsanja! Enrisco! Irgendwer! Hilfe!«

»Bis sie da sind, habe ich dich in ganz kleine Stücke geschnitten«, stieß Halminger hervor. Seine Stimme klang seltsam, er hatte die Hand vom Gesicht genommen. Sein Kinn hing schief und an einer Stelle, an der es zuvor nicht gewesen war. Blut floss über seine Lippen und färbte seine Zähne rot.

»Tsanja!«, rief Elanora noch einmal.

»Tsanja«, äffte sie Halminger nach. »Er kommt gleich und zieht mir die Haut ab.« Er stieg vom Bett und kam näher.

Elanora hetzte zur Tür.

Sie drückte die Klinke.

Die Tür öffnete sich nicht.

Sie rüttelte am Türgriff.

»Suchst du das?«, presste Halminger hervor.

Verdammt, er hat abgeschlossen und den Schlüssel mitgenommen, dachte Elanora. Sie hämmerte gegen die Tür. »Tsanja! Verdammt! Er bringt mich um! Er bringt mich wirklich um!« Sie drehte sich mit dem Rücken zur Tür, und Halminger kam immer näher. Er bewegte sich langsam, schien es zu genießen, jeden Schritt. Sein Gesicht war eine Fratze, was nicht nur an dem schiefen Kinn lag. *Er ist irre,* dachte Elanora. *Irgendwas ist mit ihm geschehen, und jetzt ist er völlig irre!*

Elanora konnte sich nicht rühren. Er war bei ihr, fasste sie am Kinn, drückte ihren Kopf nach oben und fuhr mit der stumpfen Seite des Messers über ihren Hals.

»Wie es fließen wird«, flüsterte er. »Wie es gleich fließen wird.« Dann küsste er mit blutigem Mund ihren Hals.

Schritte waren durch die Tür zu hören. Dann eine Stimme: »Elanora? Rank? Ist alles in Ordnung?«

Tsanja!

»Es ist alles in bester Ordnung«, flüsterte Halminger. »Sag es!« Das Messer ritzte ihre Haut unterhalb des Bauchnabels, genau dort, wo Rank sie geküsst hatte.

»Alles in Ordnung!«, stieß Elanora hervor.

Der Stahl verschwand von ihrem Unterleib. Sie stieß den Kopf nach vorn und traf mit der Stirn Halmingers Nase.

Halminger brüllte auf, ließ das Messer fallen, presste beide Hände auf das geschundene Gesicht, und wich zurück.

»Elanora! Da ist doch was nicht in Ordnung!« Die Türklinke wurde gedrückt. »Elanora! Mach auf!«

Elanora bückte sich, hob das Messer auf, und ging auf Halminger los.

Er wich zurück.

Mit einem Fuß blieb er an Ranks Bein hängen und stolperte. Er fiel rückwärts, über eine Ecke des Bettes. Es knackte, als er mit dem Kopf auf dem Boden aufschlug.

Jemand schlug gegen die Tür und versuchte sie aufzubrechen.

Halmingers Körper lag über der Ecke des Bettes und rührte sich nicht. Elanora ging zu ihm und setzte sich auf seinen Bauch. Oberkörper und Arme hingen verdreht über die Bettkante, sein Kopf berührte den Boden, aber wo er aufgeschlagen war, war kein Blut zu sehen.

Seine Augen waren geschlossen.

»Sieh mich an«, flüsterte Elanora. »Sieh mich an, wenn ich dich umbringe.« Das Messer ritzte seine Haut unterhalb des Brustkorbs.

Halminger zuckte, aber er öffnete nicht die Augen. Ein dünnes rotes Rinnsal floss aus seinem Mundwinkel und aus den Ohren.

»Feigling«, sagte Elanora.

Mit einem Krachen ging die Tür auf und schlug gegen die Wand.

Enrisco und Tsanja standen in der Tür und starrten sie an.

Elanora wusste, wie es aussehen musste. Drei Menschen, alle nackt und blutbeschmiert, und sie saß auf dem Bauch des einen, mit einem Messer in der Hand. Elanora begann hysterisch zu lachen.

Und Halminger starb, ohne die Augen noch einmal zu öffnen.

***

Das ist der Abschied, dachte Elanora. *Endgültig.*

Das Schiff, das sie in die Heimat bringen sollte, wartete schon. Aber hier waren noch einmal fast alle versammelt. Tsanja und Enrisco waren gekommen. Wohin sie die Leichen von Rank und Halminger hatten verschwinden lassen, war Elanora ein Rätsel. Mirhabeth lachte sie an, Arm in Arm mit Janera, die eine neue, schlichte dunkelgrüne Robe trug. Ihr Haar hatte sich auf wundersame Weise wieder in den gewohnten zerzausten Busch verwandelt.

Auch Antonio war da. Er verstand noch immer nicht, warum sich sein Herr vor dem obersten Kadi für die Anstiftung zum Mord zu verantworten hatte. Und Kushko, der ihre Umarmung mit gewohnter Ruhe über sich ergehen ließ. Rumari, Wapiya und Takate hielten sich im Hintergrund, bis Elanora auch sie an sich drückte. Und Yamila war hier, die schöne Tochter ihres Gönners.

Nur Khorim fehlte.

Natürlich waren ihm die Umstände ihres Fernbleibens bei dem Fest nicht verborgen geblieben. Vermutlich kannte er alle Details inzwischen besser als sie.

Immerhin hatte sie sich in einem nicht getäuscht: Khorim war ein großer Junge, der nicht alles bekommen hatte, was er sich wünschte. Jetzt trug sie sogar sein Geschenk, wenn auch nicht allein ihm zur Ehre, sondern dem Umstand verdankt, dass ihre gesamte Reisegarderobe entweder verdreckt, zerrissen, blutgetränkt oder alles zusammen war.

Elanora stellte sich vor, was die Leute auf Wilderklamm sagen würden, wenn sie dort ankam. Aber gleichzeitig ahnte sie, dass sie sich spätestens in Havena wieder angemessen einkleiden würde.

Nun, vielleicht konnte sie sich ein anderes Mal bei Khorim bedanken.

Sie nickte ihren Freunden noch einmal zu und wandte sich ab, um die Tränen zu verbergen, die in ihren Augen standen. Tief holte sie Luft.

Der Geruch des Hafens erinnerte sie an einen Tag, der keine drei Monate, sondern ein ganzes Leben zurückzuliegen schien. Die Elanora, die von Bord der »Cordaella« gegangen war, war ihr fremd geworden: Sie hatte von farbenfrohen Abenteuern geträumt, von kühnen Heldentaten und wilden Völkern, denen sie einen Hauch der Zivilisation bringen konnte.

Stattdessen hatten sich die zivilisierten Menschen, die sich als ihre Freunde und Gönner ausgegeben hatten, als barbarisch und grausam erwiesen und hatten sie betrogen und verraten.

Aber etwas hatte sie gefunden, das alles Leid aufwog: Eine Welt, in der Leben und Tod eng umschlungen einen Tanz aufführten. Eine Welt so schön wie unerbittlich, als sei sie im Liebesspiel von Tsa und Boron selbst erschaffen worden. Im Dschungel hatte alles und jeder seinen Platz: Die Mohaha ebenso wie Vögel, Schmetterlinge und Affen. Die Blutegel, die giftigen Frösche, die Würmer, die Leben aßen, und die spuckenden Schnecken – ja, selbst die Lasha-Waru, sie alle hatten ihren Platz.

Und Elanora?

Nach Hause! Hatte sie überhaupt noch ein Zuhause?

Ich habe auf ganzer Linie versagt, sagte sie sich.

Nun gut, sie wusste um das Schicksal ihres Vaters und um die Wahl, die ihre Brüder getroffen hatten. Aber spielte das eine

Rolle? Wäre die Ahnungslosigkeit und die damit verbundene Hoffnung nicht besser gewesen?

Und wer verlangte überhaupt nach Antworten? Die Leute im Dorf? Eine deprimierende Wahrheit musste sie sich nach all den Disputen um Herren und Diener eingestehen: Solange die Menschen Heimat und Auskommen hatten, war es ihnen gleichgültig, wen sie Herr nannten. Das galt für die Menschen in Chorhop ebenso wie für die Bauern daheim. Vielleicht gab Vitus sogar einen guten Junker ab.

Es ging um sie, ihre Mutter und Canteha.

Was würden sie sagen?

Ohne sich noch einmal umzudrehen, ging sie an Bord.

***

»Euer Wohlgeboren, Ihr seid zurück!«, rief Lana. »Den Göttern sei Dank! Wir waren schon sicher, Ihr würdet nicht zurückkehren. Aber sprecht, was ist mit dem Herrn Junker – und den werten Brüdern? Leben sie noch, oder ...?« Lana spähte zur Tür, als erwarte sie, dass die Vermissten gleich eintraten. Dann errötete sie und murmelte: »Verzeiht, ich wollte nicht plappern. Wie kann ich Euch dienen?«

»Wo ist die Hausherrin? Wo ist meine Mutter?«

»Sie ist ... äh ... Sie ist ...«

»Sie ist doch nicht etwa tot?« Ein Kloß bildete sich in Elanoras Hals.

»Nein, nein, ihr geht es gut. Aber Ihr sprecht lieber zuerst mit dem Junker.« Lanas Mine nahm einen etwas traurigen Zug an.

Der Kloß, der sich bei Lanas ersten Worten auflösen wollte, rutschte in Elanoras Bauch und nahm dort eine gewaltige Größe an.

Natürlich! Es war so, wie sie befürchtet hatte! Es war zwar erst Ende Rondra, aber sie kam zu spät. Vitus hatte erfahren, dass der Titel des Junkers von Wilderklamm verwaist war. Er hatte Tal und Titel an sich gerissen. Elanora war heimat- und mittellos. Seltsamerweise berührte diese Erkenntnis sie kaum.

»Wo ist er?«, fragte sie.

»Oben. In der Schreibstube.«

Elanora eilte die Treppe hinauf und riss ohne anzuklopfen die Tür zum Schreibzimmer ihres Vaters auf.

»Vitus! Du elender drecki...«

Sie keuchte auf. »Canteha?«

Der Angesprochene erhob sich lächelnd und kam ihr entgegen. »Elanora! Es freut mich, dass sich wenigstens dieses Mal die Gerüchte als unbegründet erweisen. Dir geht es gut?«

Elanora nickte nur. Sie war nicht in der Lage, auch nur einen Ton zu sagen.

»Und wie geht es unserem Vater? Und den Brüdern? Leben sie noch?«

»Vater ist tot. Aber Ardan und Darian leben noch.«

»Wo sind sie?«

»Sie werden nicht kommen. Ich fürchte, sie werden nie zurückkommen. Aber das ist eine lange Geschichte. Aber du hast *unser* Vater gesagt. Hast du endlich akzeptiert, dass er dich wie seinen Sohn sah?« Plötzlich kam ihr etwas anderes in den Sinn. Warum saß Canteha hier statt Vitus? »Unser Vater?«, wiederholte sie leise.

Canteha wurde ernst. Er ging zum Schreibtisch zurück und begann in den Papieren zu kramen. »Ich weiß nicht, wieso er es mir nie gesagt hat. Jakus hat uns allen zugesetzt. Wir mussten uns redlich mühen, seinen Drohungen und Angeboten zu widerstehen. Dann kam eines Tages deine Mutter zu mir und schickte mich mit einer versiegelten Depesche zum Fürsten. Als er sie öffnete ... Aber lies selbst.« Er reichte Elanora ein Dutzend Blätter.

Elanora schüttelte den Kopf. »Später. Was steht darin?«

»Dein Vater ist auch der meine. Er hat mich mit einer einfachen Frau aus Al'Anfa gezeugt. Als er erfuhr, dass sie gestorben und ich als Sklave verkauft worden war, hat er mich freigekauft und hierhergebracht. Er hat nie ein Wort darüber verloren. Aber einiges verstehe ich jetzt besser. Das hier sind Zeugenaussagen über meine Abstammung, von dem Vorstand des Dorfs, wo meine Mutter gelebt hat; von meinem ehemaligen Besitzer und so weiter. Und eine Urkunde, in der Vater mich als seinen Sohn anerkennt. Somit bin ich sein ältester Sohn – und damit Erbe der Ländereien und des Titels Junker von Wilderklamm.«

Elanora sagte noch immer nichts. Sie war nicht sicher, ob der Schreck oder die Erleichterung in ihr überwog.

»Ich nehme an, er wollte deinen – richtigen – Brüdern das Erbe nicht versagen und hat sich deshalb nie offiziell zu mir bekannt«, fügte Canteha mit bitterem Unterton hinzu.

Elanora nickte nur. Was sollte sie auch sagen?

»Wo ist Mutter?«

»In ihrem Zimmer. Soll ich dich begleiten?«

»Danke, Canteha. Aber ich möchte allein mit ihr sprechen. Wenn du nichts dagegen hast.«

»Natürlich nicht«, sagte Canteha.

Elanora wandte sich zum Gehen.

»Elanora?«

Sie blieb stehen. »Ja?«

»Hast du gefunden, was du gesucht hast? Ich meine: Außer Vater, Ardan und Darian?«

Elanora zuckte die Achseln.

»Wirst du es mir erzählen?«

Jetzt drehte sie sich um und nickte. »Draußen bei den Ställen? So wie früher?«

»Es freut mich, dass du wieder da bist, Ela.«

»Danke, Canteha. Danke für alles.« Sie wandte sich ab und verließ das Zimmer.

***

Elanora, meine hoch geschätzte Tochter,
diese Papiere sind für dich. Ich weiß, du, meine Tochter, hältst mich für einen sturen Koscher Bauern, dem nichts über die Tradition geht. – Mit dieser Meinung stehst du übrigens nicht allein, aber das ist eine andere Geschichte. – Und es ist wahr: Ich halte die Traditionen unseres Geschlechts aufrecht. Aber, liebe Elanora, ich habe mich im zarten Alter von dreizehn Götterläufen das erste Mal auf und davon gemacht, weil ich das Meer sehen wollte.

Als ich zwei Monde später wieder nach Hause kam, hat mir mein Vater so den Hintern versohlt, dass ich eine Woche stehend schlafen musste. So stolz war er auf mich. Ich habe jahrelang darauf gewartet, dass du es mir gleichtust, denn es ist auch eine Tradition der Wilderklammer, auf Traditionen zu pfeifen und zu tun, was man will. In dieser Hinsicht hast du mich ein wenig enttäuscht. Aber ich hoffe, es wird sich noch ändern, denn ich halte dich insgeheim für das stärkste und mutigste meiner Kinder.

Wobei wir beim eigentlichen Anliegen dieses Schreibens sind.

Ich schwöre hiermit feierlich, dass ich mein geliebtes Weib nie betrogen habe, weder in Wilderklamm noch sonst irgendwo. Möge sie verzeihen, dass ich meine Gedanken von diesem Schwur ausnehme, denn ich bin nur ein Mensch.

Zu deiner und deiner Mutter Schutz habe ich jedoch Papiere vorbereitet, in denen ich bekenne, dass Canteha mein leiblicher Sohn ist. Für den Fall, dass weder Darian noch Ardan von unseren Reisen zurückkehren, sollte dies die Zukunft Wilderklamms, unserer Heimat, sichern.

Sollte sich Canteha jedoch entgegen meinen Erwartungen nicht zu einem klugen und gerechten Herrn des Hauses Wilderklamm erweisen, so findest du unter den Papieren, die ich dir hinterlassen habe, welche, die bezeugen, dass Canteha nicht mein Sohn ist, dass alle Beweise Fälschungen sind, angefertigt und intrigiert durch Canteha selbst.

Mögen die Götter mir diese Lügen verzeihen.

Ich hoffe, dass ich damit alles getan habe, um eure Zukunft zu sichern.

Leb wohl!
Dein Vater
Junker Wolfhart Eferdan von Wilderklamm

Elanora ließ den Brief sinken.

Das konnte nicht wahr sein!

Sie wollte lachen. Doch die Erkenntnis, dass dies seine letzten Worte an sie waren, dass sie ihn nie mehr sehen würde, verwandelte das Lachen in ein kurzes Aufheulen.

»Es tut mir leid, dass er nicht zurückkommt, Mutter«, sagte sie.

Ihre Mutter nickte nur.

»Ardan und Darian *werden* vielleicht zurückkommen, aber jetzt können sie wohl kein Unheil mehr anrichten. Ich könnte sie suchen gehen. Aber ich weiß nicht, welchen Sinn es hätte.«

Ihre Mutter nickte.

»Was meinst du? Soll ich sie suchen gehen?«

Ihre Mutter schüttelte den Kopf. Sie hatte die Augen halb geschlossen.

»Canteha scheint alles im Griff zu haben. Alles bis auf Lana. Glaubst du, sie wäre eine gute Junkerin?«

Jetzt lachte ihre Mutter.

»Dann werde ich sehen müssen, welchen Platz ich hier einnehmen kann. Vielleicht ziehe ja *ich* jetzt in den Stall.«

Ihre Mutter schüttelte den Kopf.

»War nur Spaß«, sagte Elanora.

Aber es war nicht die ganze Wahrheit. Sie hatte hier keine Aufgabe mehr. *Hat jemand, der keine Aufgabe hat, noch einen Platz?*, fragte sie sich.

Khorim würde sicher lachen, wenn er sie diese Fragen stellen hörte. Und Toruju würde verständnislos den Kopf schütteln: Diese Blasshäute.

Draußen wurde es dunkel. Das Zimmer wirkte düster, stickig und eng. Elanora entzündete ein paar Kerzen und setzte sich wieder.

Das Gefühl verging nicht.

»Pass auf dich auf«, sagte ihre Mutter plötzlich.

»Wie meinst du das? Ich bin doch erst heimgekommen.«

Clarissa von Wilderklamm öffnete die Augen und sagte mit fester Stimme: »Auch wenn ich gelegentlich nur zu glauben scheine, eine Hexe zu sein, so ist es mir doch möglich, in das Herz meiner Tochter zu sehen. Du möchtest wieder fort. Nicht, weil du dem Anschein nach keinen Platz mehr auf Wilderklamm hast – den hast du immer – sondern weil du es willst.«

Elanora nickte. Ihre Mutter hatte es gewusst, ehe es ihr selbst klar gewesen war. Sie nahm sie kurz in den Arm, drückte sie an sich und sagte gute Nacht.

Dann ging sie in ihr Zimmer.

Sie entzündete den Kandelaber, stellte sich ans Fenster und schaute hinaus, in das schlafende Tal hinab.

Eine geisterhafte Gestalt erschien in der Scheibe. Sie nickte ihr zu.

Ich werde Khorim besuchen, dachte sie, *und Kushko. Vielleicht sehe ich auch Mirhabeth und Janera wieder.*

Aus einer Laune heraus schnürte sie das graue Hauskleid auf und ließ es zu Boden gleiten. Auch das Unterkleid zog sie aus. Ihre sommersprossige Haut schimmerte im Licht der Kerzen.

Ich werde mit den Nopam-Han tanzen ...

Ihr Herzschlag war das Schlagen der Trommeln.

... welches Kleid ich dann tragen werde, weiß ich allerdings noch nicht.

Kiro strich schnurrend um ihre nackten Waden.
Elanora schloss die Augen und genoss die Liebkosung.
Dies ist dein Tanz, Elanora.

Nachwort – Für Mary Kingsley

Mary Kingsley (1862–1900) bereiste Ende des 19. Jahrhunderts mehrmals den afrikanischen Kontinent. Die Exponate, die sie von ihren Reisen zurückbrachte, sind noch heute Stolz des Britischen Museums. In einige afrikanische Regionen setzte sie als erste Weiße ihren Fuß. Sie bestieg den Kamerunberg auf einer nie zuvor von Weißen begangenen Route und besuchte nur in Begleitung einheimischer Führer die als Kannibalen berüchtigten Fang. Dabei teilte sie *nicht* die damals vorherrschende Meinung, Afrikaner seinen Primitive und müssten von Europäern zivilisiert werden. Sie argumentierte, dass ein »schwarzer Mann ebenso wenig ein unterentwickelter weißer Mann ist wie ein Kaninchen ein unterentwickelter Hase.«

Berühmt wurde sie jedoch, weil sie auf ihren Reisen im Gegensatz zu anderen Entdeckerinnen ihrer Zeit keine Hosen trug, sondern viktorianische Trauerkleidung (ihre Eltern waren kurz zuvor gestorben) und in ihren Reiseberichten mehrmals die Vorzüge stabil gefütterter Wollröcke lobt. – Zum Beispiel beim Sturz in eine pfahlgespickte Grube.

Der Satz: »... man hat nicht das Recht, in Afrika in Sachen herumzulaufen, für die man sich zu Hause schämen würde«, stammt von ihr. In ihren Büchern erzählt sie außerdem, wie sie sich mit dem Sonnenschirm aufdringlicher Flusspferde erwehrt, und nach hungrigen Leoparden mit Kochtöpfen wirft.

Meridiana ist nicht das Afrika des ausgehenden 19. Jahrhunderts.

Und Elanora von Wilderklamm ist nicht Mary Kingsley.

Meine Heldin ist erhobenen Hauptes in ihr eigenes Abenteuer marschiert. Sie wählte ihre eigenen Pfade und rang mit ihren eigenen Dämonen.

Außerdem habe ich Elanora keinen Sonnenschirm mitgegeben.

Aber ohne Mary Kingsley hätte es Elanora von Wilderklamm und dieses Buch nie gegeben.

Natürlich widme ich es ihr.

Stefan Schweikert
September 2009

Glossar

Die Götter und Monate des Zwölfgötterglaubens

Gottheit	Aspekte	Symbol	Monat	Tageszeit
Praios	Sonne, Gesetz, Herrschaft, Hierarchie, Recht, Ordnung	Greif	Juli	0–1 Uhr, 12–13 Uhr
Rondra	Krieg, Ehre, Zweikampf, Tapferkeit, Sturm, Donner	Löwin	August	1–2 Uhr, 13–14 Uhr
Efferd	Wasser, Meer, Luft, Regen, Fischfang, Schifffahrt	Delphin	September	2–3 Uhr, 14–15 Uhr
Travia	Gastfreundschaft, Heimat, Herdfeuer, Ehe, Friedfertigkeit	Gans	Oktober	3–4 Uhr, 15–16 Uhr
Boron	Tod, Schweigen, Vergessen, Schlaf, Dunkelheit	Rabe	November	4–5 Uhr, 16–17 Uhr
Hesinde	Gelehrsamkeit, Wissen, Wissenschaft, Magie	Schlange	Dezember	5–6 Uhr, 17–18 Uhr
Firun	Winter, Jagd, Eis, Natur, Selbstbeherrschung, Askese	Eisbär	Januar	6–7 Uhr, 18–19 Uhr
Tsa	Wandel, Schöpfung, Beginn, Geburt, Freiheit	Eidechse	Februar	7–8 Uhr, 19–20 Uhr
Phex	Handel, Diebe, Nacht, Nebel, List, Glück, Humor	Fuchs	März	8–9 Uhr, 20–21 Uhr
Peraine	Fruchtbarkeit, Ackerbau, Selbstlosigkeit, Arbeit, Pflanzen, Erde	Storch	April	9–10 Uhr, 21–22 Uhr
Ingerimm	Handwerk, Schmiede, Härte, Feuer, Zorn, Fleiß, Beständigkeit	Hammer & Amboss	Mai	10–11 Uhr, 22–23 Uhr
Rahja	Liebe, Lust, Rausch, Wein, Ekstase, Harmonie	Stute	Juni	11–12 Uhr, 23–24 Uhr

Weitere Gottheiten:

Aves	Halbgott, Sohn von Phex und Rahja, Schutzpatron der Reisenden und Abenteurer
Kor	Halbgott, Sohn Rondras, der von Söldnern (Korsjünger) verehrt wird, weil es ihm mehr um guten Kampf für guten Lohn als um Ruhm und Ehre geht
Levthan	Widderhäuptiger Gott, den die Hexen bei ihren Sabbaten heraufbeschwören. Eine von ihnen erwählt er sich als besondere Ehre zur Buhlin.
Mada	Tochter Hesindes, gilt als die Bringerin der Magie
Namenloser	Gegenspieler der Zwölfe, vergleichbar mit dem Teufel, auch der Dreizehnte genannt

Satuaria	Tochter Sumus, Mutter aller Hexen, die daher Töchter Satuarias genannt werden
Sumu	Erdriesin des aventurischen Schöpfungsmythos. Aus ihrer Lebenskraft, dem Sikaryan, entstanden alle Lebewesen

Maße und Gewichte

1 Halbfinger	irdisch 1 cm
1 Finger	irdisch 2 cm
1 Spann	irdisch 20 cm
1 Schritt	irdisch 1 Meter
1 Meile	irdisch 1 km

1 Flux	entspricht irdischen 8 ccm
1 Schank	entspricht irdischen 200 ccm
1 Maß	entspricht irdischen 0,8 l
1 Urn	entspricht irdischen 8 l
1 Fass	entspricht irdischen 80 l

1 Gran	irdisch 1/25 Gramm
1 Karat	irdisch 1/5 Gramm
1 Skrupel	irdisch 1 Gramm
1 Unze	irdisch 25 Gramm
1 Stein	irdisch 1 Kilogramm
1 Quader	irdisch 1 Tonne

Zeitrechnung

BF	seit dem Untergang der Stadt Bosparan (›Bosparans Fall‹)
Hal	(nur im Mittelreich benutzt) seit der Krönung von Kaiser Hal von Gareth; das Jahr 0 Hal entspricht dem Jahr 993 BF

Namen und Begriffe in Brabaci
Don – Herr
Donna – Dame
Nobleza – Die Oberschicht

Namen und Begriffe in Tulamidya
Almâ – Ich heiße ... Nennt mich ...
Habibi – Freund, Kamerad, Weggefährte
Momattil – Gaukler, Schauspieler
Salâm – Friede, Sei gegrüßt! (Maha as-salâma = Gute Reise!, Auf Wiedersehen!)
Sayid(a) – Herr(in/Dame), als Anrede

Namen und Begriffe der Piraten
Kulko – Kapitän
Rashu – Erste(r) Steuermann/frau

Namen und Begriffe der Mohaha
Anpa-Hatla – Morfu
Ba – gut
Bako-Dopek – Selemferkel
Chambo – Springaffe
Chap – Berg
Chi – Messer
Du – Nein
Hohaya – Häuptling
Ke – Spinne
Ko – Essen
Mir – würzig
Motla-Kopa – Wurm, der Leben isst (ein Parasit)
Motscho-Koto – Sumpfegel

Pantak – Alligator
Piranha – Blutfisch
Tapo – Schlange
Tapolaq-Can – Palmviper
Watu – Affe, Kleinkind
Ya – Ja
Yako – Katze

Spezielle Begriffe und Redewendungen der besuchten Mohahastämme:

Aktan – Die *Geist-Väter*, die Ahnen (Aktan-Ru – Die Wohnstatt der Ahnen)
Bute – *Gutes Blut*, würdig (*Du-Bute* – Unwürdig)
Pakucan – *Lebewesen mit starkem Herzschlag*. Tapferer, mutiger Mensch.
An-Ija – »Kommt mit! Folgt uns!«
Duma-Bunga – »Tötet uns nicht!«
Huu-Nene-Ca? – »Wer ist die weiße Frau?«
Iyama-Yati-Wahpa – »Wir kommen, um zu sprechen und zu hören, und wollen niemandem etwas tun.«
Kama-Ibon-Ba – »Die Toten schützen Euch/Dich« (Ein Gruß)
Pe-ya! – »Wir müssen reden!«
Scha-Te-Duma – »Vergießt kein Blut!«
Schoma-Ha/Ca – »Diebe!«

Stammes- und Eigennamen:

Chap Kamo – Berg mit fünf Fingern
Kaujok – *Überwirkliches Ding aus Stein* – Ein magisches Artefakt
Lasha-Waru – *Erhebt sich aus der Erde und schützt die Heimat* – Die »Wächter«
Niak-Tam – *Alter Geist, der ruft* – Die »Herren« (ein vergessenes Volk)

Nopam-Han – Schützen die Erinnerung der Nacht (Die »Diener«)
Pamkupa-Ruoi – Erinnerung an starkes Leben wohnt in den Gliedern
Shakushapatan – Die Erde ist der starke und lebendige Vater
Tulewaka – Leben hoch oben, über der Erde

Weitere Aventurische Begriffe

Al'Anfa – Die zweitgrößte Stadt Aventuriens, liegt im Südosten **Meridianas**. Für die einen die Schwarze Perle, für die anderen die Pestbeule des Südens. Al'Anfa wird geprägt vom krassen Gegensatz zwischen Arm und Reich. Sie werden mit Gladiatorenspielen bei Laune gehalten. Wie in den meisten Regionen **Meridianas** ist Sklaverei weit verbreitet.
Alveran – Der Sitz der Zwölfgötter.
Angbar – Die Hauptstadt des **Kosch**. Idyllisch am Angbarer See gelegen. Die Stadt ist seit Jahrhunderten Stätte der Begegnung zwischen Menschen und Zwergen und Hochburg des Handwerks. Als freie Reichsstadt wird sie vom Rat der Zünfte regiert, der den Reichsvogt wählt.
Angroschim – Die Zwerge nennen sich selbst Angroschim. Der Name leitet sich von ihrem Gott Angrosch (Ingerimm) ab.
Chorhop – (bis 961 BF Corapia) liegt an der Westküste Aventuriens. Die Stadt ist bekannt für die Wett- und Glücksspielleidenschaft ihrer Bewohner. Die Stadtämter werden jedes Jahr in der großen Lotterie verlost. Chorhop übt außerdem die Herrschaft über die Ortschaften des Umlandes aus.
Dere – Die Welt, auf der unter anderem der Kontinent Aventurien liegt. **Derographie** – Synonym zu Geographie. Lehre von der Welt Dere.
Famerlor – Der Löwenhäuptige ist einer der Hohen Drachen. Er ist der Hüter der Himmelspforte **Alverans**.

Fürstenhort – Burg Fürstenhort ist die Stammburg des Fürstenhauses vom Eberstamm in den **Koschbergen**. Nach ihr sind der Ort Fürstenhort und die Baronie Fürstenhort benannt.

Gareth – Die mit Abstand größte Stadt Aventuriens und Hauptstadt des **Mittelreichs**. Sie wurde 876 v. BF gegründet und ist seitdem mehr und mehr zum Zentrum Aventuriens (nicht nur geographisch) geworden.

Greifenpass – Hier quert die Reichsstraße III die Koschberge.

Gwen-Petryl – Auch Efferdfeuer oder Leuchtstein genannt, ein Material bzw. Stein, das aus sich selbst heraus leuchtet. **Gwen Petryl** leuchtet, passend zu **Efferd**, in grünblauem Licht, seltener orange.

Gulagal – Mysteriöses Heiligtum der Mohaha.

Havena – Hauptstadt und einzige Hafenstadt des abtrünnigen Königreiches Albernia, östlich der Koschberge. Die Stadt liegt an der Mündung des Großen Flusses in das Meer der Sieben Winde.

Horasreich – Das *Wiedererstandene Reich des Horas*, auch *Altes Reich* oder *Liebliches Feld* genannt. Kaiserreich, an der Westküste Aventuriens gelegen.

Kamaluq – (mohisch: die Hand, die macht den Boden) wird vor allem von den Waldmenschen verehrt. Sie verehren **Kamaluq** als Schöpfergottheit in der Gestalt eines Jaguars. Einer seiner Tempel steht in **Gulagal.**

Kor – (Halb)Gott des Kampfes, des Blutes und der Schutzpatron der Söldner. Sohn **Rondras** und **Famerlors**.

Kosch – Der Kosch ist eine zentrale Provinz des Mittelreichs. Er gilt als ungewöhnlich friedliche Region. In der Heimat der Hügelzwerge leben Menschen und Zwerge seit jeher in Eintracht zusammen. Das Handwerk genießt entsprechend einen guten Ruf. Man liebt das Bier, gutes Essen, Gemütlichkeit und Ruhe, schätzt das Altbewährte und schaut wenig über den Tellerrand der eigenen Provinz.

Die Bevölkerung gilt im Vergleich zu anderen Provinzen des **Mittelreichs** als eher arm. »Arm wie ein Koschbaron« ist ein weit verbreitetes mittelreichisches Sprichwort.

Koschberge – Die Koschberge erstrecken sich vom Südrand Andergasts bis zum Großen Fluss. Das Gebiet des Gebirges liegt fast vollständig im Bereich der Provinz Kosch, nur kleine Teile im Süden erstrecken sich bis in die Nordmarken.

Meridiana – Historische Bezeichnung für den tiefen Süden Aventuriens. Heute beschreibt Meridiana als Sammelbegriff alle Gebiete, die auf der Halbinsel an der Südspitze Aventuriens liegen. Vor allem von tropischer Natur geprägt. Menschliche Besiedlung existiert nur in Form von Hafenstädten und Küstensiedlungen, bzw. in dörflichen Stammesverbänden, wie sie bei den Waldmenschen und Echsenmenschen vorzufinden sind.

Mittelreich – Das Heilige Neue Kaiserreich vom Greifenthron zu Gareth ist das größte Reich Aventuriens. Gebräuchlichere Namen sind Mittelreich, Neues Reich oder Raulsches Reich. Es nimmt den größten Teil der nördlichen Hälfte des Kontinents ein. Das Mittelreich entstand nach der Zweiten Dämonenschlacht aus dem Bosparanischen Reich. Der Adel mit dem Kaiser an der Spitze herrscht im Mittelreich. Das momentane Herrschergeschlecht ist das Haus Gareth.

Mohaha – Der größte Stamm der Waldmenschen. Von den meisten Bewohnern Aventuriens werden fälschlicherweise alle schwarzen Waldmenschen nach diesem Stamm als Mohas bezeichnet.

Nasha – Kleines Piratennest an der Krabbenbucht. Nominell beansprucht Chorhop die Herrschaft über den Ort, in der Realität hat die große Handelsstadt jedoch keinerlei Einfluss. Einst war der Ort ein mohischer Kultplatz (*nasha* ist mohisch für tanzen-Erde), heutzutage bildet der alte Tanzplatz jedoch das Zentrum der Siedlung. Etwa die Hälfte der Bewohner lebt von der Piraterie.

Noioniten – In den Klöstern der Noioniten kümmern sich Ordensleute um geistig Kranke.

Reichsstraße – sind die am besten ausgebauten Straßen Aventuriens, sie sind durchgehend gepflastert und in gutem Zustand.

Rethon – Die Seelenwage. Wer nach seinem Tod für zu leicht befunden wird, dem ist der Eintritt in die zwölfgöttlichen Paradiese verwehrt.

Satuaria – Tochter Sumus (Erdriesin der aventurischen Schöpfungsmythologie). Sie gilt als Mutter aller Hexen. Deshalb: **Tochter Satuarias** = Hexe.

Thorwal – Region im Nordwesten Aventurien. Heimat der Thorwaler, einem Volk großer, blonder oder rothaariger Seeleute.

Traviabund – Unter einem Traviabund versteht man das Eheversprechen im Zwölfgötterglauben. Nach der Göttin **Travia** benannt.

Tsatag/Tsafest – Tsatag bezeichnet in Aventurien den Tag, den man irdisch Geburtstag nennt. Er ist nach der Göttin *Tsa* benannt, die für Leben, Geburt und Wiedergeburt steht. Das **Tsafest** ist die Geburtstagsfeier am **Tsatag**.

Utulu – Dunkelhäutiges, hochgewachsenes Menschenvolk. Auf dem Waldinseln heimisch.

Yaquir – Zweitlängster Fluss Aventuriens. Fließt unter anderem durch das **Horasreich**, wo er bei Kuslik ins Meer der sieben Winde mündet.

Das Schwarze Auge
Das Ferdoker Pergament
Der Roman zum DSA Computerspiel "Am Fluss der Zeit"
Mora will beweisen, dass sie die wahre Diebeskönigin von Havena ist. Aber der Plan misslingt, und an ihrer Stelle ist Nachwuchsdieb Gwidion der Held des Tages. Doch dann werden plötzlich mehrere Leute ermordet, die mit dem Diebstahl zu tun hatten. Und Gwidion gilt als der Mörder ...
Das Ferdoker Pergament ist eng mit der Handlung von Drakensang – Am Fluss der Zeit verzahnt. Es werden keine Geheimnisse aus dem Computerspiel gelüftet, aber einige Hintergründe aus anderer Perspektive beleuchtet. Deswegen ist es auch nicht erforderlich, Am Fluss der Zeit zu kennen, um Das Ferdoker Pergament zu lesen.
Großformatiges Quality Paperback, Umfang 460 Seiten, opulenter Bildteil mit Grafiken aus dem Computerspiel und farbiger Karte der aventurischen Region.
ISBN 978-3-89064-139-3
Erscheint im Februar 2010!
FANPRO
FANTASY PRODUCTIONS GMBH
Postfach 4013 • 40687 Erkrath • www.fanpro.de

Bei Fanpro erschienen unter anderem folgende Titel:

ATLAN		ISBN 978-3-89064-	
Totentaucher	Wim Vandemaan	Lepso 1	486-8
Die acht Namenlosen	Christian Montillon	Lepso 2	487-5
Befreiung in Camouflage	Michael M. Thurner	Lepso 3	488-2
Die Psi-Kämpferin	Achim Mehnert	Rudyn 1	171-3
Das Sphärenrad	Rüdiger Schäfer	Rudyn 2	172-0
Acht Tage Ewigkeit	Michael H. Buchholz	Rudyn 2	173-7
Das Relikt der Macht	Hans Kneifel	Illochim 1	174-4
Im Bann der Gatusain	Achim Mehnert	Illochim 2	175-1
Der Traum des Navigators	Rüdiger Schäfer	Illochim 3	176-8
Rico	Arndt Ellmer	Roman	177-5
Planet der Silberherren	Uwe Anton	Monolith 1	178-2
Todeszone Zartiryt	Rüdiger Schäfer	Monolith 2	179-9
Echo der Verlorenen	Hans Kneifel	Monolith 3	184-3
Der Silbermann	Marc A. Herren	Monolith 4	185-0
Ceres am Abgrund	Manfred H. Rückert	Monolith 5	186-7
Sprung ins Jenseits	Achim Mehnert	Monolith 6	187-4
Rhaens Ruf	Rüdiger Schäfer	Höllenwelt 1	197-3
Das Erwachen	Achim Mehnert	Höllenwelt 2	198-0

ATLAN X		ISBN 978-3-89064-	
Lotse im Sandmeer	Hans Kneifel	Kreta 1	188-1
Insel der Winde	Hans Kneifel	Kreta 2	195-9
Das schwarze Schiff	Hans Kneifel	Kreta 3	196-6

SHADOWRUN		ISBN 978-3-89064-	
Chromscherben	M. A. Stackpole	Anthologie	550-6
Shadowrun – Die 6. Welt	Hrsg. T. Hamelmann	Reader	540-7
Wiener Blei	Leo Lukas	41. Roman	555-1
Nachtstreife	Björn Lippold	46. Roman	558-2
Auf dem Sprung	Harri Aßmann	49. Roman	567-4
Töne der Unendlichkeit	Harri Aßmann	50. Roman	569-8
Elementares Wissen	Harri Aßmann	52. Roman	570-4
Die Anfänger	Ivan Nedic	54. Roman	572-8
ASH	Lara Möller	57. Roman	574-2
Pesadillas	Maike Hallmann	58. Roman	575-9
Vertigo	Maike Hallmann	59. Roman	581-0

Hand am Hort	Sebastian Schaefer	60. Roman	583-4
Flynns Weg	Lara Möller	61. Roman	585-8
Shelley	André Wiesler	62. Roman	580-3
Matrixfeuer	Hrsg. Beck / Hallmann	63. Anth.	587-2
Born to Run	Stephen Kenson	64. Roman	564-3
Im Namen des Herrn	André Wiesler	65. Roman	594-0
Quickshot	Lara Möller	66. Roman	595-7
Giftmischer	Stephen Kenson	67. Roman	565-0
Wiedergänger	Maike Hallmann	68. Roman	593-3
Feuerzauber	André Wiesler	69. Roman	519-3
Im Fadenkreuz	Petra Prinz	70. Roman	543-8
Kettenhund	Alexander Wichert	71. Roman	548-3
Fallen Angels	Stephen Kenson	72. Roman	549-0
GmbH	Christian Riesslegger	73. Roman	463-9
Machtgelüste	Jason M. Hardy	74. Roman	484-4
Cash Flow	Christian Riesslegger	75. Roman	483-7
Böses Erwachen	André Wiesler	76. Roman	473-8
Der Schattenlehrling	Boris Koch	77. Roman	482-0
Aftershocks	J. Raabe / J. Helfers	78. Roman	485-1
Fatimas Tränen	Alex Wichert	79. Roman	513-1
Für eine Handvoll Daten	Stephen Dedman	80. Roman	571-1
Flammenmeer	Jan-Tobias Kitzel	81. Roman	497-4
Digitaler Albtraum	Thorsten Hunsicker	82. Roman	123-2

CLASSIC BATTLETECH		ISBN 978-3-89064-	
Schrapnell	Hrsg. M. Immig	Anthologie	551-3
Wahnsinn & Methode	Michael Diel	1. Roman	592-6
Clangründer: Abkehr	Randall N. Bills	2. Roman	596-4
Das Schwert und der Dolch	Ardath Mayhar	3. Roman	425-7
Über dem Gesetz	Michael Diel	4. Roman	517-9
Clangründer: Traum	Randall N. Bills	5. Roman	597-1
Die Albatros-Akte	Reinhold H. Mai	6. Roman	526-1
Warrior: En Garde	Michael A. Stackpole	7. Roman	545-2
Warrior: Riposte	Michael A. Stackpole	8. Roman	546-9
Warrior: Coupé	Michael A. Stackpole	9. Roman	547-6
Früchte voll Bitterkeit	Ritter & Schreiber	10. Roman	458-5
Katze unter Bären	Arous Brocken	11. Roman	490-5
Clanwächter	Arous Brocken	12. Roman	491-2
In Ungnade	Chris Hartford	13. Roman	475-2

Mission Kiamba	Arous Brocken	14. Roman	493-6
En Passant	Michael Diel	15. Roman	479-0
Duo Infernale	Carolina Möbis	16. Roman	498-1
Karma	Bernard Craw	17. Roman	454-7
Royal Flush	Carolina Möbis	18. Roman	620-6

DAS SCHWARZE AUGE		ISBN 978-3-89064-	
Magische Zeiten	Hrsg. Momo Evers	Reader	516-2
Dämmerung	Ulrich Kiesow	55. Roman	459-2
Das Greifenopfer	Thomas Finn	62. Roman	544-5
Das Dämonenschiff	Harald Evers	74. Roman	568-1
Kompanie der Verdammten	Manuel Krainer	75. Roman	562-9
Der Tag des Zorns	Daniela Knor	76. Roman	573-5
Der Schandfleck	Andre Helfers	77. Roman	582-7
Den Göttern versprochen	Charlotte Engmann	78. Roman	579-7
Unsterblicher Traum	Patricia Renau	79. Roman	588-9
Blaues Licht	Daniela Knor	80. Roman	589-6
Spielsteine der Götter	Heike Wolf	81. Roman	591-9
Rabengeflüster	Wichert/Jäcke/Wolf	82. Roman	515-5
Thronräuber	Alexander Lohmann	83. Roman	512-4
Todeswanderer	Yvonne Gees	84. Roman	518-6
Roter Fluss	Daniela Knor	85. Roman	514-8
Todgeweiht	Markus Tillmanns	86. Roman	523-0
Dunkle Tiefen	Daniela Knor	87. Roman	538-4
Maraskengift	Markus Tillmanns	88. Roman	457-8
Unter Aves' Schwingen	Hrsg. Momo Evers	89. Band	460-8
Goldener Wolf	Linda Budinger	90. Roman	542-1
Sieben Winde	Matthias A.W. Ott	91. Roman	461-5
Der Zugvogel	André Fomferek	92. Roman	468-4
Haldinger-Saga I: Glut	Daniela Knor	93. Roman	472-1
Galotta 1: Der Hofmagier	Ludwig / Wachholz	94. Roman	476-9
Galotta 2: Der Feuertänzer	Ludwig / Wachholz	95. Roman	489-9
Hohenhag	Dietmar Preuß	96. Roman	494-3
Satinavs Auge	Tobias Radloff	97. Roman	495-0
In den Nebeln Havenas	Daniel Jödemann	98. Roman	496-7
Answin 1: Macht	Michelle Schwefel	99. Roman	499-8
Über den Dächern Gareths	Stefan Schweikert	100. Roman	226-0
Gewittertage	Jana M. Eilers	101. Roman	225-3

Die rote Bache	Dietmar Preuß	102. Roman	455-4
Das Zepter des Horas	Mützlitz/Kopp	103. Roman	236-9
Khunchomer Pfeffer	Demirtel/Findeisen	104. Roman	237-6
Die letzte Kaiserin	Daniel Jödemann	105. Roman	244-4
Todesstille	Bernard Craw	106. Roman	246-8
Löwin und Mantikor	J. Hahn und K. Kaeb	107. Roman	249-9
Toras von Havena	Christian Labesius	108. Roman	168-3
Haldinger-Saga II: Sturm	Daniela Knor	109. Roman	245-1
Der erste Kaiser	Daniel Jödemann	110. Roman	247-5
Eiswolf	Linda Budinger	111. Roman	248-2
Der Kreis der Sechs	Michael Masberg	112. Roman	169-0
Die Paktiererin	Dietmar Preuß	113. Roman	158-4
Im Schatten der Dornrose	Bernard Craw	114. Roman	136-2
Galotta 3: Der Aschengeist	Ludwig/Wachholz	115. Roman	229-1
Answin 2: Verrat	Michelle Schwefel	116. Roman	455-4
Kamaluqs Schlund	Stefan Schweikert	117. Roman	137-9
Der Kristall von Al'Zul:			
Land ohne Gesetz	Anton Weste	Al'Zul 1	231-4
Stadt der Geister	Martina Nöth	Al'Zul 2	232-1
Wald der Verlorenen	Linda Budinger	Al'Zul 3	233-8
Am Finsterquell	Gernot Vallendar	Al'Zul 4	234-5
Aufs Schafott	Florian Don-Schauen	Al'Zul 5	235-4

SCHATTENLAND		ISBN 978-3-89064-	
Am Morgen einer neuen Zeit	Kneifel/Walker	Roman	189-9
Die Himmelsfestung	Terrid/Haensel	Roman	190-4

HARDCOVER		ISBN 978-3-89064-	
Sturm über Windhaven	Martin & Tuttle	Roman	531-5
Die Flamme erlischt	George R. R. Martin	Roman	530-8
Dead Man River	George R. R. Martin	Roman	529-2
Die »Eis und Feuer«-Saga:			
Eisenthron	George R. R. Martin	1. Roman	532-2
Königsfehde	George R. R. Martin	2. Roman	533-9
Schwertgewitter	George R. R. Martin	3. Roman	534-6
Krähenfest	George R. R. Martin	4. Roman	535-3

WEITERE TITEL			ISBN 978-3-89064-
Tor der tausend Sonnen	Hanns Kneifel	Roman	602-2
Cugel in der Unterwelt	Michael Shea	Roman	470-7
Cugels Irrfahrten	Jack Vance	Roman	462-2
Das Voynich-Rätsel	Florian F. Marzin	Roman	541-4
Vor Adam	Jack London	Roman	524-7
Am Anfang war das Feuer	J. H. Rosny	Roman	525-4
Der große Heliumkrieg	M.A. Stackpole u. A.	Anthologie	563-6
Lexikon der Fantasy-Literatur	Hrsg. Alpers u. A.		566-7
Galaktische Odyssee	Hanns Kneifel	Roman	603-9
Hanky und der Tausendschläfer	Marvin Roth	Roman	999-3

Dies ist eine Bibliographie und kein Verzeichnis lieferbarer Titel.
Es ist leider nicht möglich, alle Titel vorrätig zu halten.
Sollten Sie Fragen haben, kontaktieren Sie uns bitte unter

Fantasy Productions GmbH
Postfach 4013, 40687 Erkrath
www.fanpro.de

FANPRO